# 紅樓十五釵

歐麗娟 著

# 前言

《紅樓夢》真是一部偉大的經典，不僅僅有「世事洞明皆學問，人情練達即文章」的智慧，還有歷久彌新、令人神往的「雅文化」。所謂雅文化，也即為貴族文化的精華，一般往往誤以為貴族就是有權有勢，享受很大的財富、過奢靡的生活，但這只是很其次的物質範疇，其實最重要的，更是精神層面的那份涵養和優雅。

正是對這分雅文化的摯愛和推崇，讓我研究《紅樓夢》已經超過二十年。那真是一條無限開拓的旅程，從一九九九年發表第一篇紅學的論文起，到現在，我一共出版了七本專著、四十多篇論文，算下來已經寫了三百多萬字，研究的主題包括：《紅樓夢》中的詩學、《紅樓夢》對文化傳統的繼承、《紅樓夢》與文學傳統的關係，以及《紅樓夢》中的人物分析，算是相當全面。

正因為如此，所以才能夠以深廣而扎實的底蘊來解讀這部作品，誠如小說裡最好的一段話，即薛寶釵所言：「於小事上用學問一提，那小事越發作高一層了。不拿學問提著，便都流入世俗去了。」其實，讀《紅樓夢》也是如此。

很多人以為，《紅樓夢》是一部小說，應該很容易讀懂，只要設身處地、感同身受就可以理解了。但正因為這樣的想法，於是更容易流入世俗，因為大家都忽略了一點：傳統社會和現今世界十分不同，古人的思想、感受和所關心的問題和我們截然有別，何況曹雪芹寫的是貴族世家的故事，可讀者卻沒有幾個是貴族！那就注定帶著先天的隔閡。以傳統的貴族文化而言，現代即使中文系的博士也等於都是文盲，因為那是一整套極深厚、極不同的意識形態和生活形態，並不是靠一般的讀法就能理解，難怪常常讀反了。

例如把林姑娘當成寄人籬下的灰姑娘，把王熙鳳看成是心腸歹毒的反面人物，把薛家的皇商當作一般商人，把脫軌放任當作追求自由平等，把貴族看成暴發戶，還有，把曹雪芹想要展示雅文化之美，以及最終卻失落了這份價值而感傷哀挽誤以為是反封建禮教。幾乎所有的人都是從這裡開始的，而作為一般最常見的出發點，竟然也往往就是終點，《紅樓夢》便如此被套上了重重的誤解。

我們所忽略的、看錯的，實在太多太多了，多到得要重新徹底重構。雖說「一千個讀者就有一千個哈姆雷特」，但並不是每一個哈姆雷特都有價值，更不是憑感覺望文生義，就可以產生一個哈姆雷特。如果沒有全面掌握文本的內容，真正理解曹雪芹的意圖，那就只能永遠在故事的真相之外，更遺憾的是，你會錯過靠近真正雅文化的機會。

所以我要重講《紅樓夢》，而且是「用學問一提」，讓《紅樓夢》的視野「作高一層」，看到原來貴族文化的優雅深厚，那得要通過好幾代的涵養逐漸累積而成，並不是用財富權位便能買到的，所以才會那麼稀有而珍貴，這也是曹雪芹最自豪的地方。他在失落了以後念念不忘，渴望能夠復返重新再過一次，於是提起筆來一一刻畫，就像童話故事裡賣火柴的小女孩般，每一筆都擦亮了記憶的光輝，映照曾經體驗過的美好。因此，曹雪芹其實是為了展現大雅文明才寫這部小說的！

《紅樓夢》博大精深，被視為古典文化的百科全書，可講的主題太多了，以人物來呈現《紅樓夢》的大雅文化，堪稱為最佳的切入點，因為小說本來就是以人物為主所寫出來的故事，而人物卻必然活在文化環境裡，他們是文化環境的具體展現者，從一個人物即可以折射出多層面、多層次的文化內涵，所以最引人入勝。但一如前面所言，《紅樓夢》裡的人物看似好懂卻又往往容易曲解，想要正確而深刻地了解這些人物，必須要有傳統文化和古典文學的基礎，否則很容易做出錯誤甚至顛倒相反的解釋。

也確實，讀者的刻板印象往往把《紅樓夢》給簡單化了，其中的人物被貼上了標籤，變成一個個單薄的、蒼白的影子，早已不復曹雪芹所給予的立體的、活生生的樣貌。我們照自己喜歡的形象任意地把他們剔骨還肉，留下來的是殘缺扭曲的模版，但這是不是買櫝還珠，會不會入寶山空手而回？

所以，我們要重新理解紅樓人物，要看懂「紅樓夢中人」為了活得更有價值可以做哪些奮鬥，特別是裡面的女性角色，如何用更堅忍、更高貴的美好姿態來面對人生。

在這本書中，我會告訴你，究竟什麼才是真實的愛？從神瑛絳珠的神話，以及劉姥姥的故事，你會發現，原來慈悲善良是一個人最偉大的品質，也是解救世界最重要的力量！但如果善良被勒索的時候，委曲求全應該有什麼底線？對於這個問題的回應方式，探春和迎春這一對堂姊妹就截然不同，兩人的命運也完全不一樣。還有，當你遇到厄運或不公平的待遇時，應該怎樣調整心態？貴族是不怨天尤人、不咆哮謾罵的，除了寶釵的隨遇而安、探春的堅忍奮鬥之外，湘雲也給了一個豁達開朗的典範。

那些金釵們不是明星偶像，不是才子佳人，而是一個個飽滿的生命，豐富的小宇宙。當你靠「感覺」讀書的時候，我希望藉由學問，以理性、客觀的態度帶你走進大觀園，引導大家看得更高，走得更遠！

「優雅」才是永不褪色的美麗，而優雅的氣質幾乎只能來自心靈的美好，貴族文化的價值就是把財富、權位轉化為生存樣態的優雅教養。所以我們需要真正的學問，以打開視野，使生命更優雅，更美好，更高一層！

# 目錄

## 林黛玉：成長中的文藝少女



## 薛寶釵：周全大體的君子風範



## 賈元春：多重樓子花的誕生和殞落

## 賈探春：泱泱大氣的將相雅士



## 王熙鳳：剛強堅毅的正義準星



## 李紈：一座休火山的祕密

# 賈寶玉：
## 末代皇帝的前生今世

# 1 為什麼是唯一落榜的人？

首先，我們要講的第一個重要人物，是賈寶玉。

我們都知道，《紅樓夢》主要是講貴族世家的故事，包括賈、史、王、薛四大家族，賈寶玉是其中最重要的主角，整部小說便是以他為中心而展開，因此作者曹雪芹一開始就特別用了女媧補天的神話，來說明他的性格與命運。

女媧補天可是大家耳熟能詳的神話，那是一個偉大的女神女媧出面整頓宇宙天地的偉大的故事，用這樣的神話來替寶玉量身打造，看起來應該是一闋弘偉壯麗的歌頌吧，但那其實是一個不幸落榜的人的故事！這到底是怎麼說的呢？首先我們要知道，根據遠古時代的傳說，原來在很久很久以前，發生了世界末日一般的災難，天塌了，地也傾斜了，到處洪水氾濫、大火焚燒，野獸橫行，百姓真是民不聊生，苦不堪言，於是最偉大的女神女媧便挺身而出，煉石補天，終於拯救了世界，讓大地恢復了和平。曹雪芹利用了這個神話做出一些修改，也因為這些修改讓整個故事有了不同的意義。

試看書中第一回是這麼說的：

原來女媧氏煉石補天之時，於大荒山無稽崖煉成高經十二丈、方經二十四丈頑石三萬六千五百零一塊。媧皇氏只用了三萬六千五百塊，只單單剩了一塊未用，便棄在此山青埂峯下。誰知此石自經煅煉之後，靈性已通，因見眾石俱得補天，獨自己無材不堪入選，遂自怨自嘆，日夜悲號慚愧。

讀過一遍以後，可以注意到幾個重點，首先，在原來的神話裡並沒有提到女媧到底煉造了幾塊補天石，但曹雪芹卻給出了「三萬六千五百零一塊」這麼具體的數字，並且重點是要剩下唯一的一塊沒用，然後被丟棄在青埂峰下，而這一塊唯一剩下來沒用的補天石便是後來的賈寶玉。那麼，這代表了什麼意義？

用今天考試的概念來說，寶玉就等於是唯一落榜的失敗者！想想看，女媧親手培養的資優班，總共有三萬六千五百零一個同班同學一起去參加甄選，全部的人都順利過關了，登上了「天榜」，一一得到補天的位置，從此展開了經世濟民的大事業，卻偏偏只有你一個名落孫山，那心情該是何等地沮喪，何等地痛苦！想想看，名落孫山已經夠慘痛了，更何況是只有自己一個人落榜，連一個互相安慰的難兄難弟都沒有，那簡直是失敗到無以復加的程度，堪稱是無顏見江東父老啊，難怪會「自怨自嘆，日夜悲號慚愧」，他慚愧、怨嘆自己的無能，對自己的缺陷悔恨交加，以致日日夜夜不斷地悲哀哭泣。所以說，曹雪芹一開始就寫了一個不幸落榜的失敗者的故事。

而小說在最開始的前兩回裡，也不斷地重複說寶玉是「無材補天」，根據《國語．周語》的解釋，「材」這個字意指：「用也。」所以「無材」即是無用、沒用的意思。而「天」便代表國家、家族，難怪第三回說他是「於國於家無望」！這就是寶玉這個唯一落榜的人心裡最大的痛苦。其實，曹雪芹會這樣寫寶玉，正是因為他自己也懷抱著同樣的痛苦，第一回前面有一段作者的自述，其中說：

何我堂堂鬚眉，誠不若彼裙釵哉？實愧則有餘，悔又無益之大無可如何之日也！當此，則自欲將已往所賴天恩祖德，錦衣紈袴之時，飫甘饜肥之日，背父兄教育之恩，負師友規談之德，以至今日一技無成、半生潦倒之罪，編述一集，以告天下人。

可見曹雪芹是要向祖宗、向天下人告罪的！所謂「愧則有餘，悔又無益」，意指那份慚愧多到有剩，後悔又沒有用，這不就是那顆補天棄石的「自怨自嘆，日夜悲號慚愧」嗎？而「一技無成、半生潦倒」不正是「無材補天」的結果？所以我才會說，這本小說其實是一部人子的懺悔錄，曹雪芹借用了古老的神話故事作為象徵，來說明賈寶玉這個人的特殊性格以及他所發生的悲劇故事。

至於寶玉這個人有怎樣的特殊性格呢？現在讓我們來想一想：一個被社會拋棄的人，受到這種徹底的否定、致命的打擊，整個人生的價值都被全盤摧毀了，那他到底該怎樣才能活下去？心理學家早就告訴我們，人一定得要找到可以自我肯定的意義才能活下去，因為人類是一種追求存在意義的動物，一個心靈空虛、沒有目標的人是很容易出問題的，例如心理學家佛洛姆（Erich Fromm）在他晚年所寫的《人類破壞性的剖析（*The Anatomy of Human Destructiveness*）》一書中便說道：「愛、權力、名譽、復仇等等熱情的追求如果失敗，許多人會自殺，但由於性慾不滿足而自殺，實際上卻是沒有的。」可見心靈上的價值感比起生理本能的滿足實在重要得太多。

而從古人的經驗來說，被世界否定以後還要能自我肯定，一般的常態便是回到自己個人身上獨善其身，去追求自己的興趣，著重於對自己最有意義、而自己也最能夠把握的地方。例如有的人跑去隱居，做做學問，或寫詩作文、喝酒賞花，好比陶淵明、杜甫等等，都是如此。

可是賈寶玉完全不一樣，他選擇的是「以情為根」，也即追求情的慰藉，曹雪芹把這塊沒用的石頭丟棄在青埂峰下，青埂便是「情根」的諧音，意指：以情作為根本。就這一點來說，大家可能很容易會以為寶玉主要是追求愛情而來，因此把《紅樓夢》當作一部才子佳人的浪漫愛情小說。但其實並不是這樣的，想想看，「情」的範圍很廣，包括家族中父子母女的親情、兄弟姊妹的手足之情，家庭以外還有朋友之間的友情，讀者用愛情來看《紅樓夢》，未免太狹窄、也太粗淺。何況對古人來說，家族的重要性遠遠超過個人的愛情，這一點我們後面還會再看到，所以說，這個「情根」的情並不只是指男女的愛情。

再進一步來說，家庭又分為很多種，從常識來想便可以明白：誕生在皇室貴族階層和尋常百姓家，整個人生根本上會是很不一樣的。所以請大家仔細注意一下：當曹雪芹讓那一塊石頭打動凡心，想要到人間走一趟時，根本沒有提到愛情，而是很明確地指定去富貴之家投胎！第一回說得很清楚：

一日，正當嗟悼之際，俄見一僧一道遠遠而來，生得骨格不凡，丰神迥異，說說笑笑來至峯下，坐於石邊高談快論。先是說些雲山霧海神仙玄幻之事，後便說到紅塵中榮華富貴。此石聽了，不覺打動凡心，也想要到人間去享一享這榮華富貴，但自恨粗蠢，不得已，便口吐人言，向那僧道說道：「大師，弟子蠢物，不能見禮了。適聞二位談那人世間榮耀繁華，心切慕之。……如蒙發一點慈心，攜帶弟子得入紅塵，在那富貴場中、溫柔鄉裏受享幾年，自當永佩洪恩，萬劫不忘也。」

其中一再提到讓石頭打動凡心的，都是「紅塵中榮華富貴」或者「人世間榮耀繁華」，而那是貴族階層才能擁有的！並且他是「想要到人間去享一享這榮華富貴」，可見去過貴族生活才是石頭幻形入世的唯一目的，他根本不想要投胎到一般老百姓的家裡，也完全沒有要做反封建、反貴族的革命英雄，和大鬧天宮的野猴子孫悟空完全不同。果然，後來那僧答應了石頭的請求，「攜你到那昌明隆盛之邦、詩禮簪纓之族、花柳繁華地、溫柔富貴鄉去安身樂業」，指的便是賈府這個貴族世家。

那麼，現在我得提醒大家了，去貴族世家可不是件容易的事，所謂「侯門深似海」，哪裡是隨隨便便就可以進去的，何況還要在裡面過一輩子？參考第六回劉姥姥一進榮國府時是那般地大費周章，經過重重關卡也才只能見到以前認識的管家，可見階級鴻溝何等巨大。所以，寶玉的前身絕對不是一般到處可見的普通石頭，那根本沒資格到富貴之家去投胎。

這裡我要請大家特別注意：其實，女媧用來補天的石頭是煉造過的，它們不僅五彩繽紛，十分美麗，而且已經通靈，所以才能夠去補天，也才會因為不能去補天而悲號慚愧。換句話說，那根本就是玉！漢代王充《論衡》早就說過：

> 且夫天者，……女媧以石補之，是體也。如審然，天乃玉石之類也。

可見女媧確實是用玉石補天，而整個天便是以玉石為本體。一般人都以為，寶玉的前身是一顆大石頭，在投胎時才被變成一小塊美玉，但這又是很大的誤會，自始至終，那一塊剩下來的石頭都是玉，只是在投胎到人間時，為了讓小嬰兒含在嘴裡，才被和尚用法術變成小小的一顆而已。

並且大家要知道：美麗、堅硬、通靈的玉，自古幾千年以來都是貴族甚至皇權的象徵，代表了權力和地位，還有道德品性的要求，因此在中華民族的文化傳統裡，還形成了玉石崇拜的心理，這是世界上其他國家所沒有的。所以正確地說，寶玉的前身根本就是一塊玉石，具備了極為優越的條件，這樣才擁有補天以及投胎到賈家的資格。

只可惜，這塊玉石在女媧煉造的過程中出了問題，因為它不幸被邪氣給入侵，干擾了它原本百分之百的正氣，以致正氣和邪氣混雜在一起，這便是第二回所說的「正邪兩賦」，也因此讓它變成了一個瑕疵品，這就是為什麼它無法派上用場，和其他三萬六千五百個同班同學一起去補天的原因。現在我們明白了，那些可以補天的玉都是由百分之百的純正氣所形成，他們也正是所謂的「大仁者」，最宏大的仁人君子，包括了堯、舜、禹、湯、文、武、周、召、孔、孟、董（仲舒）、韓（愈）、周（敦頤）、二程、張（載）、朱（熹），都是儒家所讚揚的偉大人物，所體現的即是「清明靈秀，天地之正氣」，對中華文化居功厥偉，貢獻良多。

所以說，所謂的邪氣絕對是不好的意思，如果是由百分之百的純邪氣所構成的人物，就會是蚩尤、共工、桀、紂、秦始皇、王莽、曹操、桓溫、安祿山、秦檜等，曹雪芹說他們秉賦的是「殘忍乖僻，天地之邪氣」，所以成了「擾亂天下」的大惡者，和「修治天下」的大仁者是兩個極端。而寶玉卻是這兩種截然對立、矛盾衝突的氣所綜合產生的，所以他亦正亦邪、不正也不邪，或者說正中有邪、邪中有正，簡直無法歸類，因此是一種十分獨特的類型，我們實在不能用一般人的常態來理解他。

可是，卻有很多人抱著現代的價值觀，把寶玉的邪氣解釋為反封建、反禮教，但其實剛好相反，邪氣是用來解釋為什麼寶玉無材補天，因而「於國於家無望」的原因！難怪很了解《紅樓夢》的脂硯齋，他是曹雪芹的親人，有著一樣的出身背景，一樣的價值觀和文化素養，所寫下來的批語十分有參考價值，他便指出寶玉的玉是「玉有病」，也就是生病的玉，並且寶玉的分身神瑛侍者住在赤瑕宮，「瑕」即瑕疵，都是不健全的意思。這些在在都吸收了傳統的學問，包括《管子．形勢》云：

邪氣襲內，正〔玉〕色乃衰。

意謂有了邪氣入侵，正氣便不純粹了，玉色就黯淡了，豈不正是「玉有病」嗎？更明顯的是疾病理論，漢朝劉熙《釋名》說道：

疾病者，客氣中人急疾也。病，並也，並與正氣在膚體中也。

這段話反映了中醫思想，指出疾病是因為「客氣」也就是外來的邪氣進入人體，和體內原有的正氣並存所導致，這簡直就是「正邪兩賦」的另一種說法，證明了「玉有病」的理論來源。可見曹雪芹的設計是很一貫的，處處都在說明寶玉具有人格瑕疵，並不是一個對家族、對國家有貢獻的人，所以才不能去補天，這也是整部小說所要表達的悔恨與悲哀。

幸好寶玉是女媧親手鍛鍊出來的，因此，即使他帶有邪氣而無材補天，但無論如何都還保有著一大半的正氣，這就是他會成為可愛的男主角的關鍵，一旦他把這份正氣發揮出來時，最主要的優點便是樂於幫助別人。試看當他還在神話世界的時候，曾經化身為神瑛侍者到處閒逛，經過了靈河邊的三生石畔，恰巧看到一棵絳珠草快要枯死了，心裡感到很不忍，於是用十分珍貴的甘露水來灌溉她，而救活了仙草，讓生命延續。

這是多麼地慈悲啊，想想看，有誰會注意到路邊的小草快要枯死了？而這又是多麼地大方，因為神瑛侍者用來灌溉的甘露水非常珍貴，足以起死回生。傳說中，觀音菩薩就是用甘露水才把一棵被孫悟空推倒的人參果樹給救活了，那該是何等神奇的寶物，寶玉卻這樣慷慨地用來拯救奄奄一息的弱者，正顯示出他性格中的正氣。其實這也不奇怪，再想想看，女媧為什麼要補天？正是因為她悲憫亂世裡的芸芸眾生飽受痛苦，那一份偉大的同情心才促使她去煉石補天。這麼說來，從女媧手裡誕生的賈寶玉也遺傳了同樣的慈悲，最明顯的即表現為對少女的疼惜。

請看他從小即立志要愛護女生，連給自己取的外號都叫做「絳洞花主」——「絳」是紅色，「絳洞」便是紅色的洞窟，用來比喻女兒國，那裡面百花盛開，等於是眾多的少女。所以寶玉說自己是「絳洞花主」，也就是絳洞裡面百花的主人，是女兒國的國王。

從這裡我們可以感覺到，寶玉很清楚地知道他自己是擁有權力的男人，所以才能夠用男性的力量來保護少女，而不是用來欺負女性，這是他和其他男性最不同的地方。並且為了彌補弱勢女性所受到的苦難，寶玉不惜低聲下氣，連對丫鬟們都很體貼，挨罵受氣也沒關係，簡直有一點為男性同胞贖罪的意思。看在一般人的眼裡，寶玉這樣為女性服務，一點兒威嚴都沒有，還整天只想待在女兒堆裡，聞脂粉的香氣，甚至吃女孩子嘴上的口紅，當然會覺得很奇怪，而認為他很不長進。

再看寶玉出生後滿一歲時，依照風俗習慣要舉行抓周儀式，用來預測孩子長大以後的志向。沒想到在擺了滿滿無數、各式各樣的東西裡，小小寶玉卻「一概不取，伸手只把些脂粉釵環抓來」，因此他的父親賈政便大怒了，說他「將來酒色之徒耳」！但之所以發生這個誤會，那可怪不了別人，誰能看得出來寶玉的邪氣裡其實帶有正氣？邪氣讓寶玉無材補天，落了個失敗者的椎心泣血，只好退而求其次去找別的出路，以情為根，遂爾耽溺於溫柔鄉裡，而那份正氣讓他對女性是尊敬的、疼惜的、照顧的，不至於淪為玩弄女性的酒色之徒。這種非常特別的使命感就是寶玉一生的意義，也是整部小說所刻畫的重心之一。

最後，總結一下這一章所講到的幾個重點：

第一，寶玉的前身原來是要去補天的玉石，渾身都是正氣，如同堯、舜、禹、湯、孔、孟、朱子等這些大仁者一樣。可惜，這塊玉石在女媧鍛鍊的過程中不小心被邪氣入侵了，在正邪兩賦的情況下導致「玉有病」，成了唯一的瑕疵品，於是無材補天，落得日夜悲號慚愧。

第二，但寶玉畢竟是女媧親手鍛鍊的玉石，所以當他退而求其次，想要到人間去投胎時，才有資格要求到富貴場去受享那榮耀繁華，這是他接受封建禮教的證明之一。

第三，這個唯一落榜的人因為邪氣而「於國於家無望」，只能退一步以情為根，並且以他的正氣來體貼、照顧弱勢的女性。這種博愛泛施的精神就是整部小說最感人的地方，而絳珠仙草便是他所照顧的第一個對象。

接下來，我們要繼續說明為什麼寶玉要指定到富貴場去投胎，原因是什麼？答案會和大家所以為的很不一樣！

# 2 為什麼要投胎到富貴場？

在前一章裡，我們提到寶玉之所以想要入世投胎，是因為被富貴繁華所打動，也因此和尚施展了法力，把他帶到賈家去安身。第一回說：那僧把縮小的玉石托於掌上，然後鐫上幾個字，使人一見便知是個奇物，然後就攜帶它到那「昌明隆盛之邦、詩禮簪纓之族、花柳繁華地、溫柔富貴鄉去安身樂業」。

在此，脂硯齋特別告訴我們，這四個地點有分別對應的具體地方，所謂「昌明隆盛之邦」指的是「長安大都」，而長安即代指清朝的京城北京，那是天下最繁榮的都市，例如第三回說林黛玉第一次到北京時，便注意到：「自上了轎進入城中，從紗窗向外瞧了一瞧，其街市之繁華，人烟之阜盛，自與別處不同。」那是當然的，這可是天子腳下的全國中心，衣冠薈萃。而「詩禮簪纓之族」指的是「榮國府」，「詩禮」就是讚美賈府世世代代讀詩書、守禮法，是十分高雅、文明的家族，絕對不是暴發戶。

## 貴族不是暴發戶

很多讀者都忽略了，貴族和暴發戶根本完全不一樣，造成差別的主要關鍵在於文化。曹雪芹和脂硯齋就非常討厭暴發戶，甚至認為把賈家看成暴發戶，對他們是一種絕頂的侮辱！

例如第十八回元妃省親時，曹雪芹便特別跳出來告訴讀者，說：「暴發新榮之家，濫使銀錢，一味抹油塗朱，……則以為大雅可觀，豈《石頭記》中通部所表之寧、榮賈府所為哉！」從這裡可以清楚看到曹雪芹非常在意，唯恐讀者發生了誤會，因此寫故事的過程中還忍不住現身說法，堅持說暴發戶和賈府這種貴族十分不同，因為暴發戶只會亂花錢，鋪張炫耀、金光閃閃，還以為這是大雅可觀。其實剛好相反，真正的「大雅可觀」是一種精緻的文化、高雅的文明，並表現出內在崇高開闊、低調內斂的胸襟氣度，所以絕不會作威作福、耀武揚威，這才是貴族最引以為榮的地方。關於這一點，下面還會有所補充。

再看脂硯齋說「花柳繁華地」指的就是「大觀園」，那是專為元妃回來省親所蓋造的，相當於皇家的行宮，當然是無比繁華氣派的園林。至於「溫柔富貴鄉」則是指「紫芸軒」，紫芸軒是寶玉搬進大觀園之前所住的地方，用來雙關怡紅院，第四十一回說，院裡「錦籠紗罩，金彩珠光，連地下踩的磚，皆是碧綠鑿花」，擺放的可是「一副最精緻的床帳」呢。

看到這裡，很明顯的，會讓玉石打動凡心的絕對不是一般的紅塵人間，而是要文化高度結晶、非常高雅優美的階層，賈府正是這樣的地方，尤其他家出了個皇妃，成為皇親國戚，那真是烈火烹油、錦上添花的盛況。果然，第十八回元妃省親時，那塊投胎到賈家的玉石還特別跳出來慶幸一番，說：「只見園中香烟繚繞，花彩繽紛，處處燈光相映，時時細樂聲喧；說不盡這太平氣象，富貴風流。——此時自己回想當初在大荒山中、青埂峯下，那等淒涼寂寞；若不虧癩僧、跛道二人攜來到此，又安能得見這般世面。」換句話說，這種皇家等級的世面，就是「大雅可觀」的體現，也是曹雪芹寫《紅樓夢》最想要呈現的地方，因此完全不同於其他的小說。

那麼我們可以進一步具體來看，到底「大雅可觀」包含了哪些價值？

首先，一般人可以想到的一種，是偏向物質層面，包括許多精美的物品。例如王熙鳳，她年紀輕輕才二十出頭，但已經是見多識廣，第四十回劉姥姥逛大觀園時有一段提到，鳳姐說她自己長這麼大了，「紗羅也見過幾百樣」——可是想想看，我們連一樣也沒見過呢。而這樣的王熙鳳卻不認得昨天開庫房時，那大板箱裏堆放的「軟烟羅」，還誤以為那是比較普通一點的蟬翼紗（像蟬的翅膀一樣半透明的薄紗），結果被賈母嘲笑說：「人人都說你沒有不經過不見過，連這個紗還不認得呢，明兒還說嘴！」可見賈母的文化水準更高了許多。

再看「軟烟羅」這個名字，連不識字的鳳姐都覺得很好聽，它當然也很精緻美麗，身為老貴族的賈母便為大家解釋了，說：「那個軟烟羅只有四樣顏色：一樣雨過天晴，一樣秋香色，一樣松綠的，一樣就是銀紅的，若是做了帳子，糊了窗屜，遠遠的看着，就似烟霧一樣，所以叫作『軟烟羅』。那銀紅的又叫作『霞影紗』。如今上用的府紗也沒有這樣軟厚輕密的了。」想想看，這層紗居然美得像天邊的彩霞，簡直如烟似霧、如夢似幻，難怪劉姥姥要讚嘆連連了。

不只如此，《紅樓夢》裡還提到很多這一類的物品，大家比較熟悉的是茄鮝、荷葉湯。關於茄鮝這道料理的做法，是在第四十一回由鳳姐說明的，鳳姐笑道：「你把才下來的茄子把皮劉了，只要淨肉，切成碎丁子，用鷄油炸了，再用鷄脯子肉並香菌、新筍、蘑菇、五香腐干、各色乾果子，俱切成釘子，用鷄湯煨乾，將香油一收，外加糟油一拌，盛在瓷罐子裏封嚴，要吃時拿出來，用炒的鷄瓜一拌就是了。」這麼一來，一共要用到十來隻鷄來搭配調味，難怪劉姥姥根本吃不出茄子味。

還有第三十五回提到的蓮葉羹，也就是荷葉湯，其實更可以用來做最好的示範。當時寶玉挨了打，躺在床上養傷，王夫人非常心疼，問他說：「你想什麼吃？回來好給你送來的。」寶玉笑道：「也倒不想什麼吃，倒是那一回做的那小荷葉兒、小蓮蓬兒的湯還好些。」鳳姐一旁笑道：「聽聽，口味不算高貴，只是太磨牙了。巴巴的想這個吃了。」請注意，什麼叫做「口味不算高貴」？意思是食材很普通，並不昂貴，它的價值是來自於「太磨牙了」，也就是太過繁瑣費工。試看這碗荷葉湯是怎麼做出來的：

> 薛姨媽先接過來瞧時，原來是個小匣子，裏面裝着四副銀模子，都有一尺多長，一寸見方，上面鑿着有豆子大小，也有菊花的，也有梅花的，也有蓮蓬的，也有菱角的，共有三四十樣，打的十分精巧。因笑向賈母、王夫人道：「你們府上也都想絕了，吃碗湯還有這些樣子。若不說出來，我見這個也不認得這是作什麼用的。」鳳姐兒也不等人說話，便笑道：

「姑媽那裏曉得，這是舊年備膳，他們想的法兒。不知弄些什麼面印出來，借點新荷葉的清香，全仗着好湯，究竟沒意思，誰家常吃他了。那一回呈樣的作了一回，他今日怎麼想起來了。」

這道湯品竟然連世交的薛姨媽都沒見過，可見非同小可，從鳳姐的說明可以知道，原來那是元妃省親時特別做出來供膳的，只做過那麼一次，難怪薛姨媽從沒見過，那可是最高的皇家等級！當然得要「想絕了」，別人都想不到才行。誰知道寶玉當時喝過一次，居然念念不忘，到現在還記得那一回做出來的滋味，可見寶玉的品味就是這樣培養起來的。最值得我們注意的是，如此之繁瑣費工，要使用上面打造了三四十樣精巧圖案的銀模子來盛裝，主要則是品嘗荷葉的清香，可見那真是習慣於大魚大肉、麻辣燒烤的人所無法領略的，而這才是真正的貴族品味。

看到這裡，我要請大家一起比較薛寶釵教導給香菱的一番道理。第八十回香菱說：「不獨菱角花，就連荷葉蓮蓬，都是有一股清香的。但他那原不是花香可比，若靜日靜夜或清早半夜細領略了去，那一股香比是花兒都好聞呢。就連菱角、鷄頭、葦葉、蘆根得了風露，那一股清香，就令人心神爽快的。」這種品味便不是喜歡桂花、梔子花、含笑花之類濃郁花香的人所能欣賞。

所以說，從軟烟羅、茄鯗、荷葉湯等等來看，我們就會發現，即使是物質層面的東西，也都不是單用錢財便可以買到，還得要有高度的知識和體驗才能培養出良好的品味，而具備精準的判斷力和欣賞力。因此，貴族和暴發戶、和一般百姓的品味是很不一樣的，他們偏好淡雅的風格，亦即看起來平淡，但其實很深厚、很優雅，因此不喜歡大紅大綠、金光閃閃的物品，也不喜歡油膩、重口味的飲食。

現在我要再特別介紹一樣大家都沒弄清楚的東西，那就是「舊年蠲的雨水」，顧名思義，即幾年前貯存下來的雨水。第四十一回說賈母帶領劉姥姥逛大觀園，過程中來到了妙玉的櫳翠庵，妙玉對賈母真是十分殷勤，拿出賈母能夠接受的茶品「老君眉」來款待，不過賈母接過了茶杯之後，並沒有立刻嘗一口，而是先問用什麼水來沖泡？妙玉回答說是「舊年蠲的雨水」，賈母聽了，才喝了半杯。可見這「舊年蠲的雨水」是上好的水質，但那究竟是怎樣的水？很多人便不明就裡了。

有人望文生義，想當然耳地說，那是把雨水放一段時間，等沉澱了以後就會很純淨，便可以用來泡出美味的茶湯。但這實在是錯誤的說法，其實一般的雨水放一段時間以後都會發臭的，不可能會變純淨，俞平伯《紅樓夢辨》甚至說：「至于北京居民亦萬無以雨水為飲料之理；因北京屋頂，都是用灰泥砌瓦，且雨水稀少，下雨之時，顏色汙濁，決不可飲。」所以說，我們得要靠學問來找出正確的答案。

原來，根據清朝人的記載，這雨水是蘇州的特產，而且得要在梅雨季節所下的雨，所以有個名字叫做「梅水」。顧祿《清嘉錄》中提到：

> 居人於梅雨時，備缸瓮，收蓄雨水，以供烹茶之需，名曰梅水。

原因在於那段期間雨水豐沛，在頻繁的沖刷之下清除了空氣中看不見的雜質，才能十分純淨而不會腐壞，放個幾年都沒有問題。因此當梅雨時節一到，當地的家家戶戶都拿出大缸大甕加以收集保存，成為天下聞名的珍貴茶水，屬於虎跑泉之類的上品。現在你知道了吧？「舊年蠲的雨水」就是蘇州的「梅水」！

回到小說情節來看，賈母願意品嘗用梅水沖泡出來的老君眉，便顯示她的品味很高，普通的水她是不喝的。而妙玉怎麼會有梅水？我們可不要忘了，妙玉正是土生土長的蘇州人，並且她小時候為了治病而出家時，所住的蟠香寺也是在蘇州。當她在廟裡修煉時，還收集了梅花上的雪，一共只有一小甕，隨身帶到了北京的賈府，這就是妙玉招待了賈母以後，又把黛玉、寶釵偷偷叫去耳房裡喝體己茶時所用的水。用梅花上的雪來烹茶，想想便十分風雅，簡直如詩如畫，那茶也一定更耐人尋味了。而既然妙玉會把蘇州蟠香寺梅花上的雪一起帶上京，那麼她同時帶著「舊年蠲的雨水」，不也挺合理的嗎？

## 深厚文化的高雅品味

從這裡又可以看到，不論是梅花上的雪還是「舊年蠲的雨水」，它們的珍貴都不是用錢堆出來的，而是要有很高的審美能力，此即高雅文化。如果沒有這種能力，便品嘗不出味道，劉姥姥不就嫌太淡了嗎？當時，賈母吃了半盞雨水所烹煮的老君眉，然後笑著遞與劉姥姥說：「你嘗嘗這個茶。」劉姥姥接過來一口吃盡，笑道：「好是好，就是淡些，再熬濃些更好了。」賈母眾人聽了都笑起來。為什麼大家會笑？因為劉姥姥實在太沒品味了，簡直糟蹋了好茶呀。

正因為貴族天天生活在這樣的文化環境裡，那高雅的品味能力也會表現在日常生活中，好比白瑪瑙碗配上鮮荔枝，便是寶玉和他的三妹妹探春都很欣賞的小品畫。第三十七回說：寶玉派人送荔枝去給三姑娘探春，特地選用一個纏絲白瑪瑙碟子盛上，因為他認為這白色的瑪瑙碟子配上鮮紅的荔枝才好看，當晴雯送去以後，探春見了也說好看，叫連碟子放著，原來她是要先欣賞一陣子，根本不急著吃美食呢。連吃水果都有這些美感上的講究，就不會限於口腹之慾，文化當然也大大提高了，可見即使在物質層面上，精神性都還是最重要的。

再看賈家裡面，連沒受過教育的僕人們都與眾不同。例如第三回，當林黛玉一開始看到賈府派來接她的人員，心裡便覺得：「近日所見的這幾個三等僕婦，吃穿用度，已是不凡了，何況今至其家。」想想看，連三等的僕人都不凡了，其他還用說嗎？那些能夠貼身侍候主子的丫鬟們簡直就是出類拔萃。因此，第三十九回大家一起品頭論足，稱讚那幾個貼身侍候主子的大丫鬟，包括平兒、鴛鴦、彩霞、襲人等，寶釵笑說她們個個「都是百個裏頭挑不出一個來，妙在各人有各人的好處」，李紈便稱讚起賈母身邊的鴛鴦，接著四姑娘惜春也笑道：「老太太昨兒還說呢，他比我們還強呢。」這可一點兒都沒有說錯，第五十五回鳳姐也感嘆道：「我們的丫頭，比人家的小姐還強呢。」但這又是為什麼？因為她們在這樣的環境裡耳濡目染，不斷學習，久而久之，胸襟、見識就提高了。

從怡紅院的一個三等丫頭紅玉身上，更可以清楚看到這一點。第二十七回說，紅玉在一個偶然的情況下受到了鳳姐的賞識，鳳姐想重用她，便先問紅玉本人願不願意到她身邊做事，紅玉立刻說：

> 願意不願意，我們也不敢說。只是跟着奶奶，我們也學些眉眼高低、出入上下，大小的事也得見識見識。

可見他們認為最重要的根本不是財富或權勢，而是廣闊的見識和高雅的文化！

現在，我們要來講最關鍵的精神層面了。其實，前面提到物質層面的時候，已經呈現了精神面的重要性，如果沒有精神性，一味花大錢追求這些高檔昂貴的物質，卻不懂得其中的文化價值，那就會變成暴發戶了。

所以《紅樓夢》裡一再強調他們不是暴發戶，對他們來說，暴發戶只有金錢或權力，而沒有文化教養，只能算是有錢有勢的粗人。而具備文化教養，便能表現出「大雅可觀」，曹雪芹甚至還告訴我們，真正的絕世美人是高雅的貴族文化才能培養出來的，其中的代表人物就是薛寶琴。這位最後才出場的金釵，真是把寶釵、黛玉都給壓倒的豔冠群芳，她優雅大方、儀態萬千，那是連明朝最有名的畫家都畫不出來的風姿。

第五十回說，賈母從大觀園坐轎子要回屋子去，路上是一片粉妝銀砌的雪地，忽然遠遠地看到寶琴披著鳧靨裘站在山坡上遙等，身後一個丫鬟抱著一瓶紅梅，那景象美得如畫一般。賈母喜得忙笑道：

「你們瞧，這山坡上配上他的這個人品，又是這件衣裳，後頭又是這梅花，像個什麼？」眾人都笑道：「就像老太太屋裏掛的仇十洲畫的《雙豔圖》。」賈母搖頭笑道：「那畫的那裏有這件衣裳？人也不能這樣好！」

這仇十洲就是仇英，乃明朝鼎鼎大名的人物畫家，但連他都畫不出眼前「寶琴立雪」的絕世丰姿，那並不是因為技巧不夠，而是欠缺對這種大家閨秀的見識。同樣的，寶琴身上所披的那一領鳧靨裘，是用野鴨子頭上的羽毛精工做成的，連寶釵、寶玉都從來沒見過，一般的畫家又哪裡見到過？又怎麼畫得出來？

可見富貴的價值，真正的關鍵是文化，而文化是很昂貴、很花時間才能培養出來，難怪寶玉的前身要指定富貴場去投胎。同樣的，寶玉所嚮往的溫柔鄉也是貴族文化的結晶，那些環繞在他身邊的少女，都是有文化、有見識的閨秀，不單只是美麗而已，也正是為了把她們給記錄下來，所以才會誕生了《紅樓夢》這部書。曹雪芹在第一回的前面向天下人告罪時，便說：「我之罪固不免，然閨閣中本自歷歷有人，萬不可因我之不肖，自護己短，一併使其泯滅也。」這些閨閣女子的優雅卓越，是富貴場所提供的文化環境才能造就的。

要知道，古代沒有工業革命，沒有資本主義，資源很欠缺，而讀書是很昂貴的投資，所以沒幾個人可以讀書。即使到了光緒三十年，即西元一九〇四年，歷經了推廣教育的努力，整個中國的識字率也只有百分之一，其他百分之九十九的人都是文盲！而要能像杜甫、蘇東坡、曹雪芹這樣擁有豐富的學養、深厚的文化者，那更是少之又少，可以說是鳳毛麟角了。

這麼說來，能讀書真是一件很幸運的事，而所謂的「知書達禮」，讀書不只是為了有知識，更是為了有文化、有教養，活得更精緻優雅，這也是他們叫做「貴族」的原因，「貴」的意義就在這裡。難怪曹雪芹要稱賈家為讀詩書、守禮法的「詩禮簪纓之族」，那才是賈寶玉想要去安身樂業的真正關鍵！

最後，總結一下這一章所講到的重點：

首先，寶玉的前身為什麼要到人間一趟？就是為了去領略富貴所帶來的大雅可觀的高雅文化，我們舉了幾個例子說明貴族的高雅品味，包括軟烟羅、茄鯗、荷葉湯，還有瑪瑙碗配上鮮荔枝，尤其解釋了什麼是「舊年蠲的雨水」，都不是單單有錢即欣賞得了的。

同樣的，在人物方面，精神性仍然最為重要，賈家連丫鬟都勝過於一般人家的小姐，何況選美第一名的薛寶琴簡直比畫還好看，那依靠的不只是容貌，還更是環境所培養的優雅出眾的氣質。這些都說明了高雅文化、胸襟見識的重要性，也是寶玉指定去富貴場投胎的真正原因。

下一章，要講寶玉投胎到富貴場以後，他的任務本來是什麼？曹雪芹用很特別的方式來加以說明，做了很有趣的重像設計。「重像」是什麼？請看後續的解說便可以明白了。

# 3 賈寶玉有哪些分身？

前一章提到，寶玉是為了享受富貴、見識高雅文化才渴望到紅塵裡來，但是，富貴場的維持其實很不容易，當家的家長總是忙得不可開交，因此，不止賈政常常在外面忙著朝廷派下來的公務，甚至連續幾年都回不了家，連王夫人也是常常分身乏術。

第六回很早就說：「榮府中一宅人合算起來，人口雖不多，從上至下也有三四百丁；雖事不多，一天也有一二十件，竟如亂麻一般。」在第五十五回又提到：「連日有王公侯伯世襲官員十幾處，皆係榮、寧非親即友或世交之家，或有升遷，或有黜降，或有婚喪紅白等事，王夫人賀弔迎送，應酬不暇。」難怪王夫人需要王熙鳳協助理家，否則單單一個人根本應付不來。

## 隨代降等、三代歸零的宿命

然而回來看寶玉，他肩負了繼承人的責任，卻又只想要享受優雅舒適的生活，而不願意煩惱家務的問題，因此成了個不負責任的不肖子。但他又不是一般常見的紈袴子弟，為了解釋寶玉的特異性，曹雪芹特別提出一套正邪兩賦的理論，在本書第一章的主題裡曾加以說明，即寶玉是個正邪兩賦的特異分子，渾身的正氣被邪氣入侵而淪為一個瑕疵品，導致他「於國於家無望」。

其中所謂的「於國無望」，便是指他不喜歡讀書，或者說，他不喜歡讀正經書，這麼一來就沒辦法參加科舉考試，當然也沒有機會為國家服務了。至於「於家無望」，指的是他對家族同樣沒有貢獻。很多人都不知道，賈家這種貴族世家是清朝所謂的八旗世爵，即他們並不是皇族，從他們姓的是賈而不是愛新覺羅，便可以知道這一點；但他們的祖宗早在明朝便已經入旗了，雖然是血統上的漢人，卻仍然屬於所謂的旗人，在文化上、生活上和滿人一家，並且他們在清初入關時戰功彪炳，對朝廷貢獻很大，因此被封為國公，而「一等公」可是八旗世爵裡最高的等級，那兄弟倆一個是哥哥寧國公賈演，一個是弟弟榮國公賈源，這樣命名的涵義象徵著他們分別創立了寧國府和榮國府，從「源」頭「演」化下來，而寶玉就是榮國府這邊賈母的愛孫。

只是，天下並沒有永恆不變的事物，一個國家的爵位有限，所以不能讓貴族們的子子孫孫代代相傳，而有了「隨代降等承襲」的制度，也就是每世襲一代，爵位即降低一等，幾代之後便歸零了，這是除少數十二、三家「世襲罔替」的皇族之外都注定的命運。至於那些不是皇族的八旗世爵，更注定只能傳承三代，到第四代就沒有爵位了，這時便得要找另外的出路，好讓家族的榮華富貴可以維持下去，那個出路正是科舉考試。

而寶玉正是賈家的第四代，面對賈家存亡絕續的關鍵時刻，他肩負了家族轉型的重責大任，如果能夠成功中舉，賈家的富貴故事就能繼續寫下去，所以賈政會逼他讀書，正是為了這個原因。但我們都知道，賈家最後會「落了片白茫茫大地真乾淨」，小說一開始的神話故事也預告了寶玉的無材補天，可見寶玉確實是一個辜負家族使命的不肖子。

其實，寶玉作為家族繼承人的使命，也透過他的重像而表現出來。所謂的「重像」就是指重疊的形象，有一點分身的意味。當曹雪芹在設計小說人物時，精心安排了一種很特殊的技巧，亦即通過其他的角色以類似的特徵來加強、突顯某個重要人物。這些其他的角色可以是歷史上的人物，也可以是小說中的人物，他們的某些特點通往那個特定的重要人物，當讀者看到他們的時候就好像也看到了這個人的影子，這便是所謂的重像，也可以用「分身」的概念來理解。

那麼，要怎樣才能判斷兩個人物之間是否具有重像關係？學者告訴我們，「長得相像」就是一個重要的線索，畢竟小說是由小說家所創作，他擁有創作的特權，可以在人物的塑造上做很大的發揮，長相便是其中之一。一旦有兩個人擁有類似的長相，那就表示他們之間存在著某種特殊的關聯。

## 同途殊歸的二人組

現在來看，《紅樓夢》中有誰和寶玉長得相像？我們一共可以找到五個，因為篇幅的關係，只講最重要的三個。

其中，一般讀者最容易想到的，就是甄寶玉。這個甄寶玉完全是賈寶玉的翻版，從長相到個性都如出一轍，第二回裡賈雨村對好朋友冷子興提到，去年他在金陵，曾經被推薦到甄府當家庭老師，到了甄家，發現到他家是那等顯貴，卻是個富而好禮之家，堪稱很難得的教學館。但甄寶玉這一個學生，雖然只是啓蒙，竟比一個舉業的還勞神，說起來更可笑，他說：「必得兩個女兒伴着我讀書，我方能認得字，心裏也明白；不然我自己心裏糊塗。」又常對跟他的小廝們說：「這女兒兩個字，極尊貴、極清淨的，比那阿彌陀佛、元始天尊的這兩個寶號還更尊榮無對的呢！你們這濁口臭舌，萬不可唐突了這兩個字，要緊！但凡要說時，必須先用清水香茶漱了口才可；設若失錯，便要鑿牙穿腮等事。」不只如此，「其暴虐浮躁，頑劣憨痴，種種異常。只一放了學，進去見了那些女兒們，其溫厚和平，聰敏文雅，竟又變了一個。因此，他令尊也曾下死笞楚過幾次，無奈竟不能改。每打的吃疼不過時，他便『姊姊』『妹妹』亂叫起來」，原因是：「急疼之時，只叫『姊姊』『妹妹』字樣，……便果覺不疼了。」這豈不正是賈寶玉的情況嗎？

又第五十六回提到，甄府的四個女人來到賈家請安，賈母問她們說：

「你這哥兒也跟着你們老太太？」四人回說：「也是跟着老太太。」賈母道：「幾歲了？」又問：「上學不曾？」四人笑說：「今年十三歲。因長得齊整，老太太很疼。自幼淘氣異常，天天逃學，老爺、太太也不便十分管教。」賈母笑道：「也不成了我們家的了！你這哥兒叫什麼名字？」四人道：「因老太太當作寶貝一樣，他又生的白，老太太便叫作寶玉。」

居然連名字也一樣，賈母的好奇心更被挑起來了，便派人到大觀園裏把賈寶玉叫來，給這四個管家娘子瞧瞧。沒想到這四人一見到寶玉，連忙起身笑道：「唬了我們一跳。若是我們不進府來，倘若別處遇見，還只當我們的寶玉後趕着也進了京了呢。」然後她們又總結說道：「如今看來，模樣是一樣。據老太太說，淘氣也一樣。」可知兩個寶玉是重像無疑了。同樣的，第二回賈雨村說：「因祖母溺愛不明，每因孫辱師責子，因此我就辭了館出來。」意即甄家的祖母過度溺愛、不明事理，甚至每每因為孫子而辱罵老師、責備兒子，因此賈雨村便辭職不做了。這麼一來，兩家的祖母也是一樣，都把孫子給寵壞啦。

由此可見，兩個寶玉從名字、相貌、性格、習氣、環境都完全相同，難怪寶玉做了一場夢，去到甄家和甄寶玉見了面，當時的情況簡直像照鏡子般彼此重疊。請看第五十六回繼續說：寶玉在夢中到了一座花園之內，詫異道：「除了我們大觀園，更又有這一個園子？」接著又看到一群很像鴛鴦、襲人、平兒的丫鬟，而她們也把寶玉誤認為甄家的寶玉。然後寶玉順步到了一所院內，又詫異道：「除了怡紅院，也更還有這麼一個院落？」等上了臺磯，進入屋子內，只見床榻上有一個少年躺臥著，還嘆息了一聲，一個丫鬟笑問道：「寶玉，你不睡又嘆什麼？想必為你妹妹病了，你又胡愁亂恨呢。」賈寶玉聽說，心下也便吃驚，因為這不等於是在說他自己嗎？沒想到那位少年說他也做了一個同樣的夢，賈寶玉聽說，連忙說道：「我因找寶玉來到這裏。原來你就是寶玉！」臥榻上的少年忙下來拉住賈寶玉，也說：「原來你就是寶玉！這可不是夢裏了？」賈寶玉道：「這如何是夢？真而又真了。」

請看兩個寶玉在夢中相見，彼此完全一模一樣，居然真實無比，這當然是有用意的，曹雪芹是要藉著甄寶玉來襯托賈寶玉，那不只是為了加強賈寶玉的形象而已，其實還更要進行對比和反諷。原來在遺失的後四十回裡，甄寶玉應該是規引入正，回到正途而承擔了家族的責任，就這一點來說，現在的高鶚續書算是正確把握到了；可賈寶玉卻還是依然故我，最後只能眼睜睜地看著家族敗落，那份痛徹心扉簡直無法承受，於是以出家了結一切的是非榮辱，留下一個徹底一無所有的悲劇。

這就是兩個寶玉分道揚鑣，以致同途殊歸、而不是殊途同歸的對比，因此賈寶玉的悔恨便更加椎心蝕骨了。

## 榮國公的繼承人

同樣的，賈寶玉的其他重像也是很嚴肅的，卻又被大多數的讀者所忽略。我要特別提醒大家，其中之一，就是榮國府的第一代祖先賈源！這是否令人根本想不到？

證據在第二十九回，當時快要到端午節了，元妃命賈家在五月初一到初三打三天的平安醮，唱戲獻供。第一天是初一，鳳姐慫恿大家都去清虛觀打醮，順道看戲取樂，賈母聽了很有興致，便出面號召大家共襄盛舉，於是全家的女眷都出動了，一路上熱熱鬧鬧地到了清虛觀。不久，當日代替榮國公出家的替身張道士就來向賈母請安了，他特別提到記掛著寶玉，於是賈母便叫人把寶玉帶來，張道士一看連忙抱住了問好，還向賈母笑道：「哥兒越發發福了。」後來又感嘆道：

「我看見哥兒的這個形容身段、言談舉動，怎麼就同當日國公爺一個稿子！」說着兩眼流下淚來。賈母聽說，也由不得滿臉淚痕，說道：「正是呢，我養這些兒子孫子，也沒一個像他爺爺的，就只這玉兒像他爺爺。」

從這一段描寫可見，其中所提到的榮國公指的應該是第二代的賈代善，也就是賈母的丈夫，顯然他不幸早死了，因此讓賈母觸動了心腸，以致淚流滿面。但張道士卻說賈代善是國公爺，而「國公」是第一代的祖先才有的爵位，到了第二代其實已經降等了，所以合理地推測，那應該是一種尊稱，因為把死者的身分抬高一級，是當時社會通行、可以接受的做法，並且也很可能是曹雪芹故意含糊的說法，好讓賈代善和第一代的賈源統一起來，共同代表了賈家最初、最有權威的祖宗。我甚至還懷疑，或許賈代善長得也像第一代的賈源！無論如何，這裡最要特別注意的重點是：賈母有那麼多的子孫，卻只有寶玉一個長得像爺爺，他的容貌身段、言談舉止都和國公爺是同一個模子複製出來的！

但這祖孫兩個彼此相隔了幾十年，連面也沒見過，曹雪芹為什麼要設計這樣的重像關係？原來，曹雪芹的目的就是要暗示：寶玉是榮國府的唯一繼承人。也因此，第五回寫寧、榮二公死後還在為賈家操心，以致還魂去囑託太虛幻境的警幻仙姑，希望能把寶玉規引入正，當時他們說：「遺之子孫雖多，竟無可以繼業。其中惟嫡孫寶玉一人，稟性乖張，生情怪譎，雖聰明靈慧，略可望成。」把這兩段話比對一下，豈不是絲絲入扣？子孫裡只有寶玉一個人長得像祖先，又只有寶玉一個人有希望可以繼承家業，這便清楚證明了寶玉確實被賦予家族發展的使命，承擔了賈家的未來，是賈家要重建富貴唯一的寄託。所以即使他只是「略可望成」——略略有希望可以成功，都不能放棄這一線希望。

由此可見，寶玉作為祖宗的繼承人，和寧、榮二公一樣承擔了家族重建的使命，這組重像關係是非常嚴肅的。

那麼，寶玉到底長什麼樣子？首先必須說，寶玉是一個很漂亮的小男生，小說中常常提到他之所以特別得寵，原因之一就是長得好看。例如第二十五回趙姨娘說：「也不是有了寶玉，竟是得了活龍。他還是小孩子家，長的得人意兒，大人偏疼他些。」可見長得討人喜歡是寶玉很得長輩疼愛的重要原因。還有，第五十六回賈母也說：「就是大人溺愛的，是他一則生的得人意，二則見人禮數竟比大人行出來的不錯，使人見了可愛可憐，背地裏所以才縱他一點子。」可見生得好看果然可以帶來不小的特權。

小阿哥騎馬（清末圖片）

甚至第二十三回還提到，連平常恨鐵不成鋼，因此不怎麼喜歡寶玉的賈政，也都會因為一眼看到「寶玉站在跟前，神彩飄逸，秀色奪人；看看賈環，人物委瑣，舉止荒疏」，再加上其他的一些理由，因此「把素日嫌惡寶玉之心不覺減了八九」，這時幾乎一點也不討厭寶玉了。由此可見，長相確實有影響，寶玉的漂亮便讓他占了不少的便宜，這是無可否認的事實。

## 寶釵：金玉良姻的體現

現在要進一步來看，寶玉到底具體是長什麼樣子？談到這一點，就會涉及寶玉的第三個重像人物了，那個人便是薛寶釵。這是不是又很令人大吃一驚？如果說，重像人物之間存在著很特殊的關聯，那麼和寶玉相像的金釵，豈非應該是林黛玉嗎？他們青梅竹馬、志同道合，照理來說，應該是一體的，但怎麼會偏偏是看起來格格不入的寶釵才是寶玉的重像？在這裡，顯然曹雪芹是用心良苦，他要告訴我們深刻複雜的道理。

先來看他們倆的相貌吧。首先，第三回透過黛玉的眼睛，讓我們近距離看清楚寶玉的長相，那是：

> 面若中秋之月，色如春曉之花，鬢若刀裁，眉如墨畫，面如桃瓣，目若秋波。

意思是說，寶玉的臉形彷彿中秋滿月般的潔白圓潤，兩道眉毛就像墨汁似的漆黑，臉色有如春天的桃花一樣嫣紅，那一雙眼睛好比秋水般地流轉波動。這豈不是和寶釵同一個模子嗎？第八回寶玉來探望薛姨媽和寶釵時，藉由寶玉的眼睛讓我們看到寶釵面相的工筆畫，那是：

唇不點而紅，眉不畫而翠。臉若銀盆，眼如水杏。

其實，同樣的一段描寫又出現在第二十八回，也同樣是從寶玉的眼中再現出來，讓我們比對一下：寶釵的「眉不畫而翠」意指不用畫眉就已經漆黑鮮明，所謂的「翠」是青黑色的意思，古人會用來形容美人的眉毛，而有「翠眉」一詞，例如盛唐詩人岑參〈使君席夜送嚴河南赴長水（得時字）〉便說：「嬌歌急管雜青絲，銀燭金杯映翠眉。」如此一來，豈不正是寶玉的「眉如墨畫」嗎？

而寶釵的「臉若銀盆」是說她的臉形又白又圓，像白銀打造的水盆，這不也是寶玉的「面若中秋之月」？再看寶釵的「眼如水杏」，那水汪汪的大眼睛又剛好類似於寶玉的「眼若秋波」，可見兩人都是濃眉大眼，襯在圓潤白皙的臉上，確實搶眼奪目。至於寶釵的「唇不點而紅」則說明她雙唇紅豔，根本不必點上唇膏，同樣相當於寶玉的「色如春曉之花」和「面如桃瓣」，都是白裡透紅的好氣色，顯示一種富麗堂皇的氣象。難怪第五回的女神兼美是「鮮豔嫵媚，有似乎寶釵」，有如鮮花綻放盛開一般。

這麼說來，和寶玉長得一樣的寶釵，也是無比美麗的囉？的確是，第二十八回還進一步寫寶玉眼看寶釵這樣的容貌，認為是「比林黛玉另具一種嫵媚風流，不覺就呆了」，寶玉居然看到渾然忘我，當場發起呆來，可見那是多麼令人沉迷的美貌。果然小說中幾番提到寶釵的絕色，例如第五回說：「如今忽然來了一個薛寶釵，年歲雖大不多，然品格端方，容貌豐美，人多謂黛玉所不及。」顯示這是大家的公論。還有第四十九回，寶玉向襲人、麝月、晴雯等笑道：「你們成日家只說寶姐姐是絕色的人物。」難怪第六十三回大家掣花籤時，寶釵抽到的是花王牡丹花，上面題的就是「豔冠羣芳」四個字，下面又注解說：「在席共賀一杯，此為羣芳之冠。」而現場的大家都十分贊同。

不只如此，依照清虛觀張道士的說法，寶玉的體態是「哥兒越發發福了」，可見是有一點豐滿，這明顯和黛玉的纖細瘦弱完全不同，但和寶釵又是十分相似。第三十回說，五月初三是薛蟠的生日，家裏擺酒唱戲，也來邀請賈府諸人去遊樂一番，寶玉因為得罪了黛玉，就沒有心情去，又問寶釵怎麼也不看戲去？寶釵回答說：「我怕熱，看了兩齣，熱的很。要走，客又不散。我少不得推身上不好，就來了。」寶玉聽了便搭訕說道：「怪不得他們拿姐姐比楊妃，原也體豐怯熱。」從這段對話可以看出，寶釵是屬於楊貴妃型的豐滿體態，所以比較怕熱，不同於黛玉的西施、趙飛燕型，第六十三回寶玉也說「林妹妹怕冷」，可見寶釵確實比較接近寶玉的體態。

再說，寶釵的聲音居然也會被誤認為是寶玉的呢，第三十回描寫寶玉遇到了午後雷陣雨，淋得跟落湯雞似的，趕緊一口氣跑回怡紅院，誰知道大門深鎖，只好敲門叫人來開。而丫鬟們都在院子裡玩水笑鬧，過了半天才聽見外面有人大聲拍門的聲音，這時襲人問是誰叫門？寶玉道：「是我。」麝月一聽就說：「是寶姑娘的聲音。」由此可見，寶玉的聲音和寶釵也是相像的，所以麝月才會認錯。這麼說來，這二寶之間更是如出一轍了，從容貌、體態、聲音都高度重疊，充分顯示了兩人的重像關係！

那麼，曹雪芹為什麼要這樣設計？其中必有奧妙。簡單地說，寶玉和寶釵這兩人長得一副夫妻臉，正可以說是「金玉良姻」的另一種呼應。

最後，總結一下這一章所說的重點，即寶玉的重像包括了甄寶玉、榮國公賈源，還有薛寶釵，這三個人都和寶玉的命運有關，那就是家族的發展。其中，甄寶玉這個人是要烘托寶玉無材補天的一面，榮國公賈源則是表達寶玉肩負了繼承人的責任，而最特別的是薛寶釵，她和寶玉的夫妻相暗示了兩人的金玉良姻，那確實是一種命中注定的關係。下一章要仔細看看金玉良姻的意義是什麼，你也會重新有不同的認識。

# 4 什麼是金玉良姻

緊接著上一章提到的薛寶釵，這一章要講的是：什麼是金玉良姻？

我們都知道，寶玉的婚姻與戀愛涉及了兩位重要金釵，一個是林黛玉，一個是薛寶釵。對於這三個人的關係，小說家在第五回做了一點預告，當時寶玉神遊太虛幻境，聽到了《紅樓夢組曲》第一首的歌詞，其中說：「都道是金玉良姻，俺只念木石前盟。」那「金玉良姻」是指寶釵的金項圈或說金鎖片，和寶玉的通靈玉構成了良好的姻緣，暗示小說最後的結局是寶玉、寶釵結為夫妻，因此二寶的婚姻關係就被稱為「金玉良姻」。而「木石前盟」指的是寶玉和黛玉前一輩子所締造的緣分，「木」是指絳珠仙草，「石」即是神瑛侍者，即那一塊玉石的化身，因為神瑛灌溉絳珠的恩惠，彼此形成了特殊的情緣，「還淚」便是特殊的表現。

由此可見，在寶玉的溫柔鄉裡，寶釵、黛玉是最重要的兩個少女，偏偏她們兩個人幾乎完全不同，一個是以大局為重，而一個是偏重在自我的個人主義。如果一定只能選一個，大家通常都會選黛玉，因為從心理學的角度來說，正如清朝評點家趙之謙《章安雜說》所指出：「人人皆賈寶玉，故人人愛林黛玉。」確實如此，畢竟寶玉是小說的主角，而黛玉和寶玉從小一起長大，也培養出深厚的感情，所以很自然的，大家都會以寶玉為中心去看待林黛玉，因此認為黛玉是寶玉唯一的知己，和寶玉是彼此認定的唯一伴侶。

不過，曹雪芹告訴我們，事情並沒有那麼簡單！

## 釵黛合一

首先，我要提醒大家，寶玉其實對所有的少女都是喜愛的、欣賞的、懷念的，第五回當他在神遊太虛幻境時，一邊聆聽演奏給他欣賞的《紅樓夢曲》，一邊看著歌詞的原稿，那總論般的〈紅樓夢引子〉便清楚地說：

> 開闢鴻蒙，誰為情種？都只為風月情濃。趁着這奈何天、傷懷日、寂寥時，試遣愚衷。因此上、演出這懷金悼玉的《紅樓夢》。

整個組曲所歌詠的，是正冊中的十二位金釵，而對這些包括寶釵在內的金釵們，寶玉或者曹雪芹的心態其實是「懷金悼玉」——「懷」是懷念、懷想、緬懷的意思，而「懷金」的「金」應該主要是指寶釵，至於「懷金悼玉」的「悼玉」，則是哀悼黛玉無疑了。但其實擴大來看，所謂的「懷金悼玉」更可以說是懷念、哀悼那些簿冊裡所有的少女，她們都是所謂「金玉」般的人，當然也包括寶釵在內。

再說，固然以專情的角度而言，寶玉只能選一個來情有獨鍾，於是林黛玉雀屏中選，但對曹雪芹而言，「釵黛合一」才是他心目中最完美的女性典範，這一點在小說裡不斷地重複加以提醒。先看第五回，寶玉神遊太虛幻境時瀏覽了少女們的人物判詞，其中，金陵十二釵正冊記錄了最重要的十二個女子，在編排的形式上基本都是一個人一本冊子，唯一例外的是第一本：

頭一頁上便畫着兩株枯木，木上懸着一圍玉帶；又有一堆雪，雪下一股金簪。也有四句言詞，道是：

可嘆停機德，堪憐詠絮才。
玉帶林中掛，金簪雪裏埋。

所謂的「兩株枯木，木上懸着一圍玉帶」就是暗示林黛玉，也即判詞中的「玉帶林中掛」，「玉帶林」三個字倒過來念，便是諧音林黛玉，而「堪憐詠絮才」乃藉由寫出「未若柳絮因風起」這句詩的才女謝道韞，來讚美黛玉的詩歌才能。至於「有一堆雪，雪下一股金簪」則是代表薛寶釵，「雪」是諧音薛寶釵的「薛」，而「金簪」等於是寶釵的別名，這也呼應了判詞中的「金簪雪裏埋」，再說，寶釵的賢德就好比古代樂羊子的妻子（見《後漢書．列女傳》），故稱「可嘆停機德」。這兩個人放在同一本冊子上，不正是「釵黛合一」嗎？一才、一德，既各有偏重又相輔相成。並且她們倆不只是合一，還不相上下，在冊子裡有時寶釵領先，有時則是黛玉在前面，根本不分軒輊。

更明顯的是太虛幻境裡的女神「兼美」。因為寶玉根本看不懂這些判詞中所隱藏的天機，於是警幻仙姑使出了最後的撒手鐧，將她的妹妹許配給寶玉，希望他能夠因此而覺悟，不要再沉迷於溫柔鄉之中。而警幻的妹妹乳名叫做兼美，她的相貌是「鮮豔嫵媚，有似乎寶釵，風流裊娜，則又如黛玉」，兩種不同的美麗居然合為一體，這簡直是仙境才可能存在的神話！落實到了人間，確實不太可能發生，但曹雪芹還是採用了一種很特別的方式來表達這樣的理想，體現於怡紅院的庭院設計上。

請看第十七回大觀園剛剛落成，大家長賈政領著寶玉一行人入園遊覽，到處題字，最後走到了怡紅院，那是將來寶玉要居住的地方，等於是為他量身打造。其中便描寫道：

> 一入門，兩邊俱是遊廊相接。院中點襯幾塊山石，一邊種着數本芭蕉，那一邊乃是一顆西府海棠，其勢若傘，絲垂翠縷，葩吐丹砂。眾人贊道：「好花，好花！從來也見過許多海棠，那裏有這樣妙的。」

後來，當大家要為這個地方命名時，寶玉建議道：

「此處蕉棠兩植，其意暗蓄『紅』『綠』二字在內。若只說蕉，則棠無着落；若只說棠，蕉亦無着落。固有蕉無棠不可，有棠無蕉更不可。」賈政道：「依你如何？」寶玉道：「依我，題『紅香綠玉』四字，方兩全其妙。」

其中，「兩全其妙」不就是「兼美」嗎？而兼美是兼具了寶釵、黛玉之美，這裡兩全其妙的「蕉棠兩植」也恰恰正是釵黛合一！因為綠色的芭蕉常常被比喻為「綠玉」，那就相當於「黛玉」的意思，黛玉的「黛」字本身即是指深綠色、青黑色，古時婦女可以用來畫眉，因此第三回寶玉和黛玉首度相見時，即引用《古今人物通考》說：「西方有石名黛，可代畫眉之墨。」為黛玉取了「顰顰」的妙字，所以說芭蕉代表了黛玉，展現的也是一種風流裊娜的姿態。而紅色的海棠花有著鮮豔嫵媚之美，也正對應了寶釵。

由此可見，怡紅院裡「蕉棠兩植」的「兩全其妙」，就是太虛幻境中「釵黛合一」的「兼美」，果然怡紅院豈不也等於寶玉的仙境嗎？寶玉住在怡紅院裡，簡直成了名符其實的絳洞花主，難怪他會感到心滿意足。這麼說來，寶玉或者曹雪芹心目中的理想，確實是釵黛合一，她們兩人可以分庭抗禮，更應該互補合一，那就會構成最完美的女性典範，包括「兼美」、「蕉棠兩植」還有兩人並寫的判詞等等，都是釵黛合一的證明。

而《紅樓夢》的創作宗旨便是要「懷金悼玉」，表達曹雪芹對那些「閨閣中本自歷歷有人」的女性的敬佩與哀悼，根本不是要發洩對什麼社會制度的怨恨。想想看，抱著仇恨心理的作家，既然一味堅持強烈的好惡批判，即已經失去了對宏大而複雜的世界的寬廣體認，又哪裡能寫出深沉豐富的好作品？

## 金玉良姻：天作之合的神諭

釐清了這一點以後，現在可以進一步來看，到底什麼是「金玉良姻」了。一般讀者都以為，「金玉良姻」是門當戶對的包辦婚姻，寶玉是被迫迎娶自己並不愛的薛寶釵，造成了林黛玉含恨而死的悲劇，因此令人厭惡。甚至有很多人採取了陰謀論，揣測王夫人、薛姨媽乃至襲人為了促進這段「金玉良姻」，都暗中陷害林黛玉，於是「金玉良姻」簡直成了罪惡的代名詞。

不過，這樣的想法實在太簡單了，而且根本違反了事實。那事實是怎樣的呢？講起來真是說來話長，我先提醒大家注意幾個重點。第一，所謂的「金玉良姻」，並不是人為的陰謀，而是由和尚所傳達的上天神諭！

試看通靈玉上面所刻的字，和金項圈上的句子是一模一樣，而我們都知道，通靈玉的字是寶玉從前世所帶來的，想當初，那塊玉石要幻形入世的時候，就是和尚給鐫刻上去，第一回說道：那僧把縮小的玉石托於掌上，笑道：「形體倒也是個寶物了！還只沒有實在的好處，須得再鐫上數字，使人一見便知是奇物方妙。」這便是通靈寶玉上面的字跡的來歷。而寶釵的金鎖片，上面鑿的字也是和尚所吩咐的，第八回集中說明了這個情況，當時寶玉來探望薛姨媽，又問候起寶釵，原來寶釵又犯了宿疾，於是這幾天都沒有出門，待在家靜養，寶玉便往裡間去看視寶釵。也正因為當時現場只有兩個人，所以寶釵才提到要仔細賞鑑一下那塊通靈玉。

對於這段情節，很多人以為是透露出寶釵渴望金玉良姻的心思，但這恐怕太過捕風捉影，未免穿鑿附會了。想想看，黛玉才剛剛來到賈府的第一天，就向襲人問起那塊玉，而且她應該第二天便看過了，這其實也不算什麼，畢竟人都有好奇心，寶玉那塊含在嘴裡一起出生的美玉簡直就是傳奇，所以只要有機會，誰不會想看一下？因此當第十九回寶玉偷偷出門，去襲人家看望她的時候，襲人也小心翼翼地摘下那塊玉，給她的家人們見識一下。

由此可見，寶釵來到賈府這麼久了，直到現在才順道看一眼，顯然她其實並不在意金玉之說，對那塊通靈寶玉也沒有很大的興趣。再看第二十八回更說得很清楚：

寶釵因往日母親對王夫人等曾提過「金鎖是個和尚給的，等日後有玉的方可結為婚姻」等語，所以總遠着寶玉。昨兒見了元春所賜的東西，獨他與寶玉一樣，心裏越發沒意思起來。幸虧寶玉被一個黛玉纏綿住了，心心念念只記掛着黛玉，並不理論這事。

可見情況剛好相反，寶釵居然覺得「金玉良姻」很沒意思，甚至一直疏遠著寶玉，還慶幸寶玉一心都在黛玉身上。所以說，很多人把寶釵一家人當作陰謀者，那實在是太冤枉好人了，再想想看，以薛家的家勢地位，聯姻的對象一定都是門當戶對的王孫公子，又何必非要賈寶玉不可？就算是對寶玉情有獨鍾，由家長直接提親不就好了嗎？既然當時名門世家的婚姻必須遵守父母之命、媒妁之言，又何必浪費那些沒用的心機或小手段？你是不是以為，薛家的人都又壞又笨，不懂得選最有效的方法？可見一個人有了成見以後，就會處處杯弓蛇影，無論看到什麼都會加以懷疑，於是便穿鑿附會了。

現在回來看「金玉良姻」是怎麼回事。當寶釵把通靈寶玉托於掌上，即看到上面由癩僧所鐫的篆文，正面寫的是「通靈寶玉」四個字，還有兩句話，寫道：「莫失莫忘　仙壽恆昌」。寶釵念了兩遍，沒想到她的貼身丫鬟鶯兒聽住了，因此不去倒茶，也在這裏發呆，被寶釵催促了一下，鶯兒卻笑嘻嘻地說：「我聽這兩句話，倒像和姑娘的項圈上的兩句話是一對兒。」其實鶯兒並不識字，但卻聽得懂，所以一聽就注意到和寶釵金項圈上面的字是成對的。

寶玉對這一點也感到很驚喜，所以纏著寶釵一定要過目見識一下。本來寶釵並不想談這件事，這時也只好退讓，於是說道：

> 「也是個人給了兩句吉利話兒，所以鏨上了，叫天天帶着；不然，沉甸甸的有什麼趣兒！」一面說，一面解了排扣，從裏面大紅襖上將那珠寶晶瑩、黃金燦爛的瓔珞掏將出來。寶玉忙托了鎖看時，果然一面有四個篆字，兩面八字，共成兩句吉讖。亦曾按式畫下形相：
>
> 不離不棄　芳齡永繼

寶玉看了，也念了兩遍，又念自己的兩遍，因笑問：「姊姊這八個字倒真與我的是一對。」鶯兒笑道：「是個癩頭和尚送的，他說必須鏨在金器上……」

讀過這一段的描寫，我們可以發現到，連寶玉都很高興地說金、玉上面的字確實是一對，可見那真是非常客觀的事實。更值得注意的是，一切都是由和尚這位神通者所決定，成對的文字即是和尚給予的，他就像月下老人一樣，目的是促成寶釵、寶玉的金玉良姻。尤其金項圈、通靈玉上面的文字居然這麼巧合，成雙成對，這豈不正是「天作之合」的意思嗎？所以說是來自天上的神諭。這當然也是曹雪芹特別安排的，他要讓寶玉、寶釵是天生一對。

那麼，既然寶釵並不喜歡佩戴這些麻煩的首飾，如第七回薛姨媽所說的：「寶丫頭古怪着呢，他從來不愛這些花兒粉兒的。」她和薛姨媽又為什麼要乖乖聽從和尚的囑咐？關於這個疑問，只要仔細推敲一番便會發現，那其實非常合情合理。想想看，寶釵從小便帶有一種與生俱來的宿疾，只要發病就會喘嗽，家裡不知花了多少錢、請了多少大夫，卻都一直治不好，最後還是這位和尚給了一帖海上方，叫做「冷香丸」，才算克服了這個病症。這麼一來，和尚簡直像神仙一樣了吧？而神仙交代的事情，人們當然會心服口服啊。

更何況，這位神仙和尚交代的事情也是很吉利的，誰不希望長命百歲、人生平安順利？薛姨媽作為母親，當然會樂於接受，而平常不喜歡戴首飾的寶釵也只得奉命掛在頸子上了。

## 寶釵：真正的同道

至於大家應該注意的第二重點，便是：其實寶玉對寶釵也很欣賞，或者不如說，其實寶玉對所有的女孩子都十分崇敬，何況是出類拔萃的薛寶釵！果然，寶玉有一次拜託鶯兒幫他打絡子，一邊看著鶯兒巧手編織出精美的作品，一邊居然羨慕起將來可以擁有寶釵和鶯兒這一對主僕的幸運兒，第三十五回說：

寶玉笑道：「我常常和襲人說，明兒不知那一個有福的消受你們主子奴才兩個呢。」鶯兒笑道：「你還不知道我們姑娘有幾樣世人都沒有的好處呢，模樣兒還在次。」寶玉見鶯兒嬌憨婉轉，語笑如痴，早不勝其情了，那更提起寶釵來！便問他道：「好處在那裏？好姐姐，細細告訴我聽。」

由此可見，寶玉根本沒有討厭寶釵，相反的，他覺得能娶到寶釵的人是很有福氣的呢。所以說，在《紅樓夢曲》中〈終身誤〉這一首所言：「都道是金玉良姻，俺只念木石前盟。」那只是表示寶玉心有所屬、情有獨鍾，卻並沒有說寶釵不好。請大家仔細推敲這闋曲子完整的歌詞，就會發現寶玉根本並沒有否定寶釵，甚至應該說他對寶釵是很欣賞的，所謂「嘆人間、美中不足今方信」，其中的「美中不足」即證明了這一點。「美中不足」這個成語清楚地表明，金玉良姻是「美」的，它不足的地方在於結婚的對象不是黛玉，所以在主觀上感到遺憾，但從客觀上來說，寶釵仍然是美好的佳人，甚至更好，所以曲文中又說她是「山中高士晶瑩雪」。

只可惜感情本身並不太講道理，寶玉偏偏愛的就是黛玉，誰叫黛玉是先來的那一個？兩人從小一起生活、一起長大，這樣的青梅竹馬無法取代，根本不是誰好誰壞的問題。清朝評點家二知道人（原名蔡家琬）便意識到這一點，其《紅樓夢說夢》云：

> **人見寶、黛之情意纏綿，或以黛玉為金釵之冠**。不知寶、黛之所以鍾情者，無非同眠同食，兩小無猜，至於成人，愈加親密。不然，寶釵亦絕色也，何以不能移其情乎？今而知**一往情深者，其所由來者漸矣。若藻鑒金釵，不在乎是**。

換句話說，寶玉對黛玉的一往情深是主觀的偏好，更是在日常生活中長期累積而成，具有很特殊的個人屬性，如果要客觀評價金釵，並不能以寶玉的角度做為標準。因此我要特別提醒大家，我們常常犯一種推論上的謬誤，容易把喜歡的人等於最好的人，把不喜歡的人當作不好的人，但其實並非如此。很多時候我們之所以會喜歡一個人，只是因為投緣而彼此合得來，或者是出於無法解釋的原因，甚至只是因為私心或私情，因利益而結盟，並不代表客觀的判斷，否則又怎麼會有「物以類聚」、「臭味相投」甚至「一丘之貉」、「沆瀣一氣」之類的成語呢？

曹雪芹便很清楚這一點，所以他在小說裡做了很多的設計，以突顯出寶釵和黛玉是平分秋色、各有千秋的好女孩，最有趣的是上文講過，寶玉和寶釵長得一副夫妻臉，所以兩人是明顯的重像。但其實不只是外表的雷同，寶玉和寶釵在價值觀上也是最一致的。我這麼說，一定會讓人覺得很奇怪，和寶玉心靈最接近的人，難道不是林黛玉嗎？而我並沒有講錯，曹雪芹確實是這麼寫的，他要告訴我們，人世間的道理都不是那麼簡單，我們必須學習讓心胸更開闊，才能更了解世界的奧妙。現在就來看小說裡的證據。

想想看，寶玉最叛逆的表現，便是他對讀書人和朝廷官員的批評，如第十九回襲人勸解寶玉時說道：「凡讀書上進的人，你就起個名字叫作『祿蠹』。」所謂「祿蠹」就是指領薪水的蛀蟲！亦即第三十六回所謂的「國賊祿鬼」。當時寶玉挨打之後專心休養，生活也更加放縱任性了：

> 或如寶釵輩有時見機導勸，反生起氣來，只說「好好的一個清淨潔白女兒，也學的釣名沽譽，入了國賊祿鬼之流。」……眾人見他如此瘋癲，也都不向他說這些正經話了。獨有林黛玉自幼不曾勸他去立身揚名等語，所以深敬黛玉。

整段話乍看起來，是要對比出寶玉和寶釵的價值觀衝突，表現了寶玉對寶釵的否定，同時也是寶玉對黛玉的肯定，這屬於大家都很容易以為的「二玉」志同道合的知己關係。然而，只要再仔細讀過整部小說以後，那便會發現，黛玉只是「不曾勸他去立身揚名」，但卻並沒有跟著他一起否定讀書上進的人，這兩個層次根本不同：一種是消極地不加以附和，一種卻是積極地給予肯定與支持，二者不能混為一談。事實上，寶玉最驚世駭俗的「祿蠹」和「國賊祿鬼」之說，黛玉根本從來都沒有附和過、贊同過，而真正表示出同樣立場的人，其實是薛寶釵！

那麼證據在哪裡呢？就在第四十二回。當時寶釵私底下對黛玉曉以大義，款款告誡她說，女孩子不應該去看《西廂記》一類的雜書，而是要以針黹紡織作為本分。這對於現代人來說，當然是太傳統、太保守，簡直扼殺了女性的才能，不過我們必須要寬容和體諒每個人都有她的時空背景，在當時的社會環境下，那其實是再正確不過的金玉良言，而寶釵那一份無私的開導也被曹雪芹稱讚是「蘭言」，即像蘭花般的美好言論，所以這一回的回目定為「蘅蕪君蘭言解疑癖」，證明那完全不是所謂的收買人心。然後，寶釵接著說：

男人們讀書不明理，尚且不如不讀書的好，何況你我。就連作詩寫字等事，原不是你我分內之事，究竟也不是男人分內之事。男人們讀書明理，輔國治民，這便好了。只是如今並不聽見有這樣的人，讀了書倒更壞了。這是書誤了他，可惜他也把書遭塌了。

請特別注意，寶釵居然說「男人們讀書明理，輔國治民，這便好了。只是如今並不聽見有這樣的人」，意思是：如今沒有一個男人是讀書明理、輔國治民的，這豈不等於否定所有的讀書人、所有的朝廷官員嗎？和寶玉所批評的「祿蠹」和「國賊祿鬼」豈不是一模一樣？都透露出骨子裡極端的叛逆呀。從這一點來看，寶釵才是寶玉真正的同盟，他們是站在同一陣線的盟友！

我知道，這些客觀的證據實在帶來很大的挑戰，徹底顛覆了一般的常識，難怪很多人根本沒有注意到寶釵所說的這一段話，或者即使注意到了，也完全沒放在心上，因為當一個人的成見太深時，便會自動忽略真相，這就是人性的盲點。而曹雪芹正是希望我們要努力突破盲點，這樣才能成長，發現世界的豐富和奧妙！

最後，總結一下這一章所講到的重點：

第一，寶玉的心態以及曹雪芹的寫作宗旨，是「懷金悼玉」，懷念、哀悼那些優秀卓越的少女們，那當然也包括寶釵在內。

第二，甚至應該說「釵黛合一」才是他們心目中最完美的女性典範，包括太虛幻境十二金釵正冊中兩人合寫的判詞，以及兼具了寶釵、黛玉之美的女神「兼美」，還有怡紅院裡「兩全其妙」的「蕉棠兩植」，都呈現出這一點。

第三。關於寶玉和寶釵的「金玉良姻」，根本是由和尚的神通所決定的「天作之合」，不但文字是一對的，連當事人在所謂「叛逆」的價值觀上也是最相通的！所以說，事情並沒有那麼簡單。

下一章要轉到林黛玉了，首先來談談她和寶玉的「木石前盟」究竟是怎麼回事？那是才子佳人式的愛情嗎？如果不是，又是怎樣的愛情？我一樣會提供給大家很不同的說法。

# 5 木石前盟：愛情是怎樣開始的？

在前面幾章裡，從寶玉的「無材補天」講到了「金玉良姻」，讓大家留意到很少人注意卻又十分重要的地方，而對於寶玉的故事，大家最關心的恐怕還是他和黛玉的愛情了。這是人性之常，難怪現在的影視戲劇、流行歌曲的主題大都是愛情，只要加上一點愛情的佐料，就等於是票房保證。

也確實，曹雪芹在第一回裡，不僅寫無材補天的寶玉掉到了青埂峰，尋求一條「以情為根」的出路，並率先描述寶玉、黛玉這兩人的「木石前盟」，顯然那的確很重要。但我要提醒大家，「以情為根」的情通常被誤以為是狹隘的愛情，而愛情又往往被認為是《牡丹亭》杜麗娘所代表的浪漫愛，所以有很多年輕人竟然認為孔子根本不懂得愛情！可見這真是有趣的議題。

其實，曹雪芹在第一回便清楚表示他反對才子佳人故事，而那也包括了《西廂記》、《牡丹亭》在內，甚至到了第五十四回，還特別藉著賈母的「破陳腐舊套」一一說明他反對的理由，指出賈家這種貴族的生活形態和思想價值觀根本不同於一般人家，寶玉、黛玉也是，他們絕不是那樣看待愛情和婚姻的。因此，很多人以為《紅樓夢》受到才子佳人故事的影響，追求戀愛自由、婚姻自主，但其實剛好相反，《紅樓夢》的層次要高得太多，曹雪芹也並不是專為寶玉和黛玉的戀愛而寫小說的。

只不過，小說中確實還是以二玉的故事為重點之一，在第一回裡也率先寫到這兩個人的木石前盟，那麼，究竟二玉之間的木石前盟是否即我們所以為的浪漫愛？是否和杜麗娘、崔鶯鶯等等有名的愛情故事一樣？現在便來認真談談吧。

## 前世的「木石前盟」：慈悲與報恩

大家都知道，寶玉和黛玉的緣分來自於前世，很多人也以為，那是一種超越了生死輪迴的浪漫愛。然而，真的是這樣嗎？接下來，讓我們仔細看看曹雪芹是怎麼說的。第一回中，那和尚說道：

> 只因西方靈河岸上三生石畔，有絳珠草一株，時有赤瑕宮神瑛侍者，日以甘露灌溉，這絳珠草始得久延歲月。……只因尚未酬報灌溉之德，故其五內便鬱結着一段纏綿不盡之意。恰近日這神瑛侍者凡心偶熾，乘此昌明太平朝世，意欲下凡造歷幻緣，已在警幻仙子案前掛了號。警幻亦曾問及，灌溉之情未償，趁此倒可了結的。那絳珠仙子道：「他是甘露之惠，我並無此水可還。他既下世為人，我也去下世為人，但把我一生所有的眼淚還他，也償還得過

他了。」

這便是第五回所謂「木石前盟」的來龍去脈。不過，在說明其中的重點之前，得要先指出一點，即那位神瑛侍者就是賈寶玉，也是那塊無材補天的玉石，想想看：既然灌溉絳珠草的是神瑛侍者，而絳珠草將來要還淚給他，所以神瑛侍者一定是賈寶玉，否則把眼淚還錯了人，那豈不是變成鬧劇了嗎？很多人用物理科學的角度去推演，堅持一加一必定要等於二，其實是走錯了路，忘記文學的任務根本不同，何況在神話思考裡，有靈的東西本來就可以變化出不同的形態，而無妨他們都是同一個存在，因此一加一可以等於一。先釐清了這一點，接下來便可以仔細看曹雪芹到底是怎麼說的。

第一，在這一整段描寫裡，一個字都沒有談到愛情，它從頭到尾所說的，都是神瑛侍者那一邊的恩惠、恩德，以及絳珠仙草這一方的感恩、報恩。請看所有相關的文句，包括：絳珠「尚未酬報灌溉之德」，而警幻詢問絳珠時說的是「灌溉之情未償」，絳珠仙子回答的則是「他是甘露之惠，我並無此水可還」以及「但把我一生所有的眼淚還他，也償還得過他了」。

大家應該注意到，神瑛給絳珠的是「灌溉之德」、「灌溉之情」以及「甘露之惠」，而絳珠之所以要還淚，為的是「酬報」、「償還」，正印證了《詩經．大雅．抑》所說的「無德不報」，其實都是傳統文化裡對人際關係所強調的「禮尚往來」。學者對中國傳統社會文化的研究指出：史書中所說的德、惠、贈與、招待、救濟等，都可以算是一種恩惠，而報恩的基本精神，便是儒家經典《禮記．曲禮》所言：「太上貴德，其次務施報。禮尚往來，往而不來，非禮也；來而不往，亦非禮也。」所以一旦受了恩德，就一定要回報，否則即是失禮。其實，不僅中國人相信行動的交互性，在世界上的每一個社會裡，這種交互報償的原則都是被接受的，只是在中國更加地歷史悠久，也被高度意識到並廣泛地應用於社會制度上，因而產生深刻的影響。

果然，這種說法和神瑛、絳珠的神話故事簡直完全契合！所以說，「木石前盟」的本質是慈悲付出與感恩報恩，那是一種人和人之間很溫暖、很真誠的互動關係，即：我對你好，無私地給出了幫助，而你也感謝我的付出，所以一定會回報，雙方都出於良善的品格，因此神瑛、絳珠這兩個人才能成為主角，也才值得我們去喜歡他們。再看小說的這一整段描寫裡，一個字都沒有談到愛，從頭到尾只提到過一次「情」，而那份情也是一種溫暖的博愛，絕對不是什麼「不知所起」的浪漫愛，這麼說來，「木石前盟」便不能說成「木石情盟」了。

大家要注意的第二個重點，即絳珠草生長在西方靈河岸上的三生石畔，它和神瑛侍者的緣分就是從這裡開始的。一般人看到「三生石」這三個字，又直覺地想到生生死死、超越輪迴的浪漫愛，但其實這又錯了，三生石的典故出自於唐朝，說的是讀書人李源與和尚圓觀友情深厚的故事。故事大約是說，李源把家產都捐給了寺廟，整天和圓觀談天論道，過了三十年以後，兩人想要一起去大江南北壯遊一番，最後因為李源的堅持，而走上了三峽的路線。就在這裡，圓觀遇到了一個懷孕三載未分娩的婦女，那正是等著自己去投胎，他知道大限已到、緣分已盡，於是交代了後事便圓寂了。

李源遵守圓觀的交代，十二年以後按照約定到杭州天竺寺去，果然看到圓觀所轉世的牧童，遠遠地騎在牛背上正唱著山歌呢，那歌詞說：「三生石上舊精魂，賞月吟風不要論。慚愧情人遠相訪，此身雖異性長存。」其中，三生石的「三生」就是佛教所說的「三世」，包括過去世、未來世、現在世，而「舊精魂」便是指前世的靈魂。這靈魂不滅，他雖然從圓觀化身為牧童，變成了不同的人，但本性還是一樣，所以說「此身雖異性長存」，也因此在輪迴之後彼此才能認出對方。

再者，圓觀很感謝老朋友的深情，那李源守住了十二年之約，不惜千里大老遠地來到杭州見上一面，所以說「慚愧情人遠相訪」。請特別注意，其中的「情人」指的是朋友而不是戀人！這真是讓我們感到很驚訝，原來「情人」這個詞是用來稱呼朋友的，而這個故事所講的完全是幾十年的友情，那超越生死的，是深厚的友情，並不是狹隘的愛情。

其實，曹雪芹會用這個典故，也完全合乎寶玉、黛玉的關係，即使當神瑛、絳珠入世以後化身為賈寶玉、林黛玉，而展開了人間的故事，他們的感情也是從日積月累的友情開始的。至於所謂的愛情，是在這個基礎上後來才昇華、變化起來的。

## 今生「青梅竹馬」：友情的昇華

這是怎麼說的呢？第五回一開始就說得很清楚：

林黛玉自在榮府以來，賈母萬般憐愛，寢食起居，一如寶玉，迎春、探春、惜春三個親孫女倒且靠後。便是寶玉和黛玉二人之親密友愛處，亦自較別個不同，日則同行同坐，夜則同息同止，真是言和意順，略無參商。

在此，曹雪芹清楚地告訴我們，二玉從小培養出來的感情其實是「親密友愛」——這「親密」的說法當然沒有問題，問題在於「友愛」。一般人都以為，寶玉、黛玉的木石前盟是從前生到今世的浪漫愛，應該是非常強烈的激情所以才超越了生死輪迴，那麼，這「友愛」一詞是不是寫錯了？曹雪芹當然不會寫錯，比較可能的是我們有了成見，所以才會一直誤解或拒絕接受。曹雪芹說得沒錯，這兩個人的情感正是「友愛」，即朋友之間的情誼，而這不又是延續了前世的關係嗎？本來「三生石」這個典故所說的深情，就是指同性之間數十年的知己之情，而不是男女的愛情，果然曹雪芹是很精準的文學家。

這種友情是通過一起生活才逐漸累積起來的，李源和圓觀是如此，寶玉和黛玉也是這樣。但我們要提出一個疑問了：為什麼寶玉、黛玉可以這樣親密地生活在一起？古代不是非常講究男女之別嗎？《禮記．內則》曾經說：「七年，男女不同席，不共食。」男、女孩子從七歲起便開始不同席，當然也不能坐在一起吃飯了，這是上層大家族的金科玉律。那麼，曹雪芹是不是違反了寫實邏輯呢？當然不是的，偉大的小說家不會任意虛構，曹雪芹採取一個十分合理的邏輯，讓寶玉、黛玉可以名正言順地一起過日子，那就是動用賈母這位老祖宗之命，如此一來便完全沒有問題了。

這是因為傳統社會十分注重孝道，寡母更是家族中最高的權威，請看歷史上最有權力的女性，例如武則天、慈禧太后，都是這樣才成為女皇的。而賈母就等於是賈家的女皇或太后，在母權至上的原則之下，她想要把二玉帶在身邊，以便可以每天享受含飴弄孫之樂，當然這兩個愛孫就不用受到男女之別的限制了，二玉也才擁有了青梅竹馬的成長環境。所以說，真正優秀的小說家不是一廂情願地用超現實的方法來寫作，而是能夠在現實世界的複雜性裡，去找到合情、合理、合法的安排，曹雪芹就是這樣，他為了讓二玉可以培養出知己式的愛情，便動用母權去打破禮教，可這卻又合乎禮教的精神！想想看，以合法的方式來超越不合法，讓不合法成了合法，這真是令人讚嘆的高明妙計。

正因為寶玉、黛玉的感情是在日常生活中慢慢培養起來的，所謂的「日則同行同坐，夜則同息同止」，隨著日積月累，兩人青梅竹馬的情感愈來愈深厚，而形成了「親密友愛」，這才是他們對彼此變得不可或缺的真正原因。在整部小說裡，一共提到三次他們倆一起長大，除了最初的這一次以外，接下來的兩次，都是在寶玉對黛玉做出情感保證的時候所說，一次是第二十回中，寶玉對黛玉悄悄地說道：

> 你這麼個明白人，難道連「親不間疏，先不僭後」也不知道？我雖糊塗，却明白這兩句話。頭一件，咱們是姑舅姊妹，寶姐姐是兩姨姊妹，論親戚，他比你疏。第二件，你先來，咱們兩個一桌吃，一床睡，長的這麼大了，他是才來的，豈有個為他疏你的？

這裡所說的「兩個一桌吃，一床睡」，不就是「日則同行同坐，夜則同息同止」嗎？到了第二十八回，寶玉又再一次說到彼此是「一桌子吃飯，一床上睡覺」，可見這種青梅竹馬「親密友愛」的感情是曹雪芹最肯定的一種形態。

也因此，寶玉對黛玉的愛，都是表現在日常生活的體貼上。例如第五十二回，大家在瀟湘館討論詩歌以後，已經散會了，寶玉也下了階磯，低著頭正欲邁步，又突然想到了什麼，連忙回身問黛玉道：「如今的夜越發長了，你一夜咳嗽幾遍？醒幾次？」這種看起來瑣瑣碎碎的關心，正是體貼入微的展現，比起燭光晚餐、一百朵玫瑰花，都要溫暖真誠得多。

並且前面講過，對古人來說，家族倫理的重要性是遠遠超過個人的，寶玉和黛玉的愛情也是如此。試看寶玉對黛玉提出的情感保證裡，第一件是：「咱們是姑舅姊妹，寶姐姐是兩姨姊妹，論親戚，他比你疏。」這講的是血緣上的親疏關係。第二件是黛玉先來，寶釵後到，這講的則是相處時間的長短，而全部的兩個理由根本都和愛情無關，也都不是當事人所能夠主導或決定的！

再認真想一想：寶玉說的完全不是什麼「我對你的愛很強烈，你是世界上唯一的人」之類，甚至他即使最愛黛玉，可黛玉的重要性還是得排在長輩之後！請看第二十八回裡寶玉對黛玉又說：

> 我心裏……除了老太太、老爺、太太這三個人，第四個就是妹妹了。要有第五個人，我也說個誓。

這不是太清楚了嗎？雖然寶玉心心念念都在黛玉身上，但黛玉最多也只能當第四名，排在三個直屬長輩的後面。其中，老太太賈母是最重要、最至高無上的第一位，接著是賈政、王夫人這一對父母，然後才輪到林黛玉，可見即使是情有獨鍾的情人也不能越等，必須讓位給至親孝道。

而且我們得注意一下，如果用今天愛情至上的眼光來看，黛玉對寶玉這樣的情感排序應該會覺得很不是滋味，但她聽了卻一點也沒有失落感，相反的，她得到了寶玉的保證後，心裡便真正踏實起來了，不再那麼患得患失。可見這兩人所抱持的，根本就不是現代所宣揚的愛情至上的價值觀，也難怪他們並不贊成才子佳人式的愛情。

那麼，寶玉對黛玉的友愛之情是什麼時候發生了變化，而變成愛情？從前面所看到的告白可以推測，應該差不多就是在這一段時間之內發生的。這一點在緊接的第二十九回便很清楚地給出了答案，並且曹雪芹還加碼告訴我們，寶玉對黛玉的友情為什麼會變成愛情！第二十九回說：

> （寶玉）如今稍明時事，又看了那些邪書僻傳，凡遠親近友之家所見的那些閨英闈秀，皆未有稍及林黛玉者，所以早存了一段心事，只不好說出來。

由此可見，寶玉對黛玉的情感性質是隨著時間變化的，等到如今長大一點，才有能力發展出愛情，所以說，小孩子根本不懂愛情，以前寶玉、黛玉小時候的感情確實只是「親密友愛」；而更重要的是，愛情並不是自動發生的，必須要經過學習才能產生！請注意，寶玉是「看了那些邪書僻傳」才知道男女之間有一種特殊的感情，那些「邪書僻傳」就是第二十三回寶玉剛搬進大觀園時，貼身小廝茗烟偷渡進來給他的愛情故事，其中還包括了《西廂記》！寶玉從這些書學到了什麼叫做愛情，然後用來觀察比較，發現周圍親友圈裡都沒有比得上黛玉的閨秀，於是才對黛玉另眼相看。到了這時，原來的「親密友愛」也才轉化為男女之愛。

而從友情產生的火花，就是最美妙的愛情形態，那便是所謂「知己式的愛情」。連第五十七回中，紫鵑盤算起黛玉的歸宿時，都自言自語地說道：「一動不如一靜。我們這裏就算好人家，別的都容易，最難得的是從小兒一處長大，脾氣性情都彼此知道的了。」這也清楚指出愛情應該要有對彼此充分的了解認識，甚至得比較取捨一下，找到自己最適合、也最喜歡的人，未來便更能長長久久。這再度證明了曹雪芹確實完全不贊同才子佳人的愛情模式，畢竟單靠感性直覺上「不知所起」的一見鍾情固然很浪漫，但是彼此的認知基礎太薄弱，根本不了解對方的性格、習氣，風險實在太大了。

最後，總結一下這一章所提到的幾個重點。首先，我們仔細釐清了「木石前盟」的意義，那根本和愛情完全無關，而是聚焦在人與人之間彼此關懷、付出的恩惠、恩德，以及感恩、報恩，講的都是優良的品性。並且曹雪芹告訴你，在日常生活中用時間培養出來的友情，累積出一種深厚的知己情感，再轉化、昇華成為知己式的愛情，那才是最好的愛情形態，所以說，愛情其實是後天學習而來的一種經驗或能力，也因此和人格息息相關。因此一個人要有良好的品德，要認真學習如何體貼別人，遇到愛情以後才能結出美好的果實，成為人生中很珍貴、很幸福的體驗。

那麼，現在可以仔細想一想了：孔子到底懂不懂得愛情呢？

下一章要看寶玉其他的成長了，這個人啊，不想長大卻又一直在長大！

# 6 一個其實在成長的彼得・潘

寶玉一直不想要長大，就像英國童話小說裡的彼得・潘（Peter Pan）。英國作家詹姆斯・馬修・巴利（James Matthew Barrie）在一九〇四年寫了一部劇本，劇名是《彼得・潘：不會長大的男孩（*Peter Pan: The Boy Who Wouldn't Grow Up*）》，七年以後的一九一一年，他又出版了《彼得・潘和溫蒂（*Peter and Wendy*）》這本小說，小說一翻開的第一句話，是：

> 所有的孩子都會長大，除了一個人。（All children, except one, grow up.）

而那個唯一不會長大的人，就是彼得・潘。這彼得・潘是一個十二三歲的小男孩，他會飛翔，也充滿了好奇心，卻不願意長大，於是逃出了家，一直住在永無島（Neverland）或稱夢幻島上，擔任一群「迷失的男孩」（Lost Boys）的首領，帶著他們一起冒險，他便成為「不願意長大的男孩」的典型代表。

這本英國小說距離今天已經超過一百年，但其實拒絕長大的人可多了，從古到今不知凡幾，比彼得・潘更早了一百多年的賈寶玉就是最著名的一個。

## 拒絕長大的迷失男孩

心理學家形容這一類的人所表現的，是拒絕長大、無法承擔責任的成年人，這種人格傾向或特質就稱為「彼得．潘綜合症」。同樣的，寶玉不也是這樣嗎？他剛搬進大觀園時，正是十二三歲，一心只想在脂粉堆裡過一生，不肯讀書上進，總是逃避家族的責任，那又怎麼能維持賈家這個富貴場，怎麼能保護這個富貴場裡、溫柔鄉中的女孩兒們？他雖然一心要做絳洞花主，但根本就保護不了絳洞裡的花朵，因此常常說一些看起來很浪漫、其實很不負責任的話。例如第三十六回中，寶玉對襲人說：

比如我此時若果有造化，該死於此時的，趁你們在，我就死了。再能夠你們哭我的眼淚流成大河，把我的尸首漂起來，送到那鴉雀不到的幽僻之處，隨風化了，自此再不要托生為人，就是我死的得時了。

這話聽起來真是浪漫無比啊，死在姊妹們環繞廝守的溫柔鄉裡，被她們無限悲傷的眼淚給包圍，然後順著深情所匯集的大河直到永恆的寧靜裡，化為虛空，這真是徹底「以情為根」的圓滿。

但我要請大家留意一個問題，那就是：當寶玉死得很圓滿的時候，身邊那些為他哭泣的女孩子卻都還留在世間，她們又該怎麼辦？寶玉好像根本沒有意識到這個問題。難道他從來沒有想過，與其自己一個人圓滿得道，是不是更應該為這些愛他的女孩子們咬著牙活下來，並且盡力為她們奮鬥？但很顯然的，寶玉只顧自己的圓滿，因此第十九回中，他對襲人說：

> 只求你們同看着我，守着我，等我有一日化成了飛灰，——飛灰還不好，灰還有形有跡，還有知識。——等我化成一股輕烟，風一吹便散了的時候，你們也管不得我，我也顧不得你們了。那時憑我去，我也憑你們愛那裏去就去了。

仔細想一想，這豈不是很自私嗎？他希望這些姊姊妹妹們只守著他，陪他度過溫柔鄉的好日子，直到最後一天。可是一旦面臨生死離別，寶玉又能為她們做什麼呢？答案是：沒有！寶玉什麼事都沒有為她們做，因為他一點能力也沒有，就只是放手不管，任憑她們愛去哪裡便去哪裡，根本顧不得她們。

然而，這些少女們會到哪裡去呢？只要仔細推敲一下，一定會想得到答案只有一個，就是嫁人！對傳統社會裡的女孩子來說，這是她們從小便知道的宿命，也幾乎沒有反對的餘地。而如果不願意嫁人呢？那只剩下一個方法了，即出家！只有出家才可以脫離整個社會，當然也脫離了家庭，可是這並非一般人會想要過的生活，於是絕大部分的少女都被嫁進另外一個家庭裡，承受著為人妻子、為人媳婦、為人母親、為人什麼什麼之類各種身分所帶來的責任，那是一輩子沉重的負擔。

難怪女孩子一嫁了人，便很難擁有清純的光彩了，寶玉不正是這樣說的嗎？第五十九回裡，怡紅院的小丫頭春燕轉述寶玉說過的話：

> 女孩兒未出嫁，是顆無價之寶珠；出了嫁，不知怎麼就變出許多的不好的毛病來，雖是顆珠子，却沒有光彩寶色，是顆死珠了；再老了，更變的不是珠子，竟是魚眼睛了！分明一個人，怎麼變出三樣來？

這就是利用「魚目混珠」這個成語所構成的「女性價值毀滅三部曲」，連春燕這個小女孩都很贊同，所以她接著說，寶玉「這話雖是混話，倒也有些不差」。讓我們仔細推敲一下，在寶玉的這段混話裡，他認為造成女性不斷劣化的關鍵是什麼？很明顯的，那就是婚姻！既然女孩兒出了嫁即變出許多不好的毛病來，成了黯淡的死珠，一旦嫁久了、更老了，更是整個人都變質，成了魚眼睛，那正是寶玉所嫌棄的、會發出臭味的老婆子啊。可見婚姻是摧毀少女的罪魁禍首，難怪寶玉一聽到有女孩子要出嫁，便渾身不自在，因為那表示又有一個可愛的、光彩的寶珠要淪落為死珠和魚眼睛了！

可是，在傳統社會裡，女孩子又怎麼能不出嫁呢？賈家的少女們又怎麼能永遠住在大觀園裡？請看林黛玉在葬花時是怎麼說的。第二十三回中，大家剛搬進大觀園這片樂土，卻立刻出現了「黛玉葬花」這段情節，那當然是曹雪芹刻意安排的不祥預告。當時寶玉攜了一套《會真記》，也就是《西廂記》，走到沁芳閘橋邊桃花底下的一塊石上坐著，從頭細看：

正看到「落紅成陣」，只見一陣風過，把樹頭上桃花吹下一大半來，落的滿身滿書滿地皆是。寶玉要抖將下來，恐怕腳步踐踏了，只得兜了那花瓣，來至池邊，抖在池內。那花瓣浮在水面，飄飄蕩蕩，竟流出沁芳閘去了。

寶玉這個惜花人，心疼地下的落花會被人踐踏，於是兜在懷裡丟進沁芳溪中，那溪水十分地乾淨清澈，便不會汙染美麗的落花了。只不過當他回來以後又發現：

只見地下還有許多，寶玉正踟躕間，只聽背後有人說道：「你在這裏作什麼？」寶玉一回頭，却是林黛玉來了，肩上擔着花鋤，鋤上掛着花囊，手內拿着花帚。寶玉笑道：「好，好，來把這個花掃起來，撂在那水裏。我才撂了好些在那裏呢。」黛玉道：「撂在水裏不好。你看這裏的水乾淨，只一流出去，有人家的地方髒的臭的混倒，仍舊把花遭塌了。那畸角上我有一個花冢，如今把他掃了，裝在這絹袋裏，拿土埋上，日久不過隨土化了，豈不乾淨。」

寶玉一聽，大喜過望，決定跟著這麼做，這就是「黛玉葬花」的完整情節，以及其中的用心。

在此，已經很清楚地呈現出一種象徵意義：這些春天的花朵其實正是少女的比喻，那落花隨水漂流，便等於少女流落的命運。於是心疼女兒們的人不禁傷起了腦筋，他們希望女孩子不要受苦，於是也努力確保落花不要被汙染踐踏，在這一段黛玉葬花的場合裡，即出現了兩種心態、兩種做法。而黛玉之所以不同意寶玉的做法，正是因為她想得更遠、更徹底，為什麼她能想得更遠、更徹底呢？因為畢竟她自己就是個女孩子，更切身地感受到未來的風險，所以對離開大觀園以後無法自主的人生充滿恐懼，也因此認為，與其到外面的成人世界去受折磨，不如永遠留在大觀園的童真世界中。這麼一來，就得把落花葬在園子裡了，即使化作春泥，仍然都是乾乾淨淨的，此即黛玉要營建一個葬花塚的苦心。

至於寶玉，即使再心疼落花、再心疼少女，畢竟他是現實社會中的既得利益者，一出生便享受了許多的特權，對弱勢者的處境總難免隔了一層，所以沒觸及那麼根本的層次，只看到眼前的落花被保護得很好，在水裡乾乾淨淨的，就以為解決了問題，卻沒想到那些落花跟著水流出去，還是要受到汙染和踐踏。這種短視當然不能怪他，畢竟人都是很有限的，最多只能了解或體會自己所感受到的，因此再怎麼設身處地，既然傷口不在自己身上，不痛就是不痛啊！而寶玉能對女性同情、憐惜到這種程度，其實已經算是很難得了，這也是讀者都很喜歡他的原因。

只不過還是必須說，寶玉挽救少女的方式的確是太消極、太有限了，因為他再怎麼努力，也只能照顧到很少數的一些落花，其他更多的、到處都有的落花，他就顧不得了。所以當他走一趟沁芳溪，回來以後「只見地下還有許多」，這時寶玉只能踟躕為難，不知如何是好，想不出更遠、更徹底的解決方法，這正是寶玉面對少女的命運時同樣會遇到的困境！

然而，一個不願意長大的小男孩，便注定只能在夢幻島、在大觀園過單純的日子，除了為受委屈的女孩子們偷偷掉一點眼淚之外，還有什麼力量去做一些真正的、實質的奮鬥呢？於是寶玉自己也落入兩難了，他畢竟活在貴族世家裡，也很明白自己根本無法解決這樣的矛盾，於是就萬般無可奈何地表現出不負責任的心態了。在第七十一回裡，寶玉甚至對當時已經主管理家的探春說：

「誰都像三妹妹好多心。事事我常勸你，總別聽那些俗語，想那俗事，只管安富尊榮才是。比不得我們沒這清福，該應濁鬧的。」尤氏道：「誰都像你，真是一心無掛礙，只知道和姊妹們頑笑，餓了吃，困了睡，再過幾年，不過還是這樣，一點後事也不慮。」寶玉笑道：「我能夠和姊妹們過一日是一日，死了就完了。什麼後事不後事。」

很明顯的，這不正是彼得．潘症候群的病徵嗎？寶玉拒絕長大、不願意承擔責任，只想要順心如意地過一天算一天，根本不去考慮未來。殊不知，他能這樣「別聽那些俗語，想那俗事，只管安富尊榮」地過日子，根本是別人苦心費力地操持家務，替他遮風避雨才能享受的特權，而且以後呢？以後一旦失去了特權的庇蔭，那時又該怎麼辦？

關於這些問題，寶玉卻根本不願意去想，有那麼一點「今朝有酒今朝醉」的心態。從這一點來說，寶玉確實可以說是一個「迷失的男孩」啊。

## 默默成長的偽男孩

但是，人生必定是往前走的，時間也從不等人，無論一個人再怎樣頑強，他其實仍然是不斷變化著。所以，在童話故事裡，當彼得．潘說自己想要永遠做一個快樂的男孩時，溫蒂說：「你說是，那就是吧。但我覺得，那只是你最大的偽裝。」同樣的，我也必須說，寶玉這個不願意長大的男孩子，其實也是在偽裝，因為他一直在默默地成長！

在前一章裡，我已經提醒過大家，第二十九回中，寶玉對黛玉的情感之所以從友情變成了愛情，原因之一就是他「如今稍明時事」，亦即隨著年齡增長，稍微明白了世情事理，這便表示寶玉的確是在成長的。不只如此，第三十六回〈識分定情悟梨香院〉這一段情節，即是通過齡官對賈薔的痴情，終於讓寶玉了解自己的有限，原來並不是世界上所有的女孩子都會愛上他，也並不都只為他一個人流淚！這便是回目上所謂的「分定」，意指一個人所得到的情分是有限定的，而寶玉認識到了「分定」，不再以為自己是全世界的中心，正標誌了一個飛躍性的成長！

整個故事要往前從第三十回說起。當時寶玉跑回了大觀園裡，湊巧「只見一個女孩子蹲在花下，手裏拿着根綰頭的簪子，在地下摳土，一面悄悄的流淚」，再仔細觀察，原來那女孩子是在畫字，一筆一筆寫出來的十八畫，依序組合起來就是薔薇的「薔」字，一直畫了有幾千個，簡直到了渾然忘我的地步，連下起了西北雨，全身都打濕了，都沒意識到呢。至於這一個女孩子是誰，又為什麼這樣痴心地畫薔？答案要到第三十六回才揭曉，當時：

寶玉因各處遊的煩膩，便想起《牡丹亭》曲來，自己看了兩遍，猶不愜懷，因聞得梨香院的十二個女孩子中有小旦齡官最是唱的好，因着意出角門來找時，只見寶官、玉官都在院內，見寶玉來了，都笑嘻嘻的讓坐。寶玉因問「齡官獨在那裏？」眾人都告訴他說：「在他房裏呢。」寶玉忙至他房內，只見齡官獨自倒在枕上，見他進來，文風不動。寶玉素習與別的女孩子頑慣了的，只當齡官也同別人一樣，因進前來身旁坐下，又陪笑央他起來唱「裊晴絲」一套。不想齡官見他坐下，忙抬身起來躲避，正色說道：「嗓子啞了。前兒娘娘傳進我們去，我還沒有唱呢。」寶玉見他坐正了，再一細看，原來就是那日薔薇花下劃「薔」字那一個。又見如此景況，從來未經過這番被人棄厭，自己便訕訕的紅了臉，只得出來了。

這真是寶玉絕無僅有的一次碰釘子，他從來就是大家爭相巴結討好的寵兒，幾曾被這樣冷落過？但齡官一心都在賈薔身上，因此對待寶玉這個其他的男子簡直就像是看到一隻臭蟲似的，避之唯恐不及，寶玉這時終於破天荒嘗到了被鄙視的滋味了！

其實，再好的人都可能不被某些人喜歡，畢竟人各有所好，何況天下的才子、佳人，又哪裡會只有寶玉、黛玉兩個？單單以金釵來說，脂硯齋便指出寶釵是最完美的佳人，但即使是寶釵，也還有比她更勝一籌的少女，那就是薛寶琴！第四十九回描寫寶釵的堂妹寶琴進京來準備發嫁，到了賈府以後立刻引起一陣轟動，大家紛紛讚嘆不已。寶玉見識了寶琴的丰采以後，連忙回到怡紅院中，向襲人、麝月、晴雯等笑道：

你們還不快看人去！誰知寶姐姐的親哥哥是那個樣子，他這叔伯兄弟形容舉止另是一樣了，倒像是寶姐姐的同胞弟兄似的。更奇在你們成日家只說寶姐姐是絕色的人物，你們如今瞧瞧他這妹子，更有大嫂嫂這兩個妹子，我竟形容不出了。老天，老天，你有多少精華靈秀，生出這些人上之人來！可知我井底之蛙，成日家自說現在的這幾個人是有一無二的，誰知不必遠尋，就是本地風光，一個賽似一個，如今我又長了一層學問了。除了這幾個，難道還有幾個不成？

再看探春這個最公正的人，隨後也認證道：「果然的話。據我看，連他姐姐並這些人總不及他。」很顯然，寶琴確實是把黛玉、寶釵都給比下去的絕世佳人，這是大家一致的公認。

現在，我要請大家特別注意一下，連寶玉見了寶琴以後，都感嘆自己是井底之蛙，意思是，他先前一直以為寶釵、黛玉是天下無雙的拔尖人物，那真是井底之蛙的見識，原來「井」外面還有更好的女孩子，寶琴就是比她們都更出色的「人上之人」！所以說，一味在釵、黛褒貶上做文章，堅持只能有一個是最好的，還爭個你死我活，其實都是坐井觀天的小見識。我覺得這段情節實在太有趣了，曹雪芹好像是在調侃那些黛玉或寶釵的死忠粉絲們，他要提醒讀者，事實上世界之大，根本不可能會以某個人為中心、為絕對標準，你可以對黛玉情有獨鍾，但別人也有他心目中的女神，這才是硬道理啊。

確實，世上的道理正是「人外有人、天外有天」，所以我們根本不需要畫地自限，更何況俗話說得好：「情人眼裡出西施。」只要有了情，對方就會變成舉世無雙的絕代佳人！同樣的，把性別換過來也一樣。第六十五回即寫了一組很有趣的愛情關係，當時賈璉瞞著妻子王熙鳳，在外面偷娶了尤二姐，但二姐的妹妹尤三姐還在招蜂引蝶，這恐怕會出大問題，於是大家想盡快為她定下親事，以免後患。

這時候，尤三姐便堅持許親的對象只能是她自己喜歡的人，否則不願意出嫁。那麼這個意中人是誰呢？賈璉用心一猜，便想當然耳地認為：

「別人他如何進得去，一定是寶玉。」二姐與尤老聽了，亦以為然。尤三姐便啐了一口，道：「我們有姊妹十個，也嫁你弟兄十個不成。難道除了你家，天下就沒了好男子了不成！」

的確，世界上怎麼會只有賈家才有好男子？又怎麼會只有賈寶玉才是唯一最好的男子？會這樣想的人，都是井底之蛙呀。難怪尤三姐心有所屬的人是柳湘蓮，不是賈寶玉；同樣的，齡官專情的人是賈薔，也不是賈寶玉；甚至王夫人的貼身大丫鬟彩霞所喜歡的，居然是那個人人討厭的賈環！所以說，以為賈寶玉是唯一的標準，那實在是太幼稚的想法。

而當寶玉見識到齡官對賈薔情有獨鍾的痴心，此刻便觸發了一次巨大的頓悟，讓他了解到自己的有限，不再像幼稚的小孩一樣地自我中心，以為全天下的人都只愛他一個。於是他失魂落魄地回到怡紅院，對襲人長嘆道：

我昨晚上的話竟錯了，怪道老爺說我是「管窺蠡測」。昨夜說你們的眼淚單葬我，這就錯了。我竟不能全得了。從此後只是各人各得眼淚罷了。

這時，寶玉終於領略到一種很深很深的孤獨了，那是人類存在所必然要面對的本質。即使有再多的人打從心底愛你，但那種孤獨依然是逃避不了的，你只能勇敢地面對它、承受它，然後你就會成為一個堅強的大人了！而寶玉此刻領悟到這一點，當然不免於悲傷，卻獲得了人類的生命裡很重要、也很必要的一種成長。

另外，寶玉還有一次關於感情的頓悟，是發生在第五十八回的藕官燒紙錢，那會直接影響到寶玉未來的結局，等到下一章再說。

最後，總結一下這一章的內容，關於寶玉的成長，第一個重點是寶玉一直拒絕長大，像個永遠的青少年、永遠的孩子，對於任何大人的事物都深惡痛絕，所以呈現出不負責任的彼得・潘症候群，從社會的角度來說，也算是一個「迷失的男孩」。但是，實際上寶玉又在成長中，所以第二個重點就是挖掘寶玉成長的跡象，而〈識分定情悟梨香院〉這一段便顯示出寶玉對世界有了嶄新的認識，他發現「情」是有分定的，所謂的絳洞花主根本就是妄想，於是感到一種巨大的失落。

微妙的是，人只要一旦領略了這份孤獨，便更能堅強地走下去。下一章，我們要繼續看寶玉究竟走到了哪裡！

# 7 最後的一片雲彩

這一章，終於要講到賈寶玉的終場了，所以我把主題定為：最後的一片雲彩。

在前一章裡，曾經提到寶玉還有一次關於感情的頓悟，會直接影響到他未來最後的結局，那就是發生在第五十八回的藕官燒紙錢。但是，在講這個故事之前，我要先說明一件事，即寶玉的人生始終扣連著賈家的命運，因此，他的結局也和賈家的結局聯繫在一起。

其實，小說走到第七十五回，賈家的重大危機便已經出現了，那不只是「出的多、進的少」所造成的經濟壓力，而是更直接、更致命的政治危機，也即抄家。這一回說：

尤氏從惜春處賭氣出來，正欲往王夫人處去。跟從的老嬤嬤們因悄悄的回道：「奶奶且別往上房去。才有甄家的幾個人來，還有些東西，不知是作什麼機密事。奶奶這一去恐不便。」尤氏聽了道：「昨日聽見你爺說，看邸報甄家犯了罪，現今抄沒家私，調取進京治罪。怎麼又有人來？」老嬤嬤道：「正是呢。才來了幾個女人，氣色不成氣色，慌慌張張的，想必有什麼瞞人的事情也是有的。」

想想看，賈家的世交甄家已經被抄家，還解送到京師治罪，那是何等驚天動地的大災難！但賈家卻做了不可思議的一件事：他們不僅沒有劃清界線，反而雪中送炭，這豈不代表賈家是念舊、重情的好人家嗎？只是賈家的好心仍然犯了一個大錯，他們居然收了甄家送來的東西，那可是觸犯朝廷法令，要治重罪的！從這一段描寫也可以看得出來，賈家將來一定會受到連累，即脂硯齋提醒過的，賈家不久後將同樣面臨抄沒的災難，那時便是世界末日來臨了。

而當世界末日來臨時，又有誰能置身事外？所謂覆巢之下無完卵，寶玉的富貴生活當然一併跟著結束，整本書的故事也寫完了。那麼寶玉該何去何從？現在就來看看寶玉最後的結局。

## 懷念「木石前盟」，迎接「金玉良姻」

讓我們先從寶玉的愛情和婚姻的結局看起。

其實，雖然小說一開始就有「金玉良姻」的預告，但那是指最後的結局，是上天注定的宿命，而在整個的生活過程中，黛玉才是賈家上上下下公認的寶二奶奶人選！這麼說，你一定很訝異，然而事實正是如此。很多人一直被表面的「金玉良姻」給矇蔽了，所以自動忽略了許多情節，以下就舉幾個例子來看吧。

首先，在第二十五回，王熙鳳以當家理事者的身分，當眾對黛玉開了一個玩笑，說：「你既吃了我們家的茶，怎麼還不給我們家作媳婦？」同時指寶玉道：「你瞧瞧，人物兒、門第配不上，根基配不上，家私配不上？那一點還玷辱了誰呢？」這話講得太明顯了，鳳姐利用「吃茶」的婚姻禮俗，挑明了黛玉要許配給寶玉做媳婦，那絕不是隨便亂開玩笑的。想想看，當時兒女的婚姻大事必須來自「父母之命、媒妁之言」，鳳姐哪裡敢僭越？一定是掌握到長輩的心意，謹守分寸大體的王熙鳳才敢這樣露出形跡。於是就在這裡，脂硯齋提供了最強而有力的證詞，他說：

> 二玉事在賈府上下諸人，即看書人、批書人，皆信定一段好夫妻，書中常常每每道及，豈其不然，嘆嘆。

果然，信定二玉為「一段好夫妻」的賈府上上下下一干人中，還有賈璉的心腹興兒，第六十六回中，他在侍候新姨娘尤二姐時介紹到寶玉的對象，便明確地說：「將來准是林姑娘定了的，……再過三二年，老太太便一開言，那是再無不准的了。」可見大家都認為賈母屬意的人選是黛玉。

再看第五十七回，薛姨媽住進瀟湘館親自照顧林黛玉，言談間提到她想要把黛玉說親給寶玉，並說這樣的提親是「四角俱全」的完美做法。這時旁邊的婆子們聽了，也順勢敦促薛姨媽說：「到閑了時和老太太一商議，姨太太竟做媒保成這門親事是千妥萬妥的。」接著薛姨媽便斷定「我一出這主意，老太太必喜歡的」，可見二玉的親事是眾望所歸，從上到下，包括王熙鳳、賈璉的心腹興兒、薛姨媽、瀟湘館的婆子們，都認定寶玉的新娘是林黛玉。因此，「木石前盟」

還可以說是「木石姻緣」呢。

只可惜有情人並未終成眷屬，因而讓讀者無限同情，以致很不理性地怪罪給「金玉良姻」。殊不知，「金玉良姻」只是最後的、意外的果實，曹雪芹藉此苦心地告訴我們：世事難料啊，「無常」的本質是以各式各樣的方式展現出來的，令人萬般無奈。

但為什麼木石姻緣沒能夠開花結果呢？原來還是要歸因於上天的作弄。黛玉從小便體弱多病，越長大也越嚴重，早在第三回黛玉便說：「我自來是如此，從會吃飲食時便吃藥，到今日未斷。」可見她每天都離不開藥物，第五十二回黛玉自己又說：「我一日藥吊子不離火，我竟是藥培着呢。」到了第四十九回，故事已經走到一半，當時寶玉對黛玉勸道：「你瞧瞧，今年比舊年越發瘦了，你還不保養。」再到第五十八回，寶玉「踱到瀟湘館，瞧黛玉越發瘦得可憐」，因此大家對黛玉的評論，要不是第六十五回興兒所說的「多病西施」，便是第五十五回鳳姐說她「是美人燈兒，風吹吹就壞了」。

事實上，黛玉的身體是每況愈下，已經到了病入膏肓的地步，連第四十五回和寶釵談心的時候，她自己都說：「我知道我這病是不能好的了。且別說病，只論好的日子我是怎麼個形景，就可知了。」並且在這一段短短的對話裡，黛玉於「說話之間，已咳嗽了兩三次」。果然，等到後面的第七十九回，她和寶玉一起討論〈芙蓉女兒誄〉時，也是「一面說話，一面咳嗽起來」，無不顯示黛玉的肺病已經進入末期，連她自己也預感死亡已經不遠了。

參照第七十五回時，賈府的世交甄家已經抄家了，尤氏對身邊的老嬤嬤說道：「昨日聽見你爺說，看邸報甄家犯了罪，現今抄沒家私，調取進京治罪。」卻還派了幾個人來，「還有些東西，不知是作什麼機密事」，將來勢必受到牽連。因此學者們推測，第八十回以後不久，賈府應該就要被抄家，一片動盪，屆時寶玉跟著一起被關在獄神廟裡審訊，讓留在家裡等候消息的黛玉非常擔心，脆弱的身體更加無法承受，於是病勢加重，很快便一病不起。

根據第七十九回脂硯齋留下來的線索，我們知道等到寶玉被釋放回來以後，只能「對景悼顰兒」，他哀悼顰兒時所面對的景物，就是瀟湘館的「落葉蕭蕭，寒烟漠漠」，只見人去樓空，無限地淒涼寂寞，哪裡是往日第二十六回，寶玉信步來到瀟湘館時所看到的「鳳尾森森，龍吟細細」，一片繁茂，生氣盎然？今昔對比，滄海桑田，難怪脂硯齋在此夾批云：

> 與後文「落葉蕭蕭，寒烟漠漠」一對，可傷可嘆。

而黛玉死後，接著才是寶玉迎娶寶釵，完成了金玉良姻的預言。到了這個時候，寶玉的人格狀態是心平氣和、理性成熟，絕對不是高鶚續書在第九十八回所寫的〈苦絳珠魂歸離恨天　病神瑛淚灑相思地〉，讓黛玉之死無比悽惻慘烈，一點也沒有前八十回的溫柔敦厚，還讓薛家揹了黑鍋，招惹了兩百多年的罵名！這實在完全違反小說家的原意。

為什麼這樣說呢？因為曹雪芹和脂硯齋都是這麼說的。曹雪芹早在第五十八回便安排好了，他給了寶玉一種嶄新的觀念，即：你就算永遠深愛著一個人，也仍然可以好好活下去，續弦或再嫁都不成問題，更不用去殉情，因為那些只是外在的形式，你只要好好把握住這份真心，就是深情了！

這一回講的是藕官燒紙錢的故事，那藕官到底是為誰燒紙呢？芳官私底下告訴寶玉，原來藕官祭拜的是死了的菂官，這兩人之間並非一般的友誼，而是同性的愛情，因為藕官反串小生，菂官演的是小旦，兩人在戲裡「常做夫妻，雖說是假的，每日那些曲文排場，皆是真正溫存體貼之事，故此二人就瘋了，雖不做戲，尋常飲食起坐，兩個人竟是你恩我愛」。這不正是所謂的「假戲真做」嗎？既然已經「真做」，那就是真情了。所以，「菂官一死，他哭得死去活來，至今不忘，所以每節燒紙」，這便是回目上所說的〈杏子陰假鳳泣虛凰〉，在杏花樹陰下，一個演假戲的演員為另一個演假戲的演員哭泣，卻是真情流露！

但問題來了，唱戲時不能沒有女主角啊，後來便補了蕊官來代替菂官。然而奇特的事情發生了，芳官說：

> 我們見他一般的溫柔體貼，也曾問他得新棄舊的。他說：「這又有個大道理。比如男子喪了妻，或有必當續弦者也必要續弦為是。便只是不把死的丟過不提，便是情深意重了。若一味因死的不續，孤守一世，妨了大節，也不是理，死者反不安了。」

這便是回目上所說的〈茜紗窗真情揆痴理〉。原來，真情是可以這樣呈現的，你問問自己的心，如果能夠一直記得那個人，永遠深深地懷念她，那就是情深意重！即使你照樣正常過日子，並未跟著去死，甚至還結婚生子，仍然都是擁有純淨的真情。因為一個人還承擔了社會責任，執行這些責任也是使命，那和對某一個人的深情是並存不悖的，這就是所謂的「痴理」。

幾乎沒有讀者發現到，「痴理」這個詞可是曹雪芹的嶄新發明，過去從來沒有文獻這樣用過，多的是用「痴情」這個浪漫語詞。但曹雪芹特別開創了新詞彙，因為他要告訴我們，判斷真情的關鍵在於那顆心，只要那顆心永遠懷念著所愛的人，就是情深意重，根本不用去死，更毋須復活——何況你想復活也做不到，怎麼可以用沒有人做得到的事來證明至情呢？

從這一點也能夠知道，其實曹雪芹根本反對《牡丹亭》裡杜麗娘的那種情感和觀念。劇作家湯顯祖說，杜麗娘愛上了一個不認識的英俊男子柳夢梅，然後相思而死，最後還復活與柳夢梅大團圓，他認為那樣才能叫做「至情」。但令人十分疑惑的是，人怎麼能夠復活？深情又何必要用死來證明？這種「至情」的定義恐怕是大有問題的。

因此曹雪芹特別提出了「痴理」，用來反對或超越那一種至情觀。當寶玉聽了藕官的這番話，不覺又是歡喜，又是悲嘆，又稱奇道絕，說：「天既生這樣人，又何用我這鬚眉濁物玷辱世界。」而寶玉這樣強烈的反應，豈不是和聽了寶釵念出〈寄生草〉以後的反應一樣？那都是深深觸動了靈魂深處而產生的震撼啊，寶玉又再一次撥開迷思，清楚認識到人世間更深刻的道理。

就因為藕官教給了寶玉這樣的「痴理」，讓寶玉開始懂得個人的愛情可以一直放在心裡，與社會責任不發生衝突，所以根本沒必要用勢不兩立的極端方式來證明深情。也正因為這番領悟，將來寶玉在失去了黛玉以後，便能夠坦然地迎娶寶釵，落實了金玉良姻，那就是藕官所謂的「若一味因死的不續，孤守一世，妨了大節，也不是理，死者反不安了」，這種把真情融入於「大節」裡，讓情、理兼備的道理，便是所謂的「痴理」。

正因如此，第二十回脂硯齋的批語說：

妙極。凡寶玉、寶釵正閑相遇時，非黛玉來，即湘雲來，是恐曳漏文章之精華也。若不如此，則寶玉久坐忘情，必被寶卿見棄，杜絕後文成其夫婦時無可談舊之情，有何趣味哉？

可見寶玉和寶釵結婚以後，還有一起「談舊之情」。夫妻倆歷盡滄桑，嘗遍了世態炎涼，過去大觀園的一幕幕是這麼地刻骨銘心，所談的舊人、舊事都是他們共同的回憶，其中也包括了彼此共同的老朋友，林黛玉！想想看，那畫面該是何等地感傷，卻又是何等地平靜，甚至帶著一份溫暖。

## 「懸崖撒手」：揮一揮衣袖，不帶走一片雲彩

然後，寶玉長到十九歲了。寶玉自從投胎到賈府之後，度過了富貴錦繡、榮耀繁華的歲月，

也歷經了悲歡離合、滄海桑田，受到了生離死別、盛衰無常的打擊，根據第十九回脂硯齋的提示，我們知道那失落的「下部後數十回」中，寶玉過的是「寒冬噎酸虀，雪夜圍破毡」的貧困生活，他在冰天雪地的冬天裡，只能吃發酸的剩菜，也只有破破爛爛的被子勉強禦寒，那真是吃不下也睡不著的苦況啊，回想往事歷歷，又哪裡不會痛徹心扉！脂硯齋在評閱小說的過程中，便一再預告寶玉最後會「懸崖撒手」，意思是在這如同懸崖般險惡的紅塵裡，放手離開！那就是出家。

但寶玉其實並不是忽然想要出家的，早在寶玉成長的過程中就接觸過佛家對空幻的蒼涼感受，那也是前一章來不及講的一次頓悟性的、重大的成長經驗，帶給了寶玉出家的心理準備。在第二十二回裡，賈母親自出面替寶釵慶祝十五歲生日，當然要擺酒席，也請了戲班子唱戲，曹雪芹即藉著點戲的過程，利用那些戲曲進行了巧妙的安排，故事是這麼說的：寶釵為了體貼賈母喜歡熱鬧的心情，於是點了一齣《魯智深醉鬧五臺山》，寶玉卻表示不滿了，說他從來就不喜歡熱鬧戲。寶釵並沒有生氣，而是告訴他說：「你白聽了這幾年的戲，那裏知道這齣戲的好處，排場又好，詞藻更妙。」因此提到其中有「一套北《點絳唇》，鏗鏘頓挫，韻律不用說是好的了；只那詞藻中有一支《寄生草》，填的極妙，你何曾知道。」寶玉見她說得這般好，便湊近來央告：「好姐姐，念與我聽聽！」寶釵便念出那一段詞藻，說的是：

漫搵英雄淚，相離處士家。謝慈悲剃度在蓮臺下。沒緣法轉眼分離乍。赤條條來去無牽掛。那裏討烟蓑雨笠捲單行？一任俺芒鞋破鉢隨緣化！

原來這齣戲確實並不是一般所謂的熱鬧戲，熱鬧只是表面！在熱鬧裡面，隱藏著宇宙洪荒的悲涼，且讓我們想像一下：那畫面不就像一個人走在白茫茫大地真乾淨的虛空裡嗎？果然寶玉一聽，簡直是醍醐灌頂、如獲至寶，他「喜的拍膝畫圈，稱賞不已，又贊寶釵無書不知。」顯然寶玉的心靈被大大震動了，他好像張開了靈魂的眼睛，看到了一個美麗新世界，那體現了一種和富貴繁華完全不同的出世幻滅美學，讓他對人生產生出嶄新的體悟，所以這一回的回目便是〈聽曲文寶玉悟禪機〉。

而最令人意外的是，這一次的思想震盪，卻是由寶釵來擔任啓蒙老師，可見寶釵在寶玉的人生中，除了最後成為妻子之外，又扮演了其他的角色，也就是寶玉出世思想的啓蒙者！這不是太奇妙的安排嗎？

那麼這顆出世思想的種子，是在什麼時候開花結果的？很可惜，曹雪芹並沒有寫完《紅樓夢》，後四十回是由高鶚續寫完成的，所以我們無法得知真正的情況。而說到高鶚的續書，雖然它很有功勞，讓整部書以完整的面貌呈現出來，的確功不可沒，但其中也有很不足的地方，包括很多情節的發展並不符合前面所留下來的線索，所以一般並不建議讀這個部分，以免受到誤導，難以矯正回來。

話雖如此，還是必須說，續書最後一回、也就是第一百二十回的最後一幕，確實是十分精彩，把寶玉出家前拜別父親賈政的悲喜交集寫得入木三分，那雪地的一幕是多麼淒美動人啊：

賈政打發眾人上岸投帖辭謝朋友，總說即刻開船，都不敢勞動。船中只留一個小廝伺候，自己在船中寫家書，先要打發人起早到家。寫到寶玉的事，便停筆。抬頭忽見船頭上微微的雪影裏面一個人，光着頭，赤着腳，身上披着一領大紅猩猩氈的斗篷，向賈政倒身下拜。……迎面一看，不是別人，却是寶玉。賈政吃一大驚，忙問道：「可是寶玉麼？」那人只不言語，似喜似悲。賈政又問道：「你若是寶玉，如何這樣打扮，跑到這裏？」寶玉未及回言，只見舡頭上來了兩人，一僧一道，夾住寶玉說道：「俗緣已畢，還不快走。」說着，三個人飄然登岸而去。……賈政嘆道：「……豈知寶玉是下凡歷劫的，竟哄了老太太十九年！如今叫我才明白。」說到那裏，掉下淚來。

看完了這一段，我們可以說，寶玉在年幼時節，由寶釵無意間所播下的出世思想種子，如今到了開花結果的時刻了，他那「只不言語，似喜似悲」的境界，讓我們想起圓寂前的弘一大師。大師說，他在這臨終的時刻也是「廓爾忘言」、「悲欣交集」，同樣是超越了言語，只感到一種又像喜悅、又像悲傷的心情，他心中既是無限的悽愴，又帶有解脫的喜悅，那種複雜的滋味簡直無以言喻，根本說不清楚啊。

如果勉強要說的話，既然第一回中，最早出家的甄士隱等於是寶玉最終結局的預演，那麼，他的〈好了歌注〉就是寶玉一生的最佳注腳，也是他離開紅塵人世的告別感言！

簡單地說，寶玉這個內心充滿矛盾衝突的男孩子，被困在人間的艱難裡無法掙脫，終於選了一條離開人間的方向。當寶玉拜別父親之後，應該就是雲遊四方、浪跡天涯，走上了像甄士隱、柳湘蓮這些前輩或先行者的道路。

現代詩人徐志摩寫過一首很著名的新詩〈再別康橋〉，在最後告別康橋的時候，他瀟灑地說：「悄悄的我走了，正如我悄悄的來；我揮一揮衣袖，不帶走一片雲彩。」其實，誰不是這樣呢？誰能在離開時帶走一片雲彩？從哪裡來，終究還是要回到哪裡去，無論是伸展手臂揮一揮衣袖，還是雙手緊握不肯放棄，最終唯一能帶走的，都只有這一生中那一段段刻骨銘心的記憶！

在小說裡，寶玉已經揮一揮衣袖，在茫茫的雪地上越走越遠，像一片雲消失在遠方，那是西方《聖經》裡所羅門傳道者所說的「虛空的虛空，凡事都是虛空」。但雖然如此，其實那留下來的一片雲彩已經化身為五色石，在曹雪芹的筆下訴說著一則貴族世家的美麗與哀愁，直到今天還在深深地感動著我們！

最後，總結一下這一章所講的幾個重點，一個是繼續補充寶玉成長的幾次經驗，包括寶釵講〈寄生草〉一段的「悟禪機」，以及藕官燒紙錢的「真情揆痴理」，而這兩次的思想領悟，都直接影響到最後的結局，一個是讓寶玉在黛玉死後坦然地迎接「金玉良姻」，另一個則是讓寶玉

「懸崖撒手」，離開了紅塵人間。這一趟十九年的貴族之旅，為寶玉留下了無法磨滅的記憶，於是曹雪芹寫下了《紅樓夢》，讓世世代代的讀者一起感慨萬千！

從下一章起，要開始講林黛玉了，那又是一個全新的人物風光了。

# 林黛玉：

## 成長中的文藝少女

# 8 林姑娘不是灰姑娘

關於林黛玉，首先應該要澄清一個長期以來積非成是的錯誤觀念，也就是：事實上，林姑娘不是灰姑娘！

很有趣的是，一般人都喜歡看「灰姑娘」的故事。童話裡的灰姑娘是一個很完美的女孩子，善良又柔弱，一直受到壞心後母和姊姊的欺負，幸而好人有好報，她終於穿上水晶做的鞋子，嫁給了王子，得到終身的幸福。

但為什麼我們都喜歡灰姑娘的故事？因為這一類的故事全包含了「未得到應有注意的人或事」，歸納起來，至少皆具備的共同要素包括以下幾項：

一、受到不公正對待的女主角

二、與男主角相遇

三、最後男女主角結合，從此過著幸福快樂的日子

而我們自己，不就好像那位灰姑娘嗎？又善良又正直，可是卻一直沒有受到重視，甚至還被不公正地對待，心裡忍受很多的委屈，深深感到被忽視的痛苦，以及孤單無助、害怕恐懼的辛酸。而我們又多麼期待可以遇到一個白馬王子，給予我們堅貞的、浪漫的愛情，也把我們從平凡的世界

救出來，帶到城堡裡去過幸福快樂的日子！所以說，我們這些活在柴米油鹽醬醋茶的平庸生活裡的人，便把這樣的心理需求投射到小說裡，從女主角的身上看到了自己。

正是因為把這種心理帶進小說中，因此我們習慣於把林黛玉想成一個灰姑娘，尤其黛玉最後並沒有得到幸福，和寶玉的結局是有情人終未成為眷屬，最後還獨自一人孤孤單單地死去，這更引起了讀者們的同情，於是越發把她塑造成楚楚可憐的悲劇女神了。

然而曹雪芹並不是在寫童話，他寫的是無比複雜又奧妙的世界。其實在真實的世界裡，長得美麗又柔弱的人不一定都是無辜受害者，而一直在哭的人很可能根本沒有受到任何委屈，同樣的，最後沒有得到幸福的人，或許一直都過得很優渥，林黛玉便是這一種。只可惜大部分的讀者都有了偏見，於是完全誤會了這一點。

因為篇幅的關係，以下只提幾個重點，請大家認真思考。

## 欽差大臣的掌上明珠

首先，從上一章提到的吃茶事件就已經可以看得出來，林黛玉的家世背景絕非等閒一般，因此第二十五回王熙鳳當眾開了林黛玉一個玩笑，說：「你既吃了我們家的茶，怎麼還不給我們家作媳婦？」同時指寶玉道：「你瞧瞧，人物兒、門第配不上，根基配不上，家私配不上？那一點還玷辱了誰呢？」可見其實是賈家才有配不上林家的問題呢。這裡王熙鳳完全沒有講錯，事實上林黛玉的家世背景根本不是一般的中等士大夫家庭，而是比賈家地位更高的門閥！

請注意林黛玉的母親是賈敏，她身為賈母最疼愛的女兒，許親的對象一定是門當戶對的貴族世家，否則又怎麼會捨得下嫁？從這一點來說，黛玉的父親林如海一定是個人中龍鳳，才能雀屏中選，當上賈府的乘龍快婿，不可能只是一般官宦家庭出身的讀書人。

果然，林如海的祖宗是三代的列侯，這一點和賈家是一樣的。前面的幾章說過，一個國家的爵位有限，所以不能讓貴族們的子子孫孫代代相傳，於是有了「隨代降等承襲」的制度，即每世襲一代，爵位便降低一等，幾代之後就歸零了，這是除了少數「世襲罔替」的皇族之外都注定的命運。至於那些不是皇族的八旗世爵，更注定只能傳承三代，到了第四代便沒有爵位了，這時便得要找另外的出路，好讓家族的榮華富貴可以維持下去，那個出路就是科舉考試。而林黛玉的父親林如海正是這種佳子弟的典範，第二回說：

> 今歲鹺政點的是林如海。這林如海姓林名海，表字如海，乃是前科的探花，今已升至蘭臺寺大夫，本貫姑蘇人氏，今欽點出為巡鹽御史，到任方一月有餘。原來這林如海之祖，曾襲過列侯，今到如海，業經五世。起初時，只封襲三世，因當今隆恩盛德，遠邁前代，額外加恩，至如海之父，又襲了一代；至如海，便從科第出身。雖係鐘鼎之家，却亦是書香之族。

可見林家比賈家的地位還要更高一點，因為皇帝對林家特別的恩寵，所以讓林家加襲了一代，等於世襲了四代的爵位，並且比賈家還提前了兩代，發達得更早，那就不只更勝一籌了。等到林如海這一代，身為林家的第五代，依照朝廷的制度已經沒有爵位可以世襲了，於是他改從科舉出身，這種家族的變化形態稱為「隨代降等承襲」，也是賈家等貴族世家都同樣要面對的，此即寶玉為什麼會被嚴格要求讀書的原因。如果寶玉能像林如海一樣，那麼賈家的未來就有希望了，可惜我們都知道，結果並不理想，於是構成了賈家和寶玉的雙重悲劇。

那麼，林如海是怎樣的優秀呢？林如海從科舉找到了出路，順利地讓林家轉型成功，也延續了榮華富貴。首先，林如海是皇帝欽點的探花，等於是天子門生，哪裡是一般的讀書人可比！再加上深受皇帝信賴，所以被派去江南擔任巡鹽御史，小說中提到林如海帶著家眷到揚州上任，便是因為巡鹽御史的官署坐落在揚州。這個官職主管鹽務，涵蓋的轄區十分廣大，根據清初巡鹽御史李贊元上疏給順治皇帝的說法，包括：

> 兩淮巡鹽地方，自江西、湖廣以至河南，延袤千里，巡鹽一差，駐劄揚州，豈能徧及。

可知其範圍極為遼闊，不只如此，所主管的食鹽的稅收可是國家非常重要的財源，算是攸關國本，所以巡鹽御史的能力和品德一定要很高，絕對是皇帝十分信任的人，等於是皇帝的心腹。那麼可以想見，林如海是可以直接向皇帝寫奏摺、和皇帝當面討論政務的棟梁大臣，這哪裡是賈家所能比擬的！

而黛玉就是在貴族世家中誕生、成長的，又是欽差大臣的掌上明珠，怎麼可能會受人欺侮？果然，在賈敏過世以後，賈母心疼她沒有母親的照顧和教養，林如海也認為這個小女兒沒有兄弟姊妹的扶持，所以都贊成把小黛玉送到賈府，那裏有很多長輩和同輩親戚可以照顧她、陪伴她，比她自己一個人孤伶伶地留在林家要好得多。

就這樣，年紀大約六、七歲的黛玉便上路了。她在揚州搭上船，家庭老師賈雨村另外乘一艘小船跟在後面，一路往北京出發了。現在可以想得到了吧？黛玉乘坐的一定是官船，可以暢通無阻，而她從揚州到北京，走的又是哪一條水路？那一定是京杭大運河，從江南的杭州到北京，這條運河長達一千多公里，是明清時期的南北交通動脈，所以不只是林黛玉，後來薛家上京時也是走這條路線。

而這一趟從南到北的船運行程，可是黛玉人生中唯一的一次長途旅行，從此她再也沒有離開過京城一步。要注意的是，這一路的整個過程顯然很平安順利，因為體弱多病的黛玉並沒有出現任何不適的情況，算是一個好兆頭。等黛玉抵達了北京，必須先在通州下船，通州是京杭大運河北端的終點站，而黛玉一下了船，賈府派來接她的轎子早已等在那裡了。

轎子又代表什麼意義呢？那可不是一般的交通車，幾乎所有的讀者都不知道，在明、清這兩個朝代，轎子就是權力、地位的象徵，所以並非人人都可以乘坐。例如跟著黛玉一起上京的賈雨村，他雖然是黛玉的家庭老師，卻沒有轎子可坐，得自己想辦法到賈府去，即是因為他此時已被革職，而之前他當過縣太爺，上任時坐著一頂大轎，這便顯示出身分的轉變。

所以說，賈府派轎子來接黛玉，那是一種高規格的接待。這種高規格一直持續下去，直到黛玉進入賈府，晚上安頓下來都是如此，只可惜讀者都不了解清朝王府的規矩，所以才產生了很大的誤會，把林姑娘當成了寄人籬下的灰姑娘。

## 高規格接待的寵兒

首先，黛玉的轎子一路到了賈府，先經過東邊的寧國府，再到西邊的榮國府，因為古人以東邊為尊，東邊即是哥哥寧國公的坐落處，身為弟弟的榮國公當然就住到西邊的府宅了。現在要特別注意的是，當時寧國府「正門却不開，只有東西兩角門有人出入」，同樣的，西邊的榮國府也是如此，黛玉的轎子並不是從大門抬進去，而是「不進正門，只進了西邊角門」。為什麼會這樣呢？很多同情林黛玉的讀者便誤會了，以為賈府欺負這個可憐的孤女，連正門都不給她走，像個委屈的小媳婦似的，只能走邊門！這種印象實在太深了，也太普遍了，以致林姑娘變成了灰姑娘，得到了大家一面倒的同情。

但這恰恰是一個好機會，讓我們知道原來同情心很容易放錯對象，也顛倒了事實，只要缺乏理性和知識！以黛玉來說，她的轎子之所以會從角門進去，是因為遵守王府的規矩，大家都一樣，不是只有黛玉。有一位鐵帽子王的後代，叫做金寄水，他從小在睿親王府中長大，父親是最後一代的睿親王，如果民國沒有成立，他就會當上睿親王了。這位金寄水先生告訴我們：十二家鐵帽子王的王府建置都是採用「大式」做法，府門又稱為宮門，都坐北朝南，而府門東、西各有角門一間，均叫阿司門，供人們出入。

請特別注意「府門東西各有角門一間，供人們出入」這兩句，金寄水又說：「王府的府門是終年不開的，人來人往都走角門。但是，一到王府主要成員結婚那天，府門必須大開，只有知其王府禮制者，能看出府中是在辦喜事。但是，賓客車輛依舊出入角門。」這就是為什麼黛玉的車駕抵達榮國府以後，「卻不進正門，只進了西邊角門」，原來都是曹雪芹對貴族世家風範的自然展現。如果我們了解這是王府的禮制規範，便不會把這一現象誤解為黛玉受到賈府欺負，而得出謬以千里的推論了。

再看黛玉進入榮國府以後，便是和親戚們一一相見的場面，在這整個過程中，黛玉也都是人人尊敬、疼惜的貴客和寵兒。以下即一項一項來看。

首先，黛玉當然要拜見最高的長輩，賈母。可當時的情況是：「黛玉方進入房時，只見兩個人攙着一位鬢髮如銀的老母迎上來，黛玉便知是他外祖母。方欲拜見時，早被他外祖母一把摟入懷中，心肝兒肉叫着大哭起來。」連拜見之禮都省了。後來在談話的過程中，提到賈敏如何得病，如何請醫服藥，如何送死發喪，賈母禁不住傷感之情，黛玉又再一次被摟入懷裡嗚咽起來。如果用今天的習慣來看這樣的描寫，那就會看不出奧妙了。

所以我要提醒大家注意：在《紅樓夢》裡面，只要是這種上對下親暱的肢體動作，都代表了上位者的喜愛，也因此帶有提拔的含意，例如寶玉的嫂嫂李紈，便曾經攬著平兒給予極大的讚美。第三十九回說，當時大觀園正在熱熱鬧鬧地吃螃蟹宴，鳳姐派她的貼身大丫鬟平兒過來，拿一些螃蟹回去吃，而因為平兒這個人就像她的名字一樣，又平和、又公平，所以大家平日都很喜歡她，此刻便拉她過來一起坐下，正是重視她、提拔她，讓她平起平坐的表示。

而平兒是很守分寸的好女孩，當然不肯逾越分際，這時李紈堅持拉住她，笑道：「偏要你坐。」於是把平兒拉在她身旁坐下，還端了一杯酒送到她嘴邊，平兒連忙喝了一口便要走。李紈道：「偏不許你去。顯見得你只有鳳丫頭，就不聽我的話了。」說著又命嬤嬤們：「先送了盒子去，就說我留下平兒了。」這是要讓忙碌盡責的平兒休息一下，給予特別照顧的意思。然後李紈攬著她笑道：「可惜這麼個好體面模樣兒，命卻平常，只落得屋裏使喚。不知道的人，誰不拿你當作奶奶、太太看。」這段話更清楚顯示了李紈對平兒的讚賞與不捨。

在這裡讀者可不要誤會，以為李紈會攬著平兒，是因為她這個寡婦獨守空閨，幾年下來就有了同性戀的嫌疑，這實在是無中生有的穿鑿附會。如果認真而客觀地了解《紅樓夢》的世界，便會發現：從這整段情節來看，李紈很明顯是心疼平兒，她的人是這麼優秀，命卻這麼不好，並且藉這個機會特別補償她，以主子的身分攬住平兒這個女僕，即為一種提拔的用意，所以還特別把平兒留下來一起吃螃蟹，讓她不用再到處奔波，幫鳳姐辦事，而可以歇歇腳，和主子一起享受美食。同樣的，李紈會伸手攬住平兒，就是以主子的身分給她的提拔和榮耀啊。

也正因為這時伸手攬著她，才順勢摸到了一大串鑰匙，李紈便感嘆說：

我成日家和人說笑，有個唐僧取經，就有個白馬來馱他；有個劉智遠打天下，就有個瓜精來送盔甲；有個鳳丫頭，就有個你。你就是你奶奶的一把總鑰匙，還要這鑰匙做什麼？

李紈從這一串鑰匙發揮，極口稱讚平兒就是鳳姐的鑰匙，那可是無與倫比的讚美！想想看，鳳姐是何等精明幹練的人物，平兒能當她的鑰匙總管，豈不證明平兒的卓越程度嗎？所以說，李紈伸手攬住平兒的舉動，便相當於賈母摟住黛玉一樣，這種上位者對下位者的肢體親暱，都是表示寵愛、欣賞和提拔的意思，是我們應該要正確了解的。更何況賈母還哭著叫黛玉是「心肝兒肉」，那就與寶玉的地位沒有兩樣了。

果然，連賈母如此地位崇高的老祖宗都這樣表示了，其他的大家長們也全部一起跟進。首先是王熙鳳，她一來到現場，便表現得十分親暱、熱絡：

這熙鳳攜着黛玉的手，上下細細打諒了一回，仍送至賈母身邊坐下，……又忙攜黛玉之手，問：「妹妹幾歲了？可也上過學？現吃什麼藥？在這裏不要想家，想要什麼吃的，什麼玩的，只管告訴我；丫頭老婆們不好了，也只管告訴我。」

請注意，其中鳳姐連續兩次攜著黛玉的手，又把黛玉送到賈母身邊坐下，這更進一步做了補充說明，告訴我們，原來黛玉還沒來得及拜見老祖宗，便被摟在懷裡，之後根本還和賈母坐在一起，那豈不等於是昭告天下，黛玉就是和她平起平坐的寵兒嗎？於是乎，另外兩位女家長也不能怠慢了，依照倫理順序，首先是邢夫人順道帶黛玉去見大母舅賈赦，當時「大家送至穿堂前。出了垂花門，早有眾小廝們拉過一輛翠幄青紬車。邢夫人攜了黛玉，坐在上面，眾婆子們放下車簾，方命小廝們抬起」，到了東大院賈赦的住所，「眾小廝退出，方打起車簾，邢夫人攙着黛玉的手，進入院中」，黛玉坐了一刻後便告辭，邢夫人親自送至儀門前，又囑咐了眾人幾句，眼看着車去了，方回來。

請注意，在這一段過程中，邢夫人不但是牽著黛玉的手一起坐在車上，接著還「攙着黛玉的手，進入院中」，這裡用的是攙扶的「攙」字，那是多麼小心翼翼的動作啊，一般應該是晚輩對長輩的禮貌才對吧？現在卻居然反過來了。再看黛玉告辭以後上了車，邢夫人不僅囑咐眾人細心照料，並且「眼看着車去了，方回來」，顯然她還留在路邊守望一陣子，目送車駕遠去才轉身回房，表達出依依不捨的掛念。由此林林總總可見，都表現出黛玉極端受寵的處境。

接著是去拜見二母舅賈政，黛玉在老嬤嬤的帶領之下：

> 到了東廊三間小正房內。正面炕上橫設一張炕桌，……王夫人却坐在西邊下首，亦是半舊的青緞靠背坐褥。見黛玉來了，便往東讓。黛玉心中料定這是賈政之位。因見挨炕一溜三張

椅子上，也搭着半舊的彈墨椅袱，黛玉便向椅上坐了。王夫人再四攜他上炕，他方挨王夫人坐了。

在這一段描寫裡，也要特別請大家注意，原來古人以東為尊，所以炕上的兩個座位裡，東邊的一個一定是賈政坐的，黛玉當然懂這個禮數，因此當王夫人讓她往東坐的時候，黛玉絕不敢僭越，刻意選了比炕低一階的椅子上坐下。但因為王夫人「再四攜他上炕，他方挨王夫人坐了」，所謂恭敬不如從命，晚輩對長輩再四表達的好意卻之不恭，此刻必須遵命上炕，卻又不能坐到東邊的位置上，那就得和王夫人一起擠在西邊的位置了，豈不又顯示出平起平坐的地位嗎？接著，「一聽到老太太那裏傳晚飯了，王夫人忙携黛玉從後房門由後廊往西，出了角門」，然後「王夫人遂携黛玉穿過一個東西穿堂，便是賈母的後院了」。我想你現在已經有概念了，應該注意到在這個行動的過程裡，王夫人也是一直牽著黛玉的手呢。

如此一來，算一算總共有四個人攜著黛玉的手，包括：賈母、邢夫人、王夫人和王熙鳳，其中輩分最高的三位還讓黛玉與她們平起平坐，而這些人都是賈府裡權力最大的女家長！由此看來，在在都顯示黛玉的地位崇高，事實上她從來到賈家的前一刻起，便受到全家的禮遇與疼愛。

然後，當王夫人牽著黛玉進到屋裡準備入席用餐的時候，又發生一件和座位有關的情節。當時黛玉的座位也是最尊貴的一席，小說中說：

賈母正面榻上獨坐，兩邊四張空椅，熙鳳忙拉了黛玉在左邊第一張椅上坐了。黛玉十分推讓。賈母笑道：「你舅母你嫂子們不在這裏吃飯。你是客，原應如此坐的。」黛玉方告了座，坐了。

很明顯的，黛玉之所以要「十分推讓」，就是知道那個位子是很尊貴的客座，自己擔當不起。但賈母要黛玉接受這個安排，明確地表示她是貴客，理當如此，黛玉才敢坐了下來，可見黛玉身為貴客、嬌客的地位十分明確。

最後，再看當黛玉剛到賈府時，賈母特別吩咐說：「請姑娘們來。今日遠客才來，可以不必上學去了。」於是迎春、探春、惜春這三姊妹來到了現場，和黛玉相見。想想看，這麼重視讀書教育的大家庭，能讓姑娘們不用去上學的理由一定是大事件，顯然黛玉正是一個貴客，否則賈家的姊妹們何必費事過來一趟，還穿上正式的禮服，也即黛玉眼中所看到的「其釵環裙襖，三人皆是一樣的妝飾」，那可是在過中秋之類的大節慶或大場合時才需要穿戴的儀式服裝，其中包括第七十三回《懦小姐不問纍金鳳》這段故事裡，迎春被奶娘私自拿去典當的纍絲金鳳！

看到這裡，事實再清楚不過了，小小年紀的黛玉，從一開始就是賈府以高規格禮遇的貴賓和寵兒，和讀者們常見的誤解完全相反。

最後，總結一下這章所講的重點。從種種情況來判斷，黛玉來到賈府的整個過程，一路上都是高規格禮遇的貴賓，包括哪些情況呢？

第一是從京杭大運河下船以後，賈府便打發了轎子來迎接，而轎子在明清時代就代表了權力與地位。

第二，黛玉從角門進榮國府，那是王府的規矩，完全不是虧待。曹雪芹也藉此來反映賈府的豪門氣象，並非一般人家所能企及。

第三，從賈母、邢夫人、王夫人、王熙鳳這些賈家最有權位的女家長都萬般招待，又摟在懷裡、又牽著手、又坐在一起，都充分表示黛玉是備受疼愛的超級寵兒，注定了黛玉在賈家的優越地位。

第四，難怪嫡系的三春可以不用上學，還穿戴了大場合才需要的禮服來迎接她。

所以說，林黛玉是賈府的掌上明珠而不是受人欺負的灰姑娘，這才是事情的真相，我們不要再一直被流俗的成見給誤導了。

下一章，要繼續談黛玉的這種優越地位，對她的性格產生了什麼影響？答案會和一般的常識很不一樣！

# 9 林黛玉的重像

上一章談到林黛玉其實占有非常優越的地位，這對於她的性格也產生了很大的影響。不過，在深入這個主題之前，還是要依照慣例，看看林黛玉的重像有哪些，這可以幫助我們更了解林黛玉這個人物。

我們已經知道，曹雪芹會為他筆下的重要人物特別設計一些重像，當作他／她的分身，好讓他／她的存在感更加地提高、擴大，同樣的，林黛玉也擁有許多的重像，我仔細計算過，發現從歷史人物到小說人物，居然超過了十個，這個數量恐怕是無出其右。至於那些分身有哪些人？以下先從歷史人物看起。

## 歷史上的分身

首先，從歷史中取材，本即是創作上的好方法，那些累積了千百年現成的豐富材料簡直是最佳的得力助手，讓作家下筆時左右逢源，更有靈感。以黛玉而言，她的歷史人物重像有三個，依照出現的順序來說，包括了西施、趙飛燕以及娥皇、女英，先講其中的趙飛燕吧。

趙飛燕是漢成帝的皇后，文學上關於她的典故主要有兩個取重之處，在這裡用的是體態纖細的特點。因為趙飛燕號稱可以「掌上舞」，那真是飄飄欲仙，無比輕盈，例如唐朝詩人杜牧寫了一首題為〈遣懷〉的著名詩篇，裡面有一句說「楚腰纖細掌中輕」，「掌中輕」便是用趙飛燕的典故，當古人要表示女性的美各有千秋時，常用一個成語叫做「環肥燕瘦」，其中的「燕」就是指趙飛燕。而曹雪芹要突顯林黛玉的纖瘦，所以把第二十七回的回目擬訂為〈埋香塚飛燕泣殘紅〉，描述那趙飛燕般輕盈纖細的林黛玉把落花埋葬在花塚裡，一個人對著殘紅悲傷哭泣，此處趙飛燕的比喻很明顯地是偏重在外型上。

至於西施，那更不僅是瘦弱的外型了，還更加上多病的體質。尤其是心絞痛，一旦發作時，胸口便疼痛得讓人捧心皺眉，特別有一種病態美，因此還居然出現了東施效顰的模仿，這都與黛玉絕妙吻合。例如第三回描寫寶玉眼中的黛玉，是：

> 細看形容，與眾各別：兩彎似蹙非蹙罥烟眉，一雙似喜非喜含情目。態生兩靨之愁，嬌襲一身之病。淚光點點，嬌喘微微。閑靜時如姣花照水，行動處似弱柳扶風。心較比干多一竅，病如西子勝三分。

原來黛玉的病比西施還要更嚴重一點，難怪她總是眉頭深鎖，如後來第二十八回寶玉在〈紅豆詞〉裡所說的「展不開的眉頭，捱不明的更漏」，於是隨後寶玉笑道：「我送妹妹一妙字，莫若『顰顰』二字極妙。」因為「這林妹妹眉尖若蹙，用取這兩個字，豈不兩妙！」那等於是把黛玉多愁多病以致眉頭深鎖作為她最鮮明的形象了。果然，後來第六十五回賈璉的心腹興兒也說，他們這些下人們背後都叫黛玉是「多病西施」，因為她「一身多病，這樣的天，還穿夾的（按：即雙層、比較厚的衣裳），出來風兒一吹就倒了。」由此可見，西施捧心皺眉的形象真是替弱不禁風的黛玉畫龍點睛！

至於第三組歷史人物則是要突顯出黛玉的另一個特點，她們是娥皇、女英。娥皇、女英本來是堯的女兒，後來嫁給舜作為妻子，最後更為了舜殉情而死，因為舜遠征南方的有苗，去到湖南的蠻荒之地，卻在蒼梧失蹤了，作為妻子的她們後知後覺，一接到消息便急忙去追尋，最後還是找不到舜的蹤跡，在絕望之下便悲慟地投入湘江裡，化身為湘水女神，也就是瀟湘妃子。根據南朝任昉《述異記》所記載：

> 昔舜南巡而葬於蒼梧之野。堯之二女娥皇、女英追之不及，相與慟哭，淚下沾竹，竹文上為之斑斑然。

這則歷史傳說還進一步指出：娥皇、女英在投水殉情之前，先於江邊抱頭痛哭，她們的眼淚濺灑在身旁的竹子上，於是留下了斑斑點點的淚痕，這就是湘妃竹、即斑竹這個品種的由來。它們代代相傳，以竹皮上的斑斑點點不斷地見證瀟湘妃子永恆的深情！

而剛好黛玉很愛哭，又對寶玉有很深的感情，所以曹雪芹便挪用了這組人物形象給她。最明顯的證據是在第三十七回，當時大觀園的金釵們發起了海棠詩社，李紈首先呼應黛玉「先把這些姐妹叔嫂的字樣改了才不俗」的主張，而提出建議：「何不大家起個別號，彼此稱呼則雅。」在這個取號的過程中，黛玉取笑探春自名的「蕉下客」是頭鹿，讓大家「快牽了他去，燉了脯來吃酒」，探春便對黛玉笑道：

> 「你別忙中使巧話來罵人，我已替你想了個極當的美號了。」又向眾人道：「當日娥皇女英洒泪在竹上成斑，故今斑竹又名湘妃竹。如今他住的是瀟湘館，他又愛哭，將來他想林姐夫，那些竹子也是要變成斑竹的。以後都叫他作『瀟湘妃子』就完了。」大家聽說，都拍手叫妙。林黛玉低了頭方不言語。

這當然是曹雪芹在背後安排的，他通過探春，利用了「娥皇、女英洒泪在竹上成斑」的傳說，送給黛玉「瀟湘妃子」的美號，黛玉當場很樂意地接受了。這是書裡面很明確的證據。

另外，我經過深入的研究以後，還發現到：黛玉前身的那株絳珠草，其實就是人間的湘妃竹！脂硯齋於第一回「有絳珠草一株」句旁有一段夾批云：

點紅字。細思「絳珠」二字豈非血淚乎。

清楚呼應了第八回「一淚化一血珠」的批語，因此「絳珠」即是血淚。而娥皇、女英灑淚沾上竹子的斑痕恰恰也是血痕點點，例如唐代詩人賈島〈贈梁浦秀才斑竹拄杖〉這首詩，寫的是一支用斑竹做成的拄杖，其中便歌詠道：

莫嫌滴瀝紅斑少，恰似湘妃淚盡時。

這證明了紅斑正是湘妃的眼淚！這麼說來，湘妃竹其實正是絳珠仙草移植到人間的化身，那血淚斑斑就構成了兩者的共同造型。

## 小說世界的影子

講過了歷史上的傳說人物，現在再看小說裡的重像人物。而因為曹雪芹的特殊設計，小說裡又分為神話世界、現實世界的兩層結構，那神話世界裡警幻仙姑的妹妹兼美，就融合了寶釵、黛玉的雙重形象，第五回說她是「鮮豔嫵媚，有似乎寶釵，風流裊娜，則又如黛玉」，所以前面講賈寶玉的時候，便提到這種「釵黛合一」才是賈寶玉或曹雪芹的女性理想典範。

至於出現在賈府的現實世界裡的重像人物，她們所表現的主要是黛玉的性格特點，而這些就更精彩了。先看到底有哪些人？以長得相像的分身來說，這一類從外表即一目了然者，叫作「顯性重像」，包括：第二十二回的小旦、第三十回的齡官、第六十五回的尤三姐，以及第七十四回提到的晴雯。而另一類雖然沒有提到長得像，但性格、命運都很類似，那便叫作「隱性重像」，則包括了第十八回的妙玉、第四十回的茗玉，還有第五十三回的慧娘，總共至少有七個，在數量上算是最多的。因為篇幅的關係，只講其中的幾個重點，看看她們所突顯的黛玉的性格到底有哪些。

首先，很有趣的是，那些長得很像的顯性替身，包括小旦、齡官、尤三姐、晴雯這四個女孩子，都是身分低下的人！小旦、齡官兩個是戲子，晴雯是買來的丫鬟，在傳統社會裡都屬於底層的賤民，而尤三姐和她的姊姊尤二姐則是浪蕩成性，距離大家閨秀也很遙遠。如果我們知道，這一類的人大多是出身貧寒，常常沒有完整或良好的家庭依靠，甚至是一個人生活，那麼或許可以推測這是要來襯托黛玉的孤單，黛玉雖然家世顯赫，但畢竟已經完全沒有娘家了，當林如海一過世，沒有男嗣的林家就算是一門滅絕，從這一點來說，黛玉確實是一個孤女。

難怪只要我們仔細讀小說，便會發現：其實黛玉雖然愛哭，但哭的並不只是為了寶玉，有一半的比例是為了身世而流淚，因為她深愛父母，可是父母雙亡；她喜歡兄弟姊妹，可是卻連一個手足都沒有，因此她覺得自己十分地孤單，無依無靠。這等於也證明了對傳統古人而言，家庭親情是人生最重要的價值，是最大的依靠！而黛玉的顯性重像中有很多是這一類沒有家庭的孤女，那應該不是偶然的巧合。

至於隱性替身的妙玉、茗玉、慧娘這三者，則都是名門閨秀了。以妙玉來說，第十八回介紹道：為了元妃省親，賈家需要準備一些宗教人員來進行各種儀式，資深管家林之孝家的來回王夫人，說除了十個小尼姑、小道姑，「外有一個帶髮修行的，本是蘇州人氏，祖上也是讀書仕宦之家。因生了這位姑娘自小多病，買了許多替身兒皆不中用，到底這位姑娘親自入了空門，方才好了。所以帶髮修行，今年才十八歲，法名妙玉。如今父母俱已亡故，身邊只有兩個老嬤嬤、一個小丫頭伏侍。文墨也極通，經文也不用學了，模樣兒又極好。」這和黛玉豈不是如出一轍嗎？兩人都是蘇州人，也都是父母雙亡的孤女，此外，她們的學問、外貌都很好，更都是從小多病，必須要靠出家才能痊癒，差別只在於妙玉親自出家了，而黛玉卻沒有。

第三回黛玉道：「那一年我三歲時，聽得說來了一個癩頭和尚，說要化我去出家，我父母固是不從。他又說：『既捨不得他，只怕他的病一生也不能好的了。若要好時，除非從此以後總不許見哭聲；除父母之外，凡有外姓親友之人，一概不見，方可平安了此一世。』」然而我們都知道，黛玉之後來到賈家依親，不僅見到了寶玉，還整天生活在一起，那又怎麼可能不哭呢？所以黛玉的病勢愈來愈嚴重，最後便如脂硯齋所說的「淚盡夭亡」，顯然這是黛玉注定的命運。至於茗玉、慧娘這兩個人，都是小說裡間接提到的，後文再簡單對照一下。

## 共通的特色

現在，我們再來找找看，到底這些涵蓋了天上人間的重像們還有哪些其他的共通點？那應該也就是曹雪芹所要賦予黛玉的重要特色。

首先，她們的第一個特點即非常美麗，這一點當然是不用多說，「漂亮」簡直是當小說主角的必要條件了，書中全部的金釵都是如此。只是黛玉的美偏向於多愁多病的病態美，於是採用了趙飛燕、西施的歷史形象。

再看齡官，第三十六回提到她說「今兒我咳嗽出兩口血來」，這對於年紀輕輕才十幾歲的少女來說，當然不是好現象。參考第三十一回裡，襲人不小心被寶玉誤踢到胸口，踢得很重，到了晚上便吐出一口鮮血在地上，心裡也就冷了半截，因為她想起往日常聽人說：「少年吐血，年月不保，縱然命長，終是廢人了。」想到這裡，「不覺將素日想着後來爭榮誇耀之心盡皆灰了，眼中不覺滴下淚來」。據此而言，齡官恐怕也是會青春夭亡的吧。所以這些分身的第二個特點，就是瘦弱多病。

而既然體弱多病，便很容易早死，果然年少夭亡正是她們的第三個共通點。例如茗玉，她是第四十回劉姥姥胡謅編出來的一位小姐，姥姥說：「這老爺沒有兒子，只有一位小姐，名叫茗玉。小姐知書識字，老爺太太愛如珍寶。可惜這茗玉小姐生到十七歲，一病死了。」這豈不也很雷同於黛玉嗎？那麼她十七歲時一病而死，恐怕便是黛玉的預告了。

不只如此，第五十三回寫到賈府有一件價值連城的珍寶，那是一副紫檀透雕的瓔珞，上面嵌着大紅紗透綉花卉並草字詩詞，一共十六扇。本來另外還有兩件，但已經於上年「進了上」，也就是呈送給了皇帝，可見那是多麼精美的藝術品，因此賈母對這僅存的一件愛如珍寶。書中介紹道：

原來綉這瓔珞的也是個姑蘇女子，名喚慧娘。因他亦是書香宦門之家，他原精於書畫，不過偶然綉一兩件針線作耍，並非市賣之物。凡這屏上所綉之花卉，皆仿的是唐、宋、元、明各名家的折枝花卉，故其格式配色皆從雅，本來非一味濃豔匠工可比。每一枝花側，皆用古人題此花之舊句，或詩詞歌賦不一，皆用黑絨綉出草字來，且字迹勾踢、轉折、輕重、連斷皆與筆草無異，亦不比市綉字迹板強可恨。他不仗此技獲利，所以天下雖知，得者甚少，凡世宦富貴之家，無此物者甚多，當今便稱為「慧綉」。……偏這慧娘命夭，十八歲便死了，如今竟不能再得一件的了。凡所有之家，縱有一兩件，皆珍藏不用。

果然，這慧娘又是姑蘇女子，手藝是如此傑出，品味是如此高雅，簡直舉世無雙，可惜十八歲就死了，這當然不是偶然的。另外，像尤三姐不到二十歲即自刎而死，晴雯則是十六歲便病逝，可見這的確是相關重像的一大特點，用以暗示或加強黛玉的青春夭亡。

再從齡官、慧娘、晴雯的案例，又可以發現第四個特點，那便是技藝超群，擁有閃亮的才華。慧娘不用再說了，晴雯的手藝也是無出其右，所以曹雪芹在第五十二回安排了一段〈勇晴雯病補雀金裘〉，讓晴雯的一雙巧手完美地補完了那一領孔雀裘，那可是整個北京城「不但能幹織補匠人，就連裁縫、綉匠並作女工的問了，都不認得這是什麼，都不敢攬」的上品。因此，很有識人之明的賈母，在第七十八回中甚至說：「我的意思這些丫頭的模樣爽利言談針線多不及他，將來只他還可以給寶玉使喚得。」可見晴雯的才藝真是出類拔萃。

還有齡官也是一樣，第三十六回說得很清楚，寶玉因為「聞得梨香院的十二個女孩子中有小旦齡官最是唱的好」，所以特地來找她唱《牡丹亭》的「裊晴絲」一套，然後才見識到齡官的情有獨鍾，印證了不久前發生過的情節「齡官畫薔」。寶玉在第三十回裡，看到「一個女孩子蹲在花下，手裏拿着根綰頭的簪子，在地下摳土，一面悄悄的流淚」，然後「再留神細看，只見這女孩子眉蹙春山，眼顰秋水，面薄腰纖，裊裊婷婷，大有林黛玉之態」，這再清楚不過了，齡官確實是黛玉的分身！重點是，第三十六回反映出她和心上人賈薔的相處狀況，那簡直正是寶玉和黛玉的翻版：

女方因為不放心、沒有安全感，於是不斷折磨那個深愛自己的人，也是因為知道對方深愛著自己，所以更有恃無恐，說話便尖刻起來，不惜歪派冤枉別人。例如賈薔為了討齡官開心，花了一兩銀子買了一隻會在小舞臺上銜旗串戲的鳥雀來給她玩，齡官卻毫不領情，反倒指控賈薔說：「今兒我咳嗽出兩口血來，太太打發人來找你叫人請大夫來細問問，你且弄這個來取笑。偏生我這沒人管沒人理的，又偏病。」說著又哭起來。

這真是百分之百的林黛玉啊，簡直綜合了苦戀、多病、自虐的特點，所以一樣地愛哭。這麼一來，從齡官身上又發現這些重像的第五個特點了，那就是痴情苦戀。不只齡官畫薔，尤三姐也是一心都在柳湘蓮身上，她們都偏重於感情的執著，因此深受愛情的折磨，甚至還有為情而死的，例如神話中的娥皇女英，寧國府的尤三姐也是。這應該都是要來烘托黛玉對寶玉的情有獨鍾，以及帶有一點自虐的性格。

最後，還可以發現第六個共通點，即性格高傲、率性，比較自我中心。齡官也是這一類的代表，試看第十八回元妃回家省親時，那十二個女伶粉墨登場，表演一番：

> 剛演完了，一太監執一金盤糕點之屬進來，問：「誰是齡官？」賈薔便知是賜齡官之物，喜的忙接了，命齡官叩頭。太監又道：「貴妃有諭，說『齡官極好，再作兩齣戲，不拘那兩齣就是了』。」賈薔忙答應了，因命齡官作《遊園》、《驚夢》二齣。齡官自為此二齣原非本角之戲，執意不作，定要作《相約》《相罵》二齣。賈薔扭他不過，只得依他作了。

可見齡官很有個性，連對長官的指令都敢違抗。雖說這時賈薔和齡官之間可能已經產生了情愫，所以上下的關係有點顛倒，不能用一般的倫理規範來推測，但齡官確實很有個性，從後面第三十六回她拒絕寶玉的時候所說：「嗓子啞了。前兒娘娘傳進我們去，我還沒有唱呢。」可見她連皇妃都敢不從，何況是寶玉！

而妙玉的高傲更是極端，簡直是黛玉的進階版，因為從來就只有黛玉去嘲諷別人的份，卻只有妙玉敢當面批評黛玉。第四十一回劉姥姥逛大觀園時，大家來到了櫳翠庵，妙玉在招待賈母之後，私底下又帶寶釵、黛玉去喝體己茶，而黛玉只不過問了一句：「這也是舊年的雨水？」妙玉居然冷笑說：「你這麼個人，竟是大俗人，連水也嘗不出來。」這可真是「一山還有一山高，強中自有強中手」啊，黛玉終於遇到不願意屈就她、侍候她的人了，清朝評點家姚燮（一八〇五—一八六四）《讀紅樓夢綱領》就注意到：

> 寶玉過梨香院，遭齡官白眼之看；黛玉過櫳翠庵，受妙玉俗人之誚，皆其平生所僅有者。

妙玉當面這樣嗆貶黛玉，真是絕無僅有的一次，可見妙玉這個人的高傲確實到了第六十三回寶玉所說的「萬人不入他目」，即目中無人的地步。

至於晴雯，那又是一個很獨特的案例了。晴雯確實帶有黛玉的影子，第七十四回裡王夫人說她「眉眼又有些像你林妹妹」，難怪晴雯也常常被比作西施，在這同一回裡，王善保家的先說晴雯「天天打扮的像個西施的樣子」，不久王夫人見到她本人時也說「真像個病西施」，而西施又恰恰好是黛玉的重像之一，可見彼此很連貫一致，西施這個歷史美人就同時投射在這兩個小說人物身上了。

但晴雯、黛玉不只是長得相像，她們的性格作風更是類似，這一點脂硯齋早已指出來了，他在第八回的批語說：「晴有林風，襲乃釵副，真真不錯。」後來第七十八回寶玉寫了一篇〈芙蓉女兒誄〉來悼祭晴雯時，脂硯齋更說：「當知雖誄晴雯，而又實誄黛玉也。」同一篇誄文可以通用在晴雯、黛玉身上，可見這兩個少女最是接近，不只是共享青春夭逝的命運，也都有高傲直率的風格。第五回太虛幻境的人物判詞便說晴雯「心比天高，身為下賤」，又因為身為丫鬟，並沒有受過教育，所以她的高傲更帶有一種剛烈勇猛，力道更大，這一點要等下一章再說。

最後，總結一下這一章所講到的幾個重點：

第一，曹雪芹為黛玉所安排的重像是數量最多的，總共超過了十個。

第二，這些重像至少有七個共通的特色，包括：她們常常是孤女，長得都很美麗，而偏向於病態美，因此瘦弱多病，也往往短命早死，但她們都才華出眾，並且比較表現出對感情的執著，最後則是性格高傲。這些共通點都是要用來襯托林黛玉的形象。

既然曹雪芹花費這麼多的筆墨，苦心做了這麼多的設計，難怪林黛玉的形象特別鮮明，幾乎所有的讀者都是從「人人愛林黛玉」開始的。但我想要提醒大家：以上所提到的這些特點，都不是人格品德上的價值，因此雖然黛玉擁有豐富的性靈、敏感聰慧的心智，讓人覺得楚楚可憐，但她明顯並不是以人格價值為重的人物。那麼她的性格該怎樣理解和定位？下一章便要來談這個問題了。

# 10 林姑娘：哪一種直率

上一章談到了林黛玉的重像，曹雪芹為她安排的分身數量是最多的，難怪林黛玉的形象特別鮮明，讀者也就都「人人愛林黛玉」了。但我要提醒大家：這些重像的特點，包括：身為孤女，長得美麗，瘦弱多病，短命早死，才華出眾，對感情執著，以及性格高傲直率等等，明顯都不屬於人格品德上的價值，因為那並不需要經過很大的努力，或者是主要靠天賦便可以呈現的。尤其是「直率」這一點，很容易被誤會為優點，實在必須重新認真思考，因此這一章的主題是要仔細分辨林姑娘的直率到底屬於哪一種。

早在上上一章中，便澄清了林黛玉其實占有非常優越的地位，這對於她的性格產生了很大的影響，那是怎樣的影響？其實，上一章的重像主題已經顯示出答案了，即高傲、直率，尤其集中在小說裡的相關人物身上，這一點最是清楚，包括齡官、妙玉，特別是晴雯，她們更是青出於藍。

而為什麼我要用一個單元來專門講這個特色？因為華人的文化裡有一種很普遍的誤解，以為直率是一種優點，這個誤解導致我們在待人處世的時候誤入歧途，失掉了文明涵養、降低了人格高度而不自知，反倒以為那代表很有個性！為了澄清這個很大的誤會，所以我才安排這個單元，純粹是希望大家一起努力，讓自己可以變成更好的人。

## 直率：隨口傷人的藉口

我們總以為，一個直率的人應該就是好人，因為他不虛偽。也因為這種想法，所以直率的人便獲得了護身符，而一直地直率下去，即使他的直率已經傷到別人，也沒有意識到問題所在，以致直率變成了缺點而不自知。

這是怎麼說的呢？先從上一章提到的妙玉說起吧。妙玉比黛玉更加高傲、直率，是林黛玉的二點零進階版，黛玉只不過是問了一句「這也是舊年的雨水？」妙玉便冷笑說：「你這麼個人，竟是大俗人，連水也嘗不出來。」請大家認真想一想，這真的是好的作風嗎？為什麼嘗不出那茶水是用梅花上的雪所烹煮出來的，就是大俗人呢？一個人俗不俗，看的應該是內在的品性格調，而不是這些物質品味吧？否則恐怕連陶淵明、杜甫都會變成大俗人了。更何況，如果認為一定要用什麼水、要用多少錢的標準才能品嘗到好滋味，那才真的是俗不可耐！

其實，只要是潔淨無汙染的清水，那滋味便是甜美的生命泉源，天地萬物都是這樣滋養起來的，真正的高僧也最能領略這一點，例如民國初年著名的弘一大師，即是這樣滿心歡喜地品嘗清水的滋味。所以說，妙玉這種對高雅品味的偏執，已經到了太過度的地步，而一旦過度，那就不是貴族的風範，反倒有一點無聊的傲慢了。

再說，妙玉當著黛玉的面批評她是個大俗人，這種做法叫做出言不遜，一點也沒有教養，根本並不可取。憑什麼你覺得對方是俗人，就可以當面否定人家？即使你的感覺是對的，但別人的感覺也一樣重要，因此必須懂得尊重別人。也所以，雖然劉姥姥是個粗鄙的鄉下老太婆，但妙玉嫌棄她骯髒到了這種地步，連姥姥喝過的茶杯都寧可丟掉、甚至砸碎，這樣輕視別人的心態和做法，實在太自我中心、太自以為是了。

只可惜，很多人因為投射的關係，只想在小說裡得到心理的滿足，所以往往會喜歡妙玉、黛玉這一類高傲的人，還以為她們的直率代表了真誠，代表了不虛偽，而認定她們並不是那些表裡不一的小人，因此合理化了直率的作風。這麼一來，**直率也就變成了傷害別人最好的藉口**。

其實，表裡不一未必會傷到別人，但直率卻常常傷到別人，因為那些不虛偽的人不一定都是對的。只要認真想一想便會發現，不虛偽的人也同樣會判斷錯誤，甚至更容易放任自己的感覺，因此做出任性的行為，甚至傷害了別人。

回到林黛玉來看，她這一類的故事很多，就不一一指出來了，基本上，史湘雲對黛玉的作風有一個很好的總結，那是在第二十回，當時寶玉、黛玉二人正說著話，只見湘雲走來，笑道：「二哥哥，林姐姐，你們天天一處頑，我好容易來了，也不理我一理兒。」黛玉笑道：「偏是咬舌子愛說話，連個『二』哥哥也叫不出來，只是『愛』哥哥『愛』哥哥的。回來趕圍棋兒，又該你鬧『么愛三四五』了。」這時史湘雲便發出抗議了，說道：

> 他再不放人一點兒，專挑人的不好。你自己便比世人好，也不犯着見一個打趣一個。

其中所謂「專挑人的不好」，就等於是在人家的傷口上撒鹽。比如黛玉這時挖苦湘雲是大舌頭，咬字不清楚，把「二哥哥」念成了「愛哥哥」，但這種做法很像我們身邊常見的、不懂事的小學生，去嘲笑身體不方便的同學，其實都是很沒教養的行為，一點也不可取。

尤其值得注意的是，我發現整部《紅樓夢》裡面，凡是提到有人講話刻薄的情節，指的都是「林黛玉們」，也難怪，大家都覺得黛玉說出一句話來，比刀子還尖！那是第八回寶玉去看望薛姨媽時，被留下來吃茶，他提到吃鵝掌、鴨信要配酒才好，但他的乳母李嬤嬤卻出面攔阻了，不讓寶玉喝酒，第二次攔阻的時候還恐嚇寶玉說：「你可仔細老爺今兒在家，提防問你的書！」寶玉聽了這話，心中便大不自在，因此垂頭喪氣了起來。黛玉連忙先說：「別掃大家的興！」還一面悄悄的推寶玉，使他賭氣，一面悄悄的咕噥說：「別理那老貨！咱們只管樂咱們的。」黛玉居然罵奶娘是「老貨」，也就是老東西，這實在非常無禮，而那李嬤嬤也素知黛玉的，因此說道：「林姐兒，你不要助着他了。你倒勸勸他，只怕他還聽些。」黛玉便冷笑道：

> 我為什麼助他？我也不犯着勸他。你這媽媽太小心了，往常老太太又給他酒吃，如今在姨

媽這裏多吃一杯，料也不妨事。必定姨媽這裏是外人，不當在這裏的也未可定。

要知道，其實黛玉這話十分見外，等於是誣賴李嬤嬤把薛姨媽當作一個需要提防的外人，所以才不讓寶玉在這裡喝酒，那已經帶有挑撥離間的意思。因此李嬤嬤聽了，又是急，又是笑，說道：「真真這林姑娘，說出一句話來，比刀子還尖。你這算了什麼呢！」寶釵也忍不住笑著，把黛玉腮幫上一擰，說道：「真真這個顰丫頭的一張嘴，叫人恨又不是，喜歡又不是！」

黛玉這種對人講話的方式，當然是「叫人喜歡又不是」啊，尤其奶娘在這樣的大家族裡地位很高，因為她乳養了未來的主子，所以很受到大家的尊敬，連王熙鳳遇到家裡的這些乳母，包括丈夫賈璉的乳母趙嬤嬤、寶玉的奶娘李嬤嬤，都十分客氣，完全收起了當家者的氣燄，總是非常地禮貌。但黛玉卻這樣當面不假辭色，口出惡言，在整個賈家裡算是聞所未聞！而且即使李嬤嬤十分尷尬，卻又不敢發脾氣，只是小小抗議了一下，這更證明了黛玉確實是超級寵兒，所以才這般地無所顧忌。

## 嫉妒添油的殺傷力

而黛玉最嚴重的一件事，是發生在第三十四回，當時寶玉挨了打，鬧得天翻地覆，大家難免私底下猜測誰是洩漏機密的罪魁禍首，於是很多人懷疑到薛蟠身上。如果只依照薛蟠的性格來看，他確實嫌疑最大，但這一次卻偏偏不是他說的，所以覺得很冤枉，而寶釵也並不是要追究責任，只是藉這個機會勸薛蟠以後不要依然故我，免得又落了嫌疑。但薛蟠因為覺得被冤枉而忿忿不平，一心只想要反駁，於是就口不擇言了：

> 薛蟠見寶釵說的話句句有理，難以駁正，比母親的話反難回答，因此便要設法拿話堵回他去，就無人敢攔自己的話了；也因正在氣頭上，未曾想話之輕重，便說道：「好妹妹，你不用和我鬧，我早知道你的心了。從先媽和我說，你這金要揀有玉的才可正配，你留了心，見寶玉有那勞什骨子，你自然如今行動護着他。」

請大家注意一下，這幾句話現代人聽起來根本沒什麼大不了，但在當時的這種貴族世家裡，那可是非常嚴重的罪名，等於指控一個女孩子很淫蕩、不貞潔，因為她違背了父母之命、媒妁之言，對一個男性有了私情！這就是第一回裡，曹雪芹說才子佳人小說「其中終不能不涉於淫濫」的「淫濫」，也即第五十四回賈母破陳腐舊套時所說的：那些小說裡的佳人「只一見了一個清俊的男人，不管是親是友，便想起終身大事來，父母也忘了，書禮也忘了，鬼不成鬼，賊不成賊，那一點兒是佳人？」

所以請注意薛蟠所說的話，它的殺傷力有多麼巨大：

話未說了，把個寶釵氣怔了，拉着薛姨媽哭道：「媽媽你聽，哥哥說的是什麼話！」薛蟠見妹妹哭了，便知自己冒撞了，便賭氣走到自己房裏安歇，不提。

果然不但寶釵立刻氣哭了，接著還整整哭了一夜，薛姨媽也當場氣得發抖，一面又勸寶釵道：「你素日知那孽障說話沒道理，明兒我教他給你陪不是。」甚至第二天早上母女見面時，薛姨媽還跟著哭了一場，一面又勸寶釵說：「我的兒，你別委曲了，你等我處分他。你要有個好歹，我指望那一個來！」想想看，薛姨媽居然擔心寶釵因此會「有個好歹」，那是指生死的危險啊，可見這件事有多麼嚴重。

因此薛蟠在外邊聽見這番話，連忙跑了過來，對著寶釵左一個揖、右一個揖，不斷賠罪說：「好妹妹，恕我這一次罷！原是我昨兒吃了酒，回來的晚了，路上撞客着了，來家未醒，不知胡說了什麼，連我自己也不知道，怨不得你生氣。」這豈不是很像寶玉嗎？其中所謂的「撞客」即撞到鬼的意思，薛蟠把責任推給被鬼附身，所以才會胡言亂語。這就是一種道歉的說法啊，薛姨媽也責罵薛蟠說：「你就只會聽見你妹妹的歪話，難道昨兒晚上你說的那話就應該的不成？當真是你發昏了！」由此可見，那幾句話確實非常嚴重，被稱為魔鬼說的胡言亂語，而說這些話的薛蟠不斷被罵是「孽障說話沒道理」，他的行為是發昏、冒撞（冒失莽撞），講出來的是胡說、胡言亂語，所以才會讓母親氣得發抖，要處分他、叫他陪不是，更讓妹妹哭了一整夜，被母親擔心會有個好歹。

然而我們要知道，薛蟠是在很不理性的情況下衝口說出來的氣話，並沒有想太多，所以一出口便後悔了，以致第二天不斷地賠罪，甚至因為他對無辜的妹妹造成這樣巨大的傷害，而痛徹心扉、痛定思痛，居然幡然改悟，下定決心要痛改前非，以免再讓母親、妹妹操心！試看他說：「如今父親沒了，我不能多孝順媽多疼妹妹，反教娘生氣、妹妹煩惱，真連個畜生也不如了！」口裏說着，眼睛裏禁不起也滾下淚來。很明顯的，正因為這次傷害得很深、所以悔恨得很重，也才會反省得很透徹，這麼一來，從這三個人的反應就顯示出那始作俑者的幾句話所帶來的傷害實在太嚴重，所發揮的威力簡直是現代人無法想像的原子彈級別！

可是比起薛蟠來，黛玉對寶釵的刻薄便更過分了，第三十四回說道：

（寶釵）到房裏整哭了一夜。次日早起來，也無心梳洗，胡亂整理整理，便出來瞧母親。可巧遇見林黛玉獨立在花陰之下，問他那裏去。薛寶釵因說道「家去」，口裏說着，便只管走。黛玉見他無精打彩的去了，又見眼上有哭泣之狀，大非往日可比，便在後面笑道：「姐姐也自保重些兒。就是哭出兩缸眼淚來，也醫不好棒瘡！」

請注意一下黛玉的意思，那等於說寶釵是為了寶玉受傷而哭，豈不就是說寶釵對寶玉有私情，也和薛蟠的栽贓歪派完全一樣！更不應該的是，薛蟠是在很不理性的情況下衝口說出氣話，可黛玉卻是故意說來刻薄人家，所以後來第三十五回說：「寶釵分明聽見林黛玉刻薄他，因記掛着母親、哥哥，並不回頭，一逕去了。」

這一段描寫所隱含的問題，到底在哪裡？請大家認真想一想，因為人性的關係，通常我們只要看到一個人在哭，便會湧出同情心，覺得她受到委屈，因此會想要安慰她、幫助她，至少不會想要再刺激她，大家對黛玉的同情不就是這樣來的嗎？同樣的，此處的黛玉看到寶釵無精打采的，臉上還有淚痕，照常理來說，也是應該會產生同情，何況那是寶釵這個人從來沒有出現過的狀況，因此她甚至還應該要擔心吧！但黛玉卻並非如此，她不僅不同情、不擔心，反而趁機施放了一顆原子彈，其實已經到了落井下石的地步。

也許有人會說，這是因為黛玉心裡很沒有安全感，把寶釵當作愛情上的假想敵，所以才會這麼做。但這個邏輯是不對的，第一，自己的心理問題應該要自己化解，不應該轉嫁到別人身上，哪裡可以因為自己沒有安全感，心裡多疑，就去傷害別人呢？何況那假想敵是黛玉虛構出來的，人家沒理由被你冤枉！第二，人家現在正在傷心落淚，你也都看得出來，這種時候即使不想加以安慰，至少不應該說難聽話去刻薄人家，否則豈不是落井下石嗎？這又哪裡是一個厚道的人該做的事？而黛玉確實常常做這樣的事，因此第二十七回丫頭紅玉道：「林姑娘嘴裏又愛刻薄人，心裏又細。」想想看，一個是丫頭的評論，一個是曹雪芹所說，可見這確實是黛玉的性格，也算是一大缺點。

談到這裡，我希望大家要公平地看待事情，如果一個行為或做法是不對的，那麼無論是誰做的，同樣都是不對；不可以因為做錯的是自己喜歡的人，就都沒有關係，那是一種要不得的雙重標準，很容易混淆了是非。因此，凡是偏袒、偏私而不追求公平、客觀的心理，都會阻礙文明的進步，所以你要練習設身處地去想：如果有人在你面前嘲笑你的缺點，在你傷心掉眼淚的時候還講話刻薄你，你還會覺得她很可愛，她的這種做法不算什麼缺點嗎？還能用直率來加以合理化嗎？由此可見，這種直率恐怕是一種包著糖衣的毒藥了。

## 寵兒的驕縱任性

那為什麼黛玉會這般地直率呢？想想看，如果是一個寄人籬下的孤女，怎麼可能如此放縱自我？所以說，其實黛玉是一個寵兒，才導致這樣無所顧忌。關於這一點，曹雪芹其實提供了很多的證據，只是被大多數的讀者給忽略了。

首先，請大家回來看黛玉挖苦湘雲咬舌頭的那一段，當時湘雲不甘示弱地反擊以後，卻也趕緊逃走了，因為她得罪不起黛玉呀。第二十一回說，這時寶玉想要緩和這兩個女孩子之間的小小風暴，於是從中介入了，他叉手攔住了門框，隔開兩個人，兩邊勸架：

湘雲見寶玉攔住門，料黛玉不能出來，便立住腳笑道：「好姐姐，饒我這一遭罷。」恰值寶釵來在湘雲身後，也笑道：「我勸你兩個看寶兄弟分上，都丟開手罷。」黛玉道：「我不依。你們是一氣的，都戲弄我不成！」寶玉勸道：「**誰敢戲弄你！你不打趣他，他焉敢說你。**」

事實果然如此，根本沒人敢戲弄黛玉，只因湘雲的個性也比較直率，所以才會反擊一下，但最多就只是反擊一下而已，平常又哪裡敢說一句黛玉的不是？連現在被黛玉嘲笑了、追打了，還得反過來求饒呢。再看第二十二回寶釵過生日的一段，也提到類似的情況：

至晚散時，賈母深愛那作小旦的與一個做小丑的，因命人帶進來，細看時益發可憐見。因問年紀，那小旦才十一歲，小丑才九歲，大家嘆息一回。賈母令人另拿些肉果與他兩個，又另外賞錢兩串。鳳姐笑道：「這個孩子扮上活像一個人，你們再看不出來。」**寶釵心裏也知道，便只一笑不肯說。寶玉也猜着了，亦不敢說**。史湘雲接着笑道：「倒像林妹妹的模樣兒。」寶玉聽了，忙把湘雲瞅了一眼，使個眼色。眾人却都聽了這話，留神細看，都笑起來了，說果然不錯。一時散了。

注意一下，這裡提到寶釵是「不肯說」，而寶玉是「不敢說」，足見沒人想得罪黛玉，可連這麼一件小事都如此小心翼翼，那就可想而知，黛玉是多麼嬌貴的寵兒了。

這一點到第四十五回時，講得更加清楚：

> 黛玉每歲至春分、秋分之後，必犯嗽疾；今歲又遇賈母高興，多遊玩了兩次，未免過勞了神，近日又復嗽起來，覺得比往常又重，所以總不出門，只在自己房中將養。有時悶了，又盼個姊妹來說些閑話排遣；及至寶釵等來望候他，說不得三五句話，又厭煩了。**眾人都體諒他病中，且素日形體嬌弱，禁不得一些委屈，所以他接待不周，禮數粗忽，也都不苛責。**

由此證明了果然黛玉擁有為所欲為的優越地位，在大家的體諒包容之下，可以禮數粗忽，讓別人受委屈，而她自己卻不用受到苛責，因此才養成過度的直率，甚至傷害了別人而不自知。

有趣的是，為什麼很多讀者卻最喜歡這一類太直率的人？原因在於我們閱讀時，往往是想要得到心理補償，所以產生了投射，而偏愛那些率性的人，於是便失去客觀公正了。

另外則必須說，黛玉雖然無法控制自己的情緒，以致常常直率地傷到別人，但是，**黛玉卻從來沒有在別人的背後說壞話！**也因此黛玉才不會讓人覺得討厭，讀者甚至會因為她的楚楚可憐而忘了其缺點。大家更應該注意的是，其實賈府中所有那些幾代的貴族女性們，除了王熙鳳之外，也都從來沒有在別人的背後說壞話，這就是前面說過的，是一種良好的貴族精神的表現，值得我們現代人學習！

最後總結這一章的內容，其中講到的第一個重點，是黛玉常常直率地傷害別人，如同史湘雲所說的「專挑人的不好」，這是她最大的缺點，而高傲、直率的作風也是黛玉的重像包括齡官、妙玉，特別是晴雯等人的共通點，在她們身上，直率常常變成了傷害別人最好的藉口，這是應該要警覺到的迷思。而探究她們為什麼會這麼直率的原因，主要就是環境使然，優越的地位使她們得到了縱容，這再度證明了直率本身並不等於是一種人格的價值。

幸好黛玉並不是一般庸俗的女孩子，她同時擁有良好的品格，也具備了自我反省的能力，所以下一章要來談黛玉對於自己是怎樣評價的？那才是這個女孩子最可愛的地方。

# 11 林黛玉喜歡自己嗎？

自從《紅樓夢》誕生兩百多年以來，確實是「人人皆賈寶玉，故人人愛林黛玉」，原因當然很多，包括她總是在流淚哭泣，讓人覺得我見猶憐，再加上她後來短命早死，沒有得到人生的幸福，所以更惹人同情了，甚至她因為太過受寵而過分直率的地方，大家也都不認為有問題，還當作是一種高潔的表現呢。

但恐怕我們把問題看得太簡單了，其實連黛玉都不覺得自己是對的。因此這一章便要來看看林黛玉是否喜歡自己？

你還記得曹雪芹在第一回就講到絳珠仙草的神話，那並不是在說寶玉和黛玉的浪漫愛，他的用意有兩個重點：第一個是解釋木石前盟的緣分，藉以說明真正理想的愛情形態，同時也展現出寶玉、黛玉這兩個人的品德良好；另一個用意則是要解釋黛玉的先天性格，說明為什麼黛玉比任何人都更容易感傷的原因。

## 還淚：對感傷天性的解釋

想想看：一個欽差大臣的女兒，到了外祖母家又是備受溺愛的超級寵兒，卻總是一直淒淒切切、愁眉不展，這確實很不尋常。第二十七回就寫道：

紫鵑、雪雁素日知道林黛玉的情性：無事悶坐，不是愁眉，便是長嘆，且好端端的不知為了什麼，常常的便自淚道不乾的。先時還有人解勸，怕他思父母，想家鄉，受了委曲，只得用話寬慰解勸。誰知後來一年一月的竟常常的如此，把這個樣兒看慣，也都不理論了。所以也沒人理，由他去悶坐，只管睡覺去了。那林黛玉倚着床欄杆，兩手抱着膝，眼睛含着淚，好似木雕泥塑的一般，直坐到二更多天方才睡了。

仔細算一算，其實到這時候，黛玉的父母已經過世幾年了，以一般人的情況來說，如古代喪禮制度所歸納的：百日後即「卒哭」，「卒」是停止的意思，指停止喪親之慟所導致的「無時之哭」，因為隨著時間過去，悲傷變得和緩，不會再無時無刻的哭泣。並且通常一年以後就可以調整情緒，從喪親之痛恢復過來，回到正常的生活，再看黛玉在母親賈敏死後，悲傷的表現確實也沒有很持久，屬於正常範圍。所以，黛玉這樣長期悲淒的情況，的確並不符合一般的常理。當然，現在的黛玉是父母雙亡，家中再也沒有至親，情況更加嚴重，她會缺乏安全感也是可以理解的。但缺乏安全感的反應方式並不是只有一種，因此那就會反映出一個人的人格特質，試想，《紅樓夢》裡類似的孤女太多了，卻沒有一個是像黛玉這般的陷溺不可自拔，顯然主要是性格使然。

例如平兒，以她丫鬟的身分，處境豈不是更悲慘嗎？尤其是第四十四回，當時賈璉偷情、鳳姐潑醋，夫妻倆不好對打，於是都遷怒在平兒身上，害平兒受盡了委屈，哭得哽咽不已。寶玉趁機侍候了平兒，盡了一份心，卻忍不住又想到：

> 平兒並無父母兄弟姊妹，獨自一人，供應賈璉夫婦二人。賈璉之俗，鳳姐之威，他竟能周全妥貼，今兒還遭荼毒，想來此人薄命，比黛玉猶甚。想到此間，便又傷感起來，不覺洒然淚下。

這可是很公正的比較了，何況寶玉本來就比較偏袒黛玉，那麼這番話便更客觀了，原來比黛玉薄命的人不在少數，平兒即是其中一個，但她們忙著辛苦活下去，又哪裡還有掉眼淚的餘地？即使某一天晚上忍不住哭泣，又有誰會百般安慰她們呢？還不是只能自己默默擦乾淚水，一個人繼續堅強地活下去！

再比較史湘雲，更可以明白這一點了。湘雲同樣是出身高貴的千金小姐，照理來說應該是養尊處優的吧？但誰能想到，她更吃盡了父母雙亡的苦頭，甚至比丫鬟還不如！第三十二回寶釵說：

這幾次他來了，他和我說話兒，見沒人在跟前，他就說家裏累的很。我再問他兩句家常過日子的話，他就連眼圈兒都紅了，口裏含含糊糊待說不說的。想其形景來，自然從小兒沒爹娘的苦。我看着他，也不覺的傷起心來。

這就難怪，湘雲總是希望能盡量到賈家來，因為那樣才可以喘一口氣啊！試看第三十六回說，史家派人來接湘雲回去了，所以湘雲來向大家告辭，當時：

那史湘雲只是眼淚汪汪的，見有他家人在跟前，又不敢十分委曲。少時薛寶釵趕來，愈覺繾綣難捨。還是寶釵心內明白，他家人若回去告訴了他嬸娘，待他家去又恐受氣，因此倒催他走了。眾人送至二門前，寶玉還要往外送，倒是湘雲攔住了。一時，回身又叫寶玉到跟前，悄悄的囑道：「便是老太太想不起我來，你時常提着打發人接我去。」寶玉連連答應了。

想想看，連拖延一下晚一點回去，或者表現出捨不得回去的樣子，恐怕都會惹嬸娘不高興，那又會讓湘雲受氣了。這麼一來，足以證明湘雲才真的是寄人籬下吧？所以她每天都得做女紅到三更半夜，難怪會說在家裡累得很。而黛玉呢，她什麼都不用做，如第三十二回襲人所言：「他可不作呢。饒這麼着，老太太還怕他勞碌着了。大夫又說好生靜養才好，誰還煩他做？舊年好一年的工夫，做了個香袋兒；今年半年，還沒見拿針線呢。」可見黛玉根本不必動針線，還可以每天都住在大觀園的瀟湘館裡，只要隨興寫詩就好，那不是太幸運了嗎？湘雲應該是羨慕極了。

然而黛玉卻還是一直鑽牛角尖，把全部的心思都用來悲傷自己的身世，那確實是自尋煩惱了，連寶玉都這麼說呢！第四十九回，賈府迎來了寶琴這幾個貴客，當時：

> 黛玉因又說起寶琴來，想起自己沒有姊妹，不免又哭了。寶玉忙勸道：「你又自尋煩惱了。你瞧瞧，今年比舊年越發瘦了，你還不保養。每天好好的，你必是自尋煩惱，哭一會子，才算完了這一天的事。」

寶玉是最了解黛玉的人，但連他都說黛玉的愛哭是自尋煩惱，可見黛玉的眼淚並不是因為被欺負，更不是賈家對她不好，相反的，連這麼優渥順遂的環境都不能讓她感到幸福，每天都得哭一會子才算結束了這一天，那得要找多少煩惱才能做到？你試試看，便會知道這種情況實在是很折騰，一般人根本很難這樣過日子。可是黛玉卻經年累月、天天如此，顯然那就是個人的問題了，也難怪她的身體不堪負荷，愈來愈瘦弱多病，正是所謂的惡性循環。

那為什麼黛玉會這樣呢？既然並不是環境所造成，便只能說是一個人的天性了。確實，一個人的人格特質包括了與生俱來的神祕稟賦，那是沒辦法說明原因的，但曹雪芹卻想要給個解釋，於是特別為黛玉量身打造了一個還淚的神話，用來解釋黛玉這種很特別的、超乎尋常的感傷性格。試看第一回那和尚說，絳珠草受到神瑛侍者的甘露灌溉之後，得以延續生命：

> 後來既受天地精華，復得雨露滋養，遂得脫却草胎木質，得換人形，僅修成個女體，終日游於離恨天外，飢則食蜜青果為膳，渴則飲灌愁海水為湯。

請大家注意一下，這修成了女體的絳珠草所處的環境是「離恨天」，平常吃的是「蜜青果」，「蜜青」就是「密情」的諧音，用來暗示一種隱密的感情，而渴的時候是喝「灌愁海水」，那不是很清楚了嗎？這個女生在上一輩子就已經完全陷入一種充滿離恨、密情、灌愁的世界裡，淹沒在離愁別恨的情緒中，本質上已經豁達不起來了。後來幻形入世時，到了人間又是要去執行還淚的工作，以回報神瑛侍者的恩情，那更是注定一輩子只能流眼淚了，也因此黛玉必須自尋煩惱，否則便沒足夠的眼淚可還了。所以說，還淚的神話完全是為了解釋黛玉那奇特的個性才創造出來的，用以說明她是一個天生不快樂、後天也不想要快樂的人，只是這個還淚神話看起來很新鮮、很浪漫而已。

當然，在現實世界裡一個人要這樣每天掉眼淚，一定還是要給予說得通的理由，即使是自尋煩惱，也總得有煩惱可尋吧！那黛玉的煩惱是什麼？一個是身世孤單的不安全感，這是黛玉之所以哭泣的原因，剛剛我們舉了第四十九回的情節，其中說的就是黛玉「想起自己沒有姊妹，不免又哭了」，這確實是黛玉悲傷的一大來源。但關於這一點，前面也說過，那是其他很多女孩子也都面臨到的共同遭遇，並不一定就會讓人那麼愛哭，所以必須還有更關鍵的原因，於是曹雪芹讓黛玉的性格比較鑽牛角尖，比較小性子，才會什麼事都想不開，什麼事都悲觀去看待，煩惱便會源源不斷了。例如第四十九回說：

寶玉素習深知黛玉有些小性兒，且尚不知近日黛玉和寶釵之事，正恐賈母疼寶琴他心中不自在。

而這種小性子是大家都知道的，也因此黛玉常常「不自在」，難怪會容易掉眼淚。這種小性子正是心胸不開闊所造成，所以第七十六回過中秋節時，湘雲即寬慰她說：「你是個明白人，何必作此形象自苦。我也和你一樣，我就不似你這樣心窄。何況你又多病，還不自己保養。」可見黛玉的問題是出在「心窄」，這正是她們兩個人最大的差別。而在第二十回裡，寶玉也對黛玉說：

難道你就知你的心，不知我的心不成？

黛玉一聽，便低了頭不說話，顯然她也覺得自己太自我中心了，只知道自己的心，卻常常不知道，或不體貼別人的心！

所以從本質上來說，「還淚」神話是要解釋黛玉自戀又自虐的性格，「自戀」是指她活在自己的感覺裡，不肯跳脫出來，而「自虐」是說她每天這樣不快樂地過日子，其實也很辛苦，卻根本不想改變。這確實是某一種很特別的人格類型，我們在社會上也可以看得到。

## 自我反思的能力

但有趣的是，林黛玉真的喜歡這樣的自己嗎？答案就在第三十四回裡。當時寶玉挨打後躺在怡紅院養病，為了寬慰黛玉，於是差遣晴雯送一塊舊手帕去給黛玉，那是表示定情的意思：

> 這裏林黛玉體貼出手帕子的意思來，不覺神魂馳蕩：寶玉這番苦心，能領會我這番苦意，又令我可喜；我這番苦意，不知將來如何，又令我可悲；忽然好好的送兩塊舊帕子來，若不是領我深意，單看了這帕子，又令我可笑；再想令人私相傳遞與我，又可懼；我自己每每好哭，想來也無味，又令我可愧。如此左思右想，一時五內沸然炙起。

其中提到了可喜、可悲、可笑、可懼、可愧的諸般感受，真是五味雜陳，難怪黛玉會心思激動震盪了。這裡要特別注意的是「我自己每每好哭，想來也無味，又令我可愧」這幾句，很顯然的，黛玉並不喜歡自己太愛哭的個性，連自己都覺得乏味，也感到慚愧，這不是太有趣了嗎？

也難怪，林黛玉會說她最不喜歡李商隱了！第四十回時，賈母帶著劉姥姥逛大觀園，趁著很有興致，於是大家一起上船遊湖，賈母、王夫人、薛姨媽等長輩先上了第一隻船：

然後迎春姊妹等並寶玉上了那隻，隨後跟來。其餘老嬷嬷散眾丫鬟俱沿河隨行。寶玉道：「這些破荷葉可恨，怎麼還不叫人來拔去。」寶釵笑道：「今年這幾日，何曾饒了這園子閑了，天天逛，那裏還有叫人來收拾的工夫。」林黛玉道：「我最不喜歡李義山的詩，只喜他這一句：『留得殘荷聽雨聲』。偏你們又不留着殘荷了。」寶玉道：「果然好句，以後咱們就別叫人拔去了。」

其中，黛玉所說的李義山，即是李商隱，身為晚唐著名的詩人，他的作品裡充滿了纏綿悱惻的悲哀，和黛玉的性格和風格最是相像，好比李商隱〈無題〉所說的「春心莫共花爭發，一寸相思一寸灰」以及「相見時難別亦難，東風無力百花殘」，都是那麼的美麗又絕望，尤其是「春蠶到死絲方盡，蠟炬成灰淚始乾」，豈不正好是黛玉的淚盡而逝嗎？可是黛玉卻說她最不喜歡李義山的詩，這實在太奇怪了！原來其中的奧妙在於：她自己其實最像李商隱，但既然她不喜歡自己，當然也就不喜歡李商隱了！

這個現象告訴我們，人可以不喜歡自己，卻又改變不了自己，於是就這樣帶著那個連自己都不喜歡的自己過一輩子，在不快樂之中蹉跎掉一生，實在是很可惜啊！

不過，從黛玉並不喜歡自己愛哭的這種性格來看，可見黛玉也是很有反省能力的。顯然她雖然任性，卻還是有自知之明，所以一旦遇到真心規勸她的人，也就學習得很快，並且充滿了感激，這和絳珠仙草的知恩感恩是一貫的。

## 貴人相助的成長儀式

那麼，那個真心規勸她的人是誰？答案是薛寶釵。故事發生在第四十二回，這一回的回目擬作〈蘅蕪君蘭言解疑癖〉，講的就是別號蘅蕪君的薛寶釵以如蘭花般美麗芳香的「蘭言」化解了黛玉多心的「疑癖」。對這一段情節，一般只以為這是釵、黛之間的和解，還有很多人以陰謀論的角度，說是寶釵用心機手腕收服了黛玉，但其實並非如此，而且說兩人「和解」其實還不夠，最重要的是黛玉從此以後有了飛躍性的成長，這是她人生中突破性的一刻！

故事是這樣開始的：先前第四十回中，黛玉情急之下有失考慮，在宴請劉姥姥的酒席上不小心引用了《牡丹亭》、《西廂記》的曲文，被寶釵注意到了，當場看了她一眼，但並沒有說破。

事後寶釵特別來找黛玉，告訴她這種行為的不恰當，寶釵笑道：

「昨兒行酒令你說的是什麼？我竟不知那裏來的。」黛玉一想，方想起來昨兒失於檢點，那《牡丹亭》《西廂記》說了兩句，不覺紅了臉，便上來摟着寶釵，笑道：「好姐姐，原是我不知道，隨口說的。你教給我，再不說了。」寶釵笑道：「我也不知道，聽你說的怪生的，所以請教你。」黛玉道：「好姐姐，你別說與別人，我以後再不說了。」

寶釵見她羞得滿臉飛紅，滿口央告，便不肯再往下追問，拉她坐下吃茶，款款地告訴她不該讀這些雜書的道理，所謂：「你我只該做些針黹紡織的事才是，偏又認得了字，既認得了字，不過揀那正經的看也罷了，最怕見了些雜書，移了性情，就不可救了。」一席話說得黛玉垂頭吃茶，心下暗伏，只有答應「是」的一字。

從這一整段的描寫可以發現，其實林黛玉和薛寶釵的價值觀根本是一致的！首先請特別注意一下，最開始寶釵還只是點出昨天黛玉引述了雜書的這個事實而已，根本沒說到什麼「女子無才便是德」之類的價值觀，也沒有提到不該讀《西廂記》之類的話，但黛玉一意識到自己的錯誤，便立刻飛紅了臉，還上來摟著寶釵，一再地央告求饒，說她是自己不懂事，隨口說的，以後再不說了，也拜託寶釵別說給別人知道！可見黛玉自己根本就知道這是犯忌的，是失於檢點的行為，她只不過是當時情急之下脫口而出，絲毫沒有什麼叛逆的念頭。

這麼一來，寶釵對黛玉的影響便不是在價值觀上了，那麼究竟是在哪裡？認真想一想，在第十九回時，曹雪芹把襲人規勸寶玉的苦心說是「情切切良宵花解語」，那已經清楚告訴我們，會把你的未來考慮進去的人，也不惜對你忠言逆耳的人，才是真正愛你的人！同樣的，這時黛玉也領略到寶釵對她的「情切切」了，所以才解除了她內心一直以來的猜忌，而真正把寶釵當作姐姐了，從此以後她對寶釵真是親如姊妹，充滿了信賴和親近。

就在這段情節後緊接著發生了一段情節，當時黛玉又忍不住嘲笑別人的習慣，說寶釵把自己的嫁妝單子也寫進畫具明細裡了，於是探春「噯」了一聲，笑個不住，說道：「寶姐姐，你還不擰他的嘴？你問問他編排你的話。」寶釵便笑著走過來，把黛玉按在炕上，準備要擰她的臉，此時黛玉笑著連忙央告說：「好姐姐，饒了我罷！顰兒年紀小，只知說，不知道輕重，作姐姐的教導我。姐姐不饒我，還求誰去？」寶釵原是和她頑的，見黛玉說得這般可憐，又夾雜了前日的「蘭言解疑癖」，拉扯到前番說她胡看雜書的話，於是放起她來。然後黛玉就笑道：「到底是姐姐，要是我，再不饒人的。」這話到了第四十五回，黛玉又對寶釵私底下再說了一次，道：

比如若是你說了那個（按：也就是引用雜書），我再不輕放過你的；你竟不介意，反勸我那些話，可知我竟自誤了。

確實，先前在第二十回中，湘雲不正是這樣批評黛玉的嗎？湘雲說：「他再不放人一點兒，專挑人的不好。」可見湘雲的批評是很客觀的，而黛玉也有自知之明，知道自己是一個抓到別人的把柄就不會放過的人。幸虧如此，否則黛玉便會成為一個完全不可愛的人了。

也因此，黛玉同時深刻反省到自己為什麼會有這樣的缺點，原來就在於一直沒有人教導她啊。試看第四十五回的回目叫做〈金蘭契互剖金蘭語〉，講的是釵、黛兩人情同金蘭，肝膽相照，於是在這一回裡，黛玉坦然對寶釵表達了衷心的感激，謝謝她讓自己清楚反省到自己的問題。黛玉說：

> 從前日你說看雜書不好，又勸我那些好話，竟大感激你。往日竟是我錯了，實在誤到如今。細細算來，我母親去世的早，又無姊妹兄弟，我長了今年十五歲，竟沒一個人像你前日的話教導我。

可見黛玉之所以會這樣放任自己，關鍵即在於「竟沒一個人像你前日的話教導我」，豈不正是這樣嗎？前一章提到過，大家對黛玉這個寵兒都是「不肯說」或是「不敢說」，以致黛玉長到了今年十五歲，都從來沒有被規勸過，所以缺點便沒辦法改變了。

而肯說又敢說的人，其實就只有那些真正關心你的未來的人了，因此他們才會費心教導你，通常那些人便是身邊的至親。於是此刻黛玉也認識到「我母親去世的早，又無姊妹兄弟」正是問題的關鍵！這麼一來，寶釵便相當於黛玉的母親或姐姐了，她擔任了母教的職責，那是黛玉來到賈府以後，從沒有受到的教導。這種把你的未來都關心進來的「情切切」根本不同於陪你一起玩樂的逢迎討好，難怪聰慧的黛玉會如此衷心感激了。

進一步想想看，剛好齡官、妙玉、晴雯這些直率任性的林黛玉重像，都是沒有父母兄弟姊妹的人，這個現象絕對不是偶然的巧合，可見家庭教育、包括母教，對一個人的成長真是太重要了！所以說，直率任性的作風其實是沒有受到良好的家庭教育，又太過受寵的結果，那並不算是人格的價值。

最後，關於這一章的內容可以做個總結。其中的第一個重點，是林黛玉有一種與生俱來的不快樂的天性，到了每天必哭的程度，那是優渥順遂的環境所無法解釋的，比較平兒、湘雲這些比她薄命的人，這一點便更清楚了，所以曹雪芹設計了仙草還淚的神話加以解釋。

有趣的是第二點，林黛玉其實並不喜歡這樣的自己，所以她也最不喜歡最像她的詩人李商隱了！從這裡也可以看到第三個重點，那就是黛玉具有自我反省的能力，所以發現了自己無法改善的原因，是缺乏父母手足的教導，也因此非常感激寶釵的蘭言，從此對寶釵推心置腹，因為她終於有了肯教她的姐姐了。

這麼一來，黛玉的性格又怎麼會再像以前一樣？因此下一章，要繼續談黛玉的人生進入到另一個新的階段了，到時候的林黛玉不會再是你所熟悉的林黛玉。而她變成什麼樣子呢？我會帶大家看到一個脫胎換骨的林黛玉，那是幾乎所有的人都沒有發現到的！

# 12 林黛玉長大了

這一章，要講林黛玉的最後一部分。

前面兩章提到過，林黛玉的價值觀其實和薛寶釵一樣，只是常常表現出高傲、直率的作風，那是因為她占有非常優越的地位，因此大家對她的缺點都是「不肯說」或「不敢說」，包括對她的「接待不周，禮數粗忽，也都不苛責」，而受到一味的體諒、包容，才導致了放縱任性，屬於一般人很容易出現的常態。但其實這恐怕並不是一件好事，甚至算是真正的可憐呢，因為這表示沒有人真正關心她的未來，而這個寵兒也就永遠長不大了！

幸好黛玉畢竟是很聰慧、很正派的一個女孩子，也具有自我反省的能力，隨著年紀慢慢長大，也愈來愈懂事，一旦遇到真心規勸她的人，即學習得很快，幾乎是一瞬間就成熟了，簡直脫胎換骨！只因大家對林黛玉前半期的印象實在太深刻，因此根深柢固的成見便蒙蔽了閱讀的眼光，把很多有趣的情節給忽略了。所以這一章的主題是：林黛玉長大了。

前一章提到過黛玉成長史上的一個分水嶺，即第四十二回的〈蘅蕪君蘭言解疑癖〉並一直延續到第四十五回的〈金蘭契互剖金蘭語〉，講的都是短短幾天之內的同一件事情，也就是寶釵對黛玉的關心和教導。從兩回的回目上反覆再三強調的都是「蘭」字，包括寶釵這位蘅蕪君的「蘭言」，以及釵、黛兩人之間的「金蘭契」互相剖白了「金蘭語」，全是非常美麗芬芳的意象，可見曹雪芹十分喜歡這兩個女孩子之間的溫暖情誼。最重要的是，黛玉自此展現了飛躍性的成長，這真是她人生中突破性的一刻！

其實，只要大家認真去看，便會發現黛玉的幡然改變，簡直是非常徹底的大澈大悟，從此以後，她就和前面大家所熟悉的林黛玉幾乎完全不一樣了，所以我把這一段釵、黛的和解當作黛玉的成長儀式，也正是人類學所謂的「成年禮」。而古今中外，很多的社會都是用成年禮來幫助小孩子長大的，難怪在這一段情節以後，黛玉成熟了很多，基本上已經是個小薛寶釵了。

## 當上社長

這樣的情況太多了，我們就從一個很有代表性的例子開始，來看黛玉明顯轉變的各種跡象吧。

那段情節是第七十回〈林黛玉重建桃花社〉，當時黛玉寫了一篇纏綿悱惻的〈桃花行〉，讓大家讚不絕口。湘雲笑道：「這首桃花詩又好，就把海棠社改作桃花社。」寶玉聽了，點頭贊成說：「很好。」然後眾人又說：「咱們此時就訪稻香老農去，大家議定好起社。」不久，大家都到了稻香村中，把黛玉的詩與李紈看了，當然不必說，李紈也是稱賞不已。接著說起詩社來，大家便議定：

明日乃三月初二日，就起社，便改「海棠社」為「桃花社」，林黛玉就為社主。明日飯後，齊集瀟湘館。

請注意，大家商議的結果，是決定推舉黛玉為「社主」（即社長），此即這一回回目上所說的〈林黛玉重建桃花社〉。雖然因為各種緣故，第二天並沒有立刻展開詩社活動，但黛玉擔任了桃花詩社的社長，卻是定案下來的，後面的事務都是由黛玉來負責。那是何時才真正開社活動呢？時間要拖到春天快結束的時候：

時值暮春之際，史湘雲無聊，因見柳花飄舞，便偶成一小令，調寄《如夢令》，……自己作了，心中得意，便用一條紙兒寫好，與寶釵看了，又來找黛玉。黛玉看畢，笑道：「好，也新鮮有趣。我卻不能。」湘雲笑道：「咱們這幾社總沒有填詞。你明日何不起社填詞，改個樣兒，豈不新鮮些。」黛玉聽了，偶然興動，便說：「這話說的極是。我如今便請他們去。」說着，一面吩咐預備了幾色果點之類，一面就打發人分頭去請眾人。

這個起社填詞的場地就是瀟湘館，接著大家都到齊了，為了換個新花樣，所以改用「詞」這個韻文形式來比賽，接下來便是大家採用不同的詞牌去填〈柳絮詞〉的情節。

想想看，黛玉居然當上了社長！而社長得要主持活動、處理社務，包括準備點心請客，那就必須參與群體，和大家共處，甚至還得把自己的屋子貢獻出來，讓大家集會作詩，於是瀟湘館也得開放了。可是大家都知道，黛玉原本的個性十分高傲孤僻，有如第五回所謂的「孤高自許，目無下塵」，以及第二十二回說她「本性懶與人共，原不肯多語」，也因此第三十一回道：

> 林黛玉天性喜散不喜聚。他想的也有個道理，他說，「人有聚就有散，聚時歡喜，到散時豈不清冷？既清冷則生傷感，所以不如倒是不聚的好。比如那花開時令人愛慕，謝時則增惆悵，所以倒是不開的好。」

不只如此，黛玉的高傲還帶著孤僻，所以就像第四十回賈母所說的：寶玉、黛玉這兩個玉兒最是「不喜歡人來坐着，怕髒了屋子」。那麼想想看，如果黛玉還是那般孤僻的個性，讓人覺得不好相處，又怎麼能做社長？大家還會公推她當社主嗎？

再說，社長作為盟主，擔任了詩歌比賽的仲裁，所以不能主觀率性，全憑個人好惡，而必須客觀無私地評量出高下，維持公平性。例如前一任的海棠詩社社長李紈，她便是眾望所歸的盟主，你可別以為李紈詩作得不夠好，所以她當上詩社社長是一件很奇怪、很勉強的事，那就太不懂其中的奧妙了。第三十七回清楚提到，李紈之所以當上了海棠詩社的社長，並非因為她是長嫂，具有倫理上的優勢，以致當她毛遂自薦時沒人敢反對，事實當然不是如此，真相是寶玉所說的：

「稻香老農雖不善作卻善看，又最公道，你就評閱優劣，我們都服的。」眾人都道：「自然。」

看吧！原來當社長、做裁判，最重要的條件是「善看，又最公道」，這種能力和「善作」也就是很會作詩，其實是不一樣的。因為作詩是一種創作的能力，但評論、分析詩歌的好壞，所需要的卻是理性分析的能力，這兩種能力並沒有必然的關聯，甚至很可能還會互相排斥，以致詩寫得好的人常常不能做出好的文學批評，反之亦然。

舉一個例子便能證明這個道理了，最有代表性的，是南朝時候的劉勰。他所撰寫的《文心雕龍》是中國文學史上最偉大的文學批評專書，體大思精，不僅體系完整，其中的見解更十分精闢，到現在還沒有可以超越它的，但劉勰卻居然沒有留下一首詩來！照理來說，在六朝的時代環境裡，劉勰應該會有寫詩的需要，也多少會有一些詩文作品，事實則是到如今都看不到一個字。因此只能保守地推測，劉勰應該有作品卻沒有留下來。而仔細推敲可能的原因，或者是寫得不夠好，所以被歷史給淘汰，或者是遇到水災、火災之類的意外，以致摧毀殆盡，那就不得而知了。

但想想看，連隱居起來過著窮困生活，又十分邊緣化的陶淵明都還能留下作品，可見劉勰的這個情況足以證明他並沒有創作上的大才，卻仍然可以是歷史上最偉大的文學批評家！

這麼一說，便可以了解了吧！寶玉說李紈「雖不善作卻善看，又最公道」，此話非常正確，這個寡婦不僅很懂得看出一首詩的好壞高下，而且十分公正、不偏不倚，因此她的評比才能讓大家服氣，這是李紈之所以當上社長最重要的原因。

那麼現在問題來了，新任的桃花詩社社長是黛玉，也應該要做到「善看，又最公道」吧？而一個本來覺得不如不要聚在一起的人，現在卻當了社長，並且是大家公推出來的，可見眾人也都注意到黛玉的轉變，否則推薦她當社長豈不是弄巧成拙，難道存心準備要倒社嗎？那又何必多此一舉！

## 重建血緣關係

所以說，黛玉到了後半期，確實已經是一個很好相處的人，一點兒也不孤僻了。例如第四十八回，黛玉見香菱也進園子裡來住，她的反應是「自是歡喜」，但以前從沒見到她特別喜歡香菱啊！再看第五十二回，寶釵姊妹與邢岫烟都在瀟湘館，和黛玉一共四個人圍坐在熏籠上閒話家常，這種大家一起聊天、和樂融融的情景，以前又哪裡出現過？

而最突出的是釵、黛和解以後，黛玉居然進一步認薛姨媽做母親了。那是第五十八回，當時宮中老太妃薨逝，賈母等必須出去忙公務，於是：

賈母又千叮嚀萬囑咐，托他照管林黛玉，薛姨媽素習也最憐愛他的，今既巧遇這事，便挪至瀟湘館來和黛玉同房，一應藥餌飲食，十分經心。黛玉感戴不盡，以後便亦如寶釵之呼，連寶釵前亦直以姐姐呼之，寶琴前直以妹妹呼之，儼似同胞共出，較諸人更似親切。賈母見如此，也十分喜悅放心。

可見賈母、薛姨媽都極為關心、憐愛黛玉，所以賈母千萬拜託薛姨媽去照顧黛玉，薛姨媽也特地挪至瀟湘館和黛玉一起住，親自照顧她的吃藥飲食，簡直比對自己的親生女兒寶釵還費心。而黛玉十分感激，便與寶釵、寶琴以姊妹相稱，儼然是同一個母親所生的親姊妹，讓賈母看了覺得十分喜悅放心。於是到了下一回第五十九回，黛玉與同住的薛姨媽都往寶釵那裡去，連飯也端了那裡去吃，因為這樣「大家熱鬧些」！想想看，黛玉的個性居然喜歡熱鬧了，這哪裡是以前總是一個人哭到半夜的林黛玉？

也正是這般和大家和睦相處，黛玉的生活圈擴大了，甚至還增加了親人，建立了擬血緣關係，那麼擔任社長當然就沒有問題了。

## 女子無才便是德

再看黛玉對作詩的態度也有了很大的改變。固然她還是喜歡寫詩，一個人私底下常常以詩抒情，所以在這後半期仍然作了〈秋窗風雨夕〉、〈五美吟〉、〈桃花行〉等等作品，但很奇妙的是，同時她對這些詩篇的價值觀卻出現了很大的不同。

還記得在前半期的階段裡，黛玉對作詩簡直是無比爭強好勝，例如第十八回元妃省親時，她是「安心今夜大展奇才，將眾人壓倒，不想賈妃只命一匾一詠，倒不好違諭多作，只胡亂作一首五言律應景罷了」，也因為元妃限定一人只能作一首，因此「未得展其抱負，自是不快」。顯然黛玉對自己的詩才很感到自負，希望可以大大發揮，以獲得成就感，一旦不能如願，便耿耿在心，不能釋懷。

但後來，黛玉卻認為寫詩並不是什麼了不起的事，這種創作能力根本可有可無！例如第四十五回，寶玉見到桌案上黛玉所作的〈秋窗風雨夕〉，看了以後不禁叫好，然而黛玉聽了，卻連忙起來奪在手內，向燈上燒了！她連詩都可以不留了，當然會認為那些詩沒什麼價值。再看第四十八回，香菱一心想學作詩，黛玉對她說：「我雖不通，大略也還教得起你。」她居然說自己對詩不通，是個外行人呢！然後聽說寶玉把她們所寫的詩傳到外面去，黛玉又與探春異口同聲地表示：「你真真胡鬧！且別說那不成詩，便是成詩，我們的筆墨也不該傳到外頭去。」而到了第六十四回，黛玉還因為這件事抱怨寶玉說：「其實給他看也倒沒有什麼，但只我嫌他是不是的寫給人看去。」這完全反映了《禮記》所言「內言不出」（閨閣裡面女性的言語文字不可以傳出外面去）的傳統性別思想了。

如此一來，難怪第七十回黛玉會讚美湘雲的〈如夢令．詠柳絮〉寫得新鮮有趣，卻自謙「我卻不能」，而第七十六回和湘雲一起寫〈中秋夜聯句〉時，黛玉又會對後來現身的妙玉笑道：「從來沒見你這樣高興。我也不敢唐突請教，這還可以見教否？若不堪時，便就燒了；若還可改，即請改正改正。」想想看，此刻的黛玉簡直又客套、又謙虛，把自己的創作才能貶得很低，像個外行人或初學者在請教專家批改指正，哪裡是以前一心要壓倒眾人的態勢？如此種種，豈不正是「女子無才便是德」的思想表現嗎？

## 明白體下的風範

另外還有一件事非常有趣，我要特別提出來請大家注意。那是在第四十五回發生的，當時已經是下雨的夜晚：

有蘅蕪苑的一個婆子，也打着傘提着燈，送了一大包上等燕窩來，還有一包子潔粉梅片雪花洋糖。……（黛玉）命他外頭坐了吃茶。婆子笑道：「不吃茶了，我還有事呢。」黛玉笑道：「我也知道你們忙。如今天又涼，夜又長，越發該會個夜局，痛賭兩場了。……難為你，誤了你發財，冒雨送來。」命人給他幾百錢，打些酒吃，避避雨氣。

看完了這一段，必須特別提醒一下：黛玉對婆子的這個做法是大家閨秀對下人的標準作業程序！其中包括了：首先，要招待人家坐下喝茶，然後說幾句體恤辛苦的話，再來是打賞幾百錢做為實質的補貼，而且給錢的時候不能太直接，因為她們又不是暴發戶，所以得說這錢是給他們打酒吃的，那說法就委婉含蓄得多。

因此在小說裡面，探春、寶釵甚至還有襲人，對待下人的服務時都是這麼做的。例如襲人，第三十七回說小廝們送來賈芸孝敬給寶玉的兩盆海棠花，襲人問明了緣故後：

便命他們擺好，讓他們在下房裏坐了，自己走到自己房內秤了六錢銀子封好，又拿了三百錢走來，都遞與那兩個婆子道：「這銀子賞那抬花來的小子們，這錢你們打酒吃罷。」那婆子們站起來，眉開眼笑，千恩萬謝。

比較起來，豈不是一模一樣的做法嗎？再看第六十一回專管大觀園廚房的柳家的說道：

前兒三姑娘和寶姑娘偶然商議了要吃個油鹽炒枸杞芽兒來，現打發個姐兒拿著五百錢來給我，我倒笑起來了，說：「二位姑娘就是大肚子彌勒佛，也吃不了五百錢的去。這三二十個錢的事，還預備的起。」趕著我送回錢去，到底不收，說賞我打酒吃，又說「如今廚房在裏頭，保不住屋裏的人不去叨登，一鹽一醬，那不是錢買的。你不給又不好，給了你又沒的賠。你拿著這個錢，全當還了他們素日叨登的東西窩兒。」這就是明白體下的姑娘，我們心裏只替他念佛。

如此更明確無疑了，這種體貼、大方的做法，就叫做「明白體下」，意思是：做主子的能明白事理、體貼下人，不但感謝他們的辛勞、了解他們的難處，還幫助他們減輕負擔，不要吃虧。這等作風和欺壓、剝削下人的暴發戶是完全不同的，正是前面所提到的貴族精神的體現，而黛玉此時也已經變成一位「明白體下」的姑娘了！

## 二玉的分歧

如此一來，卻也必然會出現一個隱憂。試想：當黛玉加快了成長速度，愈來愈成熟，貼近了由寶釵所代表的大家閨秀，但寶玉卻還是一個拒絕長大的彼得・潘，這兩人之間一定是落差愈來愈大，甚至形成了隔閡，也會為木石前盟染上了陰影！

果然後來便出現兩個人之間的裂痕了，最明顯的是第七十九回。當時寶玉悲慟晴雯的死，寫了一篇〈芙蓉女兒誄〉來哀悼她，恰巧被黛玉遇到了，於是兩個人討論起誄文中的字句，改來改去，寶玉最後說：

> 我又有了，這一改可妥當了。莫若說「茜紗窗下，我本無緣；黃土壟中，卿何薄命。」黛玉聽了，忡然變色，心中雖有無限的狐疑亂擬，外面卻不肯露出，反連忙含笑點頭稱妙，說：「果然改的好。再不必亂改了，快去幹正經事罷。才剛太太打發人，叫你明兒一早快過大舅母那邊去。你二姐姐已有人家求準了，想是明兒那家人來拜允，所以叫你們過去呢。」寶玉拍手道：「何必如此忙？我身上也不大好，明兒還未必能去呢。」黛玉道：「又來了，我勸你把脾氣改改罷。一年大二年小，……」一面說話，一面咳嗽起來。寶玉忙道：「這裏風冷，咱們只顧呆站在這裏，快回去罷。」黛玉道：「我也家去歇息了，明兒再見罷。」說着，便自取路去了。寶玉只得悶悶的轉步，又忽想起來黛玉無人隨伴，忙命小丫頭子跟了送回去。

請看黛玉的反應多麼出人意料，她聽了寶玉的修改，隱約感到其中不祥的意味，因為瀟湘館窗上所糊的就是茜紗，以致所謂「茜紗窗下，我本無緣；黃土壟中，卿何薄命」這幾句，簡直像是寶玉在誄黛玉似的，因此黛玉一聽便「忡然變色」，心中「有無限的狐疑亂擬」。但很特別的是，這時黛玉卻一點兒也沒有過去那樣表裡如一的直率，雖然心情是這樣的激盪，卻能夠完全加以控制住，「外面卻不肯露出，反連忙含笑點頭稱妙」，這豈不是判若二人了嗎？

接著黛玉叫寶玉「快去幹正經事罷」，那豈不是表示寶玉的悼祭晴雯不算正經的事！那正經事又是什麼事呢？原來是「才剛太太打發人，叫你明兒一早快過大舅母那邊去。你二姐姐已有人家求準了，想是明兒那家人來拜允，所以叫你們過去呢」。但我們都知道，對寶玉而言，這種行禮如儀的場面是無聊的應酬，因此寶玉才會拍手道：「何必如此忙？我身上也不大好，明兒還未必能去呢。」顯然寶玉又要推病不去了，這很符合寶玉一貫的性格。

但是沒想到，從來不勸寶玉讀書上進應酬的黛玉，此刻居然像寶釵一樣了，她對寶玉道：「又來了，我勸你把脾氣改改罷。一年大二年小，……」請看黛玉已經勸寶玉改改脾氣了，而所謂的「一年大二年小」，意指一年一年地長大了，不能再像小時候一樣任性了！試想，如果這時候不是被一陣咳嗽打斷，黛玉下面的話應該會是寶釵、襲人、湘雲以前都說過的那些規引入正的內容吧！

難怪寶玉在催黛玉回去休息以後，一個人留在原地「只得悶悶的轉步」，很明顯的，寶玉心裡確實感到不對勁了，所以才會悶悶不樂，在原地轉來走去，不知怎樣排遣心裡的煩悶。這種格格不入的失落感，哪裡是以前第五回時兩人「言和意順，略無參商」的情況所能想像的！倘若兩人的落差再繼續擴大下去，又會出現怎樣的情況？那簡直是讓人無法想像，或不敢想像！

所以說，黛玉和寶玉的木石前盟是不可能完成的，即使林黛玉不死，她和寶玉的距離也恐怕會愈來愈遠，走不到一起。為了避免出現無法想像的後果，黛玉也注定是要早死，留在大觀園的葬花塚裡面，這樣才能讓木石前盟保留純淨無瑕的樣貌，成為一則美麗動人的悲劇！

最後，總結一下這一章所講到幾個重點：

第一，經過寶釵的引導、啓發，黛玉的人生就像越過了一道分水嶺，從此進入另一個階段，所以第四十二回的〈蘅蕪君蘭言解疑癖〉到第四十五回的〈金蘭契互剖金蘭語〉這一段所講的故事，可以說是一場專門為黛玉所舉行的成年禮。

第二，林黛玉因此長大了，簡直脫胎換骨，表現出成熟圓融的心態和做法，所以當上詩社社長，也多了母親和姊妹，難怪她的眼淚變少了。

第三，黛玉的成長變化必然和寶玉的拒絕長大形成了落差，果然兩人之間慢慢出現了分歧，這才是木石前盟最根本的問題。寶玉、黛玉之所以不能結成木石姻緣，根本不是有壞人從中作梗，那是一般通俗的、陳腔濫調的才子佳人故事的老套，曹雪芹才不願意這樣落入庸俗，而自貶身價呢。

下一章，要開始講《紅樓夢》的另外一大女主角：薛寶釵了。這個少女因為讀者的成見，一直飽受很多的冤屈和扭曲，我們實在應該還給她一個公道，那並不是褒貶的問題，而是客觀理性的必要。其實只要仔細讀、認真想，再加上足夠的學問，便會看到完全不一樣的世界，也就不會一直當井底之蛙了。那麼，對寶釵這個人到底該怎樣重新理解？請看下一章的解說。

# 薛寶釵：
## 周全大體的君子風範

# 13 什麼是皇商？

從這一章起，要開始講薛寶釵這個重要人物。歷來對寶釵的誤解簡直是多到不可勝數，我們就先從她的家世背景開始談起。

我們都知道，一個人的性格養成和他的成長環境是分不開的，現代心理學甚至說是六歲定終身，確實很有道理。曹雪芹便很明白這一點，所以才會強調家庭的重要，第二回裡清楚指出：寶玉這種「情痴情種」單靠先天的「正邪兩賦」是產生不了的，還得要在公侯富貴之家才能塑造出來。而賈、史、王、薛四大家族是彼此一體、共存共生的世交，當然都是公侯富貴之家。只可惜，因為現代人對清朝的歷史文化往往不明就裡，再加上對金玉良姻的誤解以及對薛寶釵的偏見，所以對薛家常常採取鄙視的態度，而把薛家貶低為一般有錢的商人，以便把負面的成見附會到她們身上，包括什麼市儈啦、勢利啦、追求飛黃騰達啦，那根本都是來自一般對暴發戶的想像，完全偏離了貴族世家的層次。

其實，單單從寶釵能夠成為女主角之一，就表示她非常重要，而且是非常正面的人物，否則哪裡有資格撐得起這樣的分量，又哪裡可以和黛玉分庭抗禮？所以，最了解曹雪芹的脂硯齋便一再地指出，整部小說的情節設計是寶、黛、釵三人「鼎立」（第五回眉批）、「三人一體」（第二十八回眉批），這顯示寶釵絕對是一等一的人物，前面幾章在講寶玉的時候，你應該也感覺到這一點了。

但很可惜，很多人還是只看到寶、黛之戀，只關心木石前盟，於是對其他的人視而不見，甚至為了心理的安慰，而創造出許多的替罪羊，以致忽視或者扭曲了事情的真相。

## 內務府世家

那事實的真相又是什麼？首先，薛家當然也是貴族世家，和賈家門當戶對，彼此是世代通婚聯姻的世交，第四回中介紹道，寶釵的母親薛姨媽是賈府王夫人的同胞妹妹，也就是寶玉的阿姨，寶玉和寶釵即是姨表姊弟。因此，當寶釵到京師等待選秀女的時候，便借住在賈家，也因為這個機緣而創造出和寶玉、黛玉三個人之間的戀愛婚姻關係，成為整部小說的主軸之一。

再看第四回又提到了一張金陵地區的護官符，「上面皆是本地大族名宦之家的諺俗口碑。其口碑排寫得明白，下面所注的皆是自始祖官爵並房次」，這張護官符即清楚呈現出賈、史、王、薛四大家族的顯赫。其中，對薛家的說明是：

豐年好大雪，珍珠如土金如鐵。

紫薇舍人薛公之後，現領內府帑銀行商，共八房分。

關於這段說明，一般人只注意到「珍珠如土金如鐵」的「富」的一面，所以把薛家當成了暴發戶，卻忽略了貴族之所以為貴族的「貴」的一面。薛家先祖擔任紫薇舍人，也就是中書舍人，專職撰擬誥敕（即皇帝的文書命令）之責，有文學資望者始能充任，所以地位崇高；為什麼叫做「紫薇舍人」呢？因為在唐玄宗開元六年時，將中書省改為紫薇省，中書令為紫薇令，所以才有了這一個美麗的別稱，中唐的白居易便擔任過中書舍人，當時作有〈直中書省（一作紫薇花）〉一詩，「直」即是輪值、值班的意思，其中說：「絲綸閣下文書靜，鐘鼓樓中刻漏長。獨坐黃昏誰是伴，紫薇花對紫薇郎。」絲綸閣也就是草擬皇帝詔書敕命的地方，白居易當中書舍人而自稱為紫薇郎，恰好印證了這一個歷史典故。

正因為薛家的祖宗是飽讀詩書的文化精英、朝廷重臣，所以是傳統社會裡最高等級的詩禮簪纓之族，好比第四回說薛家「本是書香繼世之家」，第四十二回寶釵說她們家「也算是個讀書人家，祖父手裏也極愛藏書」，就是這個原因。但並不只如此，那張護官符又說，薛家「現領內府帑銀行商」，那又是和皇家十分密切的貴族世家了。因為其中所說的「內府」，指的便是內務府，內務府是清朝主管皇室一切事務的部門，也是清朝最大的機構，由內三旗所組成。那什麼是內三旗？這可有一點複雜了，大家要注意一下。

原來，清朝有一個很特殊的制度，叫做八旗制度，八旗的旗人和一般百姓區分開來，自成一個獨特的群體。而八旗都有自己的包衣，在滿文裡面，「包衣」是「家裡的」之意，所以他們算是僕人，不過絕對不是奴隸，其實和一般人的法律地位是一樣的，只是因為要侍候旗主，所以相對地算是僕人而已。但康熙時，把八旗中上三旗的包衣獨立出來，直接隸屬於皇帝，歸內務府所管，於是形成了「內三旗」，這麼一來，這些上三旗的包衣便脫離了八旗，所以他們不僅不是奴僕，反倒和皇帝很親近。

我在做研究的時候才赫然發現，原來內務府坐落在紫禁城，也就是北京故宮博物院中，那裡已經不能說是天子腳下了，簡直是清朝的心臟地區！因此內務府的成員（即「內三旗」）一旦受到重用，甚至會比朝廷大臣更有權勢富貴，所以才形成了內務府世家。曹雪芹自己的曹家便是這一類的世族，於是《紅樓夢》裡常常反映了內務府世家的特點。

## 廣州十三洋行之首

例如薛家的「現領內府帑銀行商」，意指他們現在領的是內務府的「帑銀」，也就是國庫的銀子。而所謂的「行商」，那當然絕不是一般商人或行腳小販，而是專指著名的廣州十三行行商，這些「行商」在廣州專做國際貿易，所以又稱為「洋行」。但薛家不只是行商，還更是其中最有地位的皇商，第四回描述道：

這薛公子幼年喪父，寡母又憐他是個獨根孤種，未免溺愛縱容，遂至老大無成；且家中有百萬之富，現領着內帑錢糧，採辦雜料。這薛公子學名薛蟠，表字文龍，五歲上就性情奢侈，言語傲慢。雖也上過學，不過略識幾字，終日惟有鬥鷄走馬，遊山玩水而已。雖是皇商，一應經濟世事，全然不知，不過賴祖父之舊情分，戶部掛虛名，支領錢糧，其餘事體，自有夥計老家人等措辦。

其中說薛家「現領着內帑錢糧」，正是護官符裡所說的「現領內府帑銀」，而這裡所謂的皇商，指的就是十三洋行裡頂尖的那一兩個行商，他們是由「內務府員中出領其事」，也因為與皇帝有關，後來便被稱為「皇商」，西方學者甚至直接把它翻譯成「皇帝的商人」。這皇商雖然只有一兩人，但在十三行中勢力最大，可說是上通皇室、勢力遍及全

廣州十三行外貿易特區圖

國乃至近海遠洋的超級企業家，壟斷了歐美進口商品的貿易，因此極為顯貴，並非一般權貴可以相比。

後來寶釵的堂妹薛寶琴來到賈府時，曹雪芹也清楚交代了皇商的背景。第五十回薛姨媽說：

他從小兒見的世面倒多，跟他父母四山五岳都走遍了。他父親是好樂的，各處因有買賣，帶着家眷，這一省逛一年，明年又往那一省逛半年，所以天下十停走了有五六停了。

到了第五十二回，寶琴自己又說：

我八歲時節，跟我父親到西海沿子上買洋貨，誰知有個真真國的女孩子，才十五歲，那臉面就和那西洋畫上的美人一樣，也披着黃頭髮，打着聯垂，滿頭帶的都是珊瑚、貓兒眼、祖母綠這些寶石；身上穿着金絲織的鎖子甲、洋錦襖袖；帶着倭刀，也是鑲金嵌寶的，實在畫兒上的也沒他好看。

這果然是皇商，或至少是廣州十三行商的女兒才可能擁有的履歷，甚至在當時大家閨秀大門不出、二門不邁的環境之下，寶琴居然不但走遍了大江南北，還出國越洋，見識到了白種人的真真國女孩子，那真算是曠古難得一見的傳奇人生了。如果不是皇商的家世背景，這又哪裡可能發生呢?所以說，曹雪芹的各種安排都是合情合理，讓人心服口服。

再後來，寶釵的哥哥薛蟠要娶親了，他對世交夏家的女兒夏金桂一見鍾情，也因為門當戶對，所以一說就成。那夏家又是怎樣的門當戶對呢?根據第七十九回香菱的介紹，說是薛蟠上次出遠門販貨貿易時，順路到了個親戚家去：

> 這門親原是老親，且又和我們是同在戶部掛名行商，也是數一數二的大門戶。前日說起來，你們兩府都也知道的。合長安城中，上至王侯，下至買賣人，都稱他家是「桂花夏家」。……他家本姓夏，非常的富貴。其餘田地不用說，單有幾十頃地獨種桂花，凡這長安城裏城外桂花局俱是他家的，連宮裏一應陳設盆景亦是他家貢奉，因此才有這個渾號。

可見這夏家也是直通皇宮的行商，果然是門當戶對。最奇特的是，連賈家、王家也都有一點內務府世家的痕跡!相關的根據在第十六回，當時朝廷已經恩准省親，賈家也要開始準備迎接大小姐元妃了，大家談起這件事時，王熙鳳是最興奮的一個，她笑說：

> 「若果如此，我可也見個大世面了。可恨我小幾歲年紀，若早生二三十年，如今這些老人家也不薄我沒見世面了。說起當年太祖皇帝仿舜巡的故事，比一部書還熱鬧，我偏沒造化趕上。」趙嬤嬤道：「嗳喲喲，那可是千載希逢的!那時候我才記事兒，咱們賈府正在姑蘇揚

州一帶監造海舫，修理海塘，只預備接駕一次，把銀子都花的淌海水似的！說起來……」鳳姐忙接道：「我們王府也預備過一次。那時我爺爺單管各國進貢朝賀的事，凡有的外國人來，都是我們家養活。粵、閩、滇、浙所有的洋船貨物都是我們家的。」

看完了這一段對話，我們知道王熙鳳的爺爺居然單管各國進貢朝賀的事務以及接待所有的外國人，更獨家包辦了粵、閩、滇、浙所有的洋船貨物，那般格局的權勢地位簡直無法想像，這麼說來，王家應該也是薛家之類壟斷進口貿易的皇商，與薛家同屬於一個圈子、一個層級。再從趙嬤嬤的口中可以得知，以前康熙南巡的時候，賈家和王家一樣，都接駕過一次，而當時賈家是在姑蘇揚州一帶監造海舫，修理海塘，這看起來便不只是一般的八旗世爵了。如此一來，這四大家族裡就有三家和海船有關！

由此可見，曹雪芹所寫的貴族主要是內務府世家，並且參與了國際事務，帶有廣州十三行裡皇商的痕跡。也因此小說中寫到了許多非常珍貴的西洋物品，例如王熙鳳的屋子裡有一座帶鐘擺的西洋自鳴鐘，寶玉也有核桃大的懷錶，其他還有鼻菸壺、自行船、西洋葡萄酒等等，都非常合乎寫實邏輯。

## 內三旗的選秀女系統

再進一步來說，寶釵之所以會來到京師待選，也反映了內務府世家的特點。很多人說，寶釵進京是想要當皇妃，一心渴望飛黃騰達，但這種說法不但缺乏正確的歷史知識，連小說的文句都沒有仔細讀懂，以致荒腔走板。那麼寶釵的進京待選又是怎麼回事？其實讀者都沒有把小說認真細讀，仔細看第四回說：

> 近因今上崇詩尚禮，徵採才能，降不世出之隆恩，除聘選妃嬪外，凡仕宦名家之女，皆親名達部（按：把姓名送到相關部門），以備選為公主郡主入學陪侍，充為才人贊善之職。

請注意，在這一段話裡隱含了兩個重點：第一，所謂的「凡仕宦名家之女，皆親名達部」，這個「凡」字是「所有」的意思，即所有的仕宦名家之女都得列入名單，親自到相關部門待選，可見寶釵的進京根本不是自己的意願，而是朝廷強制性的指令，那是沒有人可以違抗的！誰敢對當今的皇上抗旨呢？這清楚說明寶釵只不過是遵守規定上京來待選，並不是自願的，我們怎麼可以冤枉栽贓呢？

第二，寶釵進京所選的秀女，根本不是當皇妃的那一個系統，而是當高級宮女的這一個系統，第四回的這一段說得很清楚，寶釵的備選是「除聘選妃嬪外」，顯然是排除了聘選妃嬪的另外一種。那麼寶釵所參加的到底是哪一種？小說也講得很清楚，是作為「公主郡主入學陪侍，充為才人贊善之職」，這其實就是高級宮女，她們的職責是陪公主郡主讀書作伴，根本和當皇妃無關！所以，說寶釵想要當皇妃，完全是扭曲事實的誤解。

關於這一點，讀者又常常搞不清楚了，原來差別就出在前面講到過的，清朝在八旗制度之外，還有一個內三旗的系統，這兩種系統各自獨立，因此選秀女也各自分開舉行，選中以後的出路也不一樣，在八旗系統裡選中的，那才是指婚用的，或者是當皇帝的嬪妃，或者是當親王、郡王的福晉；而內三旗系統所選中的秀女，就只能當宮女了，其中條件很好的，才有資格擔任「公主郡主入學陪侍」的才人贊善，但她們都是義務為皇家服務，而且得等到二十五歲才能離開皇宮。

想想看，從十三歲算起，要關在皇宮裡做十二年的義工，那可不算是好差使吧？而且以當時的社會來說，一個二十五歲的女孩子根本已經是老姑娘，幾乎是嫁不出去了，回到家以後恐怕注定要小姑獨處一輩子，只能在娘家終老了。換作是你，你會想要被選上嗎？一定不會吧！因此，無論是父母還是秀女自己，都沒有人會希望入選，這哪裡有一丁點追求富貴的意味？

這麼說來，元春的際遇確實很特別，她本來是走內三旗選秀女的系統，所以入宮以後是作女史，「女史」是有知識學問的高級宮女，我們到現在還用來尊稱有知識學問的女士，那其實就是寶釵所選的「才人贊善」。但元春後來居然被封為貴妃，實在可以說是十分意外的情況。固然在清朝的歷史上也有這樣的案例，但算是罕見的特例，絕對不是常態，因此，第十六回〈賈元春才選鳳藻宮〉一段描寫元春封妃的過程中，簡直充滿了恐怖的氣息，當皇帝召見賈政進宮時，整個賈家的反應都是惶恐不安，因為根本不知道是福是禍。

那時正巧是賈政的生日，寧、榮二處的人丁都齊聚慶賀，熱鬧非常，忽然有門吏忙忙進來回報說：「有六宮都太監夏老爺來降旨。」然後這太監夏守忠口頭宣達說：「特旨：立刻宣賈政入朝，在臨敬殿陛見。」賈母以及合家人等心中皆惶惶不定，等到後來夏太監出來道喜，說元春晉封為鳳藻宮尚書，加封賢德妃，速請賈母領著太太們去謝恩，賈母等聽了方心神安定，不免又都滿臉喜氣洋洋起來。由此可見，根本沒有人想到元春會有這樣的奇遇，堪稱為天上掉下來的禮物，連作夢都想不到，又哪裡是可以爭取得到的！

所以說，把進京待選當作寶釵很有富貴心的證據，根本就是大錯特錯的誤讀。何況大家都忘了，這四大家族自己已經在青雲之上，他們哪裡還需要追求什麼飛黃騰達！現代人總是把寶釵、黛玉想成和我們一樣的小家碧玉，那實在是所謂的「矮人看場」。其實，不單單黛玉完全不是寄人籬下的灰姑娘，寶釵更不是一心想要嫁入豪門的民女，這兩位少女一出生便都是貴族千金，對我們現在所謂的豪門恐怕根本就看不上眼呢！

何況，那四大家族確實是名符其實的貴族世家，而真正的貴族都很注重教育、很講究文化，對他們來說，這種文化涵養比起財富權勢都重要得多。

所以，第四回說薛家「本是書香繼世之家」，第四十二回中寶釵說他們家「也算是個讀書人家」，可見薛家和賈家一樣，都屬於詩書名門，具有世代累積涵養的優雅門風，絕不是西門慶之類的暴發戶。也因此，他們真的很討厭只追求金錢權勢的暴發戶，無論是曹雪芹還是脂硯齋，都一再強調賈家完全不是暴發戶，對於這一點絕對不肯放鬆，一定要區別清楚，甚至還覺得讀者把他們誤認為暴發戶，那是對他們絕大的羞辱！

現在就舉一個例子來看。第七十九回賈赦把女兒賈迎春許親給有權有勢的孫家，但賈母心裡並不願意，賈政也很反對，只是賈母因種種理由，包括相信婚姻天注定，以及尊重賈赦的父母之命，於是沒有表示意見。但賈政則積極地加以勸告、攔阻了，他的理由便是孫家雖然也是世交，現在更是顯赫發達，卻還是屬於暴發戶，和賈家這種注重文化、倫理教養的詩禮簪纓世族並不相稱，也即是門不當、戶不對。書中說：

賈政又深惡孫家，雖是世交，當年不過是彼祖希慕榮寧之勢，有不能了結之事才拜在門下的，並非詩禮名族之裔，因此倒勸諫過兩次，無奈賈赦不聽，也只得罷了。

果不其然，迎春的婚事簡直就是一場致命的災難，一個如此溫厚善良的貴族小姐被粗魯卑鄙、沒有文化的暴發戶給折磨得苦不堪言，婚後才短短一年便送掉了性命，香消玉殞。這豈不又是一個比林黛玉還悲慘的姑娘嗎？而她的悲劇不正是因為暴發戶所造成的嗎？

所以說，一般人把薛家當作普通的商人，把薛寶釵顧全大局的心胸當作商人的市儈性格，那真是所謂的矮人看場了。

最後，總結一下這一章所講到的幾個重點：

第一，《紅樓夢》講的是貴族世家的故事，薛寶釵正是百分之百的貴族少女，薛家並不是一般的商人，而是傳統社會裡最高等級的詩禮簪纓之族，並且是和皇家十分密切的內務府世家，所以擔任了廣州十三行商裡地位最高的皇商，寶釵的堂妹薛寶琴即因此而擁有了國際視野。

第二，不只薛家，這四大家族大多帶有內務府世家的痕跡，包括賈家、王家都是。

第三，同樣的，寶釵的備選秀女根本談不上追求飛黃騰達，那只不過是奉命行事而已，如果沒選上才更好呢！果然寶釵後來便留在賈家，這才發展出曲折感人的故事。

最後第四點，是我們得要知道貴族和暴發戶完全不一樣，因為他們更重視內在的精神性，這也是他們最自豪的地方。

而薛寶釵就是這種文化所培養起來的閨秀典範，下一章，要來講為什麼寶釵竟然有那些巨大的重像，那些重像到底又是誰呢？答案簡直是不可思議！

# 14 寶釵的巨大分身

由於薛寶釵也非常重要，所以曹雪芹同樣下足功夫設計了重像，那可是一份重量級的名單！

## 楊貴妃：美麗的解語花

前面講過，曹雪芹或賈寶玉的理想是釵、黛合一，太虛幻境的女神兼美就是具體的典範，而寶玉所住的怡紅院中，那「蕉棠兩植」也同樣暗示了這一點。其實，小說裡還有很多的證據，例如曹雪芹在第二十七回的回目上費心做了設計，不但讓寶釵、黛玉並列，同時還給她們非常著名的歷史美人做為比喻，一人一個，非常公平。那回目上說的是：「滴翠亭楊妃戲彩蝶　埋香塚飛燕泣殘紅」，意指滴翠亭邊有一位楊貴妃在撲蝶為戲，而在葬花塚旁有一個趙飛燕對著落花殘紅哭泣，這樣的對照真是鮮明有力，又令人賞心悅目，其中，活潑快樂地撲蝶玩耍的正是薛寶釵，而悲哀感傷地流淚葬花的則是林黛玉，同一個春天，卻展開兩種截然不同的風景，豈不顯示了兩個少女天差地別的性格？這麼一來，體態輕盈的趙飛燕成了林黛玉的重像，而健康豐潤的楊貴妃便是薛寶釵的分身了。

當然寶釵長得很美，她在第四回一出現的時候，曹雪芹就說是「生得肌骨瑩潤，舉止嫻雅」，又警幻仙姑的妹妹兼美也是「鮮豔嫵媚，有似乎寶釵」，這確實都屬於像牡丹花般的楊貴妃型，和黛玉的多病西施大不相同。從一般的審美觀來看，寶釵的美是略勝一籌，例如第五回說：「如今忽然來了一個薛寶釵，年歲雖大不多，然品格端方，容貌豐美，人多謂黛玉所不及。」再看第四十九回寶玉向襲人、麝月、晴雯等笑道：「你們成日家只說寶姐姐是絕色的人物。」可見寶釵確實是選美的第一名。

不過，這裡有一個很有趣的地方，即無論趙飛燕或楊貴妃，她們都是實質的皇后，地位最為崇高，而這也巧妙呼應了太虛幻境裡金陵十二金釵正冊的排序，領先居首的便是釵、黛兩人並置的圖讖，在在表示寶釵、黛玉都是最重要的女主角。當然，這兩個人的個性十分不同，因此曹雪芹為她們所安排的重像也是天差地別，不只是身材體態上的「環肥燕瘦」而已。

更巧妙的是，楊貴妃、趙飛燕這兩個歷史美人又是寶釵、黛玉的重像的重像！這好像在說繞口令，但只要一解釋就會明白了，原來，黛玉的重像是晴雯，而寶釵的重像是襲人，脂硯齋寫在第八回的批語，便是這麼說的：「晴有林風，襲乃釵副，真真不錯。」這一點大家都看得出來。但我們還要進一步來看，黛玉的重像包括了晴雯和西施，而晴雯也常常被比喻為西施，第七十四回即說她「天天打扮的像個西施的樣子」、「真像個病西施」。所以說，黛玉、晴雯和西施三個人便共構在一起，彼此等同，也互相襯托。

同樣的，襲人和寶釵的重像關係也通過了楊貴妃而連結在一起。寶釵的分身是襲人，而襲人也曾經被比擬為楊貴妃呢，證據在第十九回，這一回的回目上說「情切切良宵花解語」，敘述襲人把寶玉規引入正的故事，而曹雪芹把襲人的用心良苦叫做「情切切」，把她苦口規勸的做法稱為「花解語」，都是絕大的讚美。這「花解語」的「花」是雙關襲人的姓氏，但為什麼曹雪芹要讓襲人姓花？原來必須如此才能利用到「花氣襲人知驟暖」這句美麗的宋詩，以及「解語花」這個美麗的典故，「解語花」正是唐玄宗對心愛的楊貴妃的比喻。

在五代時，王仁裕《開元天寶遺事》記述了一則這對帝妃十分恩愛的故事：

> 明皇秋八月，太液池有千葉白蓮數枝盛開，帝與貴戚宴賞焉，左右皆嘆羨久之。帝指貴妃示於左右曰：「爭如我解語花！」

意思是，楊貴妃不但美得像一朵花，好比李白〈清平調詞〉這組詩都說「雲想衣裳花想容」，可見貴妃的絕色堪稱為傾國傾城，但貴妃更大的優點是「解語」，即知心又體貼，能懂得你所說的話、了解你的心，如果沒有深情是做不到這一點的，而美麗又深情，那就比稀世奇珍的千葉白蓮更完美了。玄宗得到了一個美麗又深情的靈魂知己，難怪十分歡喜，於是稱讚貴妃是一朵「解語花」！這便是曹雪芹讚美襲人是「花解語」的典故由來，並且和「情切切」連在一起，「情切切」正是真情、深情之意，都有知心、重情的涵義。

如此一來，也可以看到寶釵、襲人和楊貴妃的等同關係所在了。試看襲人是出於「情切切」而規勸寶玉，類似的做法寶釵也同樣有過，出現於第三十二回，當時湘雲笑勸寶玉道：「還是這個情性不改。如今大了，你就不願讀書去考舉人進士的，也該常常的會會這些為官做宰的人們，談談講講些仕途經濟的學問，也好將來應酬世務，日後也有個朋友。沒見你成年家只在我們隊裏攪些什麼！」襲人便說：「雲姑娘快別說這話。上回也是寶姑娘曾說過一回，他也不管人臉上過的去過不去，他就咳了一聲，拿起腳來走了。」可見都被寶玉毫不留情面地表示厭煩，導致場面很尷尬。

相對的，黛玉便從來不想改變寶玉，如同寶玉所言：「林姑娘從來說過這些混帳話不曾？若他也說過這些混帳話，我早和他生分了。」再加上後來第三十六回又提到：「獨有林黛玉自幼不曾勸他去立身揚名等語，所以深敬黛玉。」依據這兩段說法，於是一般讀者都以為黛玉是寶玉真正的知己，彼此志同道合，都超越了世俗。

然而，真情的表現怎麼會只有黛玉的那一種？而黛玉的真情到底又是哪一種呢？其實只要認真去想，就會發現黛玉之所以從來不勸寶玉，恐怕更大的原因是一種順任乃至放縱的立場，目的是讓相處愉快。有一段情節很可以說明這一點，第八回描述道，寶玉去探望寶釵，被薛姨媽留下來吃茶，寶玉誇起前日在寧府裏尤氏的好鵝掌、鴨信，於是薛姨媽也把自己糟製的取了些來與他嘗。寶玉說這得配酒才好吃，奶娘李嬷嬷一聽要喝酒便上來阻攔。此時黛玉連忙叫李嬷嬷別掃大家的興，還一面悄推寶玉，使他賭氣；一面悄悄的咕噥說：「別理那老貨，咱們只管樂咱們的。」由此可見，黛玉對寶玉的真情是只管讓寶玉順心快意，但求享樂的那一種。

只不過如前面所說的，真情的表現怎麼會只有黛玉的那一種？何況那一種未免帶有不成熟的孩子氣，曹雪芹真的是贊成寶玉不肯長大的叛逆嗎？恐怕並非如此，所以到了第七十九回，逐漸成長的黛玉也開始勸寶玉要改改脾氣了，卻仍然還是一片真情。同樣的，此處既然明確定義襲人那一番規勸寶玉的做法是「情切切」的表現，而有了真情才能解語，可見曹雪芹認為「情切切」的解語花，便是要能做一個良師益友啊。

確實，真正的愛一定會包括未來性，也就是會考慮到以後的人生發展，所以不會只想要一起「今朝有酒今朝醉」、「咱們只管樂咱們的」，而一味地迎合你、討好你，讓你現在開心就好，於是真正關心你的人會寧願忠言逆耳，或者當面指出你的缺點，或者提醒你不要再一直錯下去。因此，比起放縱你去撕扇子、去吃人家嘴上的胭脂，一起痛痛快快地享樂，那種苦口婆心才是一種真正的愛。最有趣的是，寶釵的顯性重像裡還包括了賈寶玉！前面寶玉的單元裡曾經講過，這二寶不但長得一副夫妻臉，而且在批判讀書人的這一點上，其實才是真正的、一樣的極端叛逆。再加上「金玉良姻」的夫妻關係，恐怕應該可以說，寶釵也算是寶玉的解語花。

所以說，寶釵和她的重像襲人又共用了楊貴妃這個重像，三個人彼此一致，這絕對不是巧合，也並不只是在體態方面的相似而已。

## 孔子：集大成的聖之時者

但寶釵的人格內涵遠遠不是楊貴妃所能達到。曹雪芹還要藉由寶釵這個人物，讓大家更懂得中華文化裡真正的精英分子是怎樣努力提高人格高度的，所以特地找來了一個歷史上最偉大的人來作為寶釵的重像，那個人便是至聖先師，孔子！這聽起來實在太讓人意外了，但我所說的，都是有憑有據，現在就一起來看證據在哪裡。

首先是第二十二回，當時賈府闔家團聚在一起過元宵節，除賈母之外，大家長賈政也參加了猜燈謎的活動。但這麼一來，子女晚輩們便深深感到拘束了：

> 往常間，只有寶玉長談闊論，今日賈政在這裏，便惟有唯唯而已。餘者湘雲雖係閨閣弱女，卻素喜談論，今日賈政在席，也自緘口禁言。黛玉本性懶與人共，原不肯多語。寶釵原不妄言輕動，便此時亦是坦然自若。

請注意一下，現場寫到了四個人的反應，其中寶玉、湘雲、黛玉三個人都是一副拘謹的樣子，只有寶釵一個還是像平常一樣地自在，古人把這樣的境界叫做「無入而不自得」，即無論在怎樣的境遇裡，都可以自得其樂，不受影響，這實在是非常不容易的人格高度。於是脂硯齋在這裡有一段批語說道：

瞧他寫寶釵，真是又曾經嚴父慈母之明訓，又是世府千金，自己又天性從禮合節，前三人（指寶玉、黛玉、湘雲）之長並歸於一身。前三人向有捏作之態，故惟寶釵一人作坦然自若，亦不見踰規踏矩也。

請看，寶釵不同於寶玉、黛玉、湘雲這三個人的扭捏造作，而表現出坦然自若的風度，這種無論在任何環境下都從容自在的境界，正是《論語．為政》孔子所說的：「從心所欲，不踰矩。」最有趣的是，脂硯齋說寶玉、黛玉、湘雲這「三人之長並歸於一身」，這不只是說寶釵兼具了他們的優點而已，更是直接回應了孔子「集大成」的境界！典故出自於《孟子．萬章下》：

伯夷，聖之清者也；伊尹，聖之任者也；柳下惠，聖之和者也；孔子，聖之時者也。孔子之謂集大成。集大成也者，金聲而玉振之也。

在這一段話裡，一共提到了三個人，他們的性格截然不同，卻都可以當上聖人！有「聖之清者」，有「聖之任者」，有「聖之和者」，彼此完全不同，卻都達到了最高的聖人境界。可見儒家是很活潑、很多元、很通透的，他尊重每一個人的個性，讓你依照自己的個性去發展自我，只是他希望你、期待你可以不斷地努力提升自己，變得愈來愈好，好到一個最高的層次時，便可以達到最高的人格境界，那就是所謂的聖人。

所以，伯夷堅守道德原則，不願意支持周武王以暴易暴所得來的新政權，寧願隱居在首陽山採薇果腹，最後營養不良而餓死，也不肯出來做官，這麼清潔的一個人，當然是聖人；而伊尹這個人勇於任事，一生從政，先是輔助商湯滅了夏朝，建立商朝，然後整頓吏治，洞察民情，歷經商湯、太甲等五個國王，五十多年之間都盡忠職守，盡力為國奉獻，因此死後是以天子之禮被安葬在開國之君商湯的陵寢旁邊，後代對他的祭祀等同於商朝先王的等級，這種貢獻也讓他成為聖人。

至於柳下惠，他為人十分地寬和厚道，作風正派，即使美女當前，卻坐懷不亂，一點也不動心，他的溫暖和氣讓人沒有壓力，也受到了感化，又是另一種人格的典型，那還是聖人，所以他也有「和聖」之稱。三種完全不同的個性，卻都成就了最高尚的人格，可見儒家完全不迂腐呆板，他讓每一個人去發展自己的個性，去最大地成就自己、去做最好的人。只可惜，現在很多人誤以為自我實踐便是放縱自己，這其實是大謬不然的誤解，難怪會流入世俗去了。

只不過人外有人、天外有天，還有比聖人更高的「至聖」，那就是孔子，孔子是「聖之時者」，這是最完美的聖人的境界。那麼，「時」是什麼意思？從上下文來看，「時」就是指因時制宜，對每一種狀況都能處理得恰如其分，因此當清則清，當任則任，當和則和，這確實是最大的智慧！想想看，伯夷的清當然很高潔，但如果只能有這種高潔，恐怕有些時候會過於不通人情，畢竟人間事並不都是絕對的；同樣的，柳下惠當然讓人很喜歡親近，但如果他什麼事都這麼隨和，難免不會造成失去界限、逾越分際的問題，也恐怕造成額外的困擾。所以，一個有智慧的人會懂得判斷情況，做出最妥當的回應，這便是「時」的意思。其實「時」這個字是儒家經典裡非常重要的關鍵詞，它代表了宇宙人生的最高智慧，而能體現出這種大智慧的人，就是集大成的孔子！

再回來看寶釵，簡直是如出一轍，寶釵恰恰好也是「前三人之長並歸於一身」，豈不呼應了孔子對伯夷、伊尹、柳下惠這三個人的「集大成」嗎？更值得注意的是，就在《孟子．萬章下》的同一段話裡，用來說明孔子「集大成」境界的「時」字，也被曹雪芹用在第五十六回的回目上，所謂〈時寶釵小惠全大體〉，這個「時」字便是來自孔子的大智慧！也難怪，我認為《紅樓夢》裡最好的一段話，剛好正是薛寶釵所說：

> 學問中便是正事。此刻於小事上用學問一提，那小事越發作高一層了。不拿學問提着，便都流入世俗去了。

這真是有眼光、大智慧的人才能說得出來的，因此我認為這一段話是《紅樓夢》裡最有價值的金玉良言。想想看，有多少人流入世俗去了？社會上多少人是不拿學問提著，用望文生義的方式去讀書的？那種讀法當然很輕鬆，也比較受歡迎，因為符合大眾的品味，所以很容易流行起來，殊不知卻是流入世俗去了。但是，如果我們願意用功，培養學問，努力塑造自己、提升自己，那麼眼光就會更精準了，胸襟就會更開闊了，認識力和判斷力也會更深刻了，不會只看到表面，用自己的成見去扭曲作品；即使只是小事，也可以用學問一提，而從小觀大，作高一層，那便能看到一個真正弘大的美麗新世界！

其實，寶釵的人格境界在小說中處處顯露，只是常常被不拿學問提著的讀者給忽略了。想想看，孔子表現出集大成的「時」字被曹雪芹用在寶釵身上，而到了這種程度，便會極高明而到中庸，無入而不自得，當清則清，當任則任，當和則和，所以表現出十分通透的自在。還可以舉一個例子來看，那是第二十二回，寶釵過十五歲生日，酒席上請了戲班子唱戲，寶釵為了體貼賈母喜歡熱鬧的心意，所以點了一齣《魯智深醉鬧五臺山》，結果被不明就裡的寶玉給一再嫌棄。但寶釵並沒有生氣，耐心地告訴他這齣戲的好處，是排場又好，詞藻更妙，然後才引起了寶玉的興趣，想要一窺究竟，終於從其中的一支〈寄生草〉領悟到「赤條條來去無牽掛」的空寂幻滅之美，埋下了以後出家的思想種子，因此我在前面的單元裡提醒過，這一段情節是寶玉的出世思想啓蒙，而寶釵就是他的啓蒙老師！

但我還要再進一步提醒大家，寶釵在這裡所展現的胸襟、氣度，有兩個重點，第一，當時大家的習慣其實是只喜歡看戲，卻不怎麼看戲文，也就是歌詞，例如第二十三回說：

（黛玉）正欲回房，剛走到梨香院牆角上，只聽牆內笛韻悠揚，歌聲婉轉。黛玉便知是那十二個女孩子演習戲文呢。只是林黛玉素習不大喜看戲文，便不留心，只管往前走。偶然兩句吹到耳內，明明白白，一字不落，唱道是：「原來姹紫嫣紅開遍，似這般都付與斷井頹垣。」黛玉聽了，倒也十分感慨纏綿，便止住步側耳細聽，又聽唱道是：「良辰美景奈何天，賞心樂事誰家院。」聽了這兩句，不覺點頭自嘆，心下自思道：「原來戲上也有好文章。可惜世人只知看戲，未必能領略這其中的趣味。」

可見不只黛玉，原來世人都只知看戲，卻不太關心戲文歌詞，那差別是很大的，因為看戲時注重的是舞臺上唱腔、身段的歌舞表演，而戲文的內容便很多了，可能帶有關於情色等禁忌的描寫。難怪在這些貴族世家裡，同樣是《西廂記》、《牡丹亭》的內容，看臺上的演戲可以，看文字的劇本卻是犯了大忌，原因就在這裡。而這裡的寶玉也是沒注意過《魯智深醉鬧五臺山》的詞藻，所以完全不懂其中的妙處，以致嫌它熱鬧，等於貶低了寶釵的品味。

但關鍵正在這裡，想想看：這齣戲看起來熱鬧，其中卻無比蒼涼，居然沒有人知道這一點，能領略的人只有寶釵一個，卻還要被不懂的人誤會或輕視，那她豈不是很寂寞嗎？可是並不，寶釵很能享受這種寂寞，而毫不在意，那豈不就是《論語．學而》裡孔子所說的：「人不知而不慍，不亦君子乎！」意思是，別人不知道自己的優點和學問，根本不用生氣，因為你的內在充實飽滿，所以不會在乎別人的認可，而到了這種「人不知而不慍」的境界，便會是一個君子了！

不只如此，寶釵在這裡所展現的胸襟、氣度，還有第二個重點，也就是寶釵的博學並不是現代人的專業技術，而是真正靈透的洞察力、判斷力，可以比喻為「流動的海洋」。

確實，寶釵是一個百分之百的儒家信徒，所以接受「女子無才便是德」的價值觀，但她並沒有畫地自限，還很努力地擴大自己的胸襟視野，去欣賞別人的優點和智慧，試看她在慶生宴的熱鬧中，一個人默默欣賞的，是〈寄生草〉所呈現的「赤條條來去無牽掛」的幻滅感，那可一點也不儒家呢。再說，她在第二十二回寶玉「悟禪機」的時候，不也拿出六祖慧能的詩偈，所謂的「本來無一物，何處染塵埃」來解說嗎？可見她對於佛學是有接觸的。而這種情況其實和杜甫是一樣的！

杜甫一生懷抱著「致君堯舜上，再使風俗淳」的儒家理想，所以成為古今敬佩的詩聖，但他也深度接觸了佛學，和高僧做好朋友，曾經一起晚上講談佛教學問，一直到月亮東升都不疲倦，可見是很專注、很入迷。難怪杜甫〈贈蜀僧閭丘師兄〉一詩甚至說：「漠漠世界黑，驅驅爭奪繁。惟有摩尼珠，可照濁水源。」他居然認為只有佛教才能救得了世界，在一片黑暗、充滿爭奪的世界裡，只有摩尼珠能帶給人世間光明和潔淨！這和他對儒家思想的信仰會發生衝突嗎？當然不會！因為一個偉大的胸襟，可以看到各式各樣的價值，也能欣賞各式各樣的美好，所以也能包容各式各樣的信念，只要它們能帶領人們向善、也向上！

由此可見，寶釵確實是一個「聖之時者」，她一方面滿足賈母的喜好，一方面也能自得其樂，兩邊都很周延，毫不偏失任何一方，這是多麼通透的智慧。同時她又能兼通儒家與佛家，既能積極入世，善盡一個人的社會責任，又能欣賞出世的情懷，了解存在的究竟虛空，那種空無的智慧便會讓人更開闊，不至於陷在世俗裡無法自拔。這豈不又是「聖之時者」的表現嗎？

如此一來，就很奇怪了，為什麼曹雪芹替薛寶釵做了這麼大手筆的安排，卻沒有幾個讀者看出來呢？原來，我們這個時代已經和傳統文化嚴重斷裂了，欠缺相關的知識基礎和文化背景，價值觀和意識形態都大不相同，所追求的目標也不一樣，想想古人只有百分之一不到的人能夠讀書，因此讀書是要當君子、做大事，而現在人人都可以受教育了，所想的則主要是滿足自己的欲望、追求自己的幸福，眼界、格局都大不相同。所以只用現代人的感覺去讀，當然注定會南轅北轍，薛寶釵這個人物便是一個很有代表性的案例。

最後，總結一下這一章所講到的幾個重點：

第一，曹雪芹也為薛寶釵做了重像的設計，主要有楊貴妃，除了取用美麗和體態的特點之外，最重要的是「解語花」的知心和深情，這也通往寶釵的另一個重像襲人身上，所以這三個人物就扭結在一起了。

第二，寶釵最重要的重像是至聖先師孔子，包括在元宵節賈政在場時的那一段故事，其中

「惟寶釵一人作坦然自若，亦不見踰規踏矩也」，呼應了孔子的「從心所欲，不踰矩」，而寶釵把寶玉、黛玉、湘雲這「三人之長並歸於一身」，更是直接回應了孔子的「集大成」，最重要的是，第五十六回回目上所說的〈時寶釵小惠全大體〉，這個「時」字也是來自孔子的「聖之時者」。

第三，寶釵確實是一位曹雪芹苦心塑造的君子，包括點熱鬧戲時所隱含的「人不知而不慍」，以及身為儒家信徒卻了解佛學、欣賞佛教的心胸，也可以在杜甫身上看到，這種等級的重像真可以說是絕無僅有。

但問題也來了：既然寶釵這樣的品德崇高，那為什麼她會嫁禍給黛玉？我必須指出，「嫁禍」是一個很常見的說法，但很常見的說法並不一定就是對的，所謂「積非成是」，以訛傳訛的情況實在太多了，尤其以《紅樓夢》特別多，下一章便要來談這個問題，看看問題到底是出在哪裡？

# 15 嫁禍還是送禮？

我們都知道，在《紅樓夢》人物的討論裡，對於寶釵很常見的一個批評，就是她嫁禍給黛玉，並且用以作為寶釵有心要爭取寶二奶奶的證據。但是，這恐怕是一個根本不能成立的假議題，是在很多不理性的盲目成見之下所形成的誤解。其實，大家在談寶釵是否嫁禍之前，都沒有想過一個問題，那便是：嫁禍的這個說法是不是能夠成立？討論起來會有意義嗎？

這是什麼意思呢？在說明事實之前，我先舉一個例子來說明什麼叫作「假議題」。你先設想一下，現在大家開始討論「火星人有沒有腳」這個問題了，網路上會怎麼討論呢？應該是爭辯得很熱烈吧，有的人堅持說火星人有腳，理由如何如何，甚至搬出美國太空總署NASA的紀錄來佐證；有的人說根本沒有，同樣也搬出他們的理由，於是大家吵得不可開交，還真是煞有介事。但是，你有沒有想過，這些花了很多時間的爭辯，根本算是浪費時間，因為連第一個最基本的問題都沒有確定，那就是到底有沒有火星人？總應該先確定了世界上有火星人，再去討論他們有沒有腳，才有意義吧？

同樣的，這個「火星人有沒有腳」的討論就很像寶釵的「嫁禍」論。一直以來，寶釵嫁禍給黛玉簡直就是一樁大罪，千千萬萬的讀者吵嚷得不肯罷休，但好像從來沒有人先把問題想清楚，那便是：既然要談嫁禍，總應該先有「禍」吧，如果沒有「禍」，那還爭辯什麼「嫁禍」呢？可是情況就是如此，以至於寶釵的形象和內涵便這樣被扭曲了，成了一個不存在的「火星人的腳」！

## 「禍」在哪裡？

現在便來看看這個吵了兩百多年的嫁禍論吧。事情是發生在第二十七回的〈滴翠亭楊妃戲彩蝶〉，當時黛玉又誤會了寶玉，以致沒心情參加盛會，原來第二天是農曆的四月二十六日，「這日未時交芒種節。尚古風俗：凡交芒種節的這日，都要設擺各色禮物，祭餞花神，言芒種一過，便是夏日了，眾花皆卸，花神退位，須要餞行」，正是閨閣裡很熱中的活動，所以滿園裡的花草樹木以及小姐姑娘都打扮得繡帶飄飄，花枝招展。

可是其中獨獨不見黛玉，於是寶釵自告奮勇，要去瀟湘館把黛玉找來。沒想到快到瀟湘館時，就看到寶玉進門口去了，寶釵心想，黛玉是個多心多疑的人，這一進去又要鬧誤會洗不清了，徒增大家的困擾，於是轉身離開，這時湊巧看到一對蝴蝶翩翩飛舞，於是她童心大發，便躡手躡腳地撲蝶去了。一路上跟著蝴蝶的翅膀走走停停，不知不覺來到了建築在水面上的滴翠亭，聽到兩個人說話的聲音，才發現是怡紅院的丫頭紅玉和墜兒正在談私相傳遞手帕的隱情。原來紅玉掉了一塊手帕，恰好被進來種樹的賈芸給撿去了，賈芸留了心，故意把自己的手帕給墜兒，再間接轉手還給了紅玉，就這樣形成了才子佳人之間的交換行為，而居中仲介的墜兒便像紅娘一樣，還當場要起了謝禮呢！

但在當時的這種家族裡，那可是見不得人的敗德行為啊，也即所謂的「奸淫狗盜」，果然紅玉的心機也意識到這一點，於是她未雨綢繆，想到得要打開窗戶，以免被人偷聽而留下後患。寶釵這時非常吃驚，但想躲開卻已經來不及了，她當下是這麼想的：

> 這一開了，見我在這裏，他們豈不臊了。況才說話的語音，大似寶玉房裏的紅兒的言語。他素昔眼空心大，是個頭等刁鑽古怪東西。今兒我聽了他的短兒，一時人急造反，狗急跳牆，不但生事，而且我還沒趣。如今便趕着躲了，料也躲不及，少不得要使個「金蟬脫殼」的法子。

可見寶釵為了避免尷尬，於是當機立斷、急中生智地想出金蟬脫殼之計，假裝她正在和黛玉玩捉迷藏，剛剛才來到這裡，因此當紅玉一打開窗戶時，就會以為寶釵並沒有聽到她們方才的私心話。再看寶釵是這麼做的：

只聽「咯吱」一聲，寶釵便故意放重了腳步，笑着叫道：「顰兒，我看你往那裏藏！」一面說，一面故意往前趕。那亭內的紅玉、墜兒剛一推窗，只聽寶釵如此說着往前趕，兩個人都唬怔了。寶釵反向他二人笑道：「你們把林姑娘藏在那裏了？」墜兒道：「何曾見林姑娘了？」寶釵道：「我才在河那邊看着他在這裏蹲着弄水兒的。我要悄悄的唬他一跳，還沒有走到跟前，他倒看見我了，朝東一繞就不見了。別是藏在這裏頭了。」一面說，一面故意進去尋了一尋，抽身就走，口內說道：「一定是又鑽在山子洞裏去了。遇見蛇，咬一口也罷了。」一面說一面走，心中又好笑：這件事算遮過去了，不知他二人是怎麼樣。

很明顯的，寶釵的心態很輕鬆，有一種把事情順利解決掉的愉快，卻並沒有嫁禍給別人的那種惡意和快感。再看最了解曹雪芹的脂硯齋，他所做的評論簡直是完全不同，指出了一個相反的方向，而極力讚美寶釵真是個很有急智、很能應變的聰明女孩！

例如：在寶釵故意放重了腳步，接著笑問「你們把林姑娘藏在那裏」的這段描寫中，脂硯齋批道：

> 閨中弱女機變如此之便，如此之急。……像極，好煞，妙煞，焉得不拍案叫絕！

到了後面的回末總評中，脂硯齋更指出：

池邊戲蝶，偶爾適興；亭外（金蟬），急智脫殼。明寫寶釵非拘拘然一迂女夫子。

由此可見，薛寶釵並不是一個迂腐呆板的女夫子，而是機變靈通的女君子，所以才能在千鈞一髮的情況下，完美地化解危急，不留下任何後遺症，這真是十分不容易的高難度挑戰，寶釵卻在電光石火之際迅速做到了，所以脂硯齋十分激賞，忍不住拍案叫絕，一再讚嘆呢。

而我認為，脂硯齋才是對的，一般的誤解都是流入世俗去了。請大家冷靜下來認真想想看：這件事有替黛玉帶來任何的禍害嗎？答案是沒有！這件事情過了以後，便再也沒有任何相關的發展，從此以後一直到第八十回、甚至第一百二十回，根本沒有提到任何的後續情況，不但黛玉沒有什麼禍害，就連紅玉也都不再涉及這件事，等於是煙消雲散，哪裡有什麼「禍」可言？既然沒有「禍」，又哪裡來的「嫁禍」呢？這就是我一開始所說的，應該先問「有沒有火星人」的問題吧！既然根本就沒有火星人，便不用再討論火星人有沒有腳的問題了，同樣的，既然這件事對黛玉根本沒有帶來禍患，那就不應再說寶釵在這裡是要嫁禍黛玉！

## 雙簧戲：一定要選主子姑娘

看到這裡，便可以再進一步思考，為什麼寶釵這麼做不會害到黛玉呢？那就是現代人很難把握到的關鍵了，也即階級高下之分！

原來，很多人會以為寶釵的做法是嫁禍，是因為在潛意識裡，把所有相關的人都當作平等的人來看待。而確實，如果事情是發生在平輩之間，真的很可能就會帶來禍害，現在我們可以做一個假設：如果當時被寶釵虛擬在場的人是鶯兒呢？鶯兒身為寶釵的貼身大丫鬟，幾乎隨時在身邊侍候，如果她在現場和寶釵一起玩耍，不是也很合理嗎？但為什麼寶釵卻不採用鶯兒這個人選呢？這便顯示出寶釵的大智慧了，關鍵在於鶯兒和紅玉同樣都是丫鬟，身分相當，彼此之間沒有階級的障礙，要動手腳就容易多了。因此，如果紅玉誤以為是鶯兒偷聽到了她的隱私，以她「頭等刁鑽古怪」的性格，豈會善罷甘休！那麼鶯兒豈不是後患無窮了嗎？寶釵當然不能給她帶來這麼大的麻煩。這正是寶釵要選主子輩的原因，畢竟在階級區分之下，一個奴才要去對付上級，真是談何容易。

我們可不要忘記，在傳統社會裡，這些奴婢丫鬟們根本沒有法律地位，連生死都無關緊要，可以說是無足輕重。《東華錄》記載康熙十二年八月時，御史黃敬璣奏云：「旗下僕婢自盡者甚多。」皇上曰：「人命關係重大，旗下奴僕若撫恤得所，豈肯輕生自盡？嗣後各宜加意愛養，勿得逼責致死。」然而根據康熙時代的一條法規，如果某個官員的妻子造成一名奴婢死亡的話，可以只接受繳納罰金的懲處，這條法規終於在一七四〇年廢除，理由是它慫恿主人以殘忍的方式對待奴婢。而在賈家，是因為貴族世家講究門風、重視人情，所以寬柔待下，那些資深女僕、貼身丫頭也才會獲得很高的地位，其中的陪房、乳母、管家大娘甚至比年輕的主子還有體面，這一點在第四十三回有清楚的交代：「賈府風俗，年高伏侍過父母的家人，比年輕的主子還有體面，所以尤氏鳳姐兒等只管地下站着，那賴大的母親等三四個老媽媽告個罪，都坐在小杌子上了。」

但即使如此，真要追究的話，在倫理規範上奴僕就是奴僕，那是絕對不能越過主人的。所以，第七十三回邢夫人對迎春所說的一番話便很有代表性，當時迎春的乳母私下聚賭，讓賈母十分震怒而加以懲罰，迎春的嫡母邢夫人就來責罵迎春了，她說：

「你這麼大了，你那奶媽子行此事，你也不說說他。如今別人都好好的，偏咱們的人做出這事來，什麼意思！」迎春低着頭弄衣帶，半晌答道：「我說他兩次，他不聽也無法。況且他是媽媽，只有他說我的，沒有我說他的。」邢夫人道：「胡說！你不好了，他原該說，如今他犯了法，你就該拿出小姐的身分來。他敢不從，你就回我去才是。」

可見在賈家的主僕之間，同時有兩套原則在運作，一個是人情，一個是倫理。當重視人情的時候，乳母就可以管教年輕姑娘，但是當乳母犯錯時，她便回到了僕人的身分，得要接受主子的管理甚至懲罰。而迎春放棄主子的權威，只是顯示她的懦弱，難怪會反過來被下人欺負，如果她懂得分寸，有勇氣拿出小姐的身分來，那麼乳母也是得要乖乖服從，便不會出現聚賭這樣的違法事件了。既然連這樣地位崇高、算是半主半奴的乳母都是如此，何況一個名不見經傳的三等小丫頭，又哪裡膽敢犯上！

再舉一個例子來看。當第五十五回探春開始理家時，大家都藐視這位三姑娘，因此不配合她處理家務，平兒便指著那些管家大娘們告誡說：

你們太鬧的不像了。他是個姑娘家，不肯發威動怒，這是他尊重，你們就藐視欺負他。果然招他動了大氣，不過說他一個粗糙就完了，你們就現吃不了的虧！他撒個嬌兒，太太也得讓他一二分，二奶奶也不敢怎樣。你們就這麼大膽子小看他，可是鷄蛋往石頭上碰。

想想看，連庶出的探春都有如此的地位，何況是黛玉這樣的超級寵兒？前幾章講過，黛玉可是賈母的心頭肉，是賈府公認的寶二奶奶，隨時受到家長們的關心，那還有誰敢對她怎樣？再比較一下傻大姐的情況，大家就會更明白這一點了，第七十三回說：

這傻大姐年方十四五歲，是新挑上來的，與賈母這邊提水桶、掃院子，專作粗活的一個丫頭。只因他生得體肥面闊，兩只大腳作粗活簡捷爽利，且心性愚頑，一無知識，行事出言，常在規矩之外。賈母因喜歡他爽利便捷，又喜他出言可以發笑，便起名為「呆大姐」，常悶來便引他取笑一回，毫無忌避，因此又叫他作「痴丫頭」。他縱有失禮之處，見賈母喜歡他，眾人也就不去苛責。這丫頭也得了這個力，若賈母不喚他時，便入園內來頑耍。

試想，這傻大姐只是個粗使的大腳丫頭，連三等丫頭都談不上，卻只因為賈母喜歡她，於是竟然可以享受那麼大的特權，以致「他縱有失禮之處，見賈母喜歡他，眾人也就不去苛責」。而以黛玉身為賈家寵兒的優越地位，那更不用說了，第四十五回提到：「眾人都體諒他病中，且素日形體嬌弱，禁不得一些委屈，所以他接待不周，禮數粗忽，也都不苛責。」其實正確地說，黛玉比起這個傻大姐，地位不知要高過千萬倍，那真是天差地別，彼此的懸殊不言可喻。

相對的，紅玉這個怡紅院的三等丫頭，連本房的主子寶玉都從沒見過她，那麼可想而知，她的地位實在很低，不會比傻大姐好多少，何況她現在又沒有賈母的庇蔭，要對黛玉有什麼不利，根本是不可能的。更何況，紅玉是有把柄在主子手上的人，自己什麼時候會惹禍都不知道，哪裡還敢想要雞蛋碰石頭呢？

## 為什麼一定要選黛玉

當然，如果單單只依照階級上下的考慮，那麼選別的主子小姐應該也可以，但其實並非如此，並不是所有的主子小姐都適合。讓我們仔細推敲一下：首先，選迎春可不可以呢？恐怕不太好吧，因為迎春這個「懦小姐」是懦弱到下人都敢欺負她，甚至奶娘一家還大膽地把她的首飾纍絲金鳳拿去典當，一點兒也沒有顧忌，甚至最後更反咬一口誣賴她，那就可想而知，寶釵絕對不願意替她招麻煩。

再看探春，這時她還沒有當家，算是懷才不遇，最糟糕的是有個昏聵貪心的生母趙姨娘，常常惹是生非，還有一些人利用趙姨娘製造了很多事端，讓探春痛心疾首，寶釵當然不可以再增加她的煩惱。

至於惜春，她的年紀實在太小了，又天生性格孤僻，在整部小說裡她只和小尼姑智能兒玩過，如果說她在這裡玩水，大概沒人會相信，以紅玉的精明一定會起疑，那就弄巧成拙了。

那麼再算下去，還有誰呢？還有一個史湘雲，這個人選確實非常恰當，尤其她並不是賈家的人，只會暫時來住一下，那更不用擔心會有後面的牽連了。只可惜，史湘雲現在不在這裡，所以也派不上用場。

這麼說來，黛玉即是最佳人選了，因為黛玉兼具了兩種身分：一種是和寶玉同等級的超級寵兒，所以沒人敢對她怎麼樣；另一個是寄住在這裡的外姓貴賓，沒有其他的親戚可以捲進來，因此人際關係很單純，這也是史湘雲所具有的條件。這兩個條件加起來，黛玉就被派上用場了，也果然讓事情完滿解決，沒有留下任何後遺症。

所以，再回來看脂硯齋的讚美，便知道原因何在了。原來在這麼短的時間裡，萬分急迫之下還要能面面俱到地想出這麼一個完美無傷的做法，那得要多大的聰明智慧才能辦得到！而寶釵卻辦到了，不但化解了眼前的尷尬，也不帶來後續的麻煩，甚至還創造了一個禮物送給黛玉，簡直就是令人讚嘆。試看當時的情況是：

> 誰知紅玉聽了寶釵的話，便信以為真，讓寶釵去遠，便拉墜兒道：「了不得了！林姑娘蹲在這裏，一定聽了話去了！」墜兒聽說，也半日不言語。紅玉又道：「這可怎麼樣呢？」墜兒道：「便是聽了，管誰筋疼，各人幹各人的就完了。」紅玉道：「若是寶姑娘聽見還倒罷了。林姑娘嘴裏又愛刻薄人，心裏又細，他一聽見了，倘或走露了風，怎麼樣呢？」

仔細看這一段的描述，很明顯的，當紅玉誤以為是黛玉聽到了她的隱私之後，心裡面根本只有擔心、害怕，唯恐「林姑娘嘴裏又愛刻薄人，心裏又細，他一聽見了，倘或走露了風，怎麼樣呢？」可見她唯一的反應是煩惱被黛玉走漏了風聲，那自己就完了。

舉一個例子更可以明白這一點。第七十一回中，司棋與其表哥潘又安居然在大觀園裡偷情，恰巧被鴛鴦撞見，因此驚恐地拉住鴛鴦苦求，哭道：「我們的性命，都在姐姐身上，只求姐姐超生要緊！」不只如此，即使鴛鴦保證守密，但第七十二回說，接下來的那幾天司棋提心吊膽、後悔不迭，以致病重，於是鴛鴦特別去望候司棋，立身發誓，對司棋說：「我告訴一個人，立刻現死現報！你只管放心養病，別白遭塌了小命兒。」司棋一把拉住她，哭道：

> 我的姐姐，咱們從小兒耳鬢廝磨，你不曾拿我當外人待，我也不敢待慢了你。如今我雖一着走錯，你若果然不告訴一個人，你就是我的親娘一樣。從此後我活一日是你給我一日，我的病好之後，把你立個長生牌位，我天天焚香禮拜，保佑你一生福壽雙全。我若死了時，變

驢變狗報答你。

原來這等風化事件的嚴重性是到了攸關生死的程度，犯錯的人只能百般乞求祕密不要外洩。既然如此，連對平輩的好姊妹都嚇成這樣，比較之下，紅玉豈非更該膽戰心驚？身為一個低層的三等丫頭，有一樁大把柄落在最高層的主子手裡，從此以後便應該只能拚命巴結討好了，哪裡還敢在黛玉面前有所差錯！這麼一來，黛玉等於增加了一個用心侍候她的丫鬟，豈不是更舒適得力了嗎？所以我才會說，寶釵不但沒有嫁禍，反而是送了一個禮物給黛玉。

## 其實送了一個小禮物

關於「禮物」的意義，書中還有幾個小例子可以參照。一般而言，掌握這種把柄的人，通常就可以勒索要好處了，賈瑞即是一個例子。第十二回賈瑞癩蝦蟆想吃天鵝肉，居然動起了歪腦筋，想要亂倫染指鳳姐，於是鳳姐便惡整了他一頓，給他一場教訓，沒想到賈瑞執迷不悟，仍然繼續糾纏，於是鳳姐又調兵遣將，設下圈套，讓賈薔、賈蓉等當場人贓俱獲，賈瑞也就被拿住了把柄。為了避免東窗事發，他只好寫下一百兩的欠據，算是封口費、遮羞費，然後才終於脫離險境。

再舉一個例子，大家便會更明白了。第三十回金釧兒對寶玉說：「我倒告訴你個巧宗兒，你往東小院子裏拿環哥兒同彩雲去。」顯然賈環和彩雲正在幽會偷情，所以拿住這件事的人便得了巧宗兒，即報酬率很高的輕鬆事，這不就是一個禮物嗎？再看這兩個例子裡的當事人都是男性，性道德的標準相對寬鬆許多，並且彼此同輩，沒有以下對上的障礙，但尚且如此，遑論力求貞節的少女，她們所承擔的乃是身敗名裂的毀滅性災難。所以說，犯錯的人已經屈於下風，只能任人宰割，哪裡還有反擊的餘地，更何況對方還是個當權者！

澄清了這個問題以後，實在不免令人疑惑：為什麼大家都會讀錯了？答案是：因為現代人根本沒有階級觀念了，常常忘掉人與人之間並不是平等的，一件事會不會出問題，還必須考慮到當事人的身分地位，並不能一概而論。所以說，當寶釵必須虛擬出一個人來和她合演這一齣雙簧劇時，並沒有從丫鬟裡去找人選，便是因為注意到這個問題。而寶釵最厲害的地方，正是雖然利用了黛玉，卻並不是陷害她，反倒是送給她一個禮物，所以才會讓脂硯齋這麼的讚嘆。

當然，寶釵送的這個禮物，黛玉自己並不知道，知道以後也未必稀罕，因為她已經享受了這麼多的特權，又哪裡會在乎一個三等丫頭的殷勤？但這也更證明了黛玉確實擁有很崇高的地位，因此可以發揮很獨特的功能，那就是用來化解棘手的困境！這個特殊功能確實是她能夠給出的貢獻，連寶玉、鳳姐都借用過呢，現在便來看寶玉的做法。

故事是發生於第五十八回，那十二個女戲子中被撥入黛玉房中使喚的藕官，私底下在大觀園裡燒紙錢，以奠祭死去的菂官。這個做法雖然深情款款，卻是犯忌的，不巧被素日不合的婆子給撞見，因此去向層峰告狀，幸好湊巧寶玉來了，當場「拔刀相助」，把藕官燒紙的責任一肩兜攬下來，還編了一套說辭反過來恐嚇那個婆子，逼得婆子只得自認看錯了，說：

「我如今回奶奶們去，就說是爺祭神，我看錯了。」寶玉道：「你也不許再回去了，我便不說。」婆子道：「我已經回了，叫我來帶他，我怎好不回去的。也罷，就說我已經叫到了他，林姑娘叫了去了。」寶玉想一想，方點頭應允。那婆子只得去了。

我們可以注意到，這又是一個非常為難的尷尬處境，一方面婆子已經回過話了，家長正等著要處置人犯；但一方面寶玉又加以恐嚇阻擋，以致無法拿人去交差，那婆子如果空手而回，豈不是反倒要挨罵了嗎？正是進退維谷，十分兩難的窘況，該怎麼辦呢？於是拚命想要幫自己解套的婆子便想到黛玉了，她提出一個方法，即去向上級謊報，說雖然已經找到了人犯，但人犯卻被黛玉叫去了。而寶玉聽了這個建議，想了一想以後也同意了，事情便這麼解決了。

但奇怪的是，為什麼事情就這樣解決了？而且同樣都沒了下文，等於是不了了之，這又是怎麼回事？顯然黛玉這個寵兒又發揮潤滑的功能了，也就是說，即使有人犯了法，但只要是被黛玉叫去了，家長們便不會再追究，這應該算是愛屋及烏或至少是投鼠忌器吧！而無論是愛屋及烏或是投鼠忌器，都證明了黛玉是個備受疼愛的寵兒，連被她叫去的人都可以脫罪，那她本人更不用說了吧？這也是婆子一想出這個辦法以後，寶玉會同意的原因。想想看：寶玉深愛著黛玉，絕對不會陷害她了吧？

同樣的，寶釵在滴翠亭的做法是如出一轍，在在證明了黛玉的優越地位可以成為化解兩難的緩頰力量。這也讓我們看到所謂的複雜！事情並不是那麼簡單的。

最後，總結一下這一章所講到的幾個重點，關於滴翠亭事件，第一，根本沒有禍，所以也沒有嫁禍。

第二，為什麼沒有禍？因為黛玉具備了絕無後患的所有條件，包括：一，她是主子小姐，高高在上。二，她又是家裡的寵兒，那更無人能及。三，她像史湘雲一樣，都是客居在此的親戚，沒有一堆複雜的人際關係，所以不會擴散發酵，也不會累積糾結，事情便到此為止。這麼一來，當遇到棘手的事情，又想要息事寧人的時候，黛玉就是最好的一面擋土牆了。

第三，也因此，當藕官燒紙錢被拿住要問罪時，寶玉也同意利用黛玉去幫藕官開脫。這都是因為黛玉的優越地位所帶來的功能。

由此可見，小說中對事情描寫的意義並不是那麼容易把握，現代人一不小心，便很容易會出現誤解。有時候，我覺得錯誤的成見很像傳染病，讓人的心靈變得很不健康，充滿了情緒而不用理性去思考，以致顛倒了是非黑白也不在乎。那麼除了理性之外，要怎樣才能讓心靈健康呢？我認為除了理性之外，還得要有學問，寶釵說得好：「不拿學問提著，就會流入世俗去了。」而一旦流入世俗便很容易越陷越深，所以我們必須努力追求學問，才能張大眼睛，提升自己。

但學問不會天上掉下來，自己得要很認真、很努力，才能一點一滴地累積起來，而關於寶釵的冷香丸，很多讀者也遇到了同樣的情況，那又是一個很容易流入世俗的問題了。到底是怎麼回事呢？請看下一章的說明。

# 16 什麼是冷香丸？

關於薛寶釵這個人物，各種的誤解實在太多了，包括寶釵所服用的冷香丸，一般人也常常望文生義，說那是用來表示寶釵冷酷無情的意思。但這又是用自己的成見加以扭曲的結果，實在很需要用學問來重新解讀，所以這一章的主題就是冷香丸。

我們都知道，寶釵有一種與生俱來的宿疾，因此必須服用冷香丸來調解。但因為讀者對薛寶釵的成見，以致很習慣地把所有的相關事物都往負面去解釋，前面的滴翠亭事件便是一個案例，冷香丸也沒有例外。於是有人認為，冷香丸的「香」字是指寶釵的美貌，「冷」字則是說她冷漠無情，但這種解釋很明顯地是依照直覺和成見所做的好惡反應，所以必須重新理解。

## 病根是什麼？

首先，寶釵為什麼要服用冷香丸？第七回對這一點說得很詳細。當時寶釵正好發了病，在家靜養，周瑞家的很關心她，叫寶釵要根治宿疾以免終身受折磨，寶釵便回答說：

為這病請大夫吃藥，也不知白花了多少銀子錢呢。憑你什麼名醫仙藥，從不見一點兒效。後來還虧了一個禿頭和尚，說專治無名之症，因請他看了，他說我這是從胎裏帶來的一股熱毒，幸而先天壯，還不相干。

可見病源十分地明確，是「從胎裏帶來的一股熱毒」，但這「熱毒」究竟是指什麼，那就引起很多的爭議了。有人從純粹醫理的角度，認為是指與生俱來的「胎毒」，這是可能的，只不過我們要知道，曹雪芹是在寫偉大的小說，有他所想要寄託的深意，所以不會只單單寫醫學上的疾病。更多的人認為，「熱毒」是指寶釵這個人很狠毒，具有熱切追求功名富貴的心，這是最常見的說法，也當然是流入世俗的意見，我在前面已經做了一些澄清，現在要再多做一點說明。

首先應該注意到，深切了解《紅樓夢》的脂硯齋早已經提出了清楚的定義，他對所謂的「從胎裏帶來的一股熱毒」夾批云：

凡心偶熾，是以孽火齊攻。

所謂的「凡心偶熾」，即形容凡人的心是熾熱的，所以下面又說「是以孽火齊攻」，因此好像被孽火一起攻擊一樣！這便是所謂的「毒」。可見所謂的熱毒根本和「狠毒」無關，指的是一種心理狀態。

而在傳統文化裡，《廣雅》這部很重要的訓詁字書也給了我們正確的解釋，它說「毒」這個字真正的意思，是：痛也、苦也、慘也，即痛、苦、慘這三個字都是「毒」的同義語，彼此可以互文相通。可見一看到「毒」字就一概用毒藥、狠毒的毒來理解，其實是脫離傳統文化的想當然耳。如果回到雅文化的脈絡，「毒」這個字往往是指一種人類的存在本身所帶有的痛苦，最明顯的是佛家，他們把人性裡的貪、嗔、痴這三種本質稱為「三毒」，便是這個原因。

試想：貪、嗔、痴的「貪」，不是對人造成很大的痛苦嗎？一個人總是覺得自己擁有的不夠，心裡始終不滿足，一直還想要更多，甚至積極去爭奪，這種心態即會令人感到焦慮不安，那確實是一種痛苦啊。再看貪、嗔、痴的「嗔」，意思是生氣憤怒，那就更清楚了，當一個人發脾氣的時候，其實心裡就像大火在燒一樣，所以才會說是怒火，當下一點也沒有心平氣和，哪裡會不痛苦呢？還有貪、嗔、痴的「痴」，那指的是痴傻、愚蠢，想想一個人沒有知識、理性，面對狀況都分不清楚重點，把事情做得亂七八糟，他自己一定也會覺得很痛苦吧。所以佛家把貪、嗔、痴叫做「三毒」，那是很有智慧的。

而熱毒的「熱」這個字，當然是形容那些痛苦就像熱火焚燒一般，讓人逃脫不了，主要是加強「毒」所帶來的感覺。這豈不是和「凡心偶熾」的「熾」完全一樣嗎？都像被「孽火齊攻」一樣的折磨啊。

最有趣的是，很多人沒有注意到，脂硯齋用來解釋「從胎裏帶來的一股熱毒」的「凡心偶熾」這個詞彙，早就出現在第一回裡了，第一回說道：

一僧一道遠遠而來，……說到紅塵中榮華富貴。此石聽了，不覺打動凡心，也想要到人間去享一享這榮華富貴，……便口吐人言，向那僧道說道：「……適聞二位談那人世間榮耀繁華，心切慕之。……如蒙發一點慈心，攜帶弟子得入紅塵，在那富貴場中、溫柔鄉裡受享幾年，自當永佩洪恩，萬劫不忘也。」……這神瑛侍者凡心偶熾，乘此昌明太平朝世，意欲下凡造歷幻緣，已在警幻仙子案前掛了號。

果不其然，當石頭打動凡心時即是「凡心熾熱」，所以才會那麼熱切地一心想要下凡，以致對那一僧一道的警告完全聽不進去。而到了「凡心偶熱」的時候，心裡被渴望或欲望給填滿了，這石頭也就再也不能保持內心的平靜安詳了。曹雪芹清楚地告訴我們，石頭在被一僧一道所說的富貴繁華打動凡心之前，原本是處在一種永恆的寧靜裡，證據便在第二十五回的詩偈中，當時馬道婆施展法術讓寶玉中邪，寶玉已經奄奄一息了，一僧一道趕來救他，那癩僧在除祟時便說：

天不拘兮地不羈，心頭無喜亦無悲；卻因鍛煉通靈後，便向人間覓是非。

這不是很清楚了嗎？原來在仙界時他是「天不拘兮地不羈，心頭無喜亦無悲」，那時天寬地闊、無拘無束，所以沒有悲喜哀樂之類的情緒動盪，可以說是一種永恆的寧靜。但是通靈以後石頭卻打動了凡心，於是「便向人間覓是非」，而一旦到人間來招惹了許多的是非紛擾，又哪裡可以沒有煩惱痛苦？這時就是「孽火齊攻」了。

看到這裡，要特別提醒一下：脂硯齋在解釋寶釵的熱毒時，用的居然是曹雪芹對寶玉的說法！這便很有趣了，原來寶釵「從胎裏帶來的一股熱毒」，根本等於寶玉前身的「凡心偶熾」，都是指與生俱來的本能或天性，可見所謂的「熱毒」便是身為人者與生俱來的「熾熱凡心」，而具體內容則是《禮記．禮運》所說的：「喜、怒、哀、懼、愛、惡、欲。」換句話說，只要一個人來到世間，就必定帶有那些會帶來煩惱痛苦的喜怒哀樂等基本人性啊。

更有趣的是，清朝的評點家解盦居士雖然很不喜歡寶釵，但卻也注意到二寶具有先天上的同質性，他在《石頭臆說》裡說：

寶玉胎裏帶來通靈，寶釵帶來熱毒，天生對偶，又何須金鎖為哉？

可見這個解盦居士也發現到寶玉的通靈、寶釵的熱毒，都是從胎裡帶來的人性凡心，根本是一樣的，這麼一來兩人又構成了天生對偶的關係。那豈不是又證明了本書先前所言，兩人的金玉良姻確實是天作之合？所以說，熱毒並非狠毒，把熱毒誤解為狠毒之意，確實是流入世俗的淺見了。

## 藥材的特性與功能

接著，我要再請大家注意一個問題，既然這個熱毒是與生俱來的人性，不是身體出的毛病，當然沒辦法用一般的藥物來對治，於是寶釵又說：

> 若吃尋常藥，是不中用的。他（按：禿頭和尚）就說了一個海上方，又給了一包末藥作引，異香異氣的，不知是那裏弄了來的。他說發了時吃一丸就好。倒也奇怪，這倒效驗些。

這就是所謂的冷香丸。再看冷香丸的藥材和做法，那簡直是不可思議，完全充滿了符號意義與象徵功能，寶釵介紹說：

> 這方兒，真真把人瑣碎死。東西藥料一概都有限，只難得「可巧」二字：要春天開的白牡丹花蕊十二兩，夏天開的白荷花蕊十二兩，秋天的白芙蓉蕊十二兩，冬天的白梅花蕊十二兩。將這四樣花蕊，於次年春分這日晒乾，和在藥末子一處，一起研好。又要雨水這日的雨水十二錢，……白露這日的露水十二錢，霜降這日的霜十二錢，小雪這日的雪十二錢。把這四樣水調勻，和了藥，再加十二錢蜂蜜，十二錢白糖，丸了龍眼大的丸子，……用十二分黃柏煎湯送下。

看過這一段描寫以後，應該會對其中的幾個特色留下深刻的印象吧！首先，主要的藥材是花蕊，包括一年四季的重要花卉：白牡丹花蕊、白荷花蕊、白芙蓉花蕊、白梅花蕊，這到底有什麼用意？我們立刻會想到，這四種花剛好都是幾個重要金釵的代表花，牡丹花是寶釵的，荷花對應了香菱，芙蓉是黛玉和晴雯所共有的，而梅花是李紈這位寡婦的代表。這麼一來，豈不等於是包括所有金釵的意思嗎？

果然，這些藥材全部都是用「十二」作為重量單位，包括：十二兩、十二錢、十二分，這當然是刻意設計的，因為古人把「十二」稱為「天之大數」，也就是代表最多的意思，而用在這裡便是指所有的金釵！關於這一點，脂硯齋已經提醒過了，他在此處的批語說：

凡用「十二」字樣，皆照應十二釵。

這就讓人恍然大悟了，原來冷香丸所有的配料之所以都要用「十二」做單位，道理正在這裡，它不只是寶釵一個人專用的，其實是涵蓋了所有的十二金釵，而這十二金釵又都是放在太虛幻境的薄命司裡面，全都注定是要薄命的！難怪這些花都得要是白色的，白色代表純潔，卻也是死亡的顏色啊。同樣的，其他配合入藥的雨、露、霜、雪這四樣成分，在《本草綱目》裡都屬於天水類，它們都具有去毒的功能，但也帶著冰冷的觸感，於是和白色一併產生了悲劇的意味。

事實也正是如此，再看當寶釵說冷香丸的藥引子「異香異氣的，不知是那裏弄了來的」，此處脂硯齋針對這幾句評論道：

卿不知從「那裏弄來」，余則深知是從放春山採來，以灌愁海水和成，煩廣寒玉兔搗碎，在太虛幻境空靈殿上炮製配合者也。

這麼一來，豈又不是和黛玉一樣了嗎？前面提到過，第一回說絳珠草修成了女體之後，「渴則飲灌愁海水為湯」，而冷香丸也是用灌愁海水調和成的，那麼寶釵不就和黛玉一樣，是同病相憐的難兄難弟了嗎？再注意一下，脂硯齋又說冷香丸是「從放春山採來，……在太虛幻境空靈殿上炮製配合」而成，那不也同樣是太虛幻境的產物了嗎？

試看第五回警幻仙姑在自我介紹的時候，曾經說：「吾居離恨天之上，灌愁海之中，乃放春山遣香洞太虛幻境警幻仙姑是也。」在這一長串的話裡，無論是「放春」還是「遣香」，都是女性悲劇的意思，所以我說太虛幻境其實是一座女性的悲劇城堡。不只如此，在太虛幻境裡，警幻仙姑用來招待寶玉的，有茶、酒、香這三樣精品，它們的名稱是「羣芳髓」的香料，以及「千紅一窟」的茗茶，還有「萬豔同杯」的美酒。經過脂硯齋的提示，我們知道這三個名字都有諧音的暗示：「羣芳髓」就是「群芳碎」，「千紅一窟」即是「千紅一起哭」，「萬豔同杯」便是「萬豔一同悲哀」，而原本「群芳」、「千紅」、「萬豔」全是代表所有美好的女性。如此一來，這茶、酒、香三樣東西皆暗示了所有的美好女子都會面臨破碎、哭泣、悲哀的命運，於是它們便成為「女性集體悲劇命運」的代名詞。

這麼一來，冷香丸也是出自太虛幻境，其中「十二」的數字也代表了十二釵，那豈不等於也是「羣芳髓」、「千紅一窟」、「萬豔同杯」的姊妹品了！由此可見，「香」這個字等同於「羣芳」、「千紅」、「萬豔」，也就是美好女性的代稱，很符合古代「軟玉溫香」、「憐香惜玉」這一類成語的用法；至於「冷」則是動詞了，帶有冷卻的意思，那相當於「碎」、「哭」、「悲」的另一種說法，難怪所有的花全都得是白花了。

因此，從命名方式與象徵意涵而言，「冷香」正是「羣芳髓（碎）」、「千紅一窟（哭）」、「萬豔同杯（悲）」的同義詞，而茶、酒、香再加上藥丸，一共四種品項，那更是齊全周備了，都是用來暗示包括金釵在內的所有女性的悲劇，只是由寶釵來突顯而已。

## 冷香丸的象徵意義

不過，冷香丸的象徵意義其實一共有兩個，並不僅僅限於女性悲劇，它還用來暗示寶釵的道德情操。現在便來談這一個重點。

我們知道，冷香丸的藥材非常複雜，需要花很大的功夫去準備，關鍵是要很巧很巧才能把藥料給找齊全，從一般常理來說，就像周瑞家的所說，那是：「真坑死人的事兒！等十年未必都這樣巧的呢。」幸好，寶釵道：「竟好，自他說了去後，一二年間可巧都得了，好容易配成一料。如今從南帶至北，現在就埋在梨花樹底下呢。」那這麼特殊的一帖海上方，所對治的疾病也應該是很難纏的吧？到底寶釵的這個疾病有多嚴重呢？當時周瑞家的也跟我們一樣很好奇，所以問寶釵說：

「這病發了時到底覺怎麼着？」寶釵道：「也不覺甚怎麼着，只不過喘嗽些，吃一丸下去也就好些了。」

但這不是太奇怪了嗎？這個病的症狀居然是這麼輕微，根本是很普通的日常毛病啊，想想看，只要去跑步一圈，或者傷風感冒，甚至是情緒激動一點，人就會喘嗽些，那並不是什麼大毛病，其實再正常不過。既然如此，為什麼要這麼大費周章地製作冷香丸呢？恐怕那一定有特殊的象徵意義了，試想：一喘嗽些便要服用冷香丸，豈不是有一點壓抑、調理的意味嗎？而喘嗽主要是來自身體的運動或心裡的波動，那對於講究舉止嫻雅、身心安詳的大家閨秀而言，通常是需要避免的。這麼一來，冷香丸確實是有一點道德涵養的意義了。

在這個情況下，冷香丸的「冷」是指冷靜，而「香」意謂美好芳香，相當於「花氣襲人」的意思，都呈現出人品教養的高度。也因此，承德避暑山莊的乾隆三十六景裡，就有一景是「冷香亭」，乾隆帝的題詩中更有「冷香雨後襲人多」一句，表達出對荷花的欣賞，足以證明「冷香」、「襲人」等語詞完全都是正面的讚美。難怪第三十八回大家寫菊花詩時，湘雲於〈對菊〉一首裡吟詠道：

蕭疏籬畔科頭坐，清冷香中抱膝吟。

所謂的「清冷香」便是指清秋冷寒中菊花所散發出來的芳香，代表陶淵明的崇高氣節。關於這一點，其實脂硯齋也看到了，他在第七回又對冷香丸的命名解釋說：

歷看炎涼，知看甘苦，雖離別亦能自安，故名曰冷香丸。

也就是說，歷經了世態炎涼、人生甘苦，以致培養出一種深厚的心志，因此即使遇到生離死別，都能保持內心的平靜、安穩，這便是冷香丸的另一層涵義！正因為寶釵有深厚的學問做根柢，所以才不會被環境所動搖，那些讓人心情起伏動盪的炎涼甘苦、生離死別，寶釵卻能夠淡然處之，這就是人格的力量，也是儒家所達到的最高境界。

好比孔子，他曾經厄於陳蔡，受困絕糧，差一點餓死，心志卻不為所動，依然絃歌不輟，這種境界正是《論語．里仁》裡孔子所言，一個君子要「造次必於是，顛沛必於是」，意謂無論遇到造次坎坷、還是顛沛流離的困境，都必定要固守在這個「是」上，「是」即「此」、「這個」，代指該品格情操或道德原則。那麼想想看，連遇到造次、顛沛的困境都能夠堅定不移，那確實就是自己真正的主人了。同樣的，孟子也說：大丈夫是「富貴不能淫，貧賤不能移」，無論是富貴還是貧賤，都不會改變一個人的內在德性，而寶釵正是做到這種境界的大丈夫！

確實，當薛家還沒有沒落的時候，寶釵便已經非常簡樸淡雅，第七回薛姨媽說道：「寶丫頭古怪着呢，他從來不愛這些花兒粉兒的。」到了第八回時，通過寶玉的眼睛，我們看到寶釵的房門是「吊着半舊的紅紬軟簾」，而「寶釵坐在炕上作針線，頭上挽着漆黑油光的𩮀兒，蜜合色棉襖，玫瑰紫二色金銀鼠比肩褂，葱黃綾棉裙，一色半新不舊，看去不覺奢華」，這就是寶釵家常時最真實的樣子，一點也沒有奢靡鋪張。連第三十五回中，哥哥薛蟠因為冤枉了寶釵對寶玉有私情，對她造成很大的傷害，事後一心想要賠罪，但寶釵的反應都不是藉機敲詐，試看薛蟠道：「妹妹的項圈我瞧瞧，只怕該炸一炸去了。」寶釵道：「黃澄澄的又炸他作什麼？」薛蟠又道：「妹妹如今也該添補些衣裳了，要什麼顏色、花樣，告訴我。」寶釵道：「連那些衣服我還沒穿遍了，又做什麼？」

這麼一來也就難怪了，後面第五十七回時，寶釵看到未來的堂弟媳岫烟裙子上繫著一個碧玉珮，詢問之下得知是探春所送的，便點頭笑道：

> 他見人人皆有，獨你一個沒有，怕人笑話，故此送你一個。這是他聰明細緻之處。但還有一句話，你也要知道：這些妝飾原出於大官富貴之家的小姐，你看我從頭至腳，可有這些富

麗閑妝？然七八年之先，我也是這樣來的，如今一時比不得一時了，所以我都自己該省的就省了。將來你這一到了我們家，這些沒有用的東西，只怕還有一箱子。咱們如今比不得他們了，總要一色從實守分為主，不比他們才是。

這一段話表達得更清楚了，在七八年以前，寶釵也是走富麗堂皇的妝扮路線，因為那是大家閨秀的標準配備，也不算奢靡。但這七八年以來，寶釵便反璞歸真，轉向了極簡主義，身上連一個首飾都沒有。而我忍不住很敏感地想到，當七八年前寶釵開始轉向的時候，是不是正好就是寶釵服用冷香丸的開始？

如此渾身素雅的寶釵，所體現的是另一種更耐人尋味的美。關於這一點，第三十七回的〈白海棠花〉詩算是寶釵的夫子自道，整首詩處處都是自我性格的呈現，以及人格的流露，全篇說：

珍重芳姿晝掩門，自攜手甕灌苔盆。胭脂洗出秋階影，冰雪招來露砌魂。淡極始知花更豔，愁多焉得玉無痕。欲償白帝憑清潔，不語婷婷日又昏。

其中的「冰雪招來露砌魂」以及「欲償白帝憑清潔」，這兩句特別顯露出那冰雪般的靈魂是晶瑩剔透的，過濾了花花綠綠的欲望以及日常情緒的干擾，所以冷靜而清晰。因此，第五回《紅樓夢曲》的〈終身誤〉這一首便說寶釵是「山中高士晶瑩雪」，此句典出明朝高啓〈梅花四首〉之一：「雪滿山中高士臥，月明林下美人來。」都是以雪的純淨潔白比喻高潔的君子，反映出清代張潮《幽夢影》中所謂「因雪想高士」的形象聯結。

當然，這樣的高潔節操並不等於是超越了七情六欲的高僧，即使是隱士，往往也是因為對世俗失望所以才選擇退隱，心裡未必沒有對世俗的批判，而且那批判通常會更嚴厲，因此朱熹才會說：「隱者多是帶氣負性之人為之。」確實，寶釵基本上並不批評別人，總共只有兩次透露出她對這個世界的評價，一次是第四十二回中，她對黛玉說如今並沒有讀書明理、輔國治民的男人，那等於是贊同寶玉所謂的「國賊祿鬼」；另外一次就是第三十八回她所寫的〈螃蟹詠〉，眾人對這首詩的評論是：「這是食螃蟹絕唱，這些小題目，原要寓大意，才算是大才，只是諷刺世人太毒了些。」可見寶釵確實對世上的人很不以為然，她只是很有教養，不肯口出惡言而已，所以〈白海棠花詩〉的最後一句就是「不語婷婷日又昏」，她一直不說話，保持優雅的姿態，直到黃昏到來。但她一旦忍不住要表達出來時，那便會是很尖銳的重話了，難怪〈螃蟹詠〉會讓人覺得「太毒了些」。

所以說，寶釵為什麼要服用冷香丸？答案就是：那是一種道德的努力，協助她控制自己的情緒，維持淡定自在的心態，當一個文明的君子！

最後，總結一下這一章所講到的幾個重點：

第一，寶釵有時候要服用冷香丸，用來對治「從胎裏帶來的一股熱毒」，這「熱毒」指的其實是與生俱來的人性，包括喜怒哀樂等等情緒，也就是讓石頭渴望入世的「凡心」。

第二，冷香丸的藥材全部都是用「十二」作為重量單位，那其實是涵蓋所有金釵的意思，而冷香丸也是女性集體悲劇的象徵，和太虛幻境上的群芳髓、千紅一窟、萬豔同悲是姊妹品。

第三，冷香丸還有另一個象徵意義，即用來暗示道德情操，讓寶釵「雖離別亦能自安」，這時候「冷」是指冷靜，而「香」是美好芳香，呈現出人品教養的高度，因此她成為「山中高士晶瑩雪」。

而為了突顯這樣的一個君子，曹雪芹特別為她打造了一座蘅蕪苑，讓她住在裡面生活了好幾年，那又是一個怎樣的地方呢？請看下一章的解說。

# 17 什麼是蘅蕪苑？

這一章，要講薛寶釵的最後一個部分了。曹雪芹會把小說中的很多事物賦予特殊含義，例如在前一章裡，我們重新解讀了冷香丸，發現它其實是代表女性悲劇和道德情操這兩種含意，而這種道德象徵也很一致地延伸到寶釵所住的地方，也就是蘅蕪苑。

我們都知道，元妃省親以後回到皇宮去，便下諭讓這些金釵們住進大觀園裡，而曹雪芹為了藝術上的考慮，所以故意把這些建築物都搭配屋主一起設計，用來彰顯屋主的性格。其實，房間住所會反映屋主的內在精神，這一點很容易理解，因為一個地方住久了，本來都會慢慢變成屋主自己所喜歡的樣子，所以是其性格的呈現。

## 皮裡陽秋的具象化

大觀園裡最重要的地方，除了正殿以外，就是第十八回元妃所說的四大處，她說：

此中「瀟湘館」、「蘅蕪苑」二處，我所極愛，次之「怡紅院」、「浣葛山莊」，此四大處，必得別有章句題詠方妙。

其中，瀟湘館排在第一位，因為那是寶玉所說的：「這是第一處行幸之處，必須頌聖方可。」所以寶玉建議要題「有鳳來儀」四個字，其中的「鳳」便是用來比喻皇妃，那用意也就是寶玉所說的「頌聖」，完全符合君臣之禮。由此可見，黛玉能住在瀟湘館，而且是由她優先選擇指定的，這又再一次證明了黛玉的優越地位。這瀟湘館小巧而精美，第十七回賈政遊園時，書中對之有過描寫，那是：

> 一帶粉垣，裏面數楹修舍，有千百竿翠竹遮映。眾人都道：「好個所在！」於是大家進入，只見入門便是曲折遊廊，階下石子漫成甬路。上面小小兩三間房舍，一明兩暗，裏面都是合着地步打就的床几椅案。從裏間房內又得一小門，出去則是後院，有大株梨花兼着芭蕉。又有兩間小小退步。後院牆下忽開一隙，得泉一派，開溝僅尺許，灌入牆內，繞階緣屋至前院，盤旋竹下而出。

這簡直是一所竹林中的精舍，四周被竹林、梨花和芭蕉所包圍，一片綠意盎然，後院子裡還有一道小小的水渠蜿蜒流過，看起來一派自然清幽。而蘅蕪苑又別具一番風格了，前面我們已經看到寶釵在這七八年以來，走的是反璞歸真的道路，同樣的，她的住房也表現出極簡主義，第十七回描寫道：

只見水上落花愈多，其水愈清，溶溶蕩蕩，曲折縈迂。池邊兩行垂柳，雜着桃杏，遮天蔽日，真無一些塵土。忽見桃柳中又露出一個折帶朱欄板橋來，度過橋去，諸路可通，便見一所清涼瓦舍，一色水磨磚牆，清瓦花堵。那大主山所分之脈，皆穿牆而過。賈政道：「此處這所房子，無味的很。」因而步入門時，忽迎面突出插天的大玲瓏山石來，四面羣繞各式石塊，竟把裏面所有房屋悉皆遮住，而且一株花木也無。

換句話說，蘅蕪苑是由各式各樣的石塊堆起了牆面，圍繞在庭院的周邊，從整個外觀來看，這樣的視覺效果是比較冷硬卻又多變化的，也是傳統園林建築裡很重要的一種美學形態，例如：北京紫禁城御花園的堆秀山、恭王府萃錦園的滴翠岩、北海公園的靜心齋，還有上海豫園的萃秀堂等等，都有這樣由太湖石堆砌而成的假山，形成一區很特殊的風景。而曹雪芹之所以給蘅蕪苑這樣的設計，一方面是讓園林的景觀多元化，才稱得上是洋洋大觀，另一方面更重要的目的，當然是要寄託象徵意義，以突顯屋主的性格特色，那就是反映寶釵「皮裏陽秋」的涵養。

「皮裏陽秋」這個成語原來作「皮裏春秋」，而「春秋」是指「五經」中的《春秋》，據傳為孔子所寫，用來寄託對君王或執政者的褒貶批評。那為什麼說是「皮裏春秋」呢？話說晉朝有一個高雅的文士叫做褚裒，為人風度不凡，為一時之冠，《晉書．外戚傳．褚裒傳》記載：

譙國桓彝見而目之曰：「季野有皮裏陽秋。」言其外無臧否，而內有所褒貶也。謝安亦雅重之，恒云：「裒雖不言，而四時之氣亦備矣。」

褚裒這個人絕口不批評別人，但其實心裡始終有一把尺，堅守是非黑白的標準，只是把春秋褒貶藏在皮膚下面，表面上看不出來而已，所以叫做「皮裏春秋」，而為了避諱，也就是晉簡文帝母后阿春的「春」字，才改為「皮裏陽秋」。想想看，寶釵確實平常便是「皮裏春秋」或者說「皮裏陽秋」的人，那等於說寶釵也是很有風度涵養的高雅之士。

其實，這也呼應了第八回在描寫寶釵的容貌以後，接著又說她是「罕言寡語，人謂藏愚；安分隨時，自云守拙」，這四句話常常被現代帶著成見的讀者給斷章取義，扭曲了真正的涵意。其實，它真正的涵意是繼承了傳統文化裡最崇高的人格境界！原來這幾個用詞都大有來頭，所謂「罕言寡語，人謂藏愚」，意指寶釵不輕易開口，因為她所說出來的話都經過思考，也都很負責任，具有聆聽的價值，而不是一般人那樣隨口發表意見，因此人家都說她是「藏愚」，把聰明智慧藏在愚笨的表面下。

而我們要知道，「藏愚」這個詞是儒家和道家都認為的最高人格境界，也就是「大智若愚」以及老子所說的「大巧若拙」的意思，所以古代有一個地方叫做「愚公之谷」，指隱居者的住處。例如盛唐時王維〈田家〉詩中說：「住處名愚谷，何煩問是非。」住在愚谷的隱士又哪裡需要煩惱是非的問題呢？難怪晚唐的詩人鄭谷字「守愚」，也就是「藏愚」的同義詞。正是晚唐時期，更出現了呂巖〈又記〉詩所說：「不求名與利，……守道且藏愚。」這兩句果然告訴我們，「藏愚」即是「守道」，守住理想而不求名利！再進一步來說，「藏愚」又是「守拙」的同義詞，因為那都是「守道」的表現！

再看「守拙」這個詞，正是中國最偉大的田園詩人陶淵明所首創，他在〈歸園田居五首〉之一中說：「開荒南畝際，守拙歸園田。」從此以後就常常出現在唐詩裡了，詩聖杜甫用的最多，單單「拙」這個字便出現了多達二十八次，主要都是涉及個人的人生態度與自我評價，並且還增加了「養拙」、「用拙」的用法。至於「安分隨時」這一句，也表現出一種因時制宜的通透自在，呼應了第五回說寶釵是「行為豁達，隨分從時」，以及第五十六回回目上〈時寶釵小惠全大體〉的「時」字，這一點前面也講到過，大家可以回去參考。

所以說，「罕言寡語，人謂藏愚；安分隨時，自云守拙」這十六字箴言簡直就是對君子的極大讚美，包括「藏愚」、「守拙」和「隨分從時」，這些詞彙的意義都是來自文人道統的正大精神，既可用在儒家對政治理想的執著上，也可以用在道家清淨無為的超脫上，全部屬於達到了「道」的境界的理想人格，這在小說裡其實是很一貫的。這麼說來，寶釵的蘅蕪苑豈不也等於是愚谷了嗎？

## 寶玉的真正同道

當然，前一章裡也提到過，寶釵畢竟不是第二回智通寺裡那個又聾又啞的高僧，她作為一個十幾歲的少女，還是免除不了人性裡的喜怒哀樂，所以偶爾還是可以看到她對世道人心有所針砭，從她所寫的那一首〈螃蟹詠〉，就更清楚這一點了。第三十八回裡大家吃完了螃蟹宴，也都做完了菊花詩，寶玉一時興起，便寫出一首〈螃蟹詠〉，這居然激發了寶釵的興致，於是寫出另一首〈螃蟹詠〉，其中有兩句說：

眼前道路無經緯，皮裏春秋空黑黃。

看到這裏，大家不禁拍案叫絕，寶玉也讚嘆道：「寫得痛快！我的詩也該燒了。」最後，眾人對整首詩也總評說：「這是食螃蟹絕唱，這些小題目，原要寓大意，才算是大才，只是諷刺世人太毒了些。」原來這首詩以小見大，在一個無關緊要的小東西上大大發揮，寄託了深刻的含意和強大的力量，這便是所謂的「作高一層」，所以表現出一種「大才」！

在這一首詩裡，寶釵很難得地表達出她對世人的看法，原來她根本覺得世界上的人就如螃蟹一樣「眼前道路無經緯，皮裏春秋空黑黃」，缺乏品德和是非原則，其中所謂的「眼前道路無經緯」意謂不走正途，橫行霸道，而「皮裏春秋空黑黃」則是指表裡不一，虛偽作假！這裡便用了「皮裏春秋」的成語典故，剛剛才解釋過它的意思。

那麼很顯然的，在此呈現出一種很有趣的對比：寶釵自己是真正的大雅君子，她的皮裡春秋是一種文明的涵養，一種人格的高度，因此寶釵清楚地看到一般人是「皮裏春秋空黑黃」的偽君子，只有表面功夫，肚子裡面真正的心思卻是「空黑黃」，只有黑色、黃色混成一團髒亂汙穢，哪裡有真正的黑白是非？明明做的事情是「眼前道路無經緯」的橫行霸道，表面上卻還是滿口仁義道德，裝出一副「皮裡春秋」的樣子，而真正的內在其實是只有「黑黃」，這才是所謂的虛偽！難怪現場懂詩的人都讚美說：「這是食螃蟹絕唱，……只是諷刺世人太毒了些。」

可見寶釵心裡對這個現實世界很不以為然，她只是很有教養，不肯口出惡言而已，這確實是皮裡陽秋的表現。因此這個人哪裡會是鄉愿？好比陶淵明，他也因為感到當時整個時代是「真風告逝，大偽斯興」（〈感士不遇賦．序〉），意即真淳的風氣已經消逝了，絕大的虛偽正在興起，所以才毅然決然地選擇退隱，回到田園躬耕度日。同樣的，寶釵對這個庸俗的世界也是看得十分清楚，只是身為一個貴族千金，沒辦法去隱居，只好看在眼裡、放在心裡，久而久之才會滿出來，以致「諷刺世人太毒了些」。

這也難怪寶釵會認為如今沒有一個男人是讀書明理、輔國治民的，那就等於是寶玉所批評的「祿蠹」和「國賊祿鬼」。所以說，寶釵提出了這一種最叛逆的言論，根本才是寶玉的知音，她之所以也會是寶玉的重像，並不是沒道理的，也絕不只是單單為了金玉良姻。而這樣的人又哪裡會要討好世俗，一起同流合汙？

正因為如此，曹雪芹才會說寶釵有一副「冰雪招來露砌魂」，是一位「山中高士晶瑩雪」，因此當她偶爾忍不住批評世人的時候，便難免會「諷刺世人太毒了些」，畢竟她把一切黑暗看在眼裡，忍耐很久了啊。所以上一章才會說，寶釵之所以要服用冷香丸，那等於是一種道德的努力，協助她控制自己的情緒，維持淡定自在的心態，當一個文明的君子！

## 香草的君子意義

曹雪芹為了突顯出寶釵崇高的道德節操，又進一步做了更多的設計，包括第十七回說蘅蕪苑的前面整個被假山遮蔽，而且一株花木也無，似乎非常單調乏味，但其實並非如此。我們繼續看曹雪芹所做的描寫：

只見許多異草：或有牽藤的，或有引蔓的，或垂山巔，或穿石隙，甚至垂檐繞柱，縈砌盤階，或如翠帶飄颻，或如金繩盤屈，或實若丹砂，或花如金桂，味芬氣馥，非花香之可比。賈政不禁笑道：「有趣！只是不大認識。」有的說：「是薜荔藤蘿。」賈政道：「薜荔藤蘿不得如此異香。」寶玉道：「果然不是。這些之中也有藤蘿薜荔；那香的是杜若蘅蕪，那一種大約是茝蘭，這一種大約是清葛，那一種是金簦草，這一種是玉蕗藤，紅的自然是紫芸，綠的定是青芷。想來《離騷》、《文選》等書上所有的那些異草，也有叫作什麼藿蒳薑蕁的，也有叫作什麼綸組紫絳的，還有石帆、水松、扶留等樣，又有叫什麼綠荑的，還有什麼丹椒、蘼蕪、風連。如今年深歲改，人不能識，故皆象形奪名，漸漸的喚差了也是有的。」

這一大段描寫已經清楚地告訴我們，原來這一帶的假山雖然沒有花木，卻到處種了很多奇特的香草，它們分布在山巔石縫裡，還牽引到屋簷階梯上，葉子隨風飄揚，而細小的花果散發出芬芳，並不是一般的花香所能比擬。而只要有一點中國文學史的常識者就會知道，這些香草即是屈原《離騷》裡常常出現的珍貴的植物，寶玉其實也指出了這一點，它們包括薜荔、藤蘿、杜若、蘅蕪、茝蘭、清葛、金簦草、玉蕗藤，還有紫芸、青芷等等，其中當然少不了高貴的蘭花。因此，寶玉為這座屋舍初擬的名稱是「蘅芷清芬」，既包括了香草的名字，也強調了它們的芳香，尤其是杜若、蘅蕪特別香氣襲人，所以後來元妃把這個地方改名為蘅蕪苑，便是這個原因。

屈原寫了這麼多的香草，當然不是在做楚國的植物圖鑑，而是為了用來彰顯自己的品德芬芳，渾身散發出道德節操的香氣，從此以後就形成了「香草美人」的文學象徵傳統，「香草」便是君子、賢人的比喻！所以說，在傳統雅文化的背景下，曹雪芹確實是把寶釵塑造為一個賢德的君子。再看第四十回劉姥姥逛大觀園時，這些香草又一次出現了，當時賈母乘著船遊覽，因為看見河岸上的清廈曠朗，便問道：

「這是你薛姑娘的屋子不是？」眾人道：「是。」賈母忙命攏岸，順着雲步石梯上去，一同進了蘅蕪苑，只覺異香撲鼻。那些奇草仙藤愈冷愈蒼翠，都結了實，似珊瑚豆子一般，累垂可愛。

想想看，才一進蘅蕪苑就感到異香撲鼻而來，豈不正是香氣襲人的意思嗎？只是花香變成了草香，顯得更加脫俗。不只如此，這些香草不畏寒冷，不但愈冷愈蒼翠，還都結出了果實，這更是氣節的表現了，試想：古人歌頌松竹梅「歲寒三友」，正是因為梅花越冷越開花，而松竹長青，凌霜雪而不凋，可比較起來，蘅蕪苑的香草不只是越冷越蒼翠，居然還結出了果實，那不僅不屈服於困境，還等於戰勝了困境，豈不更勝一籌於松竹梅「歲寒三友」嗎？

這就難怪了，寶釵住進蘅蕪苑以後，整個內部也呈現出這樣的個性。第四十回描寫道：

（賈母等）及進了房屋，雪洞一般，一色玩器全無，案上只有一個土定瓶中供着數枝菊花，並兩部書、茶奩茶杯而已。床上只吊着青紗帳幔，衾褥也十分樸素。

眼前簡直是一片空蕩蕩的單調，即使那一些很少數的生活必需品，也都非常樸素，所以才會說是像個雪洞。賈母以為這是寶釵太老實了，沒有可以陳設的古董，卻不敢開口要，於是又嗔着鳳姐說：

「不送些玩器來與你妹妹，這樣小器！」王夫人、鳳姐兒等都笑回說：「他自己不要的。我們原送了來，他都退回去了。」薛姨媽也笑說：「他在家裏也不大弄這些東西的。」

想想看，劉姥姥來逛大觀園是突然的造訪，大家也沒必要為了一個鄉下老太婆刻意做準備，所以劉姥姥等於是第一線的目擊證人，真實呈現出園子裡眾姊妹的居家常態。這麼一來，更證明了寶釵確實是知行合一的人。

再注意一下房間裡是如此簡單樸素，而唯一所供養的數枝菊花，本即是陶淵明的象徵，和外面代表屈原的香草剛好裡外呼應。這種雪洞般的簡樸和「罕言寡語」的個性，豈不又符合陶淵明〈五柳先生傳〉所說的「閑靜少言，不慕榮利」？而寶釵所自稱的「守拙」不也正是來自陶淵明嗎？如此看來，寶釵的重像其實應該再加上兩個，那就是屈原和陶淵明！

## 為什麼要柳絮飛揚

講到這裡，可以進一步重新解讀第七十回的〈柳絮詞〉了，這一闋詞同樣一直被大家嚴重地誤解。

當時黛玉重建桃花詩社，依照史湘雲的建議，大家改用填詞的形式來比賽，其中寶釵所作的

〈臨江仙〉這一闋也是她的自我反映，全篇說道：

白玉堂前春解舞，東風捲得均勻。蜂團蝶陣亂紛紛。幾曾隨逝水？豈必委芳塵？
萬縷千絲終不改，任他隨聚隨分。韶華休笑本無根，好風頻借力，送我上青雲！

其中，最被大家誤會的是末尾「好風頻借力，送我上青雲」這兩句，因為太多人抱著負面成見，卻又不了解傳統文化，只知道「平步青雲」這一個世俗的用法，於是冤枉寶釵是想要追求榮華富貴。殊不知，其實古人用「青雲」這個詞主要是指天空高處以及相關衍伸的意思，偏重在清高脫俗，反倒很少用來比喻榮華富貴，更何況寶釵自己是皇商出身，早已大富大貴，何必再去追求她根本一出生便已經擁有的東西！

所以說，這一闋詞裡最重要的其實是「萬縷千絲終不改，任他隨聚隨分」兩句，想想看，「萬縷千絲終不改」這一句不正是孔子所說的「造次必於是，顛沛必於是」嗎？而「任他隨聚隨分」這一句，不就是脂硯齋對冷香丸所解釋的「歷看炎涼，知看甘苦，雖離別亦能自安」嗎？可見，曹雪芹對寶釵的君子形象是一以貫之的。

難怪我認為，《紅樓夢》裡最好的一段話，即第五十六回寶釵所說的：

學問中便是正事。此刻於小事上用學問一提，那小事越發作高一層了。不拿學問提着，便都流入世俗去了。

確實如此，同一件事，學問不同的人看到的層次就是不一樣，有學問的人可以由小觀大、見微知著，看出其中的奧妙，也不會停留在表面，跟著大家人云亦云，那才算真正張開了眼睛！所以說，寶釵的這一段話真是有眼光、大智慧的人才能說得出來的。

而眼光和智慧一定是要通過讀書才能培養起來，果然寶釵的學問是大觀園第一，小說中便不斷地強調這一點，並且最早出口稱讚的人，居然是寶玉！第二十二回寶釵過生日，點了一齣表面看起來熱鬧的《魯智深醉鬧五臺山》，寶玉聽了寶釵念給他的〈寄生草〉以後，是「喜的拍膝畫圈，稱賞不已，又贊寶釵無書不知」，這是第一次。

第二次是第七十六回，當時黛玉和湘雲在月夜下的大觀園裡聯句作詩，過程中湘雲差點被難住了，因為找不到可以押韻的字，於是站起身來想了一想，忽然靈光一閃，因聯出一句「庭烟斂夕棔」，黛玉聽了，不禁也起身叫妙，說：

「這促狹鬼！果然留下好的。這會子才說『棔』字，虧你想得出。」湘雲道：「幸而昨日看《歷朝文選》見了這個字，我不知是何樹，因要查一查。寶姐姐說不用查，這就是如今俗叫作明開夜合的。我信不及，到底查了一查，果然不錯。看來寶姐姐知道的竟多。」

再到了第七十九回，薛蟠娶進了正妻夏金桂，某一天夏金桂和香菱閒談，問起她「香菱」二字是誰起的名字，香菱便答道：「姑娘起的。」金桂冷笑道：「人人都說姑娘通，只這一個名字就不通。」香菱忙笑道：「噯喲！奶奶不知道，我們姑娘的學問，連我們姨老爺時常還誇呢。」

很顯然的，寶釵確實就像陶淵明〈五柳先生傳〉所說的「好讀書」，所以堪稱無所不知，第四十二回時，為了幫助惜春畫大觀園圖，還詳細開列出洋洋灑灑的畫具清單呢。既然如此，寶釵的蘅蕪苑裡怎麼會只有兩部書而已？試看黛玉的瀟湘館裡，是「書架上磊着滿滿的書」，讓劉姥姥覺得「這必定是那位哥兒的書房了」，又笑說：「這那像個小姐的繡房，竟比那上等的書房還好。」那麼寶釵讀過的書到哪裡去了？

原來，寶釵把書讀進了腦子裡，化成了學問的力量，隨時可以信手拈來，那就不用囤積那些書本了，這即是莊子所說的「得魚忘筌」，抓到了魚以後便忘掉捕魚的器具，所以那些讀過的書便不用再留著占地方，書桌上也只剩下正在讀的兩本書。可見寶釵的博學並不是現代人的專業技術，而是真正靈透的洞察力、判斷力，可以比喻為「流動的海洋」，這就是蘅蕪苑在極簡主義背後的深厚力量，而寶釵之所以不覺得這裡單調空洞，也正是因為內在強大的緣故。

同樣是這個原因，所以寶釵最後雖然遇到了不幸，卻也能秉持節操，恬淡度過一生。當四大家族敗落下來，寶釵和寶玉也結褵成為夫婦，而其實「金玉良姻」是無比辛酸苦楚的，根據脂硯齋的說法，寶玉在家道敗落後過著貧寒交迫的潦倒生活，接著才愴然出家。第十九回脂硯齋的批語說，後面的數十回寫到寶玉過的是「寒冬噎酸虀，雪夜圍破毡」這般貧寒交迫的生活，簡直令人不忍卒睹，而寶釵嫁雞隨雞，不也是一樣過著這種日子嗎？

等到寶玉出家以後，她更是得一個人求生了，這便是為什麼在第七十回大家放風箏的情節裡，寶釵的風箏造型是「一連七個大雁」。因為大雁這種候鳥具有成雙成對終身廝守的習性，一旦折翼喪偶就會離群單飛，孤獨至死，而這風箏「一連七個大雁」正是畸零的單數，寶釵正是那一隻孤雁，在困苦中堅守這空虛的人生。

因此，第五回太虛幻境裡《紅樓夢曲》中關於寶釵的那一首即叫做〈終身誤〉，顯然曹雪芹認為，寶釵是被耽誤了終身，她其實才是最大的受害者。清代評點家諸聯（一七六五—？）《紅樓評夢》便說道：

> 人憐黛玉一朝奄忽，萬古塵埃，穀則異室，死不同穴，此恨綿綿無絕。予謂寶釵更可憐，纔成連理，便守空房，良人一去，絕無眷顧，反不若齎恨以終，令人憑弔於無窮也。要之，均屬紅顏薄命耳！

可嘆讀者只看到黛玉的眼淚，卻忘了活下來的人更值得同情和敬佩！確實，寶釵是這樣一個可以面對各種處境的人，像孟子所說的：「富貴不能淫，貧賤不能移」，寶釵在富貴的時候就已經恬淡簡樸，所以一旦面臨衰落，也一樣是心平氣和，正所謂的「造次必於是，顛沛必於是」，呼應了寶釵的重像設計，以及冷香丸的象徵意義。

最後，總結一下這一章所講的重點：

第一，蘅蕪苑是由各式各樣的石塊堆起了假山，遮蔽了裡面的房屋建築，這是為了要呈現寶釵「皮裡陽秋」的涵養，呼應了「罕言寡語，人謂藏愚；安分隨時，自云守拙」這四句話，都繼承了傳統大雅文化裡的人格理想。

第二，這片假山種了許多《楚辭》裡的香草，明顯是借用屈原的品格氣節，來突顯寶釵的君子風範，那甚至還高過於松竹梅「歲寒三友」。

第三，屋子裡布置得像雪洞一樣簡單，唯一裝飾的幾枝菊花又是陶淵明最喜愛的植物，所以寶釵的重像應該再加上屈原和陶淵明這兩個。

第四，房間裡只有兩部書，那是因為寶釵都已經吸收了其中的學問，所以內在力量強大，可以安穩堅定地走上任何道路。即使在寶玉出家以後面對孤寡的人生，她也能從容自得、坦然自若。

看到這裡，不知道你是否感覺到，對於傳統文化而言，我們現代人簡直就是文盲！

從下一章起，要轉向其他的金釵了，第一個是元妃。元妃雖然出場的篇幅不多，但絕對不是一個小人物，恰恰相反，她是一個超級大人物！因為如果沒有她，就不可能有大觀園，也就沒有這麼多精彩的故事了，所以我們要從她開始。

# 賈元春：
## 多重樓子花的誕生和殞落

# 18 大觀園的創立者

從這一章起，要開始講三大主角之外的金釵。首先是賈家「元、迎、探、惜」（即諧音「原應嘆息」）裡的賈元春。

提起元春，大家最先想到的，可能都是「元妃省親」的盛大場面。大家也知道，大觀園是《紅樓夢》最重要的舞臺，而那正是為了元妃省親所特地蓋造的，其實元春才是這個園林的創造者，只因為後來讓寶玉一干人住進來，發生了很多故事，以致大觀園的主人常常被認為是為寶玉和金釵們，這真是極大的誤讀了。其實，寶玉這些人只是「故事」的主人，至於大觀園真正的主人，則是元妃！現在就來認識大觀園的主人元春，同時也看看曹雪芹為什麼要塑造一個大觀園，而這個名字又有什麼深意？

首先，元春是寶玉的長姊，同樣都是王夫人所親生，但兩個人相差了大約十歲。第十八回說道：

當日這賈妃未入宮時，自幼亦係賈母教養。後來添了寶玉，賈妃乃長姊，寶玉為弱弟，賈妃之心上念母年將邁，始得此弟，是以憐愛寶玉，與諸弟待之不同。且同隨祖母，刻未暫離。那寶玉未入學堂之先，三四歲時，已得賈妃手引口傳（按：親手指引、口頭傳授），教授了幾本書、數千字在腹內了。其名分雖係姊弟，其情狀有如母子。

可見元春也是從小跟著賈母長大，難怪被教育得非常好，人品學養都十分優秀，可以說是出類拔萃，將來才能選入宮中。也因為如此，當小弟弟寶玉出生以後，元春特別體貼母親疼惜幼子的心情，於是更加憐愛寶玉，隨時照顧他、教導他，等於是寶玉真正的啓蒙老師。像這種又是姊姊、又是母親的現象，其實是傳統家庭裡很常見的，小弟弟簡直就是大姊姊給帶大的，所以曹雪芹說他們「名分雖係姊弟，其情狀有如母子」。

再說，寶玉也實在是天資聰穎，才虛歲三、四歲而已，那差不多是我們今天的實歲兩歲半，恐怕還不到上幼兒園的年紀，居然已經學會幾本書、幾千字，豈不是神童了嗎？而那幾本又是哪些書呢？合理地推測，應該就是《三字經》、《千字文》之類，恐怕還包括了《四書》。難怪賈家對寶玉寄望很深，把他當作玉字輩的繼承人來期許。

只是元春長到了十三歲，便必須去參選秀女了。本書前面的單元講過，賈家這種內務府世家，選秀女時和八旗是分開的不同管道，這個內三旗的系統每年舉行一次，女孩子一到十三歲都得參加閱選，而入選以後的性質是當宮女，和寶釵的情況一樣。想想看，這樣的設計便是不要遺漏任何一個優秀的女孩子，只要一到十三歲就得入宮去工作，直到二十五歲放出宮來，足足可以服務十二年。因此第二回冷子興道：「政老爹的長女，名元春，現因賢孝才德，選入宮作女史去了。」據《周禮．天官．冢宰》鄭玄注云：「女史，女奴曉書者。」顯然絕不是嬪妃。這已經證明了元春所參選的，是內三旗系統的宮女性質，只因為元春的品德十分優秀又飽讀詩書，具有高度的文化教養，因此擔任的是高級女官，稱為「女史」。

所以說，元春是十三歲入宮的，當時寶玉三、四歲，照這樣算起來，姊弟兩人大約是相差十歲。對小孩子來說，因為正在快速成長期，十歲的差距是很巨大的，難怪元春和寶玉之間「其情狀有如母子」。等到元春入宮以後，當然十分掛念這個她一手帶大的小弟弟，於是第十八回又說：

> （元春）自入宮後，時時帶信出來與父母說：「千萬好生扶養，不嚴不能成器，過嚴恐生不虞，且致父母之憂。」眷念切愛之心，刻未能忘。

可見寶玉真是元春最大的牽掛啊。等到元春封妃後，終於可以回家省親，這時寶玉已經今非昔比了，從小說裡的線索可以推測，寶玉這時是大約十二歲，元春也進宮九年了，在這麼長的時間裡姊弟倆都沒再見過面，可想而知，她是多麼想念寶玉啊！因此省親的時候，才剛剛完成了各種正式覲見的皇家儀式，元妃便問道：

「寶玉為何不進見？」賈母乃啓：「無諭，外男不敢擅入。」元妃命快引進來。小太監出去引寶玉進來，先行國禮畢，元妃命他進前，攜手攔於懷內，又撫其頭頸笑道：「比先竟長了好些……」一語未終，淚如雨下。

這豈不是母子久別重逢的感人畫面嗎？元妃能夠親眼看到寶玉抽高了、長大了，簡直是又高興、又感傷，因此才會激動得淚如雨下，顯示元妃是多麼地疼愛寶玉這個小弟弟，這也是後來寶玉可以獲得特別的優待，和姊妹們一起住進大觀園的原因。

## 聖君的仁政王道

其實，元春入宮以後居然能夠一躍被封為貴妃，那真是遇到了難得的機運，清朝時，貴妃是僅次於皇后、皇貴妃的等級，在後宮中排名第三！而這時，元春的年齡應該是二十一歲左右，算起來進宮八年了。

從內三旗出身的秀女本來就不是以指婚為目，即給皇帝、親王等當妃嬪或福晉，因此封妃是很讓人意外的，整個情況居然讓人看得膽戰心驚！第十六回說，賈家本來正在熱熱鬧鬧地慶祝賈政的生日，立刻像澆了一盆冷水，因為突然六宮都太監夏守忠蒞臨來降旨，舉家不知是福是禍，一陣驚慌折騰以後才轉憂為喜，原來是皇室送出了一個大禮物，據管家賴大所言：

後來還是夏太監出來道喜，說咱們家大小姐晉封為鳳藻宮尚書，加封賢德妃。後來老爺出來亦如此吩咐小的。如今老爺又往東宮去了，速請老太太領着太太們去謝恩。

賈家一躍而成了皇親國戚，難怪大家一聽都歡欣雀躍，喜氣洋洋，這便是前面第十三回秦可卿在死前托夢給王熙鳳時所說的：「一件非常喜事，真是烈火烹油、鮮花着錦之盛。」簡直把賈家的地位帶到了巔峰！

更幸運的是，元春封妃之後不久，即遇到了恩准省親的大喜事，問起原故來，賈璉說明道：

如今當今貼體萬人之心，世上至大莫如「孝」字，想來父母兒女之性，皆是一理，不是貴賤上分別的。當今自為日夜侍奉太上皇、皇太后，尚不能略盡孝意，因見宮裏嬪妃才人等皆是入宮多年，拋離父母音容，豈有不思想之理？在兒女思想父母，是分所應當。想父母在家，若只管思念兒女，竟不能見，倘因此成疾致病，甚至死亡，皆由朕躬禁錮，不能使其遂天倫之願，亦大傷天和之事。故啓奏太上皇、皇太后，每月逢二六日期，准其椒房眷屬入宮請候看視。於是太上皇、皇太后大喜，深贊當今至孝純仁，體天格物。因此二位老聖人又下旨意，說椒房眷屬入宮，未免有國體儀制，母女尚不能愜懷。竟大開方便之恩，特降諭諸椒房貴戚，除二六日入宮之恩外，凡有重宇別院之家，可以駐蹕關防之處，不妨啓請內廷鑾輿入其私第，庶可略盡骨肉私情、天倫中之至性。此旨一下，誰不踴躍感戴！

這一段話從頭到尾、明明白白都是對皇帝的歌功頌德，但那並不是表面應酬的好聽話，而是實實在在的稱讚，因為這個皇帝高高在上，大權在握，卻居然能夠設身處地體察民心，替妃嬪想到她們離家入宮以後，長期和父母兩地思念的辛酸，因此才會細膩地想到讓她們可以回家一趟，也就是所謂的省親，這豈不是很難能可貴嗎？

現在有一些學者專家費了很大的功夫力氣，去考證到底曹雪芹是採用了哪一樁歷史事件，但卻沒有明確的答案，可見這算是破天荒的創舉。而當今皇上以及太上皇、皇太后能有這樣仁愛慈悲的心胸，願意為了妃嬪們做這樣的制度突破，豈不正是儒家所期望的聖王、仁君嗎？所以鳳姐聽了以後，笑道：「可見當今的隆恩。歷來聽書、看戲，古時從來未有的。」

看到這裡，我要特別提醒大家：其實，只要仔細閱讀小說，便會發現整部書裡只要提到皇帝，一定是正面的讚美歌頌，完全符合君臣倫理。因此第一回一開始，曹雪芹寫到有一個空空道人經過青埂峰，看到了《石頭記》的故事，他之所以願意把整部小說抄錄下來，去問世傳奇，就是因為當他再檢閱一遍以後，發現其中凡是寫到「君仁臣良、父慈子孝，凡倫常所關之處，皆是稱功頌德，眷眷無窮，實非別書之可比」，可見《紅樓夢》這本小說大大地有益於世道人心，才值得傳播到社會上來，也才是曹雪芹真正的創作目的。

所以說，曹雪芹不但沒有反對封建階級，相反的，他是要告訴你，在當時的社會制度裡，一個好皇帝、好貴族應該是什麼樣子！也因此，賈家是寬厚高雅的貴族世家，才能培養出元春這樣出類拔萃的傑出女性，元春因而被封為賢德妃，至於萬民仰望的皇帝更是賢孝仁德，連對妃嬪的照顧都是如此體貼入微，在當時的倫理規範之下，盡量開拓出一道小門，讓他的子民可以滿足人倫私情。這就是大觀園之所以被創造出來，也之所以被命名為大觀的原因。

## 皇家園林的藍本

現在，我們先講大觀園之所以被創造出來的原因。

想想看，如果沒有元妃要回家省親，哪有可能會蓋造大觀園？那可是工程浩大，花錢如流水啊！也正因為和皇室有關，相當於貴妃的行宮，所以大觀園絕不可能是王公大臣的私家園林，其實性質上屬於皇家園林，小說裡的描寫有很多的特徵便清楚反映了這一點。以下就舉幾個例子來看。

首先，那座玉石牌坊便是皇家限定的，因為漢白玉這種白色大理石只能用在皇家建築上。第二，再看大家最熟悉的怡紅院、瀟湘館、蘅蕪苑、稻香村之類的建築群，這種帶有圍牆、可以長期居住的獨立院落，根本不是王府等私家園林所能有的，只能在皇家苑囿才得以容納，暢春園、圓明園、頤和園正是如此。第三，還有一點是大家都忽略的，即整個大觀園的最中央有一座正殿，宏偉壯觀、富麗堂皇，等於是園林的中心，並且從正殿到園子正門之間開闢了一條「平坦寬闊大路」，也都是代表皇權至上的意思。最後，當省過親以後，到了第二十三回時，元妃心裡想：「自己幸過之後，賈政必定敬謹封鎖，不敢使人進去騷擾。」更表示此處確實是一處皇家禁地，才會這般地神聖不可侵犯。所以說，大觀園根本不是北京恭王府之類的花園所能相比，它只能是皇家園林所提供的藍本。

最重要的，便是這座園林的命名了。很多人以為，大觀園是寶玉負責題撰的，所以寶玉就是大觀園的主人。其實這是大錯特錯的，我先請大家注意一個小地方便會明白了，其實怡紅院、瀟湘館、蘅蕪苑、稻香村這些名稱，都是元妃回家省親時所改定的，根本不是寶玉當初的手筆！連局部的地方建築都沒有採用寶玉的題名，更不用說那一座最重要的正殿了。

小說裡說得很清楚，元妃在乘船遊湖以後上岸不久，便進入「行宮」，那就是正殿。這時元妃問道：「此殿何無匾額？」隨侍太監跪啓曰：「此係正殿，外臣未敢擅擬。」所謂的「外臣」，就是指賈家上上下下的人，既然這座正殿代表了皇家，當然只有元妃才有資格命名，賈政也當然懂這個道理，所以始終跳過這個地方，不讓包括寶玉在內的任何人在此發揮文采。那麼，道理不是很清楚了嗎？怎麼能說寶玉是大觀園的主人？因為大觀園真正的主人是元春！

此刻一定有人會問了，賈政為什麼會讓寶玉擔任題名的主力，並且還採用了他的題撰？其實在整個命名過程裡，表面上是以寶玉為主來展開的，但那只是初擬而已，初步擬定的意思即是打草稿，不是定名，所以並不算是讓寶玉負責題撰。至於為什麼要先打草稿呢？因為賈政有幾個考慮，第一，當元妃回來省親時，不能讓到處的匾額對聯都空空盪盪的，那實在是不成體統，第十七回便說：

> 賈政聽了，沉思一回，說道：「這匾額對聯倒是一件難事。論理該請貴妃賜題才是，然貴妃若不親睹其景，大約亦必不肯妄擬；若直待貴妃遊幸過再請題，偌大景致，若干亭榭，無字標題，也覺寥落無趣，任有花柳山水，也斷不能生色。」眾清客在旁笑答道：「老世翁所見極是。如今我們有個愚見：各處匾額對聯斷不可少，亦斷不可定名。如今且按其景致，或兩字、三字、四字，虛合其意，擬了出來，暫且做燈匾聯懸了。待貴妃遊幸時，再請定名，豈不兩全？」賈政聽了，笑道：「所見不差。我們今日且看看去，只管題了，若妥當便用；不妥時，然後將雨村請來，令他再擬。」

從所謂的「論理該請貴妃賜題」這句話便很清楚了，根本只有元妃才有命名的權力。只是元妃還沒看過實際的景物，實在無從一一配合環境擬取恰當的名字，也不會肯虛應故事、胡亂湊數，但空在那裡卻又不成體統，所以賈政左右為難，這才想到折衷的辦法，依照清客們的建議，先暫時擬一個初稿，等元妃回來以後再做定奪。於是就這樣，賈政帶著眾人進園去遊覽題撰，恰巧在門口遇到了寶玉，所以叫他一起跟進去，而這時所擬的題名都只是暫時使用的，並不能當真。

那為什麼賈政要讓寶玉來擔綱？這可是莊嚴宏偉的皇家園林，不可兒戲，題撰又得要有學問，寶玉這時卻還只是個孩子，還有很大的成長空間，有待更嚴格的教育，因此現在讓他當作主力，會不會太輕率、太不成體統了？這一點到了第十八回即清楚給出合理的解釋，小說家自問自答，說元妃乘船遊湖時，見到了「蓼汀花漵」四字，在此曹雪芹特別做了一個補充說明：

按：此四字並「有鳳來儀」等處，皆係上回賈政偶然一試寶玉之課藝才情耳，何今日認真用此匾聯？況賈政世代詩書，來往諸客屏侍座陪者，悉皆才技之流，豈無一名手題撰，竟用小兒一戲之辭苟且搪塞？真似暴發新榮之家，……豈《石頭記》中通部所表之寧、榮賈府所為哉！據此論之，竟大相矛盾了。諸公不知，待蠢物將原委說明，大家方知。

從這一段話清楚可見，曹雪芹是真的很討厭暴發戶，所以唯恐大家把賈政的這個做法給誤會了，於是趕緊跳出來解釋一番，說明賈政之所以會採用寶玉的手筆，原委之一，便是前面提到過的，元妃對寶玉有著深厚的母子之情，讓她最疼愛的人做主筆，展現出學識的進步，豈不是會讓她更高興嗎？而寶玉到底有沒有當主筆的能力呢？此刻剛好可以試一試，因為：

前日賈政聞塾師背後贊寶玉偏才（按：指作詩寫對聯之類的文藝才能，不是讀書寫論文的正統才能）盡有，賈政未信，適巧遇園已落成，令其題撰，聊一試其情思之清濁。

這就是寶玉可以擔綱的另一個原因，算是藉機來做一個測試。於是賈政心裡想：

其所擬之匾聯雖非妙句，在幼童為之，亦或可取。即另使名公大筆為之，固不費難，然想來倒不如這本家風味有趣。更使賈妃見之，知係其愛弟所為，亦或不負其素日切望之意。因有這段原委，故此竟用了寶玉所題之聯額。

此處清楚指出賈政會這麼做的目的，一個是考慮到元妃是回自己的娘家省親，所以讓自家人題撰的話，會有一種「本家風味」，可以讓離家好幾年的女兒更感到親切；再則是讓元妃見了，知道是她最疼愛的弟弟所為，沒有辜負她素日殷切期望的心意，那就更讓鳳心大悅了。由此可見，賈政的種種考慮都還是訴諸皇權，以元妃為尊，因為那是倫理上的制高點，根本不可能違背，即使是看起來像暴發戶的做法，也都符合禮教的倫理精神！

果然，所有寶玉所題的初稿後來都被換掉了，更證明真正擁有權力命名的人，就只有元妃！元妃改名、定名的情況是這樣的：

「有鳳來儀」賜名曰「瀟湘館」

「紅香綠玉」改作「怡紅快綠」即名曰「怡紅院」

「蘅芷清芬」賜名曰「蘅蕪苑」

「杏帘在望」賜名曰「浣葛山莊」

正樓曰「大觀樓」，東面飛樓曰「綴錦閣」，西面斜樓曰「含芳閣」；更有「蓼風軒」、「藕香榭」、「紫菱洲」、「荇葉渚」等名，又有四字的匾額十數個，諸如「梨花春雨」、「桐剪秋風」、「荻蘆夜雪」等名，此時悉難全記。

而這些元妃所改定的名字才是讀者所熟悉的專稱。再認真想一想，它們確實比寶玉原來所擬的要好多了，不但更簡潔扼要，也更生動傳神，顯示元春的詩書教養確實不凡，她之所以能當上貴妃，堪稱是實至名歸。

只是因為元妃對寶玉的疼愛，所以她「又命舊有匾聯俱不必摘去」，讓寶玉等人原來所擬的初稿可以保留並存，這就是大姊姊的深愛表現啊。

## 為什麼叫做「大觀」

最重要的是，似乎沒有人注意到，即使寶玉擔任了打草稿的工作，但他初擬時也絕不能染指的地方便是正殿，以及整座園林的命名！現在可以進一步解釋第二個問題了，即元妃為什麼要把正殿的正樓和整座園林都題為「大觀」？

很多人不拿學問提著，以致認為正殿的正樓（大觀樓）是一座戲樓，那實在是荒腔走板的誤解了。認真想一想，正殿是這麼嚴肅、神聖的皇權中心，相當於紫禁城裡的太和殿、乾清宮，元妃便是在這裡接受全家上下的朝拜，怎麼可能會是演戲的地方！演戲的地方一定是另外搭建的舞臺，而元妃則是坐在正殿的大觀樓欣賞那些表演。

至於正殿的正樓之所以也叫做大觀，道理和大觀園的取名是完全一樣的。又有很多人以為，大觀園的「大觀」是代表景色豐富、洋洋大觀的意思，如同元妃的題詩所說：

銜山抱水建來精，多少工夫築始成！
天上人間諸景備，芳園應錫大觀名。

這種說法看起來很有道理，但其實是只知其一、不知其二，真相並沒有那麼簡單，絕對不只是在講風景。那麼「大觀」究竟是什麼意思？簡單地說，就是指聖王、仁君實施了王道仁政，讓整個國家社會成了天下太平的烏托邦！這是從《易經．觀卦》以來的正統用法，到了清朝還是一以貫之，所以乾隆皇帝在遊歷四方的時候，便到處題名大觀堂、大觀臺，還有大觀樓，用來表示他自己是一個偉大的仁君聖王。

最有趣的是，乾隆二年時，他命郎世寧等畫師繪製了《圓明園全圖》，懸掛在圓明園清暉閣的北面牆壁上，並且親自題了「大觀」兩個字，這豈不正是元妃的做法嗎？再看元妃為正殿所題的匾額對聯，那就再清楚不過了，對聯寫道：

天地啓宏慈，赤子蒼頭同感戴；
古今垂曠典，九州萬國被恩榮。（此一匾一聯書於正殿）
「大觀園」園之名

仔細看，這不正是歌頌王道仁政的意思嗎？元妃頌讚皇帝恩准省親的人道措施，是「天地啓宏慈」、「古今垂曠典」，也就是天地神明所開啓的宏大仁慈，是古今所沒有過的曠世恩典，因此讓「赤子蒼頭同感戴」、「九州萬國被恩榮」，意指無論是小孩、老人都一同感恩戴德，全國各地、天下各國都蒙受這樣的恩惠榮耀。這不就是頌讚偉大的仁君實施了王道嗎？

由此可見，元妃之所以把園林與其中的正殿都取名為大觀，完全都是這個原因，曹雪芹除了繼承自古以來最正統的用法之外，應該也從當代的乾隆皇帝身上得到了靈感。

最後，總結一下這一章所講到的幾個重點：

第一，元春是帶寶玉長大的大姊姊，兩個人情同母子，因此當元春封妃以後，寶玉受到了特別的照顧，擁有很多的特權。

第二，元春會變成元妃，那是內三旗系統很罕見的額外的機遇，因此對賈家是天大的驚喜。

第三，元妃是創造大觀園的人，也是大觀園真正的主人。對於各處的命名，寶玉只不過是初步打草稿而已，並且還必須避開正殿，後來幾個重要的建築群也都被元妃重新改名了，改得更好，也成為我們今天所熟悉的名稱。

第四，至於元妃把整座園林題名為大觀園，其實是繼承了《易經》這個雅文化傳統而來的用法，根本是要歌頌皇帝的仁德，而這種做法也算是移植了乾隆皇帝的作風。

下一章，要繼續講一個大家都很意外的問題，那就是元春的封妃對於賈家而言，到底帶來了什麼影響？你以為真的是大富大貴、錦上添花嗎？其實真相是遠遠超過你的想像。那究竟是怎麼回事？接下來的一章會加以說明。

# 19 封妃：煙火下的黑暗

大家都沒有發現，隱藏在封妃的燦爛光輝之下的，居然是無比黑暗的困境！賈家其實受到更大的打擊，簡直是有苦說不出，這真是太讓人意外了！

先看封妃的燦爛光輝吧。我們都知道，元春的封妃把賈家的榮盛帶上了巔峰，比起寧、榮二公的一等公還要更上一層樓，因此秦可卿便說這是「烈火烹油、鮮花著錦之盛」。但曹雪芹實在是太天才了，他為了呈現這樣非凡的榮耀繁華，而特別做了兩個很有趣的安排，一個是生日，一個是石榴花，都讓人嘆為觀止。

## 特殊的生日

以生日的部分而言，曹雪芹讓元春和榮國公都出生在大年初一！第二回冷子興演說榮國府時，便提到：

這政老爹的夫人王氏，頭胎生的公子，名喚賈珠，……第二胎生了一位小姐，生在大年初一，這就奇了。

那麼究竟「奇」在哪裡？原來大年初一代表了大地回春、萬象更新，是宇宙重新誕生的大日子。然而世界上芸芸眾生，能生在大年初一的，實在是寥寥可數，也因為這個日子太重大、太特別，所以這一天誕生的人即帶上了傳奇色彩，被認為是傑出的人物。果然元春不就進宮當上貴妃了嗎？難怪第六十五回興兒對賈璉偷娶的二房尤二姐也是這麼說的：

我們大姑娘不用說，但凡不好，也沒這段大福了。

但此外還有更奇的事呢，居然一家總共沒幾個人，卻有兩個人都出生在大年初一！第六十二回探春一一歷數家人的生日時，便笑道：

倒有些意思，一年十二個月，月月有幾個生日。人多了，便這等巧，也有三個一日、兩個一日的。大年初一日也不白過，大姐姐占了去。怨不得他福大，生日比別人就占先。又是太祖太爺的生日。

很顯然，一個人的生日比別人占先，就等於捷足先登，囊括了一整年最大的福分，這便是元春要生在大年初一的巧妙意義。但更巧妙的是，這一天又是太祖太爺賈源的生日，而榮國公賈源是賈家的源頭，這第一代的始祖開啓了百年的榮華富貴，元春的封妃也有同樣的功能，那就是把賈家的地位帶往更上一層樓！難怪賈政會說：「今貴人上錫天恩，下昭祖德，此皆山川日月之精奇、祖宗之遠德鍾於一人。」元春正是這樣一位出類拔萃的女性。

## 石榴「樓子花」

除了生日的特殊，曹雪芹為了呈現賈家的榮耀繁華，還設計出石榴花這一意象，原來，如同其他的金釵們大都有相應的代表花一樣，石榴花就是元春的代表花。而為了展現這種更上一層樓的概念，曹雪芹又利用了樓子花的特殊形態，來展現出賈家出了貴妃以後那般赫赫揚揚的榮盛！

首先，關於元春的代表花，小說裡面清楚提到過一次，那是在第五回寶玉神遊太虛幻境時，他看到了金釵們的圖讖，其中也包括元春的部分，說的是：

> 只見畫着一張弓，弓上挂着香櫞。也有一首歌詞云：
> 二十年來辨是非，榴花開處照宮闈。

那圖畫上之所以畫著一張弓，是要來諧音皇宮的「宮」，暗示圖主會入宮。而「弓上挂着香櫞」的香櫞，是一種芳香的果實，類似今天的香水檸檬，曹雪芹是要用香櫞的「櫞」來諧音元春的「元」，暗示這張圖讖講的是元春的命運。

再看判詞的第一句，所謂的「二十年來辨是非」告訴我們，元春到皇宮以後，一共度過了二十年的時光，每天都要分辨是非，過著眼觀四面、耳聽八方這樣步步留心、小心翼翼的生活。而第二句的「榴花開處照宮闈」則是形容她封妃以後就像火熱鮮豔的石榴花一般照亮了後宮，這樣的大福分當然是其他人比不上的，因此第三句說「三春爭及初春景」，迎春、探春、惜春這三春怎麼能及得上初春、亦即元春的好風景？

只可惜，最後一句「虎兕相逢大夢歸」便是不祥的預告了，它暗示元春最後的結局，是死在「虎兕相逢」的政治惡鬥裡！所謂的「虎兕」是指老虎和犀牛這兩種猛獸，牠們都擁有無比強大的殺傷力，因此早在先秦時代即已經有「虎兕」這個詞彙，用來比喻政治勢力的殘忍鬥爭，曹雪芹在這裡也是這樣用的。這麼一來，元春從十三歲入宮，經過了提心吊膽的二十年，那應該是死於三十三歲。

從整體來看，元春封妃的榮耀繁華果然是一場煙雲夢幻，如同第十三回秦可卿托夢時所說的「不過是瞬間的繁華，一時的歡樂」，因此，有關元春的預言都是從這個角度來發揮。例如第二十二回闔家過元宵節時，元妃自己所做的燈謎詩，也是說：

能使妖魔膽盡摧，身如束帛氣如雷。
一聲震得人方恐，回首相看已化灰。

這首燈謎詩的謎底正是賈政猜中的「炮竹」。想想看，炮竹點燃以後爆破的聲音簡直是震耳欲聾，令人閃躲逃避，不敢承受它的聲威，但卻是那麼一陣聲響而已，瞬間很快地化成了灰燼，沉淪在一片黑暗中。這般極端的對比，更讓人感到無常的變化，而唏噓不已！

只不過，那封妃的榮耀確實是炙手可熱的登峰造極，曹雪芹選擇石榴花來做為元春的代表花，便是因為這種花特別的紅豔逼人，像是會發出紅色光芒一般，十分炫目。例如唐詩裡歌頌石榴花的時候，要不是說它「似火」、「如霞」，像「燃燈」一樣，就是用「絳囊」、「紅露」、「赤霜」、「猩血」、「琥珀」、「胭脂」、「燈焰」、「丹砂」、「旭日」、「曙光」等詞彙加以比喻，可見石榴花簡直是發出燦爛的紅光，十分鮮豔奪目。最有名的是唐朝韓愈的詩，他在〈題張十一旅舍三詠．榴花〉這首詩中說：「五月榴花照眼明」，五月盛開的石榴花特別的明亮光輝，照亮了你的眼睛，難怪曹雪芹會說元春是「榴花開處照宮闈」！

而大觀園裡確實有一棵石榴，這般安排的巧妙之處在於：把代表元春的石榴花種在為了元妃而開闢蓋造的大觀園，豈不是完全順理成章嗎？何況曹雪芹最天才的地方，是他還讓這棵石榴開出了樓子花，那真的是錦上添花的盛況極致了！第三十一回說，史湘雲到賈府來玩，和眾姊妹在大觀園見面問好以後，不久大家都各自散去，只剩下湘雲和她的貼身丫鬟翠縷兩個人，翠縷便問道：

「這荷花怎麼還不開？」史湘雲道：「時候沒到。」翠縷道：「這也和咱們家池子裏的一樣，也是樓子花？」湘雲道：「他們這個還不如咱們的。」翠縷道：「他們那邊有棵石榴，接連四五枝，真是樓子上起樓子，這也難為他長。」史湘雲道：「花草也是同人一樣，氣脈充足，長的就好。」

那什麼是樓子花呢？樓子花是因為基因突變才形成的特異形態，是在花心裡面再長出一朵完整的花，所以像起樓臺一樣，一層一層。但一般說來，樓子花最多就是兩層，而且常見於荷花，唐詩裡稱之為「重臺荷花」，此即史家的樓子花。但比較一下，賈家所開的卻是「接連四五枝，真是樓子上起樓子」的石榴花，那確實是更上好幾層樓了，簡直不可思議！雖然這在大自然界是不可能發生的，但曹雪芹為了要突顯賈家的氣脈充足，因此出了個貴妃，所以不惜動用文學虛構的特權，在小說裡創造出不可能的奇蹟，大觀園也就這樣開出了「接連四五枝，真是樓子上起樓子」的石榴樓子花。

既然大觀園是為了元妃要回家省親而建造的，皇妃身分的元春才是大觀園真正的主人，而石榴花又是她的代表花，這麼說來，這接連四五層的樓子花很明確地是用來象徵元春封妃的崇高地位。

## 樓子花的沉重

可是，人世間的道理就是這麼複雜，當你以為家裡出了貴妃、當上皇親國戚，賈家便可以為所欲為、大撈特撈，那又大錯特錯了。我們根本想不到，其實元春封妃是得了面子、失了裡子，讓賈家的負擔更沉重了，沉重到喘不過氣來，而加速敗落的程度。這又是怎麼回事？

關於這個問題，曹雪芹安排了一段情節來加以說明。第五十三回已來到年關時節，賈家的莊頭烏進孝帶著年貢上京來了，賈珍嫌那些收益實在太少，根本不夠過年，烏進孝便說道：

「爺的這地方還算好呢！我兄弟離我那裏只一百多里，誰知竟大差了。他現管着那府裏八處莊地，比爺這邊多着幾倍，今年也只這些東西，不過多二三千兩銀子，也是有饑荒打呢。」賈珍道：「正是呢，我這邊都可，已沒有什麼外項大事，不過是一年的費用費些。我受些委屈就省些。再者年例送人請人，我把臉皮厚些，可省些也就完了。比不得那府裏，這幾年添了許多花錢的事，一定不可免是要花的，却又不添些銀子產業。這一二年倒賠了許多，不和你們要，找誰去！」

由此可見，賈家的主要經濟來源之一，是這些莊田的農業畜牧產品，一旦發生水災、旱災，就會連帶受到影響。但寧國府這邊只要省一省、撐一撐便過得去了，榮國府那邊則不一樣，他們的情況之所以比寧國府還要嚴重，就是因為「這幾年添了許多花錢的事，一定不可免是要花的」，所以「這一二年倒賠了許多」。讓我們仔細想一想，這幾年所添的許多花錢的事，又一定得花，省不下來，那只能是和皇家有關的事了。

可是老百姓會以為，即使增加了這些開銷，應該也會有其他的特權和好處吧？果然烏進孝聽了，就笑道：

「那府裏如今雖添了事，有去有來，娘娘和萬歲爺豈不賞的？」賈珍聽了，笑向賈蓉等道：「你們聽，他這話可笑不可笑？」

原來一般老百姓所以為的情況，對他們貴族來說是很可笑的，而賈珍大概是聽過太多的誤會，常常需要澄清，已經覺得很厭煩了，所以現在根本不想再做解釋，他的兒子賈蓉等便連忙代替他笑道：

「你們山坳海沿子上的人，那裏知道這道理。娘娘難道把皇上的庫給了我們不成！他心裏縱有這心，他也不能作主。豈有不賞之理，按時到節，不過是些彩緞、古董頑意兒。縱賞銀子，不過一百兩金子，才值了一千兩銀子，夠一年的什麼？這二年，那一年不多賠出幾千銀子來！頭一年省親連蓋花園子，你算算那一注共花了多少，就知道了。再兩年再一回省親，只怕就精窮了。」賈珍笑道：「所以他們莊家老實人，外明不知裏暗的事。黃柏木作磬槌子——外頭體面裏頭苦。」

請大家注意一下，這一段話裡面講到了幾個重點，第一，原來元妃不可能動用國家的銀庫私相授受，那是違法的行為啊，清廷有鑑於明朝的弊端，嚴格禁止外戚干政，也不能插手財務，因此賈家並沒有得到任何好處。第二，元妃當然會有一些賞賜，但都是過年過節的禮品，而誰敢變賣貴妃送的禮物呢？所以算是中看不中用。即使有時賞了銀子，卻是得專用在一些特定的事務上，例如第二十八回的端午節便是一個好例子，當時元妃「打發夏太監出來，送了一百二十兩銀子，叫在清虛觀初一到初三打三天平安醮，唱戲獻供」，那些銀子當然都用光了，哪裡還能留給賈家？再加上所謂的禮尚往來，元妃既然送了禮物，賈家當然也得回禮，何況賈家現在的地位提高了，官場上的各種開銷當然也得出大手筆，否則便是有失身分。這麼一來，豈不是反倒增加支出了嗎？所以賈珍才會說「這一二年倒賠了許多」。

第三，單單蓋造大觀園，那就是一筆龐大的支出。既然是皇家氣派，又哪裡能夠節省？第十六回大家談起元妃省親的曠典，連帶提到先帝南巡的盛事，賈璉的乳母趙嬤嬤便說：當時賈府「只預備接駕一次，把銀子都花的淌海水似的！」而省親的開銷其實省不了多少，所以說「再一回省親，只怕就精窮了」，可見這是動搖到賈府根基的大負擔。但又有什麼辦法？難怪會把賈家給壓垮了。

看到這裡，讀者應該已經感覺到無言以對了吧？誰能想到貴妃家裡的處境是這樣為難？但壓垮駱駝的卻不只這些而已，還有其他局外人根本想像不到的原因，其實榮國府因為封妃所增加的負擔，居然還包括了太監來打秋風！這便是賈家困境惡化的第四點。故事寫在第七十二回，當時鳳姐道：

「不是我說沒了能奈的話，要像這樣，我竟不能了。昨晚上忽然作了一個夢，說來也可笑，夢見一個人，雖然面善，却又不知名姓，找我。問他作什麼，他說娘娘打發他來要一百匹錦。我問他是那一位娘娘，他說的又不是咱們家的娘娘。我就不肯給他，他就上來奪。正奪着，就醒了。」旺兒家的笑道：「這是奶奶的日間操心，常應候宮裏的事。」

正如俗話所說的「日有所思，夜有所夢」，鳳姐會做這樣的惡夢，便是因為她常常被太監勒索，亦即旺兒家的所說的「日間操心，常應候宮裏的事」。果然說曹操、曹操就到：

一語未了，人回：「夏太府打發了一個小內監來說話。」賈璉聽了，忙皺眉道：「又是什麼話，一年他們也搬夠了。」鳳姐道：「你藏起來，等我見他，若是小事罷了，若是大事，我自有話回他。」賈璉便躲入內套間去。這裏鳳姐命人帶進小太監來，讓他椅子上坐了吃茶，因問何事。那小太監便說：「夏爺爺因今兒偶見一所房子，如今竟短二百兩銀子，打發我來問舅奶奶家裏，有現成的銀子暫借一二百，過一兩日就送過來。……夏爺爺還說了，上兩回還有一千二百兩銀子沒送來，等今年年底下，自然一齊都送過來。」

對方已經開口了，鳳姐只得花一番口舌應對，最後叫平兒去把她的那兩個金項圈拿出去，暫且押四百兩銀子，一半給了那個小太監，那小太監便告辭了，鳳姐命人替他拿着銀子，送出大門去了。然後這裏賈璉才出來，無奈地笑道：

「這一起外祟，何日是了？」鳳姐笑道：「剛說着，就來了一股子。」賈璉道：「昨兒周太監來，張口一千兩。我略應慢了些，他就不自在。將來得罪人之處不少。這會子再發個三二百萬的財就好了。」

原來不只是夏太監，還有周太監也參加一份，甚至更加獅子大開口！他們簡直把賈家當作提款機，缺錢的時候就來借個幾百兩，那當然是有去無回，因為太監也知道賈家不敢對他們怎麼樣，所以放心地予取予求，於是這個無底洞更讓賈家的經濟困境雪上加霜。

為什麼會這樣呢？因為世間的道理實在太複雜了，你以為貴妃高高在上，十分尊貴，而太監只是身體殘缺、身分低下的奴才，雙方地位懸殊，只能接受貴妃差遣使喚。殊不知，在封閉的皇宮裡，太監卻是最接近皇帝的人，只要太監在皇帝耳朵邊說幾句閒話，很可能就是決定妃嬪受寵或失寵的關鍵，攸關於一人一家的榮枯生死，因此，妃嬪們不只不敢得罪太監，反倒得要巴結他們。這一點太監自己也知道，妃嬪的娘家也知道，所以就只能任由他們勒索，不敢吭聲了。

最讓人感慨的是，這夏太監可是從頭到尾給元妃跑腿傳話的親信啊，請看：第十六回到賈家來宣旨元春封妃大事的使者，是這個夏守忠；第二十三回到賈家來下諭，讓寶玉等住進大觀園的信差，也是這個夏太監；而第二十八回端午節時，替貴妃送來一百二十兩銀子，叫在清虛觀初一到初三打三天平安醮，唱戲獻供的，還是夏太監。但一直向賈家勒索的吸血鬼，卻同樣是這個夏太監！那麼元妃知道這件事嗎？恐怕是知道的，但因為那是宮廷裡的陋習，知道了也無可奈何啊。

所以說世事難料，得失都是一體兩面，這一點在中華文化古老的智慧裡早就洞察到了，老子已經說過：「禍兮福之所倚，福兮禍之所伏。」禍、福是一體兩面的，豈不正是如此嗎？試看封妃是何等地榮耀，但實質上卻是這樣苦不堪言，這又有誰想得到呢？

看到這裡，大觀園中那棵代表元春的石榴花又有另外一層不同的象徵意義了。前面說過，那象徵封妃的石榴樓子花固然是燦爛非凡，但接連四五枝的樓子花卻增加了四五倍的重量，為整棵樹帶來四五倍的壓力，那是母體所承擔不起的負擔！當它越是盛開，母株的負擔便越重，養分也流失得越快，當體力耗盡以後，那樓子花不也會跟著墜落了嗎？而這麼沉重的重量一旦折斷墜落，豈不是產生更大的撞擊，毀滅得更徹底嗎？這就是暗示元妃和賈家一起走向徹底毀滅的命運了。

關於這一點，曹雪芹早已安排妥當，在元妃省親的時候，她所點的四齣戲便隱含了命運與共的奧祕，包括：

第一齣，《豪宴》；第二齣，《乞巧》；
第三齣，《仙緣》；第四齣，《離魂》。

有學者告訴我們，第一齣《豪宴》和第三齣《仙緣》是一組，由崑曲老生主演；第二齣《乞巧》和第四齣《離魂》是另一組，由崑曲小旦演出愛情戲。這兩組交錯而成，等於是把賈家的命運和元春的命運交織在一起，因此當盛大的《豪宴》舉行時，也是元春得寵封妃之際，好比唐玄宗和楊貴妃的恩愛乞巧；而當寶玉出家、賈家敗落之際，元妃也就來到了離魂、死亡的下場。

我深深地覺得，曹雪芹是要藉由元春的故事告訴我們，一個人可以享盡了榮華富貴，卻也同時嘗遍了辛酸苦楚，那並不是表面上可以看到的。所以當你羨慕別人在豪門裡光鮮亮麗的時候，千萬不要忘記，她其實正在你所看不到的地獄裡默默流著眼淚！

最後，總結一下這一章所講到的幾個重點：

第一，元春生在大年初一，和第一代祖先榮國公賈源同一天生日，那是為了要突顯他們對賈家的貢獻。

第二，元春的封妃比起國公爺還要更上一層樓，因此曹雪芹把紅光四射的石榴花給了元春做為代表花，更利用了樓子花的概念，讓石榴開出了「接連四五枝，真是樓子上起樓子」的樓子花，這種大自然不可能出現的奇蹟才能彰顯元妃登峰造極的地位。

第三，隱藏在榮盛輝煌的表象下面，其實是耗盡能量的巨大經濟壓力，賈家當了皇親國戚卻更加拮据而雪上加霜，因此加速了敗落，真是始料未及，世間的道理真是複雜難測啊，所以我們才更需要學問和智慧。

下一章，要講另一個金釵了，她可以擔任元春的接班人，也是唯一可以體現大觀精神的女英雄，那就是賈探春！而她到底有怎樣的能耐呢？下一章便會加以說明。

# 賈探春：

## 泱泱大氣的將相雅士

# 20 大觀氣象

現在，要開始講賈探春這個人物了。

在《紅樓夢》裡，一般人都認為寶玉、黛玉、寶釵是最重要的三隻鼎足，大部分的讀者也都把焦點放在這三個人身上，那簡直是談不完的話題，大家百說不厭。但我要說，其實探春的重要性完全不亞於這三個人，她可以說是《紅樓夢》的讀者們所錯過的最大遺珠！讀者對她的忽略和誤解不但導致了《紅樓夢》面目全非，更其實是對自己很大的損失。

## 後半部的隱形女主角

如果要深入了解探春這個人物，得要花不少功夫，首先必須看到曹雪芹為她設計了一個很有趣的框架，那就是和黛玉一樣，其實探春的故事也可以分為前後兩個階段，差別在於：黛玉的前半期轟轟烈烈，充分發展她的性格和愛情，因此特別引人注目；到了後半期，黛玉便比較平淡了，因為她越發成熟，像一般的大家閨秀一樣，而她和寶玉之間的感情也度過了試探關卡，彼此的相處進入平順期，所以沒有先前那麼多鬧脾氣的故事，不再那麼激烈的波瀾動盪，情緒性降低了許多，只有寫寫那些感傷悲涼的詩詞還跟過去一樣，其他的則比較沒有發揮了。同時曹雪芹也主要轉向了家族事務的描寫，許多各式各樣的紛擾被放大了，以致賈家隱藏在榮盛繁華的表面下的陰影也更清晰了。

而這麼一來，探春便得到了壯麗的舞臺，因為探春的情況剛好相反，她的前半期是韜光養晦的沉潛階段，可以發揮的地方不多，因此讀者通常就把她給忽略了；但到了後半期，局面即完全不同，第五十五回可以說是探春生命史的分水嶺，這時王夫人讓探春接替生病的鳳姐治理家務，探春開始隆重登場，突然之間脫穎而出、全幅綻放，可以說是光芒萬丈。既然小說的後半部分主要轉向了家族事務的描寫，探春的才幹也因此得到了充分發揮的空間，她的卓越簡直達到登峰造極，不但把王熙鳳都給比下去了，更遮蓋了黛玉的形象，幾乎成為小說的主角！

因此，清朝評點家西園主人有一段非常獨特的看法，在《紅樓夢論辨．探春辨》中說道：

> 探春者，《紅樓》書中與黛玉並列者也。《紅樓》一書，分情事、合家國而作。以情言，此書黛玉為重；以事言，此書探春最要。以一家言，此書專為黛玉；以家喻國言，此書首在探春。

他認為，探春是和黛玉並列的人，因為《紅樓夢》這本書是區分個人的感情和群體的事務、並且綜合了家族與國家兩個層次而創作的，如果以個人的感情而言，此書以黛玉最為重要；倘若以群體的事務而言，此書最重要的就是探春。並且，以一個家族來說，此書是專為黛玉而寫；但如果以家族來比喻國家來看，此書首要的人物則是探春。

這個說法簡直石破天驚、聞所未聞，令人耳目一新，甚至讓人覺得匪夷所思，歷來總是說釵黛並列或釵黛合一，根本沒有人會說「探春與黛玉並列」！可是仔細一想，西園主人這個說法確實是真知灼見，那一雙睿智的慧眼彷彿X光一樣，穿透了糾結不斷的寶黛之戀，而看到大家都忽略的真相，那就是探春才是賈府最關鍵的靈魂人物！

但可能你會覺得很奇怪，如果探春真的這麼重要，那為什麼她出場的戲份看起來似乎比不上黛玉、寶釵這些人呢？其實這只是表面，也只是片面的現象。第一，其實關於描寫探春的篇幅多寡，我們常常產生了誤會，探春雖然在前半部的戲份很少，但到了小說的後半部，卻已經成為領銜主演的真正主角，黛玉這些人的比重其實是比不上探春的。第二，雖然探春在前半部的戲份很少，但曹雪芹並不是不重視她，剛好相反，他是故意這麼安排的，目的是要展現探春卓越非凡的性格。原來曹雪芹的用意，就是要刻畫探春是一位真正的大雅君子！以下分幾點來說明。

首先，第三回是林黛玉初到賈府的場面，曹雪芹藉著黛玉的眼睛速寫了三春的形象，所謂：

只見三個奶嬤嬤並五六個丫鬟，簇擁着三個姊妹來了。第一個（按：迎春）肌膚微豐，合中身材，腮凝新荔，鼻膩鵝脂，溫柔沉默，觀之可親。第二個（按：探春）削肩細腰，長挑身材，鴨蛋臉面，俊眼修眉，顧盼神飛，文彩精華，見之忘俗。第三個（按：惜春）身量未足，形容尚小。其釵環裙襖，三人皆是一樣的妝飾。

這都才用了簡單的幾筆而已，可三春的人物造型卻已經十分地立體，整部小說的三春故事都是延續這樣的性格氣質而展開的。以探春來說，這時候還是一個懷才不遇的少女，根本沒有發揮表現的機會，但仍然是「錐處囊中，其末立見」，自有一種引人注目的非凡氣質，即使在沒有舞臺的時候，那「俊眼修眉，顧盼神飛，文彩精華」，也足以令人「見之忘俗」，一眼看到她的當下便忘掉了世俗，顯然那眉眼之間英姿勃發，是何等超然的氣度，可見這是一個多麼無法令人忽視的人物！如果說探春就像明星一樣，帶有一種在人群中自然脫穎而出的氣質，應該並不為過吧。

當然，這樣的一種氣質，並不是來自於皮相上臉孔身材的美麗，而是由內而外所散發出來的人格品質，亦即第五回太虛幻境裡，探春的判詞所說的「才自精明志自高，生於末世運偏消」，意指她具有精明的才幹和崇高的志節，可惜生在賈家的末世裡，而不免辜負這樣才志兼備的卓越條件。其中的「才自精明志自高」便是探春之所以讓人「見之忘俗」的原因，也正是在這裡，曹雪芹清楚點出探春要高過於鳳姐的關鍵所在。

請注意，同樣在這一回的人物判詞裡，鳳姐的判詞是「凡鳥偏從末世來，都知愛慕此生才」，仔細比對一下這兩人的判詞，可以看到同樣是在末世，也同樣都有「才」，可見兩人都在末世的處境裡發揮傑出的才幹，但探春比起鳳姐還多了一個特質，那就是「志」。「志」這個字在古人的訓詁解釋裡，是指「心之所之」，意謂一個人的心往哪裡走，於是代表了心志、志節、志向，要向上還是往下，便決定了一個人品格的高低，一個人會成為君子還是小人，正是依靠這個「志向」。而鳳姐的判詞裡只有才而沒有志，探春的判詞卻是「才自精明志自高」，不但有精明的幹才，還有崇高的志向，那就是一種有理想、有氣節的人格高度！如此才志兼備的探春自然渾身散發出一種非凡的氣度，讓人一見注目，也一見難忘。

那為什麼探春在之前都默默無聞呢？這就得要講到她的出身了，原來探春是庶出，一直被她的生母趙姨娘給拖累，她的才幹要到第五十五回才有機會發揮，在此之前，探春便算是懷才不遇了。可是最難得的地方也正在這裡，她擁有高遠的心志、志節、志向，因此甘於恬淡，悠游於個人生活中怡然自得，完全沒有怨天尤人的窮酸氣，還充分品嘗各種清新自然、優雅脫俗的閒情逸致，享受隱居的樂趣。例如本書前面提到過，在第三十七回裡，寶玉特別叫晴雯用纏絲白瑪瑙碟子送荔枝去給探春，因為他說這個碟子配上鮮荔枝才好看，果然「三姑娘見了也說好看，叫連碟子放着」，準備欣賞一段時間呢。而白瑪瑙配鮮紅的荔枝，不就是順手可得的精美小品嗎？可見她即使有志難伸，也過得從容自在，懂得品味生活裡處處閃耀的美好。

最特別的是，探春自己的詩寫得不算頂尖，但她卻登高一呼，號召大家一起成立詩社，開展大觀園的第一個文人集會活動，那探春便等於海棠詩社的創辦人了！第三十七回裡，探春寫了一副花箋，派人專函送去給寶玉，說明她想要成立詩社的想法，所謂：

因思及歷來古人中處名攻利敵之場，猶置一些山滴水之區，遠招近揖，投轄攀轅，務結二三同志者盤桓於其中，或豎詞壇，或開吟社，雖一時之偶興，遂成千古之佳談。娣雖不才，竊同叨栖處於泉石之間，而兼慕薛、林之技。風庭月榭，惜未宴集詩人；帘杏溪桃，或可醉飛吟盞。孰謂蓮社之雄才，獨許鬚眉；直以東山之雅會，讓余脂粉。

信函中用的是非常精美的駢文，所說的內容主要就是要成立詩社，以促進生活的詩意，增添優雅的情韻，並且讓黛玉、寶釵這些詩人可以好好揮灑創作才能，因此寶玉看了這封信，不覺喜得拍手笑道：「倒是三妹妹的高雅，我如今就去商議。」隨後便誕生了組織完善的海棠詩社。值得注意的是，這個詩社從號召成立到實際運作一氣呵成，可見探春確實擁有欣賞詩詞的雅興，又兼具推動事務的才幹，更難得的是她很推崇釵、黛的詩歌才能，不但不嫉妒，反而努力創造機會讓她們可以更充分發揮，這不是非常恢弘大器的胸襟嗎？

## 秋爽齋的恢弘大器

果然，探春的房間即呈現出這種恢弘大器的特點。如同蘅蕪苑把寶釵的性格給具體化了，秋爽齋也完全再現了探春的人格特質，在第四十回裡，曹雪芹藉著劉姥姥逛大觀園的眼睛，讓我們看到探春所住的秋爽齋確確實實與眾不同，首先說：「探春素喜闊朗，這三間屋子並不曾隔斷。」這就讓整個空間十分開闊，而不會被分割得狹小緊迫，讓人覺得處處碰壁，比較第十七回說黛玉的瀟湘館是「小小兩三間房舍，一明兩暗」，便更加突顯秋爽齋的恢弘開朗了。其實，傳統的屋子是以三開間作為基本格局，瀟湘館也反映了這一點，只是更加狹窄，為的是反映黛玉的「心窄」，那麼同理可推，秋爽齋的「這三間屋子並不曾隔斷」，顯然是探春住進去以後才打通的，也正具體呈現探春闊朗的心胸！

接著曹雪芹繼續大手筆地描寫秋爽齋的各種布置，包括：

> 當地放着一張花梨大理石大案，案上磊着各種名人法帖，並數十方寶硯，各色筆筒，筆海內插的筆如樹林一般。那一邊設着斗大的一個汝窰花囊，插着滿滿的一囊水晶球兒的白菊。西牆上當中掛着一大幅米襄陽《烟雨圖》，左右掛着一副對聯，乃是顏魯公墨跡，其詞云：
>
> 烟霞閑骨格　泉石野生涯
>
> 案上設着大鼎。左邊紫檀架上放着一個大觀窰的大盤，盤內盛着數十個嬌黄玲瓏大佛手。

這一大段描寫真是精彩萬分，可圈可點！不知道你注意到了沒有，其中用了幾個「大」字？我仔細算過，一共有八個！包括那張桌子是「花梨大理石大案」，這裡就出現兩次，然後是「斗大的一個汝窰花囊」、「一大幅米襄陽《烟雨圖》」以及「案上設着大鼎」，到這裡已經有五個

「大」字，最後是「大觀窰的大盤，盤內盛着數十個嬌黃玲瓏大佛手」，其中一口氣用了三次，加起來總共就是八個「大」字。如果再看其他不帶「大」字、卻又有大的特質的描寫，例如「筆海內插的筆如樹林一般」、花囊裡「插着滿滿的一囊水晶球兒的白菊」，這樣的做法都更加深了大器的境界，不是玲瓏小巧的那一種品味，但又十分地優雅脫俗。

那滿滿的白菊花不正是陶淵明的象徵嗎？還有那一大幅宋朝大畫家米芾的《烟雨圖》，豈不正顯示出隱逸山林的情趣嗎？再加上左右所掛的一副對聯，是唐朝大書法家顏真卿所寫的「烟霞閑骨格，泉石野生涯」，那更清楚不過了，探春確確實實是很能自得其樂，無入而不自得，因此無論在哪裡，即使是懷才不遇，都可以享受存在的美好！由此也體現出君子的崇高胸襟。

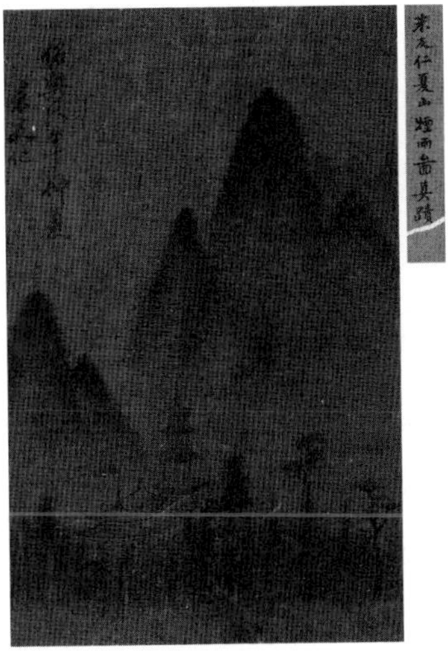

米友仁《夏山煙雨圖》

米芾《溪山煙雨》立軸

## 大觀精神的體現者

但很特別的是，就在這一段恢弘大器的描寫中，出現了一個很重要的關鍵詞，即「大觀」！這是元妃為這座皇家園林所賜題的名字，前面才剛剛講過，它代表了表聖王、仁君實踐王道的意思，而曹雪芹為什麼要讓探春的秋爽齋「放着一個大觀窰的大盤」呢？其中必有深意。本來，清朝時所說的「大觀窰」就是指宋朝的官窰，包括汝窰、定窰等等，在秋爽齋裡也直接用到過，即「斗大的一個汝窰花囊」，但為什麼此處偏偏要故意用「大觀窰」這個通稱？我認為，這是曹雪芹為了要彰顯探春也屬具有大觀精神的一位金釵，所以才刻意安排的，試看將來探春理家以後表現得轟轟烈烈，豈不正是大觀精神的表現！

看到這裡，我們清楚看到了探春正是儒家所推崇的大雅君子，好比《論語．述而》裡孔子所言：「用之則行，舍之則藏。」意思是說，受到重用的時候即入世好好發揮才能，而被捨棄的時候就出世隱藏起來，這便是《孟子．盡心》所謂的：「得志，澤加於民；不得志，修身見於世。窮則獨善其身，達則兼善天下。」這些描述果然都於探春身上得到了印證。她在前期「舍藏」的境況下獨善其身，很自在地享受隱逸的樂趣，到了後期「用行」的階段則是兼濟天下，大刀闊斧地改革擘劃，因此第五十六回的回目上說她是「敏探春興利除宿弊」，不就完全展示出孔孟所說的君子典範嗎？

也因此，曹雪芹又特別為探春設計了兩個重要的意象，一個是風箏，一個是鳳凰。先說風箏吧，這風箏最早是出現在第五回太虛幻境的圖讖裡，探春的那一幅上面畫的是「兩人放風箏」，又第二十二回元宵節大家做燈謎時，探春的謎底也是風箏，其用意就如同著名的英國民俗學家文林士（C. A. S. William）所說的，中國風箏之相關環境因素，便包括了超拔的高度和清新的秋天微風（a high elevation, and a fresh autumn breeze），而這豈不正呼應了探春所住的秋爽齋的命名嗎？一派秋高氣爽，令人心曠神怡！

最有趣的是，到了第七十回，風箏的意象又和鳳凰結合在一起，那絕對不是巧合，而是兩者之間具有本質上的共通性。因為鳳凰本身即帶有高貴的象徵，所以元妃省親時，第一處行幸的瀟湘館就被寶玉題名為「有鳳來儀」，而秋爽齋的院子裡種著梧桐，根據莊子的寓言，那也是鳳凰唯一願意棲息的樹木，《莊子．秋水篇》云：

> 夫鵷雛（按：即鳳凰），發於南海而飛於北海，非梧桐不止，非練實（即竹實）不食，非醴泉不飲。

可見探春正是住在秋爽齋的那一隻鳳凰。再看第六十五回，興兒向賈璉偷娶的尤二姐介紹家裡的太太小姐們時，也說這位三姑娘是「老鴰窩裏出鳳凰」，意指從趙姨娘的一窩烏鴉裡突變出探春這隻鳳凰來，那就更清楚明白不過了。

讓我們認真想一想：探春具有風箏、鳳凰的崇高脫俗，這豈不是比只活在個人情緒裡的黛玉更加開闊嗎？也難怪，探春在理家後不久便受到賈母的賞識，從此也進入到賈母身邊的核心圈子了！現在，我要特別提醒大家一些很微小，卻很有趣、很重要的細節，讓我們看到探春地位的提高，也顯示賈母的識人之明。

想想看，賈母等於是賈家的太后，能貼身圍繞在她旁邊的人，當然都是寵兒，而這張寵兒的名單大致是固定的，其中主要包括了寶玉、黛玉、寶釵，或者再加上湘雲，而寶琴在第四十九回到了賈府以後，也立刻加進來了。所以小說裡很多的場合都描寫了這樣的座位狀況，例如：第三十八回大觀園藕香榭舉行的螃蟹宴，座位的安排是：

> 上面一桌，賈母、薛姨媽、寶釵、黛玉、寶玉。東邊一桌：史湘雲、王夫人、迎、探、惜。

到了第四十回的兩宴大觀園時，還是類似的座次：

> 賈母帶着寶玉、湘雲、黛玉、寶釵一桌，王夫人帶着迎春姊妹三個人一桌。

很清楚的，在這幾個場合裡，探春都只是三春之一，和一般姊妹同等，根本比不上寶玉、黛玉和寶釵。再看第五十三回的〈榮國府元宵開夜宴〉，仍是大約這樣的情況，當時：

賈母歪在榻上，與眾人說笑一回，……外另設一精緻小高桌，設着酒杯匙箸，將自己這一席設於榻旁，命寶琴、湘雲、黛玉、寶玉四人坐着。每一饌一果來，先捧與賈母看了，喜則留在小桌上嘗一嘗，仍撤了放在他四人席上，只算他四人是跟着賈母坐。故下面方是邢夫人、王夫人之位，再下便是尤氏、李紈、鳳姐、賈蓉之妻。西邊一路便是寶釵、李紋、李綺、岫烟、迎春姊妹等。

比較特別的一次，是第七十一回賈母過生日：

當中獨設一榻，引枕、靠背、腳踏俱全，自己歪在榻上。榻之前後左右，皆是一色的小矮凳，寶釵、寶琴、黛玉、湘雲、迎春、探春、惜春姊妹等圍繞。因賈瑞之母也帶了女兒喜鸞，賈瓊之母也帶了女兒四姐兒，還有幾房的孫女兒，大小共有二十來個。賈母獨見喜鸞和四姐兒生得又好，說話行事與眾不同，心中喜歡，便命他兩個也過來榻前同坐。寶玉却在榻上腳下與賈母捶腿。

從這一段描寫就更清楚了，能坐在賈母身邊的，都是寵兒！寶玉直接坐在榻上幫賈母捶腿，顯示出最受寵的地位，而新來的喜鸞、四姐兒這兩個女孩子，能夠被青睞而受命來榻前同坐，和寶釵等眾姊妹一起，那便屬於難得的殊榮了。

可是到了後半期，情況便發生了微妙的變化，試看第七十回一段很巧妙的細節：

這日王子騰的夫人又來接鳳姐兒，一並請眾甥男甥女閑樂一日。賈母和王夫人命**寶玉**、**探春**、**林黛玉**、**寶釵四人同鳳姐去**。眾人不敢違拗，只得回房去另妝飾了起來。五人作辭，去了一日，掌燈方回。

請注意，這五個被點名一起去王子騰家的寵兒裡，已經包含了探春！再看第七十一回，賈母過八十大壽，在這麼重要的日子裡，南安王太妃、北靜王妃等都親自登門賀壽，其中，南安太妃特別問起寶玉，又問眾小姐們，要求賈母叫人把她們請來，於是：

賈母回頭命鳳姐兒去把史、薛、林帶來，「再只叫你三妹妹陪着來罷。」

這實在更清楚了，賈母除了派出史、薛、林這些固定的班底之外，又特別吩咐鳳姐再把探春一起叫來，這就是明顯的提拔啊。果然第七十一回鴛鴦說道：「這不是我當着三姑娘說，老太太偏疼寶玉，有人背地裏怨言還罷了，算是偏心。如今老太太偏疼你，我聽着也是不好。這可笑不可笑？」毋庸置疑，探春確確實實也成為老祖宗的寵兒名單之一了，因此同樣遭受到別人的嫉妒，那是避免不了的後遺症。

而此處要特別指出的是，探春的情況和寶玉、黛玉等並不一樣，因為寶玉和黛玉的受寵多少出於賈母的主觀偏心，但探春之所以能進入到賈母身邊的核心圈子，完全是靠她自己的傑出表現，因此要到第五十五回開始理家以後才能發光發熱，也才有機會讓賈母注意到她的優秀，以致探春受寵的時間跟著遞延了，成為賈母寵兒名單裡的最後壓軸！

那麼，探春得寵之後，是恃寵生驕了還是一如既往的恬淡高潔呢？確實，一般人很容易因為有權或有錢，便作威作福起來，賈環便是一個例子。第二十五回說：

> 王夫人見賈環下了學，便命他來抄個《金剛咒》唪誦唪誦。那賈環正在王夫人炕上坐了，命人點上燈，拿腔作勢的抄寫。一時又叫彩雲倒杯茶來，一時又叫玉釧兒來剪剪蠟花，一時又說金釧兒擋了燈影。眾丫鬟們素日厭惡他，都不答理。

此刻賈環之所以這樣頤指氣使，正是因為王夫人提拔了他，讓他坐在王夫人自己的位置上，因此他覺得自己是個高高在上的主子了，便趾高氣昂地囂張起來，對別人呼來喝去。這就是暴發戶身上常見的氣燄，難怪大家都很討厭他。

相反的，探春根本不會在乎這些外在的得失榮辱，如果她連被整個世界忽視、誤解都不會放在心上，可以自己一個人充實、自在地過日子，那麼現在有了權位的時候，當然也不會被權力給腐化。黛玉便觀察到這一點，第六十二回黛玉和寶玉兩人站在花下，遠遠地看探春處理事務，黛玉對寶玉說道：

你家三丫頭倒是個乖人。雖然叫他管些事，倒也一步兒不肯多走。差不多的人就早作起威福來了。

那是當然的，像鳳凰一般高潔的探春，又哪會那般淺薄！這個人才不肯走旁門左道，更不願意濫用權力，於是現在「叫他管些事，倒也一步兒不肯多走」，意指探春不濫權、不踰矩，謹守原則分寸，奉公守法，此即黛玉所謂「乖人」的意思。而這正是探春比王熙鳳還要傑出的原因，難怪會得到賈母的欣賞。

所以說，只要跳脫出只關心「愛情」的小小框架，也不要只注目那些相關的少數人物，飛出那一口小小的水井，就會發現，從飛鳥的眼光看世界、看《紅樓夢》這部偉大的小說，整個視野是無限的開闊，根本和井底的青蛙完全不同，可以看到更精采的風光！因此，西園主人說「以家喻國言，此書首在探春」，這其實是很客觀、很深刻的洞見。

最後，總結一下這一章所講到的內容，其中有幾個重點：

第一，探春和黛玉一樣，都有前後兩期的不同變化，探春的情況剛好反過來，前半期是韜光養晦的沉潛階段，但後半期就變成了執牛耳的重量級人物了，因此評點家西園主人甚至認為「探春者，《紅樓》書中與黛玉並列者也」。

第二，這樣的設計是為了突顯探春的君子風範，她在懷才不遇的時候可以「獨善其身」，到了可以「兼善天下」的時候又公正無私，達到了儒家所推崇的「用之則行，舍之則藏」的境界。

第三，因此曹雪芹特別把「大觀」這個關鍵詞用在她的房間裡，以展現她的恢弘大器，並且還安排了風箏和鳳凰的意象，來表彰她的崇高脫俗。第四，難怪探春也後來受到了賈母的欣賞和提拔，和寶玉、黛玉等一起成為核心圈子裡的寵兒，這真是實至名歸的榮耀！

必須說，曹雪芹設計了兩個君子，一個是薛寶釵，另一個是賈探春，尤其在探春身上，讓大家更懂得中華文化裡真正的精英分子是怎樣努力提高人格高度的。下一章，要來看探春身上有那些重像，那也證明了曹雪芹對這位金釵是怎樣地喜愛！

# 21 大雅的分身

這一章，要繼續講賈探春這個人物。通過上一章的解說，可見探春是一個並不亞於三大主角的金釵，既然探春如此重要，那麼，曹雪芹又要怎麼刻畫這位少女呢？其實在曹雪芹心中，探春既是才華橫溢的文人雅士，也是巾幗不讓鬚眉的首相幹將，還是一朵懂得反抗的帶刺玫瑰。

首先，我們來看探春的重像都有誰？那些人和之前介紹的三大主角的重像可大不相同。

我們都知道，在《紅樓夢》裡，最喜歡作詩的人是林黛玉，好些纏綿悱惻的詩篇都是她嘔心瀝血的結晶。但必須說，黛玉並不是一般意義之下的「文人雅士」，只能算是一個感傷派的詩人，充滿了主觀感覺上執拗的悲淒；其實，真正的「文人雅士」另有其人，那是誰呢？答案就是賈探春！探春的重像更證明了這一點。

## 文人雅士的總和

本書前面介紹過寶玉、黛玉、寶釵這三大主角的重像，奇妙的是，他們的重像都包括了故事裡的人物，例如寶玉的重像有榮國公、薛寶釵、甄寶玉、芳官，而黛玉的重像是晴雯、齡官、妙玉、尤三姐等等，至於寶釵的重像除了寶玉之外還有襲人、麝月之類，但獨獨只有探春，一個這麼特別、這麼重要的角色，曹雪芹在安排她的重像時，卻完全沒有採取書中的人物做為分身，而全部選用歷史上的古人，並且都是品味卓絕的文人雅士！主要包括了王羲之、顏真卿、蘇軾、司馬光。從這一點來說，曹雪芹確實是非常偏愛探春的，他認為小說裡沒有人能分享她的精彩，探春是真正的獨一無二、無可比擬！所以說，一般人只注意到林黛玉、薛寶釵，實在是太可惜了。

那麼，曹雪芹是怎樣用這些歷史上的文人雅士來為探春加分的？先從探春的生日說起。從第七十回的描寫可知，探春誕生於農曆三月三日，其中提到：

> 說起詩社，大家議定：明日乃三月初二日，就起社，便改「海棠社」為「桃花社」，林黛玉就為社主。……次日乃是探春的壽日，元春早打發了兩個小太監送了幾件頑器。合家皆有壽儀，自不必說。飯後，探春換了禮服，各處行禮。

這一段的說明很清楚，三月初二的第二天就是三月三日，在傳統文化的脈絡裡，大家立刻會聯想到的便是王羲之的蘭亭雅集！很多人都讀過王羲之所寫的〈蘭亭集序〉，當時的創作背景正是三月三日的蘭亭，因為那一天大家都要到水邊修褉，那是一種來自上古時代的風俗習慣，每當三月的上巳（即上旬的巳日）這一天，人們得到水邊去接受水的淨化，因為水是潔淨、神聖的，可以消災解厄、祓除不祥，於是形成了一套儀式，稱為修禊，後來固定在三月三日，這一天就是所謂的禊日。唐朝大詩人杜甫有一首〈麗人行〉，詩篇一開始便說：「三月三日天氣新，長安水邊多麗人。」反映的便是同一個風俗背景，而楊貴妃姊妹這些麗人們，當天到長安東南邊的曲江去遊玩，一路上浩浩蕩蕩，衣香鬢影、色彩繽紛，杜甫恰好在路邊目睹了這個歡樂繁華的盛況，於是有感而發，便寫下了這首詩，也印證了三月三日在中古時代是非常重要的節日，實在不亞於清明、端午、中秋之類的大節慶。

修禊本來是一種祈福禳災的活動，到了魏晉六朝的時期，這個修禊的活動更被文人給雅化了，既然大家都要到水邊去，於是文人便利用這個風俗發展出一種喝酒作詩的集會形式，當天大家選定一條曲折蜿蜒的小溪流水，各自在兩岸邊列坐，然後把空酒杯放在上游，讓杯子順水流下，看它擱淺在誰的前面，那個人就要拿起杯子來，罰飲一杯酒，再罰寫一首詩，這即是所謂的「曲水流觴」。這是多麼風雅的活動啊，形成了蘭亭雅集的風流韻事，也因此讓後來的文人競相模仿。

王羲之正是歷史上最偉大的書法家之一，他的〈蘭亭集序〉是文學的傑作，又是書法的聖品，所以唐太宗十分喜愛，甚至帶到陵墓裡去作為陪葬，從此使這件國寶埋沒不見天日，這件事到現在還讓人扼腕不已！再回頭看探春，她不只是三月三日出生，曹雪芹刻意用這個生日再次強化了她人品的高潔，此外探春又發起了海棠詩社，成為大觀園的第一個藝術集會活動，豈不也呼應了蘭亭雅集嗎？更重要的是，探春正是所有的金釵裡最優秀的書法家！

其實早在第十八回就已經觸及探春在書法上的專長，這一回元妃省親，命寶玉、眾姊妹作詩歌詠，元妃看完後「又命探春另以彩箋謄錄出方才一共十數首詩，出令太監傳與外廂。賈政等看了，都稱頌不已」，顯然元妃在看詩稿的時候，便注意到探春的書法特別優異，所以現場命她再謄錄一遍，送出去給家長們欣賞。到了第二十三回一開始又說：

> 賈元春自那日幸大觀園回宮去後，便命將那日所有的題詠，命探春依次抄錄妥協，自己編次，敘其優劣。

換句話說，元妃回到皇宮裡面把省親時大家所寫的詩整理出一本詩集，而奉命抄錄這些作品的人還是探春。這是第二次提到探春寫毛筆字，也可見元妃很有識人之明，居然看出探春在書法方面的才能，所以把這個抄寫謄錄的工作交給她來負責。

果然，到了第四十回劉姥姥逛大觀園時，曹雪芹更描寫探春的秋爽齋裡擺滿了文房四寶，在那三間打通的空間裡，擺著「一張花梨大理石大案，案上磊着各種名人法帖，並數十方寶硯，各色筆筒，筆海內插的筆如樹林一般」，可見探春是多麼醉心於書法啊！而那些她常常臨摹的各種名人法帖裡，應該包括了王羲之，王羲之也就是探春的第一個重像。

但我必須進一步說，探春最喜歡的書法家，應該是唐朝的顏真卿。關於這一點，小說裡提供了兩個證據，一個是第三十七回〈秋爽齋偶結海棠社〉中，探春想要號召大家成立海棠詩社，首先是派丫頭拿一副花箋送與寶玉，信紙上面寫了幾個重點，其中之一，就是感謝寶玉哥哥對她的關心和餽贈，因為當時探春感冒了，她說：

昨蒙親勞撫囑，復又數遣侍兒問切，**兼以鮮荔並真卿墨跡見賜**，何痌瘝惠愛之深哉！

可見寶玉不但親自去探望探春，又好幾次派丫鬟去問候，並且送給她新鮮荔枝和顏真卿的墨寶，這種兄妹友于情深的恩惠讓探春真是感激不已，所以在信裡面一開始便鄭重致謝。想想看，寶玉會用顏真卿的墨寶作為禮物，一定是因為探春喜歡顏真卿的書法，這樣才能投其所好，達到送禮慰問的目的。

這確實也呼應了秋爽齋的擺設。在第四十回中，我們通過劉姥姥的眼睛還看到：

西墻上當中掛着一大幅米襄陽《烟雨圖》，左右掛着一副對聯，乃是顏魯公墨跡，其詞云：烟霞閑骨格 泉石野生涯

這就再清楚不過了，這一副對聯展現了隱逸山林的氣節，正是由顏真卿的墨跡所寫的！顏魯公就是顏真卿，因為他身為數十年的朝廷大臣，在安史之亂中堅守不屈，有如國家的中流砥柱，後來被封為魯公，最後也是因為堅守氣節而被叛逆分子給縊死，留下了千古忠烈的形象，而顏真卿的

書法風格便被稱為「顏體」。

那麼，「顏體」有哪些特色？為什麼探春會特別喜歡顏真卿的書法風格？首先要知道，整個清代書法就是以顏體為門面，在清代書法史上「顏體」一系算是旗幟鮮明，擁有最高的重要地位，這個現象明顯與前代不同，這麼說來，探春的書法品味也反映了時代的主流。但是，這應該不是最重要的原因，以探春這麼一位氣度恢弘、才志兼備的君子來說，走跟風的路線實在太過於盲從了，她根本不是人云亦云、隨波逐流的那種人，所以，探春之所以會偏好顏體，一定有更內在的個人原因。而那個內在原因就是顏真卿的人品與書品深深打動了她，所以成為她的精神導師！

正如古人總是說「文如其人」，其實也可以說是「書如其人」，一個人的性情、思想都會影響到筆下的作品，因此顏真卿的顏體也是他的人品的反映，除了藝術的登峰造極之外，更重要的是人格的高度，而顏真卿簡直是天地浩然正氣的代表，影響到了他的書法風格。簡單地說，顏真卿的書法具有大字的特性，正楷是端莊雄偉，氣勢開張；行書則是遒勁有力，洋溢出渾厚的骨氣，因此被稱為「中正之筆」，難怪吸引了歷代崇尚高潔的文人雅士，其中便包含了蘇東坡。

宋朝黃庭堅〈跋東坡自書詩〉記載道：

> （蘇軾）中歲喜臨顏魯公，造次為之，便欲窮本。

> 子瞻昨為余臨寫魯公十數紙，乃如人家子孫，雖老少不類，皆有祖父氣骨。

由此可知，蘇東坡在人格更成熟的中年時期喜歡臨摹顏真卿，而且在造次動盪的生活裡進行，想要窮究顏真卿書法的根本精髓，那真是對顏體最大的肯定！不止如此，蘇東坡還曾經說：「書至於顏魯公，畫至於吳道子，而古今之變，天下之能事畢矣。」這也就是集大成的意思，難怪顏體會在清朝獨領風騷。而北京的故宮博物院在一九二五年成立時，第一塊牌匾便是由第一任理事長李煜瀛用顏體所寫成的，當時他半跪在地上，大抓筆寫出「故宮博物院」五個大字，可見那力道是多麼氣勢磅礡！

由此可見，探春之所以特別偏愛顏真卿的書法，根本不是為了跟隨時代潮流，最重要的關鍵還是顏真卿頂天立地的耿直人品，流露在

故宮博物院的第一塊牌匾由李煜瀛用顏體寫成

書法風格上便是雄渾大氣、厚重沉穩的莊嚴，這也正是探春的自我期許！因此顏真卿就成為探春的第二個重像。

而那麼欣賞顏真卿書法的蘇東坡，剛好也是探春的第三個重像。前面提到探春感冒了，所以寶玉送了顏真卿的書法筆墨給她，做為病中的慰問，那探春怎麼會感冒了呢？這在那一副寫給寶玉的花箋裡已經說明了原因，信函一開始先說道：

> **前夕新霽，月色如洗，因惜清景難逢**，詎忍就臥。時漏已三轉，猶徘徊於桐檻之下，未防風露所欺，致獲採薪之患。

意思是說，前天晚上雨後放晴，空氣特別地清淨，月光也特別明亮，探春因為愛惜這番美景以後不容易再遇到了，於是不忍加以辜負，一直欣賞到半夜三更都不肯去睡，在院子裡徘徊不去，沒想到因此受到風寒，導致臥病。

想想看，探春竟然可以為了珍惜明亮如洗的月色而在戶外流連忘返，直到中宵夜深，這哪裡是一般少女會有的雅興和作風！並且，只要稍微接觸過中國古典文學的人，看到這一幕立刻就會聯想到蘇東坡，東坡在〈記承天夜遊〉這篇文章裡便記錄了相似的夜晚，他說：

> 元豐六年十月十二日，夜，解衣欲睡；月色入戶，欣然起行。念無與樂者，遂至承天寺，

尋張懷民。懷民亦未寢，相與步於中庭。庭下如積水空明，水中藻荇交橫，蓋竹柏影也。

其中把月光下樹影交錯的景色比喻成水中的水草，那月光不就成了透明的清水嗎？仔細一想，整個情景不但優美如畫，而且讓人感到十分清涼舒爽，這種發現美、創造美的心靈，又該是多麼稀有而珍貴！果然連蘇東坡自己都在這一篇文章的最後說：

何夜無月？何處無竹柏？但少閑人如吾兩人耳！

這樣的閑人確實很少，或者應該說，這樣脫俗的高雅人士十分罕見，而探春正是其中之一！那月光所勾勒的身影絕非柔弱、嫻靜的一般閨秀，難怪探春會喜歡渾厚大氣的顏體了。

讓我們再仔細地想一想，《紅樓夢》裡有誰會這樣瀟脫呢？算起來，雖然也有三更半夜還不睡的女孩子，但原因都不一樣：

黛玉是哭到夜深，如第二十七回說：「那林黛玉倚着床欄杆，兩手抱着膝，眼睛含着淚，好似木雕泥塑的一般，直坐到二更多天方才睡了。」

而寶釵呢，她是做針線做到半夜，第四十五回說：「寶釵因見天氣涼爽，夜復漸長，遂至母親房中商議，打點些針線來。……每夜燈下女工必至三更方寢。」

這麼一比較，更突顯出每個人的性格和風格都很不同，而我們也更加明白了，探春確實是大觀園中的王羲之、顏真卿與蘇東坡。但又不只如此，我還要補充第四個重像，那就是宋朝的司馬光！司馬光最讓大家耳熟能詳的事蹟是砸缸救友，但那只是兒童時期的機智勇敢，他這個人一生最自豪的成就，其實是「事無不可對人言」的光明磊落，也就是說，沒有什麼不可以對別人說的，做人做事非常坦蕩。《宋史．司馬光傳》記載：司馬光「自言：『吾無過人者，但平生所為，未嘗有不可對人言者耳。』誠心自然，天下敬信。」而恰恰好，《紅樓夢》第二十二回畸笏叟的評語也說：

> 湘雲探春二卿，正事無不可對人言芳性。

這用的正是司馬光的典故，而探春完全是擔當得起的。想想看，秋爽齋不就是把三間打通，沒有遮蔽的角落，讓人一目了然嗎？最值得注意的是，探春的生日是三月三日修禊日，她的性格又是那麼高潔恢弘，正如那一天的水特別的潔淨，可以滌清種種汙穢，這種光明坦蕩的特質在探春身上始終一以貫之，所以司馬光才會是探春的另一個重像。

總結來看，小說裡只有探春的重像是都來自於歷史人物，而且全部是高雅脫俗的文人雅士，包括王羲之、顏真卿、蘇軾和司馬光，由此可見，探春的特質是很難模仿的，難怪小說裡很難再有第二個分身了。

## 勝過鳳姐的巾幗英雄

更難得的是，探春能夠「用行舍藏」，可以「獨善其身」也可以「兼善天下」，因此既是崇高脫俗的文人雅士，又是才幹非凡的英雄豪傑，她啊，可是連鳳姐都甘拜下風、自嘆不如的傑出人才！

當第五十五回探春開始登場理家，代替生病的鳳姐處理家務時，卻立刻面臨刁奴的欺侮，幸好探春太優秀了，才剛剛初試啼聲就一鳴驚人，給了那些存心藐視、故意掣肘的女僕一場震撼教育，讓她們從此以後兢兢業業，不敢再隨便敷衍。當時平兒便對那些媳婦們說：「那三姑娘雖是個姑娘，你們都橫看了他。二奶奶這些大姑子小姑子裏頭，也就只單畏他五分。」此話並不誇大，接著鳳姐聽了平兒的轉述以後，即不禁連聲喝采道：

好，好，好，好個三姑娘！我說他不錯。

想想看，在整部《紅樓夢》裡，上上下下除了賈母之外，有誰能被鳳姐這樣極口稱道的？鳳姐這個人已經是睥睨天下的巾幗豪傑，例如第二回冷子興演說榮國府時，便說她是：「模樣又極標緻，言談又極爽利，心機又極深細，竟是個男人萬不及一的。」難怪第七回鳳姐自豪地說：「普天下的人，我不笑話就罷了。」這一點絕對不是自我吹噓，所以說，不被她輕視就已經很不錯了，又有幾個人可以被她看在眼裡？還要能被她高度讚賞的，更簡直絕無僅有，而探春便是唯一的一個！並且這一個不僅得到了鳳姐的稱讚，還包括一連四個「好」字，簡直是讚嘆連連、讚不絕口。那就可想而知，探春是多麼地卓越非凡了。

其實，探春還在前面的沉潛期，便已經展露出非凡的眼光胸襟，只是被讀者們所忽略。例如大觀園的第一個海棠詩社，正是探春號召大家所成立的，第三十七回中，探春寫給寶玉一副花箋，提議道：「孰謂蓮社之雄才，獨許鬚眉；直以東山之雅會，讓余脂粉。」這些字句也同時呈現出不讓鬚眉的氣概，顯示出一種超越性別的高度。

再看第四十九回時，薛寶琴、邢岫烟、李紋、李綺等新秀恰巧一起上京來到賈府，看起來也都擅長作詩，寶玉興奮得迫不及待，對探春說：「明兒十六，咱們可該起社了。」但探春則認為此刻不宜：

「越性等幾天，他們新來的混熟了，咱們邀上他們豈不好？這會子大嫂子、寶姐姐心裏自然沒有詩興的，況且湘雲沒來，顰兒剛好了，人人不合式。不如等着雲丫頭來了，這幾個新的也熟了，顰兒也大好了，大嫂子和寶姐姐心也閑了，香菱詩也長進了，如此邀一滿社豈不好？……」寶玉聽了，喜的眉開眼笑，忙說道：「倒是你明白。我終久是個糊塗心腸，空喜歡一會子，卻想不到這上頭。」

可見探春的思慮周密，面面俱到，遠勝於寶玉的感性行事。這般清晰明理的頭腦，在第四十六回也出現過，當時賈赦想要納鴛鴦為妾，而引起賈母空前絕後的震怒，在大發雷霆之下殃及無辜，把不相干的王夫人也責罵一頓。王夫人百口莫辯，其他人卻都因為有所顧慮而不便出言解釋，導致現場一片尷尬，這時出來化解危機的人便是探春。書中說：

> 探春有心的人，想王夫人雖有委屈，如何敢辯；薛姨媽也是親姊妹，自然也不好辯的；寶釵也不便為姨母辯，李紈、鳳姐、寶玉一概不敢辯；這正用着女孩兒之時，迎春老實，惜春小，因此，窗外聽了一聽，便走進來陪笑向賈母道：「這事與太太什麼相干？老太太想一想，也有大伯子要收屋裏的人，小嬸子如何知道？便知道，也推不知道。」

此一舉動顯示出探春具備洞若燭火的眼力，一一了解到大家的為難，並且擁有高度的膽識，在賈母的怒火下勇於出面，講出合情合理的一席話，果然猶未說完，賈母便立刻恢復理性，笑著承認道：「可是我老糊塗了！姨太太別笑話我。」一由此洗刷了王夫人的冤屈，平息了賈母的怒氣。可見探春的勇氣、決斷力確屬一流，和清明的頭腦、高雅的品味共構為一，塑造出絕無僅有的一位文人雅士兼英雄豪傑。

讀到這裡，恐怕大家便很想了解了，到底一個人要怎樣才能卓越到這種程度？前面已經看到才志兼備即是最大的原因，但「才自精明志自高」又是怎麼來的？關於這一點，鳳姐其實是很有洞察力的，也很有自知之明，她完全知道自己為什麼會比不上探春，所以在探春理家後用來囑咐平兒的一番話裡，便提到重點了，她說：

> 他雖是姑娘家，**心裏却事事明白**，不過是言語謹慎；他又**比我知書識字，更厲害一層了**。

這實在是金玉良言啊，曹雪芹在小說裡一再想告訴我們，讀書實在是太重要了，通過讀書，一個人才能張開眼睛，看得更遠、更高、更廣，才不會流於表面，短視近利。前面已經提到過，薛寶釵最好的一段話是這麼說的：

> 學問中便是正事。此刻於小事上用學問一提，那小事越發作高一層了。不拿學問提着，便都流入世俗去了。

所以說，探春之所以比鳳姐更傑出，原因就在於她能夠「拿學問提着」，因此「作高一層」，而鳳姐卻因為不曾讀書識字，以致「流入世俗去了」。換句話說，探春之所以比鳳姐「更厲害一層」，便是因為她讀書識字，擁有了學問，所以能夠「作高一層」，而那來自學問的「作高一層」，也讓探春「志自高」，即提升了志向，所以才成為一個比王熙鳳還要傑出的女君子、女英雄！

## 探春的代表花

有趣的是，探春兼具了文人雅士、英雄豪傑的雙重特點，她的代表花也因此很有特色，那就是不容侵犯的玫瑰花！

根據第六十五回興兒描述探春的性格時所說的：

三姑娘的渾名是「玫瑰花」。……玫瑰花又紅又香，無人不愛的，只是刺戳手。也是一位神道，可惜不是太太養的，「老鴰窩裏出鳳凰」。

顯然探春的個性絕不會逆來順受，接受不公不義的對待，因此讓人覺得帶著刺。但我們也要仔細分辨清楚，玫瑰花的刺絕不會主動傷人，只要你尊重她、保持距離，那她就會是一位美麗宜人的佳人，因此在大家心目中留下的印象，即第五十五回所說的「素日也最平和恬淡」、「言語安靜、性情和順」。但如果你膽敢侵犯，她也不會忍耐，會伸出她的刺來把你刺傷，提醒你不應該做這樣的舉動！

讓我們認真想一想，這樣的性格才能真正地維持世界的公平，並且促進社會的進步。試看第七十四回抄檢大觀園時，所有的姑娘們都接受這種屈辱，一一讓大隊人馬搜檢房裡丫鬟們的東西，卻只有探春採取不合作的態度，她開門秉燭而待，蓄勢待發，準備好要正面宣戰，給予不正義的做法一記迎頭痛擊。當鳳姐等人剛進房門，她便明白表示拒絕抄檢，冷笑道：

「我們的丫頭自然都是些賊，我就是頭一個窩主。既如此，先來搜我的箱櫃，他們所有偷了來的都交給我藏着呢。」說着便命丫頭們把箱櫃一齊打開，將鏡奩、妝盒、衾袱、衣包若大若小之物一齊打開，請鳳姐去抄閱。

又說：

我的東西倒許你們搜閱，要想搜我的丫頭，這卻不能。我原比眾人歹毒，凡丫頭所有的東西我都知道，都在我這裏間收着，一針一線他們也沒的收藏，要搜所以只來搜我。你們不依，只管去回太太，只說我違背了太太，該怎麼處治，我去自領。

這樣的做法有幾個用意：首先是保護自己的丫鬟，擋住不公正的對待方式，不讓她們接受無端的羞辱，這便顯示出優秀將領的風範，也才值得手下效忠。第二，探春並不是魯莽蠻幹的人，她知道這是上層的命令，不應違抗，因此是換個方式讓抄檢工作得以進行，並表示自己願意領罪，讓鳳姐等人可以回去交差，此即顧全大局的眼光。第三，探春以身作則，親自承攬抄檢的羞辱，同時保證對下人善盡管理的責任，所以可以對秋爽齋的一切人事負起全責，這更展現了卓越領導者的精明有為。

其實這場肉搏戰哪裡只是為了保護自己的手下，或她個人的不甘受辱而已，根本就是從大局著想，因此接著她才會指出這種做法的嚴重性，等於是自己抄自己的家，所謂：「從家裏自殺自滅起來，才能一敗塗地。」探春也因此悲憤地掉下了眼淚。

並且，當刁奴王善保家的藐視探春，輕率地往她身上翻賊贓時，探春才會不顧身分，直接給她臉上一巴掌，當下把她痛斥一頓，指着王家的問道：「你是什麼東西，敢來拉扯我的衣裳！我不過看着太太的面上，你又有年紀，叫你一聲媽媽，你就狗仗人勢，天天作耗，專管生事。如今越性了不得了。你打諒我是同你們姑娘那樣好性兒，由着你們欺負他，就錯了主意！你搜檢東西我不惱，你不該拿我取笑。」那一幕真是威風凜凜，大快人心！

所以說，探春這朵玫瑰花確實是帶刺的，但她的刺是這樣的敦厚內斂，代表了自尊自愛的人格高度，因此，一旦把那根刺拿出來反擊的時候又是這樣令人感到痛快，覺得正義之士就應該這樣積極奮鬥，不屈不撓，而不是跑去隱居獨善其身，把世界讓給小人掌管而落得烏煙瘴氣。這樣的探春簡直是振奮人心，「玫瑰花」實在是比喻得太好了！

而這個比喻更奧妙的地方，是清朝評點家姜祺所指出來的，他在《紅樓夢詩・賈探春》這一段說：

一帆風雨海天來，爽氣秋高遠俗埃。脂粉本饒男子氣，錫名排玉合玫瑰。

並附注道：

賈氏孫男俱從玉旁，玫瑰之名，恰有深意，不獨色香刺也。此獨具著眼處。

這真是深具啓發性的詮釋，姜祺慧眼洞見告訴我們，探春為什麼會用玫瑰作為代表花，還有更深刻的一個原因，即她具有非凡的男子氣概，足以擔當家族的繼承人，因此曹雪芹在選代表花的時候，便刻意選擇帶有玉字邊的名字，使她也排進繼承人的行列，那就非玫瑰莫屬了。

試看「玫瑰」這兩個字的偏旁都是玉，豈不正是寶玉這一代的排行用字嗎？玉字輩的孫男有寶玉、賈珍、賈璉、賈環、賈瑞等十多個，可惜除了早死的賈珠之外，幾乎都是不肖子孫，即第五回寧、榮二公之靈所說的「無可以繼業」。這麼一來，曹雪芹賦予探春一個名字帶玉的玫瑰做代表花，又哪裡只是用來說明她的性格而已，其實更是要以這種性格來讚美她是一個傑出的巾幗英雄，是賈家復興的唯一希望。因此，第十三回回末詩所說的「裙釵一二可齊家」，我認為這一兩個可齊家的金釵除了王熙鳳以外，另一個就是賈探春！

以這一點來說，探春恐怕是小說家最重視的人物之一。只可惜大多數的讀者受限於對愛情的興趣，尤其是寶玉、黛玉的愛情，因此被聚光燈遮蔽了視線，看不見其他人的深度和價值。這是多麼可惜！

最後，總結一下這一章的內容，其中提到了幾個重點：

第一，小說裡真正的「文人雅士」是賈探春，因此曹雪芹為她所安排的大雅分身，主要包括了王羲之、顏真卿、蘇軾、司馬光等歷史人物，都具有高潔恢弘的人格和光明磊落的氣節。

第二，探春最喜歡的書法家是唐朝的顏真卿，因為他中正耿直的人品形成了雄渾有力的書品。顏真卿的「顏體」是清朝書法史的主流，也和探春的人格最相契合。

第三，探春可以獨善其身，也可以兼善天下，一旦她入世處事的時候，便成為比鳳姐還厲害一層的巾幗英雄，讓鳳姐甘拜下風。

第四，因此曹雪芹把玫瑰花給探春做代表花，這一方面是用玫瑰的刺比喻探春對於不合理的事情會勇於反擊，一方面也是用玫瑰二字的玉字邊來讚美探春才是賈家真正的好子弟。

而探春這一朵玫瑰花為了鞏固自己的人格高度，也為了追求公平正義，所以堅守正道，這一點尤其表現在她和生母趙姨娘的抗爭上。下一章就要來講這一對母女的關係，到時候你會發現，一個君子要維持自己的品格，需要多麼地堅苦卓絕，還要被許多讀者給誤會呢。

# 22 君子的奮鬥：變形的母女關係

從前面兩章，已經清楚看到探春人品崇高，是一位大雅君子，然而探春最常被誤會、也最常被批評的，是她和生母趙姨娘之間的母女之爭，因此我們必須給予正確的理解，並且從中看到更深刻的道理。所以這一章就來談談探春在這個變形的母女關係裡的艱苦奮鬥。

我們都知道，探春並非王夫人所生，而是庶出，她的生母是趙姨娘。歷來一般常見的說法，是認為探春不認親生母親趙姨娘，只認有權有勢的嫡母王夫人，因此批評她天性涼薄、趨炎附勢等等。但這又是一個很嚴重的誤解！想想看，從前面兩章的說明，可見探春是那樣恢弘大器的文人雅士，更是才志兼備的正人君子，怎麼可能會是趨炎附勢的俗人！果然事實並非如此，以探春的正派、高尚，她之所以會出現這一類讓人誤會的情況，一定是另有緣故。我們得要仔細推敲，切莫囫圇吞棗，這樣一來不但可以還給她一個公道，並且藉此更了解人情事理的複雜與奧妙，不至於流入世俗。

## 哪一種母親

我們都知道，《紅樓夢》主要是描寫少年少女的成長故事，因此也寫到很多的母親。但你以為親子之間就是血濃於水，一定會溫情款款嗎？你以為母親一定是犧牲奉獻，無怨無悔地為孩子付出嗎？你又以為子女一定得感恩戴德，對父母充滿了孺慕之情嗎？我想，只要仔細觀察、認真去想，便會發現上面這些問題的答案並不都是肯定的。

其實，就像俗話說的「一樣米養百樣人」，世間有多少種人，母親的類型便有多少種，因此，一個女性本身是怎樣的人，她就會成為怎樣的母親。所謂的「母親」並不是天生的，而「好母親」更不是理所當然的，以致有的母親又溫柔又慈愛，讓孩子彷彿活在無憂無慮的樂園裡，也成為他們堅強的精神支柱；但有的母親卻是又殘暴又粗魯，帶給孩子很多的痛苦，甚至形成了影響一生的創傷。很不幸的，探春遇到的生母卻是後面這一種。

所以說，有多少種人就有多少種母親，如果再加上重男輕女之類的社會價值觀，那又更複雜了，可見母女關係完全不是用很簡單的概念所可以一概而論的。果然，《紅樓夢》裡的母親們並不都是來自同一個模子，一個個都是多麼的不同！至於她們和各個子女的關係也差別很大，探春所遇到的兩個母親即十分懸殊，值得仔細研究。接下來，要從情、理、法三個層面來談這個主題。

首先，從「法」的層面而言，探春是賈政庶出的女兒，為趙姨娘所生，但在家族裡、在國家法律上，她的母親則只有王夫人一個，因為**王夫人是賈政明媒正娶、被整個國家、社會、家族親友所確立的妻子，所以也是賈政所有子女的母親，這叫做嫡母**，探春認同她根本是理所當然的，也是必須的。原來，在傳統社會裡，大家庭中的親子關係是以宗法制度來運作的，在父權中心之下，三妻四妾所生的子女都是以父親的正室夫人為法律上正式的母親，而妾或姨娘本身並不屬於這個家族的成員，她們仍然歸入僕人婢女的等級。

清朝末代睿親王的子嗣金寄水在《王府生活實錄》中特別指出：「什麼是嫡與庶，在王府有著明確的區分：由明媒正娶用花轎抬來的是『嫡』，由婢作妾或未經媒妁作證，未坐花轎進門的都是『庶』。」因此，溥傑《醇王府內的生活》一書中便指出：「我的祖母固然是我們的親生祖母，不過，她的娘家人，則仍然是王府的『奴才』，我們當『主人』的是不能和『奴才』分庭抗禮的。」這也正是《紅樓夢》的倫理世界。試看第六十回，趙姨娘和戲子芳官吵了起來，趙姨娘擺出主子的態勢來羞辱芳官，芳官便不甘示弱地反擊說：

> 姨奶奶犯不着來罵我，我又不是姨奶奶家買的。「梅香拜把子——都是奴幾」呢！

其中她所引用的歇後語，意思就是說：會跟梅香這種婢女結拜的人當然也是婢女，你趙姨娘和我這個戲子都是奴才，沒什麼好囂張的！

換句話說，姨娘並不是賈家的成員，她和男主人的關係只能算是私人的同居，所以叫做「納妾」，和明媒正娶的嫡夫人是完全不同的身分，雖然在家族裡還是有個高一點的位置，能得到人情上的尊重，卻根本沒有法律地位。也因此，這些姨娘死後並不能入祀家族的宗祠接受祭拜，她們自己以及她們的娘家人，和男主人一家也不發生親屬關係，所以探春會說她的舅舅是王子騰，趙國基並不是她舅舅，這完全符合傳統社會的倫理法規。同樣的，我們還可以注意到，小說裡探春和其他的家人一樣，見到或提到趙姨娘的時候，都是喊她「姨娘」，也是出於這個原因。

如此一來就很明白了，探春的表態完全站得住腳，她並沒有趨炎附勢，只是遵守客觀的倫理法律而已。從這個角度來說，探春之所以認同王夫人是具備了充分的「合法性」。但其實不只是制度上的合法性而已，探春之所以只認同王夫人，還兼具了合情性、合理性，因此是情、理、法三者兼備，接著再以「合情性」來看。

其實，母子關係本來就不是完全建立在「血緣」之上，尤其是母親與孩子的感情並非與生俱來，母子之情根本是在朝夕相處，日復一日的照料中慢慢養成的。例如中古時期的北魏，在建立了「子貴母死」制度以後更證明了這一點。所謂的「子貴母死」，是指北魏所設立的後宮制度，當一個女性生下的皇子被立為皇儲時，不論任何地位都一律賜死，包括宮女、嬪妃甚至皇后皆然，以避免及防止外戚專權。這麼一來，失去生母的皇儲也可能與承擔哺育撫養責任的女性建立親密的母子關係，同樣的，在賈家也出現類似的特殊情況。

因為賈母特別疼愛孫女的緣故，所以探春姊妹從小都是跟著王夫人長大，小說第二回冷子興演說榮國府時說道：「便是賈府中，現有的三個也不錯。……因史老夫人極愛孫女，都跟在祖母這邊一處讀書，聽得個個不錯。」到了第七回，因為林黛玉已經來到賈府裡，於是情況發生了一點變化：「近日賈母說孫女兒們太多了，一處擠着倒不方便，只留寶玉、黛玉二人這邊解悶，却將迎、探、惜三人移到王夫人這邊房後三間小抱廈內居住，令李紈陪伴照管。」由此可見，這三春是先後跟著賈母、王夫人一起生活的。

但考慮到賈母的高齡，實際上擔任照顧養育的責任的，當然主要是王夫人，所以說，探春和其他的姊妹們都是自幼跟著王夫人長大。而王夫人也都把她們視如己出，例如第三回黛玉剛到賈府時，王夫人特別囑咐她說「你三個姊妹倒都極好」，可見王夫人很喜歡這些女孩子，對她們的評價也都很高，其中便包括了探春在內。既然王夫人從小親自照顧她、真心疼愛她，很自然而然的，彼此便培養出真正的母女之情，這麼一來，探春對王夫人又加上了情感認同的力量，一定會更加促進彼此的關係，這即是「合情性」。

最後，再從「合理性」來看。其實王夫人又不只是疼愛探春而已，她還是最賞識、最提拔探春的長輩，最重要的一件事，就是在王熙鳳生病不能理家時，王夫人欽點探春做為接任者！第五十五回說：剛過了元宵，把年事忙過，鳳姐便小月了，也就是流產，於是在家休養，不能理事，王夫人便覺失了膀臂，除了大事由自己主張之外，「將家中瑣碎之事，一應都暫令李紈協理。李紈是個尚德不尚才的，未免逞縱了下人。王夫人便命探春合同李紈裁處」，另外「又特請了寶釵來，托他各處小心」，結果，「他三人如此一理，更覺比鳳姐兒當差時倒更謹慎了些。因而裏外下人都暗中抱怨說：剛剛的倒了一個『巡海夜叉』，又添了三個『鎮山太歲』，越性連夜裏偷着吃酒頑的工夫都沒了」。可見這是最佳的人事安排，王夫人的識人之明可以說是顯而易見的。

尤其是在這三個新主管裡面，李紈的能力不夠，寶釵則是外人，所以真正做決策、處理事務的人是探春。而探春的卓越是連王熙鳳都自嘆不如的，但我們也得知道，她之所以能夠站上這個位置充分發揮才能，全都是王夫人給她的機會！王夫人並沒有因為她是趙姨娘所生，就排擠她、冷落她，相反的，還提拔她、重用她，如同一個伯樂挖掘了千里馬一樣，讓探春可以盡力奔馳、實踐理想。這樣的知遇之恩，豈不是讓人感恩戴德嗎？誰不會打從心底感謝、認同呢？這就是探春認同王夫人的「合理性」。

總而言之，從各方面所有的條件來看，王夫人能得到探春的認同，都是理所當然的結果。

## 母愛是「最自然的幻覺」

但反過來看，趙姨娘對探春則截然相反，因此探春之所以不認同趙姨娘，也完全是合情、合理、合法的。其中，關於「合法性」這一點就不用再多說了，那是整個社會強制性的規範，再無奈也沒辦法，然而探春打從心裡都不認同趙姨娘的原因，主要是在於情、理這兩個範疇，那才是真正的關鍵所在。

首先，從「合情性」來看。很多讀者都沒有想過，趙姨娘對探春到底有沒有母愛？大家通常說什麼血濃於水啦、母子天性啦，那是一般直覺上的常識，事實上，母愛主要是後天養成的，因此實實在在養育照顧所累積的感情，比起所謂天生的親情還要濃烈得多。由任何的人際關係都不會是天然存在的，親子之間的關係也是如此，雙方的感情仍然是需要後天的培養，因此也都要用心經營，都要互相付出。

雖然一般來說，大部分的母親確實是把孩子當作心頭肉，愛孩子勝過於愛自己，但不可否認，世界上確實也有一些母親卻是把女兒當作搖錢樹來利用，民國著名小說家張愛玲的筆下，不也出現過這樣的案例嗎？在她所寫的故事裡，大多數都是壞母親，甚至還有母親因為嫉妒女兒的幸福，居然造謠去破壞女兒的婚姻，讓女兒痛不欲生，從此被徹底摧毀了一生，那真讓人看得毛骨悚然！

因此，法國大文豪波特萊爾（Charles Pierre Baudelaire）就曾經因為某個事件，而深深感嘆：所謂的母愛，是人間「最自然的幻覺」！這確實是真知灼見——我們總是很自然地認為母愛是人間最必然而然、也最真誠美好的感情，與生俱來、無庸置疑，但那其實是一種幻覺，即不真實的、虛幻的感覺，可是大家都覺得理所當然，所以說母愛是人間「最自然的幻覺」。

這一點，在趙姨娘身上就清楚得到了印證，她完全把女兒當作搖錢樹，想要從探春身上撈到各種好處，因此逼迫探春去徇私舞弊。第五十五回的回目清楚點明她的做法是「辱親女愚妾爭閑氣」，於此，曹雪芹很清楚地定義趙姨娘是個「愚妾」，一個愚昧、愚蠢的人，她做了「辱親女」的惡行，這個「辱」字清楚顯示了趙姨娘對探春的羞辱甚至踐踏，哪裡有一點母親的慈愛？又哪裡有值得尊敬的地方？

尤其趙姨娘極端地重男輕女，一味壓榨探春、偏私賈環，對她來說，探春剛好可以利用來做搖錢樹，把賈家的財產拿來給賈環，甚至給她們趙家。以第二十五回的故事來說，當時馬道婆到賈府來請安，順路和趙姨娘攀談了起來，越講越投機，於是想用她的法術幫趙姨娘除掉寶玉和鳳姐，自己也可以得到好處，趙姨娘便挑明了說：

你若果然法子靈驗，把他兩個絕了，明日這家私不怕不是我環兒的。那時你要什麼不得？

想想看，謀財害命是多麼傷天害理的事，連起心動念都是罪過，何況還積極付諸行動，結果也幾乎害死了寶玉和鳳姐！難怪探春忍不住批評她是「陰微鄙賤的見識」，一點都不過分。

所謂「近朱者赤，近墨者黑」，以致跟著趙姨娘長大的賈環也耳濡目染，變成了壞胚子。第二十回描寫賈環輸了錢，竟然小氣耍賴，回家以後還顛倒是非，說寶釵的丫鬟鶯兒欺負他，賴他的錢，寶玉更把他給攆走了，趙姨娘一聽，就破口大罵起來。剛好鳳姐路過，把她的難聽話都聽在耳朵裡，於是隔著窗戶教訓賈環道：

你也是個沒氣性的！……你不聽我的話，反叫這些人教的歪心邪意，狐媚子霸道的。自己不尊重，要往下流走，安着壞心，還只管怨人家偏心。

仔細推敲一下，把賈環「教的歪心邪意，狐媚子霸道」的「這些人」，指的正是趙姨娘、趙國基這一群人。整個第二十五回便集中描寫這一對母子的壞心和惡行，前面剛剛講了趙姨娘想要藉法術謀財害命，而賈環也不遑多讓：

素日原恨寶玉，……雖不敢明言，却每每暗中算計，只是不得下手，今見相離甚近，便要用熱油燙瞎他的眼睛。因而故意裝作失手，把那一盞油汪汪的蠟燈向寶玉臉上只一推。……只見寶玉滿臉滿頭都是油。……左邊臉上燙了一溜燎泡。

請看用心如此狠毒，手段這樣殘暴，果然是趙姨娘的嫡傳。所以說，他們是血緣上的親人，但更都是品格上的小人，結果就沆瀣一氣，結合成了自私自利、不擇手段的小人集團，難怪興兒說他們是「老鴰窩」——整窩的烏鴉！如鳳凰般光明磊落的探春當然會無法忍受。

有趣的是，這樣的人品差異也反映在外表上。俗話說「相由心生」，意指一個人外在的長相是由內在的心靈所產生，心理會影響到生理，久而久之，相貌就會慢慢改變了。果然有一次，賈政看到賈環和寶玉站在一起，兩人的對比更清清楚楚地突顯出來，第二十三回說：

賈政一舉目，見寶玉站在跟前，神彩飄逸，秀色奪人；看看賈環，人物委瑣，舉止荒疏。

所謂「人物委瑣，舉止荒疏」簡直說明了賈環的不堪，哪裡比得上探春的「俊眼修眉，顧盼神飛，文彩精華，見之忘俗」？可見探春其實更像寶玉的同胞妹妹。如果我們記得寶玉和探春都是由王夫人帶大的，那更證明了養育確實是比生育更重要，血緣不但不是萬能，甚至有時還會造成孽緣！

而真正偏心又壞心的母親，就是趙姨娘，尤其趙姨娘從來沒有想過，她愛過探春嗎？她對探春付出過嗎？答案都是沒有！然而，她總是向探春要好處，然後把好處都給賈環。這樣的母女關係，其實到現在還是很常見的，又哪裡能讓女兒感到溫情呢？很值得注意的是，高鶚的續書充分把握到這一點，因此設計了一段十分冷酷的情節，第一百回中王夫人等談起探春聘嫁一事，同時提到迎春慘遭折磨的苦況，簡直過得比下三等的丫頭還不如。沒想到趙姨娘聽見探春這件事，反歡喜起來，心裏說道：

只願意他像迎丫頭似的，我也稱稱願。

這種含怨報復、幸災樂禍的心態，其中已經毫無一絲母女之情，反倒充滿敵意甚至仇恨，更把這一對血緣上的母女關係往負面極端化了，令人不寒而慄！即使把該等極端的程度減少七分，那剩下的三分也還是全無真情可言，又如何能強求探春的認同？這正是單單血緣所無法支持的「合情性」。

其次再看「合理性」的部分。確實，一個人如果常常沒事就把不認生母掛在嘴巴上，那當然是不對的，但探春的情況並非如此。只要以客觀的心態仔細去看，便會發現：探春一共兩次提到她只認王夫人是母親，而那兩次全部都是趙姨娘逼她這麼做的！先看第一次，那是在第二十七回，當時探春為了感謝寶玉幫她到外面買一些可愛的小東西，因此說要再做一雙精美的鞋子送給他，當作謝禮。寶玉聽了笑道：

> 「你提起鞋來，我想起個故事：那一回我穿着，可巧遇見了老爺，老爺就不受用，問是誰做的。我那裏敢提『三妹妹』三個字，我就回說是前兒我生日，是舅母給的。老爺聽了是舅母給的，才不好說什麼，半日還說：『何苦來！虛耗人力，作踐綾羅，作這樣的東西。』我回來告訴了襲人，襲人說，這還罷了，趙姨娘氣的抱怨的了不得：『正經兄弟，鞋搭拉襪搭拉的沒人看的見，且作這些東西！』」探春聽說，登時沉下臉來，道：「這話糊塗到什麼田地！怎麼我是該作鞋的人麼？環兒難道沒有分例的，沒有人的？一般的衣裳是衣裳，鞋襪是鞋襪，丫頭老婆一屋子，怎麼抱怨這些話！給誰聽呢？我不過是閑着沒事兒，作一雙半雙，愛給那個哥哥兄弟，隨我的心。誰敢管我不成！這也是白氣。」

接著，探春又提到託寶玉買東西的事，說：

「還有笑話呢：就是上回我給你那錢，替我帶那頑的東西。過了兩天，他見了我，也是說沒錢使，怎麼難，我也不理論。誰知後來丫頭們出去了，他就抱怨起來，說我攢的錢為什麼給你使，倒不給環兒使呢。我聽見這話，又好笑又好氣，我就出來往太太跟前去了。」

很明顯的，趙姨娘的心態完全是唯利是圖，一雙眼睛只盯著探春看有什麼好處，只要探春把東西給了別人，就是肥水落了外人田，就是趙家的損失！可是賈環的衣服鞋襪是由底下的丫鬟婆子負責的，而探春身為主子小姐，做鞋子全憑個人的意願，鞋子本身也是禮物，憑什麼一定得要給賈環穿？她又不是賈環的奴才！至於探春給寶玉的錢是託他去買東西，根本不是送給寶玉，可是趙姨娘卻只看到白花花的銀子到了別人手裡，於是像被割掉了肉一樣，可見趙姨娘的自私自利已經到了不分青紅皂白的地步。

很明顯的，趙姨娘只看到血緣關係，認為和她同血緣的就是與自己一個陣營，所以任何好處都要給自己人，這種不分青紅皂白的邏輯，豈不是一種血緣的自私嗎？而一味用血緣關係來強迫要脅，不就是血緣勒索嗎？其實寶玉也了解這一點，但不好明說，於是很含蓄地點頭笑道：

「你不知道，他心裏自然又有個想頭了。」探春聽說，益發動了氣，將頭一扭，說道：

> 「連你也糊塗了！他那想頭自然是有的，不過是那陰微鄙賤的見識。他只管這麼想，我只管認得老爺、太太兩個人，別人我一概不管。就是姊妹弟兄跟前，誰和我好，我就和誰好，什麼偏的庶的，我也不知道。論理我不該說他，但忒昏憒的不像了！」

想想看，探春之所以會動氣，把話說得這麼直接，便是因為忍耐到了極限，為了不肯妥協，於是才動用宗法制度來批評趙姨娘的血緣勒索。這並不是涼薄無情，而是在忍無可忍之餘表達出正確的道理。

等到後來探春被王夫人看重，執掌了理家的權力時，趙姨娘果然又是第一個來找麻煩的，而且她的要求更過分了，於是探春被迫第二次不認趙姨娘。第五十五回說，當時趙姨娘的兄弟趙國基剛好死了，她要求探春給付更多的喪葬費，但從家族的立場來說，趙國基只是奴僕，平常的工作就是負責侍候賈環，所以探春堅持按例不能多給。於是趙姨娘便羞辱探春了，她說：

> 如今你舅舅死了，你多給了二三十兩銀子，難道太太就不依你？……明兒等出了閣，我還想你額外照看趙家呢。如今沒有長羽毛，就忘了根本，只揀高枝兒飛去了！

可是想想看，探春的「根本」是賈家，完全不是趙家，她是賈家名正言順的血脈，本來就處在高枝上，而趙家只能算是僕人。但趙姨娘卻這般顛倒地硬套關係，一口咬定趙家是探春的根本，堅稱趙國基是她的舅舅，就是為了要得到額外更多的好處，那等於是一種徇私舞弊，並且嚴重破壞了倫理秩序。探春這樣一個像司馬光般「事無不可對人言」的君子，怎麼會願意接受此等不合理的要求？何況一旦被脅迫去做出違反法理的事以後，她還怎麼能公正理事，讓下面的人服從？

## 勇敢拒絕血緣勒索

所以探春就要奮起勇敢地戰鬥了，她的戰鬥不是為了爭權奪利，而是為了捍衛自己的人格！於是探春氣得一面哭，一面問道：

誰是我舅舅？我舅舅年下才升了九省檢點，那裏又跑出一個舅舅來？……何苦來，誰不知道我是姨娘養的！必要過兩三個月尋出由頭來，徹底來翻騰一陣，生怕人不知道，故意的表白表白。也不知誰給誰沒臉？

確實，就像前面說過的一樣，探春的母親是王夫人，王子騰才是她的舅舅，而這一點大家都知道，根本不用多說。若非趙姨娘總是這般夾纏歪派、硬套亂扯，探春又何必公然宣稱，多此一舉？

總而言之，簡單來說，趙姨娘有三個問題：一個是重男輕女，一個是重趙家、反賈家，而第三個也是最根本的問題，便是人品惡劣，自私自利，通過重男輕女以及重趙家、反賈家的思想，於是把探春當成了搖錢樹，進行違反了情理法的血緣勒索，以致讓原本應該母女連心的悲喜劇淪為倫理對抗的肥皂劇。這就是這一對母女之間的鬥爭關鍵。

關於趙姨娘的性格卑劣，往往有人歸罪於宗法制度，認為是「姨娘」的卑屈處境所導致，但這其實是一種不對的邏輯，稱為「外歸因」，即忽略了當事人自己的責任，而全部推給外在的環境因素。探春便很明白這一點，因此第六十回中，她舉出父親賈政的另外一個妾周姨娘作為對比，說：

> 何苦自己不尊重，大吆小喝失了體統！你瞧周姨娘，怎不見人欺他，他也不尋人去。

由此可見，趙姨娘真正的悲哀不是來自於姨娘的身分，而是她把自己的靈魂活成姨娘的樣子！這是什麼意思呢？確實，「姨娘」的這種身分是不公平的制度所造成的，但一個姨娘是否會內心卑劣，那就是個人的品格問題了，必須自己負責。所以周姨娘在身分上是姨娘，於品格上則是正派的人，而趙姨娘不但身分上是姨娘，連人品上也是個低下的姨娘，成為「卑劣的弱勢者」。

猶如西方諺語所謂的「僕從眼中無英雄」，一個奴僕活在精神底層，滿眼睛只看到利益，滿腦子只想到鑽營，還以為大家都和她一樣貪婪自私，因此看不出真正的英雄。黑格爾（Georg W.

F. Hegel, 1770-1831）在其《歷史哲學》一書中便極睿智地又加上了一句：「但那不是因為英雄不是英雄，而是因為僕從只是僕從。」並說明造成這個現象的原因，其一是上天造人時並沒有同時賦予他們的靈魂以大志，另一則是因為滿懷嫉妒與自負。也正是基於同樣的道理，趙姨娘把探春的不肯妥協汙衊為趨炎附勢，給予巨大的人格謀殺，以致嚴重傷害了探春。

所以說，趙姨娘對探春的逼迫勒索越是強烈，就越是讓探春更劃清界線，也把探春的心推得更遠。但這又怪得了誰呢？只能怪她「自己不尊重，要往下流走，安着壞心」，為人處事總抱持「陰微鄙賤的見識」而「忒昏憒的不像」（第二十七回），以致「這麼大年紀，行出來的事總不叫人敬伏」（第六十回），怎麼能要女兒一起陪葬？於是，我們終於明白探春一再說：「我只管認得老爺、太太兩個人，別人我一概不管。」以及：「誰是我舅舅？」這些話其實都體現了君子的奮鬥和努力。在身分認同上，她看重的並不是天然的血緣，更不是現實的功利，而是以合法、合情、合理為標準，以保有高潔的人格，這才是探春內心做出取捨的關鍵。

從探春的案例，我們也清楚看到，原來「人格」是要自己爭取來的，不是放縱任性就可以擁有，而必須辨別是非，抗拒壓力、堅忍卓絕，忍受誤會和惡意攻擊，才能確立人格的高風亮節。難怪探春會喜歡顏真卿，正是這個原因。

最後，總結一下這一章所講到的幾個重點：

第一，從宗法制度來說，王夫人確實才是探春的母親，這是探春認同王夫人的合法性。

第二，探春從小跟著王夫人長大，所以也培養出真正的母女之情，這是探春認同王夫人的合情性。

第三，王夫人慧眼識英雄，賦予探春理家的權力，對探春更有著知遇之恩，這是探春認同王夫人的合理性。

整體來說，探春之所以認同王夫人是合情、合理、合法的。而探春之所以否定趙姨娘，為的是不肯同流合汙，因此動用宗法制度來拒絕血緣勒索，以保護自己的高尚人格，我們也應該看到探春被迫劃清界線時心裡的悲憤和痛苦。

所以說，在探春身上我們眼睛一亮，發現一顆被埋沒的珍珠閃閃發光，而我們也可以推測，假如探春可以一直留在賈家，那麼賈家最後的命運會不會改寫？可不可以避免「落了片白茫茫大地真乾淨」的下場？答案都是應該可以！當然我們都知道，注定的悲劇還是發生了，那麼探春何以沒能夠扭轉賈家的命運呢？下一章便要來談這個問題。

# 23 花落誰家：鳳凰遠嫁高飛的悲哀

這一章要談探春的結局，了解她這隻鳳凰必須遠嫁高飛，以致無力回天的悲哀。

前面我們已經看到探春是賈家至親的女兒，又是那樣的卓絕出色，因此提到一個問題，假設說：探春可以一直留在賈家，那麼賈家最後的命運會不會改寫？可不可以避免「落了片白茫茫大地真乾淨」的下場？關於這個問題，答案是肯定的，探春這個比王熙鳳還厲害一層的女英雄，確實是賈家日後想要復興的唯一希望，如同第二十二回脂硯齋所感嘆的：

> 使此人不遠去，將來事敗，諸子孫不至流散也。悲哉傷哉！

意思是說，倘若探春沒有遠嫁離去，將來賈家被抄，便不至於分崩離析，眾子孫們也不至於流散殆盡，落了片白茫茫大地真乾淨！多麼可惜啊，脂硯齋於是忍不住悲傷感慨了。

由此可見，探春確實是可以讓賈家保存實力，將來東山再起的女英雄。讓我們再進一步推敲：如果探春沒有遠嫁，她又會怎樣讓賈家保存實力？可惜劇本並沒有往這個方向走，所以具體的情況無從查考，屆時探春究竟將怎樣發揮幹才，我們也沒有觀摩學習的機會。不過，曹雪芹其實在前八十回裡給過一些線索，據之可以合理地推測，那應該就是第十三回秦可卿死前托夢時，指引給鳳姐的萬全良策！這一萬全良策的具體做法等到秦可卿的單元時再詳細說明。只不過鳳姐後來居然忘了去實行，真是令人跌足扼腕，但探春根本不用別人托夢指導，自己便可以想到這個策略，讓賈家可以「常保永全」，因為她「才自精明志自高」，比鳳姐還厲害一層！

## 另一種懷才不遇

然而，為什麼才志兼備的探春卻也沒有力挽狂瀾呢？原因不是不能，而是沒有機會。

原來，傳統女性的宿命就是一定要出嫁，因此探春被剝奪了挽救賈家的機會，以致探春和賈家都遇到了無可奈何的悲劇，賈家的悲劇是從此一敗塗地，而探春的悲劇則是明明才志兼備，卻十幾歲就得出嫁，因此只能眼睜睜地看著娘家毀滅，無力回天而萬般愴痛！想想看，那是多麼令人不甘心的遺憾。難怪在整部小說裡，雖然女孩子們都知道自己要出嫁，也有人先出了嫁，例如迎春即嫁到了孫家，但卻只有探春一個不斷被強調出嫁的痛苦，並且為了突顯這一點，曹雪芹充分利用了斷線風箏的意象，結合了鳳凰高飛，在天涯海角悲慟賈家的殞落！這就是專屬於探春的悲劇類型。

我們都知道，曹雪芹對於小說人物的結局大多給了預告，有些是模模糊糊的，有些則是很清楚明確的。探春的結局應該算是清楚明確的那一種，試看在前八十回裡，曹雪芹即不斷地用同一種象徵來暗示探春的未來，那一種象徵是由風箏和鳳凰共同形成的。而風箏與鳳凰這兩個會飛的意象特別在探春身上被反覆運用，其實包含了命運與性格的雙重寓意：從性格來說，它們都帶有高潔的象徵意義，用來襯托探春恢弘的人格，這一點前面已經講過了；而由命運來看，風箏和鳳凰都是遠走高飛的飄蕩之物，因此同時可以用來暗示探春遠嫁的結局，甚至兩者還可以結合為一，變成了鳳凰風箏，極其形象地預告探春的命運。

關於探春的婚姻預告，清楚見諸第六十三回，當時大家在怡紅院為寶玉慶生，一起掣花籤助興，探春抽到的籤是這樣的：

> 眾人看上面是一枝杏花，那紅字寫着「瑤池仙品」四字，詩云：
>
> 日邊紅杏倚雲栽。

其中在在充滿了對女性尊貴身分的暗示，所謂「瑤池」，是西王母居住的天上仙境，生長在仙境裡的杏花當然是「仙品」，絕非尋常一般的人間根芽，因此李白〈清平調詞〉便把楊貴妃比喻為西王母，他在第一首裡說：「若非群玉山頭見，會向瑤臺月下逢。」意指這位美麗高貴的楊貴妃啊，如果不是在群玉山上才能見到，就應該向月光照耀下的瑤臺才能相逢，都是把貴妃比作住在瑤臺、群玉山的西王母。這麼一來，仙境又帶有皇家的隱喻，而地位崇高的皇家本來就是人間仙境，因此探春抽中的這朵杏花便不可能是庭院裡、田野上處處可見的普通品種了。

再看探春的花籤詩「日邊紅杏倚雲栽」，「日」也就是太陽，傳統一直用來代表皇帝，所以才會說「天無二日，國無二君」，而這朵紅杏花開在太陽旁邊，以天上的雲層作為她腳下的土壤，那當然也帶有皇家的象徵，暗示探春會高高在上。果然籤下面的注解說：「得此籤者，必得貴婿，大家恭賀一杯，共同飲一杯。」眾人便對探春笑道：「我們家已有了個王妃，難道你也是王妃不成？大喜，大喜！」如此說來，探春將來會成為王妃，是可以確定的。

再看第七十回的描寫，便更加明確無疑了。當時黛玉重建了桃花社，大家一起填詞競賽，正當評比討論結束之際，只聽窗外竹子上一陣聲響，把眾人嚇了一跳，丫鬟們出去查看，原來是一個很漂亮的大蝴蝶風箏掉下來挂在竹梢上了。這一個偶然的插曲引起了大家放風箏的興趣，小丫頭們更是興奮不已，連忙去做各種準備，七手八腳地拿出一個美人風箏來，不過薛寶琴卻笑道：「你這個不大好看，不如三姐姐的那一個軟翅子大鳳凰好。」寶釵也表示同意，笑道：「果然。」由此可見，探春的風箏是大鳳凰的造型。書中又說：

> 此時探春的也取了來，翠墨帶着幾個小丫頭子們在那邊山坡上已放了起來。寶琴也命人將自己的一個大紅蝙蝠也取來。寶釵也高興，也取了一個來，却是一連七個大雁的，都放起來。獨有寶玉的美人放不起去。……大家都仰面看天上，這幾個風箏都起在半空中去了。

這時，放風箏的遊戲已經達到了最高潮，接著便是剪斷風箏的這個重頭戲了，因為他們認為斷線的風箏可以把人的災厄一併帶走，所以叫做「放晦氣」，黛玉先剪斷自己的那一只風箏，它越飛越遠，轉眼就不見了，寶玉也跟著剪斷自己的美人風箏，想要陪黛玉的那一只一起作伴。然後，探春正要剪自己的鳳凰，見天上也有一個鳳凰，因道：

「這也不知是誰家的？」眾人皆笑說：「且別剪你的，看他倒像要來絞的樣兒。」說着，只見那鳳凰漸逼近來，遂與這鳳凰絞在一處。眾人方要往下收線，那一家也要收線，正不開交，又見一個門扇大的玲瓏喜字帶響鞭，在半天如鐘鳴一般，也逼近來。眾人笑道：「這一個也來絞了。且別收，讓他三個絞在一處倒有趣呢！」說着，那喜字果然與這兩個鳳凰絞在一處。三下齊收亂頓，誰知線都斷了，那三個風箏飄飄颻颻都去了。

這段情節太有趣了，讓我們看到少女們家常生活中很活潑熱鬧的一面，當然，各種風箏造型也都寄託了象徵意義，探春的尤其重要，不但她的風箏是鳳凰，連絞在一起的另一只風箏也是鳳凰，而我們都知道鳳凰有幾個重要的意義，其中之一就是作為神聖的政治圖騰，代表身分地位崇高，和代表天子的龍互相匹配。所以當元妃省親之前，寶玉為瀟湘館初步擬訂的名字即是「有鳳來儀」，把元妃比擬為鳳凰。另外，和這兩只鳳凰絞在一起的還有一個喜字造型的風箏，此中聯姻的意義再明顯不過，這麼一來，將來探春所嫁的對象也必然是個鳳凰般的貴婿，即皇家的王爺，則探春也跟著晉升為王妃了！

由此可見，曹雪芹對探春確實是非常偏愛的，因此探春是唯一擁有兩種代表花的金釵，一種是紅杏，一種是玫瑰，比寶釵、黛玉等所有的金釵們都還要豐富。其中，玫瑰是反映她的性格，前一章已經講過這一點；而紅杏則是暗示了命運，預告探春會成為王妃！

但探春又是當上了哪一種王妃呢？這就引起很多的討論了，首先可以確定的是，那並不是皇帝的妃嬪，再回頭參考第五回太虛幻境人物判詞所配的圖畫便可以知道了，上面是：

畫着兩人放風箏，一片大海，一只大船，船中有一女子掩面泣涕之狀。

可見探春將來應該是要搭上海船，走海路遠嫁到海疆。那麼，到底是怎樣的王妃得到海疆成親？有一種說法認為，探春是「杏元和番」，像王昭君一樣和番到東南亞的異國，也就是「嫁到中國以外的一個海島小國去作王妃」。但這種說法似乎難以成立，因為歷代的「和番」均為皇室帝王之女，或至少要以這樣的名義才可以到外邦做后妃，而探春的身分並不符合。

最重要的是，自古以來傳統中國一直帶有一種民族的驕傲，往往認為周邊的國家文化低落，因而把它們稱為蠻夷之邦，形成了夷夏之別而有尊卑之分。在這樣的觀念下，華夏中國的貴族女子到外邦去和番，那是犧牲下嫁而不是飛上枝頭，因此不會把和番的女性叫做「鳳凰」，歷史文獻上也從來沒有這樣的用法，曹雪芹自然不會例外。

除了和番的說法之外，還有發配海疆或者當粵海將軍的兒媳之類的推測，不過這些推測都苦無證據，有一點想像編劇的意味，所以也只能存而不論。保守一點來說，探春于歸的對象應該就是戍守海疆的藩王，當然，可能有人也會質疑，清朝的皇族被限制居住在北京城裡，不會到海疆去駐地戍守，但我們得要特別注意，文學是一種創作，所以擁有虛構的特權，一切安排都以它內部世界的需要為優先。曹雪芹是在寫小說，而不是在寫實錄，當有藝術上的需要時，便可以進行虛構，以達到最好的效果。

好比前面講過，小說裡寫到參選秀女的人只有元春、寶釵兩個，其他的金釵都沒有遇到這件事，很顯然的，曹雪芹只有在元春、寶釵兩個人身上借用了當時的制度來加以合理化她們的故事，而其他人並沒有這個需要，於是不加以採用，可見根本不用強求全部都要一致，更未必都得符合歷史現實。再說，曹雪芹為了烘托元春封妃的登峰造極，所以虛構出「接連四五枝，真是樓子上起樓子」的石榴樓子花，那在大自然界根本是不可能存在的超現實，可是卻能夠發揮很大的藝術效果，這時便可以進行虛構了。同樣的，曹雪芹為了要讓探春嫁作王妃，並且還得嫁到天涯海角，於是便安排一個戍守海疆的藩王作為貴婿，就此而言，根本沒必要拘泥於清朝的制度是否吻合。

而探春的這一趟遠嫁緊緊伴隨著一個節日，即清明節。小說裡不斷提到這一節日，首先是第五回在太虛幻境裡，探春的判詞中說：「清明涕送江邊望，千里東風一夢遙。」清楚點出了清明節。到了第二十二回大家過元宵節猜燈謎取樂時，探春作的燈謎詩又說：

階下兒童仰面時，清明妝點最堪宜。
游絲一斷渾無力，莫向東風怨別離。

這時，賈政正確地指出謎底是風箏，可見探春是在清明節那一天出嫁的。而曹雪芹之所以要選擇這一天，就是因為清明節的民俗活動包括了放風箏，把風箏放在這個節日背景裡最是順理成章，一旦探春這隻鳳凰高飛的時候，卻同樣是遠嫁訣別，因此也和斷線的風箏相配合。

由此可見，第七十回中探春的鳳凰風箏和另一只鳳凰風箏以及再一個喜字風箏絞在一起，然後飄飄颻颻地消失在天際，正是具體象徵了探春嫁作王妃以後，像斷線的風箏一樣遠離故鄉的命運。這個設計實在是巧妙無比，令人不禁讚嘆曹雪芹的天才！

## 三次眼淚：英雄的愴然涕下

不過事實上，探春遠嫁最重要的意義，並不在於婚後的未來命運，而在於她的心理衝擊。試看第五回人物圖讖所描寫的「船中有一女子掩面泣涕之狀」，以及「清明涕送江邊望，千里東風一夢遙」的判詞，此外還包括《紅樓夢曲》的歌詞所言：

一帆風雨路三千，把骨肉家園齊來拋閃。恐哭損殘年，告爹娘，休把兒懸念。自古窮通皆有定，離合豈無緣？從今分兩地，各自保平安。奴去也，莫牽連。

這一首曲子題為〈分骨肉〉，可見探春的遠嫁就像被割斷了臍帶一樣，那是山高水長、永無相見之日的悲哀，但探春並不是黛玉那一種沉浸在生離死別之感傷裡的人，她的悲痛不只是離別的痛苦，更是在於懷才不遇，因此對賈家的敗落無力回天！

關於這一點，我要特別提醒大家，曹雪芹所特別打造的專屬於探春的悲劇，其實大都和女性的性別有關，在整部小說裡，這個悲劇讓她一共掉了兩次眼淚：一次是對性別不平等的悲痛，第二次才是遠嫁的悲哀，而歸根究柢，都是對女性的性別處境椎心泣血。

先從遠嫁這一點來看。第五回探春的判詞說：「才自精明志自高，生於末世運偏消。」所謂「生於末世運偏消」其實只點出了探春的生不逢時，但更重要的是生錯了性別，如果她是個男孩子，不就可以名正言順地留在賈家，代替寶玉扛起家族的責任，進行救亡圖存、起死回生的任務了嗎？然而她偏偏是個女生，注定只能當娘家裡短暫的過客！

讓我們參考《詩經》裡一再提到女性的出嫁。〈桃夭〉裡說：「桃之夭夭，灼灼其華。之子于歸，宜其室家。」用桃花盛開來讚美新嫁娘的美麗，以及得到歸宿的歡喜，因此「于歸」這個詞到了今天還在用來代指女性出嫁。但古代的詩人很有意思，他們其實也注意到女孩子出嫁時心理的感受，那就是割斷臍帶的孤獨與恐懼，所以《鄘風・蝃蝀》又一再說「女子有行，遠父母兄弟」、「女子有行，遠兄弟父母」，其中所謂「女子有行」的「行」，便是指出嫁，那確實是一趟遠行啊，不但「遠兄弟父母」，而且是天長地久、天涯海角的遙遠。試看探春出嫁時還得搭乘海船，那不正是到海角去了嗎？而古代交通不便，一趟來回就得花上幾個月，女兒常回娘家當然很不切實際，於是一旦出嫁以後，確實即等於是斷線的風箏了！

然而，以探春的資質能力，她完全足以擔任男性繼承人的責任，她的重像不全都是歷史上的文人雅士嗎？可惜她生錯了性別，一個英雄的靈魂裝進了女兒身，那靈魂再巨大都不可能全力發揮，最多只能限制在家庭裡，第十三回回末詩所贊美的「群釵一二可齊家」，這句話清楚表明了「齊家」就是女性一生最大的成就；何況那被限制的雄才大略還只能貢獻給夫家、婆家，卻救不了自己深愛的娘家，這種悲憤難道不是另一種懷才不遇嗎？如此一來，探春得要出嫁變成別人家的人，簡直對本家毫無用武之地，這豈不是探春最大的遺憾嗎？而探春最卓越的地方，便在於她自己也完全明白這一點，充分洞悉她的遺憾和悲劇根源都是來自於性別！

想想看，在傳統社會裡，男尊女卑、男主外女主內的觀念根本是天經地義，幾乎人人都接受這樣的觀念，連女性自己也覺得那是理所應該的！書中就有一個最特別的例子，在第七十三回〈懦小姐不問纍金鳳〉一段情節裡，迎春這位懦弱小姐被奶娘一家給吃定了，簡直欺負到了頭上，卻完全沒有能力反擊。此時探春到紫菱洲來探望她，剛好遇到底下兩派人馬的爭吵，一邊是囂張跋扈的刁奴，一邊是守護主人的丫鬟，正吵得不可開交，於是探春便介入處理，還暗中派人把平兒召來，這才平息了一場風波。

但依照倫理規範，究竟該如何處置這一場紛擾，還是必須看迎春這位正規的主子，以免逾越了分際。沒想到迎春居然毫無決斷，對大家說：

「你們若說我好性兒，沒個決斷，竟有好主意可以八面周全，不使太太們生氣，任憑你們處治，我總不知道。」眾人聽了，都好笑起來。黛玉笑道：「真是『虎狼屯於階陛，尚談因果』。若使二姐姐是個男人，這一家上下若許人，又如何裁治他們？」迎春笑道：「正是。多少男人尚如此，何況我哉！」

仔細看，對迎春的無能率先發出批評的，就是黛玉，但黛玉的說詞又很明顯是支持男權中心的思想，從她所說的「若使二姐姐是個男人，這一家上下若許人，又如何裁治他們」，這段話便顯示出黛玉認為男人是一家之主，具有或承擔了裁治一家上下的權力，如果能力不夠，那便會讓家務混亂了！在此，黛玉並沒有反對這樣的性別分工，而是覺得理所當然，只是對迎春的極端無能有一點微詞，但其中並沒有男女不平等的想法，也就談不上什麼反抗或批判的心思。

可是探春則不一樣，她當然也接受這一類性別分工的事實，但她卻看到其中具有男女不平等的本質，因此也表現出抗議的意味，在層次上便比黛玉要更高得多。那是在第五十五回，當時探春正開始大刀闊斧地理家，卻被刁奴所欺，尤其是被生母趙姨娘給牽絆掣肘，因此百般悲憤，終於忍不住聲淚俱下，說道：

我但凡是個男人，可以出得去，我必早走了，立一番事業，那時自有我一番道理。偏我是女孩兒家，一句多話也沒有我亂說的。

確實，探春當然沒辦法鬧革命，去打破社會的規範，但她卻清清楚楚看到了這樣的性別分工，其實是一種對女性的限制和束縛，既然連一句話都不能多說，那還能有什麼作為？因此，她居然想到如果可以當一個男人，自己的人生便會完全不一樣了，因為男人可以走出大門，迎向整個世界，也開創一番大事業，豈不是更宏大的自我實踐嗎？可是現在卻只能被女兒身困在閨閣裡，最多就是理一理家務，最多也就是達到王熙鳳的成就，卻還要這樣被人找麻煩，才志兼備又有什麼用！

難怪探春會那般悲憤交加了，她哪裡只是因為這些芝麻綠豆的小人小事而生氣？會這樣想的讀者實在是「眼中無英雄」，以致看不出這位女英雄的胸襟眼光超越了性別，也超越了時代，居然洞察到性別不平等對女性的壓抑！所以說，探春的眼淚絕不是林黛玉式的、水仙花一般的自戀和自虐，而是陳子昂那一種「念天地之悠悠，獨愴然而涕下」的悲壯。

再看探春的第二次掉眼淚，同樣也展現出高瞻遠矚的眼光，出現在第七十四回的抄檢大觀園。當時她膽敢違抗命令，正是因為看到這種做法的嚴重性，等於是自己抄自己的家，所謂：「這樣大族人家，若從外頭殺來，一時是殺不死的，這是古人曾說的『百足之蟲，死而不僵』，必須先從家裏自殺自滅起來，才能一敗塗地！」因此講完以後，便悲憤地掉下了眼淚。

所以說，前八十回裡探春一共掉了兩次眼淚，都是因為看到更深、更遠的地方，卻又無能為力的遺憾。至於將來遠嫁時，在江邊上船出發前和至親訣別的哭斷肝腸，就算是前八十回裡還沒寫到，卻清楚預告的第三次哭泣！那同樣帶有悲壯的力量，讓人聯想到霸王別姬的壯烈。當時項羽高唱一首〈垓下歌〉，歌道：「力拔山兮氣蓋世，時不利兮騅不逝。騅不逝兮可奈何！虞兮虞兮奈若何！」仔細對照一下，其中的「力拔山兮氣蓋世」豈不相當於探春的「才自精明志自高」嗎？這兩個人確實都是絕頂非凡的傑出人物。

而項羽的「時不利兮騅不逝」也吻合了探春「生於末世運偏消」的無可奈何，一個英雄是無顏見江東父老，而一個巾幗英雄是再也不能見到江東父老。時運真是不濟啊，那一身的才能、滿腔的抱負又有什麼用？可見探春的悲痛完全不是為了個人得失的感傷，而真是屬於英雄豪傑的悲愴，所以我才會說，探春的眼淚是陳子昂式的那一種「念天地之悠悠，獨愴然而涕下」。

也因此可以說，探春這位展翅高飛的鳳凰正是元妃的繼承人，是下一位體現大觀精神的大母神的候選人。只可惜，正像第五十五回鳳姐所感嘆的：「不知那個有造化的，不挑庶正的得了去。」那個有造化的人，就是另一隻鳳凰風箏所代表的王爺，他娶到了探春這朵玫瑰花，簡直是得到天上掉下來的禮物，可以準備迎接齊家治族的興旺歲月了！只是，探春這朵玫瑰花心裡的痛，又該如何平復？難怪曹雪芹也把她放在薄命司裡，永遠被讀者憐惜、哀悼。

最後，總結一下本章的內容，其中講到幾個重點：

第一，探春才志兼備，但對賈家的敗落也沒有力挽狂瀾，原因就在於傳統女性一定要出嫁，因此被剝奪了挽救娘家的機會，這便是探春專屬的悲劇類型。也因此小說裡不斷突顯風箏與鳳凰這兩個會飛的意象，除了象徵探春性格的高潔之外，同時還包含了遠嫁的命運暗示。

第二，探春是唯一擁有兩種代表花的金釵，除了用玫瑰來比喻性格之外，另一種是紅杏，那是要暗示探春會成為王妃的命運，可以說是元妃的接班人。

第三，探春的卓越也表現在她擁有宏大的眼光，居然洞察到性別的壓抑，因此比其他的金釵更感到痛苦，這顯示出探春稱得上是女性主義者的前鋒，是一位超時代的先知。

第四，英雄不是不流淚，只是他們所流的眼淚帶有一種悲壯，所以探春總共掉了三次眼淚，但都接近於陳子昂的「念天地之悠悠，獨愴然而涕下」，雖然悲痛，卻充滿了力量，因此探春的判詞居然和項羽的〈垓下歌〉有著異曲同工之妙。

由此可見，探春會進入賈母的寵兒名單裡，真是曹雪芹的一大巧思，其中便寄託了小說家衷心的讚嘆！

下一章，就要來講王熙鳳這個人物了。她是最看重探春的知音，顯然也擁有非凡的眼光、開闊的胸襟，並且對賈家貢獻卓著，但卻一直被誤會是心腸歹毒、手段毒辣的壞女人，這真是讀者們的損失！究竟損失了什麼？請看下一章的說明。

# 王熙鳳：

## 剛強堅毅的正義準星

# 24 冰山上的指南針

從這一章起，要開始講一個光彩奪目的重要人物，王熙鳳。這是整部小說中塑造得最成功的金釵之一，但一般都把她當作一個心腸歹毒、手段毒辣的反派角色，那可真是買櫝還珠的損失了。所以接下來的三章，要客觀而全面地重新認識王熙鳳，你會發現我們竟然錯過了太多的美好！

我們都知道，世界上最著名的冰山，就是在一百多年前撞沉了英國皇家郵輪鐵達尼號（Titanic）的那一座，導致這艘號稱「永不沉沒」的「夢幻之船」崩潰瓦解，成為海底下冰冷的一片廢墟。

## 鐵達尼號的掌舵者

而《紅樓夢》所描寫的末世悲劇正是差相彷彿，賈家從繁華到破滅的過程，簡直就是那一艘鐵達尼號的故事加以放大、延長的版本。而饒有意味的是，曹雪芹也是用「冰山」這個意象來比喻賈家的處境呢，第五回太虛幻境裡，關於王熙鳳的圖讖正是這麼說的，在夢中神遊的寶玉看到那幅圖上畫的是：

一片冰山，上面有一隻雌鳳。其判曰：
凡鳥偏從末世來，都知愛慕此生才。
一從二令三人木，哭向金陵事更哀。

原來，在曹雪芹的心目中，賈家確實就像面臨了一片冰山，迎面而來，危機四伏，可是船上的人還渾然不覺，繼續歌舞昇平，如同第二回冷子興演說榮國府時所說的：「如今生齒日繁，事務日盛，主僕上下，安富尊榮者盡多，運籌謀畫者無一。」這段評論算是百分之九十九的正確，唯一應該要修正的是，「運籌謀畫者」其實還是有的，探春便是其中之一，而在第七十一回裡，寶玉很自私地批評探春說：「誰都像三妹妹好多心。事事我常勸你，總別聽那些俗語，想那俗事，只管安富尊榮才是。」這更對比出寶玉的不負責任。

只不過探春畢竟是未出閣的少女，有些事不便涉及，何況幾年以後嫁了出去，那更是無用武之地。可以說，另一個執掌全局運籌謀畫者，便是王熙鳳了，她站在那一片冰山上，努力不要讓賈家這艘船沉沒，或者即使會沉沒也要延長航行的時間，這是她對賈母、王夫人的孝心與責任感。

因此，第十三回的回末詩稱讚這兩個「運籌謀畫者」，是：「金紫萬千誰治國，裙釵一二可齊家。」從這兩句詩，很清楚地顯示曹雪芹對王熙鳳是正面而十分肯定的，因為傳統社會是男主外、女主內，在這樣的情況下，一個男性的終極價值是「治國、平天下」，而一個女性終身最大的成就便是「齊家」。這麼說來，王熙鳳理家的成就和貢獻等於比得上治國的能臣，簡直勝過於朝廷上身穿金紫朝服的萬千讀書人，那又怎麼會是反派人物呢？所以說，事實上恰恰相反，王熙鳳是曹雪芹所刻畫的一隻光彩輝煌的鳳凰，足以擔任賈府這艘大船的指南針！

那麼，王熙鳳是怎樣樹立起這根指南針的？首先，當然必須有非凡的才幹，否則根本無法掌舵，因此判詞裡直接明說「凡鳥偏從末世來，都知愛慕此生才」，「凡鳥」這兩個字合起來，就是個「鳳」字，鳳姐要穩住的冰山便是賈家的末世，而她展現出來的這份才幹即是最突出的光芒，令人炫目，也讓人愛慕。

要知道，鳳姐所面對的，是上千人的大家族，可不能用今天幾口之家的觀念來看待。第五回寶玉說：「如今單我家裏，上上下下，就有幾百女孩子呢。」這幾百個還只是指女孩子而已，那男丁方面呢？第六回也說：「按榮府中一宅人合算起來，人口雖不多，從上至下也有三四百丁。」如此一來，幾百個女孩子再加上三四百個男丁，人口數目又至少得翻倍了，再加上其他老的、小的還沒算進來，果然到了第五十二回，麝月就提到說「家裏上千的人」，這個總結的數字可一點也不誇張。想想看，這麼多的人每天住在一起生活，單單食衣住行就已經是個大工程，何況這些人還包括好幾代的親戚、各方面的朋友，人際關係是多麼複雜，彼此的恩恩怨怨更是剪不斷、理還亂，所謂的盤根錯節、牽一髮動全身，這些成語用來描寫賈家的狀況，真是一點也不為過。

因此，第六回在講了榮府中「從上至下也有三四百丁」這句話之後，緊接著又說：「雖事不多，一天也有一二十件，竟如亂麻一般，並無個頭緒可作綱領。」再看第六十八回賈璉偷娶的尤二姐被騙入大觀園以後，鳳姐派去侍候她的丫頭善姐也對尤二姐說道：

> 我們奶奶天天承應了老太太，又要承應這邊太太、那邊太太。這些妯娌姊妹，上下幾百男女，天天起來，都等他的話。一日少說，大事也有一二十件，小事還有三五十件。外頭的從娘娘算起，以及王公侯伯家多少人情客禮，家裏又有這些親友的調度。銀子上千錢上萬，一日都從他一個手、一個心、一個口裏調度。

必須說，這的確是很客觀的實話，也因為鳳姐實在太能幹了，所以王夫人便特別倚重她。當第六回劉姥姥來賈府打秋風時，周瑞家的告訴她說：「如今太太竟不大管事，都是璉二奶奶管家了。」劉姥姥聽了，驚喜地說：「這鳳姑娘今年大還不過二十歲罷了，就這等有本事，當這樣的家，可是難得的。」周瑞家的聽了，讚嘆道：「我的姥姥，告訴不得你呢。這位鳳姑娘年紀雖小，行事却比世人都大呢。如今出挑的美人一樣的模樣兒，少說些有一萬個心眼子。再要賭口齒，十個會說話的男人也說他不過。」

由此可見，鳳姐的確是出類拔萃的非凡人物，最難得的是，王熙鳳其實是很正派的一個人，王夫人之所以重用她，賈母之所以很喜歡她，都是這個原因。我知道，這樣的說法很不同於一般常見的意見，但我們應該實事求是，全面而客觀地了解一個人，才不至於人云亦云、以偏概全而流入世俗。現在就來講幾個重點吧。

## 守禮：大德不踰閑

首先，脂硯齋在評點第五十八回的時候，便曾經提醒道：

> 看他任意鄙俚詼諧之中，**必有一個禮字還清**，足見是大家形景。

換句話說，在賈家的環境裡，再怎麼詼諧放縱，都一定會遵守禮教、禮儀，符合「禮」的規範，這才是這種貴族世家的真實樣貌，鳳姐當然也是。試看第三十八回闔家女眷都到大觀園的藕香榭共享螃蟹宴，一邊賞桂花，賈母提到她小時候貪玩，掉進了水裡，於是把額頭邊的鬢角碰破了，如今留下了一個疤痕，鳳姐聽了，便開了賈母一個玩笑，說那個疤痕就是要盛福壽的，現在因為萬福萬壽盛滿了，所以倒凸高出些來了。她還沒說完，賈母與眾人都笑軟了，賈母一方面說：「這猴兒慣的了不得了，只管拿我取笑起來，恨的我撕你那油嘴。」但另一方面又很開心地笑道：「明兒叫你日夜跟着我，我倒常笑笑覺的開心，不許回家去。」這時王夫人便笑道：「老太太因為喜歡他，才慣的他這樣。還這樣說，他明兒越發無禮了。」原來鳳姐這樣拿老祖宗開玩笑，其實是有一點放肆的，但請注意，賈母卻笑說：「我喜歡他這樣，況且他又不是那不知高低的孩子。家常沒人，娘兒們原該這樣。橫豎禮體不錯就罷，沒的倒叫他從神兒似的作什麼。」

由此可見，鳳姐其實是個知高低、懂輕重的人，處處都守住了禮體，也就是禮教的大體，這是賈母會很喜歡她的原因。而一個人只要守住了禮體，那麼即使有一點瑕疵，都還是會正正派派的做人做事，關於這一點，儒家早就說過了，《論語．子張》中記載子夏說道：

> 大德不踰閑，小德出入可也。

所謂的「大德」即大節、大原則，那是絕對不可以「踰閑」的，「閑」這個字本義是指柵欄、欄杆，「踰閑」意謂踰越界限；而「小德」即小節，指日常的瑣碎言行，這是不傷大雅的範圍，可以不拘小節，所以有一點出入時並不需要那麼嚴格。

想想看，連孔門的大弟子都不曾斤斤計較，可見儒家並沒有忽略人其實會面臨各式各樣的處境，不能一概而論，也不應該僵化地待人處事，所以保留了彈性空間，甚至承認難免會有一些灰色地帶，於是說「小德出入可也」，顯然儒家實在並不迂腐。再回來看鳳姐被大家詬病的一些瑕疵，只要客觀公正地去看，那其實只算是「小德出入」的層次。也正因為鳳姐始終做到「大德不踰閑」，處處守住了禮體，因此才能得到賈母、王夫人的信任，也才能把家族穩定下來，讓賈家人多享受了幾年的榮華富貴。所以說，鳳姐大體上是一個正派的人物，是冰山上的指南針！

那麼，鳳姐的大德包括了哪些呢？首先是「一心為家」，這就是鳳姐的中心思想。我舉一個最好的例子，第五十五回鳳姐因病暫時卸任，由探春接管家務，這時鳳姐的做法是全力協助新主管，而不是掣肘阻礙，充分表現出胸襟開闊的政治家風範。第一，她知道探春會遇到的難題，所以特別吩咐她的分身平兒要盡量放低姿態，完全配合探春，所謂：「如今俗語『擒賊必先擒王』，他如今要做法開端，一定是先拿我開端。倘或他要駁我的事，你可別分辨，你只越恭敬，越說駁的是才好。」這麼一來，便可以協助探春樹立威信，因為連最有權勢地位的鳳姐都服從探春，那其他的下人們就更必須服從了，探春也就更好辦事了。這哪裡是一般戀棧權力、作威作福的人會有的表現？

第二，鳳姐之所以這樣幫助探春，正是因為探春是個了不起的人才，所謂：「他雖是姑娘家，心裏却事事明白，不過是言語謹慎；他又比我知書識字，更厲害一層了。」可見鳳姐並不嫉妒別人的才幹，反倒讚美有加，還自承不如，所謂的英雄惜英雄，那麼鳳姐不也正是一位英雄嗎？這已經非常難得了，更難得的是，鳳姐之所以這麼做，為的是大公無私，她說：

按正理，天理良心上論，咱們有他這個人幫着，咱們也省些心，於太太的事也有些益。

要注意，這段話裡出現了幾個重要的語詞，包括「正理」和「天理良心」，再度證明了鳳姐確實是正派的人物，所以優先從「正理」和「天理良心」的角度來思考。她之所以會想要聯手探春，完全不是要結黨營私，而是要「於太太的事也有些益」，所謂「太太的事」便是指整個賈家的公共事務，既然探春是一個傑出的人才，那就讓她為賈家多一份貢獻，於是給予她大力的支持。可見鳳姐所著眼的都不是個人的利益，根本沒有想要拉幫結派，更沒有嫉妒新任的當權者，而是一心為大局設想，因此她才能當賈家的指南針！

講完了鳳姐的「一心為家」，至於鳳姐的第二個大德，則是在處理事務時「帳也清楚，理也公道」。這兩句話出自於第三十六回，當時王夫人問鳳姐說，前些日子恍惚聽到有姨娘抱怨丫頭們的月錢短了一吊，是什麼緣故？鳳姐連忙解釋說：這是「外頭商議的，姨娘們每位的丫頭分例減半，人各五百錢，每位兩個丫頭，所以短了一吊錢。」然後王夫人又問到賈母的丫鬟裡，哪些是一兩月錢的？鳳姐又趕緊說明道：其中一個是襲人，雖然給了寶玉，但她的月錢還是在賈母的名下去領，而寶玉的其他丫頭們各有不同的等級，都不能用襲人的規格來調派。

這一大篇說明講得清清楚楚，有條不紊，於是旁聽的薛姨媽笑道：「只聽鳳丫頭的嘴，倒像倒了核桃車子的，只聽他的帳也清楚，理也公道。」其中所謂的「倒了核桃車子」是比喻鳳姐講話很快，口齒清晰伶俐，而「帳也清楚，理也公道」八個字就是重點了，因此不但讓王夫人的疑問冰消釋然，煙消雲散，也讓我們看到鳳姐理家的大原則，要不然，賈母、王夫人又怎麼會把家務託給她管？家裡人又有誰會服氣？只要有人心裡不服氣，事情便很難做下去了。

關於這一點，其實鳳姐心裡也很明白，表達在一段大家都沒有注意到的情節裡，即第六十八回的〈苦尤娘賺入大觀園〉。當時鳳姐得知賈璉在外面偷娶了尤二姐，不禁醋勁大發，帶著像刺一般的痛苦想盡辦法要除掉情敵，於是去找尤二姐，打算把她哄騙到自己身邊以便就近控制。而在她對尤二姐所說的一番話裡，有幾句是這麼說的：

> 若我實有不好之處，上頭三層公婆，中有無數姊妹妯娌，況賈府世代名家，豈容我到今日。

要知道，這段話說得完全正確，在賈府這樣的世代名家裡十分重視倫理教養，是不可能容許子孫囂張放肆的，因此鳳姐所要面對的約束可真多，包括「上頭三層公婆，中有無數姊妹妯娌」。所謂「上頭三層公婆」指的是賈母、王夫人和邢夫人，想想看，單單一層壓力就夠大了，何況有三層！不只如此，另外還有中間的「無數姊妹妯娌」，這些平輩們的地位也都比鳳姐高，屬於旗人的風俗，清末徐珂《清稗類鈔》記載：「旗俗，家庭之間，禮節最繁重，而未字之小姑，其尊亞於姑，宴居會食，翁姑上坐，小姑側坐，媳婦則侍立於旁，進盤匜、奉巾櫛惟謹，如僕媼焉。……小姑之在家庭，雖其父母兄嫂，亦皆尊稱之為姑奶奶。因此之故，而所謂姑奶奶者，頗得不規則之自由。」既然未出嫁的姑娘地位要比嫁進來的媳婦尊崇，所以鳳姐也得特別照顧這些姊妹妯娌。這麼一來，等於面對了上上下下交織而成的天羅地網，她又哪裡能夠太出格呢?正因為這番道理說得很對，合情合理，因此尤二姐才會相信，也才會願意住進入大觀園。

同樣的，鳳姐之所以能夠大鬧寧國府，正是因為她站住了理字，「帳也清楚，理也公道」的緣故，絕不是吃醋就可以這樣潑辣的。原來，賈璉偷娶尤二姐其實是犯下了大逆不道的重罪，因為當時皇宮中有個老太妃薨逝，舉國服喪，官宦之家連戲班子都要遣散，不可以娛樂，遑論娶親！更何況自己家族的長輩賈敬又過世了，又再加上一層服喪，根本不可以再娶，再何況賈璉又是私底下偷偷進行，更違背了父母之命的倫理！所以第六十四回說：「賈璉只顧貪圖二姐美色，聽了賈蓉一篇話，遂為計出萬全，將現今身上有服，並停妻再娶，嚴父妒妻種種不妥之處，皆置之度外了。」這也正是第六十八回王熙鳳大鬧寧國府時所指控的：「國孝一層罪，家孝一層罪，背着父母私娶一層罪，停妻再娶一層罪。」

正因為賈璉背負了四層的大罪，連賈蓉那些幫凶也罪無可逭，因此鳳姐大鬧寧國府的時候，才能那麼理直氣壯，甚至到了潑辣撒野的程度，卻所向披靡，尤氏只能任由唾罵蹂躪，不敢爭辯，賈蓉更跪着磕頭賠罪，甚至舉家的眾姬妾、丫鬟、媳婦烏壓壓跪了一地，一起向鳳姐求饒呢。這是鳳姐「帳也清楚，理也公道」的一個極有趣的例證。

## 道德導致困境

看到這裡，我還要提醒大家一個很重要的地方，一般人都以為，當一個人有了權力的時候便可以為所欲為，下位者只能聽命行事，任由宰割，但其實這是大錯特錯的。好比很多人認為，王熙鳳是靠狠毒來管家的，其實大謬不然，請仔細看第五十五回，鳳姐在暫時放下權力時，很清楚地總結她當家的為難之處，其中居然也包括了對下人的顧忌！當時她向平兒笑道：

> 你知道我這幾年生了多少省儉的法子，一家子大約也沒個不背地裏恨我的。我如今也是騎上老虎了。雖然看破些，無奈一時也難寬放。二則家裏出去的多，進來的少，凡百大小事仍是照着老祖宗手裏的規矩，却一年進的產業又不及先時。多省儉了，外人又笑話，老太太、太太也受委屈，家下人也抱怨刻薄；若不趁早兒料理省儉之計，再幾年就都賠盡了。

由此可見，鳳姐的處境是騎虎難下，她所面對的主要問題，就是入不敷出的財務困境，但這並不是因為賈家歷經了百年的榮華富貴，現在才特別奢靡揮霍所造成，而是因為隨代降等承襲制度的緣故，以致「一年進的產業又不及先時」，這才是經濟出問題的關鍵。

於是鳳姐採取了許多省儉的法子，希望通過節流來穩住財政，可嘆人性大都是自私自利，只圖自己的享受，會願意犧牲自己的權益為大局著想的人，又有幾個？可鳳姐又能怎麼辦呢？只好一直冒著得罪人的風險了，這才是她得罪一家人的真正原因。但是麻煩的地方就在於：鳳姐雖然想盡辦法節約用度，卻又不能採取雷厲風行的手段，以致一方面得罪了大家，一方面賈家的錢坑還是愈來愈大，依然無法挽救。這又是為什麼？

原因有三個，鳳姐的話說得很清楚，第一，賈家此時已經收入減少了，卻依然「凡百大小事仍是照着老祖宗手裏的規矩」，這是為了要盡孝道，以免多省儉了，上兩代的「老太太、太太也受委屈」。參考第七十四回王夫人對鳳姐所說的：「我雖沒受過大榮華富貴，比你們是強的。」可見這是隨代降等制度所造成的每況愈下。但為了讓長輩們不受委屈，於是只好繼續維持前兩代的高規格的規模，如此一來又能儉省多少？所以才會「出去的多，進來的少」，造成了財務缺口。

第二，多省儉了，「外人又笑話」，會被取笑寒酸、不成體統，那就丟了家族的臉面。原來我們都不知道，貴族之所以講究排場，並不是為了炫耀，而是必須盡的義務，是他們得承擔的一種社會責任，所以為了不讓外人笑話，貴族有時候得要打腫臉充胖子，維持一定的門面、排場，那並非無聊的虛榮心作祟，而是在輿論壓力下無可奈何的辛酸，可不是自由自在的平民百姓所了解的。

第三，鳳姐之所以不能多省儉的原因，竟然還包括了擔心「家下人也抱怨刻薄」，因而有所顧慮，原來，貴族要承擔的社會責任還包括良好的道德，所以必須善盡照顧下人的責任，這也形成了賈家寬柔待下的門風。難怪第三十三回賈政聽說金釧兒跳井自盡的事件時，會那麼震驚又憤怒，他說：「我家從無這樣事情，自祖宗以來，皆是寬柔以待下人。……（如今）生出這暴殄輕生的禍患。若外人知道，祖宗顏面何在！」於是才會悲憤交加，把寶玉痛打一頓。由此可知，賈家一百年來都是優良的貴族，努力為社會樹立典範，不讓祖宗蒙羞，也不讓外人嘲笑。因此，鳳姐理家時也必須考慮到「家下人也抱怨刻薄」的情況，以免違反了寬柔待下的門風。

這麼說來，你還會以為曹雪芹寫《紅樓夢》是為了批判貴族的嗎？其實恰恰相反，他是要呈現好的貴族文化才創作這部小說，同樣的，鳳姐之所以能夠站在冰山上做賈家的指南針，也是因為她善盡孝道、照顧家人，維繫良好的家風。難怪第二十一回中，最了解王熙鳳的平兒對賈璉說：「他原行的正走的正。」這才是王熙鳳真正的定位。換句話說，賈家之所以信任鳳姐直到今日，絕對不是用人唯親，而其實是知人善任，因此那位很了解曹雪芹的脂硯齋，在第二十回便感慨道：

> 余為寶玉肯效鳳姐一點餘風，亦可繼榮、寧之盛，諸公當為如何？

所以說，比起寶玉的「於國於家無望」，鳳姐確實是「裙釵一二可齊家」的巾幗英雄！

最後，總結一下這一章的內容，所講到的幾個重點是：

第一，來到了末世的賈家就像即將被冰山撞沉的鐵達尼號，王熙鳳則是賈家的指南針，盡全力穩住整個局面，因此曹雪芹讚美她是「金紫萬千誰治國，裙釵一二可齊家」，極力突顯鳳姐對賈家的貢獻。

第二，王熙鳳確實才幹非凡，出類拔萃，但最重要的是她秉持「一心為家」的正派心思和「帳也清楚，理也公道」的正派做法，所以即使潑辣也都站得住腳，也才能得到賈母和王夫人的信任和喜愛。

第三，鳳姐努力節流，於是得罪了很多既得利益者，但她又不能太過省儉的原因，原來是要盡孝道，擔心賈母這些長輩受到委屈，另外還得顧慮下人的抱怨，並且維持賈家的門面，可見貴族其實背負了高標準的道德義務，這恐怕是只認識暴發戶的讀者根本始料未及的。所以我們才更需要學問和智慧，以免繼續誤讀《紅樓夢》，也冤枉了王熙鳳。

下一章要繼續講王熙鳳這個人物，她的齊家不只是打理好家務而已，在那強悍潑辣的表面下，其實也是個溫暖又深情的人！這又是怎麼說的呢？請看下一章的說明。

# 25 鋼鐵下的柔情

這一章，要繼續講王熙鳳這個精彩的人物。前面我們已經特別澄清很常見的誤解，一般都以為，鳳姐是靠著狠毒、詐欺來做人做事的，但事實上並非如此，她其實是很正派的人物，為人處事時也是剛柔並濟，亦剛亦柔。現在我就要帶大家公平地看到鳳姐在鋼鐵之下的柔情。

## 有力量的正義

平心而論，要在上千人的複雜關係裡撐起整個家庭，沒有鋼鐵般的性格和做法是做不來的。可是如果只有冰冷的鐵腕管理，那也不會令人感動或者敬佩，鳳姐正是在鋼鐵中融入了溫情，所以才會這麼引人入勝。就像法國思想家帕斯卡（Blaise Pascal）在《沉思錄》中所說的：「正義若無力量，是無助；力量若無正義，則是暴虐。」他告訴我們，沒有力量的人連正義都維護不了，所以正義也十分需要力量。同樣的，作為指南針的鳳姐，更必須擁有大力量，否則賈家這艘迷航失控的船艦仍然會快速撞沉。而在前一章裡，又已經顯示鳳姐是個「行得正走得正」的人，所以她的力量絕對不是暴虐。

首先要知道，鳳姐雖然獲得賈母、王夫人所賦予她的權力，擁有最大的後盾，但面對繁雜刁鑽的人事，她自己也必須像鋼鐵一般施展力量，否則就算當上了理家的主管，也是沒有用的。試看第五十五回鳳姐生病退位以後，王夫人重新調派人馬，首先指定李紈當接班人，當時「眾人先聽見李紈獨辦，各各心中暗喜，以為李紈素日原是個厚道多恩無罰的，自然比鳳姐兒好搪塞」。由此可見，單單靠慈善並無法管理群眾之事，古人早就說過「徒善不足以為政」，這清楚地告訴我們，只靠善良根本不足以「為政」，「為政」即處理眾人的事務。果然大家不早就打好如意算盤，要搪塞渾名叫作「大菩薩」的李紈了嗎？再看迎春這位二姑娘，堂堂一位千金小姐，居然被奶娘一家騎到頭上，予取予求，簡直比丫鬟還委屈，可見理家完全不是那麼簡單的事。

大家可不要以為，下面那些沒有權力的奴僕一定是被欺壓的好人，其實事情絕對沒有這麼簡單。曹雪芹便清楚提醒過，賈家養了許多的刁奴，還強調了三次，第一次是第十六回，賈璉護送黛玉去揚州奔喪回來以後，和鳳姐夫妻兩個對談家務，鳳姐說：

> 你是知道的，咱們家所有的這些管家奶奶們，那一位是好纏的？錯一點兒他們就笑話打趣，偏一點兒他們就指桑說槐的報怨。「坐山觀虎鬥」，「借劍殺人」，「引風吹火」，「站乾岸兒」，「推倒油瓶不扶」，都是全掛子的武藝。

這段話可一點兒都沒有誇張，後來第五十五回探春在接管家務時，也立刻受到了下人們的刁難，面臨很大的考驗。這時，人品最公正的平兒便當面對那些管家媳婦說：

> 你們素日那眼裏沒人，心術厲害，我這幾年難道還不知道？二奶奶若是略差一點兒的，早被你們這些奶奶治倒了。饒這麼着，得一點空兒，還要難他一難，好幾次沒落了你們的口聲。眾人都道他厲害，你們都怕他，惟我知道他心裏也就不算不怕你們呢。

這是第二次提到下人們的強大力量，以致鳳姐即使「少說些有一萬個心眼子」（第六回），但對這些豪奴仍得戰戰兢兢，才能不露出破綻。至於第三次是在第七十一回，連賈母最倚重的鴛鴦都說：

> 如今咱們家裏更好，新出來的這些底下奴字號的奶奶們，一個個心滿意足，都不知要怎麼樣才好，少有不得意，不是背地裏咬舌根，就是挑三窩四的。我怕老太太生氣，一點兒也不肯說。不然，我告訴出來，大家別過太平日子。

由此可見，鳳姐當這個家真是千難萬難，其實是如臨深淵、如履薄冰，她就像活在虎視眈眈的叢林裡，一不小心便會粉身碎骨，哪裡能夠掉以輕心？所以鳳姐非強悍不可，非精明不可，甚至得要用非常手段，否則怎麼壓得住這些刁奴？

而且剛好她的性格也比較剛強，第十三回賈珍便說：「從小兒大妹妹頑笑着就有殺伐決斷；如今出了閣，又在那府裏辦事，越發歷練老成了。」以致對倫理秩序崩潰的寧國府來說，鳳姐簡直還成了撥亂反正的改革領袖，第十四回當她受到賈珍的委託，承辦可卿喪事、協理寧國府的訊息傳來時，即有一個家僕笑道：「論理，我們裏面也須得他來整治整治，都忒不像了。」可見鳳姐確實是理家的最佳人選，她是一個最對的人放在對的地方，以致全力發揮，成效卓著，一方面獲得充分自我實踐的成就感，一方面更對賈家的延續大有助益，成為一個齊家的最大功臣。

精確地說，鳳姐所嚴厲對待的，往往是存心不良的小人或刁奴，因此情理上也大多說得過去，最讓人感動的是，她對品格很好的弱勢者都是照顧有加，邢岫烟便是其中之一，現在就來看這個例子。

第四十九回時賈家又來了一群姑娘，包括薛寶琴、邢岫烟等四個，都是讓大家讚嘆不絕的出眾人物。其中，邢岫烟最是命苦，邢夫人雖然是她的姑母，但為人心胸狹窄、吝嗇苛刻，不僅不照顧邢岫烟，甚至還加以壓榨，以致邢岫烟被迫得要典當衣服才能過日子，簡直嘗盡了人情冷暖。幸而還有願意雪中送炭的善心人，那些私底下偷偷幫助她的，除了薛寶釵以外，便是王熙鳳了！書中說：

鳳姐兒冷眼敁敠岫烟心性為人，竟不像邢夫人及他的父母一樣，却是溫厚可疼的人。因此鳳姐兒又憐他家貧命苦，比別的姊妹多疼他些。

這麼一來，鳳姐簡直成了保護弱小的義勇軍了！想想看，邢夫人是王熙鳳的婆婆，如果只想要討好長輩，鳳姐應該會順水推舟，跟著一起冷落岫烟才對。沒想到剛好相反，她冷眼旁觀，發現這個女孩子沒人疼沒人顧的，卻是性情溫厚，值得疼愛，如同第五十七回寶釵所欣賞的「為人雅重」，以及第六十三回寶玉所讚美的「舉止言談，超然如野鶴閑雲」，是個知書達禮的好女兒，於是鳳姐居然冒著得罪婆婆的風險，比對別的姊妹還更多疼她一些。這對家貧命苦的邢岫烟來說，豈不是一股沁入心脾的暖流嗎？而以暖流滋潤苦命少女的鳳姐，哪裡有一丁點的現實勢利呢？又哪裡可以說是心腸又酸又硬？在此反倒清楚顯示出鳳姐十分重視人品，並且擁有一顆柔軟慈悲的心，她只是把這份善良給予值得珍惜的人，這豈不也是一種正義的表現嗎？

鳳姐對於無依無靠的弱小尚且如此，對那些倫理上應該照應的人，更是善盡體貼的責任了。賈母、王夫人等長輩是不用多說，她對待妯娌姑嫂也是面面俱到，第五十一回有一段情節便說明了這一點，當時鳳姐特別和賈母、王夫人商議，要在大觀園裡另外單獨設一個廚房，專門供應園中姊妹的飲食所需，因為天氣冷了，常常颳風下雪，每天三餐還是都要按規矩到賈母處一起吃飯，來來回回的，不但辛苦，更且容易感冒受涼。鳳姐說明道：「就便多費些事，小姑娘們冷風朔氣的，別人還可，第一林妹妹如何禁得住？就連寶兄弟也禁不住，何況眾位姑娘。」可見鳳姐的關心和體貼真是到了無微不至的地步，尤其優先考慮到的就是弱不禁風的林妹妹，足見她對這二玉實在十分疼愛，那份細心體貼、照顧姊妹們的用心也展露無遺。

故事緊接著進入到第五十二回，於是賈母當眾讚美了鳳姐，向王夫人等說道：「今兒我才說這話，素日我不說，一則怕逞了鳳丫頭的臉，二則眾人不服。今日你們都在這裏，都是經過妯娌姑嫂的，還有像他這樣想的到的沒有？」薛姨媽、李嬸、尤氏等齊笑說：「真個少有。別人不過是禮上面子情兒，實在他是真疼小叔子小姑子。就是老太太跟前，也是真孝順。」這可不是場面上的應酬話。所以說，鳳姐向尤二姐解釋自己「若我實有不好之處，……豈容我到今日」，誠然是合情合理的事實。

## 溫暖深厚的真情

再看個人的姊妹關係，主要就是平兒了。平兒是一個正經人，這是賈府上上下下都認可的公論。想想看，一個這樣正派厚道的人，而且又聰明又伶俐，為什麼會願意赤膽忠心地服侍鳳姐？如果鳳姐真是一個狠毒的大壞蛋，這個情況就會很奇怪了，從情理上來說，並不合邏輯。其實真正的答案是：鳳姐的為人品格是值得她效忠的！以致這一對主僕本質上更像姊妹，彼此同心協力。

因此看在孤家寡人的李紈眼裡，簡直是羨慕不已，第三十九回中，李紈便對平兒說道：「你倒是有造化的。鳳丫頭也是有造化的。想當初你珠大爺在日，何曾也沒兩個人。……若有一個守得住，我倒有個膀臂。」說着，還不知不覺滴下淚來。由此可見，鳳姐和平兒這一組妻妾之間的關係並不是一般常見的爾虞我詐、鉤心鬥角，而是相輔相成、相親相愛，其中當然也包括了鳳姐對平兒的善待，否則又怎能贏得平兒的心？

舉一個例子來看。第四十四回鳳姐過生日，闔家湊分子替她祝壽，十分熱鬧，偏偏那好色的丈夫賈璉居然趁機偷腥，被鳳姐偶然發現了，於是潑醋大吵，賈璉也仗著酒意拿劍追殺，簡直鬧得天翻地覆。在吵嚷的過程中，夫妻兩個不好對打，於是都拿著平兒出氣，而平兒無辜被打了幾下，委屈得什麼似的，哭得哽咽不已。因為鬧到了賈母跟前，於是由賈母出面平息這一場糾紛，第二天，賈母先是命賈璉給鳳姐賠不是，又命鳳姐和賈璉兩個去安慰平兒。

看到這裡，已經顯示賈母是多麼疼顧下人的女家長，居然明辨是非，公正裁判，讓兩個當家的夫妻去向一個妾道歉和安慰！可見好的貴族並沒有階級壓迫的問題。那麼，身為主子卻必須向平兒道歉的鳳姐，又是怎樣的心情呢？書中說：

鳳姐兒正自愧悔昨日酒吃多了，不念素日之情，浮躁起來，為聽了旁人的話，無故給平兒沒臉。今反見他如此，又是慚愧，又是心酸，忙一把拉起來，落下淚來。平兒道：「我伏侍了奶奶這麼幾年，也沒彈我一指甲。就是昨兒打我，我也不怨奶奶，都是那淫婦治的，怨不得奶奶生氣。」

很明顯的，對於讓無辜的平兒受到委屈，鳳姐是又慚愧又心酸，於是難過到悲從中來，掉下了眼淚。想想看，有幾個人能得到鳳姐這樣真情流露的淚水？再看鳳姐慚愧自己因為一時憤怒而沒有顧及「素日之情」，這「素日之情」四個字更清楚表明她們彼此有著深厚的感情。再參考大家安慰平兒的話裡，也證明了鳳姐素日待平兒很好，例如寶釵勸慰平兒的時候便說：「你是個明白人，素日鳳丫頭何等待你，今兒不過他多吃一口酒。……你只管這會子委曲，素日你的好處，豈不都是假的了？」襲人也安慰她說：「二奶奶素日待你好，這不過是一時氣急了。」可見在她們相處的幾年間，平兒從沒有被鳳姐彈過一指甲，兩人根本是情同姊妹，溫馨相伴。

這就難怪此時平兒會覺得十分委屈，也顯示平兒擁有優越尊榮的地位，對於一個女僕等級的妾來說，豈不是很難得的待遇嗎？如果沒有鳳姐的賞識和提拔，這又哪裡可能呢？所以說，只有真心才能換得真情，而鳳姐給予平兒的，正是發自內心的真情，由此又再度證明鳳姐實際上擁有一顆溫暖的心！

最後，再來看鳳姐的夫妻關係，究竟是怎樣的情況？大部分讀者都認為，賈璉和鳳姐是同床異夢、各懷鬼胎，甚至爾虞我詐、彼此算計，但我還是得說，真相並非如此。書中有好幾段情節都告訴我們，其實這一對夫妻十分恩愛，稱得上鶼鰈情深，只可惜被幾乎所有的讀者忽略了。

先看鳳姐對賈璉吧。想想看，如果不是因為很愛對方，又怎麼會那般吃醋嫉妒？鳳姐之所以被比喻為醋缸、醋甕，並不只是出於性格好強而已，關鍵其實在於一種十分強烈的愛，所以才會產生極端的排他性，無法和別人共享心愛的人。試看第十三回林如海生了重病，所以賈璉必須出一趟遠門，負責帶林黛玉回揚州去探望，當時的鳳姐是這樣表現的：

話說鳳姐兒自賈璉送黛玉往揚州去後，心中實在無趣，每到晚間，不過和平兒說笑一回，就胡亂睡了。這日夜間，正和平兒燈下擁爐倦繡，早命濃薰繡被，二人睡下，屈指算行程該到何處，不知不覺已交三鼓。

這一幕是多麼溫馨的柔情款款啊，妻妾兩個日夜掛念遠方的丈夫，還扳著手指計算他現在應該到了哪裡，簡直是心思相隨、左右不離，脂硯齋便引用一句詩來說明這個場景：「所謂『計程今日到梁州』是也。」這句詩出自唐朝詩人白居易的題壁詩：「忽憶故人天際去，計程今日到梁州。」可見是一個人內心深情的典型反應。而這時的鳳姐哪裡是一個威風凜凜的女強人，根本就是一個深愛著丈夫的深閨妻子啊。

而且，請注意：所謂「鳳姐兒自賈璉送黛玉往揚州去後，心中實在無趣，每到晚間，不過和平兒說笑一回，就胡亂睡了」，顯然賈璉就是她人生中的趣味，只要賈璉不在身邊，鳳姐便覺得索然乏味，意興闌珊。因此很讓人驚訝的是，這一段描寫簡直和寶玉對黛玉的情況完全一樣！當時「寶玉因近日林黛玉回去，剩得自己孤悽，也不和人頑耍，每到晚間便索然睡了」，可見鳳姐對賈璉的感情等同於寶玉對黛玉的程度，而那是多麼珍貴的深情啊，誰說傳統夫妻之間不會有真正的、強烈的愛情！

再看第十四回的描寫，當時林如海已經病故，賈璉確定得要留在揚州更久的時間，於是派小廝昭兒回家打點一些日用的必需品：

鳳姐見昭兒回來，因當着人未及細問賈璉，心中自是記掛，待要回去，爭奈事情繁雜，一時去了，恐有延遲失誤，惹人笑話。少不得耐到晚上回來，復令昭兒進來，細問一路平安信息。連夜打點大毛衣服，和平兒親自檢點包裹，再細細追想所需何物，一併包藏交付昭兒。又細細吩咐昭兒：「在外好生小心伏侍，不要惹你二爺生氣。時時勸他少吃酒，別勾引他認得混帳女人——回來打折你的腿」等語。

鳳姐完全是親力親為，就怕有一點遺漏，會讓賈璉生活不便，這份用心和古人詩歌裡所描寫的痴情妻子也簡直完全一樣，例如李白〈子夜吳歌．秋歌〉說：「秋風吹不盡，總是玉關情。」鳳姐豈不正是那些痴心守望丈夫的搗衣婦女嗎？

至於鳳姐固然才幹非凡，把丈夫的雄風都給壓了下去，如同第二回冷子興所說的：賈璉「自娶了他令夫人之後，倒上下無一人不稱頌他夫人的，璉爺倒退了一射之地。」但其實在許多處理家務的做法上，鳳姐還是很尊重賈璉的，並非一味的河東獅吼、牝雞司晨。例如第二十二回寶釵第一次過生日時，正好是十五歲，鳳姐即事先請示賈璉的意見，看該怎麼辦理才恰當，賈璉低頭想了半日，建議說：

「往年怎麼給林妹妹過的，如今也照依給薛妹妹過就是了。」鳳姐聽了，冷笑道：「我難道連這個也不知道？我原也這麼想定了。但昨兒聽見老太太說，問起大家的年紀生日來，聽見薛大妹妹今年十五歲，雖不是整生日，也算得將笄之年。老太太說要替他做生日。想來若果真替他作，自然比往年與林妹妹做的不同了。」賈璉道：「既如此，比林妹妹的多增些。」鳳姐道：「我也這們想着，所以討你的口氣。我若私自添了東西，你又怪我不告訴明白你了。」

原來寶釵的這個生日不大不小，賈母又親自出資以示隆重，於是沒有以往的定例可循。而鳳姐其實早就想到最好的做法，但因為那是個破例的情況，她不敢私自開先例，於是先和賈璉商量，討他的口氣，等到獲得同意之後才著手籌辦，這正顯示出鳳姐尊重夫權的知禮守禮。

講完了鳳姐這一方面的情況，至於賈璉對王熙鳳呢？很多人只看到一些夫妻勃谿的情節，便斷章取義，而且過分誇大兩人的嫌隙，以致迷失了真相。其實，天下沒有不吵架的夫妻，會吵架並不等於感情不好，我就有一個老朋友很愛她的丈夫，每當想到下輩子可能不會再見面了，便覺得很傷心，但有時還是會氣到想離婚呢！所以看一件事要把握整體，否則就會以偏概全。這裡我舉一個沒有人注意到的情節，你一定會有全新的認識。

第二十五回說趙姨娘嫉妒鳳姐和寶玉受寵得勢，於是和馬道婆合謀，利用魔法邪術要害死這兩個人。果然魔法奏效，鳳姐和寶玉都中了邪，兩人發瘋以後便倒在床上昏迷不醒，上上下下用盡了各種辦法都救不回來，讓全家是雞犬不寧，一片愁雲慘霧：

看看三日光陰，那鳳姐和寶玉躺在床上，亦發連氣都將沒了。合家人口無不驚慌，都說沒了指望，忙着將他二人的後世的衣履都治備下了。賈母、王夫人、賈璉、平兒、襲人這幾個人更比諸人哭的忘餐廢寢，覓死尋活。

這一段生離死別真是無比的慘烈，想想鳳姐和寶玉是何等重要的人物，一旦沒命，深愛她們的人也活不下去啊。請特別仔細看：這些最痛徹心扉而哭得忘餐廢寢、覓死尋活的人，到底有哪些？首先是賈母、王夫人，這兩位女家長當然不用說，她們失去的是自己的心肝寶貝。而平兒悲慟的對象自然是鳳姐，顯示出兩人之間確實不只是主僕之情，還更是姊妹情深，這一點前面已經講過，在此更是一大證明。

至於襲人痛哭的當然是寶玉，她對寶玉的深情是曹雪芹都很肯定的，所以第十九回的回目說〈情切切良宵花解語〉，而這一回主要是描寫襲人對寶玉的規勸十分用心良苦，便被曹雪芹說是「情切切」，一種深切的真情，難怪寶玉遇到生死交關的劫難時，襲人會這樣地痛斷肝腸。現在重點來了，哭得忘餐廢寢、覓死尋活的人還有一個，那就是賈璉！賈璉所哭的對象當然不是寶玉，堂兄弟之間不大會有這麼深的感情，所以只能是他的妻子王熙鳳了，這豈不清楚證明了他深愛著鳳姐，到了同生共死的程度嗎？

我要再提醒一段很有趣的情節：第四十四回鳳姐隆重慶生的時候，賈璉趁機和女僕鮑二家的偷情，鳳姐撞見以後當場夫妻反目，鬧得天翻地覆，甚至還演出殺妻的荒唐戲碼，等於是把彼此的心結極端放大了，因此很多讀者便認為這一對夫妻存在著不共戴天之仇。可是情況絕非如此，試看事情剛剛落幕時，賈璉的反應是什麼：

平兒就在李紈處歇了一夜，鳳姐兒只跟着賈母。賈璉晚間歸房，冷清清的，又不好去叫，只得胡亂睡了一夜。次日醒了，想昨日之事，大沒意思，後悔不來。

可見在暴風雨過後，當賈璉冷靜下來時，其實是感到後悔不已，並且一旦鳳姐、平兒不在身邊便覺得冷冷清清，而不是獲得解脫的放鬆自在，以致一整晚都睡不好，可見他是多麼依賴這一雙妻妾啊！這對夫妻根本就是一個共同體，連一天都分不開。後來賈母勸和的時候，對賈璉說：

「若你眼睛裏有我，你起來，我饒了你，乖乖的替你媳婦賠個不是，拉了他家去，我就喜歡了。要不然，你只管出去，我也不敢受你的跪。」賈璉聽如此說，**又見鳳姐兒站在那邊，也不盛妝，哭的眼睛腫着，也不施脂粉，黃黃臉兒，比往常更覺可憐可愛。**想着：「**不如賠**

**了不是，彼此也好了**，又討老太太的喜歡了。」

請特別注意一下，賈璉之所以願意向鳳姐賠罪，並不是被迫之下的不甘不願，也不只是為了討長輩的歡心，因此順從賈母，其實原因還包括了想要與鳳姐和好！再說，賈璉此時看到鳳姐這般素顏憔悴的樣子，心裡不但沒有把她當黃臉婆一樣地嫌棄，反倒覺得「比往常更覺可憐可愛」，可見身為丈夫的賈璉確實沒有喜新厭舊，甚至對這個平日強悍、此刻憔悴的髮妻充滿了憐惜，那必然是因為心中存有真情的緣故啊！再想想看，既然賈璉現在眼看鳳姐「哭的眼睛腫着，也不施脂粉，黃黃臉兒」，卻是「比往常更覺可憐可愛」，那就表示「往常是覺得可憐可愛」的，而現在尤甚，這豈不又證明了賈璉一直是很愛鳳姐的！

另外，最有趣的是，這一對夫妻還是相敬如賓的事業好夥伴！我們都知道，賈政和王夫人把家務委託給這兩個晚輩夫妻檔打理，如第二回冷子興說：賈璉「如今只在乃叔政老爺家住着，幫着料理些家務。誰知自娶了他令夫人之後，倒上下無一人不稱頌他夫人的。」而賈璉負責對外，鳳姐負責對內，雙方互相配合，可以說是賈政夫婦的好幫手。

很有趣的是，賈璉還會特地向鳳姐道謝呢！第十六回賈璉護送黛玉去揚州奔喪，遠道回來以後，鳳姐正是忙得不可開交，毫無片刻閑暇的工夫，但是：

見賈璉遠路歸來，少不得撥冗接待，……賈璉遂問別後家中的諸事，又謝鳳姐的操持勞碌。

在這裡，請仔細體會一下其中所描寫的畫面：丈夫久別返家，詢問妻子這些日子以來家裡的情況，又感謝妻子在這段時間的勞心勞力，那一幕是多麼的和諧溫馨啊！賈璉並沒有因為鳳姐理家是她的義務，就認為理所當然，連個謝字也不用提，相反的，他感謝鳳姐的付出和辛勞，而且親口表達出來，這不是太讓人感動了嗎？想想看，即使到了今天，還是有一些做丈夫的不懂得感謝妻子，不但覺得女人持家是份內應該的事，甚至還會嫌棄挑剔呢！比較起來，賈璉簡直是太可愛了，而他和鳳姐的夫妻關係豈不正是互相幫助、彼此珍惜的最佳典範嗎？

由此又顯示出偉大的曹雪芹總是在告訴我們：世間的道理、事情的真相都不是那麼簡單，常見的斷章取義、以偏概全確實注定會流入世俗，而錯過了更美好的真相！

最後，總結一下這一章所講到的幾個重點：

第一，鳳姐這位齊家的女英雄在鋼鐵之下其實充滿了慈善和柔情，她會主動幫助弱小，例如家貧命苦的邢岫烟，那些讓人聞風喪膽的霹靂手段主要是用在刁奴和小人身上，這其實就是一種正義。

第二，鳳姐對家族成員都是悉心照應，那是單靠手腕所達不到的程度，勢必有真誠才能如此地體貼入微。最特別的是對平兒，那更是姊妹情深，因此一不小心讓平兒受到委屈，鳳姐是又慚愧、又心酸，還難過到掉下眼淚，這真是令人動容。

第三，王熙鳳對賈璉原來是無比深情，相當於寶玉對黛玉的程度，所以才會那麼吃醋。

第四，賈璉對鳳姐其實也是生死與共的真情，而且他還會感謝鳳姐的操持家務，可見兩人的夫妻關係算是瑕不掩瑜，可以得到很高的分數。由此可見世間的道理真是複雜難測，曹雪芹的偉大就在這裡，所以我們實在很需要學問和智慧，才能看懂《紅樓夢》的奧妙。

只可惜，這樣的王熙鳳一樣得面臨悲劇，小說家也為她演奏出一闋巾幗英雄的輓歌，鳳姐到底是受到了怎樣的打擊，以致灰心絕望，那鋼鐵般的意志也都消沉下去？下一章就會對此說分明了。

# 26 女強人的殞落

這一章，要講王熙鳳的悲劇下場了。

太虛幻境圖讖上所說的「一片冰山，上面有一隻雌鳳」，這隻鳳就是王熙鳳，一直以來，她獨自站在搖搖欲墜的冰山上，想方設法盡全力穩住賈家這個家族，幾乎到了嘔心瀝血的程度。但是到最後，再怎麼千錘百鍊的鋼鐵也承受不住了，百煉鋼化為繞指柔，王熙鳳這個女強人終於無比悲壯地殞落，令人唏噓不已。

到底鳳姐遇到怎樣的壓力和打擊呢？原來她面對了兩大問題：一個是複雜糾葛的人際關係，一個是越破越大的財務漏洞，無論哪一種都讓人絞盡腦汁，耗竭心力。因此，隱藏在赫赫揚揚的光輝表象之下的，其實是無止境的犧牲奉獻和忍氣吞聲。

## 忍氣吞聲

首先，以忍氣吞聲來說，幾乎所有的讀者都以為，鳳姐總是高高在上發號施令，只有她操縱驅遣別人的份，但其實根本不是這麼簡單。你知道嗎？再強悍的女強人，也一樣必須忍氣吞聲！前面講到過，鳳姐要面對的約束可真多，包括「上頭三層公婆，中有無數姊妹妯娌」，尤其是「上頭三層公婆」，那真是所有已婚婦女最大的難題，而鳳姐的難題還得乘以三倍，可想而知，那壓力有多大！其中，賈母、王夫人都是溫和明理的正派人，沒有什麼問題，但她自己本房的婆婆邢夫人就很難相處了，鳳姐最大的吃虧便在這裡。

先從王夫人這一方來看。鳳姐所得到的權力是王夫人賦予的，因此所有的事務都必須向王夫人負責，雖然王夫人溫和明理又寬厚，卻難免會有一些誤會或者意見不同，只要加以追究或反對，鳳姐便面臨考驗了。舉一個例子來說吧，第七十四回大觀園裡居然出現了繡春囊，這件色情物品很可能會讓那些閨秀千金受到連累而蒙羞，甚至身敗名裂，因此讓王夫人簡直五雷轟頂，她誤會是鳳姐所遺落的，於是氣急敗壞地到鳳姐這裡來興師問罪，淚如雨下地顫聲說道：「倘或丫頭們揀着，你姊妹看見，這還了得。不然有那小丫頭們揀着，出去說是園內揀着的，外人知道，這性命臉面要也不要？」可見這件事多麼嚴重，到了攸關名節性命的地步。

鳳姐一聽這樣的指控，根本不敢反駁，而是「又急又愧，登時紫漲了面皮，便依炕沿雙膝跪下」，然後含淚訴說這件東西並不是她的。鳳姐一一列舉了五個理由，包括：「那香袋是外頭僱工仿着內工繡的，帶子穗子一概是市賣貨。我便年輕不尊重些，也不要這勞什子，自然都是好的，此其一。二者這東西也不是常帶着的，我縱有，也只好在家裏，焉肯帶在身上各處去？況且又在園裏去，個個姊妹我們都肯拉拉扯扯，倘或露出來，不但在姊妹前，就是奴才看見，我有什麼意思？我雖年輕不尊重，亦不能糊塗至此。三則論主子內我是年輕媳婦，算起奴才來，比我更年輕的又不止一個人了。況且他們也常進園，晚間各人家去，焉知不是他們身上的？四則除我常在園裏之外，還有那邊太太常帶過幾個小姨娘來，如嫣紅、翠雲等人，皆係年輕侍妾，他們更該有這個了。還有那邊珍大嫂子，他不算甚老外，他也常帶過佩鳳等人來，焉知又不是他們的？五則園內丫頭太多，保的住個個都是正經的不成？也有年紀大些的知道了人事，或者一時半刻人查問不到偷着出去，或借着因由同二門上小么兒們打牙犯嘴，外頭得了來的，也未可知。」然後請王夫人仔細思考。

　　王夫人聽了這一席話大近情理，於是立刻恢復理智，掃除了憤怒，讓鳳姐起身，接下來便開始商量怎樣處理善後。想想看，幸虧王夫人正派而明理，因此在盛怒之下還能夠接受陳情，立刻化解誤會，證明了鳳姐的清白，否則鳳姐的冤屈又該當如何昭雪！而且即使如此，在誤會的當下，面對王夫人憤怒的情緒，鳳姐都已經得要先下跪認錯，再想辦法解釋，那如果對方是不明理的人呢？果然，邢夫人這個婆婆就當眾羞辱鳳姐，帶給她無比的難堪，鳳姐再強悍也只能打落牙齒和血吞了。

　　在第七十一回發生了一件事，當時賈母過八十大壽，闔家熱鬧了好幾天，寧國府的尤氏也來幫忙，晚間就直接住在園子裡李紈的房中歇宿，比較方便。有一晚尤氏回大觀園時，只見園中正門與各處角門仍未關，猶懸吊著各色彩燈，這樣門戶洞開、火燭燃燒，是很危險的，但值班的女人卻都溜班放空了，完全不負責任，尤氏的丫鬟找到兩個婆子，要她們去傳管家的女人來回話，沒想到那兩個婆子居然傲慢地說「各家門，另家戶」，叫她不要管榮國府的事。這樣的藐視主子、口出狂言，已經到了造反的程度了，於是引起了一場口舌紛爭，後來周瑞家的聽說了這件事，便去回報了鳳姐，又說：「這兩個婆子就是管家奶奶，時常我們和他說話，都似狠蟲一般。奶奶若不戒飭，大奶奶臉上過不去。」鳳姐道：「既這麼着，記上兩個人的名字，等過了這幾日，捆了送到那府裏憑大嫂子開發，或是打幾下子，或是他開恩饒了他們，隨他去就是了，什麼大事。」而周瑞家的因素日與這幾個人不睦，便搶先一步，立刻傳人捆起這兩個婆子來，交到馬圈裏，派人看守。偏偏這兩個惹事的婆子又和邢夫人的陪房費婆子是親家，於是費婆子便向邢夫人說鳳姐的壞話，為她的親家求饒。

結果呢，邢夫人因為一直被賈母冷淡，已經對鳳姐生出嫌隙之心，近日更着實惡絕鳳姐，以致藉這個機會加以羞辱了。她故意當着許多人陪笑和鳳姐求情道：「我聽見昨兒晚上二奶奶生氣，打發周管家的娘子捆了兩個老婆子，可也不知犯了什麼罪。論理我不該討情，我想老太太好日子，發狠的還捨錢捨米，周貧濟老，咱們家先倒折磨起人家來了。不看我的臉，權且看老太太，竟放了他們罷。」說畢，上車去了。試看「咱們家先倒折磨起人家來了」這句話，是多麼的難聽啊，況且還當著那麼多人的面前，鳳姐聽了是又羞又氣，一時抓尋不著頭腦，憋得臉紫漲，回頭向賴大家的等笑道：「這是那裏的話。昨兒因為這裏的人得罪了那府裏的大嫂子，我怕大嫂子多心，所以盡讓他發放，並不為得罪了我。這又是誰的耳報神這麼快。」王夫人因問為什麼事，鳳姐笑將昨日的事說了。而當事人尤氏也笑道：「連我並不知道，你原也太多事了。」鳳姐便說明道：

我為你臉上過不去，所以等你開發，不過是個禮。就如我在你那裏有人得罪了我，你自然送了來盡我。憑他是什麼好奴才，到底錯不過這個禮去。

請注意，「禮」這個字又一再出現了，可見鳳姐的處事原則確實是「依禮行事」，守住大體。只是沒想到會被婆婆邢夫人指責羞辱，接著王夫人又命人去把那兩個婆子給放了，這麼做固然是尊重大房太太邢夫人，以維持兩房媳婦彼此之間的和諧，但豈不讓鳳姐又再一次當眾被否定了嗎？因此：

鳳姐由不得越想越氣越愧，不覺的灰心轉悲，滾下淚來。因賭氣回房哭泣，又不使人知覺。偏是賈母打發了琥珀來叫立等說話。琥珀見了，詫異道：「好好的，這是什麼原故？那裏立等你呢。」鳳姐聽了，忙擦乾了淚，洗面另施了脂粉，方同琥珀過來。

這便是鳳姐所遭受的莫大委屈。而從整個大致的過程，可以發現到這真是所謂「盤根錯節」的複雜案例，一件事牽連了許多人，像蜘蛛網般不斷擴散，最後卻對鳳姐造成了很大的傷害。

可是鳳姐始終都沒有犯錯，她以知禮守禮為原則來處理這些事故，根本不是為了自己，而是顧全整個家族的倫理大節。這一點事後也獲得賈母的了解和贊同，賈母道：

這才是鳳丫頭知禮處，難道為我的生日，由着奴才們把一族中的主子都得罪了也不管罷？這是太太素日沒好氣，不敢發作，所以今兒拿着這個做法子，明是當着眾人給鳳兒沒臉罷了！

必須特別注意一下，「禮」這個字再三出現了，清清楚楚證明鳳姐是一個公道正派的女強人，所以才能受到賈母的賞識和喜愛。但只要遇到不明理的婆婆邢夫人，那就只能自己一個人躲起來偷哭，然後也只能默默擦乾眼淚，不讓人看到自己的氣餒冤屈。想想看，這樣的一次哭泣，比起林黛玉不知要委屈千萬倍，但又有幾個人能憐惜她呢？

只有一個鴛鴦吧。鴛鴦這位為人最正派、賈母最倚重的大丫鬟把一切都看在眼裡，這時她便說道：「罷喲，還提鳳丫頭虎丫頭呢，他也可憐見兒的。雖然這幾年沒有在老太太、太太跟前有個錯縫兒，暗裏也不知得罪了多少人。總而言之，為人是難作的：若太老實了沒有個機變，公婆又嫌太老實了，家裏人也不怕；若有些機變，未免又治一經損一經。」由此可見，鳳姐身為最堅忍的一個人，其實受到很多的委屈，真是所謂的「胳膊折了往袖子裡藏」！

而你知道嗎？整部《紅樓夢》裡，特別有幾個俗話、歇後語重複出現，體現出曹雪芹最痛切、最深刻的感受，除了「百足之蟲，死而不僵」、「千里搭長棚，天下無不散的筵席」，另外一個便是「胳膊折了往袖子裡藏」，它的意思是：再痛都得要隱藏起來，自己忍耐，不要宣揚，不要抱怨訴苦，這一點，鳳姐算是體驗最深刻的一個了。

但這句俗語並非虛榮愛面子這麼表面的意思，其實很多人都不知道，向別人抱怨只是顯示自己的軟弱無能而已，反倒自取其辱！著名的散文家朱自清有一篇題為〈論自己〉的文章，其中說得很好：

「大丈夫不受人憐。」……「好漢胳膊折了往袖子裡藏」，為的是不在人面前露怯相，要人愛憐這「苦人兒」似的，這是要強，不是裝。說也怪，不受人憐的人倒是能得人憐的人；要強的人總是最能自愛自憐的人。

因此鳳姐「胳膊折了往袖子裡藏」的忍氣吞聲，並不是無聊的好強或虛榮，而是一種貴族式的堅忍和尊嚴，這是她之所以稱得上是一位巾幗英雄的原因。

## 犧牲奉獻

講完了忍氣吞聲，接著再看鳳姐的犧牲奉獻。到底賈家如同冰山的困境是什麼？那主要就是越破越大的財務漏洞了，關於這一點，曹雪芹一開始即在第二回冷子興演說榮國府時表示出來，他說：賈家「其日用排場費用，又不能將就省儉，如今外面的架子雖未甚倒，內囊却也盡上來了。」此即入不敷出、外強中乾的意思。其實這一份難處，在整部小說裡是處處提示，簡直如同一個執拗的低音旋律，讓賈府的富貴生活滲透、瀰漫著悲哀的空氣，所以很快的，第六回劉姥姥第一次到賈家來打秋風時，鳳姐也對她說：「外頭看着這裏烈烈轟轟的，殊不知大有大的艱難去處，說與人也未必信罷了。」這番的告艱難確實不是搪塞推託的話術，而是客觀如實的反映。

因此，後來第五十三回描寫年關時節，賈家的莊頭烏進孝帶著年貢上京來了，天真地以為貴妃娘娘一定賞給賈家很多的好處，殊不知恰恰相反，於是賈珍笑道：「他們莊家老實人，外明不知裏暗的事。黃柏木作磬槌子——外頭體面裏頭苦。」而這樣的苦，其實只有王熙鳳一個人承擔。難怪第五十五回當探春接替理家的任務，一上任便進行改革時，鳳姐會對平兒說：「如今他既有這主意，正該和他協同，大家做個膀臂，我也不孤不獨了。……咱們兩個才四個眼睛，兩個心，一時不防，倒弄壞了。」

那麼，鳳姐所說的「大有大的艱難去處」到底包括哪些？前面已經講到過一些，例如元春封妃以後的大開銷便是其中一項，不過那算是額外增加的負擔，其實賈家日常的生活用度，才是真正最可怕的壓力，亦即冷子興所說的「其日用排場費用，又不能將就省儉」，好比每天都像淌海水似的，即使有個太平洋也撐不了多久啊，那就注定要山窮水盡。但為什麼這些日用排場費用不能將就省儉？最主要的有兩個原因，一個是對長輩盡孝道，一個是照顧下人的福祉。關於對長輩盡孝道的這一點，前一章已經講過了，現在就來仔細看賈家對下人的照顧，那是到了讓他們不願意回家獲得自由的程度。

我們已經知道，賈家有上千的人，主要是各種等級的僕人，而包括他們在內，全家上下全部的人都有多寡不等的月錢，也就是每個月的零用金，又叫做月例、月費，連小丫頭們都有，積少成多，單單每個月要發放的月錢，便是一大筆巨款。清代評點家姚燮《讀紅樓夢綱領》曾經做過一番統計，指出：

> 論月費一項，王夫人月例每月二十兩，李紈每月月銀十兩，後又添十兩，周、趙二姨每月二兩，賈母處丫頭每人每月一兩，外錢四吊，寶玉處大丫頭每人月各一吊，小丫頭八人每人月各五百，其餘各房等皆如例，即此一項，其費已侈矣。

那麼總共有多少呢？粗略算起來，應該不亞於一百兩，一年就得一千二百兩。但這還只是女眷們額外的福利，倘若再加上每天不可或缺的吃穿用度，那真是所謂的淌海水了。

而且要知道，賈家這種優良的好貴族是以「寬柔待下」為家風，尤其是貼身的大丫鬟、資深的管家等等最受優待。小說裡便提到過兩次，她們都是「吃穿和主子一樣」，不但第十九回襲人這樣說，連第五十六回世交甄家派人來向賈母請安時，那四個媳婦「都是四十往上的年紀，穿戴之物，皆比主子不甚差別」，與賈府同類。這麼一來，日常花費就太可觀了。

以伙食費來看，單說最平常的雞蛋吧，第六十一回廚娘柳家的道：「不知怎的，今年這鷄蛋短的很，十個錢一個還找不出來。昨兒上頭給親戚家送粥米去，四五個買辦出去，好容易才湊了二千個來。」想想看，即使以最便宜的價格來計算，兩千個雞蛋都是一筆不小的數目，何況這時的行情飆高到一個十錢，二千個就是兩萬錢，差不多是一二十兩銀子，而當時並沒有我們現在的冷藏設備，這兩千個雞蛋根本放不了多久，所以應該只是幾天的用量，那兩萬錢也迅速化為烏有。再說，賈家的人總不可能這幾天都只吃雞蛋吧？如果再加上其他林林總總的各種食材，一天還得準備三餐，那麼單單一日的飲食即所費不貲，何況吃飯之外還有數不盡的開銷？於是清代評點家周春《閱紅樓夢隨筆》便說：「柳家的雞蛋開銷十個錢一個，即此一端，宜十年而花百萬也。」這確實是令人怵目驚心的支出。

再對照當時一戶普通人家的情況來看，剛好有一筆數目可以參考，那是第三十九回大觀園舉辦了一場螃蟹宴，劉姥姥說：「這樣螃蟹，……再搭上酒菜，一共倒有二十多兩銀子。阿彌陀佛！這一頓的錢夠我們莊家人過一年了。」比起賈家大約一年十萬，相差了五千倍，所以說賈家的開銷就像淌海水一般。

不只如此，我再舉一個很有趣的例子。大觀園裡專管廚房的柳家的，她有一個女兒名叫柳五兒，第六十回說：「今年才十六歲，雖是廚役之女，卻生的人物與平、襲、紫、鴛皆類。」再加上她美麗又多病，猶如林黛玉一般，所以讀者們也大都很憐惜她。當時柳家的因為見到寶玉房中的丫鬟差輕人多，且又聽說寶玉將來都要放她們，故想把柳五兒送到怡紅院當差，享受各種優待，於是私下透過關係，請芳官幫忙推薦。而柳五兒自己也很渴望、很積極，迫切得幾乎等不及了，直接找芳官請她趕快促成這樁人事案，芳官便打包票請五兒放心。

但柳五兒如此性急，想要盡早到怡紅院當差的真正原因，又到底是什麼？請仔細看，她對芳官說：

> 趁如今挑上來了，一則給我媽爭口氣，也不枉養我一場；二則添上月錢，家裏又從容些；三則我的心開一開，只怕這病就好了。——便是請大夫、吃藥，也省了家裏的錢。

原來，這個水做的女兒，所有的考量全部都是現實利益的盤算，其實一點也不清爽呢！其中，除了到怡紅院這個尊貴地方可以獲得榮譽感，而光耀父母之外，柳五兒所看重的都是金錢上的好處，一個是有月錢可以領，另一個是生病不用花錢，因為賈家會負擔醫藥費！這樣的功利角度簡直和她的母親出乎一轍，你恐怕根本沒想到過吧？

如此一來，在賈家當丫鬟，不但吃穿和主子一樣，每個月還有零用錢可以領，連生病也不用自掏腰包，工作又輕鬆，幾年後可能還可以回自己家重獲自由，那是多麼優渥的待遇，應該可以說是占盡了賈家的便宜吧！難怪晴雯從十歲進府，到十六歲過世，一共只在賈家待了六年，第七十六回便提到她這段時間所累積「剩的衣履簪環，約有三四百金之數」，就算「三四百金」是指三四百兩銀子，而不是指三四百兩金子（相當於三四千兩銀子），那也實在不是一筆小數目，足以讓劉姥姥一家過十幾年；並且這還只是剩下來的遺產，不包括生前消耗掉的日常飲食等各種物質享受。如此一來，即合理解釋了為什麼很多女僕都寧可留在賈府，也清楚呈現出賈家的負擔為什麼會這般沉重，原因根本不是貴族奢靡揮霍的特權，而是貴族的道德義務所致。

由此可見，好的貴族簡直是扛了幾百個家庭的生計，就像社會良心企業一樣，讓上千的人過著「錢多事少離家近」的日子，連送他們自由的時候，都還附帶優厚的資遣費。那又怎麼輕鬆得起來？然而，隨代降等的情況是逐漸縮減收入，賈家在前一兩代之所以沒有發生問題，是因為收入還在高檔，但是兩三代以後縮減得愈來愈多，這就如同「溫水煮青蛙」的道理，前期的問題還不太大，但到了即將爵位歸零的這一代，落差一擴大便顯示出嚴重性了。而財務的缺口大到這種程度，卻無法儉省節流，鳳姐理家時又能怎樣維持門面？除了東挪西湊、費心作帳之外，實際上她自己也出錢賠墊，做出很多的個人犧牲。

現在就舉一個例子來看。第五十一回襲人的母親病重，花家來懇求讓她回家一趟，那是人倫親情和最後的盡孝，賈家當然立刻同意了，但鳳姐特別吩咐襲人回家前要來給她過目，因為襲人平常很節儉，如果這時也穿戴太簡樸，會有失賈家的體統。果然正如鳳姐所料，襲人的裝備過於素淨，於是鳳姐便將自己的毛大衣給襲人穿回娘家，還寬慰她說「等年下太太給作的時節我再作罷，只當你還我一樣」，其實這是怕襲人心裡有壓力才這樣說的，鳳姐哪裡會斤斤計較？因此眾人都笑道：

> 「奶奶慣會說這話。**成年家大手大腳的，替太太不知背地裏賠墊了多少東西，真真的賠的是說不出來，那裏又和太太算去？**」鳳姐兒笑道：「太太那裏想的到這些？究竟這又不是正經事，再不照管，也是大家的體面。**說不得我自己吃些虧**，把眾人打扮體統了，寧可我得個好名也罷了。一個一個像『燒糊了的捲子』似的，人家先笑話我當家倒把人弄出個花子來。」眾人聽了，都嘆說：「誰似奶奶這樣聖明！**在上體貼太太，在下又疼顧下人。**」

更有意思的是，平兒去取衣服時，竟然順手多拿出一件大紅羽紗的斗篷，要送去給貧寒的邢岫烟，因為：「昨兒那麼大雪，人人都是有的，不是猩猩毡就是羽緞羽紗的，十來件大紅衣裳，映着大雪好不齊整。就只他穿着那件舊毡斗篷，越發顯的拱肩縮背，好不可憐見的。如今把這件給他罷。」而鳳姐居然也沒生氣，還笑道：

> 「我的東西，他私自就要給人。我一個還花不夠，再添上你提着，更好了！」眾人笑道：「這都是奶奶素日孝敬太太，疼愛下人。若是奶奶素日是小氣的，只以東西為事，不顧下人的，姑娘那裏還敢這樣了。」

可見鳳姐治理家務時除了「孝敬太太」之外，也確實有著「疼顧下人」、「疼愛下人」的一面，並且往往自掏腰包來賠墊，因此「替太太不知背地裏賠墊了多少東西，真真的賠的是說不出來」，連帶平兒也不會小氣吝嗇，敢於自作主張，拿鳳姐的東西去送人。由此可見，這一對主僕實在是太可愛了！

其實，鳳姐不只是捐出自己的東西賠墊，更還拿出自己的珍貴首飾去典賣應急，單單第七十二回中便寫到了兩次。鳳姐先是說道：

> 我是你們知道的，那一個金自鳴鐘賣了五百六十兩銀子。沒有半個月，大事小事倒有十來件，白填在裏頭。

這個金自鳴鐘是西洋的舶來品，當時十分珍貴，劉姥姥第一次來榮國府打秋風時，就是被這座自鳴鐘的聲響給嚇到了，第六回說：

> 忽見堂屋中柱子上掛着一個匣子，底下又墜着一個秤砣般一物，却不住的亂幌。劉姥姥心中想着：「這是什麼愛物兒？有甚用呢？」正呆時，只聽得當的一聲，又若金鐘銅磬一般，不防倒唬的一展眼。接着又是一連八九下。

現在這座鐘已經被犧牲了，但賣得的五百六十兩銀子卻連大用途都沒幫上，沒半個月便莫名其妙地白白花光了。接下來又來了個小太監，說夏守忠要借二百兩銀子，鳳姐只得又自掏腰包，叫平兒：

「把我那兩個金項圈拿出去，暫且押四百兩銀子。」平兒答應了，去半日，果然拿了一個錦盒子來，裏面兩個錦袱包着。打開時，一個金纍絲攢珠的，那珍珠都有蓮子大小；一個點翠嵌寶石的。兩個都與宮中之物不離上下。一時拿去，果然拿了四百兩銀子來。鳳姐命與小太監打疊起一半，那一半命人與了旺兒媳婦，命他拿去辦八月中秋的節。

請看鳳姐又典當了皇家等級的珍貴首飾，用來應付太監的勒索，也應付家裡過節的用度。雖說是典當，但將來要怎樣才能贖回來？而且根本沒有其他的人幫忙，鳳姐只能一個人獨自承擔這些損失！

## 唯一且合法的開源方法

然而，這樣一直靠變賣應急、坐吃山空並不是長久之計，必須要另外開源挹注，才能減輕那越陷越深的壓力。但鳳姐是一個大門不出、二門不邁的大家閨秀，哪裡有什麼掙錢的機會？於是曹雪芹在前半部寫了幾樁鳳姐額外賺錢的事件，包括包攬訟事、放高利貸，以致讀者們留下不好的印象。但我們真的應該要更細心、更審慎，才會注意到曹雪芹在後半部提出了真正的原因，原來鳳姐做這些事，根本不是為了中飽私囊，而是要用來填補賈家的財務缺口！

以高利貸來說，高利貸是用錢滾錢，只要派人出去放帳、收帳就可以，這便解決了性別的限制問題，而且獲利也是最快速、最優厚的，很適合賈家的需要。至於鳳姐用來放貸的本錢，主要是代理經手的月錢，第三十九回襲人把平兒叫住，問道：

「這個月的月錢，連老太太和太太還沒放呢，是為什麼？」平兒見問，忙轉身至襲人跟前，見方近無人，才悄悄說道：「你快別問，橫豎再遲幾天就放了。」襲人笑道：「這是為什麼，唬得你這樣？」平兒悄悄告訴他道：「這個月的月錢，我們奶奶早已支了，放給人使呢。等別處的利錢收了來，湊齊了才放呢。因為是你，我才告訴你，你可不許告訴一個人去。」襲人道：「難道他還短錢使，還沒個足厭？何苦還操這心。」平兒笑道：「何曾不是呢。這幾年拿着這一項銀子，翻出有幾百來了。他的公費月例又使不着，十兩八兩零碎攢了放出去，只他這梯己利錢，一年不到，上千的銀子呢。」襲人笑道：「拿着我們的錢，你們主子奴才賺利錢，哄的我們呆呆的等着。」

單單從這一段話來看，鳳姐居然趁著職務之便，利用時間差來操作經手的款項，放出去收取高利貸，幾年內就翻出幾百兩的銀子，確實是無本生意，生財有道。尤其大多數的讀者只看到「難道他還短錢使，還沒個足厭」以及「拿着我們的錢，你們主子奴才賺利錢」這些字眼，於是批評鳳姐貪得無厭，簡直是個奸商！

但這又是標準的斷章取義、以偏概全了，我要提醒大家注意幾個重點。首先，和放帳有關的當鋪、錢莊，其實是皇族、內務府常見的營利項目，因為清朝禁止皇族及八旗兵丁經營工商業，所以他們在清代初期經營的項目主要就是當鋪、錢莊，甚至內務府中也開設當鋪，皇帝在公主下嫁或皇子分府時也賞給當鋪，如咸豐帝的皇長女榮安固倫公主、嘉慶帝的愛女莊靜固倫公主出嫁時，都曾被恩賞當鋪一座。同時，內務府的包衣旗人也會以變通的方式，暗地出資本，請漢族人領東，經營商業，其中之一便是當鋪。可見當鋪、錢莊其實是普通、甚至正當的金融行業，鳳姐並沒有違反「大德不踰閑」的原則。

其次，鳳姐自己即出身於賈、史、王、薛四大家族，家底雄厚，在第四回的護官符裡便說：「東海缺少白玉床，龍王來請金陵王。」因此，第七十二回賈璉誤會鳳姐要他的利錢是太狠了，鳳姐一聽，便翻身起來說：

> 我有三千五萬，不是賺的你的。……別叫我惡心了。你們看着你家什麼石崇鄧通。把我王家的地縫子掃一掃，就夠你們過一輩子呢。說出來的話也不怕臊！現有對證：把太太和我的嫁妝細看看，比一比你們的，那一樣是配不上你們的。

既然如此，王熙鳳為什麼還要賺這種幾百上千兩銀子的利息呢？難道就只是因為本性愛錢嗎？事實當然並非如此，也正是在這一回曹雪芹終於揭曉了謎底，說明為什麼鳳姐要做這些會讓人非議的事。當時鳳姐提到她因為放帳的事，所以名聲不好，接著便冷笑道：

我也是一場痴心白使了。我真個的還等錢作什麼，不過為的是日用出的多，進的少。這屋裏有的沒的，我和你姑爺一月的月錢，再連上四個丫頭的月錢，通共一二十兩銀子，還不夠三五天的使用呢。

這就令人恍然大悟了，原來鳳姐其實把她這一房所有的月錢都充了公，卻只能抵用個三五天，而其他所有的人都仍然保有自己的月銀，只不過是晚個幾天領到而已。這麼一比較起來，應該說誰最可憐呢？而鳳姐操心費神所賺取得來的利錢，也一定是填補賈家的財務漏洞去了，否則又哪裡還需要變賣、典當自己的首飾珍藏？

## 英雄的輓歌

然而鳳姐這樣的費心盡力，卻落得一片罵名，難怪會感到心灰意冷了。這時她接著對賈璉說：

若不是我千湊萬挪的，早不知道到什麼破窰裏去了。如今倒落了一個放賬破落戶的名兒。既這樣，我就收了回來。我比誰不會花錢？咱們以後就坐着花，到多早晚是多早晚。

這豈不是悲憤絕望之下的放手不管嗎？但又怎能怪鳳姐撐不下去了？剛剛第七十一回，她才因為知禮守禮而受到婆婆的當眾羞辱，以致「由不得越想越氣越愧，不覺的灰心轉悲，滾下淚來」，現在又被丈夫誤會，這種委屈又有幾個人承受得了？

何況鳳姐犧牲的不只是自己的利益、名譽，還包括自己的健康！試看第五十二回晴雯感冒臥病，寶玉道：「越性盡用西洋藥治一治，只怕就好了。」說着，便命麝月：「和二奶奶要去，就說我說了，姐姐那裏常有那西洋貼頭疼的膏子藥，叫做『依弗哪』，找尋一點兒。」麝月答應了，果然拿了半節回來，鉸出兩小塊，讓晴雯貼在兩邊的太陽穴上，麝月笑道：「病的蓬頭鬼一樣，如今貼了這個，倒俏皮了。二奶奶貼慣了，倒不大顯。」從這一段情節可知，鳳姐常常頭痛，所以家常必備貼頭疼的西洋膏子藥，並且額角貼慣了，居然變成固定的造型，可見鳳姐的日夜操心已經到了焦頭爛額的程度，頭痛也就成為無法根治的宿疾。

更嚴重的是，第五十五回說，鳳姐剛忙完年節便流產了，那可是個家族渴望的男胎，後來第六十一回平兒勸解鳳姐的一番話裡說道：「好容易懷了一個哥兒，到了六七個月還掉了，焉知不是素日操勞太過，氣惱傷着的。」我們都知道，對傳統社會裡的婦女來說，失掉了男胎等於是失掉了未來，那是她們最重要的價值和終身的依靠，可以把妻子合法休掉的「七出之條」裡，第一條就是「無子」啊。

不只如此，鳳姐的健康幾乎是徹底受損，流產以後她的身體便一直虧損下去，到了第七十二回還出現「血山崩」，即流血不止，而鴛鴦的姐姐正是因此致命的，可見鳳姐的力量已經在快速走下坡。果然在這同一回裡，鳳姐便提到她做了一場噩夢，夢見宮中的太監來勒索一百匹錦，甚至直接搶奪，以致驚醒。想想看，這樣的日夜操心怎麼不會加重身心的負擔？而鳳姐又還能有多少的力氣，可以穩住賈家這座冰山？

所以說，第五回太虛幻境的《紅樓夢曲》裡，關於鳳姐的一闋〈聰明累〉中說道：

> 機關算盡太聰明，反算了卿卿性命。生前心已碎，死後性空靈。……枉費了，意懸懸半世心。

這兩句「機關算盡太聰明，反算了卿卿性命」常常被誤解為是對王熙鳳的批評，但其實恰恰相反，整闋歌詞都是在講鳳姐對家族的犧牲奉獻，根本沒有負面的意思。尤其再參照接續的「生前心已碎，死後性空靈」二句來看，「機關算盡太聰明」這一句是極力讚美鳳姐的聰明絕頂，而「反算了卿卿性命」這一句意指鳳姐嘔心瀝血，以致犧牲了自己的生命，卻依然「枉費了，意懸懸半世心」，終究是心碎成空。這才是《紅樓夢曲》作為輓歌的性質，表達出對女英雄的無限哀悼！

其實，鳳姐自己也意識到山窮水盡的終點了。既然大家都只會享受她的心血成果，卻還落井下石，她又何必再這麼辛苦地做牛做馬？所謂「哀莫大於心死」，那該是何等的悲憤才導致這般的心灰意冷！王熙鳳被大家的冷嘲熱諷、明槍暗箭給傷透了，因此徹底放棄了，「咱們以後就坐着花，到多早晚是多早晚」，乾脆跟著大家一起坐著花錢，看看賈家的命運會到什麼時候，就到什麼時候，不用再努力延續，也不必再費心扭轉。正如後來第七十四回她自己所感嘆的：「如今我也看破了，隨他們鬧去罷，橫竖還有許多人呢。我白操一會子心，倒惹的萬人咒罵。」但是想想看，連最堅強的鳳姐都放棄了，賈家又還能撐多久？到了那時，不就是眼睜睜看著鐵達尼號撞上冰山，大家一起同歸於盡！

由於目前的《紅樓夢》是未完成的殘稿，所以我們看不到鐵達尼號撞上冰山時那驚心動魄的一刻，但從前八十回曹雪芹所留下的線索來看，可以推測出鳳姐的下場應該是被休，離開了賈家。第五回太虛幻境的判詞中說：

> 凡鳥偏從末世來，都知愛慕此生才。
> 一從二令三人木，哭向金陵事更哀。

在此，曹雪芹用拆字法告訴我們，鳳姐的生命史主要分為三個階段，首先是「從」，也就是順從賈母、王夫人等家長；接著是「令」，即進入掌權的第二個階段，發揮號令指揮的非凡幹才，這也是《紅樓夢》所刻畫的主要部分。最後到了第三個階段則是「人木」，把「人木」兩個字合併起來，便是個「休」字，這預告了鳳姐最後會被休，遣送回娘家。

那麼，休棄鳳姐的理由有哪些呢？對傳統大家族來說，明媒正娶的妻室是不能隨便休掉的，因為她通過正式的婚禮而受到國家社會的認可與保障，除非用所謂的「七出之條」，即七種合法休妻的條款，如《儀禮疏》指出的：無子、淫佚、不事舅姑、口舌、盜竊、妒忌、惡疾。仔細比對一番，我們可以發現鳳姐居然全部適用，但其實都不是她的錯，例如「淫佚」這一項，鳳姐其實並沒有任何出軌，一般以為第七回焦大醉罵的「養小叔子的養小叔子」是指鳳姐和賈蓉，但那是高鶚續書時，連帶竄改前八十回所造成的誤導，其實並無此事，讀者不可妄言。

那麼，「淫佚」這一項又能怎麼成立呢？原來精英階層在男女之防上十分嚴格，只要面對面互動就算是出格了，因此書中寫到幾次醫生進府診治時，女眷都得藏身迴避，也所以第二十一回賈璉對平兒抱怨說：「他防我像防賊的，只許他同男人說話，不許我和女人說話，我和女人略近些，他就疑惑；他不論小叔子侄兒，大的小的，說說笑笑，就不怕我吃醋了。以後我也不許他見人！」所以，如果要當作把柄的話，鳳姐理家時的種種作為便可以算是口實了。

再說「不事舅姑」這一項，原因是鳳姐為了理家方便，所以就近住在王夫人這一邊，如此一來即難免冷落了自家婆婆，讓邢夫人心生不滿而構成婆媳之間的嫌隙。果然第六十五回興兒對尤二姐介紹鳳姐時，便提到這一點，他說：「如今連他正經婆婆大太太都嫌了他，說他『雀兒揀着旺處飛，黑母鷄一窩兒，自家的事不管，倒替人家去瞎張羅』。若不是老太太在頭裏，早叫過他去了。」但這兩種情況都是理家時所產生的必然結果，並非鳳姐德性有虧。可嘆一旦失去賈母的庇護，有心人就可以用來作為罪名，加強被休的力道，堪稱是世道顛倒的極致。

這真是極其慘烈的失敗啊！付出一生的心血卻落得被休棄的下場，對賈家的犧牲奉獻只得到一場空，鳳姐所承受的椎心刺骨的痛苦不言可喻。然而更不幸的是，當她哭著回金陵的娘家以後，卻面臨了「事更哀」的局面，很可能王家也跟賈家一樣，落了片白茫茫大地真乾淨，以致身心飽受摧殘的鳳姐無家可歸，甚至是淒涼死去，那又是一個曹雪芹來不及描寫的悲慘故事了。

巨星殞落了，鳳姐就像一顆劃過賈家末世天空的流星，綻放出燦爛的光芒之後也留下了深邃的黑暗。她是《紅樓夢》這闋女性悲劇交響曲裡最悲壯的一個樂章！

最後，總結一下本章所講到的重點：

第一，鳳姐一直面臨很大的壓力和打擊，包括忍氣吞聲和犧牲奉獻，尤其她以「胳膊折了往袖子裡藏」的堅忍，展現出英雄式的無比尊嚴，可以稱得上是一個大丈夫。

第二，原來鳳姐會去放高利貸，根本是為了填補賈家的財務缺口，而且那並不算罪惡的行業，因此被咒罵的鳳姐實在是太冤屈了。

第三，賈家之所以面臨巨大的財務漏洞，其實主要是負擔了幾百個家庭、上千人的吃穿用度所造成，單單幾天就用掉了兩千個雞蛋，花掉兩萬錢，正是一大證明。另外還得每個月發零用錢，有人生病要出醫藥費，於是造成淌海水似的開銷，可見貴族的道德良心屬於最高的君子標準。

第四，鳳姐依靠鋼鐵般的意志和非凡的才幹而創造出「裙釵一二可齊家」的巨大貢獻，卻只能一個人撐持奮鬥，犧牲了自己的利益、名譽以及健康，又還要飽受汙衊和嘲諷，終於到了心灰意冷的地步。一旦鳳姐終於放手不管了，賈家撞上冰山的時刻也就不遠了。

第五，放手以後的鳳姐其實還要面對更大的悲劇，那便是被休的下場。一生嘔心瀝血、犧牲奉獻的女強人無比悲壯的殞落，只落得一無所有，真是令人感慨萬千。

曹雪芹的悲嘆和悲憫就在這裡，我們實在很需要學問和智慧，才能真正看懂《紅樓夢》的美好與辛酸！

# 李紈：

## 一座休火山的祕密

# 27 稻香村的孕育

這一章要開始講眾金釵裡唯一的寡婦，李紈。這個人物雖然並不顯眼，簡直和鳳姐形成了兩個極端，但曹雪芹同樣把她塑造得非常立體而有趣，其實十分獨特而豐富。你知道嗎？甚至有一次李紈居然還壓倒了強悍凌厲的鳳姐，讓這個女強人甘拜下風，對她俯首稱臣呢，豈不是太令人意外了！這究竟是怎麼回事？我們還是先從李紈的家世背景開始講起，那可以比喻為：休火山的孕育。

所謂「休火山」是指火山的休眠形態，那雖然不是完全冷卻的死火山，卻已經很少噴發，內部的熔岩活動大都靜止了，表面上看起來就像死去一樣，但其實還保有地熱，甚至偶爾還會爆發。而這和李紈以及她的稻香村又有什麼關係？原來道理在於：李紈這個寡婦年輕喪偶，卻心如止水，甚至被稱為槁木死灰，她所居住的稻香村又是一座簡樸的農莊，完全是一片恬淡單調，但其實內部的靈魂還是活動著，依然保有任何生命體都一定會有的多樣化人性，也因此不時出現種種情感的表露，就像火山的噴發一樣，所以可以把她比喻為一座休火山。

## 婦德女教的根柢

那麼，李紈這座休火山是怎麼孕育出來的？關於這個問題，一切還是得從她的家世背景、性格養成開始說起。

首先，第二回冷子興演說榮國府時，便提到：

這政老爹的夫人王氏，頭胎生的公子，名喚賈珠，十四歲進學，不到二十歲就娶了妻生了子，一病死了。

賈珠所娶的妻子便是李紈，所生的兒子叫做賈蘭。而李紈和賈珠當然是門當戶對，第四回介紹說：

這李氏亦係金陵名宦之女，父名李守中，曾為國子監祭酒，族中男女無有不誦詩讀書者。至李守中承繼以來，便說「女子無才便有德」，故生了李氏時，便不十分令其讀書，只不過將些《女四書》、《列女傳》、《賢媛集》等三四種書，使他認得幾個字，記得前朝這幾個賢女便罷了，却只以紡績井臼為要，因取名為李紈，字宮裁。因此這李紈雖青春喪偶，居家處膏粱錦繡之中，竟如槁木死灰一般，一概無見無聞，惟知侍親養子，外則陪侍小姑等針黹誦讀而已。

可見李紈出身於世家大族，擁有深厚的文化條件，父親李守中能當上國子監祭酒，成為國家教育的最高負責人，便證明了他是一個飽讀詩書的傑出人才，地位十分崇高。國子監，是從隋代以後朝廷教育體系的最高學府；祭酒則是中央政府官職之一，為主管國子監或太學的教育行政長官，主要的任務是掌理大學之法與教學考試，清朝時的職等是從四品，具有很大的影響力。但不知何故，李家對女性的教育原本是比較開放的，可以和男性一樣的讀詩書（「族中男女無有不誦詩讀書者」），到了李守中這一代，卻因為性別觀念的影響，給予李紈的教育被限縮到「女子無才便是德」，以致李紈成為一個十分傳統的婦女，而且在取名上也反映出這一點。

李紈的「紈」字是指精美的布料，一種細緻而有光澤的白綢絹，常常稱為「紈素」。而李紈字「宮裁」的「裁」字，也是來自於傳統女性裁剪方面的女紅活動。有學者考證認為，「李紈」這個名字出自於李白〈擬古詩十二首〉之一的「閨人理紈素」，意指一個閨閣中的婦女在整理「紈素」，從諧音和意境來看，和李紈「只以紡績井臼為要」的生活樣態確實是很吻合的，可見曹雪芹在命名上的巧思。

由此可見，關於李紈這個人是怎樣培養出來的問題，曹雪芹告訴我們，家庭教育起了決定性的關鍵作用！再看書裡講完了李守中以「女子無才便是德」的觀念教育李紈之後，緊接著說「因此這李紈雖青春喪偶，居家處膏粱錦繡之中，竟如槁木死灰一般」，其中的「因此」一詞表示一種因果關係，即前面是原因，後面是它的結果，這清楚顯示出李守中的教育就是讓李紈變成這等模樣的關鍵因素。可見曹雪芹深刻認識到童年時期的家庭環境對一個人的影響有多麼巨大而徹底，傳統的婦德女教也完全內化成為李紈的主要性格。

不只如此，連李紈父親的名字也是經過精心設計。試看脂硯齋對「李守中」這三個字解釋道：

> 妙，蓋云**人能以理自守，安得為情所陷**哉。

意思是說，這個人守住了道理，是一個走中道的正派人，顯然「李」這個姓氏確實是要雙關道理的「理」，「以理（禮）自守」，如此一來，就不會被個人主觀的情感、情緒所困陷了。可見「李守中」這個名字也是為了配合李紈而特別設計的，說明李紈在這樣的家庭教育之下完全恪守婦道，即使年紀輕輕成了寡婦，也甘之如飴，有如槁木死灰的一口枯井。

這個特點在小說裡不斷地重複強調，包括第六十五回興兒對尤二姐介紹家裡的女眷們時，便說：「我們家這位寡婦奶奶，他的渾名叫作『大菩薩』，第一個善德人。我們家的規矩又大，寡婦奶奶們不管事，只宜清淨守節。妙在姑娘又多，只把姑娘們交給他，看書寫字，學針線，學道理，這是他的責任。除此，問事不知，說事不管。」這不就是前面第四回所說的「一概無見無聞，惟知侍親養子，外則陪侍小姑等針黹誦讀而已」嗎？

而李紈自己對於這樣的命運，又是怎麼看待的？關於這一點，在第六十三回有一段說明。當時大家在怡紅院替寶玉慶生，進行了掣花籤的活動，輪到李紈時，她搖了一搖籤筒，抽出一根來一看，便笑道：「好極。你們瞧瞧，這勞什子竟有些意思。」眾人瞧那籤上畫着一枝老梅，旁邊寫著「霜曉寒姿」四字，所搭配的籤詩寫的是：

竹籬茅舍自甘心。

注云：「自飲一杯，下家擲骰。」李紈笑道：「真有趣，你們擲去罷。我只自吃一杯，不問你們的廢與興。」說着，便吃酒，將骰過與黛玉。

可見李紈的反應都是欣然接受，甚至覺得深獲我心，所以認為這花籤真有趣啊，簡直很靈通、很靈驗。仔細比對一下，籤詩所說的「竹籬茅舍」不就是稻香村嗎？住在裡面怡然自得的李紈，不也正是心甘情願嗎？那年輕守節的崇高品格，更如同遺世獨立的老梅花，歷經了風霜，看淡了紅塵，對世間的是非得失無動於衷，心如止水，所以說是「霜曉寒姿」，在秋冬寒冷結霜的破曉時分屹立著枯瘦的身姿，不為所動。

這確實是李紈的寫照，難怪李紈一看便深受觸動，覺得說中了自己內在的心聲，於是順勢呼應說：「我只自吃一杯，不問你們的廢與興。」她自顧自地品嘗屬於自己的一杯酒，不多喝一滴，也不管別人享用了多少，頗有一種置身事外、自得其樂，一切的興廢存亡都與我無關的態勢！那當然不是冷漠無情，而是籤詩所說的「竹籬茅舍自甘心」，所以屬於一種不逾越分際的表態，可見李紈的信念是非常徹底而一貫的。

一旦落實在生活中，果然李紈平日都是低調平淡的作風，以穿衣服來看，第四十九回提到冬天下了雪，李紈請大家過來一起商議作詩，黛玉便換上掐金挖雲紅香羊皮小靴，罩了一件大紅羽紗面白狐皮裏的鶴氅，和寶玉並肩踏雪行來，「只見眾姊妹都在那邊，都是一色大紅猩猩毡與羽毛緞斗篷，獨李紈穿一件青哆羅呢對襟褂子，薛寶釵穿一件蓮青斗紋錦上添花洋線番羓絲的鶴氅」，眼前這一幅眾美圖裡，包括黛玉在內，姊妹們都是一片大紅色的青春朝氣，襯著白雪皚皚的背景，真是美麗脫俗又精神抖擻！卻只有李紈，身上穿的是青藍色的褂子，在壓倒性的大紅色裡簡直是黯淡無光，毫不起眼。

而且，根據貼身侍候過慈禧太后的宮女所說，清代的旗人婦女有一種穿戴的原則，即「三十丟紅，四十丟綠」：「三十歲開外的人就不要穿大紅的了，四十歲開外的人就不要穿大綠的了，要給後輩兒媳婦、姑娘們留份兒。」[1]也就是說，「大紅色」代表了青春年少，是三十歲以下的年輕女性才可以穿上身的。但李紈這時大概只有二十出頭，和王熙鳳的年紀差不多，兩人也都是

---

1 金易、沈易羚：《我在慈禧身邊的日子》（臺北：長樂文化／智庫股份有限公司，二〇〇一年），頁一九二。即金易、沈易羚：《宮女談往錄》（北京：紫禁城出版社，一九九一年四月），頁一二三。

已婚婦女，而第三回王熙鳳剛出場時，她「身上穿着縷金百蝶穿花大紅洋緞窄褙襖」，仍然是大紅色的鮮豔裝扮，比較之下，李紈卻一身素淨的青色褂子，那一定是因為寡婦的身分所導致。

同理可推，李紈也是不化妝的。第七十五回說得很清楚，寧國府的尤氏在小姑惜春那裡受了氣，出來以後轉往稻香村休息，跟來的丫頭媳婦們因問道：「奶奶今日中晌尚未洗臉，這會子趁便可淨一淨好？」尤氏點頭。李紈忙命丫鬟素雲去取自己的妝奩，素雲一面取來，一面將她自己的胭粉拿來，笑道：「我們奶奶就少這個。奶奶不嫌髒，這是我的，能着用些。」可見稻香村所欠缺的，就是化妝品了。

其實，賈家上上下下的女性，連小丫頭在內，不分年齡都是化妝的！所以小說裡提到過好幾次，包括黛玉、鳳姐、襲人等等，每天晚上都要卸妝。難怪寶玉喜歡吃女孩子嘴上的胭脂，那都是因為她們化了妝的緣故，嘴唇上才會有又香又甜的口紅，讓寶玉也想品嘗一下。然而李紈這個雙十年華的年輕女性，卻已經完全放棄了胭脂香粉，在在都證明了「居家處膏粱錦繡之中，竟如槁木死灰一般」的喪偶心態。

## 稻香村：大觀的實踐

也為了體現這樣「竹籬茅舍自甘心」的心態和生活樣態，所以曹雪芹特別量身訂做，在大觀園裡打造了一座稻香村給李紈居住，用來對應「竹籬茅舍」。當第二十三回元妃讓一眾姑娘們住進大觀園以後，李紈便成為稻香村的主人，彼此相得益彰，所以必須一起說明，同時也挖掘出曹雪芹的巧思和匠心。

為什麼大觀園裡會有一座這樣的稻香村？一般讀者總是忘記了，這座稻香村可是元妃最喜愛的四大處之一，第十八回元妃親口說：

> 此中「瀟湘館」、「蘅蕪苑」二處，我所極愛，次之「怡紅院」、「浣葛山莊」，此四大處，必得別有章句題詠方妙。

浣葛山莊就是稻香村，分明和寶玉的怡紅院是平起平坐的同一個等級，因此元妃不但親自賜名，還特別指定寶玉專題寫詩加以歌詠，可見那絕非無關緊要，用來打發寡婦的簡陋地方，實在不能等閒視之。

那是怎樣的地方呢？第十七回大觀園剛剛落成時，賈政帶領眾人進園子遊覽題撰，在整個過程中，他們當然也來到了稻香村這一站，當時大家是：

> 一面說，一面走，倏爾青山斜阻。轉過山懷中，隱隱露出一帶黃泥築就矮牆，牆頭皆用稻莖掩護。有幾百株杏花，如噴火蒸霞一般。裏面數楹茅屋。外面却是桑、榆、槿、柘，各色

樹稚新條，隨其曲折，編就兩溜青籬。籬外山坡之下，有一土井，旁有桔槔、轆轤之屬。下面分畦列畝，佳蔬菜花，漫然無際。賈政笑道：「倒是此處有些道理。固然係人力穿鑿，此時一見，未免勾引起我歸農之意。我們且進去歇息歇息。」……賈珍答應了，又回道：「此處竟還不可養別的雀鳥，只是買些鵝、鴨、雞類，才都相稱了。」賈政與眾人都道：「更妙。」……說着，引人步入茆堂，裏面紙窗木榻，富貴氣象一洗皆盡。賈政心中自是歡喜。

這樣樸實無華的農村風光，和大觀園整體的富麗堂皇、精雕細琢，確實很不相稱，於是寶玉便大肆批評了，說道：

> 却又來！此處置一田莊，分明見得人力穿鑿扭捏而成。遠無鄰村，近不負郭，背山山無脈，臨水水無源，高無隱寺之塔，下無通市之橋，峭然孤出，似非大觀。爭似先處有自然之理，得自然之氣，雖種竹引泉，亦不傷於穿鑿。古人云「天然圖畫」四字，正畏非其地而強為地，非其山而強為山，雖百般精而終不相宜……。

現在請注意一下，這可是寶玉在父親面前最大膽、最勇敢的一次高談闊論呀！在整部小說裡，寶玉一見到賈政，甚至只要聽說賈政召喚他過去，都是嚇得魂飛魄散，「殺死不敢去」（第二十三回）的萬分恐懼，哪裡有過這樣的大唱反調？如此空前絕後的壯舉，顯示寶玉對稻香村的安排確實是非常不以為然，才會到了這種膽敢當面反駁父親的程度。

那麼，寶玉的意見到底對不對呢？以前我提醒過大家，因為「人人皆賈寶玉」的緣故，所以總是把寶玉的意見當作唯一的真理，再加上現代人總是主張一個女性成了寡婦，不應該因此就放棄對生活的參與，去過那般枯燥乏味的日子，於是認為這一段話是曹雪芹要來批評儒家禮教吃人的表白。所謂的「臨水水無源」，即相當於一攤死水，哪裡還有生機可言？並且這樣突兀的規畫根本是「人力穿鑿扭捏而成」，一點也不自然，相比之下，瀟湘館便自然得多，而黛玉果然也是天然率性得多。看起來他的批評是一致的，據此而言，「大觀」這個詞便隱含了自然、天然的意思。

但是，這只是寶玉個人的片面之見，我們得要用學問從整體來看，才能把握曹雪芹真正的用意。大家常常忘了兩件事，所以才有了這樣常見的誤解。第一，寶玉自己就是個拒絕長大的小孩子，他的正氣裡摻著邪氣，以致「玉有病」，一個偏執的、不成熟的人所說出來的意見，恐怕並不是可以拿來推崇的真理。果然，寶玉自己就不是個擁有「大觀」精神的人，而一個缺乏「大觀」精神的人批評人家「似非大觀」，其實更證明了被他批評的對象才是真正的「大觀」！

這也剛好是大家都忽略的第二件事情了，也就是說，大觀園是以皇家園林為藍本所設計的，事實上，正因為大觀園裡有這麼一座稻香村，所以才能叫做「大觀」，果然清朝的皇家園林裡，幾乎都有類似的設計。

先看今天還大略保存完整的頤和園吧。頤和園在遭到英法聯軍焚毀之前，叫做清漪園，後經慈禧太后加以重建，這時才改名為頤和園。在先前的清漪園時期，乾隆帝所規畫的園區中，玉帶橋之西即有一大片的水田流渠，稱為「耕織圖」，現在到頤和園去參觀的話，還可以看到走廊牆壁上嵌著數十幅男耕女織圖的石刻和銅版畫呢。

再看紫禁城旁邊的中南海，康熙時期高士奇《金鰲退食筆記》卷上說：南海的「瀛臺，舊為南臺，……南有村舍水田，于此閱稼。」這又提供了一個證據。還有承德避暑山莊，山莊內甚至有康熙皇帝親自耕種的地方，康熙帝在《御製避暑山莊記》中說他「勸耕南畝」，自己以身作則，在山莊的熱河泉以東開闢了農田、瓜圃，種植了麥、穀、黍、豆等多種農作物，而「康熙三十六景」的「甫田叢樾」這一處，就是他享受田園之樂的落腳點。

最後壓軸的例子，是號稱「萬園之園」的圓明園，裡面同樣有好幾處的田莊農居。在著名的「圓明園四十景」中，「澹泊寧靜」這一處於雍正五年（一七二七年）已經建成，整座宮殿的外型是一個「田」字的形狀，所以俗稱田字房，皇帝每年都要在此舉行犁田儀式。除此之外，圓明園還有「杏花春館」、「北遠山村」、「多稼如雲」等地也都是農村景致，尤其是杏花春館，館舍的前面有菜

頤和園耕織圖景區，萬壽山與玉泉山間的水田。
〔1924年西德尼．甘博（Sidney D. Gamble）攝〕

圃，西院有杏花村，乾隆皇帝歌詠「杏花春館」的詩篇前面有一段小序，介紹此地的景觀云：「由山亭邐迤而入，矮屋疏籬，東西參錯。環植文杏，春深花發，爛然如霞。前闢小圃，雜蒔蔬蓏，識野田村落氣象。」這簡直就是稻香村的翻版！

可見大觀園的底稿確實來自於皇家園林，而因為農業自古以來即是國家的命脈，皇帝非常重視，也產生了「藉田」的儀式，即在每年的立春之日，天子親率三公、九卿、諸侯、大夫以迎春於東郊，天子親載耒耜等農具。如此一來，重農思想也體現在園林裡，而有了讓皇帝務農、親農的格局，叫做「弄田」，因此乾隆帝〈東園觀麥〉一詩云：「園林有弄田，藉以農功考。」這種田園風光是私人花園中很少見、卻是皇家園林很常見的景區。

更值得注意的是，《欽定日下舊聞考》卷八十〈圓明園一〉有如下的一段記載：

> 清暉閣北壁懸《圓明園全圖》。乾隆二年，命畫院郎世寧、唐岱、孫祐、沈源、張萬邦、丁觀鵬恭繪。御題「大觀」二字。

據此再清楚不過了，乾隆皇帝把《圓明園全圖》題為「大觀」，應該給了曹雪芹創作的靈感，讓元妃省親時把這座省親別墅賜名「大觀園」，正是移植了乾隆皇帝將圓明園題為「大觀」的同一種做法！所以說，大觀園裡的稻香村反映了大型皇家園林裡豐富多元的景觀，是「大觀」的構成要件之一。

## 稻香村：青春的復歸

看到這裡，你還會以為稻香村是像寶玉所批評的，代表了禮教的壓抑，屬於「非大觀」的敗筆嗎？其實正好相反，就因為這座省親別墅裡有這麼一個類似弄田的稻香村，所以才能成其為「大觀」。

換句話說，如同前面講過的，「大觀」這個詞來自《易經》，指聖王明君所施行的王道，以致天下太平，而果然元妃也實踐了王道，把這座原來應該要封鎖起來的神聖行宮，開放給家中的姊妹們居住，這裡從此變成了少女們的樂土，李紈也因此住進了大觀園，和年紀相當的姊妹們享受了幾年風雅自在的生活。這麼說來，就意謂著必須從另一個角度來思考問題，而看到相反的意義，稻香村哪裡是壓抑人性的地方，它其實是讓李紈恢復青春的所在！

並且再注意一下，稻香村的景觀雖然刻意模仿了鄉下田野，整體是以泥黃色為主調，但是，在這般單調平淡的農舍邊卻「有幾百株杏花，如噴火蒸霞一般」，那恐怕是整個大觀園最搶眼的春色了！雖然這樣的設計反映了圓明園的「杏花春館」，有著現實的藍本，然而作為一種文學的表現方式，豈不也是很特殊的安排嗎？

想想看，第十七回說黛玉的瀟湘館「有千百竿翠竹遮映」，一年四季都是一片綠意盎然，因此第四十回賈母道：「這個院子裏頭又沒有個桃杏樹，這竹子已是綠的，再拿這綠紗糊上反不配。」而寶釵的蘅蕪苑則是「迎面突出插天的大玲瓏山石來，四面羣繞各式石塊，竟把裏面所有房屋悉皆遮住，而且一株花木也無。只見許多異草」，也是根本連一朵鮮豔的花卉都沒有。至於寶玉的怡紅院，「院中點襯幾塊山石，一邊種着數本芭蕉，那一邊乃是一顆西府海棠，其勢若傘，絲垂翠縷，葩吐丹砂」，雖然有一棵鮮紅如丹砂的西府海棠，但卻孤伶伶地形單影隻，如何能與幾百株一起盛開的紅杏花相比？又哪裡有「噴火蒸霞一般」的盛況！

所以說，槁木死灰的稻香村偏偏種植著燦爛的紅杏花，每當春天來臨時，簡直是滿山遍野的花火燎原、遮天蔽空的霞光四射，反倒是整個大觀園裡最宏大奪目的景色。這豈不是和槁木死灰的描寫形成極端的衝突，而產生了矛盾？其中又蘊含著什麼奧妙的道理？說起來，那可真是曹雪芹偉大的巧思了。

最後，總結一下這一章所講到的重點：

第一，李紈青春喪偶，卻如同槁木死灰一般，一概無見無聞，這個人是怎樣培養出來的？曹雪芹告訴我們，家庭教育起了決定性的關鍵作用。她的父親李守中以「女子無才便是德」的觀念來教育她，也用代表女紅的「紈」字作為她的名字，使得傳統的婦德女教徹底內化了，成為李紈的主要性格。

第二，大觀園裡的稻香村是為李紈量身打造的，一派農村田園的景觀，和寡婦的簡樸平淡相一致，李紈自己也欣然接受，正所謂的「竹籬茅舍自甘心」。

第三，但其實李紈住進稻香村並非禮教的壓抑，反倒能夠藉以重獲青春自由的生活，那是元妃實踐仁君王道的結果，也因此這座省親別墅才能叫做大觀園。

第四，大觀園裡有一座稻香村，更反映了皇家園林才會有的弄田。所以說，大觀園從景觀到命名，都是以皇家園林為藍本。

第五，從文學的角度來說，稻香村還種了一大片的紅杏花，成為整個大觀園最燦爛耀眼的春景，這其實還帶有另外的象徵用意。

下一章就要來講紅杏花所代表的意義了，原來休火山是會爆發的，那又是怎樣的情況？請看下一章的說明。

# 28 紅杏花：休火山的爆發

這一章要準備從其他的角度切入，看看李紈這位年輕寡婦隱藏了哪些有趣的面相，又表現出哪些有血有肉的人性。當她顯露出喜怒哀樂的時候，可以比喻為「休火山的爆發」。

在前一章裡，我們看到李紈是心如止水的年輕寡婦，所住的稻香村也是樸素單調的田園景觀。但很奇怪的是，在一片泥黃色的「竹籬茅舍」裡卻種著「幾百株杏花，如噴火蒸霞一般」，不但和泥黃色的主調格格不入，還成為整個大觀園最搶眼的春色，那反差實在是太大了！這樣的設計當然不單單只是寫實地反映圓明園的「杏花春館」，因為作為一種文學的表現，最重要的是象徵意義，其中便寄託了曹雪芹的苦心，他要告訴我們：一個人不可能完全槁木死灰，人性裡的喜怒哀樂貪嗔痴一定是不會被根除的。那紅杏花就是休火山偶爾噴發出來的情感閃光，透露了李紈內在活躍的靈魂！

## 不斷成長的知識學問

首先，前面講過，李守中信奉「女子無才便有德」的價值觀，在生了李紈後「便不十分令其讀書，只不過將些《女四書》、《列女傳》、《賢媛集》等三四種書，使他認得幾個字，記得前朝這幾個賢女便罷了」，但是很明顯的，李紈一直在讀其他的書，否則後來她怎能擔任海棠詩社的社長，而且讓大家都心服口服？這證明了她具有良好的詩歌素養，是一個優秀的文學批評家，擁有善看的眼光以及公道的心胸，而這等底蘊並不是宣揚「女子無才便是德」的那三四種書所能提供。

從這一點來看，可以合理地推測，李紈雖然在娘家奠定了基礎教育，但絕對沒有停留在這裡，而是一直繼續增加知識。那是怎樣增加的呢？推敲起來，有兩種可能的情況：第一種是她偷偷讀其他的書！想想看，連寶釵小時候都是這樣過來的，第四十二回她對黛玉說：「你當我是誰，我也是個淘氣的。從小七八歲上也夠個人纏的。我們家也算是個讀書人家，祖父手裏也愛藏書。先時人口多，姊妹弟兄都在一處，都怕看正經書。弟兄們也有愛詩的，也有愛詞的，諸如這些《西廂》《琵琶》以及《元人百種》，無所不有。他們是偷背着我們看，我們却也偷背着他們看。」同樣的，黛玉也是如此，在第二十三回裡，她就和寶玉一起共讀《西廂記》，那是茗烟偷渡進來的禁書，可見這根本是當時小孩子的常態。如果李紈也有類似的童年，應該不算太奇怪。

至於第二種情況，是無論李紈有沒有這般淘氣頑皮的童年，她在嫁到賈家以後，應該都是有繼續讀書的，而且讀很多書，包括詩詞，所以才能培養出眾姊妹裡最好的文學判斷力。我們可以參考香菱的例子，香菱也是在第四十八回住進大觀園以後，才開始學作詩、練習寫字，卻表現得突飛猛進、進步神速，很快就被大家邀請加入詩社，那麼已經很有基礎的李紈當然更不困難。

不管是哪一種情況，都足以證明李紈絕對不是一個平板的人物，而是立體的、多面的豐富角色。人畢竟是活的，可以不斷成長，也擁有很多的面相，李紈正是如此。

這豈不是很發人深省嗎？其實，只要我們認真想一想，就會承認：一個人怎麼可能真的槁木死灰？而偉大的小說家又怎麼會把一個人寫得枯燥乏味？所以，李紈這個看起來不關心世事的寡婦，實際上隱藏著祕密的心思，潛伏著各種喜怒哀樂，卻一直沒有被注意到。現在，再舉幾個例子來看吧。

## 守節：真愛痴情的體現

第一個例子，是李紈真心愛著她的丈夫賈珠，她之所以在青春喪偶的情況下卻願意守寡，主要的原因就是對於丈夫的深情。第四十九回說：「賈母王夫人因素喜李紈賢惠，且年輕守節，令人敬伏。」這幾句話實在耐人尋味，想想看，如果守寡是應該的，是受逼迫的，那只會被視為理所當然，又怎麼會讓人尊敬佩服？

原來，歷史學家的研究指出，即使在理學發達的宋朝，婦女改嫁的案例都還是很多，到了明清時期就更不用說了。所以說，我們現代人都誤會了，其實儒家從來沒有強迫寡婦一定要守節，因此李紈是可以選擇的，而她自願選擇了守寡，這樣的賢慧和年輕守節才會得到包括賈母、王夫人這些長輩在內的賈家上上下下的尊敬，包括賈母、王夫人這些長輩在內，那便是一種西方學者所謂的「道德權威」（moral prestige）。賈母、王夫人之所以會特別優待李紈，給她非常優厚的經濟補貼，也是因為這個原因。

再說，李紈之所以選擇不改嫁，恐怕也不是被禮教洗腦的緣故，而是因為她真心愛著賈珠！小說裡曹雪芹寫了一段情節，讓我深深感動，那是第三十三回寶玉挨打受傷時，王夫人心疼得哭叫著賈珠的名字，一旁的李紈聽了便觸動心腸，禁不住也放聲哭了。這是整部小說裡李紈僅僅兩次哭泣中的第一次，這一次卻是放聲痛哭，實在是李紈很少見的情緒大宣洩！她哭的是什麼呢？哭的是喪偶的孤寂，更是對丈夫的懷念。

再參考賈母的情況，便會更明白這個道理了。第二十九回賈母率領闔家女眷到清虛觀去打醮，道觀裡的張道士也進來請安，這張道士是當日榮國府國公的替身，也就是代替賈代善出家以求積福解厄，因此和賈家非常親近。這時他特別要見寶玉，一見之下便感嘆道：

「我看見哥兒的這個形容身段、言談舉動，怎麼就同當日國公爺一個稿子！」說着兩眼流下淚來。賈母聽說，也由不得滿臉淚痕。

根據這段情節，以前的單元裡曾經說寶玉的重像群中便包括了祖宗，象徵寶玉擔任了繼承人的身分地位。在此則是要請大家想一想，這時賈母的丈夫賈代善已經過世數十年了，所以張道士又向賈珍道：

> 當日國公爺的模樣兒，爺們一輩的不用說，自然沒趕上，大約連大老爺、二老爺也記不清楚了。

這段話裡提到的兩位老爺，指的是賈赦、賈政，他們倆是賈代善的兒子，卻連父親的長相都記不清楚了，可見一定是年幼喪父，那麼賈母自然也是青春喪偶，正和李紈一樣。

但直到如今七十多歲了，賈母一聽到故人提及死去很久的丈夫，居然還是滿臉淚痕，可見那份夫妻之情完全沒有被時間磨損，是多麼深厚的情感啊。由此證明了門當戶對的婚姻也可以培養出真正的愛情，李紈對賈珠也是如此。所以說，李紈的守寡並不是受到禮教的壓迫，而其實是一種「非君不嫁」的專一愛情！這就是李紈的愛與哀。

## 沉默的大財主

第二個例子是：在這同一輩的姊妹妯娌中，最富有、對金錢也最吝惜的人，根本不是王熙鳳，而是李紈！我這麼說，一定令人大吃一驚吧？李紈不是個槁木死灰的人嗎？但我要告訴你，在李紈的眼中、心內，其實一直存有一個沉甸甸的東西，那就是錢財。

對於金錢，李紈的處理方式是只進不出，甚至到了守財奴的地步。試看因為「賈母王夫人因素喜李紈賢惠，且年輕守節，令人敬伏」，因此給了李紈很多的優待，當第四十五回李紈帶著眾姊妹去向王熙鳳要錢來支應詩社的開銷時，王熙鳳便以「帳也清楚，理也公道」的立場，說明李紈的優渥待遇。王熙鳳說：

> 老太太、太太罷了，原是老封君。你一個月十兩銀子的月錢，比我們多兩倍銀子。老太太、太太還說你寡婦失業的，可憐，不夠用，又有個小子，足的又添了十兩，和老太太、太太平等。又給你園子地，各人取租子。年終分年例，你又是上上分兒。你娘兒們，主子奴才共總沒十個人，吃的穿的仍舊是官中的。一年通共算起來，也有四五百銀子。

算算看，這筆帳可真不得了啊，原來李紈一共有三筆收入，每一筆都是最多的等級：第一筆是月錢，她身為已婚的年輕媳婦，本來和鳳姐一樣，都是一個月五兩，而李紈之所以實領一個月十兩，是因為包括了賈珠的那一份。由此也可見賈府十分體恤人情，即使賈珠已經過世，仍然給足了他們那一房夫婦兩人的所得，這稱得上是非常溫暖的做法。但賈母等家長覺得還不夠，於是又再多加一倍，以致李紈的月錢居然達到了二十兩，和賈母、王夫人等長輩同級，更可以說是恩重如山了。

其實這也是很合情合理的現象，賈府既然以寬柔待下為家風，對待下人尚且寬厚溫柔，對自家的媳婦當然更是大方體貼，因此不只月錢給上四倍，又給李紈一塊園子地，讓她每年還有地租可以收取，這就是李紈的第二筆收入。至於第三筆收入，則是年終分紅時可以分到最多的一份，這三筆收入的總和就是一年四五百銀子。再看鳳姐說，李紈那一房所有的用度都是公家支付，那麼這四五百兩即為她的淨收入了。而前面講過，那一頓螃蟹宴花費了二十多兩銀子，可以讓劉姥一家過一年，這樣算起來，李紈一年的收入便足以讓劉姥姥一家過二十年衣食無虞的生活呢！所以實在必須說，李紈真的是一個沉默的大財主，原來在紙窗木榻的稻香村地底下，其實藏著一座金山銀山！

單單這一點已經夠讓人驚訝了，更教人吃驚的是，李紈雖然如此財力雄厚，卻居然滴水不漏，捨不得花錢到了吝嗇的程度。試看寶玉、黛玉、探春這些未婚的年輕主子們，一個月的月錢是二兩，當邢岫烟住到大觀園的時日，鳳姐也是比照這個金額給她補貼的，而這個數目只有李紈的十分之一，並且他們還沒有取租、分紅的收入。但是，當姑娘們舉辦詩社的活動時，李紈卻不肯承擔酒菜類的開銷，而是要大家平均分攤！

那麼，詩社舉辦一次活動需要花多少錢？小說裡有一段描寫把答案告訴了我們，可惜似乎沒有人注意到。那是第四十九回，薛寶琴等親戚一起湧到了賈府，大觀園熱鬧非凡，於是姑娘們做興起來，要開詩社幫客人接風，社長李紈便開始調派指揮了，她說道：

「我這裏雖好，又不如蘆雪庵好。我已經打發人籠地炕去了，咱們大家擁爐作詩。……你們每人一兩銀子就夠了，送到我這裏來。」指着香菱、寶琴、李紋、李綺、岫烟，「五個不算外，咱們裏頭二丫頭病了不算，四丫頭告了假也不算，你們四分子送了來，我包總五六兩銀子也盡夠了。」

請特別注意，這段話清楚指出，詩社活動的經費只要五、六兩銀子就很夠了，扣掉香菱、寶琴、李紋、李綺、岫烟這些客人，以及生病的迎春、請假的惜春不能參加，於是該出錢的人就只剩下寶玉、黛玉、探春、寶釵四個人，正是李紈所說的「你們四分子」。既然是「每人一兩銀子」，總共便是四兩銀子，如此一來，則只差一二兩了。那麼這一二兩是由誰補上的呢？當然是社長李紈自己，她一定也得出錢才對。

可是這麼一來便很奇怪了，想想看，李紈是長嫂，在家族的倫理秩序上本來就應該得多承擔一些責任，何況她單單月錢的二十兩收入更是其他少爺小姐們的十倍，但她出的錢卻差不多一樣，實在太不成比例了。這豈不證明了李紈確實太過小氣！再說，這次的蘆雪庵聯句是有史以來最盛大的一次活動，總共有十幾個人參加，算起來平均每個人只要半兩就夠用了，那麼平常的詩社花費甚至只要三、四兩，而一個月只舉行兩次活動，那是第三十七回開社時寶釵建議的：「一月只要兩次就夠了。」如此看來，李紈即使全額負責都不過分。

但她卻來向鳳姐要經費，表面上講得很好聽，說是要請鳳姐去作個監社御史，以維持詩社運作的秩序，可鳳姐哪裡這麼好拐騙？於是她立刻說：

> 「你們別哄我，我猜着了，那裏是請我作監社御史！分明是叫我作個進錢的銅商。你們弄什麼社，必是要輪流作東道的。你們的月錢不夠花了，想出這個法子來拗了我去，好和我要錢。可是這個主意？」一席話說得眾人都笑起來了。李紈笑道：「真真你是個水晶心肝玻璃人。」

所謂的「水晶心肝玻璃人」便是讚美鳳姐心思過人，一切都看得清清楚楚，讓人無所遁形，而李紈也等於承認了她們的真正目的是要錢。這時，王熙鳳就用她的「帳也清楚，理也公道」來批評李紈的吝嗇了，她說：

> 這會子你就每年拿出一二百兩銀子來，陪他們頑頑，能幾年的限期？他們各人出了閣，難

道還要你賠不成？這會子你怕花錢，調唆他們來鬧我，我樂得去吃一個河涸海乾，我還通不知道呢！

由此可見，鳳姐很清楚地知道，李紈是想要把這筆私下開銷轉嫁給公家來承擔，但王熙鳳這個精明的女強人才不肯做冤大頭呢，因此直接挑明了點出李紈「怕花錢」的心理。這又再度證明李紈真的是個吝嗇的大財主，她把稻香村地底下的金山銀山守得滴水不漏呢。

## 內在王熙鳳的竄出

最有趣的是，當李紈被這樣公然揭發了心病以後，她可沒有置若罔聞，接下來的反應一點兒也不是心如止水，恰恰相反，李紈簡直潑辣到了極點，居然口出惡言，可以說是火山爆發啦。她笑道：

「你們聽聽，我說了一句，他就瘋了，說了兩車的無賴泥腿世俗專會打細算盤分斤撥兩的話出來。這東西虧他托生在詩書大宦名門之家做小姐，出了嫁又是這樣，他還是這麼着；若是生在貧寒小戶人家，作個小子，還不知怎麼下作貧嘴惡舌的呢！天下人都被你算計了去！

昨兒還打平兒呢，虧你伸的出手來！那黃湯難道灌喪了狗肚子裏去了？氣的我只要給平兒打報不平兒。忖奪了半日，好容易『狗長尾巴尖兒』的好日子，又怕老太太心裏不受用，因此沒來，究竟氣還未平。你今兒又招我來了。給平兒拾鞋也不要，你們兩個只該換一個過子才是。」說的眾人都笑了。鳳姐兒忙笑道：「竟不是為詩為畫來找我，這臉子竟是為平兒來報仇的。竟不承望平兒有你這一位仗腰子的人。早知道，便有鬼拉着我的手打他，我也不打了。平姑娘，過來！我當着大奶奶、姑娘們替你賠個不是，擔待我酒後無德罷。」說着，眾人又都笑起來了。

這一段的交手實在是太精彩了，李紈居然讓鳳姐俯首稱臣呢！可事實上鳳姐完全是「帳也清楚，理也公道」，簡直是銅牆鐵壁，而李紈分明理虧，又屈居於有求於人的劣勢，她又是怎麼做到反敗為勝的？

讓我們來看看李紈用了哪些方法。第一種方法便是轉移戰場，攻心為上，也就是說，既然在道理上說不過人家，便訴諸情感，專攻對方的心理弱點。那麼，鳳姐的心理弱點是什麼呢？就是她對平兒的愧疚啊，才剛剛在上一回（第四十四回）中，賈璉夫妻兩個鬧得驚天動地，都拿無辜的平兒出氣，讓平兒受了很大的委屈，鳳姐心裡簡直是悔恨交加，覺得很對不起平兒，卻不知如何彌補。這時李紈故意拿出這件事來發揮，等於是碰觸到鳳姐最大的痛點，於是滿懷歉疚的鳳姐氣勢便矮了下來，只好退讓認輸，反過來向平兒道歉，而明明理虧的李紈也就扭轉了頹勢，這豈不是太高明了嗎？

只不過我要再提醒大家，李紈這一招雖然很高明，算是兵法上的絕技，結果也取得了大成功，讓鳳姐乖乖拿出五十兩給她們花用，但是，在這個過程中卻暴露出李紈其實和鳳姐一樣粗俗！

試看她罵鳳姐的那些用詞，例如「黃湯難道灌喪了狗肚子裏去」這句話，簡直是粗鄙不堪，一點兒也沒有大家閨秀的優雅風範，反而比較像菜市場裡潑婦罵街的大孀！再說，李紈指責鳳姐「說了兩車的無賴泥腿世俗專會打細算盤分斤撥兩的話出來」，但她自己所做的正是「專會打細算盤分斤撥兩」的事，鳳姐只是客觀說出實話而已，怎麼反過來要挨罵，變成「無賴泥腿世俗」呢？同樣的，李紈自己已經算計了鳳姐，要把出錢吃虧的事推給鳳姐，人家不願意當冤大頭，卻被她批評是「天下人都被你算計了去」，這豈不是惡人先告狀嗎？再說，李紈罵鳳姐「虧他托生在詩書大宦名門之家做小姐」，卻這般貧嘴惡舌，但現在她自己不也是一樣？這些凌厲粗鄙的說話方式，難道不是最像鳳姐嗎？

所以說，李紈用來壓倒鳳姐的第二個招數，就是「以其人之道還諸彼身」，意指以對方的方法手段用在對方身上。於是我們看到李紈的形象突然立體起來，在這一瞬間她變成了另一個鳳姐，雙方的交手是勢均力敵，李紈非但毫不遜色，甚至因為加上了攻心為上的戰術，讓鳳姐在心理情感上軟弱了下來。因此，即使李紈可以說是根本不講理，卻居然大獲成功，這豈不是太精采的一幕嗎？

## 發現「美」的愛花人

看到這裡，足證李紈也是曹雪芹筆下深不可測的一個人了，但其實還不只如此，李紈的內心潛伏著各種喜怒哀樂的人性，其中便包括對美好事物的欣賞。

關於詩詞這種精緻的文字藝術就不用贅言了，再看第五十回眾人在蘆雪庵聯詩，寶玉不幸又落了第，成為最後一名，於是社長李紈出了一道罰則，對寶玉說道：

「今日必罰你。我才看見櫳翠庵的紅梅有趣，我要折一枝來插瓶。可厭妙玉為人，我不理他。如今罰你取一枝來。」眾人都道這罰的又雅又有趣。

請特別注意，李紈說「才看見櫳翠庵的紅梅有趣，我要折一枝來插瓶」，這也顯示出她很有審美的眼光，根本不亞於寶玉！就在第四十九回開詩社之前，寶玉出了門，正在往蘆雪庵的路上：

走至山坡之下，順着山腳剛轉過去，已聞得一股寒香拂鼻。回頭一看，恰是妙玉門前櫳翠庵中有十數株紅梅，如胭脂一般，映着雪色，分外顯得精神，好不有趣！寶玉便立住，細細的賞玩一回方走。

這便是回目上所說的〈琉璃世界白雪紅梅〉，那晶瑩剔透的皚皚白雪襯托著胭脂般豔紅的梅花，真可以說是清麗脫俗、如詩如畫，等於是先前寶玉用白瑪瑙盤子裝鮮紅荔枝的放大版，難怪吸引了寶玉停下腳步，欣賞了好一會兒。但原來除了寶玉之外，李紈來到蘆雪庵的路上也同樣被深深吸引呢，而且李紈對這胭脂紅梅的喜愛恐怕是更勝一籌，因此還想要折一枝來插瓶，顯然她希望可以就近再多欣賞個幾天，這豈不是為樸素的稻香村增添了幾分鮮豔嗎？而寶玉帶回了一枝紅梅花以後，剛好賈母也來到這裡，一眼看到便先笑道：「好俊梅花！你們也會樂，我來着了。」這豈不證明了李紈也是個很「會樂」，也就是很懂得生活樂趣的人嗎？

再看當初第三十七回海棠詩社成立時，大家準備開始作詩，李紈建議道：「方才我來時，看見他們抬進兩盆白海棠來，倒是好花。你們何不就詠起他來？」這便給了眾人創作的題材，顯然李紈又注意到那兩盆白海棠的美了。從這些點點滴滴的描寫，可以發現到李紈十分愛花、賞花，哪裡比不上寶玉呢？所以說，李紈雖然住在竹籬茅舍裡，卻其實是個很懂得在平淡日子裡創造美感、享受趣味的生活藝術家！

總而言之，李紈的內在確實還湧動著各種心思，包括喜怒哀樂等多樣的情感，所以我把她比喻為休火山，意指表面上看起來已經毫無動靜了，像座死火山似的，但其實它只是沉睡而已，裡面還有火焰在燃燒，偶爾燃燒得旺盛一點，就會噴發出來，讓人發現她有血有肉的一面，而眼睛為之一亮。這樣的李紈，果然也是獨一無二的人物類型，是曹雪芹偉大的創造之一。

## 曇花一現的幸福

只不過，正如書中所有的金釵一樣，李紈也沒能避免悲劇的命運。第五回太虛幻境的人物圖讖說：

> 畫着一盆茂蘭，旁有一位鳳冠霞帔的美人。也有判云：
> 桃李春風結子完，到頭誰似一盆蘭。
> 如冰水好空相妒，枉與他人作笑談。

圖上的「茂蘭」以及判詞裡的「到頭誰似一盆蘭」都是指賈蘭，那是李紈和賈珠的骨肉結晶。而所謂的「桃李春風結子完」，這一句採用了諧音法、雙關法，暗示李紈的婚姻愛情就像桃花李花一樣地短暫，桃李在春天盛開，花落結果以後這一年的生機便差不多結束了，李紈也一樣，她結婚以後生了賈蘭，不久賈珠便病死了，夫妻恩愛的生活也隨之完結。所以說，李紈的名字即是諧音對應於「李完」。

她這麼一個恪守婦道的女性，在青春喪偶以後把唯一的孩子教養得很優秀，那賈蘭不同於寶玉，小小年紀便很有志氣，也很努力，不僅認真讀書，還練習騎射。第二十六回提到寶玉在大觀園裡閒逛時：

只見那邊山坡上兩隻小鹿箭也似的跑來，寶玉不解何意。正自納悶，只見賈蘭在後面拿着一張小弓兒追了下來，一見寶玉在前面，便站住了，……寶玉道：「你又淘氣了。好好的射他作什麼？」賈蘭笑道：「這會子不念書，閑着作什麼？所以演習演習騎射。」

可見賈蘭文武雙全，因此將來更成為賈家復興的中堅分子，也榮耀了年輕守寡的母親，李紈跟著成為朝廷誥命，圖畫上「鳳冠霞帔的美人」就是指李紈，這算是她一生最大的安慰。

只可惜，苦盡甘來的歲月並不長久，第五回太虛幻境的《紅樓夢曲》裡，關於李紈的一闋〈晚韶華〉說：

鏡裏恩情，更那堪夢裏功名！那美韶華去之何迅！再休提繡帳鴛衾。只這帶珠冠，披鳳襖，也抵不了無常性命。雖說是、人生莫受老來貧，也須要陰騭積兒孫。氣昂昂頭戴簪纓，氣昂昂頭戴簪纓，光燦燦胸懸金印；威赫赫爵祿高登，威赫赫爵祿高登，昏慘慘黃泉路近。

可見當賈蘭飛黃騰達以後，李紈卻不幸早死，沒能享受幾年的榮華富貴，對很多人而言，這算是一種悲劇。只不過或許我們也可以從另一個角度來想，人生本來無常，該怎樣過得有意義，是自己可以決定的。李紈雖然守寡又早死，但只要在活著的時候懂得充實人生，努力安排生活，就算是不虛此生了，根本不必用數字來計算得失。李紈也正體現了這一點。

最後回顧一下這一章所講的重點，主要在說明稻香村之所以種了幾百株紅杏花，是要用來象徵休火山的噴發，也就是李紈內心種種喜怒哀樂的顯露，其中包括：

第一，李紈讀的書不限於父親給她的那幾種書，所以累積了良好的知識程度和詩歌素養。

第二，李紈的守寡是自願的，並不是被禮教所逼迫，因為她真心愛著丈夫賈珠，就和賈母對丈夫賈代善的情況一樣，也因此得到大家長的尊敬和優待。

第三，在賈家的優待之下，李紈成為最富有的年輕婦女，稻香村裡其實掩蓋著金銀的閃光！

第四，李紈卻也是一個小氣財神，捨不得花錢，已經到了吝嗇的地步呢。

第五，李紈一發威簡直是王熙鳳第二，懂得運用戰術，以致大獲成功，真是太出人意料了。

第六，李紈其實是個很優秀的生活藝術家，懂得在平淡日子裡創造美感、享受趣味，所以是最愛花的人之一。

以上這些表現，在在都出人意料之外，所以我才會把李紈比喻為休火山，這也證明了曹雪芹的筆下都是立體又飽滿的人物，我們實在不應該囫圇吞棗，用刻板印象去讀小說，以免辜負了他的天才。另外，還有一個很有趣的地方，那就是李紈唯一討厭的人居然是妙玉！這又是為什麼呢？請看下一章的解說。

# 妙玉：

## 心在紅塵的檻外人

妙玉——改琦繪《紅樓夢圖詠》（風俗繪卷圖畫刊行會刊本）

# 29 名流與尼姑的綜合體

這一章，要開始講眾金釵裡最高傲孤僻的一位姑娘，妙玉。

大家都知道，這個人物是林黛玉的重像，卻又算是二點零的進階版，簡直比林黛玉還「林黛玉」。但妙玉身為一個出家人，又是個父母雙亡的孤女，寄住在賈家，怎麼可能還這樣唯我獨尊呢？而且，李紈唯一表示討厭的人就是妙玉，那又有什麼緣故？這兩章便要來一窺其中的奧妙。首先，從妙玉的人格特質開始講起吧，那可以說是「名流與尼姑的綜合體」，非常怪異突兀的特殊狀態。

大家都知道，妙玉是賈家為了元妃省親才特別邀請過來的一名尼姑，就住在大觀園的櫳翠庵裡。很多人都以為，一個妙齡女子被關在廟裡清修，一定是飽受壓迫、心有不甘的，以致妙玉性格怪僻，這是一種「宗教吃人」的解讀角度。但其實並非如此，我發現情況剛好相反，妙玉在宗教世界裡得到了自我的王國，可以把她的個人主義發展到極端，以致成為林黛玉的二點零進階版。這又是一個十分奧妙的案例了，而一切也都得從她的成長環境說起。

世界的禮遇

第十八回介紹道：為了元妃省親，賈家需要準備一些宗教人員，以應各種儀式之需。資深管家林之孝家的來回報王夫人說，除了十個小尼姑、小道姑：

外有一個帶髮修行的，本是蘇州人氏，祖上也是讀書仕宦之家。因生了這位姑娘自小多病，買了許多替身兒皆不中用，到底這位姑娘親自入了空門，方才好了。所以帶髮修行，今年才十八歲，法名妙玉。如今父母俱已亡故，身邊只有兩個老嬤嬤、一個小丫頭伏侍。文墨也極通，經文也不用學了，模樣兒又極好。

這樣的情況豈不是和黛玉如出一轍嗎？兩人都是蘇州人，也都父母雙亡，學問、外貌也都很好，更都是從小多病，必須要靠出家才能痊癒，差別只在於妙玉親自出家了，而黛玉卻沒有，第三回黛玉道：「那一年我三歲時，聽得說來了一個癩頭和尚，說要化我去出家，我父母固是不從。他又說：『既捨不得他，只怕他的病一生也不能好的了。若要好時，除非從此以後總不許見哭聲；除父母之外，凡有外姓親友之人，一概不見，方可平安了此一世。』」但我們都知道，黛玉來到賈家依親，不但見到了寶玉，還整天生活在一起，那怎麼可能不哭呢？所以黛玉的病勢愈來愈嚴重，最後就如脂硯齋所說的「淚盡夭亡」，顯然這是黛玉注定的命運。

請大家想一想：妙玉出身於讀書仕宦之家，也正是有了這個家世背景，她才能列入太虛幻境的十二金釵正冊，所以確實算是一位名門閨秀。再看她自小體弱多病，父母因此買了許多替身代替她出家，可見妙玉是很受到疼愛的掌上明珠，父母才會捨不得讓她離開身邊，到廟裡去吃苦，也才會大手筆地買許多替身，努力要治好她的病。可惜此舉並沒有奏效，一直等到妙玉親自出家，才得到了神佛的救贖，可以平安長大。

那麼，妙玉是在哪裡出家的？這裡並沒有明說，答案是在後來的第四十一回、第六十三回才揭曉。先看第四十一回，那時劉姥姥逛大觀園，一行人來到了櫳翠庵，當時妙玉招待了賈母等人以後，又偷偷把黛玉、寶釵引進耳房裡吃體己茶，妙玉說那水「是五年前我在玄墓蟠香寺住着，收的梅花上的雪」，可見玄墓蟠香寺便是妙玉自幼出家的地方。到了第六十三回時，邢岫烟也說妙玉「他在蟠香寺修煉」，這更明確無疑了。

由此可見，妙玉的出家絕非一般泛泛，因為她出家的地方非同小可。玄墓是指玄墓山，地點就在蘇州西郊，而山上的蟠香寺是個古廟大剎，不但香火鼎盛，並且風景優美，整片山區種滿了梅花，一旦梅花盛開時，簡直如同滿山遍野的積雪，處處暗香浮動，所以稱為「香雪海」，是清朝著稱的天下名勝。想想看，這樣莊嚴宏偉的一座名山古剎，如果沒有特殊的條件，又哪裡能進得去呢？何況妙玉進去以後，還可以帶髮修行，處處顯出破格的優待，再加上這座寺廟就在母家可以照應的附近地區，那一定是父母苦心的安排。這麼一來，便可以知道，妙玉的出家根本不能說是苦修，她依然在一個十分優渥的環境中生活，只是增加了宗教方面的素養。

最奧妙的是，寺廟的生活雖然嚴謹，但人際關係相對簡單得多，何況妙玉還受到特別的照顧，所以妙玉天生的驕傲性格可以保持下去，完全沒有因為修煉的關係而變得圓融一點、溫和一點。試看第六十三回裡，邢岫烟說，她和妙玉在蟠香寺做過十年的鄰居，後來邢家去投靠親戚，便搬走了，之後聽說妙玉的情況是：「聞得他因不合時宜，權勢不容，竟投到這裏來。」可見在妙玉出家的那十年裡，一直都是十分高傲，已經到了「不合時宜，權勢不容」的地步。

但有趣的地方出現了，想想看：妙玉是如此「不合時宜，權勢不容」，卻可以投身到賈府裡面安頓下來，那豈不代表了賈家是很能包容她的嗎？別家都受不了的脾氣，賈家卻笑納了，在這樣的寬厚之下，妙玉等於又可以繼續那般高傲了。事實也確乎如此，第十八回說，賈家為了迎接元妃省親，需要準備一些宗教人員，林之孝家的特別對王夫人提到有一位妙玉非常優秀，還沒等到她把話回完，王夫人便說：

「既這樣，我們何不接了他來？」林之孝家的回道：「請他，他說『侯門公府，必以貴勢壓人，我再不去的。』」王夫人笑道：「他既是官宦小姐，自然驕傲些，就下個帖子請他何妨。」林之孝家的答應了出去，命書啓相公寫請帖去請妙玉。次日遣人備車轎去接。

由此可見，王夫人是很包容、很禮遇妙玉的，對她的驕傲不但不以為忤，還覺得以她官宦小姐的出身而言，那是理所當然的，因此願意以高規格來邀請她。怎樣的高規格呢？一共有兩種做法，一個是下帖子，一個是派車轎。以派車轎來看，前面講林黛玉的單元中說過，黛玉來北京依親時，一下船即有賈府派的轎子並拉行李的車輛等在岸邊準備迎接，同樣的，賈家也是這樣接待妙玉，既然轎子代表了權力和地位，那就等於是給予妙玉很尊榮的待遇。

至於下帖子，我們現代人可都不知道了。在傳統社會裡，帖子是非常正式的一種文書，需要由專業的書啓相公來撰寫，而且帖子就代表本人，所以王夫人下帖子便代表她親自登門邀請，那對於妙玉來說，更是很大的尊榮。關於這一點，書中有一個例子可以作為很好的參考，第十回秦可卿生了怪病，幾個太醫都看不準也治不好，剛好世交馮紫英介紹一位高明的醫生張友士，於是賈珍立刻派人拿他的名帖去邀請。沒想到小廝回來說，張先生忙了一天，精神實在不能支持，無法看脈，但是也允諾等他調息一夜，恢復了精神，明日務必會到府看診。然後他又說「大人的名帖實不敢當」，仍然叫小廝拿回來了。由此可見，名帖是多麼貴重的身分象徵，身分比較低的人連收下都承受不起呢。而王夫人卻願意下帖子給妙玉，便表達出百般體恤和禮遇的好意，這就是妙玉會願意到賈府來的原因。

可見王夫人確實是一個溫厚大度的長輩，完全體現了賈家寬柔的門風。果然妙玉到了賈府以後，生活就更自由自在了，她住在大觀園裡，已經隔絕了賈府上千人複雜的人際關係，又獨自安身於櫳翠庵中，這便再進一步隔絕了園子裡互相來往牽絆的人情世故，難怪她會愈來愈孤僻、越率性。

尤其櫳翠庵是一座寺廟，具有宗教的神聖性，大家偶爾來到這裡時都得虔誠禮佛，不敢造次，連尊貴的元妃都是如此。第十八回說元妃省親時，在正殿舉行的筵席撤了以後，元妃又進行第二次遊園，避開第一次的主路線：

> 將未到之處復又遊頑。忽見山環佛寺，忙另盥手進去焚香拜佛，又題一匾云：「苦海慈航」。又額外加恩與一般幽尼女道。

這座佛寺應該就是櫳翠庵，而受到額外加恩的女尼道姑當然包括了妙玉。連貴妃都得先洗手才進去，何況其他人？因此，第四十一回賈母帶著劉姥姥逛到這裡時，才剛進門便對妙玉說：「我們才都吃了酒肉，你這裏頭有菩薩，沖了罪過。我們這裏坐坐，把你的好茶拿來，我們吃一杯就去了。」可見妙玉受到了菩薩的庇蔭，大家對她都是客客氣氣，那她就更不用配合別人了。

所以說，妙玉是因為出了家，才變得簡直比黛玉還更高傲，因為宗教對她而言，不但不是一個牢籠，反而是一種庇蔭，讓她可以徹底伸張唯我獨尊的個性，連賈府的寵兒林黛玉都不放在眼裡。請看第四十一回劉姥姥逛大觀園時，一路上也來到了櫳翠庵，妙玉在招待了賈母之後，私下又帶了寶釵、黛玉去喝體己茶，但黛玉只不過是問了一句「這也是舊年的雨水？」妙玉就冷笑說：「你這麼個人，竟是大俗人，連水也嘗不出來。這是五年前我在玄墓蟠香寺住着，收的梅花上的雪，共得了那一鬼臉青的花甕一甕，……你怎麼嘗不出來？隔年蠲的雨水那有這樣輕浮，如何吃得。」

可想想看，第五回說黛玉的個性是「孤高自許，目無下塵」，把別人都當作是腳底下的灰塵，看不進眼裡，從來都只有她嘲笑諷刺別人的分，卻只有妙玉敢這樣當面批評黛玉。所以說，這可真是人外有人，天外有天，黛玉終於遇到不待見她的人了。清朝評點家姚燮《讀紅樓夢綱領》便很細心地發現到這一點：

寶玉過梨香院，遭齡官白眼之看；黛玉過櫳翠庵，受妙玉俗人之誚，皆其平生所僅有者。

換言之，黛玉被妙玉當面這樣的直嗆批評，真是她一生中絕無僅有的一次，難怪第六十三回裡，連寶玉都說：妙玉「他為人孤癖，不合時宜，萬人不入他目。」可見妙玉作為黛玉的分身或曰重像，不只是同一個模子脫胎出來的，還更算是林黛玉的二點零進階版呢。

最奇特的是，當下黛玉竟然也不以為忤，完全沒有平日的多愁善感和嘔氣反擊，當場只是輕描淡寫地心想：妙玉這個人「天性怪僻，不好多話，亦不好多坐，吃完茶便約着寶釵走了出來」，事後也沒有委屈哭泣，完全毫無風波。這也告訴我們，原來一個人的高傲是環境縱容出來的，當周圍的人不順著你的時候，你就不會那麼率性了。此刻的黛玉沒有賈母的疼愛、寶玉的溺愛、眾人的忍耐，遇到別人比她還高傲時，卻堅強起來了，不再那麼鑽牛角尖或顧影自憐，而變得坦然豁達，這豈不是曹雪芹所洞察到的人性奧妙嗎？

## 自我中心的高調越界

同樣的，妙玉的性格也是在環境的影響之下愈來愈極端了。舉一個例子來說吧。第六十三回寶玉過了一個熱熱鬧鬧的生日，大家紛紛醉倒，第二天醒來以後，寶玉忽然一眼看見硯臺底下壓着一張紙，一問之下，才發現是一張粉箋子，上面寫着「檻外人妙玉恭肅遙叩芳辰」，原來是妙玉在寶玉生日當天打發個媽媽送來的拜帖，用意相當於今天的生日賀卡。按照禮數，寶玉必須回帖，但是：

> 看他下着「檻外人」三字，自己竟不知回帖上回個什麼字樣才相敵。只管提筆出神，半天仍沒主意。因又想：「若問寶釵去，他必又批評怪誕，不如問黛玉去。」

寶玉為什麼會這麼為難，簡直下不了筆呢？原來妙玉的拜帖根本不合規範，出格到了極點。前面才剛剛講過，帖子是非常正式的文書，又代表本人，所以必須寫上正式的職銜和姓名，絕不可以用別稱、外號之類的，那都是私底下才可以使用的非正式名稱。可是妙玉這時卻用「檻外人」三個字，那是她給自己取的別號，因為妙玉覺得自己十分清高脫俗，不同於「世中擾擾之人」，所以她自稱「檻外之人」，以示區別。既然這是非正式的、很脫軌的署名，因此連寶玉自己都不知道該怎麼應對，也想必寶釵會批評怪誕。

如此看來，妙玉「天性怪僻」的個性不但沒有改變，她那「權勢不容」的「不合時宜」顯然還更變本加厲了。而誰最清楚這一點呢？那就是邢岫烟，她和妙玉是多年之交，有長期相處的經驗，對其過去有所認識，於是前後一比較便看出來了。第四十九回邢岫烟也來到了賈府，和妙玉久別重逢，算是他鄉遇故知，彼此的感情更好，但幾年不見，岫烟也發現到妙玉的特殊情況，這時她對寶玉說：

他這脾氣竟不能改，竟是生成這等放誕詭僻了。從來沒見拜帖上下別號的，這可是俗語說的「僧不僧，俗不俗，女不女，男不男」，成個什麼道理。

請特別注意，岫烟說，妙玉原本的脾氣不但沒有改變，而且竟然「生成這等放誕詭僻」，其中所謂的「生成」即是指逐漸發展而成。顯然在這段闊別的時間裡，妙玉的脾氣還一直在發展中，在不是改變本貌的情況下，那便是往更極端、最極端的方向去發展，於是成了「這等放誕詭僻」，那就越發不成道理了。

這種不合時宜可不是蘇東坡式的高潔，而是一種到處觸犯環境的「放誕詭僻」。從邢岫烟所批評的「僧不僧，俗不俗，女不女，男不男」這四句話，可知「放誕詭僻」是一種過分放任自己的逾越分際，以致模糊了男女的性別界限，以及宗教和世俗的界限，造成了身分的混淆。這種

「放誕詭僻」可以從幾個地方顯示出來，首先，妙玉帶髮修行，因此保有女性的嫵媚，但那並不是一個出家人該有的造型，所以說是「女不女，男不男」。其次，妙玉在寺廟裡清修度日，卻仍然過著極端高雅的生活，品味十分講究，這一點在第四十一回有很清楚的呈現。

當時劉姥姥被帶去逛大觀園，大家來到了櫳翠庵，妙玉用來招待賈母的茶水是「舊年蠲的雨水」，那是天下聞名的蘇州特產，叫做梅水，可她還嫌這樣的水吃不得，得要梅花上的雪才能入口。此外，她拿出來的茶杯都是一等一的精品，包括宋代官窰所燒製的珍寶，甚至是晉朝流傳下來的稀世古董，包括：她捧與賈母吃茶的是一個成窰五彩小蓋鍾，給眾人用的都是一色官窰脫胎填白蓋碗。後來妙玉特別拉了黛玉、寶釵到耳房私下喝茶，這時她又拿出兩只杯子來，一個叫做「𤫩瓟斝」，另一只是「點犀𥁋」，斟了茶以後分別拿給寶釵、黛玉品嘗。尤其是「𤫩瓟斝」，杯子上面有一行小真字寫著「晉王愷珍玩」，又有「宋元豐五年四月眉山蘇軾見於祕府」一行小字，可見那真是價值連城的古玩奇珍了。甚至連妙玉自己日常吃茶用的綠玉斗都是難得一見的寶物，因此她很自豪地對寶玉說：「不是我說狂話，只怕你家裏未必找的出這麼一個俗器來呢。」

想想看，連喝一杯茶都得用梅花上的雪來烹煮，還得用國家博物館典藏等級的杯子來盛裝，才能覺得滿意，這豈不是名流所過的生活嗎？而一個尼姑卻像高傲、風雅的名流，表面上超凡脫俗，實際上卻和世俗深度牽連，因為她總是用世俗所劃分的標準來突顯自己的高高在上，哪裡有一點眾法平等的真正超脫！這不就是所謂的「僧不僧，俗不俗」嗎？再看她把世人都一概貶低，連林黛玉都變成了大俗人，還常說：「古人中自漢、晉、五代、唐、宋以來，皆無好詩，只有兩句好。」那兩句被她青睞的詩句「縱有千年鐵門檻，終須一個土饅頭」，來自於南宋范成大〈重九日行營壽藏之地〉一詩，也因此妙玉自稱為「檻外人」。但想想看，連李白、杜甫都沒有一句好詩，這種論調恐怕不只是不合時宜，簡直是目中無人到了極點，哪裡是一個修道者該有的涵養？

所以正確地說，妙玉的人格表現並不是高潔，而是高傲。高潔和高傲是不一樣的，這兩者看起來很像，以致一般人常常混為一談，其實本質上完全不同，正所謂的「差之毫釐，謬以千里」。我們可以參考清代張潮《幽夢影》這本書裡的說法，其中說：

> 傲骨不可無，傲心不可有。無傲骨則近於鄙夫，有傲心不得為君子。

可見傲骨是內在的道德堅持，便相當於「高潔」，如果一個人沒有傲骨，那就會變得鄙吝而沒有原則，成了所謂的鄙夫；但一個人不應該有傲心，因為一顆驕傲的心會讓人傲慢自大，自以為高高在上而對人無禮，失去了胸襟氣度，所以說「有傲心不得為君子」。而「君子」才是最高的人格境界，他們體現出來的才是真正的高潔。

張潮的這一段分析真是智慧的箴言，釐清了大家常常囫圇吞棗所造成的迷思，剛好可以幫助我們正確判斷妙玉的本質，她其實是高傲，而不是高潔。事實上曹雪芹也早就指出這一點了，第五回太虛幻境的人物判詞說，妙玉是「欲潔何曾潔，云空未必空」，妙玉如此夾纏在出世和入世之間，想要以出世的姿態來展現自己的高潔，其實反倒落入了世俗之中，因為她比別人更在意雅俗之分，更計較高下之別，也更想要壓倒別人！所以說「欲潔何曾潔」，這哪裡是高潔？只能算是高傲而已。

連帶的，她那極端的潔癖也是這樣產生的，本質上來自於輕視別人，覺得世人骯髒低俗，因此劉姥姥這個鄉下老太婆更被鄙視到極點了，妙玉連她喝過的茶杯都嫌髒，即使是價值連城的成窰五彩小蓋鍾，也都情願丟棄不要。這樣的心態和做法只能說是高傲，甚至是傲慢，根本談不上什麼對品德的堅持，和「高潔」無關。

## 老梅對紅梅的不滿

看到這裡，就要談一個很有趣的情況了。妙玉是如此之權勢不容，卻在賈家得到了安居樂業，這當然是她的好運氣。只是賈家的人，包括園子裡的姑娘們，卻只有李紈一個公開表達出對妙玉的討厭！偏偏李紈又是個「槁木死灰一般，一概無見無聞」的寡婦，平常最是安靜平淡，那麼她的情緒反應便很不尋常了，其中必有緣故。

第五十回眾人在蘆雪庵聯詩比賽，寶玉又落了第，因此身為社長的李紈便出了一道罰則，對寶玉說道：

「今日必罰你。我才看見櫳翠庵的紅梅有趣，我要折一枝來插瓶。可厭妙玉為人，我不理他。如今罰你取一枝來。」眾人都道這罰的又雅又有趣。

很值得注意的是，在整部小說中，這個「可厭妙玉為人，我不理他」的反應，是李紈唯一對別人表示反感的地方，也是妙玉唯一被別人表示嫌惡的地方。所以雖然只是一兩句話，卻是曹雪芹苦心的安排，其中隱含了無比的巧思。

想想看，妙玉這個人的不合時宜已經到了權勢不容的地步，即使很幸運地安居在賈家，但在大觀園裡仍然沒有互相往來的朋友，可見她的極端孤立。而奇怪的是，卻也從來沒有聽說有人批評過她，除了李紈。可李紈又是個與世無爭的人，總是抱著「只自吃一杯，不問你們的廢與興」的心態，卻偏偏就是這顆平靜的心對妙玉燃起了厭惡的火焰，這確實是太不尋常了。那麼，李紈的這個特殊反應又有什麼深意？

原來，大觀園裡其實又分成兩個世界，櫳翠庵等於是一座與世隔絕的孤島，妙玉這個出家人獨自在櫳翠庵裡過著自己的生活，與園子裡其他所有的人都是井水不犯河水，沒有任何牽連，也毫無瓜葛，因此也談不上是非好惡。即使大家覺得妙玉很怪異，也不會想去理會，因此對她的態度基本上就是漠不關心，不聞不問，彷彿她是個不存在的陌生人。

書中有一個例子很可以說明這種情況。第六十三回寶玉過完生日的第二天，偶然看到一張被壓在硯臺下的粉箋子，一發現是來自妙玉的生日賀帖，寶玉便直跳了起來，連忙問：

「這是誰接了來的？也不告訴。」襲人、晴雯等見了這般，不知當是那個要緊的人來的帖子，忙一齊問：「昨兒誰接下了一個帖子？」四兒忙飛跑進來，笑說：「昨兒妙玉並沒親來，只打發個媽媽送來。我就擱在那裏，誰知一頓酒就忘了。」眾人聽了，道：「我當誰的，這樣大驚小怪。這也不值的。」

在這段過程裡，寶玉的激烈反應讓大家都嚇了一跳，以為是「要緊的人」送來的帖子，不敢怠慢，於是襲人、晴雯等大丫鬟連忙開始追查，小丫頭四兒也連忙飛跑進來，說明原故。可是請注意：當時四兒收到這張帖子以後只是隨手一放，立刻就把它忘了，而現在大家一聽說是妙玉差人送來的，也都覺得沒什麼大不了，根本不需要大驚小怪。這麼一來即再清楚不過了，除了特別敬愛少女的寶玉之外，園子裡上上下下的人都完全不在乎妙玉！

為什麼會這樣呢？這個道理便是西諺所說的：「愛的相反不是恨，而是漠不關心。」換句話說，沒有人喜歡妙玉，但也沒有人討厭妙玉，大家對妙玉的感覺就是漠不關心。而所有的人之所以不把妙玉放在心上，正是因為「非我族類」的關係，想想看，一個出家人的生活方式、價值信念和一般人本來就不一樣，平常並不容易相處在一起，再加上妙玉的為人作風如此地高傲孤僻，完全不近人情，那更是「你走你的陽關道，我過我的獨木橋」，誰還理誰呢？所以大家雖然不喜歡妙玉，卻也談不上討厭，這是真正的冷漠無情！

只有李紈把妙玉看在眼裡，還忍不住提出了批評，由此可見，李紈恐怕就是因為彼此算作

「同類」，所以才會比較、計較，也才會心生不滿。為什麼說她們算是「同類」呢？仔細對照一下：李紈和妙玉這兩個人年紀差不多，都是二十歲出頭的年輕女子，並且身分類似，一個是禮教世界裡的寡婦，一個是宗教世界裡的尼姑，都必須清淨守節，所以一個住在稻香村，一個住在櫳翠庵，過著簡單無為的日子。

而這兩處場所也確實很類似，都屬於樸素的風格，最有趣的是，連高反差的色調也是一模一樣！那櫳翠庵的紅梅，便相當於稻香村的紅杏，皚皚白雪突顯出紅梅如胭脂般的豔麗，就好比竹籬茅舍襯托了紅杏如噴火蒸霞一般的燦爛。這樣類似的景觀絕對不是偶然的巧合，而是刻意設計的，曹雪芹要藉以告訴我們，紅梅與紅杏都代表了這兩個人物內在活生生的情緒，會在某些生活的片刻中洩露了出來。

確實，李紈的內心還潛伏著各種喜怒哀樂的人性，我們在前一章裡已經看到了一些，現在又包括她對妙玉的反感了！這又是為什麼？原來，李紈始終恪遵婦道，安於自己的身分和處境，所以說是「竹籬茅舍自甘心」，但同類的妙玉卻總是很任性地出軌越界，以致「僧不僧，俗不俗，女不女，男不男」，而流於「放誕詭僻」，難怪同類的人就看不下去了。

這麼說來，也展示出一個很奧妙的道理，原來正如同思想家所分析的，嫉妒之類的心理並不是隨機引發出來的，而是只針對同一範圍裡的人，也就是所謂的同類，大哲學家史賓諾莎（Baruch de Spinoza, 1632-1677）在其《倫理學》中早已洞察到，嫉妒只在同輩或勢位相等者中發生，「他只嫉妒一個地位與他相等，性質與他相同的人」。而當用同一個標準來衡量時卻出現了落差，發現對方不守規矩卻還順風順水，於是才產生厭惡的情緒。所以說，唯一討厭妙玉的人居然是李紈，道理正在這裡，是同類進行比較之後的結果。

最後回顧一下這一章所講的重點。總結來說，妙玉是被環境包容出來的一個尼姑與名流的綜合體，非常特殊：

第一，她之所以自幼出家，是因為家人的寵愛，不但就近安頓，還進了天下聞名的玄墓山蟠香寺，過著被「香雪海」圍繞的優雅生活，因此收集了梅花上的雪，用來烹茶品茗。而在蟠香寺出家的這十年間，妙玉的性格一直維持官宦小姐的驕傲，以致「不合時宜，權勢不容」。

第二，很幸運的是，她接著來到賈府，因為王夫人的包容和禮遇，通過下帖子、派車轎的高規格迎接，妙玉住進了大觀園裡，櫳翠庵就成為她的個人王國，以致脾氣性格愈來愈極端，到了「僧不僧，俗不俗，女不女，男不男」這等放誕詭僻的程度，比起黛玉來簡直是有過之而無不及。

第三，有趣的是，當黛玉遇到了妙玉這樣不把她當一回事的人，卻表現得又輕鬆又豁達，連當面被貶低都毫不在意，可見一個人的嬌縱是環境造成的。

第四，妙玉的性格發展也證明了這一點，她的脫俗其實是脫軌，她的孤僻不是高潔而是高傲，以致貶低了天下人，幾乎是唯我獨尊。

第五，難怪李紈是唯一討厭妙玉的人，因為兩人的身分都應該要盡量低調內斂，可妙玉的作風卻總是大肆違背情理，因此引起了同類的反感。

最後，我要提醒大家，就像稻香村盛開了燦爛奪目的一片紅杏花，妙玉的櫳翠庵也綻放著豔麗芬芳的紅梅花，同時暗示了這兩位女性心底的喜怒哀樂。那麼，妙玉的內心還有哪些六根不淨呢？而且，一個人真的可以絕對的唯我獨尊嗎？連王熙鳳都不可能為所欲為，妙玉又豈能真的目中無人？關於這些人性的奧祕，下一章會提出詳細的解說。

# 30 冰山下的溫泉

這一章要從另一個角度來講妙玉這位姑娘。雖然在上一章裡，我們看到妙玉的孤僻高傲簡直到了唯我獨尊的地步，但其實任何一個人都不可能那麼單一，而且如果妙玉真是這麼單一的人，也不會得到曹雪芹的重視，讓她進入金陵十二釵的正冊裡。所以她一定還有其他的面相，包括一些真正的優點，讓她帶上了人的溫度，可以稱之為「冰山下的溫泉」。

如前一章所見，妙玉的個性是「為人孤癖，不合時宜，萬人不入他目」，連對林黛玉都毫不客氣，劉姥姥更是被鄙視到極點了，基本上算是冷若冰霜，讓人不敢親近，這一點也是人所共知的人物形象。只不過，幾乎所有的讀者都忽略了，其實妙玉還有完全不同的面相，這才是她有血有肉的地方，就像冰山底下流動著溫泉。接下來要從幾個層面說起。

## 對權貴的殷勤

首先，第四十一回劉姥姥逛大觀園的過程裡，賈母親自來到了櫳翠庵，這是整部小說中，唯一一次寫到妙玉直接面對權貴人士的場面，所以非常重要。

雖然前面第十八回也曾提及，元妃省親時，在第二次的遊園過程中便到過櫳翠庵，但曹雪芹採用的寫法是虛筆，並沒有具體描繪當時的情況，為什麼？我認為主要的原因是要集中在皇家氣象和家族互動的展現上，這是省親的核心意義，如果岔出去寫別的情節就會離題，而好的小說家當然會懂得聚焦，避免分散。更何況整個省親儀式真是繁文縟節，寫作能力不夠的人根本很難駕馭，一不小心即會顯得雜亂無章，如果再增加其他的枝枝節節，那就更零散瑣碎了。因此曹雪芹進行了恰當的剪裁，妙玉這個外來者的部分便被捨棄了。

此外，清朝評點家涂瀛有不同的看法，他在《紅樓夢論贊．妙玉贊》中認為，曹雪芹之所以沒有描寫妙玉接待元妃的場面，是為了要維護妙玉孤傲的形象，以呈現「壁立萬仞，有天子不臣、諸侯不友之概」，即一種蔑視權貴的氣概，所以才刻意避開。但這樣的說法恐怕不能成立，因為曹雪芹後來還是安排了賈母蒞臨此地，和妙玉做第一線的接觸，並且詳細地加以描寫，這等於做了補敘，讓我們填充了第十八回所留下的空白，算是一種很高明的一石二鳥。對於很懂得剪裁取捨的曹雪芹來說，既然後面會有補敘，前面當然就不用急著先寫，如此一來既避免了雜亂失焦，讓第十八回的內容更緊湊，也讓第四十一回的故事更豐富、更獨特，這也是《紅樓夢》很常用的一種寫作手法，叫做「不犯」，也就是不重複的意思。

那麼，第四十一回發生了怎樣的情節？書中說：

當下賈母等吃過茶，又帶了劉姥姥至櫳翠庵來。妙玉忙接了進去。至院中，見花木繁盛，賈母笑道：「到底是他們修行的人，沒事常常修理，比別處越發好看了。」一面說一面往東禪堂來。妙玉笑往裏讓，賈母道：「我們才都吃了酒肉，你這裏頭有菩薩，沖了罪過。我們這裏坐坐，把你的好茶拿來，我們吃一杯就去了。」妙玉聽了，忙去烹了茶來。寶玉留神看他是怎麼行事，只見妙玉親自捧了一個海棠花式雕漆填金雲龍獻壽的小茶盤，裏面放一個成窰五彩小蓋鍾，捧與賈母。賈母道：「我不吃六安茶。」妙玉笑說：「知道。這是老君眉。」賈母接了，又問是什麼水。妙玉笑回「是舊年蠲的雨水。」賈母便吃了半盞，便笑着遞與劉姥姥說：「你嘗嘗這個茶。」劉姥姥便一口吃盡，笑道：「好是好，就是淡些，再熬濃些更好了。」賈母眾人都笑起來。

這一整段的描述非常讓人吃驚的是，其實妙玉對賈母一點也不高傲，根本是非常殷勤奉承，不敢怠慢呢。試看妙玉一看到賈母大駕光臨，是連忙迎接了進去；一聽賈母要喝茶，便連忙去烹了茶來。然後是親自捧了一個精緻的小茶盤，裏面放一個成窰的五彩小蓋鍾，捧與賈母。仔細算一算，連忙的「忙」字出現了兩次，雙手捧茶的「捧」字也有兩次，此外，妙玉的臉上更「笑」了三次！

包括：當賈母剛進到院子裡時，妙玉是笑往裏讓；當賈母說她不吃六安茶的時候，妙玉笑說：「知道。這是老君眉。」賈母於是接了茶杯，又問是什麼水，妙玉笑回「是舊年蠲的雨水」。讓我們仔細想一想，妙玉這個人一直都是冷若冰霜、不苟言笑，她幾曾對誰笑過？一次也沒有呀！有的只是對別人表示不屑的冷笑，黛玉不就領教過了嗎？她被妙玉冷笑說是個大俗人呢！但妙玉在招待賈母這短短的幾分鐘裡，便笑了三次，那是多麼可親可愛的笑容啊，再加上又是連忙把賈母讓進來，又是連忙去泡茶，又是雙手捧茶奉給賈母，完全不敢怠慢，哪裡有一絲的傲氣？反倒是殷勤奉承到了極點，這真是整部書中絕無僅有的唯一一次，令人大開眼界！

不只如此，更令人萬萬想不到的是，妙玉對賈母的體察入微、善體人意，事實上是到了不可思議的地步。請認真想一想：當賈母說她不吃六安茶時，妙玉笑著回答說：「知道。這是老君眉。」賈母接了，又問是什麼水，妙玉笑回「是舊年蠲的雨水」，然後賈母才吃了半盞，可見賈母的品味很高，即使是她喜歡的老君眉，如果不用上好的水烹煮，她也是不入口的，因此妙玉使用「舊年蠲的雨水」，那就是前面解釋過的蘇州的梅水，天下聞名，賈母也才喝了半杯。整個過程順暢無比，一點也沒有失誤，可以說是一次完美的招待。

可是我們都知道，妙玉一個人住在櫳翠庵裡，連大觀園中的姑娘們都幾乎沒有來往，她也一副不予理會的樣子，但賈母根本是住在園子外面的府宅中，很少來園子裡逛，因此第四十二回鳳姐對劉姥姥說：

（賈母）從來沒像昨兒高興。往常也進園子逛去，不過到一二處坐坐就回來了。昨兒因為你在這裏，要叫你逛逛，一個園子倒走了多半個。

由此可見，賈母即使到園子裡，也只是在一兩處蜻蜓點水而已，那一兩處應該就是寶玉的怡紅院和黛玉的瀟湘館了。這麼一來，問題便出現了，妙玉又是怎麼知道賈母的口味？想想看，賈母一生都是高高在上的貴族婦女，有她講究的品味，以茶水來說，剛好妙玉自己也非常挑剔，所以給了賈母會滿意的蘇州梅水，這還不算太奇怪。真正奇怪的是，妙玉又是怎麼知道賈母不吃六安茶的？六安茶也是鼎鼎大名的高檔茗品，賈母卻不喜歡這種茶，那一定就是個人的口味了。既然妙玉是早一步便事先選了可以投合賈母的老君眉，可見對賈母的脾味瞭若指掌，因此精準地讓賈母接受了她的招待，但是我們便不免疑問了：妙玉幾乎沒見過賈母，又怎麼會知道賈母的個人喜好呢？她又不跟園子裡的姑娘們往來，那是從哪裡打聽來的？

所以，只要認真想一下，就會發現妙玉這個人實在太有趣了，她一貫的形象是那麼高傲，自認為是超凡脫俗的「檻外人」，而對其他庸俗的「檻內人」不屑一顧，但對賈家最高的權威人士卻截然不同，當面的接待完全是體貼入微、毫無偏差，幾乎相當於王熙鳳討好老祖宗的表現了。這豈不產生很大的衝突或矛盾嗎？

換句話說，妙玉確實是一個立體的人物，帶有表面上所看不到的陰影，因此就像一般人一樣，會針對不同的對象給予差別待遇。她之所以對劉姥姥、小廝們甚至林黛玉這般鄙夷，是因為不用怕會有什麼不良後果，可以說有那麼一點有恃無恐的因素。可是對賈母這種最高的權威人士，她便完全收起了傲慢，立刻變成了王熙鳳，把她從來都吝嗇給別人的熱誠、體貼、尊重都奉送給賈母，以致造成了一百八十度的反差。這樣對權貴不同的面孔，豈不應該算是勢利了嗎？這也可以證明妙玉平常的高姿態和極端潔癖確實都不能稱為「高潔」。

但是，從另一方面來說，我們也應該要知道，妙玉對賈母這樣殷勤體貼的做法，才是應該的，原因有幾個，首先，賈母是長輩，對長輩有禮貌本來就是應該的，想想看，妙玉對自己的師父絕對也是這樣的。何況妙玉自己同是出身於同樣的詩書簪纓之家，待人有禮是她們從小培養的基本教養，妙玉這時發揮她大家閨秀的品質，算是自然而然。更何況，賈家對你如此禮遇，讓你住在大觀園裡，擁有自己的櫳翠庵，過著優雅自如的生活，你難道不需要感謝賈家嗎？心存感謝而周到接待，也是理所當然。倘若妙玉受人之恩還一副傲慢的姿態，那就是自私自利的人了，哪裡配當正十二金釵之一？曹雪芹根本不會看得上忘恩負義又沒教養、不懂禮貌的人吧。

## 青春愛情的躍動

只不過話說回來，妙玉這樣明顯因人而異的差別對待，確實也顯示出人性的弱點。這樣的人性弱點還表現在情根未除上，原來，妙玉這個高傲的出家人其實還是個心存愛情的青春少女！

前面已經看到，第四十一回〈櫳翠庵茶品梅花雪〉是妙玉的重頭戲，曹雪芹在這一回裡展現出很多關於她的人格訊息，其中便包括了妙玉對寶玉的好感。當時妙玉招待過賈母以後，特別拉了黛玉、寶釵到耳房去私下喝茶，寶玉也跟在後面一起進了去。然後妙玉拿出兩只杯來，一個是瓟爮斝，另一只是點犀盉，分別斟了茶與寶釵、黛玉，然後「仍將前番自己常日吃茶的那只綠玉斗來斟與寶玉」。這雖然只是一筆帶過，卻是意味深長，隱藏著很大的祕密，那就是妙玉內心燃燒著壓抑不住的愛情火苗！

想想看，自己專用的茶杯即代表了本人，尤其是心思比較細膩的女孩子，這個專屬個人的杯子讓別人使用的話，很容易會有被汙染、甚至被侵犯的感覺，因此連一般的少女都不大會願意把自己的茶杯給別的男人共用，何況妙玉是這麼極端潔癖的人，連劉姥姥喝過的茶杯都嫌髒。那就只有一個可能了，即她心裡很喜歡寶玉，所以不覺得寶玉是「別人」，連這麼一來會有間接接吻的聯想也都不在乎了！

不只如此，到了第六十三回時，寶玉在怡紅院過生日，妙玉居然也派人送來一張祝壽的賀卡，那是一張粉箋子，上面寫着「檻外人妙玉恭肅遙叩芳辰」。這件事有兩個含義，第一個當然是因為她愛慕寶玉啦，否則怎麼會特別送他一張生日賀卡？她可從來沒把其他任何一個人的生日放在心上，遑論專程送上一張慶賀壽辰的拜帖！這個含義再明顯不過了，也呼應了她肯把自己的茶杯給寶玉共用的做法。而且很值得注意的是，書中寫到了幾次的拜帖，卻只有在這裡提到其顏色是粉紅的，那當然不是偶然的。即使拜帖本來就都是這種顏色，但曹雪芹只在這裡描寫出來，便表示他要用這個顏色做出特別的表達，也就是象徵著少女戀愛時那一顆粉紅色的心！

除此之外，我還要提醒大家注意，妙玉送來賀帖的第二個含義，即妙玉居然知道寶玉的生日，但她是怎麼知道的呢？如同前面提到過的問題一樣，妙玉怎麼會知道賈母並不喜歡六安茶？

這些訊息究竟是從哪裡來的？必須說，書中並沒有透露這一點，所以不能確定妙玉的訊息管道，但很顯然的，原來表面上看起來與世隔絕的櫳翠庵其實並不完全是一座孤島，而是有路可通，那自詡為「檻外人」的妙玉其實也在「檻內」留了一份心，對於紅塵世俗還是會過濾出她所關心的部分，等到有需要的時候就會拿出來運用。

只不過有趣的是，當妙玉捧出一顆「檻內」之心時，卻又難免矯揉作態，刻意撇清，讓人覺得啼笑皆非。試看當寶玉拿著妙玉的綠玉斗，細細品嘗了以梅花上的雪所烹煮出來的茶以後，禁不住賞贊不絕，這時妙玉卻正色道：「你這遭吃的茶是托他兩個福，獨你來了，我是不給你吃的。」寶玉也很配合，笑道：「我深知道的，我也不領你的情，只謝他二人便是了。」妙玉聽了，方說：「這話明白。」這豈不正是所謂的此地無銀三百兩嗎？不說這些話還沒人會想到，但這麼一特別表態，反倒等於點破了她對寶玉是帶有情意的啊。所以說，妙玉這樣地故作姿態，其實是欲蓋彌彰，明眼人都看在眼裡，只是很厚道地不加以說破，更不嘲笑而已。

關於這一點，第五十回有一段小情節可以作為證明。當時寶玉又在詩歌比賽中落入最後一名，於是社長李紈罰他去櫳翠庵要一枝紅梅花來給大家欣賞，寶玉欣然同意了：

> 忙吃了一杯，冒雪而去。李紈命人好好跟着。黛玉忙攔說：「不必，有了人，反不得了。」李紈點頭說：「是。」

可見黛玉顯然察覺到妙玉的心思，所以才會判斷寶玉一個人去的話，妙玉才可能送給他梅花，一旦旁邊有別人，妙玉為了避嫌就會作出冰冷的姿態，寶玉便反倒要不到梅花了。而李紈一聽，立刻點頭表示同意，可見她也發現到這一點。至於最了解妙玉的邢岫烟，自然更不會忽略了，第六十三回中，寶玉很煩惱不知該怎麼回帖給妙玉，路上剛好遇到了邢岫烟，於是談了起來，岫烟聽了寶玉對妙玉一番充滿禮敬尊崇的話，於是恍然大悟，說道：「怪不得妙玉竟下這帖子給你，又怪不得上年竟給你那些梅花。」果然妙玉的心思根本就藏不住，大家都把她對寶玉的兒女之情看在眼裡，只是不加以說破。這不是太有趣了嗎？

難怪曹雪芹要在櫳翠庵種上十數株如胭脂一般的紅梅花了，那便相當於稻香村的紅杏，代表這個人物內在活生生的情緒，那豔麗芬芳的紅梅花也就象徵了妙玉的愛情。這麼說來，我們又可以更明白李紈之所以會討厭妙玉的原因了，原來李紈和妙玉年齡相當，身分類似，算是同類，可一個是「竹籬茅舍自甘心」的老梅花，一個卻還是我行我素、任意出軌越界的紅梅花，那株老梅花當然會難以忍受了。

## 念舊的溫情

看到這裡，確實可以發現妙玉這個人已經豐富多了，讓我們耳目一新。然而還不只這樣呢，妙玉雖然冷若冰霜，又自視甚高，高傲到十分不近人情的地步，也不符合修道者的涵養，但其實她卻是一個很善良的人！

首先，是她對老朋友的念舊。就在第六十三回裡，寶玉收到了妙玉派人送來的賀帖，不知如何是好，出去在路上恰巧遇到邢岫烟，彼此的對話中便交代了她和妙玉的情誼。岫烟對寶玉笑道：

他也未必真心重我，但我和他做過十年的鄰居，只一墻之隔。他在蟠香寺修煉，我家原寒素，賃的是他廟裏的房子，住了十年，無事到他廟裏去作伴。我所認的字，都是承他所授。我和他又是貧賤之交，又有半師之分。因我們投親去了，聞得他因不合時宜，權勢不容，竟投到這裏來。如今又天緣湊合，我們得遇，舊情竟未易。承他青目，更勝當日。

請大家仔細推敲一下，這段話裡面包含了幾個重點，第一，妙玉是個家底雄厚、備受疼愛的閨秀千金，可岫烟只是個租他們寺廟房子來住的貧寒女兒，然而妙玉卻並不嫌棄，常常讓岫烟來廟裡一起作伴，還願意教她讀書識字，這豈不是岫烟的大恩人嗎？曹雪芹一再告訴我們，讀書識字是多麼重要的啓蒙力量，讓人可以作高一層，看得更高、更遠，就像睜開了眼睛一樣。所以說，妙玉等於是讓岫烟不會流入世俗的心靈導師啊。

第二，岫烟和妙玉在蟠香寺做了十年的鄰居，累積了貧賤之交、半師之分，分手以後卻沒有淡忘或疏遠，一旦在賈府重聚，彼此都是舊情依然，毫不見外，這豈不證明了妙玉也是個念舊的人嗎？而一個人能念舊，做到了古人所說的「貧賤之交不可忘」，不就表示善良的人格品質嗎？第三，這時妙玉對岫烟不只是念舊而已，還比以前更加看重她，所以說是「承他青目，更勝當日」，為什麼會有這樣的進展？我們可以很合理地推測，那是因為妙玉在久別重逢之後，發現了岫烟的成長與進步，所以相應地給出更多的善意。

關於這一點，只要參照一下鳳姐對邢岫烟的優待，就可以明白了。當第四十九回岫烟來到賈府時，「鳳姐兒冷眼敁敪岫烟心性為人，竟不像邢夫人及他的父母一樣，却是溫厚可疼的人。因此鳳姐兒又憐他家貧命苦，比別的姊妹多疼他些。」王熙鳳通過她的「水晶心肝玻璃人」觀察到岫烟確實是個好女兒，即使貧窮卻非常自愛，很值得別人對她好，所以願意額外給她一個月二兩銀子的月錢，等於是比照賈家的千金一樣看待。這麼一來，妙玉在重逢後也對岫烟更加青眼相看，不正顯示出她和鳳姐一樣，都看出、也看重岫烟的高貴人品嗎？而妙玉的人品也當然有高尚的一面，就像王熙鳳一樣。

從妙玉和邢岫烟的故事，曹雪芹告訴了我們，在妙玉的冰山底層其實有著一道溫泉，偶爾會默默流露出來，撫慰了其他的金釵。而領略過這一股暖流的人，除了邢岫烟之外，還有林黛玉、史湘雲。

別看妙玉曾經對黛玉這麼不客氣，當面嗆她是連茶水都分辨不出來的大俗人，其實妙玉的內心還是很關心她的呢。這一點也不矛盾，曹雪芹總是藉由很多的情節提醒我們，一個人是多麼地豐富，世界上的事又是多麼地複雜！如果總是用簡單的頭腦去讀小說，簡直就是入寶山空手而回，把《紅樓夢》這部偉大的經典簡化成了二流的才子佳人小說了。

那麼，關於妙玉對黛玉、湘雲的關心又是怎麼回事？原來在第七十五回時，賈府闔家團圓，在大觀園山上的凸碧山莊一起過中秋佳節，但整個場面卻是零零落落、勉勉強強，帶有一種力不從心的蕭索，黛玉、湘雲兩人也中途脫隊去散心，於是到凹晶溪館作聯句詩，這便是第七十六回〈凹晶館聯詩悲寂寞〉的這一段情節。但是，兩人的詩句都未免帶有感傷悲淒的情調，尤其是黛玉，試看最後湘雲作出了一句好詩「寒潭渡鶴影」，描寫一隻白鶴在黑夜裡飛越過寒冷的水潭，整個意境無比地自然又現成，簡直是難以匹敵，於是黛玉絞盡腦汁，終於想出了一句可以分庭抗禮，那就是「冷月葬花魂」。這句詩淒涼又美麗，充滿了唐朝詩鬼李賀的風格，讓湘雲聽了又是讚嘆、又是擔心，擔心她身體不好，卻寫這樣詭譎不祥的詩句，實在太不吉利了，此即傳統詩讖觀的反映。

當湘雲正在勸勉黛玉的時候，妙玉卻突然現身了，把兩人嚇了一跳，一問之下，妙玉說明道：

> 我聽見你們大家賞月，又吹的好笛，我也出來玩賞這清池皓月。順腳走到這裏，忽聽見你兩個聯詩，更覺清雅異常，故此聽住了。只是方才我聽見這一首中，有幾句雖好，只是過於頹敗淒楚。此亦關人之氣數而有，所以我出來止住。

這一段話其實有兩個重點，第一，原來妙玉可以聽到大家賞月吹笛，所以被吸引出來，可見妙玉確實能夠把握賈府的動靜，這也解釋了她為什麼會知道賈母對茶的偏好，以及寶玉的生日了。第二，現在她也出來賞月，剛好走到這裡，聽到兩個女孩子在聯句作詩，所以在一旁默默欣賞，之所以會現身出面，那就完全是一片好意了，因為她擔心那些詩句裡的頹敗淒楚會影響到兩位女詩人的氣數，所以要加以打斷，同樣表現出古人的詩讖觀。請看，這不是很難得的善心嗎？

然後，妙玉擔心兩位姑娘會冷，於是邀請她們到櫳翠庵喝杯茶，並且表示出對這一首聯句的興趣，想要幫她們把詩篇完成。黛玉看她這樣有興致，於是很客氣地請妙玉續詩，把後半篇給收結，妙玉遂提筆一揮而就，遞與她們二人道：

> 休要見笑。依我必須如此，方翻轉過來。雖前頭有淒楚之句，亦無甚礙了。

由此可見，妙玉確實擁有很高的才情，簡直是七步成詩，所以寫完了詩以後，就被黛玉、湘雲異口同聲地讚美為詩仙，但最重要的是，妙玉完全是因為關心她們才出手的。實際上她之所以會毛遂自薦，並不是要賣弄自己的才華，而是為了改善兩位金釵的命運！她希望能翻轉氣數，藉由她的續詩來扭轉或抵銷前面已經奠定的厄運，可見妙玉是多麼用心良苦，又是多麼熱心助人啊。

所以說，妙玉在冷冰冰的高傲之下，其實藏著一顆溫暖的心，雖然很罕見，卻又十分珍貴，那可是很值得我們仔細領略的，以免辜負了曹雪芹巧妙刻畫人物的苦心。

## 命運的警示

當然，妙玉的下場仍然還是悲劇，這是所有金釵都注定的命運。第五回寶玉神遊太虛幻境時，看到了金釵們的圖讖，其中有關妙玉的人物圖讖便是：

後面又畫着一塊美玉，落在泥垢之中。其斷語云：

欲潔何曾潔，云空未必空。可憐金玉質，終陷淖泥中。

其中，曹雪芹一再用「落在泥垢之中」、「終陷淖泥中」的意象來預告妙玉將來的淪落，那究竟是怎樣的狀況，如今已經無從考察了。根據第四十一回脂硯齋的一段批語，經過周汝昌的重新校讀之後，大約是這樣的：

他日瓜州渡口，各示勸懲，紅顏固不能不屈從枯骨，豈不哀哉！

「枯骨」應該是比喻身體退化、骨骼乾枯的老人，整段批語意思是說，在賈府抄沒後，妙玉也失去了庇蔭，流落到了瓜州渡口，為了活下去，只好「屈從枯骨」，也就是委身於年老官宦為妾。

這對於自視甚高、極端潔癖的妙玉來說，是何其不堪啊。到了這個時候，妙玉應該就會懂得陶淵明所謂「人生實難」的感慨萬千，也更能體會劉姥姥的心酸與無奈，而不會那麼鄙夷不屑了吧？

最後，總結一下這一章所講的內容，主要是妙玉在高傲之外有血有肉的人性面相，其中包括了幾個重點：

第一，當她直接面對賈母的時候，其實一點傲氣也沒有，整個接待過程都是連忙去做，還笑臉相迎，這份殷勤周到並不亞於王熙鳳呢，簡直是見所未見。

第二，比較她對劉姥姥的不屑和嫌惡，更呈現出判若雲泥的差別待遇。這除了證明她並沒有真的超脫世俗之外，應該也包括了對賈家禮遇她的感謝之心。

第三，妙玉居然知道賈母的口味是不喝六安茶，所以事先就正確選了老君眉，也知道寶玉的生日是哪一天，而即時送來了賀帖，可見她的心還是在「檻內」，並沒有一味地我行我素。

第四，妙玉把自己日常專用的杯子綠玉斗直接給寶玉喝茶，分明牴觸了她那極端的潔癖，顯示出她心裡很喜歡寶玉，因此也才會特別送給他生日賀卡，也願意送他美麗的胭脂紅梅花。而這一點其他人也看在眼裡，心知肚明呢。

第五，妙玉其實是個念舊又善良的人，她對邢岫烟的念舊表現出「貧賤之交不可忘」的優良品格，而她對史湘雲、林黛玉的關心更是讓人感動，她竟然想要改善她們兩人的命運氣數，所以才會半夜三更還幫她們續寫中秋聯句詩，那真是無比珍貴的一股暖流。

妙玉的故事講完了，下一章要開始講另一個截然不同的女性，那就是秦可卿。如果說妙玉是十二金釵裡很潔癖的一個，那麼秦可卿就是最淫穢的一個了，所以她也是整部小說裡最早死去的金釵。到底是怎麼回事？請看以下兩章的說明。

# 秦可卿：

## 家族遺傳的負面版本

# 31 兼美的女神

從這一章起，要講的是眾金釵裡最神祕的一位少婦，秦可卿。這個人物實在讓人眼花撩亂，簡直是霧裡看花，摸不著理路，因為曹雪芹自己就故弄玄虛，閃爍其詞，難怪到今天大家對可卿的生死還是爭辯不已。

必須說，這個秦可卿實在是最特殊的一位女性，歷來對她的揣測也最多，可最有趣的是，她的故事卻是最完整的，因為她是整部《紅樓夢》裡最早死去的一位金釵，在第十三回一開始時就過世退場了，因此回目上說「秦可卿死封龍禁尉」。照理來說，頭尾這麼完整，應該最沒有問題才對，偏偏關於秦可卿這個人的陰影最是朦朧不清。

而我想提供給大家的一些解釋，全部都有憑有據，不另外去做各種揣測，因為曹雪芹是在寫小說，不是在編八卦故事，一切都要從小說的內容去找線索，當然最了解曹雪芹的脂硯齋也提供很重要的寶貴資料。這兩章就要來一窺其中的奧妙。

先從可卿的身世背景和人格特質看起。賈家寧國府第五代的賈蓉，娶了秦可卿為妻。第六回說，賈蓉是「一個十七八歲的少年，面目清秀，身材俊俏，輕裘寶帶，美服華冠」，他所迎娶的正妻自然是門當戶對。第八回便介紹了秦可卿的家世背景，說道：

他父親秦業現任營繕郎，年近七十，夫人早亡。因當年無兒女，便向養生堂抱了一個兒子並一個女兒。誰知兒子又死了，只剩女兒，小名喚可兒，長大時，生的形容嫋娜，性格風流。因素與賈家有些瓜葛，故結了親，許與賈蓉為妻。

這一段常常被讀者拿來發揮，給予可卿在性格、處境上的解釋，但可惜往往是錯誤的。錯在哪裡呢？錯在以為秦家是高攀了賈家，又以為秦可卿是個卑微的棄嬰，所以連帶出現了其他錯誤的推論。

## 門當戶對的聯姻

以秦家是否高攀了賈家的問題而言，曹雪芹說秦業現任營繕郎，又提到他「宦囊羞澀」，大家便以為那是一個小官，配不上國公府，其實這根本是想當然耳。前文已經澄清過，賈家正在降等承襲的過程中，以榮國府為例，第三回說第三代的賈赦「現襲一等將軍」，早就不是國公爺了，而寧國府這邊也一樣，賈珍因為代替離家修道的父親賈敬承襲爵位，所以爵位上還是屬於第三代，第十三回便說賈珍「世襲三品爵威烈將軍」，和賈赦類似，但他的兒子賈蓉，則只是「江南江寧府江寧縣監生」，一個沒有頭銜的學生了。

至於秦業，他現在所擔任的營繕郎，是曹雪芹虛擬的官職，但以營繕的工程性質來說，一定是屬於工部。而明清兩代工部設有營繕清吏司，主管皇家宮廷、陵寢的建造、修理等事務，其中便設有員外郎，職等是從五品。這官一點也不算小，第三回提到賈政「現任工部員外郎」，那應該就是秦業的同事了，所以秦業的身分一點也不卑微。何況，一個文人能在朝廷當官，那堪稱是十分尊榮的社會地位，晚清時，有一位美國傳教士丁韙良（William Alexander Parsons Martin）便說：「文官都受到良好教育，除了極個別的例外，都是千裡挑一或萬裡挑一的精英，他們才思敏捷，是本國文化的佼佼者。」這麼說來，我們還能輕視秦可卿的家世背景嗎？既然秦業的官位和賈政同一等級，兩家就已經算是門當戶對了。

再看第十六回說，秦業死後，秦鐘也跟著染疾病重，臨終前魂魄依依不捨，因為還「記念着家中無人掌管家務，又記掛着父親還有留積下的三四千兩銀子」，而這筆遺產足以讓劉姥姥家過一百五十年的生活，實在算是大數目，可見秦家絕對不能叫做清寒。所以說，把秦業當作一個芝麻綠豆的小官，認為可卿出身卑微，那真是一大誤會。

至於第二個誤會，是更多的人主張說，可卿來自養生堂，屬於一個來路不明的棄嬰，所以形成了嚴重的自卑感，嫁到賈家以後才會這麼委曲求全，還受到公公的脅迫，才做出亂倫的行為。但這種說法是更大的誤會了，以下要一一加以澄清。

第一，養生堂是清初時普遍設立的育嬰堂，確實是專門收容初生棄嬰的慈善機構，其中幾乎都是女嬰。為什麼？因為在男權中心的觀念和制度下，兒子可以繼承香火，女兒則要出嫁，因此一旦遇到經濟困難的時候，為了避免增加家庭的負擔，往往會先犧牲女嬰，而把她們拋棄便是一種常見的做法，養生堂便應運而生。而另一種更殘忍的做法，是從先秦戰國以來歷代常見的「溺女」習俗，也就是把出生不久的女嬰給溺死。因此，一般人要收養孩子，都是出於延續香火的考慮，所以只會選男嬰，幾乎沒有人會去抱養女嬰，那等於是把錢浪費在賠錢貨上面啊。

何況秦業是個五品官員，在男權社會裡大可以三妻四妾，想辦法養出一個兒子，即使像林如海那樣命中該絕，於是才去抱養一個男嬰，這都還算是很合理，但秦業又何必順手多帶一個女嬰回家？那實在太罕見了。就算出現少數收養女嬰的情況，通常也是親友熟人的骨肉，並且往往用來做為幫傭的童養媳。然而在重男輕女的觀念下，秦業居然是到養生堂抱一個來路不明的女嬰回來養，那實在是太反常了，一定有很特殊的原因。

第二，即使可卿是一個棄嬰，但既然已經被秦業收養，她就名正言順地是朝廷五品官員的女兒了，因為法律制度規定，經過正式的收養程序以後，養子女便等同於親生子女，享有同樣的權利義務，因此不能再說是棄嬰。並且，可卿一定是出生沒多久即被收養，她的家就是秦業家，全部的人生都是在秦家開展的，只差出生的那一刻不在秦家而已。那她怎麼還會有養生堂的記憶？又何必因此而自卑？

再說，可卿一定是在很優渥、很受寵的情況下堂堂正正長大的。為什麼我這麼肯定呢？我們可以從兩個地方看得出來，一個是她的名字，一個是她的教養。

試看她的小名叫做「可兒」，即「可人兒」的意思，用來讚美性情可取或有才德的人，典故出自《世說新語．賞譽》：

桓溫行經王敦墓邊過，望之云：「可兒！可兒！」

這顯示秦業十分地疼愛她，而且越看越愛，簡直就是掌上明珠，難怪會費心地教養她，以致秦可卿可以嫁進寧國府做媳婦，成為溫柔版的王熙鳳。例如第五回說：「賈母素知秦氏是個極妥當的人，生的裊娜纖巧，行事又溫柔和平，乃重孫媳中第一個得意之人。」足見可卿一定受到了秦業的悉心栽培，因此擁有大家閨秀的資質條件。這哪裡是棄嬰會有的待遇呢？何況既然秦業這般地疼愛她，也應該不會把養生堂的這個來歷告訴她，以免造成她心裡的陰影，因此，恐怕可卿連自己最早是個棄嬰都不知道！

所以說，雖然可卿最早是從養生堂抱來的孩子，但在整個成長過程中完全不再是一個棄嬰，我們絕不能用「棄嬰」來解釋她的身分和性格，否則一定會誤入歧途。這麼一來，就可以解答最重要的問題了：為什麼秦業要去孤兒院收養一個女嬰呢？她真的來路不明嗎？

有人認為可卿另有高貴的皇家出身，因為政治鬥爭的關係，所以秦業奉命去收養。但這個說法已經脫離了文本，完全缺乏小說本身的證據，何況清朝的歷史上也沒有類似的記載，等於是另外編造出來的故事，所以不宜採信。那麼，秦業會是只因為偶然看到這個女嬰，發現她實在太可愛了，一見鍾情之下就把她收養下來的嗎？這個想法也太浪漫了，恐怕機率很低，趨近於零。單單用感覺來解釋這麼重要的親子關係，並不是很有力的說法。

如此說來，從人情事理來推敲，最可能的原因應該是：秦可卿根本就是秦業自己的私生女，因此他才會割捨不下，捨不得讓親骨肉流落在外，於是通過收養把她帶回身邊；並且這個私生女應該是在某種敗德的男女關係下所孕育的，所以才不敢直接帶回家，得先暫時放在別的地方。根據第八回脂硯齋的說法，「秦業」這個名字是要用來諧音「情孽」，可見可卿本身應該是秦業在很不正當的男女關係中造孽所生！以致根本不見容於社會，於是才會出現這麼曲折的做法，即：女兒生下來以後先送到孤兒院，有個暫時的庇護所，然後再辦理收養手續，把她名正言順地帶回家。但是單單只抱一個女嬰又實在太奇怪了，一定會啓人疑竇，於是採用了障眼法，同時收養一個男嬰，那就比較不會那麼突兀了。這算是一種「漂白」的做法吧。

明白了這段隱情以後，便不要再穿鑿附會，也不要再用棄嬰來解釋可卿的性格和處境了。她就是一個朝廷五品官員的女兒，從小在優渥的環境中長大，受到非常良好的教育，具備了完美的條件，這是她可以放進十二金釵正冊的關鍵，也是她可以嫁入寧國府的原因。

## 集大成的完美

那麼，秦可卿有多完美？她啊，集合了所有人的優點，包括：薛寶釵、林黛玉、香菱以及王熙鳳！

首先，你還記得警幻仙姑的妹妹兼美吧！第五回說，那位女神「乳名兼美、字可卿」，剛好和秦可卿同名，而且「其鮮豔嫵媚，有似乎寶釵，風流裊娜，則又如黛玉」，這就是她叫做「兼美」的原因，因為兼具了寶釵、黛玉之美！那麼秦可卿應該也是這般美麗。再看第七回說：

只見香菱笑嘻嘻的走來。周瑞家的便拉了他的手，細細的看了一會，因向金釧兒笑道：「倒好個模樣兒，竟有些像咱們東府裏蓉大奶奶的品格兒。」金釧兒笑道：「我也是這們說呢。」

這段話指出香菱的模樣很好，還和秦可卿的品格有點像，當然相貌之美是不用說了，此外，這兩個人相像的地方更包括性格、氣質方面。第十六回鳳姐向賈璉介紹香菱時，便說道：

姨媽看着香菱模樣兒好還是末則，其為人行事，却又比別的女孩子不同，溫柔安靜，差不多的主子姑娘也跟他不上呢。故此擺酒請客的費事，明堂正道的與他作了妾。

請注意，這裡所謂的為人行事「溫柔安靜」，豈不正相當於第五回說秦可卿的「行事又溫柔和平」嗎？所以說，可卿和香菱兩個人從相貌外型到為人處事都很雷同，其實算是具有重像的關係。

這就難怪大家都很喜歡她們了，第六十二回說：「香菱之為人，無人不憐愛的。」同樣的，第十三回秦可卿的死訊傳來時，真是闔家舉哀，人人悲戚：

那長一輩的想他素日孝順，平一輩的想他素日和睦親密，下一輩的想他素日慈愛，以及家中僕從老小想他素日憐貧惜賤、慈老愛幼之恩，莫不悲嚎痛哭者。

可卿居然得到了所有人一致由衷的擁護與愛戴，包括四層不同輩分、身分的人在內，這簡直是絕無僅有的殊榮，整本書裡恐怕再也找不到第二個了，何況可卿只是一個不到二十歲的少婦！看到這裡，關於可卿的完美更不可遺漏的一點，便是她也擁有王熙鳳的特長，甚至還要更勝一籌。

試看先前第六回劉姥姥來賈府打秋風時，非常稱讚王熙鳳，說道：「這鳳姑娘今年大還不過二十歲罷了，就這等有本事，當這樣的家，可是難得的。」其實秦可卿也一樣，她等於是寧國府的王熙鳳，只因她很早便退場了，曹雪芹又不願意重複，於是把篇幅都留給王熙鳳來發揮，也就沒有具體描寫可卿在事務上的卓越表現。這種寫作策略在前一章才講到過，它有一個專有名詞叫做「不犯」，細心的讀者應該要懂得推敲，領略空白之處的弦外之音。而可卿的完美即在於十分能幹之外，又具備了王熙鳳所沒有的柔軟寬和，所以才能得到家裡上上下下的心。

最令人讚嘆的是，可卿比鳳姐更高一層的地方，除了待人處事溫柔和平之外，還包括一種高瞻遠矚、深謀遠慮的眼光！前面講探春的時候曾經提到過，假如探春可以一直留在賈家，那麼賈家最後的命運應該就可以改寫，避免「落了片白茫茫大地真乾淨」的下場，如同脂硯齋所感慨的：

使此人不遠去，將來事敗，諸子孫不至流散也。悲哉傷哉！

那麼，探春究竟會怎麼做呢？照理來看，應該就是秦可卿死前托夢時，指引給鳳姐的萬全良策。第十三回賈璉出遠門以後，有一天晚上，鳳姐兒還掛念著丈夫，而夜已深沉：

不知不覺已交三鼓。平兒已睡熟了。鳳姐方覺星眼微朦，恍惚只見秦氏從外走來，含笑說道：「嬸子好睡！我今日回去，你也不送我一程。因娘兒們素日相好，我捨不得嬸子，故來別你一別。還有一件心願未了，非告訴嬸子，別人未必中用。」鳳姐聽了，恍惚問道：「有何心願？你只管托我就是了。」

這便是可卿臨死前的托夢了，然而她之所以特地前來告別，並不只是個人的離情依依，而是專程來面授機宜，交代非常嚴肅的遺囑，攸關整個家族的未來。請看秦可卿在夢中說道：

嬸嬸，你是個脂粉隊裏的英雄，連那些束帶頂冠的男子也不能過你，你如何連兩句俗語也不曉得？常言「月滿則虧，水滿則溢」；又道是「登高必跌重」。如今我們家赫赫揚揚，已將百載，一日倘或樂極悲生，若應了那句「樹倒猢猻散」的俗語，豈不虛稱了一世的詩書舊族了！

這真是英雄惜英雄啊，整個家族只有鳳姐可以承擔這樣的重責大任，因為她是個脂粉隊裏的英雄，連最優秀的男人都比不上，再加上她本身便是賈家的媳婦，不比探春必須出嫁，所以成為這份遺囑唯一的執行者。

秦可卿首先提出一個本質性的道理，也就是無常！個人有生死，朝代有興亡，家族當然也不能例外，所謂的「百年」即是賈府這種貴族世家傳流三代的壽命。如今終點在望，甚至還有可怕的抄家，如果不趕緊預做準備的話，是會來不及的！這番道理實在太正確了，於是鳳姐聽了以後心胸大快，十分敬畏，忙問道：

「這話慮的極是，但有何法可以永保無虞？」秦氏冷笑道：「嬸子好痴也。否極泰來，榮辱自古周而復始，豈人力能可保常的。但如今能於榮時籌畫下將來衰時的世業，亦可謂常保永全了。即如今日諸事都妥，只有兩件未妥，若把此事如此一行，則後日可保永全了。」

換句話說，世上沒有永恆不變的狀態，只能接受萬事萬物循環變化的規律，並且及早在有能力的時候做好準備，讓衰落的階段來臨時還可以保有東山再起的機會，那麼家族的生命甚至榮華富貴即可以延續下去，也就算是一種「常保永全」了。可卿甚至連具體的方法都想好了，鳳姐便問還有哪兩件事有待辦理？秦可卿道：

「目今祖塋雖四時祭祀，只是無一定的錢糧；第二，家塾雖立，無一定的供給。依我想來，如今盛時固不缺祭祀、供給，但將來敗落之時，此二項有何出處？莫若依我定見，趁今日富貴，將祖塋附近多置田莊、房舍、地畝，以備祭祀供給之費皆出自此處，將家塾亦設於此。……便是有了罪，凡物可入官，這祭祀產業連官也不入的。便敗落下來，子孫回家讀書務農，也有個退步，祭祀又可永繼。若目今以為榮華不絕，不思後日，終非長策。……萬不可忘了那『盛筵必散』的俗語。此時若不早為後慮，臨期只恐後悔無益了。」

原來，秦可卿的深謀遠慮確實十分徹底，除了隨代降等這注定的敗落之外，她還考慮到最壞的情況是抄家，而怎樣才能在最壞的情況下也不至於一敗塗地？那只有一個方法，即確保祖塋、家塾這兩項，而以祖塋為核心。為什麼？

原來對這種大家族來說，祖墳是最重要的精神中心，所有的祖先埋骨於此，可以把子孫聚集在一起，團結力量大，彼此幫助、互相支援，就更有機會誕生復興家族的人才。至於家塾，更是培養人才的讀書基地，在傳統時代裡，只有靠科舉才能出人頭地，為家族增光，尤其是賈家這種貴族世家，當世襲的爵位歸零以後，還想要延續家族本來的規模，那就只有科舉一條路而已，所以家塾一定要維持下去，等待優秀子弟從這個地方發跡中舉，那便是家族復興的希望。

但是，要怎樣才能維護祖塋、穩固家塾，並且讓大家住在一起？生活是很現實的，不僅祖塋的四時祭祀需要一定的錢糧，家塾的運作也需要各種的費用，何況還得要養這麼多的子孫，那就必須建立穩定的經濟基礎。所以可卿提出一個最周全的辦法，即趁現在還有一點餘力，趕緊在祖塋附近多買置田莊、房舍、地畝，並且把家塾一併設在這裡，因為這些房地產具有生產力，不但生活可以自給自足，同時還能支應祖塋、家塾的開銷，便建立了最基本的立足之地。

最重要的是，因為朝廷提倡孝道的關係，所以鼓勵慎終追遠，對於祭祀產業的相關用度都給予很大的實質優惠，因此可卿說：「便是有了罪，凡物可入官，這祭祀產業連官也不入的。」這麼一來，即使遇到最嚴重的抄家，那些附屬於祖塋的田莊、房舍、地畝以及家塾也都不會被充公，子孫就還能有退路，可以回家讀書務農，祭祀又可永繼，將來便可能等到復興的一天。所以可卿說「若把此事如此一行，則後日可保永全了」。

足見可卿這番的未雨綢繆，真是極富智慧的遠見，她確實屬於第二回冷子興演說榮國府時所說的「運籌謀畫者」之一，並且看得比鳳姐更透徹，所想到的策略也更周延，不只是挖東牆補西牆的維持現狀而已。難怪鳳姐聽了以後的反應是「心胸大快，十分敬畏」，如果鳳姐醒來以後記得照這個建議去做，那麼賈家的未來應該會有另一番局面，不至於「落了片白茫茫大地真乾淨」。

但令人扼腕的是，鳳姐驚醒以後卻居然忘卻夢中的萬全良策，以致幾年後賈家這艘鐵達尼號便筆直地撞上了冰山，灰飛煙滅！為什麼鳳姐會忘掉這麼重要的遺囑呢？或許是因為她「有才而無志」，缺乏「志」所帶來的力量，就支持不了高瞻遠矚的眼光，以致曇花一現，而錯過了機會。也或許是因為鳳姐實在太辛苦了，單單維持現狀便已經殫精竭慮、耗盡心力，哪裡還有餘暇考慮到未來？無論如何，最終是失去了挽救賈家唯一的機會。也難怪探春會因為出嫁而痛徹心扉，因為她才志兼備，一定也看得出來拯救賈家的唯一方法，即可卿所提到的那一種，但卻不能留下來貫徹實施，怎會不遺憾萬千？

這麼看來，可卿不但秀外慧中，而且高瞻遠矚，比王熙鳳更有謀略，再加上薛寶釵、林黛玉、香菱的優點，那豈不是十分完美了嗎？所以我才會說她是「兼美的女神」，兼具了所有女性之美，那恐怕真的是只有在神界才可能存在的完美！

## 兩個不同的可卿

只不過，所謂「兼美的女神」，並不是指她和警幻的妹妹兼美是同一個人，這剛好也是一個很常見的誤解，所以在此要特別補充說明，加以澄清。許多人以為，秦可卿和仙界的兼美女神同名，既然寶玉與仙界的可卿初試雲雨，而這個夢境又是發生在秦可卿的臥室裡，於是認為秦可卿和寶玉有曖昧的關係。但其實，這兩個可卿絕對不是同一個人，實在不應該混為一談。

那麼，怎樣判斷出這兩個可卿絕對不是同一個人呢？要注意，在曹雪芹的描寫裡，有兩個地方很清楚地證明這一點，一個是時間，一個是環境。以時間來說，寶玉做這一場神遊太虛幻境的夢，其實只是短短的片刻而已，試看寶玉在午睡入夢前，當時的情況是：

> 眾奶母伏侍寶玉臥好，款款散了，只留襲人、媚人、晴雯、麝月四個丫鬟為伴。秦氏便吩咐小丫鬟們，好生在廊檐下看着貓兒狗兒打架。

等寶玉做夢到了尾聲，美夢突然轉變為惡夢，這時：

> 嚇得寶玉汗下如雨，一面失聲喊叫：「可卿救我！」嚇得襲人輩眾丫頭忙上來摟住，叫：「寶玉別怕，我們在這裏！」却說秦氏正在房外囑咐小丫頭們好生看着貓兒狗兒打架，忽聽

寶玉在夢中喚他的小名，因納悶道：「我的小名這裏從沒人知道的，他如何知道，在夢裏叫出來？」

請注意寶玉睡前，秦可卿正在吩咐小丫鬟們好生在廊檐下看著貓兒狗兒打架，等到寶玉在惡夢中驚醒時，秦可卿還在房外囑咐小丫頭們好生看著貓兒狗兒打架，可見寶玉做夢的時間其實很短，最多不過幾分鐘，這就是古人所說的「黃粱一夢」。這個成語出自唐傳奇小說〈枕中記〉，其中的男主角在夢裡過了一輩子，滿足了人生的所有願望，包括飛黃騰達、娶妻生子，享盡了榮華富貴，但醒來時卻發現「主人蒸黍未熟」，一頓飯都還沒蒸熟呢！原來那場繽紛熱鬧的夢，在現實中只不過短短的幾分鐘而已。同樣的，寶玉神遊太虛幻境的夢也是如此。

除了時間短促到不足以發生事故，更重要的是，整個環境根本不允許這種情況發生。試看在寶玉睡夢的整個過程中，一開始旁邊即「留襲人、媚人、晴雯、麝月四個丫鬟為伴」，等到最後寶玉驚醒的時候，「襲人輩眾丫頭忙上來摟住」，可見他周圍始終都有這麼多人守護著，那又怎麼可能和秦可卿發生曖昧！並且，秦可卿一直都在房間外面吩咐著小丫頭，根本不在屋裡。這都證明了兩個可卿其實是不同的人，只是在寶玉的夢裡、夢外同時出現而已。

看到這裡，或許有人會發出疑問，如果秦可卿和寶玉沒有什麼密切的關係，為什麼當可卿死訊傳來時，寶玉會出現那麼激烈的反應？第十三回描述道：「二門上傳事雲板連叩四下，正是喪音，將鳳姐驚醒，下人回報說：「東府蓉大奶奶沒了！」鳳姐聽了，嚇出一身冷汗，而寶玉「從夢中聽見說秦氏死了，連忙翻身爬起來，只覺心中似戳了一刀的不忍，哇的一聲，直奔出一口血來」，然後要衣服換了，來見賈母，即時就要過去寧國府，抵達以後下了車，忙忙奔至停靈之室，痛哭一番。可見寶玉的情緒非常激動，而且心裡像被戳了一刀般「直奔出一口血來」，這種反應確實非比尋常。

然而，出現激烈極端的反應，就一定代表有曖昧關係嗎？我們為什麼要這麼簡單地看待人情百態？尤其是，前面已經證明過這兩個人根本沒有什麼曖昧，那就表示得要另外找原因了。其實，寶玉對年輕女性幾乎都是這樣珍重不捨，連第四十四回平兒無辜被打了兩下，他都會「盡力落了幾點痛淚」，比較起來，現在對可卿的反應並不算太過。

何況除此之外，最了解曹雪芹的脂硯齋也提供了真正的答案，他說：

寶玉早已看定可繼家務事者，可卿也，今聞死了，大失所望。急火攻心，焉得不有此血。為玉一嘆。

原來寶玉是因為痛失棟樑、憂心家務，才會產生這麼強烈的反應。也正因為如此，當賈珍籌辦秦氏的喪禮時，為家裡一片混亂而煩惱，寶玉便向他推薦王熙鳳來協理，說道：

我薦一個人與你權理這一個月的事，管必妥當。

果然事後也證明妥當，這不是太發人深省了嗎？此刻的寶玉，正如清末評點家洪秋蕃《紅樓夢抉隱》所言：「知人善任，寶玉何嘗糊塗！」所以說，寶玉雖然心理上是一個不想長大的彼得．潘，但事實上卻並非如此，他對寧府的家務狀況、鳳姐的性格才幹都有著深刻的把握，何嘗有一丁點不問世事的無知？而他以幕僚的身分調兵遣將、安插得宜，比起族長賈珍來，還更勝一籌呢！也難怪真正面臨賈家敗落的時候，寶玉會因為自己的無材補天而悲號慚愧，悔恨交加了。

可見曹雪芹又再次提醒我們，世間的真相真是無比地複雜，千萬不要看得太簡單了，否則很容易就變成井底之蛙。

最後，總結這一章所講到的重點，主要是對秦可卿的身世背景和人格特質加以釐清，包括：

第一，她的父親秦業是朝廷五品官員，和賈政是工部的同事，算是出類拔萃，也和降等之下的寧國府門當戶對，並沒有高攀。

第二，秦可卿雖然最早是從養生堂抱回來的棄嬰，但其實一出生不久就被收養，成為秦業真正的女兒，在成長過程中備受疼愛，也接受良好的培養，是一位十足的大家閨秀，絕不能再用棄嬰來看待。

第三，秦業之所以會很罕見地抱養女嬰，最大的可能，是可卿根本就是他自己的私生女，所以才會煞費苦心，做這麼罕見的安排。

第四，可卿兼具了薛寶釵、林黛玉、香菱以及王熙鳳的優點，又和仙界的兼美女神同名，所以嫁進賈家以後表現得十分卓越，對賈家的未來還提出常保永全的萬全良策，果然十分完美。

第五，秦可卿雖然和仙界的兼美女神同名，但其實是不同的兩個人，也和寶玉沒有任何曖昧關係。

當然，我們還是可以繼續追問：既然仙境和俗界的可卿絕對不是同一個人，但為什麼要共用同一個名字呢？曹雪芹一定有特殊的用意，那又是什麼？請看下一章的解說。

# 32 情欲海棠花

在上一章裡提到有兩個可卿，即仙界的可卿和寧國府的秦可卿，而且說明了她們是不同的兩個人，不可以混為一談，那為什麼曹雪芹要安排她們倆同名？原來這兩人之間確實還是有著某一種聯繫，而這層關係是象徵性的，暗示了彼此有一個共通點，那就是：她們都是愛欲女神，仙境的兼美可卿是寶玉性啓蒙的指導老師，而秦可卿也是一朵情欲海棠花！

## 臥室風格即人格

關於這一點，曹雪芹費了很大的苦心來加以安排，接下來便一一給予說明。先看第五回，當時寧府的花園內梅花盛開，賈珍的妻子尤氏便治酒請賈母、邢夫人、王夫人等過來賞花。一時寶玉倦怠，欲睡中覺，最後選定了可卿的臥室，因為那正是寶玉所喜歡的風格：

剛至房門，便有一股細細的甜香襲人而來。寶玉覺得眼餳骨軟，連說：「好香！」入房向壁上看時，有唐伯虎畫的《海棠春睡圖》，兩邊有宋學士秦太虛寫的一副對聯，其聯云：

嫩寒鎖夢因春冷，芳氣籠人是酒香。

單單這一段就已經充滿了情色的暗示，不只滿屋子瀰漫滲透的女性氣息簡直是沁入骨髓，令人心神迷醉、渾身發軟，牆上所掛的圖畫更是隱藏了重要的線索。參照探春的秋爽齋，裡面懸掛的是一大幅宋朝米芾的《烟雨圖》，兩邊對聯寫的是「烟霞閑骨格，泉石野生涯」，展現了高雅文人的隱逸風範，而可卿的《海棠春睡圖》便迥然不同，完全是女性化的香豔浪漫。那圖上所畫的可不是單純的海棠花，其實主要是襯托醉酒的楊貴妃！根據《楊妃外傳》所記載：

明皇登沉香亭，詔妃子，妃子時卯酒未醒，命力士從侍兒扶掖而至。妃子醉軟殘妝，釵橫鬢亂，不能再拜。明皇笑曰：是豈妃子醉邪？海棠睡未足耳。

可見楊貴妃醉態可掬，風情萬種，所以被唐明皇比喻為海棠春睡，令人想要一親芳澤。雖然歷史上並不確定唐伯虎是否有過這麼一幅畫，不過，「海棠春睡」確實在晚明時便已經成為豔情小說的題材，被賦予春宮畫的想像。所以說，一踏進可卿的房間，就已經開始渲染情色的氛圍，接下來所描寫的擺設更是強化了這一點。

曹雪芹對可卿的臥室繼續鋪陳道：

案上設着武則天當日鏡室中設的寶鏡，一邊擺着飛燕立着舞過的金盤，盤內盛着安祿山擲過傷了太真乳的木瓜。上面設着壽昌公主於含章殿下臥的榻，懸的是同昌公主製的聯珠帳。寶玉含笑連說：「這裏好！」秦氏笑道：「我這屋子，大約神仙也可以住得了。」說着親自展開了西子浣過的紗衾，移了紅娘抱過的鴛枕。

既然這「這屋子大約神仙也可以住得了」，那豈不等於是太虛幻境中，兼美女神所在的「其間鋪陳之盛，乃素所未見之物」的那一間香閨繡閣嗎？正屬於展演「雲雨情」的舞臺。何況關於這一大段描寫，很明顯地又處處充滿了色情意象，各種歷史典故都離不開男女關係，或至少都和女性的臥房、寢具有關，與《海棠春睡圖》的主題是一致的。有一些人認為，這是寶玉進房間時所做的想像投射，並不是可卿本身的偏好，但這實在是流入世俗的想當然耳，所以我必須鄭重告訴大家：根據專家的研究，其實性聯想是需要相關知識的，而知識不可能與生俱來，一定是後天學習到的。但寶玉這時對此根本就毫無概念，哪裡可能做出這樣的投射！

那麼，寶玉是在什麼時候，才接觸到這些武則天、趙飛燕、楊貴妃的異聞傳說的？那得要等到第二十三回了。當時一干人剛搬進大觀園，寶玉雖然心滿意足，卻又覺得莫名的空虛，他的貼身小廝茗烟「見他這樣，因想與他開心，左思右想，皆是寶玉頑煩了的，不能開心，惟有這件，寶玉不曾看見過。想畢，便走去到書坊內，把那古今小說並那飛燕、合德、武則天、楊貴妃的外傳與那傳奇角本買了許多來，引寶玉看。寶玉何曾見過這些書，一看見了便如得了珍寶。」這就非常清楚了，寶玉是在這個時候才從偷渡進來的書知道了那些故事，而得到了相關的知識，這一年他十二、三歲。

再回頭去看，第五回的寶玉年齡還太小，也根本不知道武則天、趙飛燕、楊貴妃的傳說，那又怎麼能投射關於她們的色情典故？又如何能發揮性聯想呢？既然如此，對寶玉而言，那些房間裡擺設的寶鏡、金盤、木瓜、臥榻、聯珠帳，便只是富貴人家的精美用品而已。尤其是木瓜，它的功能就像探春房裡的佛手一樣，都是薰香用的，根據晚清宮女口述的回憶錄，慈禧太后便很喜歡用天然水果的清香來取代燃燒的香料，最常用的水果即包括了佛手、香櫞和木瓜，剛好也都出現在《紅樓夢》裡。想想看，如果一個人從沒聽過楊貴妃與安祿山有染的八卦故事，看到木瓜時又哪裡會這樣想入非非？更何況，安祿山擲過傷了太真乳的木瓜又哪裡能放到今天，保存在可卿的房間裡！

所以說，這些「色情裝置」都是為了塑造秦可卿的性格而準備的。原來，可卿確實有著這一方面不可告人的隱私，也就是情色出軌的行為，但那個對象並不是寶玉，而是她的公公，賈珍！這可是罪大惡極的亂倫行為啊，卻居然發生在完美的可卿身上，實在是太矛盾、太衝突了，令人難以置信。因此，在這些擺設物件前面加上了與色情有關的形容詞，都是曹雪芹要渲染可卿隱藏的這一面才刻意採用的，目的是給可卿和賈珍的爬灰關係一個合理的鋪墊。

「爬灰」是指公公和媳婦的不倫關係，書中透露出這一點的地方，是在第七回，當時鳳姐帶著寶玉到寧國府去散心，剛好會見了秦鐘，兩個少年一見如故，如膠似漆，埋下了秦鐘到賈家義學讀書的伏筆。到了天黑時，得派人送秦鐘回去了，沒想到外頭派了焦大，焦大從小在當初寧國公打天下之際，也跟著一起出生入死，對主子有救命之恩，於是在賈家這幾十年來都享有特殊的優待。但這個人雖然是個忠僕，卻也有居功邀寵的一面，總是趾高氣昂地要賈家報答他的恩惠，甚至對大總管自稱「焦大太爺」，根本逾越了倫理的分際，所以脂硯齋說，「焦大」的這個名字就是要諧音驕傲自大的「驕大」，可見曹雪芹是多麼用心地展現人的複雜性。

這時，剛好焦大喝醉了，很不高興被派了這份工作，便大肆撒野亂罵了起來，連小主人賈蓉都不放在眼裡，居然當面把他批得狗血淋頭，還威脅說要白刀子進去紅刀子出來，於是被幾個小廝拖往馬圈。憤怒的焦大就更放肆了，越發連賈珍都說出來，開始亂叫亂嚷：

> 「我要往祠堂裏哭太爺去。那裏承望到如今生下這些畜牲來！每日家偷狗戲雞，爬灰的爬灰，養小叔子的養小叔子，我什麼不知道？咱們『胳膊折了往袖子裏藏』！」眾小廝聽他說出這些沒天日的話來，唬的魂飛魄散，也不顧別的了，便把他捆起來，用土和馬糞滿滿的填了他一嘴。鳳姐和賈蓉等也遙遙的聞得，便都裝作沒聽見。寶玉在車上見這般醉鬧，倒也有趣，因問鳳姐道：「姊姊，你聽他說『爬灰的爬灰』，什麼是『爬灰』？」鳳姐聽了，連忙立眉嗔目斷喝道：「少胡說！那是醉漢嘴裏混唚，你是什麼樣的人，不說沒聽見，還倒細

問！等我回去回了太太，仔細捶你不捶你！」唬的寶玉忙央告道：「好姊姊，我再不敢了。」

很多人會問：什麼是「爬灰」？又為什麼叫「爬灰」？根據清代王有光的記載，這是江南吳地的雙關語，典故來自於寺廟，因為香火鼎盛，所以焚燒紙錢的爐子裡累積了很多灰燼，而紙錢上貼的錫箔燒不掉，也積少成多，那可是有價的金屬啊，所以有人便偷偷扒取灰燼，拿出其中的錫箔去賣錢。既然「扒灰」的目的是「偷錫」，而錫箔的「錫」和媳婦的「媳」同音，於是被用來諧音雙關公公偷情媳婦的不倫，是一種比較委婉的說法。

難怪這樣的醜聞被揭露時，大家都是嚇得魂飛魄散，或者只能裝作沒聽見。畢竟寧國府裡有翁媳關係的，就只有賈珍和秦可卿，那確實是沒天日、見不得人的醜事，如何能夠啓齒？因此寶玉聽不懂，鳳姐也不肯解釋，還威脅寶玉再問的話，要請王夫人打他呢。

可是這麼一來，我們就要追問了，這麼完美又有眼光的秦可卿，怎麼會做出這種事來呢？那注定是要身敗名裂的。於是有很多人以為，秦可卿是被迫屈服於賈珍的，因為她卑微的出身抵抗不了賈珍的威權壓迫。但是，前一章已經澄清過，可卿的身世清清白白、堂堂正正，和現在的賈家門當戶對，而且明媒正娶，是第十三回所說的「世襲寧國公冢孫婦」，即寧國公嫡長孫的妻子，更是老祖宗賈母心目中的「重孫媳中第一個得意之人」，極受寵愛與關心，根本不是什麼委曲求全的小媳婦，可見這種片面逼姦的說法並不能成立。

## 海棠春睡的祕密：兩情相悅的情欲越界

因此，這椿孽緣一定有其他的原因。其實，這個原因曹雪芹早就很明白地告訴我們了，第五回寶玉神遊太虛幻境時，也看到了秦可卿的圖讖，上面是：

> 畫着高樓大廈，有一美人懸梁自縊。其判云：
>
> 情天情海幻情身，情既相逢必主淫。
>
> 漫言不肖皆榮出，造衅開端實在寧。

請注意判詞的「情天情海幻情身，情既相逢必主淫」這兩句，其中一共用了四個「情」字，尤其是「情既相逢必主淫」這一句，所謂「情既相逢」不就是兩情相悅的意思嗎？這清清楚楚地說明，可卿和賈珍之間是兩情相悅的，於是才發展出淫亂的行為。只不過還是必須說，即使是建立在發自內心的情感之上，也不能合理化後續的不正當發展，古人說得很對，應該要「發乎情，止乎禮」，避免因為感情氾濫而失控，做出傷天害理的事。也正是因為這種悖德行為的嚴重性，所以注定了秦可卿必須早死的命運。

但奇怪的是，秦可卿既聰慧幹練又英明睿智，並不是天真無知的小女孩，怎麼會陷入這樣的泥淖裡走向自我毀滅？固然可卿和賈珍的關係是以兩情相悅為基礎，但以可卿的智慧，應該不會有這樣的失控才對。而既然事實是已經失控了，那麼必定有某個特殊的原因作祟，以致連理性都控制不了，那的原因就是：可卿居然有一種不可告人的隱私，即縱欲的一面！你一定覺得很詫異，甚至很難相信，但關於這一點，曹雪芹做了三個十分巧妙的設計，第一個設計，是讓可卿的房間充滿了性暗示，這一點前面一開始便提到了，而我們又已經知道，房間是屋主的自我呈現，所以那些色情裝置正是可卿的性格反映。

第二，可卿的病症一點也不尋常，並不是一般的疾患。可卿主要的病況是第十一回尤氏所描述的：

> 他這個病得的也奇，上月中秋還跟着老太太、太太們頑了半夜，回家來好好的。到了二十後，一日比一日覺懶，也懶待吃東西，這將近有半個多月了。經期又有兩個月沒來。

但這並不是因為懷孕，後來很高明的醫生張友士也斷定與懷孕無關，所以大家根本不需要再糾結於此，去做其他失去根據的推論。然而，面對這種突發的狀況，以幾個太醫的專業都還是無法判斷可卿究竟是什麼病，直到第十回張太醫的診斷才透露出端倪。

怎樣的端倪呢？根據張太醫的說法，可卿的病其實是有救的，方法是：「要在初次行經的日期就用藥治起來，不但斷無今日之患，而且此時已痊癒了。」但這實在很奇怪，只要仔細想一想，就會有一個疑問，初經是一個女孩子進入青春期的標誌，表示她開始性成熟了，但這個時候會有什麼婦科方面的疾病，要等到幾年以後才發病？既然要等到幾年後才發病，誰會當時就知道這個女孩子生了病呢？又怎麼會想到要提早去治療呢？

再看張太醫說，這種病要服用「養心調經之藥」，為什麼會需要「養心」呢？表面上，從張太醫診斷可卿的脈息以後所說：「大奶奶是個心性高強，聰明不過的人；聰明忒過，則不如意事常有；不如意事常有，則思慮太過。此病是憂慮傷脾，肝木忒旺，經血所以不能按時而至。」看起來，似乎這是和性格上心性高強聰明以致思慮太過有關了，這當然也符合健康醫學的道理。但我們還是要問一個問題：為什麼性格類似的王熙鳳卻沒有這樣的病呢？為什麼這個病症「要在初次行經的日期就用藥治起來」呢？只因為調養了性格以後，就不會有婦科疾病了嗎？就算這樣，那為什麼要從初次行經的時候便開始用藥呢？又為什麼這種婦科疾病會讓可卿去上吊自殺呢？

所以說，可卿的問題絕對不純粹是身體方面的毛病而已，也不是一般的身心症，和鳳姐後來的情況並不一樣；再加上又牽涉到爬灰的道德問題，而導致了「淫喪天香樓」，這麼一推敲，便可以提出一個合情合理的解釋了，那就是秦可卿之所以會生病，原因即是縱欲所引起。關於這一點，「情既相逢必主淫」以及「秦可卿淫喪天香樓」這兩句都有個「淫」字，已經很清楚地告訴我們，「淫」不但是在講爬灰的事實，也指出了爬灰的原因，即一種會讓她失控的情色欲望！因此，如果在可卿剛剛進入性成熟時便加以調理，通過藥物以及「養心」的陶治而化解或克制她的性需求，那就可以釜底抽薪，不會發生後來的爬灰情況了。

再看曹雪芹的第三個巧妙設計，那便更明確了，而這卻是一般人很難以發現到的匠心，即曹雪芹在寫可卿從生病到死亡的故事時，特別同步安排了另一個類似的故事，那就是賈瑞對鳳姐起淫心！請看可卿是從第十回開始生病，到第十三回死亡，而賈瑞是在第十一回對鳳姐起淫心，第十二回就死去了，時間上完全被可卿的故事所涵攝，可以說是套進大故事裡的小故事，完全重疊。再看這兩段情節的描寫十分雷同，讓我們比較一下：

第一，可卿是「情既相逢必主淫」，而賈瑞是「見熙鳳賈瑞起淫心」，都有個「淫」字，並且又都是亂倫的關係，性質一樣。

第二，這兩個犯淫的人更出現了一模一樣的病徵，對照一下第十回和第十二回的描寫來看：可卿的「心中發熱」就是賈瑞的「心內發膨脹」，可卿的「頭目不時眩暈，……如坐舟中」和「四肢酸軟」也相當於賈瑞的「腳下如綿」，都是站不穩的意思。再說，可卿的「不思飲食」更等於賈瑞的「口中無滋味」，也就是沒有食欲，而這也是可卿會逐漸消瘦到皮包骨的主因。還有，可卿的「精神倦怠」就是賈瑞的「黑夜作燒，白晝常倦」，在在可見果然是互相呼應。

這麼說來，可卿和賈瑞的故事不但發生在同一段時間裡，彼此重疊，而且情況十分雷同，那便一定不是巧合了。既然賈瑞是縱欲而死，猶如西門慶般脫精殞命，這一點百分之百的明確，毫無疑問，那麼同理可推，顯然曹雪芹是要告訴我們，秦可卿就和賈瑞一樣，最後也是縱欲而導致疾病，並且因此喪生！

## 情欲海棠花的凋謝

那麼，可卿究竟是怎麼死的？這又是一個爭辯不休的問題了。問題出在現在的版本裡同時有兩種說法，一個是慢性病致死，一個是上吊自盡。

一般都以為，目前的文本清楚寫到可卿是慢性病惡化到病入膏肓，試看自從第十回開始提到可卿在中秋以後生病，接下來的四個月，情況是愈來愈嚴重，到了年底的臘月，鳳姐「來到寧府，看見秦氏的光景，雖未甚添病，但是那臉上身上的肉全瘦乾了」，那真是骨瘦如柴。兩妯娌聊過以後，鳳姐出來到了尤氏上房坐下，尤氏先問鳳姐道：

「你冷眼瞧媳婦是怎麼樣？」鳳姐兒低了半日頭，說道：「這實在沒法兒了。你也該將一應的後事用的東西給他料理料理，沖一沖也好。」尤氏道：「我也叫人暗暗的預備了。就是那件東西不得好木頭，暫且慢慢的辦罷。」

可見兩人都已經做好了心理準備，那麼可卿的死便應該是在大家的意料之中。然而奇怪的是，當可卿的死訊傳來時，大家的反應卻又是疑竇重重，第十三回鳳姐夢見可卿來告別以後，隨之聽到雲板連叩四下的喪音，這時曹雪芹說：

彼時合家皆知，無不納罕，都有些疑心。

這麼看起來，可卿的死又出乎大家的意料之外，比較像是忽然去上吊，那不是發生矛盾了嗎？

其實，上吊自盡的這一種方式本來就是曹雪芹要寫的，所以還是可以看到一些隱隱約約的影子。例如太虛幻境的人物圖讖上說：「畫着高樓大廈，有一美人懸梁自縊。」而脂硯齋也說：

「秦可卿淫喪天香樓」，作者用史筆也。老朽因有魂托鳳姐賈家後事二件，豈是安富尊榮坐享人能想得到者，其言其意，令人悲切感服，姑赦之，因命芹溪刪去「遺簪」、「更衣」諸文。是以此回只十頁，刪去天香樓一節，少去四、五頁也。

原來第十三回最初所擬的回目是「秦可卿淫喪天香樓」，而不是現在的「秦可卿死封龍禁尉」，這更明確不過了，可卿是要在天香樓懸梁自縊的，與第五回太虛幻境的圖讖相符。這麼一來，讀者就被搞糊塗了，怎麼一下子是慢性病惡化，一下子又是上吊自盡呢？因此有人覺得，這是曹雪芹把「淫喪天香樓」改成慢性病致死的時候沒有修改完整，故意留下破綻，所以不去處理這個矛盾，以致引起了這麼大的懸疑。

但經過仔細研究以後，我發現：曹雪芹在脂硯齋的干涉之下，其實只做了刪除，但並沒有把上吊改成病死，上吊和病死都是原稿本來即有的，因此根本沒有矛盾！原來，曹雪芹刪除了「淫喪天香樓」的一段，而那一段就是秦可卿上吊的過程。如果把這一段補進來，整個過程便完全合情合理了。換句話說，秦可卿生病是事實，上吊也是事實，但大家雖然對可卿的病已經有了後事的準備，卻並沒有想到她會去上吊！因此大家之所以會起疑心，原因不在於可卿的死，而在於可卿的死法。

推測起來，應該是可卿拖著病體，半夜到天香樓自盡，遺體就是在那裡發現的，而不是在她的病床上，因此才會讓大家感到納罕。再看可卿死後喪禮的情況，更可以確定這一點了，第十三回說：

> 停靈七七四十九日，三日後開喪送訃聞。這四十九日，單請一百單八眾禪僧在大廳上拜大悲懺，超度前亡後化諸魂，以免亡者之罪。另設一壇於天香樓上，是九十九位全真道士，打四十九日解冤洗業醮。

看起來是不是很奇怪？天香樓只是寧國府花園裡的一座樓閣，照常理來說，根本不會在這裡舉行「九十九位全真道士，打四十九日解冤洗業醮」的隆重儀式，現在為什麼也要在天香樓舉行這麼盛大的超渡儀式？可見其中必有蹊蹺。合理的解釋是：天香樓即是事故現場，人就是在這裡橫死的，所以才需要打「解冤洗業醮」。只是曹雪芹刪除了「淫喪天香樓」的這一段，留下了一個空隙，所以才會看起來有所矛盾。但經過這一番解說，補上被刪掉的情節，便會發現其實一切都非常合理。

此外，根據脂硯齋的說法，曹雪芹所刪除的情節，除了「淫喪天香樓」一段之外，另外還包括「遺簪」、「更衣」諸文，那應該都是和兩人幽會有關的段落，而且幽會的地點一樣是在天香樓，因為花園裡的樓閣比較偏遠又隱密，常常就是偷情的理想地點。這麼說來，天香樓可以說一切罪惡的集中地，既是濫情縱欲的犯罪現場，也是以死謝罪的解脫終點。而脂硯齋要曹雪芹刪掉的部分，都是和爬灰有關的情節，為的是要維護可卿完美的形象，感謝她對賈家的一片苦心，那也算是一種慈悲寬厚的好意了。

至於可卿人生的最後一里路，完整的情節大致是這樣的：可卿因為縱欲的關係而生病了，病了半年左右的時間，雖然病入膏肓，出現了癌症或其他重病末期病人常見的惡體質，以致全身的肌肉都消耗殆盡，整個人消瘦到極點，但這時候還是有行動能力，可以輕微地活動。而在養病的過程中，可卿有足夠的時間回想過去、反省自己，於痛定思痛之下，十分地悔恨自責，因此在那一個夜深人靜的暗夜裡，獨自用微弱的力氣走向天香樓，以上吊自盡來贖罪。

這種親手了結罪惡的謝幕方式，雖然並不能改變悲劇的下場，但卻可以讓可卿恢復一點尊嚴。畢竟她是正十二金釵之一，而浪女回頭的覺醒與悔悟，總是有那麼一點悲壯，令人心生悲憫，相比之下賈瑞始終執迷不悟，只讓人覺得可恥又可笑，因此，可卿最後的懸樑自盡可以說是必要的、不可或缺的。可惜因為這段情節被刪掉的緣故，以致削弱了力量，難怪很懂得藝術的曹雪芹不願意完全放棄這個安排，而只刪不改，尤其保留了太虛幻境很明顯的預言，於是引起了爭訟不休，實在是很特殊的情況。

## 來時本姓秦：對情的反諷

講完了可卿的不倫悲劇以後，還可以再多補充一點說明。其實，可卿之所要姓秦，就是要諧音「情」，然而這種情並不是寶玉、黛玉之類的真情，而是非法脫軌的情欲，並且是家傳的作風！

試看可卿的父親叫做秦業，諧音「情孽」，而「業」字本身在佛教的用法裡更有業障的意義，指身、口、意所驅動而造成的行為，故稱「三業」，可見可卿本身就是秦業濫情造孽所生的私生女，不見容於道德法律，以致被迫變成了棄嬰。再看可卿的弟弟秦鐘，很多讀者因為他是寶玉的好朋友，於是愛屋及烏，認為他也是寶玉一流的情種，所以得到了「秦鐘」這個諧音的名字，但這其實是大錯特錯的誤解。固然秦鐘的名字確實是要諧音「情種」，然而那卻是反諷的用法！第七回脂硯齋的批語說得很清楚：

> 設云情種。古詩云：「未嫁先名玉，來時本姓秦。」二語便是此書大綱目、大比托、大諷刺處。

這是最了解曹雪芹的人所提醒的，不只如此，小說裡也確實諷刺了秦鐘這個人根本不配稱為情種。從第十五回的故事，就可以很清楚地證明這一點。

當時，可卿的喪禮到了最後出殯的階段，然而在整個過程中，秦鐘的所作所為都很令人不齒。首先，他們在半路上借一處農莊休息時，遇到一個十七八歲的村莊丫頭，秦鐘居然很曖昧地暗拉寶玉，笑說：「此卿大有意趣。」那種色迷迷的不懷好意，連寶玉都抗議了，寶玉一把推開他，笑道：「該死的！再胡說，我就打了。」接著送葬隊伍抵達鐵檻寺，可卿的棺木便在此安靈，要做三天的法事。寶玉一心想留下來，於是和秦鐘一起都跟著鳳姐另外到水月庵下榻，就在這裡的當天晚上，秦鐘強迫小尼姑智能兒共赴巫山雲雨。

現在我要請大家認真想一想：這一段過程可是秦鐘唯一的姊姊人生的最後一程，但在送葬的過程中，秦鐘卻完全沒有表現出任何的悲傷哀戚，反倒一心專注於女色，始終在不斷獵豔，哪裡有一點姊弟之情？連寶玉對可卿的病重與死亡都一再出現悲戚哀慟的至情流露，或者是在第十一回，當一聽可卿講到自己未必熬得過年去時，禁不住「如萬箭攢心，那眼淚不知不覺就流下來了」，或者是在第十三回從夢中聽見可卿死了，「只覺心中似戳了一刀的不忍，哇的一聲，直奔出一口血來」，而秦鐘和寶玉同年，又是可卿的至親弟弟，卻居然無動於衷，始終毫無反應，這一點也談不上是情種，反而是涼薄無情之至吧！

尤其是水月庵的一段情節，那就更過分了。智能兒這個傻丫頭固然是「郎有情，妹有意」，所以半推半就，但這只是證明了她的年幼無知，不明白這件事的嚴重性會讓她成為最大的受害者，所以也沒有全力保護自己！想想看，一個小女孩自幼出家，又不是妙玉的那一種特殊情況，通常都是因為家境貧寒，甚至是無父無母的孤兒，才會到廟裡出家，好得到一個安身之處。既然如此，一旦破戒違規，她又哪裡還待得下來呢？而離開了尼姑庵，一個沒有謀生能力的小女生又能到哪裡去？投靠秦鐘根本是不可能的，因為秦鐘連自己都照顧不了。因此最大的可能，就是流落到煙花巷，那該會多麼悲慘！

但秦鐘卻完全沒有替她想到這一點，當智能說：「除非等我出了這牢坑，離了這些人，才依你。」可見她至少還有一點起碼的常識，但秦鐘竟然說道：「這也容易，只是遠水救不得近渴。」這豈不是自私自利、不負責任到極點了嗎？一個人只顧自己當下的欲望滿足，而完全沒有考慮對方的未來，這怎麼能算是愛情？前面講過，真正的愛一定會包含未來性，會替對方的未來著想，也會以對方的福祉為優先，但秦鐘卻只圖自己的感官欲望滿足，並且還是在廟庵裡面犯戒，這種大逆不道的作為其實是很「金瓶梅」的，和西門慶還有《西廂記》的張君瑞差不多，哪裡配得上所謂的「情種」？所以脂硯齋說得很對，秦鐘之所以諧音情種，那根本不是讚美，而是一種反諷！

這麼說來，秦家的兩代三個人，居然都是一貫的情欲掛帥，出軌悖德，以致一對兒女雙雙年輕早死，這證明了曹雪芹要借這一家的故事提醒兩個重點：第一，家庭教育真的是影響太大了，那是一種潛移默化的門風，等於是一種精神遺傳，由此也應該解釋了可卿為什麼在完美中居然會有唯一、卻也致命的缺陷，原因就是家教出了問題。足見家庭對一個人的品格來說有多麼重要。

第二，不正當的男女關係會玷汙了人生，讓人走入歧途，甚至斷送了性命。試看秦可卿付出了多麼慘重的代價，但又怪得了誰呢？再說，這一朵情欲海棠花以十分不堪的方式凋謝了，同時反映出賈家的敗落不只是經濟的困境，精神內部的道德淪落才是最致命的損害，這正是第七十四回探春所說的：「從家裏自殺自滅起來，才能一敗塗地。」而「連貓兒狗兒都不乾淨」的寧國府便成為家族潰滅的破口。難怪第五回太虛幻境裡關於可卿的判詞說道：

漫言不肖皆榮出，造衅開端實在寧。

可見曹雪芹認為，真正導致賈家崩潰淪喪的關鍵其實是在寧國府，那裡造了衅、開了端，從此一發不可收拾，腐敗的速度即加速進行，根本來不及挽救，而賈珍和可卿的亂倫便是罪魁禍首，責無旁貸。

何況再想一想：如果可卿能夠清清白白地堅守道德界限，不被情欲的力量牽著走，那麼她就可以堂堂正正地活下去，也就可以親自完成她託付給鳳姐的萬全良策，那麼賈家不也就得到重生的轉機了嗎？當然歷史並不能假設，時間也無法重來，可卿的悲劇注定要發生，同時帶給賈家毀滅性的打擊。因此，第五回太虛幻境正十二金釵的排列順序上，秦可卿被放在殿後的位置，這並非隨機的巧合，而是曹雪芹刻意的安排，他要藉此告訴我們，情若缺乏「理」的校正，即使真情都會淪為罪惡！難怪治療可卿的藥有「養心」的作用，因為品德才是一個人最重要的價值。

最後，總結一下這一章所講到的重點：

第一，可卿最私密的寢室裡充滿了情色的暗示，那並不是寶玉的性聯想，因為他根本沒有相關的知識，所以是要用來暗示可卿本身的情色偏好，目的是要鋪墊可卿和賈珍的爬灰關係。

第二，兩人之所以會發生「爬灰」事件，並不是賈珍片面用強逼姦所致，而是「情既相逢」這一句所指出的兩情相悅。

第三，高瞻遠矚的秦可卿之所以會因為情而失控，那是因為情欲的過分需求，以致干犯禁忌，這一方面導致了她的疾病，因此和賈瑞的症候如出一轍，最後也導致了她的死亡。

第四，可卿在臥病大約半年以後，選擇到天香樓上吊自盡，算是一種懺悔和贖罪，因此才會讓大家感到意外，而天香樓也才會舉辦那麼盛大的法事。

第五，從可卿一家父親子女三個人都有縱欲悖德的行為來看，可卿的致命傷很可能是來自原生家庭的影響，足見家庭環境對一個人的品格來說有多麼重要。

下一章，要來看對立於秦可卿的另一個極端了，那就是賈惜春。如果說可卿是一個陷溺在情欲中滅頂的愛欲女神，那麼惜春就是一個對情欲深惡痛絕的人，為了保持冰清玉潔的潔淨，惜春不惜走上了一條十分決絕的道路，而一心想出家。那又是怎樣的情況？請看下一章的說明。

# 賈惜春：

## 憤世而出世的潔癖

惜春

# 33 拒絕開花的幼苗：為什麼一心想出家？

賈惜春是元、迎、探、惜四春裡，年紀最小的一位，為寧國府賈珍的胞妹。而「元迎探惜」這四個字是要用來諧音「原應嘆息」，暗示眾女兒的命運悲劇，只是悲劇也有各式各樣，每一個人都不相同，惜春的悲劇就是很獨特的一種，我把她比喻為「拒絕開花的幼苗」。

## 一棵幼苗

為什麼說惜春是「幼苗」？因為她是除了巧姐之外，年紀最小的金釵了，在整部小說裡，她一直被說是小孩子，連「少女」都談不上。

先看她第一次正式出場時，是在第三回，通過黛玉這位貴客的眼睛，呈現出賈家三春不同的樣貌：

只見三個奶嬤嬤並五六個丫鬟，簇擁着三個姊妹來了。第一個肌膚微豐，合中身材，腮凝新荔，鼻膩鵝脂，溫柔沉默，觀之可親。第二個削肩細腰，長挑身材，鴨蛋臉面，俊眼修眉，顧盼神飛，文彩精華，見之忘俗。第三個身量未足，形容尚小。

在這一段描寫裡，迎春、探春都明顯有自己的個性，連迎春這麼沒個性的人，都看得出個人的特色，那就是平凡無奇，但對於惜春，曹雪芹只用「身量未足，形容尚小」八個字來形容，那等於是看不出任何特色，所以沒辦法給予形容啊！而惜春怎麼會沒有個人特色呢？因為這個時候她實在太小，還沒長出屬於自己的樣子。

當然，隨著時間過去，惜春也在慢慢長大，從後面的故事裡，我們也可以看到惜春的個性了，但很奇怪的是，在整部《紅樓夢》裡，惜春都是一直被說得很幼小。例如：第四十六回賈赦看上了賈母的貼身大丫鬟鴛鴦，想要把她納來做妾，那並不只是好色而已，其實私心還包括謀取賈母財產的如意算盤，賈母聽了鴛鴦的抗婚以後大為震怒，一時氣憤之下甚至遷怒於王夫人，使得無辜的王夫人百口莫辯。於是探春出面講了一番情理，替王夫人洗刷冤屈，當時的情況是：

探春有心的人，想王夫人雖有委屈，如何敢辯；薛姨媽也是親姊妹，自然也不好辯的；寶釵也不便為姨母辯，李紈、鳳姐、寶玉一概不敢辯；這正用着女孩兒之時，迎春老實，惜春小，因此，窗外聽了一聽，便走進來陪笑向賈母說道：……

她一番合情合理的話立刻點醒了賈母，當下便還給王夫人一個公道，可見探春確實是一個優秀的人物，相較之下，迎春太老實，所以沒有能力處理這個尷尬的情況，而惜春也沒辦法出力，但原因是年紀太小，根本還發展不出能力。

同樣的，第五十五回探春站上了理家的位置，一鳴驚人，鳳姐簡直是喜出望外，因為賈家年輕的這一輩裡，終於有一個人可以減輕她的負擔了，她一一點名說明道：

我正愁沒個膀臂。雖有個寶玉，他又不是這裏頭的貨，縱收伏了他也不中用。大奶奶是個佛爺，也不中用。二姑娘更不中用，亦且不是這屋裏的人。四姑娘小呢。蘭小子更小。

至於賈環，這個人根本是個壞胚子，完全不用指望他。此外再看黛玉和寶釵，鳳姐判定說「他兩個倒好」，可見鳳姐金口斷言黛玉也是很有理家能力的，和寶釵、探春比肩，而我們一直把黛玉當成一個不食人間煙火的文藝少女，其實是以偏概全，並沒有完整把握黛玉的全貌。只可惜，黛玉、寶釵這兩個「偏又都是親戚，又不好管咱家務事。況且一個是美人燈兒，風吹吹就壞了；一個是拿定了主意，『不干己事不張口，一問搖頭三不知』，也難十分去問他」，算到最後只剩下三姑娘一個。如今探春當了家，又提出興利除宿弊的改革主張，鳳姐簡直是求之不得、歡迎之至，於是對平兒說：「正該和他協同，大家做個膀臂，我也不孤不獨了。」

這一段「鳳姐點兵」當然主要是對探春的大力著墨，以突顯這位三姑娘的光芒萬丈，而有趣的是，比較其他人包括寶玉在內的不中用，惜春這位姑娘卻談不上中不中用，因為還是那句話：「四姑娘小呢。」再看第六十五回，興兒向尤二姐介紹家裡面的女眷，提到惜春時也是說：「四姑娘小。」甚至當故事發展到第七十四回的抄檢大觀園一段，整個抄檢的過程驚天動地，曹雪芹還是一再聲稱「惜春年少，尚未識事」、「惜春雖然年幼」，而惜春的嫂嫂尤氏也說：「人人都說這四丫頭年輕糊塗」，講的是「小孩子的話」，但這時候都已經到了小說的末尾了，惜春的形象卻還是很幼小，可見這確實是曹雪芹想要強調的一大特點。

## 早慧的心智

那麼，這個特點有什麼重要性？其實是太重要了，所有的讀者都沒注意這一點，所以才會對惜春一直判斷錯誤，做出偏頗的解釋。說她自私自利是最常見的一種，但那實在是謬以千里的世俗之見。

請大家注意第七回、第七十四回，這兩回便是了解惜春的關鍵所在。其中曹雪芹清楚告訴我們，這樣一個稚幼的孩子雖然沒有聲音，也沒有表現出個性，卻不等於一張白紙，完全不懂得觀察和感受；事實上，惜春在她小小的心田裡，早已經默默地對這個世界展開了認識，一直看著、聽著，並且以她的年齡來說，也過早地下了定論，只是很少表示出來而已。

第七回就是了解惜春的第一把鑰匙，現在先來看其中的奧祕。當時周瑞家的負責送宮花給諸位小姐，過程中來到了惜春這邊的屋裡：

只見惜春正同水月庵的小姑子智能兒兩個一處頑耍呢，見周瑞家的進來，惜春便問他何事。周瑞家的便將花匣打開，說明原故。惜春笑道：「我這裏正和智能兒說，我明兒也剃了頭，同他作姑子去呢，可巧又送了花兒來；若剃了頭，可把這花兒戴在那裏呢？」說着，大家取笑一回，惜春命丫鬟入畫來收了。

很值得注意的是，這是整部書裡惜春第一次開口說話！從文學藝術的角度來說，當然是曹雪芹刻意安排的，那等於是一個讖語，表達出這個人物的個性、信念和人生觀。因此，惜春說她「明兒也剃了頭，同他作姑子去」，這兩句雖然是小孩子的玩笑話，但卻是曹雪芹精心設計的，用意就是要雙關惜春的未來。

確實，第五回寶玉神遊太虛幻境時，看到了金釵們的圖讖，其中有關惜春的那一幅，上面便畫著：

一所古廟，裏面有一美人在內看經獨坐。其判云：

勘破三春景不長，緇衣頓改昔年妝。

可憐繡戶侯門女，獨臥青燈古佛旁。

這清楚預告了惜春將來會長伴青燈古佛，獨自在廟裡度過一生。對於古人來說，一個女性斷送了青春，放棄了婚姻家庭，那當然是一種莫大的悲劇，所以惜春和其他的金釵一樣，都被分類在薄命司裡。

不過很奇怪的是，為什麼一個小女孩會想要出家？有人說，這是因為玩伴的影響，所以近朱者赤，也想要學智能兒去剃度。但即使如此，我們還是要繼續追問：為什麼惜春的玩伴是小尼姑？要知道，如同小說人物的第一次開口說話都是特殊設計，也都帶有特殊用意，同樣的，惜春的玩伴必定一樣是經過了特殊設計而具有特殊用意。

仔細觀察一下便會發現，書中只有寫到一次關於惜春的遊戲，而那唯一的一次便是這一次，因此惜春的玩伴總共只有智能兒一個！這就意味深長了，想想看，惜春當然也有貼身侍候的丫頭，叫做入畫，和元春的抱琴、迎春的司棋、探春的待書組成「琴棋書畫」的完整雅稱。而第七十四回抄檢大觀園時，犯錯的入畫懇求惜春不要把她攆走，所訴求的便是彼此有著「從小兒的情常」，可見主僕兩個是從小一起長大的，應該累積了深厚的感情。

但很特別的是，曹雪芹從來沒有寫過這一對主僕的互動情況，更談不上玩在一起，惜春和其他的情況也是如此，則尼姑庵的智能兒和惜春的唯一一次玩耍，其中顯然寄託了巧妙的心思，那就是曹雪芹要告訴我們，惜春根本只願意和小尼姑一起玩，這是因為她想要出家。換句話說，因果關係剛好是反過來的：不是惜春和智能一起玩所以受到影響，以致想要出家，而是她心裡本來就想要出家，所以才選擇小尼姑做為玩伴，這便是這一回的奧祕之一。

關於惜春想要出家的這一點，大家比較容易看得出來，至於這一回有關惜春的第二個奧祕，那就沒人注意到了，即接下來的一段。當時周瑞家的問智能兒說：

「你是什麼時候來的？你師父那秃歪刺往那裏去了？」智能兒道：「我們一早就來了，我師父見了太太，就往于老爺府內去了，只我在這裏等他呢。」周瑞家的又道：「十五的月例香供銀子可曾得了沒有？」智能兒搖頭說：「我不知道。」惜春聽了，便問周瑞家的：「如今各廟月例銀子是誰管着？」周瑞家的道：「是余信管着。」惜春聽了，笑道：「這就是了。他師父一來，余信家的就趕上來，和他師父咕唧了半日，想是就為這事了。」

果然事情也正如惜春所料，智能的師父淨虛確實是為了錢而來的。這不是太有趣了嗎？顯示出惜春年齡雖小，卻非常敏感又聰明，她只是聽到周瑞家的問智能兒一句話「十五的月例香供銀子可曾得了沒有」，就猜到淨虛來這裡是和月例銀子有關，於是問周瑞家的：「如今各廟月例銀子是誰管着？」再聽周瑞家的回答是余信，便笑著斷定確實無誤。這豈不是太聰明了嗎？

進一步比較一下，智能兒這個小尼姑便愚鈍得多。她天天跟隨在師父身邊，多的是觀察聽聞的機會，卻完全搞不清楚狀況，什麼都不曉得，也不知道師父幹什麼去了，只會呆呆地等著，所以上一章說這個智能兒是個傻丫頭，一點也沒錯。可是惜春並不一樣，她只是聽了一句問話，再把觀察到的人員接觸連在一起，便做出正確的判斷，可見不但擁有很清楚的觀察力，頭腦也很靈活，可惜這一點幾乎被所有的讀者都忽略了。

必須說，這個小惜春啊，其實一直在冷眼旁觀，對於很多事情都心知肚明，不只第七回的這一件事，第二次則是第七十四回的抄檢大觀園。當時她的貼身丫鬟入畫被搜查出偷渡的物品，包括一大包約共三四十個的金銀錁子、一副玉帶板子等，這只算是無傷大雅的小過錯，因為那確實是賈珍送給她哥哥的東西，轉交給妹妹收藏，並不是贓物。只是沒有事先報備便私下傳遞進園子裡，那就不對了，以致合法變成非法，成為尤氏所說的「官鹽竟成了私鹽」。因此鳳姐權衡輕重，說道：

「素日我看他還好。誰沒一個錯，只這一次。二次犯下，二罪俱罰。但不知傳遞是誰？」

惜春道：「若說傳遞，再無別個，必是後門上的張媽。他常肯和這些丫頭們鬼鬼祟祟的，這些丫頭們也都肯照顧他。」

果然，這再一次證明了惜春平常即觀察入微，把一切都看在眼裡，並且除了清楚的觀察力之外，她還有一顆敏銳的頭腦，具備了精密的邏輯推理能力，因此總是可以做出正確的判斷。

不只如此，當鳳姐表示要饒恕入畫時，惜春堅持說道：

嫂子別饒他這次方可。這裏人多，若不拿一個人做法，那些大的聽見了，又不知怎樣呢。

這又一次顯示惜春對人性事理的高度洞察力，好比第七十三回迎春的乳母私下聚賭，引起賈母動怒而嚴加懲戒，即使黛玉、寶釵、探春等一起幫忙討情，賈母也不肯饒恕，理由就是：

你們不知。大約這些奶子們，一個個仗着奶過哥兒姐兒，原比別人有些體面，他們就生事，比別人更可惡，專管調唆主子，護短偏向。我都是經過的。況且要拿一個做法，恰好果然就遇見了一個。你們別管，我自有道理。

而這種殺雞儆猴的示範做法，也正是探春的卓越表現之一，試看第五十五回探春開始當家理事時便是如此，平兒即指出：「正要找幾件厲害事與有體面的人來開例做法子，鎮壓與眾人作榜樣呢。」鳳姐也對平兒說：「如今俗語『擒賊必先擒王』，他如今要做法開端，一定是先拿我開端。」可見惜春具有同樣的處事眼光，懂得藉此作榜樣以杜絕群起效尤的無窮後患。就一個十分年幼的小女孩而言，她的聰慧機敏可以說是非常驚人的，實在並不亞於寶釵、黛玉、探春、鳳姐等傑出的人物！

只可惜，惜春年紀太小，又一心想要出家，以致這份高超的心智能力被發展到另一個方向，她斷然從俗世轉向出世，一去便不回頭，於是也談不上處理事務的才幹了，那和迎春的軟弱無能本質上完全不同。

## 宣告脫離，斷絕關係

這麼一來，便可以解答前面所提到的問題了：為什麼惜春小小年紀就想出家？答案有兩個，一個是天性，一個是環境，在這兩種條件互相配合的情況下，於是她走上了極端決絕的道路。

先從天性來看吧。第七十四回曹雪芹說：「惜春雖然年幼，卻天生成一種百折不回的廉介孤獨僻性。」可見惜春與生俱來一種極端的精神潔癖，並且到了百折不回的程度，那並不亞於黛玉、妙玉這些大家比較熟悉的人物。而擁有這種天賦的人，如果遇到良好的生活環境，還可以正常過日子，慢慢調整個性、逐漸成熟，變得圓融一點、寬和一點，即有機會回到正常的軌道，例如黛玉、妙玉就是如此。但如果周圍是不乾淨的地方，甚至帶有罪惡的成分，那必然會對這種天生潔癖的人帶來很大的心靈折磨，導致其性格愈來愈偏激、越憤世嫉俗，便很容易變得性格乖戾，而走上極端。所以說，惜春之所以會從小立志要出家，天賦性格只是原因之一，另一個因素就是環境，也即是寧國府。

我們知道，賈府自家的四春裡，年紀較長的那三個都是榮國府的孩子，包括大房庶出的迎春，二房王夫人正出的元春和庶出的探春，只有惜春是出身於寧國府。根據第二回冷子興演說榮國府時所言：「四小姐乃寧府珍爺之胞妹，名喚惜春。因史老夫人極愛孫女，都跟在祖母這邊一處讀書，聽得個個不錯。」換句話說，寧國府才是惜春的原生家庭，和她血脈最親，同出一源。

然而，寧國府卻是整個賈家造衅開端、腐敗墮落的破口，如同第六十六回柳湘蓮對寶玉所說的：「你們東府裏除了那兩個石頭獅子乾淨，只怕連貓兒狗兒都不乾淨。」這話一點也不過分，寧國府不是已經發生了爬灰的醜事了嗎？惜春的哥哥賈珍、侄子賈蓉，不都是著名的好色之徒嗎？難怪柳湘蓮會那樣說，惜春一定也聽過很多的閒言閒語。何況她本來就具備了洞察人事情弊的能力，又哪裡不會都看在眼裡，以致心中實在非常痛苦，只是一直隱忍未發而已。

這時剛好遇到了抄檢大觀園，於是惜春順勢趁機宣告獨立，公然和寧國府劃清界線，斷絕關係，這便是回目上所說的「矢孤介杜絕寧國府」。惜春對嫂嫂尤氏說：

「不但不要入畫，如今我也大了，連我也不便往你們那邊去了。況且近日我每每風聞得有人背地裏議論什麼多少不堪的閒話，我若再去，連我也編派上了。」尤氏道：「誰議論什麼？又有什麼可議論的！姑娘是誰，我們是誰。姑娘既聽見人議論我們，就該問着他才是。」惜春冷笑道：「你這話問着我倒好。我一個姑娘家，只有躲是非的，我反去尋是非，成個什麼人了！還有一句話：我不怕你惱，好歹自有公論，又何必去問人。古人說得好，『善惡生死，父子不能有所勖助』，何況你我二人之間。我只知道保得住我就夠了，不管你們。從此以後，你們有事別累我。」

這段話算是整部小說裡，惜春最長篇大論的一段了，其中隱含了很深刻的意義，可惜很多人只看到「我只知道保得住我就夠了，不管你們」這兩句話，就認為惜春是一個自私的人，這真是標準的斷章取義，真相並不是這樣的。這種看法到底錯在哪裡呢？

首先，惜春只是一個幼小的女孩子，這麼小的孩子，又談得上什麼自私呢？相反的，惜春會這樣表態，就是因為她太小了，根本沒有力量去對抗環境，只能拚命保護自己，以免受到汙染。其實莫說惜春，連賈母都無能為力，所以很多事都是睜一隻眼、閉一隻眼，這是每一個人都注定的局限，何況一個小小的女孩子！所以說，惜春所謂的「我只知道保得住我就夠了，不管你們」，這兩句話實在是充滿了悲哀和無奈，甚至帶有一種讓人不忍的悲壯啊。

更何況，每一個人都是獨立的個體，也都必須為自己負責，人格也是，尤其在生死、善惡這兩件事上，即使親如父子兄弟也都愛莫能助，確實都只能自己承擔。那麼，又怎能要求惜春去管其他人的善惡？因此惜春引用古人的話說：「善惡生死，父子不能有所勖助」，這真是一針見血，講的完全是客觀的事實。尤氏說：「姑娘既聽見人議論我們，就該問着他才是。」但憑什麼要惜春去維護寧國府的名譽呢？只因為都是自己人，就得要護短嗎？這不但是強人所難，而且是不負責任了。想想看，應該檢討的是那些做出醜事的人，怎麼反而是去追究議論的人呢？所以惜春對尤氏說：「我不怕你惱，好歹自有公論，又何必去問人。」這個道理千真萬確，凡事都得從自己做起，做了醜事還不許別人批評，甚至要親人一起護短、遮羞，那才真的是自私自利、是非不分呢。

所以說，惜春把本質的道理看得清清楚楚，因此要每個人負起道德自決的責任，不要推卸，也不要遮掩，這是大義凜然的正確態度。只是如此當面坦白表達出來，對親人來說難免覺得冷酷，因此尤氏便批評惜春「是個心冷口冷，心狠意狠的人」，所講的這些話「能寒人的心」。但其實惜春一點也沒有錯，很多人因為感情的關係而放棄了講理，甚至把責任推給別人，那才是問題所在吧？

讓我們再仔細看那整段話，其實惜春表達得很清楚：她所關心的是自己的清白，也就是人格，所以後面她又接著說道：「古人曾也說的，『不作狠心人，難得自了漢。』我清清白白的一個人，為什麼教你們帶累壞了我！」很顯然的，她不願意受到寧國府的連累，因此一個人努力保護自己的人格，拒絕陷入那些骯髒的是非裡，這怎麼能叫做自私？相反的，應該是很偉大的吧！許多留名青史的古人不都是這樣奮鬥的嗎？否則屈原又怎麼會感慨「舉世皆濁我獨清」，寧可被流放到蠻荒去？所以說，所謂惜春是一個自私的人，那根本是錯誤的說法。

何況惜春年紀太小，根本只是一棵幼苗，一點風雨就能把它摧殘殆盡，又有什麼力量保護自己？於是她只好盡量避開，以免被捲進去，這便是所謂的「我一個姑娘家，只有躲是非的」。而最徹底的避開，就是劃清界線、斷絕關係，這是表面上看起來狠心，但卻是惜春唯一能夠保護自己的辦法。

試看惜春說：「如今我也大了，連我也不便往你們那邊去了。……我若再去，連我也編派上了。」由此可見，以前因為她年紀實在太小，還沒有誰會去懷疑她不乾淨，但現在稍大了一點，開始有人可能會懷疑到她身上了，那豈不是跳到黃河也洗不清嗎？對於極端潔癖的惜春來說，簡直是無法忍受。而要杜絕這種繪聲繪影的連帶汙染，確實只有斷絕往來的一條路了。

所以說，這個小小的惜春一直在忍耐，一直在努力，拚命地不要被寧國府給拖下水，跟著沾上了淫穢的汙染，讓自己的人格一起陪葬。因此到了忍無可忍的時候，就只好宣布脫離了。

## 拒絕開花的原因

我們現在已經了解到，惜春十分厭惡寧國府的骯髒，也不願意受到連累而蒙受汙名，因此想要和本家斷絕關係，這是看起來無情、其實無比痛心的悲哀。但我們還要繼續追問：惜春又為什麼會想要出家？想想看：因為老太太的關係，惜春其實是從小被抱過來在榮國府成長的，這裡也是她認同的地方，那麼和寧國府斷絕往來就夠了，為什麼還一定要出家？

關於這個問題，有兩個答案：第一，兒童心理學家指出，對一個小孩子來說，家庭便等於全世界，因此，既然惜春覺得寧國府太骯髒了，那就等於是整個世界都很骯髒，繼續留在這個骯髒的世界裡，還是很痛苦的事。第二，一個女孩子繼續留在世界裡，會面臨怎樣的生活呢？大家都知道，女孩子終究都是要出嫁的，可出嫁不就無法避免男女關係了嗎？而寧國府不正是因為男女關係泛濫，才導致不乾淨的嗎？再說，連佛門裡的智能兒都因為情欲而導致身敗名裂了，那佛門外的世俗世界豈不是更汙穢嗎？我相信，智能兒和秦鐘的事件一定帶給惜春很大的打擊，雖然書中並沒有描寫，但從情理來推測，惜春唯一的玩伴也都被情欲給摧毀了，那還是個出家的小尼姑呢。因此惜春覺得情欲太可怕了，男女關係太骯髒了，也所以她不要結婚！

可是在當時，一個女孩子是不可能不結婚的，對常人來說，女性真正的家是出嫁以後的夫家，所以把結婚叫做「于歸」，意思是回到自己真正的家。一旦沒有結婚，就一輩子沒有家，最好的情況是寄住在娘家，與此同時親人並不介意，願意給予額外的照顧，那當然沒問題；但人總是會死的，死了以後卻不能進入宗祠，那就會變成沒有人祭拜的孤魂野鬼，必須忍受永恆的流離失所，一想到這樣的恐怖，結婚便成為必然的。但惜春就是不要結婚，而家裡的人也根本不會同意，於是她只有一個選擇了，那便是出家！

「出家」代表什麼意義呢？原來，這是佛教傳到中國以後才產生的名詞和概念，至少在一千年多前，魏晉南北朝的佛教經典中已大量出現了，包括晉朝佛陀跋陀羅與法顯共評的《摩訶僧祇律》，南北朝鳩摩羅什評的《妙法蓮華經》、《大智度論》等等，唐代姚思廉修撰的史書《梁書》也記載：張率「其父侍妓數十人，善謳者有色貌，邑子儀曹郎顧玩之求娉焉，謳者不願，遂出家為尼」（《梁書．張率傳》）。到了明清小說裡，「出家」一詞更是屢見不鮮。

但有趣的是，佛教起源於印度，而印度的僧侶卻並不稱為出家人，可見這是中華文化才有的特殊現象，連受到中華文化影響很深的越南也可以看得到。顯然這是因為儒家思想的關係，中國傳統社會是以家為核心，注重家庭人倫，連帶的，各種政治、經濟、法律、宗教、思想領域也都

「泛家化」了，也就是普遍以「家」的概念來思考、運作，所謂的「國家」，便是把國視為皇帝的家，而形成了一種「家天下」的思想。

這麼一來，全天下都屬於「家」，想要脫離家庭，就等於是脫離世界，那不但是一種離經叛道的出軌，實質上也等同於另一種形式的死亡，所以幾乎是不可能的。而佛教的出家正提供了惜春一個機會，讓她可以另走一條不同的道路，切斷與世界的一切關係，也就可以徹底保全自己的清潔！這便是惜春一心想要出家的真正原因。

既然如此，惜春當然不會有代表花了，因為花是生長在人間的，一個想出家的人，又怎麼會和泥土裡的花發生關聯？所以在第七回送宮花的那一段情節中，惜春說：「若剃了頭，可把這花兒戴在那裏呢？」既然連花都不戴，就更不可能有代表花了，難怪小說裡完全沒有提到惜春有什麼代表花。再說，惜春只是一棵年紀很小的幼苗，當然還開不出花來，更何況，惜春根本就不想開花！因為從本質來說，花雖然很美麗，但其實它們是植物為了繁衍才演化出來的，美麗的目的就是為了招蜂引蝶！這麼一來，惜春又怎麼會喜歡花呢？又怎麼會喜歡百花盛開的春天？

所以說，惜春的「惜」這個字，真正的意義並不是一般所說的「珍惜」、「惋惜」之惜，而是「吝惜」之惜，意謂著她根本不要春天，覺得那是一個骯髒的季節，表面上是百花盛開、五彩繽紛，其實是大量釋放費洛蒙，到處招蜂引蝶，根本就是情色的盛大演繹！可她已經太過厭惡情色了，那又怎麼會喜歡春天呢？因此，第五回太虛幻境演奏的《紅樓夢組曲》裡，有關惜春的那一闋叫做〈虛花悟〉，意思是領悟花的虛幻，歌詞中說：

將那三春看破，桃紅柳綠待如何？把這韶華打滅，覓那清淡天和。

請特別注意，這段歌詞不只是說春天的桃紅柳綠是短暫的、虛幻的，那是林黛玉式的角度，所引起的是對無常的感傷；但惜春的心態卻完全不同，並且恰恰相反，她對春天的短暫一點也不覺得哀悼，甚至希望最好沒有春天！因此她要「把這韶華打滅，覓那清淡天和」，簡直像打火一樣極力想把春天的韶華撲滅，打消那處處蔓延的欲望惡火，這樣才能覓得「清淡天和」，那才是惜春真正想要的潔淨與寧靜！

所以，我說惜春這棵幼苗「拒絕開花」，為此而選擇了出家這種決絕的方式，其中的心情真是令人不忍。尤其是，惜春根本還是個小孩子，其實並不了解真正的大千世界，但卻因為環境的過度刺激，讓她在還沒有走進世界之前就決定要徹底離開世界，這豈不是另外一種人生的悲劇嗎？惜春之所以被列入薄命司，原因便在這裡。

## 對繪畫真的有興趣嗎？

看到這裡，惜春真正的心理癥結已經清楚顯示，那也是她之所以信仰佛教的原因。可是這麼一來，又有一個常常被大家誤解的問題了，亦即：惜春到底喜不喜歡畫畫？

對佛教來說，這個世界只是電光石火的夢幻泡影，不用當真，更毋須留戀，所以詩詞、繪畫這一類描寫人間萬象的藝術，都被認為是出於染心——或曰染汙心，即受到染汙的心，沉迷於這樣的人間藝術裡，就會妨礙修道，除非是用來傳教，「詩偈」即屬其中一類。回頭看惜春的興趣，第三十七回起海棠詩社時，曹雪芹說「迎春、惜春本性懶於詩詞」，可見惜春並不熱中於詩詞創作，現在我們知道這不只是因為她的本性，也來自於她的宗教信仰，如《佛光大辭典》指出：佛教認為詩是「綺語」，即「雜穢語、無義語。指一切淫意不正之言詞」，難怪她會懶於詩詞了。那麼在繪畫方面呢？情況就似乎有了矛盾，因此常常讓大家產生了誤解。

表面上，惜春喜歡畫畫，所以第四十一回因為劉姥姥的一句話，賈母還分派給她畫大觀園圖的任務。但其實，惜春並不喜歡畫畫，或者準確地說，她根本不喜歡一般的繪畫藝術，所以接到賈母給她的任務之後，便感到很為難，而且後續的進度很慢，慢到連賈母都大吃一驚。

首先，惜春接到任務以後是怎麼為難的呢？第四十二回中，惜春道：

原說只畫這園子的，昨兒老太太又說，單畫園子成個房樣子了，叫連人都畫上，就像「行樂」似的才好。我又不會這工細樓臺，又不會畫人物，又不好駁回，正為這個為難呢。

這就很明顯了，惜春並不喜歡這些花鳥人物建築之類的題材，所以平常根本沒有練習過，但那可是繪畫的大宗啊！惜春對此卻反而興趣缺缺，可見她並不真的喜歡繪畫這門藝術。更何況，惜春連基本的繪畫工具都很簡單，如寶釵所說：「你們那些碟子也不全，筆也不全，都得從新再置一分兒才好。」惜春聽了，便說道：

我何曾有這些畫器？不過隨手寫字的筆畫畫罷了。就是顏色，只有赭石、廣花、藤黃、胭脂這四樣。再有，不過是兩支着色筆就完了。

由此可見，惜春簡直是隨手塗鴉，難怪一兩支寫字的毛筆就夠了，所以也沒有把她的藕香榭布置成一間畫室，完全不同於瀟湘館被黛玉變成了一座書房。一旦要動工畫一大幅《大觀園行樂圖》，等於是篳路藍縷，得先費一番大工程呢。

也因為惜春其實對繪畫並不真的感興趣，所以不僅缺乏相應的技巧、必備的工具，連後續的工作也拖拖拉拉，整個進度實在很緩慢。第五十回說，大家在蘆雪庵做完了聯句詩，說笑了一會，賈母便說：

「你四妹妹那裏暖和，我們到那裏瞧瞧他的畫兒，趕年可有了。」眾人笑道：「那裏能年下就有了？只怕明年端陽有了。」賈母道：「這還了得！他竟比蓋這園子還費工夫了。」

那麼，大觀園總共蓋了多久？這是可以推算出來的，大約是一年，尤其第四十二回也清楚提到過，當時惜春為了要畫大觀園，所以想請一年的假。但社長李紈不同意，問大家的意見道：

「我請你們大家商議，給他多少日子的假。我給了他一個月他嫌少，你們怎麼說？」黛玉道：「論理一年也不多。這園子蓋才蓋了一年，如今要畫，自然得二年工夫呢。又要研墨，又要蘸筆，又要鋪紙，又要着顏色，……又要照着這樣兒慢慢的畫，可不得二年的工夫！」眾人聽了，都拍手笑個不住。

這時，黛玉的老毛病又犯了，等於是在嘲笑惜春勉強應付的心態和做法，正是史湘雲所說的「再不放人一點兒，專挑人的不好」，針對人家的缺點或弱點來打趣。想想看，營建大觀園是多麼浩大的土木工程，一磚一瓦、半絲半縷都不能疏忽，而紙上談兵當然容易得多，因此照理來說，畫園子會比蓋園子省時省力，所以李紈給她一個月的假。

但惜春卻要求一年，相當於蓋園子的時間，其實已經是表示能力很不夠了，黛玉卻又加碼說惜春需要兩年，如此一來，畫園子居然比蓋園子還要多一倍的時間，這種說法更是刻薄人家了，其實並不可取。但很顯然的，黛玉也看出了惜春根本不起勁，所謂「又要照着這樣兒慢慢的畫」，便暗示了她一點也不積極。而惜春之所以這麼消極拖延，就是因為她實在是沒興趣啊。

如此說來，豈不是又出現矛盾了嗎？其實一點也不矛盾。寶釵已經正確地指出：「藕丫頭雖會畫，不過是幾筆寫意。」換句話說，惜春所喜歡的繪畫是「寫意」，那也正是「禪畫」的表現方式，禪畫基本上就是寫意的水墨畫，所以不需要專業的技巧，也不用五顏六色，只用隨手寫字的毛筆沾了墨汁便可以畫了。尤其是，禪畫正是一種宗教修煉的方式，以簡單的幾筆寫意來呈現禪的空靈意境，那更吻合惜春的佛教信仰了，完全合乎邏輯。

由此可見，一般讀者是多麼囫圇吞棗啊，一看到某個人常常在畫畫，就以為他喜歡畫畫、很會畫畫，但這些根本是好幾碼不同的事，常常在畫畫不等於喜歡畫畫，喜歡畫畫更不等於很會畫畫，不可以混為一談。惜春的案例即提醒了我們，待人處事包括讀小說，一定要看清楚、想明白，不要夾纏在一起，否則就會流入世俗去了，做出錯誤的判斷。

最後，總結一下這一章關於惜春的幾個重點：

第一，「幼小」是惜春主要的特點之一，所以稱她為一棵幼苗。

第二，這棵幼苗帶著「天生成一種百折不回的廉介孤獨僻性」，以及早慧的心智，卻誕生在寧國府這個連貓兒狗兒都不乾淨的地方，看盡了情色淫穢的骯髒，連她唯一的玩伴小尼姑智能兒都被摧毀，於是把她天生的精神潔癖發展到極端，從小就想要出家，以避免任何汙染。

第三，因此惜春根本不是自私，而是小小年紀力量有限，只能拚命保護自己不要受到環境汙染，以致不惜和寧國府斷絕往來，那份決裂可以說是對骯髒世界的最大抗議。

第四，惜春甚至拒絕開花，不要青春，所以要「把這韶華打滅」。因此她名字裡「惜春」的惜字，其實不是珍惜、惋惜而是吝惜的意思。

第五，惜春確實有在畫畫，但其實她對一般的繪畫並不感興趣，就像懶於詩詞一樣，所以也不大會畫畫。她願意畫的只是簡單幾筆的寫意，那是帶有宗教修煉意義的禪畫，和她的佛教信仰完一致。

總而言之，惜春這一棵幼苗還沒等到成長茁壯，就「拒絕開花」，連凋謝飄零的機會都沒有，比起黛玉、寶玉總是為落花哀傷，惜春的這種悲劇實在是獨一無二，更值得悲憫。而曹雪芹對人性的豐富認識堪稱無與倫比，令人驚嘆！

下一章，要來看賈家四春中的二姑娘，賈迎春。如果說惜春是用盡全力要逃離世界，那麼迎春就是用盡全力去順服這個世界，以致被這個世界給吞沒了。那到底是怎麼回事？請看下一章的說明。

# 賈迎春：
## 默默努力的溫柔

# 34 木頭上的青苔：為什麼不喊痛

這一章要講一個最沒有存在感的金釵，她是元、迎、探、惜這四春裡排行第二的賈迎春，人稱二姑娘。

雖然注意到她的讀者少之又少，似乎這個人可有可無，但其實她也是一個很典型的人物。我曾經教過的一個學生，幾乎就是半個迎春，她多年下來都很認真工作，卻依然毫無積蓄，因為她的善良沒有底線，於是被家人予取予求，以致都給榨光了！看到她，我就想到迎春，所以這一章「木頭上的青苔」是很有意義的，可以了解她們為什麼願意忍受侵占卻不喊痛的原因。

我想大家都會同意，迎春是十二個金釵裡最不出色、存在感也最低的一個，對於這個女孩子，大家的印象恐怕是非常淡薄吧！迎春簡直就像個影子般若有似無，沒有人在乎她的存在。確實如此，連寶玉都這樣說呢，當時第四十九回寶琴等一干新秀來到了大觀園，寶玉非常興奮，於是迫不及待地建議道：「明兒十六，咱們可該起社了。」但探春想得更周到，她認為這個時機並不恰當，因為：「林丫頭剛起來了，二姐姐又病了，終是七上八下的。」沒想到這時寶玉居然說道：「二姐姐又不大作詩，沒有他又何妨。」可見迎春在詩社裡簡直是毫無分量，可有可無。但豈止是詩社，其實在日常生活的任何場合上，迎春幾乎都是一抹淡淡的影子，很少引人注意。

首先，第三回迎春第一次出場時，通過黛玉的眼睛，她的整體造型是「肌膚微豐，合中身材，腮凝新荔，鼻膩鵝脂，溫柔沉默，觀之可親」，可以說，迎春的個人特色就是平凡，尤其在探春的光芒之下，迎春簡直是毫不起眼。接著在整部小說裡，曹雪芹對迎春的形容都是很平庸的那一種，包括：第四十六回賈母震怒時，當場很需要女孩子出來化解，但「迎春老實」，所以由探春出面，難怪第五十五回鳳姐一一點名，評論各人的理家能力時，會說「二姑娘更不中用」。

於是，在第七十三回裡，迎春的嫡母邢夫人便很不滿地責備迎春說：「你是大老爺跟前人養的，這裏探丫頭也是二老爺跟前人養的，出身一樣。如今你娘死了，從前看來你兩個的娘，只有你娘比如今趙姨娘強十倍的，你該比探丫頭強才是。怎麼反不及他一半？」顯然這二春的差距實在太大了，迎春站在探春的身邊相形見絀，完全是黯淡無光啊。

但迎春的問題並不在於沒有個性、沒有能力，而是她超乎尋常的懦弱，以致極端的逆來順受，這才是她之所以沒有個性、沒有能力的原因，也才是造成她的人生悲劇的關鍵。的確，「懦弱」是迎春最大的性格特點，第七十三回的回目上索性就以「懦」字來概括迎春的個性，所謂「懦小姐不問纍金鳳」，這個「懦」字便算是曹雪芹給她的一字定評了。也正是因為懦弱，所以迎春放棄了個性，也不想培養能力，說到底，迎春的性格和命運一切都起因於懦弱。

第七十三回可以說是迎春的主場，向來她都只是陪襯的配角，做其他人背後的影子，點綴一下場面，而這一大段卻是以她為主角了，相關的情節很長，她在這一回所說的話也最多。然而悲哀的是，故事的內容主要是突顯迎春的懦弱，因此這一回的回目就擬作〈懦小姐不問纍金鳳〉，曹雪芹清楚勾勒出她的肖像畫，淋漓盡致地呈現出迎春的個性。

話說幾天前丫鬟繡桔向迎春回報，那一只預備中秋節要戴的攢珠纍絲金鳳竟不翼而飛，不知哪裏去了，「回了姑娘，姑娘竟不問一聲兒」，其實繡桔推測得很正確，一定是奶娘擅自拿去典當了銀子，用來開賭局放頭兒的，迎春卻不相信，只說是大丫鬟司棋收著，但繡桔去詢問司棋，司棋又說並沒有收起來，還暫放在書架上匣內，預備八月十五日恐怕要戴呢。繡桔不免抱怨道：當時「姑娘就該問老奶奶一聲，只是臉軟怕人惱。」意思是迎春臉皮薄，怕人生氣，所以該追究奶娘而沒追究，以致一干人犯有恃無恐，更是放心大膽的欺侮她，繡桔推測得很正確：「他是試準了姑娘的性格，所以才這樣。」如此一來，該怎樣亡羊補牢呢？

繡桔建議道：「如今我有個主意：我竟走到二奶奶房裏，將此事回了他，或他着人去要，或他省事拿幾吊錢來

清　纍絲金鳳簪

替他賠補。如何？」這確實是個好方法，回報給鳳姐來處理，不但更有力量，讓奶娘不敢推託，迎春也不用出面，省了許多的白費心力。然而，迎春一聽，卻連忙阻止說：「罷，罷，罷！省些事罷。寧可沒有了，又何必生事！」你看，迎春居然寧可犧牲自己的首飾，只想息事寧人，這簡直是姑息養奸、助紂為虐的縱容了，也不想想只圖一時的省事，後面會引起更大的麻煩！

大家要知道，這纍絲金鳳是賈府的閨秀們在重要場合上必須配戴的標準配備之一，當初第三回黛玉剛到賈府時，三春就是因為貴客蒞臨，所以才會一齊穿上正式的禮服，「其釵環裙襖，三人皆是一樣的妝飾」，那三個人都一樣的妝飾裡，應該即包括了纍絲金鳳在內。既然如此，明天是非常重要的中秋節，也必須穿上這一整套的妝飾，可現在纍絲金鳳卻不見了，難怪繡桔會氣急敗壞地說：「明兒要都戴時，獨咱們不戴，是何意思呢！」

但是，迎春一心只想混過眼前的為難，顧不得那些別人的困擾、後面更大的麻煩，包括賈母等長輩會怪罪下來，她的丫鬟們也都會被懲處，因為她們居然把主子的重要首飾給照管到不見了，當然必須負連帶責任，那豈不是很冤枉嗎？可是迎春卻一味的軟弱退縮，不敢向奶娘索討回來，寧可放任事態嚴重下去，這真是因小失大的做法。

於是繡桔忍不住抗議道：「姑娘怎麼這樣軟弱！都要省起事來，將來連姑娘還騙了去呢！我竟去的是。」繡桔說著便走，堅持去回鳳姐，而這時「迎春便不言語，只好由他」。由此清楚可見，迎春是一個沒有任何主見的人，被奶娘一家欺侮也不吭聲，當丫鬟堅持的時候也隨她去做，可一個是侵犯她，一個是保護她，但迎春的反應卻都一樣，那就是完全由別人做主，根本沒有對於是非對錯的堅持！

這種軟綿綿、沒有底線的懦弱，讓迎春完全不懂得保護自己，對他人的一切作為總是給予無條件的寬容，可以說是一個扶不起的阿斗了，一旦遇到奸險惡人的時候，便會落得「將來連姑娘還騙了去」的下場。果然，繡桔的義憤之詞可以說是一語成讖，根據第五回太虛幻境的判詞所做的預告，將來迎春嫁給孫紹祖以後，才僅僅一年就被折磨至死。這真是性格導致命運的慘烈版本！

正因為迎春不爭不搶、一味退讓，連被欺負也都不吭一聲，所以得到了一個「木頭」的渾號。第六十五回興兒向賈璉偷娶的尤二姐介紹家裡的女眷時，也提到了迎春，說道：「二姑娘的渾名是『二木頭』，戳一針也不知噯喲一聲。」這個比喻很清楚吧？意思是，這位排行第二的姑娘連戳一針都不喊痛，這豈不是塊木頭了嗎？難怪大家都敢欺負她，連暫時住在她那裡的邢岫烟也跟著陪葬了，一併遭到那些下人的勒索。第五十七回提到，岫烟甚至得要典當衣服來應付她們，過著忍冬受凍的苦日子，寶釵看在眼裡，心中想：「迎春是個有氣的死人，連他自己尚未照管齊全，如何能照管到他身上。」於是私底下特別接濟岫烟。

想想看，所謂「有氣的死人」不就等於「木頭」嗎？木頭正是死掉了的植物呀。但仔細想一想，木頭人又怎能算個人呢？可見迎春雖然是一個活生生的人，但幾乎等於不存在，必須說，這樣的情況實在太反常了。何況迎春身為貴族世家的千金小姐，本來應該是高高在上的主子，即使不用像妙玉那樣驕傲，也不至於反倒這麼卑微，連下人都不如吧？這麼反常的情況絕不會只是天生懦弱而已。她之所以會這樣悶不吭聲，其實是有原因的，只是一般人都沒有看到這一點。

## 青苔的努力

那麼，原因是什麼呢？一共有兩個，一個是恐懼，一個是善良，其中都隱藏了迎春的努力。所以說，與其把迎春比喻為「木頭」，不如說她是木頭上的青苔！

首先，以原因之一的「恐懼」來說，迎春這樣極端的退縮、百分之百地配合別人，恰好符合心理學上所說的「病態的依順」，那是指一種過分順從別人的心理。而這種心理狀態來自於童年時期不受重視，甚至受到粗暴的對待，因此讓孩子覺得自己很渺小、很無助，長大了以後仍然不能建立健全的人格，於是出現了這麼退縮的狀況。

果然，迎春從小就很不受重視，父親賈赦並不關心她，生母又早死，嫡母邢夫人對待她的方式更算是粗暴了，所以迎春一直過得很不快樂，第八十回迎春歸寧時便清楚呈現這一點。當時，迎春才剛剛新婚就受到夫婿的折磨，回到娘家後向王夫人悲傷哭訴萬般的委屈，那是整部小說裡，迎春唯一的一次哭泣，卻預告了以後更多的淚水！她哭道：

> 我不信我的命就這麼不好！從小兒沒了娘，幸而過嬸子這邊過了幾年心淨日子，如今偏又

是這麼個結果！

很顯然的，是因為賈母喜歡孫女們，把她們都帶到王夫人身邊照顧，所以才讓迎春過了幾年心淨的日子，那豈不表示她在原生家庭裡生活得很不心淨嗎？同樣的，這時候當迎春受盡苦楚，好不容易回到娘家喘息一下，但真正關心她、安慰她的人，也只有王夫人和眾姊妹們。本家的嫡母邢夫人呢？書中說她「本不在意，也不問其夫妻和睦，家務煩難，只面情塞責而已」，這清楚證明了迎春在童年時期確實受到不良的影響。

再進一步來說，心理學家指出，這一類「病態的依順」的人會承認軟弱、貶低自己，趨向於接受強壯有力的人之意見或傳統世俗、權威的觀念，因此他會壓抑所有自己的內在能力，使自己變得渺小，並避免批評他人，躲避爭吵與競爭，表現得對任何人均「有益」。而他們的內在意識動機是：如果我放棄自己，順從別人並幫助他，我就可以避免被傷害。

果不其然，這簡直正是迎春的寫照啊！原來迎春的懦弱，都是為了保護自己，她從小已經被傷害慣了，於是自我防衛的心理本能就啟動了，以退縮的方法來達到自我保護的目的，說起來真是令人感到無比的辛酸。但是讓人心痛的是，這種自我保護的方式不但不能真正保護自己，反而會更傷害自己，那就更落入到悲劇的深淵，形成了專屬於迎春的悲劇類型，這一點後面會更清楚地看到。

除了出於「恐懼」而想要自我保護之外，導致迎春如此懦弱的第二個原因，便是她十分善良。但為什麼善良會讓迎春更加懦弱？答案就在她所讀的唯一一本書裡。

我先請大家回想一下：在整部小說裡，迎春讀了哪些書？仔細爬梳，經過地毯式的搜索，總共只能找到唯一的一本，即第七十三回裡所提到的《太上感應篇》！當然從常理或現實邏輯上來說，這種出身貴族世家的大家閨秀一定都是飽讀詩書，像寶釵、黛玉、探春、湘雲等等，連李紈都是，所以迎春的學問也一定在尋常水平之上。但迎春被寫到讀書的地方僅僅只有這一處，小說家確實也只寫到《太上感應篇》，那麼這就是別有用意的安排了。到底這本書對迎春的意義是什麼？幾乎沒有人想過這個問題，所以我做了一個研究，結果也發現曹雪芹要藉此告訴我們一些道理，道理就在於：這是一本怎樣的書？

原來，在明清時期，社會上非常流行一種勸人為善的道德書，叫做「功過格」，內容上融合了道教積善、儒教倫理思想，以及佛教的因果報應，可以說是混合了儒、釋、道的世俗化思想，好比一打開書，首先躍入眼簾的太上曰：「禍福無門，惟人自召；善惡之報，如影隨形。」大家一定都聽過。那為什麼會叫做「功過格」？因為它的內容不只是勸人為善而已，還包括各種清單和準則，教導讀者如何行善以累積功德，並計算因作惡而累計的過失。那些功、過都被具體羅列出來，而且都有相應的分數，例如：讓座給老弱婦孺得幾分，對長輩頂嘴扣幾分……等等。把每天的功、過加以記錄，加加減減以後就可以得出總分，根據總分便可以推演出以後是福還是禍，將來是幸還是不幸。

而在這些書籍裡，最著名也最風行的即是《太上感應篇》，連士大夫、讀書人都很熱中，這麼一來，深宅大院裡的迎春會接觸到這本書，其實是很順當的。而曹雪芹之所以特別安排此書給迎春，也是十分合情合理的，情理就在於：別人應該也都知道這本書，甚至都翻閱過，但卻只有迎春這麼喜歡它，到了放在手邊隨時閱讀的程度，因為它最適合迎春的個性！

從迎春順手拿起來「倚在床上看書」的現象，可以推知《太上感應篇》就放在床頭邊，是她居家日常翻閱的讀物。其中所提出的「積善之方」，即包括「與人為善」、「成人之美」、「敬重尊長」等符合傳統美德的項目，而其具體做法則包括「見爭者，皆匿其過而不談」、「見人過失，且涵容而掩覆之」，這都清楚體現於迎春的行為模式上。

試看當時的情況是：為了纍絲金鳳被奶娘私自拿去典當的事，丫鬟繡桔已經決心要去回鳳姐，而奶娘開莊聚賭的事才剛剛東窗事發，賈母知道以後大發雷霆，狠狠給了一頓懲罰，此時這位乳母的兒媳婦王住兒媳婦也正要來求迎春去討情，在房間外面聽到她們正在說金鳳的事，「也因素日迎春懦弱，他們都不放在心上。如今見繡桔立意去回鳳姐，估着這事脫不去的，且又有求迎春之事，只得進來」，她先陪笑阻止繡桔，還加碼要求迎春去向老太太討情，救出奶娘。

這真是強人所難的過分要求，因此迎春先說道：「好嫂子，你趁早兒打了這妄想，要等我去說情，等到明年也不中用的。方才連寶姐姐林妹妹大伙兒說情，老太太還不依，何況是我一個人。我自己愧還愧不來，反去討臊去？」繡桔更犀利地點出說：「贖金鳳是一件事，說情是一件事，別絞在一處說。難道姑娘不去說情，你就不贖了不成？嫂子且取了金鳳來再說。」

這王住兒家的聽見迎春如此拒絕她，繡桔的話又鋒利無可回答，一時臉上過不去，也明欺迎春素日好性兒，居然向繡桔放話道：「自從邢姑娘來了，太太吩咐一個月儉省出一兩銀子來與舅太太去，這裏饒添了邢姑娘的使費，反少了一兩銀子。常時短了這個，少了那個，那不是我們供給，誰又要去？不過大家將就些罷了。算到今日，少說些也有三十兩了。我們這一向的錢，豈不白填了限呢！」她的意思是說，因為邢岫烟住到這裡，所以增加了開銷，以致由她們這些下人來填補，這就是迎春虧欠她們的，也因此要迎春回報給她們。這簡直是捏造假帳，威脅迎春了！

原來，真正要錢的，是邢夫人。前面講過，鳳姐因為疼惜邢岫烟，所以比照小姐們的月例額度，給她每個月二兩銀子，但第五十七回中，岫烟已經對寶釵解釋過：「姑媽打發人和我說，一個月用不了二兩銀子，叫我省一兩給爹媽送出去，要使什麼，橫豎有二姐姐的東西，能着些兒搭着就使了。姐姐想，二姐姐也是個老實人，也不大留心。我使他的東西，他雖不說什麼，他那些媽媽、丫頭，那一個是省事的，那一個是嘴裏不尖的？我雖在那屋裏，却不敢很使他們，過三天五天，我倒得拿出些錢來給他們打酒買點心吃才好。因此，一月二兩銀子還不夠使，如今又去了一兩。前兒我悄悄的把綿衣服叫人當了幾吊錢盤纏。」可見一兩銀子給邢夫人拿去中飽私囊，剩下的一兩又被那些嬤嬤們給榨乾了，甚至還不夠，以致必須倒貼，岫烟也就只好當衣服才能應付她們。

但是，這王住兒媳婦居然說邢夫人拿走了一兩，導致岫烟的開銷不夠，都是她們來填補的，這豈不是顛倒是非了嗎？她們榨乾了岫烟的錢，卻反過來說他們墊了很多銀子，還賴在迎春身上，難怪繡桔又急又氣，不等她說完，便啐了一口，道：「作什麼的白填了三十兩，我且和你算算賬，姑娘要了些什麼東西？」於是雙方便爭辯起來。然而邢夫人是長輩，是迎春的嫡母，迎春不願意傷到她的臉面，於是就息事寧人了：

> 迎春聽見這媳婦發邢夫人之私意，忙止道：「罷，罷，罷！你不能拿了金鳳來，不必牽三扯四亂嚷。我也不要那鳳了。便是太太們問時，我只說丟了，也妨礙不着你什麼的，出去歇息歇息倒好。」一面叫繡桔倒茶來。

這便更加清楚了，原來迎春確實是為了維護長輩，才這樣忍讓犧牲！她所努力的，不就是《太上感應篇》所提出的「積善之方」，包括「與人為善」、「成人之美」、「敬重尊長」之類的原則嗎？而她具體的做法，不也是「見爭者，皆匿其過而不談」、「見人過失，且涵容而掩覆之」這一類的遮掩？所以說，導致迎春這樣病態依順的原因之一，就是善良！

可是古人早已說過：「徒善不足以為政。」意思是，單單靠善良並不足以處理眾人之事，果然迎春自己受害還不打緊，連貼身丫鬟也得要跟著承擔過錯，因此繡桔又氣又急，說道：

> 「姑娘雖不怕，我們是作什麼的？把姑娘的東西丟了。他倒賴說姑娘使了他們的錢，這如今竟要準折起來，倘或太太問姑娘為什麼使了這些錢，敢是我們就中取勢了？這還了得！」一行說，一行就哭了。司棋聽不過，只得勉強過來，幫着繡桔問着那媳婦。迎春勸止不住，

自拿了一本《太上感應篇》來看。三人正沒開交，可巧寶釵、黛玉、寶琴、探春等因恐迎春今日不自在，都約來安慰他。走至院中，聽得兩三個人較口。探春從紗窗內一看，只見迎春倚在床上看書，若有不聞之狀。探春也笑了。

很清楚的，這反映出迎春處理事情的典型做法了，她的處理方式就是沒辦法處理，於是自顧自的讀善書，一副老天有眼、與我無關的態勢，隨便大家吵得不可開交吧，只要自己努力做善事就可以了！這算是哪門子的處理啊，只要稍微有理性的人都知道，世事如此複雜，人心如此險惡，哪裡是單靠一本善書，把個人行為的好壞加加減減就可以解決的！難怪看在探春眼裡，便忍不住笑了。

所以說，其實迎春一直在默默地努力著，只是她所做的努力大家不容易看得出來，並且也必須說，她的努力實在用錯了方向。難怪後來她得到一個悲慘的婚姻，被粗暴的丈夫給折磨凌辱時，會那麼傷心欲絕，她傷心的不只是命運不好，更是她的努力竟然付諸東流，完全白費，根本沒有得到好報，這豈不等於是否定了她一輩子這麼委曲求全、這麼自我犧牲所做的奮鬥嗎？

大家都知道，迎春是大觀園裡第一個出嫁的姑娘，然而卻也是最悲慘的一個。小說家很反常的沒有描寫婚禮，只說娶得很急，但過門以後卻瞬間打開了地獄之門，一個新嫁娘居然被折磨得連奴隸都不如了。她的夫婿孫紹祖，其實是一個暴發戶，根據第七十九回說：

這孫家乃是大同府人氏，祖上係軍官出身，乃當日寧榮府中之門生，算來亦係世交。如今孫家只有一人在京，現襲指揮之職，此人名喚孫紹祖，生得相貌魁梧，體格健壯，弓馬嫻熟，應酬權變，年紀未滿三十，且又家資饒富，現在兵部候缺題陞。因未有室，賈赦見是世交之孫，且人品家當都相稱合，遂青目擇為東床嬌婿。亦曾回明賈母。賈母心中却不十分稱意，想來攔阻亦恐不聽，兒女之事自有天意前因，況且他是親父主張，何必出頭多事；為此，只說「知道了」三字，餘不多及。賈政又深惡孫家，雖是世交，當年不過是彼祖希慕榮寧之勢，有不能了結之事才拜在門下的，並非詩禮名族之裔，因此倒勸諫過兩次，無奈賈赦不聽，也只得罷了。

由此可見，賈家是看不起暴發戶的，但原因並不是一種虛榮的驕傲，而是對一種貴族本身文化教養的珍惜，那常常正是暴發戶所缺乏的。果然，這孫紹祖就是個跋扈蠻橫又好色淫亂的傢伙，第八十回說：

迎春奶娘來家請安，說起孫紹祖甚屬不端：「姑娘惟有背地裏淌眼抹淚的，只要接了來家散誕兩日。」

王夫人便說這兩日正要接她去，只因七事八事的都不遂心，所以就忘了，明日是個好日子，便去接她回家。第二天，迎春已經回來了好半日，一等到孫家的婆娘、媳婦等人待過晚飯，打發回去了，那時迎春便哭哭啼啼的，在王夫人房中訴委屈，說道：

孫紹祖「一味好色，好賭酗酒，家中所有的媳婦、丫頭將及淫遍。略勸過兩三次，便罵我是『醋汁子老婆擰出來的』。又說……『你別和我充夫人娘子！你老子使了我五千銀子，把你準折賣給我的。好不好，打一頓攆在下房裏睡去。……』」一行說，一行哭的嗚嗚咽咽，連王夫人並眾姊妹無不落淚。

請看那樣囂張無禮、作踐別人的樣子，是不是很可惡呢？而迎春的娘家是詩禮簪纓之族，待人溫和寬厚，哪裡見過這種粗暴凶狠的暴發戶？難怪當初賈政會不贊同這樁婚姻，賈母心裡也不樂意，那都是有原因的。

只不過事已至此，根本沒有挽回的餘地了，迎春只能哭得嗚嗚咽咽，這是整部書裡，她唯一的一次哭泣，卻是如此地肝腸寸斷，那不是黛玉優雅詩意的傷春悲秋，而是真真實實的血淚磨難以及椎心蝕骨的絕望！王夫人只好陪著一起哭，試著用言語解勸，說：

「已是遇見了這不曉事的人，可怎麼樣呢！想當日你叔叔也曾勸過大老爺，不叫作這門親的。大老爺執意不聽，一心情願，到底作不好了。我的兒，這也是你的命。」

確實，對古代的女性來說，婚姻是一輩子的歸宿，卻又是父母之命、媒妁之言，能不能美滿真是充滿了變數，往往只能用命來解釋。可是，當王夫人用「命」來解釋這樣的遭遇時，迎春終於提出抗議了，她哭道：

「我不信我的命就這麼苦！從小兒沒了娘，幸而過嬸子這邊來，過了幾年心淨日子，如今偏又是這麼個結果！」

請特別注意，從來都逆來順受的迎春，此刻居然表達出反抗了，這個戳一針也不知噯喲一聲的「二木頭」，不僅喊痛了，而且喊冤了，對於上天給她的命運表示拒絕接受，因為她付出了一輩子重大的犧牲，本來應該是善有善報才對啊。可如今，上天不但沒有獎賞她，反倒懲罰她，這樣的善惡顛倒一點也不公道，簡直完全摧毀了她畢生的信仰，迎春一定是深受打擊，那一顆小小的、柔弱的心，該是多麼地悲愴破碎！

## 青苔的幸福

在這樣悲苦萬分的一幕裡，我們真是忍不住為迎春一掬同情的眼淚，但我還要再提醒大家注意，在這一段迎春歸寧的情節中，還隱藏了另一個重大的訊息，那就是：迎春真正的幸福是王夫人給她的，王夫人等於是她真正的母親！

我們都知道，三春從小都在王夫人身邊長大，迎春也是，從她所說的「從小兒沒了娘，幸而過嬸子這邊來，過了幾年心淨日子」，可見王夫人就是她的避風港，讓她享有平靜安寧的生活。再看迎春一旦出了閣，受盡了風吹雨打，一回到娘家時，也是到王夫人身邊訴說委屈，而安慰她、陪著她哭的人，還是王夫人！可見王夫人真心疼愛著這些少女們，因此，面對迎春的苦難便在在表現出發自內心的不捨。書中說：

> 王夫人一面解勸，一面問他隨意要在那裏安歇。迎春道：「乍乍的離了姊妹們，只是眠思夢想；二則還記掛着我的屋子，還得在園裏舊房子裏住得三五天，死也甘心了。不知下次還可能得住不得住了呢！」……迎春是夕仍在舊館安歇，眾姊妹等更加親熱異常。一連住了三日，才往邢夫人那邊去。先辭過賈母及王夫人，然後與眾姊妹分別，更皆悲傷不捨，還是王夫人、薛姨媽等安慰勸釋，方止住了過那邊去。

請注意看，迎春不僅回家時是先到王夫人這邊，歸寧的這幾天也都是住在大觀園裡，最後要回婆家前才到嫡母邢夫人那裡去盡一下禮儀，可見她的情感認同對象和探春一樣，都是王夫人。

還值得注意的一點是，在這一段話中，清楚顯示迎春在受盡苦難之後唯一的心願，即是重返她大觀園裡的紫菱洲再住個幾天，那便死也甘心了。由此可見，大觀園真的是少女的淨土，迎春一生中最大的幸福就是紫菱洲的生活歲月，那是她念念不忘的永恆故鄉，也是她撫慰創傷的精神家園。

確實，在那一段大觀園的少女時期，迎春退到了自己的小世界裡，可以不被打擾，過著安穩平靜的日子，除了紫菱洲以外，園子裡多的是生活小樂趣，可以享受一個人小小的幸福。例如第三十八回中，舉行了螃蟹宴以後接著開詩社做菊花詩，大家分散在藕香榭附近，各自尋思，形成了一幅眾美圖：黛玉拿著釣竿釣魚，寶釵手裏拿著一枝桂花玩了一回，又掐了桂花蕊擲向水面，引的游魚浮上來唼喋。湘雲不斷地招呼眾人只管放量吃，而探春和李紈、惜春立在垂柳陰中看鷗鷺，然後曹雪芹說了一句：「迎春又獨在花陰下拿着花針穿茉莉花。」接著又寫寶玉這個無事忙，像隻花蝴蝶似的到處和姊妹們說笑。於是，迎春又被讀者們給忽略了。

表面上看起來，迎春在整個熱鬧繽紛的場合裡只得到一句話的描寫，又算是可有可無的配角了，但是，細心的讀者會認真留意到，迎春一個人在樹下穿茉莉花，把這個特寫鏡頭放大以後，那是多麼可愛的畫面！你會發現迎春很能自得其樂，只要用花針穿花瓣這種小女孩的遊戲，就可以讓她心滿意足，這真是一個多麼單純的心靈啊！而她所追求的幸福又是多麼簡單，那真是一種今天所謂的「小確幸」，一點也不貪心。

這就是迎春苦難的人生裡，還能擁有的一些幸福的閃光，難怪她會這麼懷念大觀園的生活，把紫菱洲當作一個溫暖的庇護所。

## 大觀園的破口

只不過，迎春的幸福實在是太微小，也太短暫了，紫菱洲是她生命中唯一的樂園，卻也是大觀園崩潰的破口！你一定沒想到吧？大家都以為，王夫人抄檢大觀園才是摧毀大觀園的原因，但其實根本不是這樣的。

仔細想一想，王夫人為什麼要抄檢大觀園？就是因為大觀園裡發現了繡春囊，繡春囊可是一種違禁的色情物品，第七十三回〈痴丫頭誤拾繡春囊〉一段描寫傻大姐到園子裡玩，在山石背後撿到了一個五彩繡香囊，上面花紅柳綠的，「但繡的並非花鳥等物，一面卻是兩個人赤條條的盤踞相抱，一面是幾個字」，這傻大姐根本不懂，心裡還猜想：「敢是兩個妖精打架？不然，必是兩口子相打。」所以說，原來「妖精打架」這個比喻才不是指字跡潦草呢，我們現代人可不要用錯啦。

這種不堪入目的物品居然出現在大觀園裡，一旦傳出去那還得了，外人會以為園子裡的千金小姐們都不乾淨，那是會身敗名裂的。難怪邢夫人碰巧發現傻大姐手裡的這個東西以後：

> 接來一看，嚇得連忙死緊攥住，忙問：「你是那裏得的？」傻大姐道：「我掏促織兒在山石上揀的。」邢夫人道：「快休告訴一人。這不是好東西，連你也要打死。皆因你素日是傻

子，以後再別提起了。」這傻大姐聽了，反嚇的黃了臉，說：「再不敢了。」

可見這是多麼嚴重的事啊，連撿到的人都要打死，難怪邢夫人、傻大姐都受到很大的驚嚇，難怪東西轉交到當家的王夫人手裡以後，王夫人也會這麼憤怒、這麼恐懼！第七十四回描寫道：當王夫人怒氣沖沖地來向王熙鳳興師問罪時，鳳姐和平兒都大大著慌了，因為從來沒見過王夫人這樣生氣，而比起生氣，王夫人更是害怕，所以她含著淚，從袖內擲出這個繡春囊來，鳳姐連忙拾起一看，也嚇了一跳，忙問：「太太從那裏得來？」王夫人見問，越發淚如雨下，一路又哭又嘆，說道：

倘或丫頭們揀着，你姊妹看見，這還了得！不然，有那小丫頭們揀着，出去說是園內揀着的，外人知道，這性命臉面要也不要？

鳳姐聽說，又急又愧，登時紫漲了面皮，便依炕沿雙膝跪下，也含淚為自己辯解，才讓王夫人平息了怒氣，接著商討處理的方法。從這一段描寫清楚可見，對他們這種世家大族來說，繡春囊真是無比嚴重的罪惡。

難怪，有學者把這個繡春囊比喻為潛入伊甸園的蛇，把樂園的平靜祥和給摧毀了。同樣的，大觀園一出現這個繡春囊，也就到了敲起喪鐘的時刻，王夫人抄檢大觀園是必然的措施，如同第七十七回脂硯齋所批云：

一段神奇鬼訝之文，不知從何想來。**王夫人從未理家務，豈不一木偶哉**。且前文隱隱約約已有無限口舌，漫（浸）潤（潤）之譖（譖）原非一日矣，**若無此一番更變，不獨終無散場之局，且亦大不近乎想理**。

確實，王夫人只是委託鳳姐代理家務，並不是放棄理家的責任，大觀園都出現這麼嚴重的風紀問題，家長怎麼可能、也怎麼可以不處理呢？世界上哪裡有讓一個人自由出軌而破壞其他人的名節的道理！何況司棋的違禁行為也證明了隨著時間推演，這幾年來，園子裡的女孩子都進入青春期，那就難免會產生這一類的事件。如此一來，那些長大的少女們當然也得要一個個離開大觀園了。所以說，繡春囊不只是犯罪的證物而已，它也是一個關鍵性的象徵。

但又是誰把蛇放進大觀園的？那個人就是司棋！她和表哥潘又安情投意合，於是約到園子裡幽會，這才遺落了繡春囊。所以說，司棋才是毀滅大觀園的罪魁禍首，不能因為她是寶玉所喜歡的少女，所以就認為一定清白無辜，更不可以因為自我放縱的個人主義，便以為一個人愛怎樣都可以，這些論調都是很不理性、很不負責任的。其實，一個人的行為是有底線的，法律和道德就是底線，違反了法律和道德就是不對；何況我們都必須為別人設想，不應該為所欲為，那司棋只顧自己談戀愛，卻完全不替其他的姑娘們著想，害她們都要跟著揹黑鍋，又怎麼能說是無辜的呢？

再進一步來看，司棋不正是出自迎春房裡的大丫鬟嗎？迎春身為主子，卻一點兒也沒有管理的能力，以致底下的丫鬟做出這樣傷風敗俗的事，而她所住的紫菱洲也成為大觀園崩潰的破口，豈不是證明她很無能嗎？

比較一下探春，那就更清楚了，當抄檢大觀園時，園子裡只有探春出面保護丫鬟們，不讓她們受到這樣的屈辱。但探春並不是一個護短的人，她為了公平、公道，連兄長寶玉的特權都要剝奪呢，因此，她之所以會保護房裡的丫鬟們，大前提就是因為她的管理嚴明，不會放任底下的人為非作歹，當清白無辜的丫鬟遭受冤屈時，也勇於替她們爭取尊嚴。

相較於探春的積極奮鬥，迎春簡直可以說是完全不奮鬥的一個了。連惜春都以沉默來表示抗議，並且堅決劃清界線，我們彷彿可以看到她咬緊牙關的樣子，但迎春卻完全地與世無爭，於是整個大觀園即是從紫菱洲開始失去了秩序，甚至常常出現以下欺上的非禮狀況，迎春不就被奶娘一家欺壓利用嗎？當時在〈懦小姐不問纍金鳳〉這一段情節裡，探春很高明地快速召來了平兒，才讓王住兒媳婦慌了手腳，連忙先發制人，趕上來對著平兒叫：「姑娘坐下，讓我說原故你聽聽。」平兒便正色道：

「姑娘這裏說話，也有你我混插口的禮！你但凡知禮，只該在外頭伺候。不叫你進不來的地方，幾曾有外頭的媳婦子們無故到姑娘們房裏來的例。」繡桔道：「你不知我們這屋裏是沒禮的，誰愛來就來。」平兒道：「都是你們的不是。姑娘好性兒，你們就該打出去，然後再回太太去才是。」

可見紫菱洲會亂了套，就是因為失去了禮教秩序，讓下人們不守規矩、橫行霸道，如入無人之境，而這都是迎春的無能所導致的「沒禮」，這也是此處會成為大觀園最早的破口的真正原因。據此而言，原來，禮教秩序才是維持大觀園的最大力量！

## 輕如鴻毛的人生

然而，以退縮來解決問題的迎春，即使再善良都只能走向地獄。第五回太虛幻境的圖讖中關於迎春的一幅，便給出悲劇的命運預告：

忽見畫着個惡狼，追撲一美女，欲啖之意。

旁邊配合的文字判詞，說道：

子係中山狼，得志便猖狂。金閨花柳質，一載赴黃粱。

意思是說，你孫紹祖是一頭「中山狼」（出自於一個忘恩負義的寓言），而「得志便猖狂」指的就是暴發戶呀！這哪裡是柔弱的千金小姐所能承受的？於是才過了一年，迎春便被活活折磨至死了。

這麼一來，也可以設想一個有趣的問題，即：如果被嫁給孫紹祖的人不是迎春，而是探春，結果會有什麼不同？我們可以試著推測，即使結果仍然是悲劇，畢竟傳統社會裡的女性沒有人生自主的權利，只能接受父母的安排，但探春在整個過程中，一定會轟轟烈烈，譜寫出精彩的故事吧！絕不會像迎春一樣，如同角落裡的青苔般無聲無息地默默死去。

總而言之，迎春的悲劇給了我們一個教訓，那就是：善良也必須要有智慧、有力量，否則只會白白犧牲，沒有任何意義！

最後，總結一下這一章所講到的重點：

第一，迎春的性格是極端的軟弱退縮，對別人過分地依順，因此失去了自我，幾乎沒有存在感，曹雪芹用第七十三回的〈懦小姐不問纍金鳳〉作為她的主場，在這個她唯一的重點情節中充分展現出這一種性格。

第二，因此迎春的外號叫做「二木頭」，而木頭是開不出花來的，所以迎春也沒有代表花，小說裡完全沒有提到這一點。

第三，但就像李紈不可能真的槁木死灰一樣，迎春又哪裡真的會是一塊木頭呢？她確確實實還是默默活著，也是有信仰、有努力的，那就是《太上感應篇》所提供的功過格。可惜這種方法只是合理化了她的懦弱，以致更缺乏力量。

第四，既然迎春的心還跳動著，那也一定有身而為人的喜怒哀樂，以及對幸福的夢想。所以，與其說迎春是塊木頭，不如說是木頭上的青苔。

第五，迎春的心願是住在紫菱洲，她的幸福是在樹下穿茉莉花，而她一生中最安穩寧靜的時光就是在王夫人身邊的日子，所以王夫人是她真正的母親。

第六，迎春是大觀園裡第一個出嫁的姑娘，卻慘遭夫婿的折磨，不到一年便香消玉殞。角落的青苔終於哭了、抗議了，可是也很快地枯乾了，成為另一種悲劇的類型。曹雪芹要告訴我們，善良也必須有智慧、有力量，否則只會白白留下一聲嘆息。

下一章要離開賈家，去看看另一位貴族小姐怎樣在困境裡奮鬥，她帶給我們很有力量的正面啓示，可以說是十二金釵裡最零負評的一個了。那位可愛的姑娘是誰呢？請看下一章的說明。

# 史湘雲：

## 沒有陰影的心靈

# 35 烏雲都鑲上了金邊

這一章要談眾金釵裡非常討人喜歡的一位少女，史湘雲。這個可愛的姑娘大概是《紅樓夢》裡最沒有爭議、最被大家一致肯定的人了，簡直算得上是零負評，其中的道理何在？原因就在於：湘雲的性格光風霽月，爽朗大度，沒有走上極端，也沒有一絲陰影，甚至把缺點都變成了優點，實在是太難得了，堪稱是「烏雲都鑲上了金邊」。

前面幾章講到過的金釵們，各有各的獨特性格，而且半數以上不免過度極端，包括黛玉、妙玉、惜春、迎春、秦可卿等皆然，以致脫離了正常的範圍，也帶來了特殊的人生悲劇。然而在十二金釵裡，還是有發揮了正能量的典範，讓我們獲得深刻的啓發，其中之一即是史湘雲。

湘雲出身於賈、史、王、薛四大家族，賈母史太君便是她同族的長輩。但很奇怪的是，這樣顯赫的家世背景，卻沒有替湘雲帶來幸福，事實上她反倒過得比丫鬟還不如，可見曹雪芹簡直一直在顛覆我們的常識，打破我們的成見，好讓我們的思想能力更高明一點。原來大千世界實在太複雜了，不能一概而論，湘雲的離奇處境就是因為遇到了兩個問題，一個是她父母雙亡，一個是史家隨代降等的困境，以致豪門變成了寒窑。

## 豪門如寒窰

先以父母雙亡來說吧。第五回太虛幻境的人物圖讖上，關於湘雲的那一幅是畫著「幾縷飛雲，一灣逝水」，判詞曰：

富貴又何為，襁褓之間父母違。

同樣的，《紅樓夢組曲》裡關於湘雲的〈樂中悲〉這一支也說：

襁褓中父母嘆雙亡。縱居那綺羅叢，誰知嬌養？

這些都清楚說明湘雲是個一出生就父母雙亡的孤兒，而俗話說「沒娘的孩子像棵草」，那沒父母的孩子豈不是連草都不如了嗎？又有誰能讓她嬌生慣養？

果然，寶釵便一針見血地指出湘雲受盡了「從小兒沒爹娘的苦」，其中還包括被當作免費的女工來壓榨呢。第三十二回湘雲來到了賈府，寶釵問襲人，湘雲在做什麼呢？襲人笑道：

「才說了一會子閑話。你瞧，我前兒粘的那雙鞋，明兒叫他做去。」寶釵聽見這話，便向兩邊回頭，看無人來往，便笑道：「你這麼個明白人，怎麼一時半刻的就不會體諒人情。我近來看着雲丫頭神情，再風裏言風裏語的聽起來，那雲丫頭在家裏竟一點兒作不得主。他們家嫌費用大，竟不用那些針線上的人，差不多的東西多是他們娘兒們動手。為什麼這幾次他來了，他和我說話兒，見沒人在跟前，他就說家裏累的很。我再問他兩句家常過日子的話，他就連眼圈兒都紅了，口裏含含糊糊待說不說的。想其形景來，自然從小兒沒爹娘的苦。我看着他，也不覺的傷起心來。」襲人見說這話，將手一拍，道：「是了，是了！怪道上月我煩他打十根蝴蝶結子，過了那些日子才打發人送來，還說『打的粗，且在別處能着使罷；要匀淨的，等明兒來住着再好生打罷』。如今聽寶姑娘這話，想來我們煩他他不好推辭，不知他在家裏怎麼三更半夜的做呢。可是我也糊塗了，早知是這樣，我也不煩他了。」寶釵道：「上次他就告訴我，在家裏做活做到三更天，若是替別人做一點半點，他家的那些奶奶、太太們還不受用呢。」

想想看，學生做功課到三更半夜都喊累，何況是做活？做功課是學習，而且有前途可以期待，但做這些女紅卻一點成就感也沒有，還得要天天馬拉松一般的永無止境，那真是沒有薪水可領的長工了。可湘雲不是一個豪門千金嗎？誰知道沒有父母的疼愛和庇蔭，就如此受盡了沒爹娘的苦楚，難怪一遇到善體人意的寶釵，便忍不住流露心聲，說她在家裏累得很，再問兩句家常過日子的話，她就連眼圈兒都紅了，可見心裡累積了多少說不出的委屈辛酸！

那為什麼史家的嬸母要這樣壓榨湘雲呢？恐怕也未必是因為壞心刻薄。請注意看，這一段裡說的是「他們家嫌費用大，竟不用那些針線上的人，差不多的東西多是他們娘兒們動手」，可見史家存在著巨大的經濟壓力，因此能省則省，甚至連專做針線的丫頭婆子都不用，而由奶奶、太太們親自動手。既然嬸母都以身作則了，身為晚輩的湘雲又哪裡可以豁免？

可是請大家回想一下，賈府裡連賈環都有自己專屬的工作班底，第二十七回說，探春做了一雙精緻的鞋子送給寶玉當禮物，答謝他出門時去幫自己買東西，但趙姨娘就不受用了，她覺得肥水落了外人田，便抱怨探春做了鞋子卻不給同胞的兄弟賈環，於是探春生氣地說：「這話糊塗到什麼田地！怎麼我是該作鞋的人麼？環兒難道沒有分例的，沒有人的？一般的衣裳是衣裳，鞋襪是鞋襪，丫頭、老婆一屋子，怎麼抱怨這些話！」由此可見，史家的經濟壓力顯然更沉重得多，否則又怎麼會連這筆費用都要節省？因此合理地推測，湘雲之所以會那麼辛苦的第二個原因，就是史家應該也面臨了隨代降等的困境，才會讓太太、小姐都淪為丫鬟！

因此，湘雲一來到賈府這個樂園以後，哪裡會捨得離開，又哪裡會想要再回去苦守寒窰？第三十六回有一段湘雲離別的場面，簡直是無比酸楚：

> 忽見史湘雲穿的齊齊整整的走來辭說家裏打發人來接他。寶玉、林黛玉聽說，忙站起來讓坐。史湘雲也不坐，寶、林兩個只得送他至前面。那史湘雲只是眼淚汪汪的，見有他家人在

跟前，又不敢十分委曲。少時薛寶釵趕來，愈覺繾綣難捨。還是寶釵心內明白，他家人若回去告訴了他嬸娘，待他家去又恐受氣，因此倒催他走了。眾人送至二門前，寶玉還要往外送，倒是湘雲攔住了。一時，回身又叫寶玉到跟前，悄悄的囑道：「便是老太太想不起我來，你時常提着打發人接我去。」寶玉連連答應了。

可見湘雲是多麼捨不得回家，居然到了眼淚汪汪的地步，簡直是生離死別的悲傷了，可是卻連哭也不敢，怕被家人回去告狀，那又有氣可受了。這豈不正像迎春要回夫家時的依依不捨嗎？第八十回寫迎春歸寧以後，先到王夫人處訴委屈，在往大觀園的舊房子住了幾天，然後「又在邢夫人處住了兩日，就有孫紹祖的人來接去。迎春雖不願去，無奈懼孫紹祖之惡，只得勉強忍情，作辭去了」。顯然賈府、尤其大觀園確實是個人間樂園，充滿了溫暖、寧靜和歡笑，還有她最愛的詩歌！這個湘雲啊，愛詩愛到了極點，其實比黛玉還要熱中、還要瘋狂，因此第五十二回寶釵便愛憐地調侃她是個「詩瘋子」呢！一到了大觀園來真是如魚得水，難怪她會特別叮嚀寶玉，要記得常常提醒老太太派人去接她啊。

## 上天的禮物

這麼一來，就有一個問題需要思考了，即：湘雲的成長環境這麼惡劣，她卻可以說是十二金釵裡最開朗、最快樂的一個，那是什麼原因呢？曹雪芹告訴我們，湘雲的豁達性格完全是天賦使然。這一點在《紅樓夢組曲》的〈樂中悲〉一支裡說得很清楚，在一開篇感嘆湘雲「襁褓中父母嘆雙亡。縱居那綺羅叢，誰知嬌養？」之後，歌詞立刻接著說：

幸生來，英豪闊大寬宏量，從未將兒女私情略縈心上。好一似，霽月光風耀玉堂。

請注意看，這一段歌詞講得很明確，原來曹雪芹非常慶幸湘雲是「生來英豪闊大寬宏量」，這個女孩子天生就像光風霽月一樣，坦坦蕩蕩，沒有一絲陰影，因此那些環境裡的磨難、不愉快都不會放在心上，也就不致扭曲了性格，變得偏激或憤世嫉俗。這實在是十分不容易的心靈素質啊，算是上天特別贈送給湘雲的一份大禮，讓她即使在陰霾籠罩的處境裡都可以把烏雲鑲上金邊，而超越了困境，依然維持心理的健全和均衡。和林黛玉一比較，便更加突顯出這種心靈素質的珍貴了。

前面提到過，第七十六回賈家闔府在中秋賞月，當時是在熱鬧中透著絲絲蕭瑟，甚至帶有強顏歡笑的意味：

> 只因黛玉見賈府中許多人賞月，賈母猶嘆人少，不似當年熱鬧，又提寶釵姊妹家去，母女弟兄自去賞月等語，不覺對景感懷，自去俯欄垂淚。寶玉近因晴雯病勢甚重，諸務無心，王夫人再四遣他去睡，他也便去了。探春又因近日家事着惱，無暇遊玩。雖有迎春、惜春二人，偏又素日不大甚合。所以只剩了湘雲一人寬慰他，因說：「你是個明白人，何必作此形像自苦。我也和你一樣，我就不似你這樣心窄。何況你又多病，還不自己保養。」

然後，湘雲便發了豪興，鼓舞黛玉一起聯句作詩，於是接著展開了〈凹晶館聯詩悲寂寞〉的故事。請看湘雲的這一段話說得多麼有趣，她對黛玉說「我也和你一樣」，這真是太客氣啦，其實她比黛玉要悲苦得多，畢竟黛玉小時候還當過六年父母的掌上明珠，而來到賈府以後又是個備受疼愛的寵兒，並且就住在大觀園裡，那可是湘雲夢寐以求的樂園啊。但她只能久久來那麼一遭，過過幾天的癮，其他平常的大半日子都得做女紅直到三更半夜，而黛玉卻什麼都不用做呢，如同第三十二回襲人所說：「他可不作呢。饒這麼着，老太太還怕他勞碌着了。大夫又說好生靜養才好，誰還煩他做？舊年好一年的工夫，做了個香袋兒；今年半年，還沒見拿針線呢。」所以說，湘雲說她和黛玉「一樣」孤單，那是出於一種感同身受的同理心，用來安慰黛玉的溫情話。

這豈不是很特別嗎？湘雲這個身世最孤苦的人，卻反過來去安慰相對幸福多了的黛玉，而黛玉則從來沒有去安慰或體諒其他的人呢。可見黛玉確實是個寵兒，周圍的人都以體貼她、順任她的方式和她相處，讓黛玉愈來愈陷溺在自我的感覺裡不能自拔，於是心靈的格局愈來愈狹窄，而更加超脫不出來了。因此，湘雲扮演了安慰者的角色，但同時還是直率地指出了黛玉的問題，就是來自心地不開闊所導致的自尋煩惱、自我折磨，所謂「我就不似你這樣心窄」，真可以說是一針見血，提醒黛玉其實可以放開心胸，根本不需要「作此形像自苦」。而湘雲是最有資格去開導黛玉的人了，因為她比黛玉更孤單、更辛苦，但卻更開朗、更快樂，已經做出最佳的示範！

## 錦心綉口：好的直率

看到這裡，有一個很重要的問題出現了，非常值得認真思考。試看湘雲也是個直率的女孩子，所以當面指出黛玉作繭自縛的性格，但卻一點也沒有讓人不悅，完全不同於黛玉及其重像妙玉、晴雯也都有的直率作風。那又是為什麼？

關鍵便在於所謂的「失之毫釐，差之千里」。我們在看問題的時候，往往沒有把重點想清楚，所以會想當然耳，以為只要直率即等於真誠、不虛偽，也就算是一種優點，卻忽略了情況並非那麼簡單。現在正可以仔細釐清那個關鍵性的「毫釐」究竟是什麼。

首先來看湘雲的直率。最具有代表性的例子，是第四十九回寶琴初來乍到時，湘雲好意提醒她道：

「你除了在老太太跟前，就在園裏來，這兩處只管頑笑吃喝。到了太太屋裏，若太太在屋裏，只管和太太說笑，多坐一回無妨；若太太不在屋裏，你別進去，那屋裏人多心壞，都是要害咱們的。」說的寶釵、寶琴、香菱、鶯兒等都笑了。寶釵笑道：「說你沒心，卻又有心；雖然有心，到底嘴太直了。」

可見湘雲確實有著「嘴太直」的特點，而且不僅是寶釵這麼說，連第二十二回脂硯齋都道：

口直心快，無有不可說之事。

但這麼一來就得認真推敲了，為什麼同樣都是心直口快，湘雲卻和那些「林黛玉們」並不一樣？原來答案有三個，第一個是因為「心」的狀態不同。古人早就說過：「言為心聲。」一般而言，一個人說出來的話等於是內在心聲的流露，所以心靈的狀態可以說是最關鍵的因素，而湘雲的心是「英豪濶大寬宏量」，因此「無有不可說之事」，第二十二回畸笏叟又說：

湘雲探春二卿，正事無不可對人言芳性。

足見湘雲和探春都是心胸最光明磊落的人，也都繼承了司馬光的坦蕩大度，以致「平生所為，未嘗有不可對人言者」，連帶的，說出來的話當然就不會帶有情緒上的雜質，而流於多心歪話。

舉個例子來說吧，湘雲從不多心，更不嫉妒，所以總是能開闊地欣賞別人的優點，接受自己的不如人。例如第二十回中，她就公然承認自己比不上黛玉，當面說道：「我算不如你」、「這一輩子我自然比不上你」，這種坦蕩實在是很罕見的。再看第四十九回，寶琴一來便壓倒群芳，還立刻得到賈母賞給她一領稀世罕見的斗篷鳧靨裘，整個人金碧輝煌，簡直是獨領風騷、無可匹敵的絕色美人，湘雲一見之下，先是說道：「可見老太太疼你了，這樣疼寶玉，也沒給他穿。」接著又瞅了寶琴半日，笑道：「這一件衣裳也只配他穿，別人穿了，實在不配。」可見湘雲有眼光、又有胸襟，不但對寶琴的受寵毫不眼紅吃味，還由衷讚美她的風華絕代。然而同一時間，大家都覺得黛玉會因此心中氣惱，感到不快，連寶玉也這樣認為呢，所謂：「寶玉素習深知黛玉有些小性兒，……正恐賈母疼寶琴他心中不自在。」據此便清楚對比出湘雲確實是寬宏大量，因此煥發出光風霽月的清朗。這麼一來，湘雲的心直口快就和黛玉不一樣了。

既然「心」的狀態不同構成了第一個差別，連帶地講話的方式也有所不同，這便是第二個相異點。她們講話的方式究竟哪裡不一樣呢？關鍵即在於：湘雲既然不多心，當然也就不說歪話，所謂的「歪話」是一種對人冷嘲熱諷的反面話，這種話最是尖酸刻薄，也最為傷人。然而湘雲雖然心直口快，卻從不針對個人加以嘲笑、批評或冤枉、曲解，而是只講客觀的事實，所以不會讓人不舒服。

再回頭看寶琴的這一段情節，便可以清楚呈現出來了。試觀湘雲對這位新來的嬌客所說的那一段話，明顯是好意的提醒，她告訴寶琴說，賈母處和園子裡都是可以放心待著的地方，不用拘束，而王夫人也是疼愛女孩兒的，所以在她面前同樣可以自在相處，毋須顧忌；但是如果王夫人不在的話，那就完全不一樣了，其中有很多壞心的人會趁機陷害這些姑娘們，所以不要進去，以免踏入陷阱，受到傷害。寶釵聽了湘雲的話，便笑說：「說你沒心，卻又有心；雖然有心，到底嘴太直了。」可見寶釵也贊同湘雲的認識和判斷，只是她覺得湘雲快人快語，講得太過坦率露骨，其實可以保留一點、含蓄一點。

在此，還要特別注意一點，即湘雲雖然「嘴太直」，講話太直率，但她完全是對事不對人，僅僅是一般性地指出客觀的現象，只講事情本身的是非對錯，並沒有指名道姓，點明是哪些人有壞心，更沒有冷嘲熱諷，因此不帶有令人不悅的負面情緒。尤其是，湘雲雖然不多心，卻並不是不用心，所以寶釵說她「有心」，這真是很重要的一大關鍵。想想看，一個人如果「沒心」的話，便不會認真去觀察、思考，也就容易會憑感覺來反應，而流於粗枝大葉，如果再加上大剌剌地口無遮攔，這種直率即會變成魯莽，一點也不可愛，更不值得讚許。而因為這份「有心」，則讓人可以明察秋毫，觀察到環境的情況，那就不會流於個人的主觀情緒，以致橫衝直撞，如此一來，所說的內容都屬於公正無私的表述，甚至還帶有一種正義感，所以才會讓人覺得可愛而不可厭。這種講話方式就是湘雲不同於黛玉的第二個原因。

至於導致兩人的直率有所不同的第三個原因，那便是說話的目的有別。請注意看，湘雲之所以會提到王夫人的「屋裏人多心壞」這件事，根本不是為了要批評那些人，而是擔心寶琴會被欺負，所以提醒一下讓她懂得提防，完全是出於一片好心和善意。同樣的，前面提到湘雲直率地指出黛玉的不快樂是來自於「心窄」，這一方面是大家都同意的客觀事實，另一方面她說出來的目的也是為了表達安慰，並且勸告黛玉放寬心胸，以之避免自我折磨的痛苦。由此可見，正因為湘雲的直率都包括了發自內心的善意，想要幫助別人，所以她的「嘴太直」才會不成問題，也才沒有變成缺點。

當然，湘雲的「嘴太直」還是有針對個人的時候，但很有趣的是，那幾次都是因為對方太過分了，所以才給予反擊，那個人就是林黛玉！例如第二十回，黛玉挖苦湘雲的咬舌頭，連二哥哥的「二」字發音都不清楚，這時湘雲便發出抗議了，說道：

> 他再不放人一點兒，專挑人的不好。你自己便比世人好，也不犯着見一個打趣一個。

請仔細分辨一下，即使這段話是批評黛玉的缺點，但說的還是客觀的道理！其中完全沒有挖苦、奚落、嘲笑、謾罵之類的尖酸。再看第四十九回〈脂粉香娃割腥啖膻〉這一段情節，當時寶玉和湘雲兩人就地吃起了燒烤鹿肉，接著連平兒、鳳姐、探春、寶琴也都湊著一處吃起來，旁觀的黛玉便笑道：

那裏找這一羣花子去！罷了，罷了，今日蘆雪庵遭劫，生生被雲丫頭作踐了。我為蘆雪庵一大哭！

湘雲聽了立刻冷笑說：

你知道什麼！「是真名士自風流」，你們都是假清高，最可厭的。我們這會子腥膻大吃大嚼，回來却是錦心綉口。

想想看，為什麼湘雲會這麼罕見地猛烈反擊呢？原因有兩個，一個是因為黛玉居然打趣他們是一群乞丐，而且奚落湘雲領頭作踐了蘆雪庵，讓它遭劫蒙難，這當然是一種歧視性的貶低了。如果不反擊，豈不等於默認而白白遭譏笑嗎？但大家開開心心的野炊聚餐，又憑什麼要無端受辱呢？

另一個更重要的原因是，其實黛玉根本自己也很愛吃！請看寶釵鼓勵寶琴去試試美食時，對她所說的：「你嘗嘗去，好吃的。你林姐姐弱，吃了不消化，不然他也愛吃。」既然如此，黛玉明明自己也很喜歡吃，只因為消化不良而不敢吃，卻一副高高在上、不屑為伍的模樣，還挖苦那些愛吃、也能吃的人是骯髒的叫化子，那豈不是吃不到葡萄說葡萄酸的惺惺作態嗎？向來光明磊落的湘雲當然更加忍不住了，於是才直率地反擊，指責黛玉是「假清高，最可厭的」，這可一點都沒有冤枉她。

所以說，湘雲偶爾會針對個人加以批評，其實都是因為不願意忍耐黛玉的出言不遜，這等於是一種正當防衛，所以不會讓人覺得過分，反倒因為帶有正義感而令人感到痛快。再看湘雲說「是真名士自風流」，意指真正的名士風流是敢做敢當、表裡如一，最重要的是「錦心綉口」，即擁有一顆錦繡般的心、一張錦繡般的口，所以不會見不得別人好，更不會出口傷人。這豈不正是湘雲的直率所擁有的特點嗎？

這麼一來，就很明白了吧？原來所謂的「說話直」，那只是一個籠統抽象的說法而已，實際上其中包括了兩種完全不同的層次，一種是可愛的，另一種卻是沒教養的，差別即在於是否傷到別人！因此曹雪芹說，黛玉是「說出一句話來，比刀子還尖」，而晴雯則是說話「夾槍帶棒」，所謂的刀子啦，槍啦，棒子啦，都是傷人的武器，這些比喻都很形象化地具體指出兩個人的說話風格。而之所以會有這樣的效果，便是因為她們總是對人不對事，而且常常冷嘲熱諷，以傷人的方式表達感受，於是變成了人身攻擊，因此是不應該的直率。

從前面所分析的三個差別來看，實在必須說，並不是「直率」就是好的人品，那只是一種說話方式而已，至於這種說話方式是好是壞，關鍵即在於直率不等於可以沒禮貌，更不可以出口傷人，只要傷人或者無禮就是不對，絕不能用直率來加以合理化。

其實早在先秦時代，儒家便已經清楚意識到這個微妙的關鍵了，《論語・陽貨篇》中子貢對老師孔子說道：

惡不孫以為勇者，惡訐以為直者。

他說自己厭惡把「不遜」——即「對人無禮」當作勇敢，也厭惡把「訐」——即「攻擊別人」當作直率。很顯然的，自古以來，用「直率」把傷人或者無禮給合理化就是很普遍的現象，因為大多數人沒有用學問提著，以致流入世俗而把兩者混為一談，縱容出言不遜的劣跡惡行，難怪頭腦清楚的子貢會感到深惡痛絕。

也因此，曹雪芹便塑造了一個史湘雲，以具體展示好的直率應該是什麼樣子，那就是同樣要用心替別人設想，去體貼人家的感受。換句話說，「錦心綉口」是必要的前提，否則直率便會變成一種任性的武器，用來傷人還自以為是真誠、不虛偽呢！

## 跨界而不出軌

那麼，為什麼湘雲可以表現出好的直率？曹雪芹說，這大部分恐怕就是天賦的因素了，因為湘雲的處境很惡劣，其實比迎春還不如。但最特別的是，湘雲即使處在十分惡劣的環境裡，卻沒有扭曲或改變自己的性格，在強大的壓力之下，總是可以保持原來的開朗健全，尤其一到了賈家，便立刻恢復天然本真的樣貌，那就只能歸諸獨特的天賦了。

例如第二十回時，寶玉正和寶釵頑笑，忽見人說：「史大姑娘來了。」兩人聽了，便一齊來至賈母這邊：

只見史湘雲大笑大說的，見他兩個來，忙問好厮見。

如此的「大笑大說」，明顯和大家閨秀的端莊安靜大不相同，而帶有豪爽的男子氣概。也果然，湘雲很有俠客的精神，喜歡替別人打抱不平，一旦路見不平便熱血上湧，立刻要拔刀相助，例如第五十七回時，邢岫烟被迎春的奴婢們欺負，被迫要典當衣服才能應付她們，湘雲一聽便動了氣，說：

「等我問着二姐姐去！我罵那起老婆子、丫頭一頓，給你們出氣何如？」說着，便要走。寶釵忙一把拉住，笑道：「你又發瘋了，還不給我坐着呢！」黛玉笑道：「你要是個男人，出去打一個報不平兒。你又充什麼荊軻、聶政，真真好笑。」

這不是很清楚了嗎？黛玉的性別觀其實是很傳統的，她認為湘雲的舉動很好笑，因為她並不是個男人，這種打抱不平根本就不是她的事，換句話說，黛玉的信念是男女有別，女人和伸張正義無關！但湘雲則沒有這麼女性化了，她很有奮戰的勇氣，可是又並非為了自己，而是為了別人的不幸才激起義憤。這種無私的胸襟、俠義的精神，正是一種光風霽月的展現。

由此可見，湘雲總有一些跨界的行為作風，卻又和探春、妙玉這兩個人很不一樣。首先，湘雲喜歡女扮男裝，跨越了性別的框架，例如第三十一回裡，寶釵笑著形容湘雲說：

> 他穿衣裳還更愛穿別人的衣裳。可記得舊年三四月裏，他在這裏住着，把寶兄弟的袍子穿上，靴子也穿上，額子也勒上，猛一瞧倒像是寶兄弟，就是多兩個墜子。他站在那椅子後邊，哄的老太太只是叫「寶玉，你過來，仔細那上頭掛的燈穗子招下灰來迷了眼。」他只是笑，也不過去。後來大家撐不住笑了，老太太才笑了，說「倒扮上男人好看了」。

再到了第四十九回，大家一看到湘雲進來的樣子，黛玉先笑道：「你們瞧瞧，孫行者來了。他一般的也拿着雪褂子，故意裝出個小騷達子來。」而湘雲脫了外面的褂子以後，裏頭的穿著「越顯的蜂腰猿背，鶴勢螂形」，眾人都笑道：「偏他只愛打扮成個小子的樣兒，原比他打扮女兒更俏麗了些。」從這兩段描寫，可見湘雲的一大特點，是她女扮男裝的俏麗居然比純女兒的造型更好看了，顯然湘雲的氣質並不是少女的嬌柔，而偏向男孩子的俊朗，因此換上了男裝反倒更相配、更出色。

不止如此，湘雲也把分配給她的女伶葵官打扮成個小子，第六十三回說：

> 湘雲素習憨戲異常，他也最喜武扮的，每每自己束鑾帶，穿折袖。近見寶玉將芳官扮成男子，他便將葵官也扮了個小子。……湘雲將葵官改了，換作「大英」。因他姓韋，便叫他作韋大英，方合自己的意思，暗有「惟大英雄能本色」之語，何必塗朱抹粉，才是男子。

由此可見，湘雲確確實實帶有一種與生俱來的男子氣概，那就是所謂的「英豪濶大寬宏量」，從而未曾自尋煩惱、自我設限，因此沒有那些框框架架，把自己活得彆彆扭扭。她那些跨界的作風便是這樣來的。

只不過，我們還是得仔細分辨一下，以免又囫圇吞棗。請注意，湘雲雖然常常跨界，卻不是妙玉的「僧不僧，俗不俗，女不女，男不男」，流於放誕詭僻，而是一種像清風流動般的坦蕩自在，所以她一點也不拘謹矜持，卻又不會粗魯莽撞；她雖然常常比女孩子豪邁，卻不會沒規矩、沒教養，所以表現出可愛的直率。並且，湘雲的女扮男裝與其說是對性別的突破，不如說是一種

清末旗人女孩女扮男裝圖

豪爽的遊戲，正如曹雪芹所說的「憨戲異常」，其實只是一種好玩，為的是享受無拘無束的自由，並不同於探春那一種對性別不平等的概念。

前面已經講過探春的情況了，她可是具有超時代的眼光，洞察到男女的不平等，所以心中充滿被壓抑、被限制的悲憤；湘雲雖然也有性別越界的做法，其實卻沒有探春的性別意識，她只是因為率真爽朗，所以喜歡做一些新奇好玩的遊戲而已。而探春完全不做這種遊戲，心裡卻分明體認到性別不公的痛苦，或許這也是她不做這種表面功夫的原因吧！畢竟穿上了男人的衣裳也不能變成真正的男人，依然走不出大門，這種扮裝的做法只能圖一時的痛快，又有什麼用？而如果純粹只是為了好玩，那更引不起探春的興趣了，這種小孩子的遊戲，文人雅士哪裡會感興趣？

所以說，湘雲的跨界都帶有一點兒童式的純真，因此沒有矯揉作態的感覺，包括大說大笑啦，女扮男裝啦，蹲在地上吃燒烤鹿肉啦，都是來自這樣的性格。

再看同樣是睡覺，湘雲和黛玉就很不一樣。第二十一回說，湘雲來到賈府以後，雖然和黛玉拌了嘴，但很快便和好了，一點也沒有芥蒂，於是當天晚上湘雲仍往黛玉房中安歇，這其實才是整部書裡女孩子們相處的真相。到了第二天一大早，寶玉急著要去看她們倆，便披衣靸鞋往黛玉房中來：

> 進去看時，却不見紫鵑、翠縷二人，只見他姊妹兩個尚臥在衾內。那林黛玉嚴嚴密密裹着一幅杏子紅綾被，安穩合目而睡。那史湘雲却一把青絲拖於枕畔，被只齊胸，一彎雪白的膀

子擱於被外，又帶着兩個金鐲子。寶玉見了嘆道：「睡覺還是不老實！回來風吹了，又嚷肩窩疼了。」一面說，一面輕輕的替他蓋上。

可見此刻時間真的還很早，兩位女孩子依然高臥未起，通過寶玉的眼睛，描寫這兩個少女的睡態睡姿，實在非常精彩：黛玉的棉被拉到齊頸，蓋得嚴嚴密密，沒有一絲透風，安穩合目而睡，端端正正；湘雲則是一隻手臂擱在棉被外面，整個手肘、手環暴露出來，大剌剌的睡姿很是狂放。寶玉一看便說，哎呀，連睡覺都還不老實，回頭又要喊肩窩疼了，於是幫她蓋好被子。由此可見，黛玉其實是一個很謹慎的人，連睡夢裡都還是那麼矜持、放不開，而湘雲即豪邁得多，像個沒有心機的小孩子。

這就難怪，湘雲還可以直接躺在院子裡的石凳上納涼呢，第六十二回〈憨湘雲醉眠芍藥裀〉便描寫了很精彩的一幕，當時大家替寶玉慶生，破例喝起酒來，湘雲喝多了，一轉眼便不見了。不久，只見一個小丫頭笑嘻嘻的走來說：

「姑娘們快瞧雲姑娘去，吃醉了圖涼快，在山子後頭一塊青板石凳上睡着了。」眾人聽說，都笑道：「快別吵嚷。」說着，都走來看時，果見湘雲臥於山石僻處一個石凳子上，業經香夢沉酣，四面芍藥花飛了一身，滿頭臉衣襟上皆是紅香散亂，手中的扇子在地下，也半被落花埋了，一羣蜂蝶鬧穰穰的圍着他，又用鮫帕包了一包芍藥花瓣枕着。眾人看了，又是愛，又是笑，忙上來推喚挽扶。

其實，這一幕如此的詩情畫意，正因為那是從唐詩裡化出來的意境。一般人從回目上的「芍藥裀」而以為出處是唐朝的一則故事，見《開元天寶遺事》所載：

> 學士許慎選，放曠不拘小節，多與親友結宴於花圃中，未嘗具帷幄，設坐具，使童僕輩聚落花，鋪於坐下。慎選曰：「吾自有花裀，何銷坐具。」

但其實並不是的，因為除了「花裀」這個詞以外，其他的元素都不一樣，因此〈憨湘雲醉眠芍藥裀〉這一幕真正的來歷是李白和李賀的詩篇。李白的〈自遣〉一詩云：「對酒不覺暝，落花盈我衣。」李白喝了酒以後就醉倒了，連落花堆滿了衣裳都不知道，這豈不正是此處湘雲半被落花埋了的寫照嗎？而湘雲豈不也正如李白般的豪放嗎？另外，李賀的〈靜女春曙曲〉中亦有「錦堆花密藏春睡」之句，意思是說，落花如錦，密密層層地堆積起來，而裡面藏著一個春睡的少女！這更吻合湘雲的女兒身分，也更有一種嫵媚嬌豔的美感。顯然《紅樓夢》確實是繼承了傳統精英分子的高雅文化，才能如此充滿了藝術的優美！

由此可見，史湘雲的性格絕對跟林黛玉、薛寶釵不一樣，寶釵根本不會有「落花盈我衣」的情況，因為她是一個理性而周延的人，不可能讓自己失控到失去意識，昏睡在花園裡不省人事，這不是她的個性。黛玉更不可能了，除了個性敏感多慮之外，她又體弱多病，很怕感冒，也不可能躺在很堅硬的石頭上，她是那麼柔弱嬌貴，哪裡受得了石椅子的又冷又硬啊。

## 不怕鬼的海棠花

這麼一來，難怪史湘雲筆下的白海棠花也呈現出類似的品格。第三十七回大觀園創立了海棠詩社，趕來參加的湘雲立刻和韻作了〈白海棠詩二首〉，其第二首開頭的兩句便說道：

> 蘅芷階通蘿薜門，也宜墻角也宜盆。

這真是言為心聲，花如其人啊！所謂「也宜牆角也宜盆」，正說明了湘雲的性格是隨遇而安，可以在邊緣的牆角活得很好，也可以在花盆裡享受細心的照顧，不管在哪裡都能夠自得其樂，沒有非要怎樣不可的框框架架，於是到處都很自在。所以說，牆角的海棠花可以反過來安慰林黛玉這朵花盆裡的芙蓉花，關鍵就在於性格堅強又豁達。

很巧妙的是，在第六十三回掣花籤時，湘雲抽到的便是一枝海棠花，上面題著「香夢沉酣」四字，搭配的一句詩寫道：

只恐夜深花睡去。

黛玉看了，便笑道：「『夜深』兩個字，改『石涼』兩個字。」眾人便知道她是打趣白日間湘雲醉臥在石椅上的事，於是都笑了。這樣的呼應當然是曹雪芹刻意安排的，只不過我還要特別提醒大家：這海棠不是那海棠，和秦可卿帶有情色性質的海棠春睡完全不同，可謂又一個同中有別、差之千里的案例。

更有趣的是，湘雲這一枝夜深睡去的海棠花並不怕鬼！第七十六回過中秋節時，湘雲和黛玉兩個人脫隊去池塘邊聯句作詩，過程中出現了一個有趣的插曲：

湘雲方欲聯時，黛玉指池中黑影與湘雲看，道：「你看那河裏，怎麼像個人在黑影裏去了，敢是個鬼罷？」湘雲笑道：「可是，又見鬼了。**我是不怕鬼的，等我打他一下。**」因彎腰拾了一塊小石片，向那池中打去，只聽打得水響，一個大圓圈將月影蕩散復聚者幾次。只聽那黑影裏嘎然一聲，却飛起一個白鶴來，直往藕香榭去了。

你瞧，湘雲不但不怕鬼，還成了打鬼的鍾馗！但哪裡有這麼美麗可愛的鍾馗呢？這一段插曲正好給了湘雲創作的靈感，於是寫出「寒潭渡鶴影」這一句詩，讓黛玉跺足讚嘆不已，而引出「冷月葬花魂」的警句，這就是前面講過的「詩讖」。然而從中也反映出湘雲的性格，她那樂觀的精神足以把烏雲鑲上了金邊，不但不怕烏雲密布，連暗夜裡的鬼魂也不怕，確實是「也宜牆角也宜盆」的極致了，因此不論在哪裡，她都可以讓自己活得欣欣向榮！

只可惜，這樣一個光明開朗的靈魂依然要面臨悲劇，這不就是薄命司所注定的厄運嗎？第五回太虛幻境裡，《紅樓夢組曲》的〈樂中悲〉這一支說：

> 廝配得才貌仙郎，博得個地久天長，準折得幼年時坎坷形狀。終久是雲散高唐，水涸湘江。這是塵寰中消長數應當，何必枉悲傷！

從歌詞中的各種隱喻來看，湘雲的結局應該是嫁給一個才貌俱全的如意郎君，擁有很好的歸宿，算是補償了自幼以來的坎坷不幸。然而幸福終究很短暫，最後還是無法白頭偕老，落了個孤寡的一生。

那麼，湘雲的夫婿是誰呢？有一種說法是寶玉，但其實不是的，應該是賈家的世交子弟衛若蘭才對。曹雪芹為此安排了很巧妙的設計，先是在二十九回時，賈母帶著大家一起到清虛觀打醮，道士們送來一大盤各式各樣的法器，要贈給寶玉當作賀禮，寶玉因為聽說湘雲有一個金麒麟，於是特別也揀選了一只。到了第三十一回〈因麒麟伏白首雙星〉那一段故事，說寶玉不小心把金麒麟掉落在大觀園裡，湊巧被湘雲撿到，看起來比她自己佩帶的又大又有文彩，剛好形成了陰陽的配對，讓湘雲感到一種冥冥中的婚姻暗示，還因此默默出神了一陣子呢。

回目上說的〈因麒麟伏白首雙星〉，正是指這兩只麒麟代表了牛郎星、織女星，暗示他們雖然結為夫妻，卻注定要終身分離。那麼，那顆牛郎星是用以比喻誰呢？看起來應該就是刻意保留那只雄麒麟的寶玉了，但事情並沒有這麼簡單，根據這一回脂硯齋的回末總評，他告訴我們：

後數十回若蘭在射圃所佩之麒麟，正此麒麟也。提綱伏於此回中，所謂草蛇灰線在千里之外。

原來，麒麟的故事到了八十回以後還有進一步的發展，它被轉手到了衛若蘭的身上。衛若蘭在前八十回出現過一次，即第十四回秦可卿的出殯過程中，眾多前來送殯的官客們，便包括「錦鄉伯公子韓奇，神武將軍公子馮紫英，陳也俊、衛若蘭等諸王孫公子」，既然他也是出身於旗人貴族世家，當然都要接受騎射上的武力訓練，於是在射圃這個地方演習，當時他佩戴了一個麒麟，正是被史湘雲撿到的那一只。由此可以推測，湘雲把撿到的金麒麟還給了寶玉，但後來因為某種機緣寶玉又轉送給了衛若蘭，因此衛若蘭才是這只金麒麟真正的主人。

這麼一來，湘雲「因麒麟伏白首雙星」的對象並不是寶玉，而是衛若蘭，兩人的婚姻十分幸福美滿，可惜太過短暫，或許是衛若蘭早死，或許是衛家也踏上了抄家流放的厄運，以致夫妻生死乖離，湘雲就像第五回太虛幻境的人物判詞所言：

展眼弔斜暉，湘江水逝楚雲飛。

逝水東流，白雲悠悠，一去不回頭，就像湘雲的幸福一樣。終究湘雲也落入了李紈、寶釵的命運，孤獨地在貧困中走完一生，這是薄命司裡的女性注定的結局。

最後，總結一下這一章所講到的重點：

第一，史湘雲雖然出身於護官符上的四大家族，但因為出生不久便父母雙亡，成了沒人疼愛的孤兒，以致豪門變成了寒窰，過著真正孤苦的生活，每天都得做女紅做到三更半夜。

第二，幸好上天給了她一份很珍貴的禮物，也就是「英豪濶大寬宏量」的天賦，因此總是像光風霽月般的爽朗豁達。

第三，也因此湘雲展現出可愛的直率，那和林黛玉們的直率本質上完全不同，主要是湘雲有心而不多心，對事不對人，只講客觀的事實，不說歪話，不對人冷嘲熱諷，並且以善意為說話的目的，所以不會無禮或傷人。這樣的錦心綉口，才會讓直率變成真正的優點。

第四，湘雲因為「英豪濶大寬宏量」的性情，不會自尋煩惱、自我設限，因此沒有那些框框架架，而自詡為「是真名士自風流」、「惟大英雄能本色」，甚至帶有男子氣概，喜歡打抱不平、女扮男裝呢。

第五，但是湘雲越界而不出軌，可以說是一株「也宜牆角也宜盆」的海棠花，隨遇而安，連在石椅上也都可以酣睡如常。這種「把烏雲都鑲上金邊」的稟賦，就是湘雲最獨特的優點！

第六，可惜，再美好的人事物都會面臨悲劇，湘雲擁有一段幸福的婚姻，但在陽光短暫的照耀之後，很快又遭受黑暗的襲擊，終究孤寡度過一生，被薄命司所收編。

接下來要離開正冊的金釵，去看看又副冊的女孩子了。又副冊所收的都是身分低下的丫鬟們，卻是一樣的光彩耀眼，只可惜也都受到很大的誤解。到底有哪些誤解？下一章便先從襲人開始說起。

# 花襲人：
## 最可靠的大後方

# 36 二玉的解語花

從這一章起，要開始講又副冊的金釵了。這一冊很特別，只具體提到兩個少女，而且都是丫鬟，對照正冊所收的都是貴族女性，而副冊的香菱則是落入黑戶的鄉紳女兒，不上不下，再加上警幻仙姑也說，這三冊是「彼家上、中、下三等女子之終身冊籍」，可見曹雪芹確實是以階級身分作為分冊的條件，所以丫鬟們都歸屬於下等的又副冊中，置放在薄命司下層的櫥櫃內。這是傳統社會天經地義的倫理架構，我們必須給予尊重。

當然，曹雪芹比我們更清楚地了解到，在人類的社會裡，每一個團體或單位中都有君子和小人，更不用說各式各樣的人品差異，那根本和職業、身分關係不大，因此，又副冊所收錄的女性雖然身分低下，但她們的人品心性卻必須另當別論。其中，襲人便是曹雪芹和脂硯齋都非常讚美的一個優秀少女，例如第十九回的脂批說得很清楚，襲人「自是又副十二釵中之冠」，這是兼具身分地位、性格特質兩方面所下的定論，而在性格特質上，脂硯齋也說：「晴卿不及襲卿遠矣。」襲人甚至可以說是很完美了。

這種說法和長期以來的主流意見剛好相反，但理性和學問卻會指引給我們真正的事實，這兩章就要和大家分享只有睜開眼睛、打開心胸才能看到的真相。首先要先談的主題是：二玉的解語花。

從前面有關寶玉的單元裡，大家已經知道，襲人對寶玉的感情是非常深厚的，但其實她對黛玉也是一樣的真誠體貼，所以襲人是二玉最知心的解語花！

先看寶玉這一方吧，第十九回的回目說〈情切切良宵花解語〉，所謂的「花解語」，是讚美襲人有如一朵解語花，所以對寶玉的規勸十分用心良苦，具備了著眼於一生的未來性，那真是出自於「情切切」，一種深切的真情。至於寶玉對襲人呢？很多人誤以為寶玉喜歡自由自在，所以討厭襲人整天規勸他，於是用敷衍的方式來應付她。但其實並非如此，曹雪芹告訴我們，寶玉最愛的丫鬟就是襲人，而不是晴雯！證據何在？那正在同一個第十九回裡。

## 寶玉的摯愛之一

第十九回中有兩個證據，以下一一來看。

第一，襲人從娘家回來以後，藉著家人要贖她回去的話題，趁機規勸寶玉。她舉了一些理由，講了幾番道理，讓寶玉相信她一定會離開賈家，以致滿心要留下襲人的寶玉聽了，簡直是五雷轟頂，他思忖半晌，乃說道：

「依你說，你是去定了？」襲人道：「去定了。」寶玉聽了，自思道：「誰知這樣一個人，這樣薄情無義。」乃嘆道：「早知道都是要去的，我就不該弄了來，臨了剩我一個孤鬼兒。」說着，便賭氣上床睡去了。

這裡必須特別注意一下，寶玉覺得襲人一旦離他而去，他自己就落了單，變成一個孤鬼，可見是多麼依戀襲人啊。過了一會兒，襲人自己來推寶玉，只見寶玉淚痕滿面，原來寶玉一個人躺在床上哭呢，襲人便笑道：

「這有什麼傷心的？你果然留我，我自然不出去了。」寶玉見這話有文章，便說道：「你倒說說，我還要怎麼留你，我自己也難說了。」襲人笑道：「咱們素日好處，再不用說。但今日你安心留我，不在這上頭。我另說出兩三件事來，你果然依了我，就是你真心留我了，刀擱在脖子上，我也是不出去的了。」寶玉忙笑道：「你說，那幾件？我都依你。好姐姐，好親姐姐，別說兩三件，就是兩三百件，我也依。」

請注意，寶玉居然傷心到淚痕滿面，而比較一下，連晴雯臨終時他都沒有這麼傷痛呢。然後當襲人給出了留下來的條件，寶玉立刻緊緊抓住機會，就像快要溺死的人抓住了一根浮木一樣，拚命挽留、滿口應承，只要襲人不走，什麼都可以同意，這種心情簡直是死裡逃生般的狂喜啊。可見襲人的重要性是達到可以讓他不顧一切的程度，這應該是除了黛玉以外，整部書裡最強烈的一次了。

至於這第十九回裡，可以證明寶玉特別愛襲人的第二個證據，就是寶玉顯露出要娶襲人為妻的心意！很多人只看到後面第三十四回王夫人私下提拔了襲人，當寶玉的姨娘，但事實上，小說中最早表露出有意要納襲人為妾的人，不是王夫人而恰恰正是寶玉！先看第三十四回王夫人對襲人說道：

> 近來我因聽見眾人背前背後都誇你，我只說你不過是在寶玉身上留心，或是諸人跟前和氣，這些小意思好，所以將你和老姨娘一體行事。

所謂「將你和老姨娘一體行事」，實質的做法要到第三十六回才加以說明，當時鳳姐向王夫人報告月錢的發放情況，提到了襲人的歸屬問題，因為她原本是賈母的人，領最高等級的月錢一兩銀子，那麼現在這筆費用還要掛在賈母的名下嗎？王夫人想了半日，向鳳姐兒道：

> 「明兒挑一個好丫頭送去老太太使，補襲人，把襲人的一分裁了。把我每月的月例二十兩銀子裏，拿出二兩銀子一吊錢來給襲人。以後凡事有趙姨娘周姨娘的，也有襲人的，只是襲人的這一分都從我的分例上勻出來，不必動官中的就是了。」鳳姐一一的答應了，笑推薛姨

媽道：「姑媽聽見了，我素日說的話如何？今兒果然應了我的話。」薛姨媽道：「早就該如此。模樣兒自然不用說的，他的那一種行事大方，說話見人和氣裏頭帶着剛硬要強，這個實在難得。」

這就是襲人內定為寶玉妾室的開始。換句話說，襲人已經獨立了出來，直屬於王夫人，雖然在家族正式編列的人口名冊上還是個丫鬟，但實質上是女家長所內定的寶二姨奶奶，由王夫人支付相關的待遇。襲人從此便算是「步入金屋」了。

可是，我仔細讀了小說以後才赫然發現，其實早在第十九回中，寶玉就透露出同樣的心意了。當時他感謝襲人出於情切切的「花解語」，對襲人的所有規勸都照單全收，承諾道：

「都改，都改。再有什麼？快說。」襲人笑道：「再也沒有了。只是百事檢點些，不任意任情的就是了。你若果都依了，便拿八人轎也抬不出我去了。」

這裡得要特別注意的是，其實，襲人所謂拿八人大轎來抬她，是指外面有人以三媒六聘、明媒正娶來迎娶，那可以提升社會身分，可謂淪落為丫鬟的人夢寐以求的出路，因此襲人用來表達一種決心，保證即使有最好的誘因，無論怎樣她都不會出去。可是接下來寶玉的說法便很耐人尋味了，他笑道：

你在這裏長遠了，不怕沒八人轎你坐。

這兩句話的言外之意，是指襲人在他房中待久了，一定會有八人大轎給她坐，此時派轎子來接她的，當然不是前面襲人所說的外面人家，而是賈家！這豈不就是要娶襲人為妻的意思嗎？

但是，其實一個丫鬟是不可能被寶玉娶為妻子的，因為古代的婚姻法非常嚴格遵守「良賤不婚」的禁忌，一個丫鬟最多只能做妾，因此也不可能用到八人大轎。這是因為在傳統的婚禮儀式上，八人大轎是正式的迎娶工具，其重大意義在於保證婚姻的合法性。學者指出：「長期以來轎子一直是社會公認的把新娘接到她丈夫家的惟一合法的運載工具。如果她是由其他工具接去的話，她就不被看作合法的妻子，在家人及親戚眼中的地位極不體面。」因此，「用轎子抬來的」便表明她是明媒正娶的妻子，得到社會的認可和法律的保護。[1]而納妾的儀式卻完全不能相提並論，最多是如同香菱一樣，第十六回說，薛姨媽「擺酒請

晚清婚禮的八抬大轎，法軍拍攝。（1900-1901年）

1 （美）楊懋春著，張雄、沈煒、秦美珠譯：《一個中國村莊：山東台頭》（南京：江蘇人民出版社，二〇一二），頁一〇〇。

客的費事，明堂正道的與他作了妾」，這已經是最高等級的納妾儀式了。

由此可見，寶玉早已認定襲人將來就是他的妾室，之所以提到納妾時不可能用到的八人大轎，這便屬於極其認真鄭重的心理，呈現出對襲人的珍惜與承諾。所以說，最早表示要把襲人納為妾室的人，其實是寶玉自己！

很有趣的是，襲人對寶玉這個升級版的說法卻居然完全不領情，她聽了以後冷笑道：

這我可不希罕的。有那個福氣，沒有那個道理。縱坐了，也沒甚趣。

這段話顯示出襲人很懂得分寸，認為自己身為丫鬟，坐八人大轎是「沒有那個道理」，又何必逾越分際，貪圖非分的榮耀？可見襲人是一個安分守己的君子，不貪求應得以外的特權，甚至一旦得到了，也覺得沒意思，所以說「縱坐了，也沒甚趣」。這便是襲人非常讓人欣賞的品格優點，因此脂硯齋又批云：「襲人能作是語，實可愛可敬可服之至，所謂『花解語』也。」

## 黛玉的解語花：同一天生日的意義

接下來，要說明另一個更有趣的真相，那就是連黛玉也很喜歡襲人，並且把她當作寶玉的姨娘來看待！關於這一點，可以從三個重點談起。

第一，黛玉肯定襲人非常優秀，無可挑剔，這一點和大家的評論完全一致。襲人的細心周到、溫厚可靠是眾所公認的，想當初，第三回交代說：

> 這襲人亦是賈母之婢，本名珍珠。賈母因溺愛寶玉，生恐寶玉之婢無竭力盡忠之人，素喜襲人心地純良，克盡職任，遂與了寶玉。

要知道，賈母可是一個聰明睿智勝過於鳳姐的傑出人物，她那非凡的洞察力在第七十一回又再一次展示出來，於是尤氏笑道：「老太太也太想的到，實在我們年輕力壯的人捆上十個也趕不上。」李紈認證說：「鳳丫頭仗着鬼聰明兒，還離腳蹤兒不遠。咱們是不能的了。」則賈母所取中的襲人確實是「心地純良，克盡職任」的一個人，十分可靠。

果然，第三十九回大家評論起各房裡的大丫鬟時，寶釵先笑道：「你們這幾個都是百個裏頭挑不出一個來，妙在各人有各人的好處。」李紈接著一一點名，先稱讚了老太太屋裏的鴛鴦，然後便指著寶玉道：「這一個小爺屋裏要不是襲人，你們度量到個什麼田地！」這也證明了賈母很有識人之明，也真心疼愛寶玉，所以才會把最信任的丫鬟之一轉給他使喚，成為寶玉最得力、最信靠的支柱。

同樣的，黛玉對襲人的人品、能力也是十分肯定的。第二十回說，黛玉在自己房中，正和寶玉、寶釵一起聊天玩笑，忽然聽到寶玉房中吵嚷起來，大家側耳聽了一聽，原來是奶娘李嬤嬤倚老賣老，在作踐無辜的襲人，黛玉先笑道：「這是你媽媽和襲人叫嚷呢。那襲人也罷了，你媽媽再要認真排場他，可見老背晦了。」脂硯齋在此便指出：「襲卿能使顰卿一讚，愈見彼之為人矣。」換句話說，很少讚美別人的黛玉會說「襲人也罷了」，就已經是很大的讚美了，代表襲人沒什麼可挑剔的。何況黛玉接著又批評李奶娘的做法是「老背晦」，也就是耳背瞎眼的聾啞老人，才會這般的仗勢欺人、雞蛋裡挑骨頭，這話實在難聽，但也正顯示出她對襲人的高度欣賞。進一步比較第二十八回黛玉對晴雯的批評，是：「你的丫頭們懶待動，喪聲歪氣的也是有的。……也該教訓教訓。」可見黛玉對襲人的慧眼青睞。

再看第二個重點，更應該注意的是，大大不同於黛玉和晴雯的關係疏離，襲人在生活上實在與黛玉十分親近。以下即舉出文本的證據來看真相是什麼。

首先，第三回黛玉剛剛抵達賈府的那一天晚上，連寶玉、李嬤嬤都已經睡了，襲人見到裏面黛玉和鸚哥猶未安歇，便悄悄進來，笑問：

> 「姑娘怎麼還不安息？」黛玉忙讓：「姊姊請坐。」襲人在床沿上坐了。鸚哥笑道：「林姑娘正在這裏傷心。自己淌眼抹淚的說：『今兒才來，就惹出你家哥兒的狂病，倘或摔壞了那玉，豈不是因我之過！』因此便傷心，我好容易勸好了。」襲人道：「姑娘快休如此，將來只怕比這個更奇怪的笑話兒還有呢！若為他這種行止，你多心傷感，只怕你傷感不了呢。」

快別多心！」

顯然襲人非常關心黛玉這個新客人，不但留意她的作息，還寬解她的多心疑慮，希望她能安心住下來，這份真誠體貼絲毫不假。最有趣的是，黛玉一見襲人進來便連忙讓坐，而襲人也就在床沿上坐了，這代表什麼意義呢？前面講過賈府的座位倫理學，在這套生活規範下，身分不同的人是不可以平起平坐的，而床榻是房間裡最尊貴的座位，可襲人卻居然直接坐在床沿上，那豈不暗示了她和黛玉是很親近的關係，正和寶玉相處的時候一樣！所以說，曹雪芹告訴我們，黛玉剛到賈府的第一天，就已經和襲人建立了很親近的關係，並不亞於專門侍候她的紫鵑呢。

再看第二十二回寶玉悟禪機的故事，當時為了平息黛玉和湘雲之間的鬧脾氣，寶玉十分努力地為雙方說和，卻弄巧成拙，落得兩邊不討好，於是心灰意冷，越想越無趣，面對黛玉的歪話再也不想分辯，轉身回房去了。即使黛玉發狠說道：「這一去，一輩子也別來，也別說話！」寶玉聽了也全不理會。這可是空前的冷淡反應啊，向來都是寶玉百般討好，認錯道歉，只求黛玉回心轉意，幾曾這樣頭也不回的絕裾而去？於是黛玉反倒有點慌了，主動到寶玉房中去察看情況。但如果直接說是要找寶玉，黛玉又拉不下臉來，那該用什麼理由比較自然呢？書中說：

> 黛玉見寶玉此番果斷而去，故以尋襲人為由，來視動靜。

在此必須認真推敲一下：從常情常理來說，沒什麼特別狀況的話，你要找的應該是平常即往來和睦的人，才會自然而然、順理成章，否則好端端的，有誰會專程去找不對盤的敵人？不但對方會覺得很奇怪，自己也很難解釋得通，豈非彆扭至極？同樣的邏輯，黛玉想要到寶玉房中去察看他的動靜，一定得要找一個很順當的藉口，而她用的理由是要找襲人，這就顯示她平常和襲人來往密切，互動很多，這一趟才不會顯得突兀。

整體的真實情況也的確是如此，因此當寶玉想要多找一個人去安慰黛玉時，便想到了襲人。第六十七回薛蟠遠遊歸來，帶回各種土產當作禮物，寶釵便一一分配好贈送給大家，而黛玉這時已經是她的乾妹妹，所以得到了雙份，只是那些江南故鄉的土產讓黛玉觸景傷情，反倒傷心起來，寶玉也替她傷感，因而回到怡紅院要告訴襲人，卻撲了空，寶玉便對麝月說：

> 我方才到林姑娘那邊，見林姑娘又正傷心呢。問起來卻是為寶姐姐送了他東西，他看見是他家鄉的土物，不免對景傷情。我要告訴你襲人姐姐，叫他閑時過去勸勸。

這豈不又再度證明了在寶玉的心目中，襲人是勸慰黛玉的好人選？如果這兩個女孩子平常犯沖、談不來，甚至彼此懷有心結乃至敵意，那寶玉的做法豈不是太奇怪了，難道他存心要製造尷尬嗎？所以說，在寶玉的心目中，襲人根本是黛玉的知己！

最有趣的例子，是第三十一回發生了晴雯跌折扇子的事件。寶玉因為心情不好而叨念了幾句，晴雯卻大肆頂撞，說話夾槍帶棒，等於反咬寶玉一大口，以致寶玉大為震怒，「氣的渾身亂戰」、「氣的黃了臉」，執意要去回王夫人，把晴雯給攆出去。幸虧襲人出面下跪相救，讓寶玉轉憤怒為傷心，連忙把襲人扶起來，嘆了一聲，在床上坐下，向襲人道：

「叫我怎麼樣才好！這個心使碎了也沒人知道。」說着不覺滴下淚來。襲人見寶玉流下淚來，自己也就哭了。晴雯在旁哭着，方欲說話，只見林黛玉進來，便出去了。

看到這裡，應該可以明顯感覺得到，黛玉和晴雯之間其實一點也不親近，甚至算是很生疏，否則怎麼會黛玉一進來，晴雯就立刻出去了，把原本要講的話也嚥了下去？顯然是黛玉讓她覺得很尷尬，於是才會離開現場，避開這難堪的場景。如此一來，豈不清楚證明了黛玉和晴雯雖然性情相類、眉眼相似，所以構成了顯性重像的關係，但在日常生活上彼此卻反倒並不投契，以致生疏到這種程度！

相反的，黛玉和襲人便親暱多了。試看晴雯一走，現場只留下寶玉和襲人，三個人簡直和樂融融，黛玉還開起了玩笑，笑道：

「大節下怎麼好好的哭起來？難道是為爭粽子吃，爭惱了不成？」寶玉和襲人嗤的一笑。黛玉道：「二哥哥不告訴我，我問你就知道了。」一面說，一面拍着襲人的肩，笑道：「好嫂子，你告訴我。必定是你兩個拌了嘴了。告訴妹妹，替你們和勸和勸。」襲人推他道：「林姑娘你鬧什麼？我們一個丫頭，姑娘只是混說。」黛玉笑道：「你說你是丫頭，我只拿你當嫂子待。」寶玉道：「你何苦來替他招罵名兒。饒這麼着，還有人說閑話，還擱的住你來說他。」襲人笑道：「林姑娘，你不知道我的心事，除非一口氣不來，死了倒也罷了。」林黛玉笑道：「你死了，別人不知怎麼樣，我先就哭死了。」

這一大段描寫實在太有趣了，可惜歷來幾乎沒有讀者注意到其中的奧妙。首先，黛玉和襲人實在非常親近，彼此相熟到完全不用顧忌，所以黛玉一面說，一面拍著襲人的肩，這一幕形景實在太驚人了，因為黛玉居然會拍襲人的肩膀，這可是空前絕後的啊！眾所周知，黛玉的性格一直是高傲孤僻、懶與人共，甚至覺得別人會帶來汙染，何時和他人這般親近？可是她卻主動去拍襲人的肩膀，完全沒有距離，這豈不是讓我們眼睛一亮？

最有趣的是，當襲人聽了黛玉所說的話以後，她的反應居然是邊推黛玉，邊說：

林姑娘你鬧什麼？我們一個丫頭，姑娘只是混說。

再想想看，在整個賈府裡面，誰敢用手去推黛玉？姑且別說黛玉的身子骨弱不禁風，如同第五十五回鳳姐的比喻，說黛玉是紙紮的「美人燈兒，風吹吹就壞了」，第六十五回興兒也說，他們這些小廝每常出門或上車，或一時院子裡瞥見一眼，都不敢出氣兒，因為「生怕這氣大了，吹倒了姓林的」，可見黛玉簡直是個易碎品，大家根本不敢碰她呀！何況黛玉心高氣傲，敏感多心，又有誰敢碰她一下？但最奇怪的是，襲人居然推了黛玉一把，這豈不是在太歲爺上動土嗎？難道她不知道黛玉的脾氣，以致這般莽撞？當然不可能！但既然知道卻又敢這麼做，就表示她並不擔心黛玉會生氣，而果然黛玉也完全不在意，這實在是太令人意外了！

再看黛玉一面拍著襲人的肩，一面說的話是：「好嫂子，你告訴我。必定是你兩個拌了嘴了。」這意謂著黛玉根本認為襲人是寶玉的妾，所以不但直接稱襲人為嫂子，還把襲人和寶玉相提並論，說「你兩個」，這可是大大的抬舉了，難怪很守分寸的襲人根本不敢承擔，於是推了黛玉一下，表示抗議，並且說：「林姑娘你鬧什麼？我們一個丫頭，姑娘只是混說。」最有趣的是，黛玉不但對襲人推她一下完全不以為意，甚至還繼續堅持說：「你說你是丫頭，我只拿你當嫂子待。」這話一點也沒有反諷的意味，反倒有一點不肯妥協的固執己見呢。

這時，寶玉便開口替襲人說話了，原來嫉妒襲人的人已經在背後說閑話，黛玉再這樣挑明了講，豈不是讓襲人更加招惹壞話嗎？因此很久以來一直深受委屈的襲人便說道：「林姑娘，你不知道我的心事，除非一口氣不來，死了倒也罷了。」顯然襲人一直百般忍耐，已經到了承受不住的地步。沒想到黛玉聽了，居然笑道：「你死了，別人不知怎麼樣，我先就哭死了。」請注意，這種話帶有生死與共的意味，簡直就像寶玉對女孩子的口吻，而黛玉卻獨獨只對襲人這般表態，那真是空前絕後、絕無僅有，顯然非比尋常。

所以說，從兩人的動作、講話的內容，我們可以發現原來事情的真相是：黛玉和襲人根本就是好姊妹，襲人也明白這一點，所以才敢對黛玉這樣百無禁忌。並且黛玉也認定襲人是寶玉的妾室，所以一再堅稱她為「嫂子」，同樣比王夫人還早一步呢。此刻我們也終於恍然大悟了：晴雯固然是黛玉的重像，只不過重像歸重像，實際上和黛玉生活最親近、情感最融洽、關係最密切的人，根本不是晴雯，而是襲人！

正因為如此，於是曹雪芹特別安排了一個設計，以呈現襲人和黛玉的友好關係，即讓她們倆同一天生日！這便是第三個重點。

我們都知道，在小說裡，只要是同生日的人都被賦予特殊的關聯，可以分為三種類型：第一種是元春和先祖榮國公，他們都是對賈家的榮華富貴很有大貢獻的人。第二種是暗示夫妻關係，第七十七回王夫人在抄檢大觀園以後，又發動第二波的人事整頓，她親自到怡紅院查閱丫頭們，因問：

「誰是和寶玉一日的生日？」本人不敢答應，老嬤嬤指道：「這一個蕙香，又叫作四兒的，是同寶玉一日生日的。」王夫人細看了一看，雖比不上晴雯一半，卻有幾分水秀。視其行止，聰明皆露在外面，且也打扮的不同。王夫人冷笑道：「這也是個不怕臊的！他背地裏說的，『同日生日就是夫妻』。這可是你說的？」

其實，四兒做為一個丫頭，連身家性命都是由主子決定，即使要作妾都很困難，又哪裡可能和寶玉做夫妻！她說這種話當然是太僭越了，難怪王夫人會生氣。但其中確實也反映出一種姻緣天注定的神祕思維，所以曹雪芹刻意設計與寶玉同一天生日的人裡面，還有一個薛寶琴，而寶琴正是賈母屬意的孫媳人選，甚至開口對薛姨媽問年庚八字，表露出這一層意思呢！可見同一天生日的確可以暗示夫妻關係，只是在整個過程中還會面臨各種變化，不能一概而論。

最值得注意的是第三種，也就是黛玉和襲人這一組。大家從來沒想過吧？一般以為具有敵對關係的兩人，居然同一天生日！關於這一點，書中連續提到了兩次，首先是在第六十二回，探春一一歷數家人的生日時，算過了一月和三月的好些人以後，笑道：「二月沒人。」襲人立刻說：

「二月十二是林姑娘，怎麼沒人？就只不是咱家的人。」探春笑道：「我這個記性是怎麼了！」寶玉笑指襲人道：「他和林妹妹是一日，所以他記的。」

後來第六十三回寶玉慶生時，大家在怡紅院掣花籤助興，黛玉抽完之後輪到了襲人，襲人的桃花籤上要求陪喝一杯的人很多，其中包括了「同辰者陪一盞」，大家算起來，發現「黛玉與他同辰」，也就是同一天生日。由此可見，這確實是很特殊的安排，顯然曹雪芹已經告訴我們，這兩人絕對不可能是敵對的陣營，相反的，一個是寶二奶奶的預定人選，一個是寶二姨奶奶的預定人選，一妻一妾彼此同心，她們是同一陣營的姊妹！這便是兩人同一天生日的象徵意義。

最後，總結一下本章所講過的重點：

第一，襲人是寶玉的摯愛之一，所以一聽說襲人要離開他，寶玉就像面臨生離死別一樣，淚流滿面，而且為了留住襲人，什麼都可以答應，可見襲人的重要性是到了讓他不顧一切的程度，這是僅次於黛玉的傷心反應啊。

第二，寶玉也是最早想要納襲人作妾的人，王夫人只是後來實際去做而已。

第三，黛玉是第二個認定襲人是寶玉姨娘的人，時間也比王夫人更早。並且黛玉不但肯定襲人非常優秀，在生活上兩人也非常親近，連肢體動作都沒有顧忌，彼此可以互相碰觸，這真是非常罕見的特例，證明了黛玉對襲人完全不見外。

第四，相反的，黛玉和她的重像晴雯之間卻是非常生疏，甚至還會覺得尷尬，簡直顛覆了我們的想當然耳。

第五，因此曹雪芹特別安排黛玉和襲人同一天生日，以暗示她們倆預定是寶玉的妻妾關係。

其實，襲人和黛玉情同姊妹，她和黛玉的重像晴雯之間也是一樣，連襲人的分身麝月都是幫助晴雯、挽救晴雯的大功臣！而襲人最終雖然沒有和寶玉共度一生，卻還是表現出始終如一的真愛。為什麼這樣說呢？請看下一章的說明。

# 37 愛，始終如一

前面我們已經看到襲人和寶玉、黛玉的真實關係是和樂融融，尤其黛玉和襲人是同一天生日的知心姊妹，反倒和晴雯這個重像彼此很疏遠，性格最像的兩個人其實根本相處不來，這可大大顛覆了一般常看到的成見。顯然曹雪芹又再次展現了偉大作家的功力，告訴我們人間的真相都不是那麼簡單！那麼，既然襲人對寶玉的感情很深，為什麼最後她會改嫁他人？而她和晴雯之間，真實的關係又是如何？對於這些問題的答案都是：愛，始終如一。

我們已經知道，襲人對寶玉的真情被曹雪芹稱為「情切切」，其深厚毋庸置疑。反過來看也是一樣，在上一章裡，提到襲人是寶玉認定的姨娘人選，而且，襲人也是寶玉第一個身心靈合一的伴侶。

第六回寶玉神遊太虛幻境後，從夢中醒來，迷迷惑惑地起身整衣，接著襲人伸手與他繫褲帶時，發現寶玉有了夢遺的情況，一問之下，寶玉便把夢中之事細說與襲人聽了：

說至警幻所授雲雨之情，羞的襲人掩面伏身而笑。寶玉亦素喜襲人柔媚嬌俏，遂強襲人同領警幻所訓雲雨之事。襲人素知賈母已將自己與了寶玉的，今便如此，亦不為越禮，遂和寶玉偷試一番，幸得無人撞見。自此寶玉視襲人更比別個不同，襲人待寶玉更為盡心。

關於這一段描寫，有三個重點必須注意：首先，寶玉平生的第一次性經驗是「強」襲人所致，其實襲人根本沒有引誘，更沒有預藏心機，只是在寶玉的要求下被動配合。第二，襲人之所以沒有反抗，原因在於那完全合乎禮教規範，所謂「襲人素知賈母已將自己與了寶玉的，今便如此，亦不為越禮」，這是因為賈母把她賞給寶玉的做法就帶有將來做妾的用意，晴雯也是一樣，所以發生這種行為並不存在道德問題，因此脂硯齋也夾批云：「寫出襲人身分。」

第三，最重要的是，這一對主僕兩人之間不但守禮，更具備了深情，從此以後「寶玉視襲人更比別個不同，襲人待寶玉更為盡心」，這兩句話分明告訴我們，寶玉心中最特別、最重要的人是襲人，而襲人對寶玉更是一片真情，這更清楚證明了上一章所提到的第十九回「情切切良宵花解語」確實表現了雙方的摯愛。

## 什麼是「改嫁」

只可惜，天下事在所難料，有情人未必終成眷屬。大家都知道，賈家後來面臨了抄家，襲人雖然是實質的姨娘，卻並沒有正式登錄而妾身未分明，以致一樣必須被拍賣，最後是花落蔣玉菡身邊。這位蔣玉菡是忠順王府裡唱小旦的戲子，小名叫做琪官，他和寶玉一見如故，結成了跨階級的好朋友，第二十八回〈蔣玉菡情贈茜香羅〉就是在講這一段獨特情分締結的過程。而後來寶玉之所以挨打，這也是主要原因之一。

關於襲人和蔣玉菡的姻緣，曹雪芹在第五回太虛幻境的人物判詞裡清楚給了暗示：

> 枉自溫柔和順，空云似桂如蘭。堪羨優伶有福，誰知公子無緣！

意思是說，襲人的「溫柔和順」、「似桂如蘭」都白費了，因為「公子無緣」，寶玉根本消受不起；最後是「優伶有福」，蔣玉菡太有福氣了，娶得了襲人這位如花美眷，多麼令人羨慕啊，那是天上掉下來、寶玉卻接不住的大禮物！

襲人和蔣玉菡的這一層關聯，曹雪芹用了一個很有趣的設計加以暗示，第二十八回說蔣玉菡十分推重寶玉，第一次見面就把珍貴的大紅色茜香羅送給寶玉，寶玉也連忙將自己身上的一條松花汗巾解了下來，遞與琪官，彼此交換了很親密的見面禮。只是，那一條松花汗巾根本是襲人的，寶玉不應該擅自送人，於是回家以後後悔不迭，便把茜香羅轉送給襲人，算是賠罪。雖然襲人並不希罕，於是給扔進了空箱子裡，但她和蔣玉菡兩人之間已經間接構成了姻緣的關係，如同湘雲的例子一樣，象徵婚姻的金麒麟從寶玉轉到了衛若蘭手上，那才是湘雲最終的歸宿，同樣的，蔣玉菡的茜香羅也是從寶玉轉給了襲人，注定彼此的終身聯繫。在這兩個例子上，居間的寶玉都只是有緣無分的中介而已。

由此可見，襲人會出現二度婚姻，這一點在第六十三回再次以另一種方式來呈現。當時寶玉在怡紅院慶生，大家掣花籤助興，黛玉抽完之後輪到了襲人，於是：

襲人便伸手取了一支出來，卻是一枝桃花，題着「武陵別景」四字，那一面舊詩寫着道是：

桃紅又是一年春。

這段描寫所運用的典故，很明顯是來自陶淵明的〈桃花源記〉，「武陵別景」即桃花源，都代表樂園的所在。而「桃紅又是一年春」這一句詩，表面上是說第二年桃花又盛開了，但曹雪芹其實又兼用《詩經・國風・桃夭》所謂的「桃之夭夭，灼灼其華。之子于歸，宜其室家」，用來暗示襲人會花開二度，擁有第二次的婚姻！

所以說，桃花是襲人的代表花，而此花的涵義非常豐富，兼具了兩層的意思：一層是暗示婚姻，另一層則是代表美好的人生歸宿。那麼，襲人的桃花源是在哪裡？大部分讀者只簡單看到賈府抄家，襲人改嫁蔣玉菡的這一段，所以認為賈府抄家相當於秦末大亂，蔣玉菡便是襲人的桃花源，但其實並沒有這麼簡單。仔細看「桃紅又是一年春」這一句，原來出自於宋代謝枋得〈慶全庵桃花〉一詩：「尋得桃源好避秦，桃紅又見一年春。」這兩次的花開明顯都是在桃花源裡，而且又都和婚姻有關，所以應該是用來隱喻襲人的一生遭遇。

首先，第一句「尋得桃源好避秦」是比喻襲人從自家進入到賈府。當時襲人因家道艱難，如同遇到秦末的亂世，才會被饑荒窮極的家人賣到賈府，而賈府就像桃花源一樣，因此第十九回說她「幸而賣到這個地方，吃穿和主子一樣，又不朝打暮罵」，甚至「他母兄要贖他回去，他就說至死也不回去的」，反倒要求家人「權當我死了，再不必起贖我的念頭」，這豈不正是「尋得桃源」而不願離開樂園嗎？同時襲人與寶玉情投意合，更被預定為寶二姨奶奶，所以也是她的第一度美好婚姻。只是沒想到賈家這塊樂土後來也面臨灰飛煙滅，襲人被賣給蔣玉菡，而締結了第二度的桃花姻緣，在賈府衰敗、寶玉出家的末世裡，襲人卻可以嫁得如意郎君，擁有幸福美滿的人生，這就是「桃紅又見一年春」的深層涵義。

但這麼一來，也許有人會質疑了，襲人這算不算是對寶玉不忠呢？答案是不算，相反的，襲人依然是情深意重，始終如一！關於這一點，曹雪芹早就清楚提出一個深刻的道理，為此還特別創造了一個空前絕後的名詞，叫做「痴理」。前面講過，這個詞出現在第五十八回的回目上，所謂「茜紗窗真情揆痴理」，用來指一種情理兼備的愛情觀，不因為專一的愛情而荒廢了其他的責任，更不應該辜負了別人，摧毀了人生！這個道理是由藕官燒紙錢來演繹的，告訴我們，衡量真情的關鍵在於那顆心，只要那顆心永遠懷念著所愛的人，那就是情深意重，根本不用去死，也不需要堅持孤守一世，有沒有續絃或改嫁，一點也不重要，你只要問問你的心就好，亦即寶玉所體認的「只在敬不在虛名」。而襲人的故事也正體現了這一種痴理。

其實，通過前面的章節，大家應該都已經知道，嚴格地說，襲人只是個丫鬟，也只能做寶玉的妾，那並不算是正式的婚姻，所以傳統禮教從不要求妾要守節，而她後來嫁與蔣玉菡，根本不能稱為「改嫁」或「再嫁」，也並沒有違背禮教道德的規範。更何況，現代人不都已經支持女性改嫁或再嫁了嗎？襲人所做的正是現代人所鼓勵的行為，怎麼反倒要挨罵呢？而且罵得比傳統衛道者還嚴厲！難怪聶紺弩為此發出不平之鳴，於〈略談《紅樓夢》的幾個人物〉一文中指出：「要求襲人守節，是比歷史上所實有的封建還封建百倍的封建。」可見批評她不忠的說法其實是很不公道的。

再從「痴理」來說，襲人確實是情深意重的忠誠女子，不但一直深深惦記著寶玉，還盡全力去照顧他，第二十回脂硯齋便說：

> 襲人出嫁之後，寶玉、寶釵身邊還有一人，雖不及襲人周到，亦可免微嫌小敝等患，方不負寶釵之為人也。故襲人出嫁後云「好歹留著麝月」一語，寶玉便依從此話，可見襲人雖去實未去也。

顯然襲人離開後，特別留下了她的分身麝月，把她的愛和付出延續下去，所以說是「雖去實未去」。這麼一來，襲人對寶玉的愛確實是始終如一，在這個充滿缺憾的世界裡維持了一種圓滿！

## 兩大丫鬟的差別待遇

除了改嫁的問題以外，關於襲人還有一個很大的爭議點，那就是她和晴雯的關係。眾所周知，晴雯和襲人都是怡紅院的大丫鬟，但兩個人的性格幾乎完全不同，甚至有人覺得她們彼此是對立的。而很明顯的，偏向晴雯的讀者占了絕大多數，以致在看待這兩個人物時，難免出現偏袒或者雙重標準之類的情況，當然也免不了以偏概全，於是在讀者的接受心理上，便形成了很普遍的差別待遇。

先舉一個例子來看。第五回太虛幻境的薄命司裡，存放著上中下三等女子的命運簿冊，襲人、晴雯都是列入金陵十二釵「又副冊」裡的女子，這是因為她們都是底層的丫鬟，符合了階級的分類，而曹雪芹連在仙境裡都使用階級身分來作分類的標準，可見他確實沒有反封建的意思。當寶玉神遊太虛幻境時，打開下層「又副冊」的櫥櫃，拿出一本冊子來揭開一看，就出現晴雯、襲人的圖讖：

只見這首頁上畫着一幅畫，又非人物，也無山水，不過是水墨滃染的滿紙烏雲濁霧而已。後有幾行字跡，寫的是：

霽月難逢，彩雲易散。心比天高，身為下賤。風流靈巧招人怨。壽夭多因毀謗生，多情公子空牽念。

這一段所指的便是晴雯。曹雪芹採用了讖謠的製作手法，通過雙關加以暗示，請注意一下：圖畫上「烏雲濁霧」的雲、霧，以及判詞裡「彩雲」的雲，都是雨字頭，它們本來就是指水氣所形成的樣子，和晴雯的「雯」字一樣。再看「霽月」的霽，也同樣是雨字頭，用來指雨、雪停了，天氣放晴的意思，這便相當於晴雯的「晴」。由此可見，這幅圖讖用的是別名法，以事物的別名來雙關人物，於是用雲、霧暗示「雯」字，以霽月的「霽」暗示晴雯的「晴」。至於判詞裡所謂的「身為下賤」，指晴雯的身分低下，因為在傳統社會中丫鬟屬於賤民，這也符合又副冊的分類標準。

在此有一個很有趣的問題，剛好可以用來提醒大家，一般人在讀書思考、待人處世的時候，常常會出現一個大盲點，阻礙了我們真正的進步。那是什麼盲點呢？原來，一般人只看到晴雯「心比天高」、「風流靈巧」的優點，以及「壽夭多因毀謗生，多情公子空牽念」的悲劇，於是忿忿不平，接著便開始找替罪羊，以致襲人成了箭靶。這本又副冊的第二個人物就是襲人，圖上「畫着一簇鮮花，一床破席」，即以「花」字提示襲人的姓氏，而「一床破席」則是以草席的「席」來諧音襲人的「襲」，和晴雯的圖讖一樣，都是一種雙關的手法。

可是卻有很多人說，襲人的「一床破席」是要用這個「破」字來暗示襲人品格卑劣，然而這明顯是用成見去望文生義、穿鑿附會，因為前面的兩章清楚展現了襲人的美好品格，並且最重要的是，明明晴雯的圖讖更明顯地有負面的描寫，為什麼讀者卻常常視而不見、避而不談？

仔細想想，晴雯的這幅畫是「又非人物，也無山水」，如果用同樣的標準，那麼豈不是應該要解釋為「晴雯不是人」嗎？何況它下面又接著說「不過是水墨滃染的滿紙烏雲濁霧而已」，整張圖看起來完全是一團烏煙瘴氣，豈不更是汙濁不堪！可為什麼讀者卻對此視若無睹，也不加以引申發揮呢？原來就是因為心裡面已經存了很深的成見，所以才會雙重標準而不自知。

當然，曹雪芹確實沒有批評晴雯的意思，但同樣的，曹雪芹更沒有要諷刺襲人，其實，無論是「一床破席」還是「滿紙烏雲濁霧」，都是用來指悲劇的象徵！可不要忘了，這些登錄著金釵們未來命運的簿冊，都是放在薄命司裡，其中的描述往往搭配了各種負面的形容詞，例如香菱的是「水涸泥乾，蓮枯藕敗」，黛玉的是「兩株枯木」，也包括了乾涸、枯敗的詞彙。那麼很顯然的，曹雪芹用這些負面的形容詞是要暗示這些女性都會面臨薄命的悲劇，根本不是用來批評她們的人品不好！

所以說，如果不認真思考，要求自己要公平、公正、理性地去待人事物，就很容易會雙重標準，而雙重標準也常常會導致是非不分，甚至冤枉了好人。

## 同心互助的姊妹情誼

那麼，襲人與晴雯這兩個人真實的關係究竟如何？其實，襲人既然和黛玉情同姊妹，她和黛玉的重像晴雯也是一樣，甚至連同襲人的分身麝月在內，都是幫助晴雯、挽救晴雯的大功臣！

我們都知道，麝月這個丫鬟是襲人的分身，連寶玉都這麼認證過。第二十回時，整個屋子放了空城，只剩下麝月一個人守著，獨自在外間房裏燈下抹骨牌。寶玉笑問道：「你怎不同他們頑去？」麝月道：

「都頑去了，這屋裏交給誰呢？那一個又病了。滿屋裏上頭是燈，地下是火。那些老媽媽子們，老天拔地，伏侍一天，也該叫他們歇歇；小丫頭子們也是伏侍了一天，這會子還不叫他們頑頑去。所以讓他們都去罷，我在這裏看着。」寶玉聽了這話，公然又是一個襲人。

而這樣體貼別人、以大局為重的麝月，又是怎麼對待晴雯的？請看第五十二回，墜兒偷竊金鐲子的醜事東窗事發，晴雯禁不住暴怒起來，不但動用酷刑，還自做主張叫人把墜兒攆出去。其實這是逾越分際的不當做法，因為人事權是在襲人的手上，晴雯並不應該擅自決定，因此宋嬤嬤笑道：「雖如此說，也等花姑娘回來，知道了，再打發他。」但晴雯堅持假傳聖旨，說是寶玉千叮萬囑的命令，要宋嬤嬤依言行事，照她的話去做。請注意，這時候麝月卻沒有加以阻止，反而支持晴雯道：「這也罷了，早也去，晚也去，帶了去早清淨一日。」可見是站在晴雯這一邊的。

更明顯的是不久以後，墜兒的母親被叫來帶走女兒，她心裡當然很不是滋味，於是不服地說：

「姑娘們怎麼了，你侄女兒不好，你們教導他，怎麼攆出去？也到底給我們留個臉兒。」晴雯道：「你這話只等寶玉來問他，與我們無干。」那媳婦冷笑道：「我有膽子問他去！他那一件事不是聽姑娘們的調停？他縱依了，姑娘們不依，也未必中用。比如方才說話，雖是背地裏，姑娘就直叫他的名字。在姑娘們就使得，在我們就成了野人了。」晴雯聽說，一發急紅了臉，說道：「我叫了他的名字了，你在老太太跟前告我去，說我撒野，也攆出我去。」

在此先解釋一下，晴雯的越俎代庖確實是寶玉縱容出來的，人所共知，墜兒之母也完全了解這一點，於是她又就地取材，當場指出晴雯的另一個逾越分際，亦即直呼寶玉的名字！原來在這種注重倫理的大家族裡，下人稱呼主子時是禁止直呼其名的，提到主子的時候，都必須加上太太、奶奶、二爺等等之類的尊稱。然而晴雯卻直接稱「寶玉」，這種無禮的行為可以說是怡紅院的大丫頭才有的特權，換作其他的僕人就會成為沒規矩的「野人」，那一定會受到申斥責罵。

難怪晴雯一聽，便急紅了臉，她被揭發了毛病，又不能強辯這個撒野的行為是對的，於是惱羞成怒，要對方去向賈母告狀。可其實，一個地位最低下的女僕又哪裡能到得了老祖宗的面前？足見晴雯在理虧時的反擊，仍然帶著有恃無恐的刁蠻風格。這時候，麝月居然站出來，幫著晴雯聯手對付那個媳婦，她連忙說了一大篇反駁對方的話，道：

「嫂子，你只管帶了人出去，有話再說。這個地方豈有你叫喊講禮的？你見誰和我們講過禮？別說嫂子你，就是賴奶奶、林大娘，也得擔待我們三分。……嫂子原也不得在老太太、太太跟前當些體統差事，成年家只在三門外頭混，怪不得不知我們裏頭的規矩。這裏不是嫂子久站的，再一會，不用我們說話，就有人來問你了。有什麼分證話，且帶了他去，你回了林大娘，叫他來找二爺說話。家裏上千的人，你也跑來，我也跑來，我們認人問姓，還認不清呢！」說着，便叫小丫頭子：「拿了擦地的布來擦地！」

請看麝月的做法，那等於是一種徹底的羞辱了，不但把對方貶低為無足輕重的下等人，而且直接趕她出去，最後還叫小丫頭拿抹布來擦地，豈不是嫌棄對方骯髒到了極點嗎？這種副小姐的高傲姿態，幾曾出現在襲人之類的人身上？而麝月這空前絕後的唯一一次，為的就是要幫助晴雯啊！誰叫晴雯驕縱到被人家抓到了大把柄，如果不下猛藥，鎮壓住對方，又怎麼救得了她？

由此可見，怡紅院的丫鬟之間哪裡有什麼明爭暗鬥的對立，根本都是情同姊妹而互相幫助，偶爾發生的拌嘴只不過是無關緊要的生活瑣事，就像每一個家庭都會有的情況。一旦真正的危機出現時，深厚的情誼便展現出來了。

## 子虛烏有的告密說

麝月如此，襲人亦然，接下來便可以仔細釐清襲人和晴雯的關係了。

在此，要請大家特別注意兩件事：第一件，是第三十一回發生了晴雯跌折扇子的事件，晴雯犯了錯卻十分刁蠻，說話夾槍帶棒，等於反咬了寶玉一大口，以致寶玉大為震怒，執意把晴雯給攆出去。只要認真想一想，便可以了解到：如果襲人真的有心要剷除晴雯，這豈不是最好的一大時機嗎？她根本什麼話也不用說，什麼事也不用做，完全不費吹灰之力就可以達到目的，又何必白白放過，等到以後再用告密這種效果很不確定的做法？你真的以為壞人會那麼笨嗎？然而，這時襲人的表現卻是大大令人感動，寶玉道：

「我何曾經過這個吵鬧？一定是你要出去了。不如回太太，打發你去吧。」說着，站起來就要走。襲人忙回身攔住，……襲人見攔不住，只得跪下了。碧痕、秋紋、麝月等眾丫鬟見吵鬧，都鴉雀無聞的在外頭聽消息，這會子聽見襲人跪下央求，便一齊進來都跪下了。寶玉忙把襲人扶起來，嘆了一聲，在床上坐下，叫眾人起去，向襲人道：「叫我怎麼樣才好！這個心使碎了也沒人知道。」說着不覺滴下淚來。襲人見寶玉流下淚來，自己也就哭了。

其實，襲人因為好心沒好報，還被晴雯反咬一口，當時已經氣得往外走了，但是一聽到寶玉堅持要去攆出晴雯，居然連忙回身攔住，這已經是不計前嫌的好心腸、大心胸了，想想看，肯立刻原諒剛剛才夾槍帶棒諷刺自己的人，又有幾個？更難得的是，寶玉依然堅持要去攆走晴雯，襲人見攔不住，只得跪下了，以致外面所有的丫鬟都一起進來跪下央求，這才讓寶玉心軟下來，化解了晴雯最大的危機，也才能繼續留在怡紅院過著優渥的日子。

想想看，有誰會願意為敵人而下跪？又有誰會這樣幫助敵人，費那麼大的力氣把敵人留下來？只要用一點常識，便會明白答案都是不可能的。既然從情理來說根本不可能，那就只有一個解釋了，即襲人從沒有把晴雯視為敵手，更沒有要陷害她的用心，相反的，她把晴雯當作好姊妹，所以願意犧牲付出，而成為挽救晴雯的大功臣！

除此之外，要請大家特別注意的第二件事，是這種好姊妹的關係另外還在一處小地方顯露出來。第六十二回寶玉走出怡紅院：

> 剛出了院門，只見襲人、晴雯二人攜手回來。寶玉問：「你們做什麼？」襲人道：「擺下飯了，等你吃飯呢。」

請注意，這兩個丫鬟居然手牽著手，一起來找寶玉呢，一般人根本沒注意的這一段描寫，卻更證明了事情的真相，確實她們倆是同心協力的好姊妹，曹雪芹所寫的一切都很一致。只可惜帶有成見的讀者總是以偏概全、斷章取義，才會造成了顛倒的誤解。

所以說，一般所謂的「告密說」根本就是流入世俗的成見，是子虛烏有的穿鑿附會，屬於《紅樓夢》最常見的誤解之一。有很多人說，王夫人抄檢大觀園以後把晴雯攆了出去，相關情報都是襲人提供的，並且認定就是襲人告密。但其實，第三十四回寶玉挨打以後，襲人專程去見王夫人時，所陳述的一番道理根本就不是告密，而應該稱為建言，她說：

> 「我也沒什麼別的說。我只想着討太太一個示下，怎麼變個法兒，以後竟還教二爺搬出園外來住就好了。」王夫人聽了，吃一大驚，忙拉了襲人的手問道：「寶玉難道和誰作怪了不成？」襲人連忙回道：「太太別多心，並沒有這話。」

自始至終，襲人所說的話裡完全沒有涉及任何個別的人事，連真正告密害寶玉挨打的賈環都迴避不談，只是從原則上建議把寶玉遷出大觀園而已。這豈能歪曲為告密呢？這一點，只要讀者不帶成見仔細去看，就可以看得很明白。

至於第七十四回的抄檢攆逐這件事，曹雪芹說得很清楚，真正告密的人是王夫人處的婆子們。第七十七回指出：

> 王善保家的去趁勢告倒了晴雯，本處有人和園中不睦的，也就隨機趁便下了些話。王夫人

皆記在心中，因節間有事，故忍了兩日，今日特來親自閱人。一則為晴雯猶可，二則因竟有人指寶玉為由，說他大了，已解人事，都由屋裏的丫頭們不長進教習壞了。因這事更比晴雯一人較甚，乃從襲人起，以至於極小作粗活的小丫頭們，個個親自看了一遍。

這豈不是很明白嗎？隨機趁便下了些話在王夫人耳中的，是「本處有人和園中不睦的」的那些人，她們也正是第四十九回湘雲好心提醒寶琴時所說的：

若太太不在屋裏，你別進去，那屋裏人多心壞，都是要害咱們的。

其中應該包括夫人的陪房們，她們年輕時跟著太太陪嫁過來，所以受到王夫人的信任和家族的尊重，第七十七回說周瑞家的等人受王夫人之命攆出司棋，便因為平日「深恨他們素日大樣」，所以毫不留情。此外，第七十四回又說「王夫人向來看視邢夫人之得力心腹人等原無二意」，則這些「心壞」的人之中更可以包括邢夫人的陪房王善保家的，不但香囊是她送來的，告倒晴雯的也是她。並且最值得注意的是，王夫人真正在意的，根本不是晴雯，而是寶玉可能被教壞的這件事，所以才會有後面第二波的攆逐行動，也因此，當王夫人特別親自來查閱所有大大小小的丫鬟時，其中也包括了襲人！如果襲人是所謂的告密者，這個情況就太奇怪了，根本不合邏輯。

## 沒有隱私的玻璃屋

再說，可以提供情報的人，實在是太多了，因為賈家的生活基本上是半公開的，幾乎沒有個人隱私，這些主子們周圍隨時都有二三十個人照應，寶玉的一舉一動又哪裡可以隱藏？看在眼裡的人根本難以列舉。關於這一點，我舉三個例子，大家就會明白貴族生活真的和我們非常不一樣，如果用現代的常識去推論的話，幾乎是一定會出錯。

第一個例子在第七回，周瑞家的奉命去送宮花，要往鳳姐兒處的路上，「穿夾道從李紈後窗下過，隔着玻璃窗戶，見李紈在炕上歪着睡覺呢」。連睡覺都可以被路過的人一目了然，可見這些主子們看似尊貴，其實就像活在玻璃屋裡，沒有隱私權可言啊。

第二個例子更不可思議了，發生在第七十四回，先前賈璉夫妻因為財務困境，於是向鴛鴦借出賈母的東西典當應付。沒想到邢夫人居然知道了，趁機敲詐，要賈璉給她二百銀子，做八月十五中秋節的使用，這真是讓賈璉有苦說不出，回到房裡唉聲嘆氣。鳳姐也很納悶，回想道：「那日並沒一個外人，誰走了這個消息。」平兒聽了，也細想當天有誰在此，想了半日，想到只有一個可能：

「晚上送東西來的時節，老太太那邊傻大姐的娘也可巧來送漿洗衣服。他在下房裏坐了一會子，見一大箱子東西，自然要問，必是小丫頭們不知道，說了出來，也未可知。」因此便喚了幾個小丫頭來問，那日誰告訴呆大姐的娘。眾小丫頭慌了，都跪下賭咒發誓，說：「自來也不敢多說一句話。有人凡問什麼，都答應不知道。這事如何敢多說。」鳳姐詳情說：「他們必不敢，倒別委屈了他們。」

確實，在鳳姐的精兵訓練之下，連那些小丫頭都知道輕重，而守口如瓶，但卻還是走漏了消息，並且到底是誰告的密，最後還是沒有水落石出，變成了一樁懸案。想想看，連鳳姐住處這麼一個銅牆鐵壁的地方都出現了縫隙，豈不是令人毛骨悚然嗎？

既然連王熙鳳住處這樣嚴密的地方都會無故走風，怡紅院更不用說了，第三個例子就和怡紅院有關。前面說過，大觀園廚娘柳家的女兒柳五兒一心想進怡紅院當差，但因故拖延了下來，一直都沒有呈報公開。只是萬萬沒有想到，這件私下密謀的人事案居然連守門的小廝都聽說了！第六十一回柳家的要進園子，守門的小廝向她要好處，同時保證未來也會以放寬門禁做為回報，他笑道：

「我看你老以後就用不着我了？就便是姐姐有了好地方，將來更呼喚着的日子多，只要我們多答應他些就有了。」柳氏聽了，笑道：「你這個小猴精，又搗鬼吊白的，你姐姐有什麼好地方了？」那小廝笑道：「別哄我了，早已知道了。單是你們有內牽，難道我們就沒有內牽不成？我雖在這裏聽哈，裏頭卻也有兩個姊妹成個體統的，什麼事瞞了我們！」

看看哪，這豈不是太恐怖了嗎？原來，連一個守門的小廝都有內牽，也就是內線，可以掌握到怡紅院裡的各種機密，那還有什麼事能瞞得住外人？我把這種情況比喻為一大張無形的蜘蛛網，當中的怡紅院有任何的動靜，都會傳到其他各處，哪裡有祕密可言！

也因此，回到第七十七回王夫人親自檢閱怡紅院所有的丫鬟這件事，當時王夫人問道：

「誰是和寶玉一日的生日？」本人不敢答應，老嬤嬤指道：「這一個蕙香，又叫作四兒的，是同寶玉一日生日的。」

請注意，把四兒指出來的人，居然是一個名不見經傳的老嬤嬤，並且她不但知道四兒和寶玉同一天生日，還知道四兒原來叫做蕙香！然而蕙香被改名為四兒，是發生在第二十一回的古早事了，距離現在都已經好幾年，可是老嬤嬤還記得清清楚楚。足見怡紅院裡大大小小的任何事，根本都隱藏不了，連最外圍的老嬤嬤都瞭若指掌，而現在，不就是她們當場提供新的情報嗎？

所以說，寶玉疑問道：「咱們私自頑話怎麼也知道了？又沒外人走風的，這可奇怪。」這段話只是暴露出寶玉的天真無知而已。想想看，連不知名的下等老嬤嬤都握有情報資源，何況還有其他許許多多的內線？因此，很多讀者一口咬定是襲人告密，那真是人云亦云的流入世俗之見了。

現在釐清了襲人不但沒有告密，而且和她的分身麝月其實都是幫助晴雯的好姊妹，那麼，晴雯又為什麼會被攆出去？關於這一點，其實晴雯自己必須負最大的責任，等到晴雯的單元時再詳細解說。

最後，總結一下本章所講到的重點：

第一，襲人再嫁蔣玉菡，不但並不違反禮教道德，更是痴理觀的體現，她對寶玉的愛始終如一，心安理得。而襲人雖然也被分類在薄命司裡，但她的結局卻可以說是所有金釵裡最好的一個，這樣的安排也許是曹雪芹對她的獎賞！

第二，對於又副冊中關於晴雯、襲人的兩幅圖讖，一般常見的解釋很清楚地呈現出雙重標準，警惕我們：成見是很可怕的，會誤導讀者落到誤解的懸崖去。

第三，襲人和晴雯之間其實是情同姊妹，襲人和她的分身麝月都是挽救晴雯的大功臣，解除了晴雯的各種危機，包括麝月唯一一次做出副小姐的高傲姿態，為的就是要幫助晴雯！

第四，襲人更是晴雯的救命恩人，當寶玉堅持要把晴雯攆出去的時候，是襲人帶頭下跪求情，才保住她的，足以充分證明襲人的高尚品格，以及雙方的深厚情誼，難怪會出現兩人手拉著手的友好畫面。

第五，因此，所謂的告密說根本不能成立，因為完全缺乏動機，也不符合個性，何況襲人對王夫人所說的那一番話根本只是原則性的建言。

第六，再何況可以告密的人太多了，連守門的小廝、不知名的老嬷嬷都掌握了許多情報，可見這種大家族簡直是生活在玻璃屋裡，沒有隱私可言，這是注重個人主義的現代人所忽略的環境特色。

下一章，要看另一個著名的丫鬟晴雯了。大家都很喜歡她直率而強烈的風格，甚至認為她人品高潔卻遭受陷害，也因此對她的早死忿忿不平，但事實並沒有那麼簡單，你應該不知道，曹雪芹還挪用了褒姒這個亡國的女性來塑造晴雯呢！這真是太令人吃驚了，到底是怎麼回事？請看下一章的說明。

# 晴雯：

## 寵妃的養成與毀滅

晴雯

# 38 野地的荊棘

從這一章起，要講另外一個著名的丫鬟，晴雯。

一般來說，晴雯這個少女很受大家的喜愛，大多數讀者也都看到了她的優點。可是啊，我在自己身邊遇到過幾個活生生的晴雯，其中還有一個是晴雯加林黛玉，剛開始覺得很可愛，但愈來愈必須忍耐才能夠相處，多年下來終於無法再忍受了，於是很清楚地看到：小說人物一旦在現實生活中出現時，所帶來的感受是完全不同的。因為隔著距離去看一個人，就像隔了一層薄紗，通常會多添上幾分的美感，所以叫做「審美距離」，但那很可能會讓人以偏概全，而過度美化，果然我們也總是忽略很多曹雪芹提供出來的線索，把一個立體的、豐富的人物給扁平化了，對晴雯也是如此。

在這兩章裡，我們將重新閱讀晴雯這個人物，仔細思考待人處事的一些問題。

首先來看晴雯的性格特點，我把她比喻為「野地的荊棘」。所謂的「野地」，是指一種無拘無束的空曠環境，「荊棘」則是指極力伸張自我的生存狀態，這可以說是對晴雯一個很貼切的比喻。而我們在情感認同上會大幅地偏向晴雯，主要是因為現代個人主義非常盛行的誤導，以為那種為所欲為的率性就代表了「真我」。然而，只要肯客觀地仔細思考晴雯的所作所為，恐怕便會有不同的看法。

那麼，晴雯為什麼會長成一株野地的荊棘呢？這就要從她的天賦與出身說起。首先，晴雯是個孤兒。從第七十七回的介紹，可知晴雯前期的人生是這樣的：

> 這晴雯當日係賴大家用銀子買的，那時晴雯才得十歲，尚未留頭。因常跟賴嬤嬤進來，賈母見他生得伶俐標緻，十分喜愛。故此賴嬤嬤就孝敬了賈母使喚，後來所以到了寶玉房裏。這晴雯進來時，也不記得家鄉父母。只知有個姑舅哥哥，專能庖宰，也淪落在外，故又求了賴家的收買進來吃工食。賴家的見晴雯雖到賈母跟前，千伶百俐，嘴尖性大，却倒還不忘舊，故又將他姑舅哥哥收買進來，把家裏的一個女孩子配了他。

由此可見，晴雯是通過賈府的總管賴大家才有機會來到賈府，又因為天生伶俐標緻而獲得了賈母的喜愛，所以再到了寶玉身邊。但晴雯就像香菱一樣，連父母家鄉都記不得了，我們也完全不知道她十歲以前到底是怎樣過活的，只知道她還有一個很擅長廚藝的姑舅表哥，但對於這一對表兄妹究竟怎麼過日子，具體的情況便不得而知了。

我們只能從常理來推測，一般來說，孤兒的環境就像野地一樣，不但沒有溫暖的親情，也缺乏倫理教養的約束，晴雯一定不可能過得很好。但很特別的是，再從晴雯的性格是「千伶百俐，嘴尖性大」來看，恐怕她是靠著伶俐的本事才能夠在社會底層求生，而她居然能夠一直保有「嘴尖性大」，也就是說話尖銳、脾氣驕縱的個性，那實在很少見。比較一下香菱的處境，便可以更明白了：香菱自從被拐子帶走以後，一直過著非常委屈的恐怖生活，第四回說「他是被拐子打怕了的，萬不敢說」，每天活在暴力陰影之下，身心都充滿了恐懼，這哪裡能養成或保持「嘴尖性大」的作風呢？

因此必須說，晴雯的情況非常特別，和表面看起來身世類似的香菱其實並不一樣，在晴雯的環境裡，她的求生之道反倒得要靠著潑辣和強悍才能保護自己，而這其實便是一種野性。於是晴雯有如一棵野地上的荊棘，愈來愈帶刺，這應該就是晴雯總是像怒張的荊棘般生長的環境因素。

另外，從前面第七十七回的那一段描寫來說，至少可以看到晴雯的一個優點，那就是念舊。她自己很幸運地來到了寬柔待下的賈府，更受到了賈母這位最高權威者的喜愛，卻沒有忘記這個表哥，所以央求賴大家的一起買進來，讓表哥不用繼續在外面流浪，而有個可以安穩的歸屬，這確實是很難得的品行。想想看，賈家簡直就是一個人間樂園，生活優渥，吃穿和主子一樣，比起一般人家，實在要好上不知多少倍，因此即使有機會可以回家，恢復自由，大部分的人卻都寧可繼續留在賈家。例如第十九回說：「襲人在家聽見他母兄要贖他回去，他就說至死也不回去的。又說……如今幸而賣到這個地方，吃穿和主子一樣，又不朝打暮罵。」豈止是襲人如此，連晴雯亦然，第三十一回當寶玉被晴雯激怒以後，發狠執意要去回王夫人攆她出去，這時晴雯也說：

「我一頭碰死了也不出這門兒。」可見情況完全一樣。

還有，第五十八回因為宮中的老太妃薨逝，各官宦之家都要避免娛樂，以表示哀悼，於是一概遣散家裡的戲班子，賈家也準備遣發那十二個女孩子。而他們的做法是多麼寬厚啊，不但不要求身價銀來贖身，還另外奉送盤纏，這應該很有鼓勵的效果吧？沒想到情況出乎我們的意料，王夫人「將十二個女孩子叫來當面問，倒有一多半不願意回家的，……所願去者止四五人」，這是當然的結果，因為賈家是如此慈善厚道，留在這裡比回自己的家更好。果然那些不願離開的就分散在園中使喚，「就如倦鳥出籠，每日園中遊戲。眾人皆知他們不能針黹，不慣使用，皆不大責備」，難怪她們寧願不回自己的家了。而晴雯來到這個桃花源以後，還記得流落在外的表哥，願意幫助他一起分享生活的福祉，顯示她確實不忘舊，十分難得。這個優點應該也是怡紅院其他的丫鬟們願意包容她，一起和睦相處的原因。

所以說，晴雯這一株來自野地的荊棘可以繼續地蓬勃生長，張牙舞爪，當然必須要有環境的幫助，那就是賈府的寬厚優待。其中最重要的是寶玉的溺愛和縱容，對晴雯缺少倫理教養的約束，這當然也算是一種野地了。

以致我們發現到一個很奇特的現象，亦即：晴雯一直都被說是「千伶百俐」，第五回的人物判詞也稱她是「風流靈巧」，所以「賈母見他生得伶俐標緻，十分喜愛」，第七十四回還說「他本是個聰明過頂的人」，但奇怪的是，這份非凡的聰明伶俐卻並沒有發展成周延的思考能力，讓她懂得深謀遠慮、顧全大局，並且用在解決問題上，反而一直停留在以前那種只在當下立即應變的程度。也就是說，晴雯雖然擁有遇到狀況時臨機應變的快速反應，但卻考慮得不多，所以第三十一回寶玉說她是「這麼顧前不顧後的」，第五十三回曹雪芹也說她「素習是個使力不使心的」，即賣力氣而不用頭腦。

這樣一來，晴雯的性格便很明顯了。她其實帶有一種原始腦筋的直率，心思並不細膩縝密，個性粗枝大葉，憑感覺行動，基本上很少思考，也就比較容易衝動，不懂得忍耐，絕對不是一個溫柔體貼的人。

## 伶俐卻質樸的粗胚瓷器

也因此，寶玉在送舊手帕給黛玉時，便是選派晴雯去瀟湘館的，那並非因為她是黛玉的重像，更不是因為她站在寶、黛之戀的這一邊，成了所謂的傳情大使；事實上是完全相反，其實寶玉之所以會避開襲人，而派遣晴雯，原因就是晴雯根本搞不清楚狀況！這個頭腦簡單、瞻前不顧後的人，完全不知道這種私相傳授愛情信物的行為是嚴重犯禁的，所以才不會加以阻擋。

請看第三十四回說，寶玉伸手拿了兩條手帕子撂與晴雯，笑道：「就說我叫你送這個給他去了。」晴雯覺得簡直莫名其妙，說：「這又奇了。他要這半新不舊的兩條手帕子？他又要惱了，說你打趣他。」寶玉笑道：「你放心，他自然知道。」晴雯聽了，只得拿了手帕往瀟湘館來。當時黛玉剛剛睡下了，便問是誰，要做什麼，晴雯回報道：

「二爺送手帕子來給姑娘。」黛玉聽了，心中發悶：「做什麼送手帕子來給我？」因問：「這帕子是誰送他的？必是上好的，叫他留着送別人罷，我這會子不用這個。」晴雯笑道：「不是新的，就是家常舊的。」林黛玉聽見，越發悶住，着實細心搜求，思忖了半日，方大悟過來，連忙說：「放下，去罷。」晴雯聽了，只得放下抽身回去，一路盤算，不解何意。

原來，黛玉所領悟到的就是「定情」的意思，那是從才子佳人之類的小說裡學來的。寶玉同樣看過這一類的故事，那些書就是當初住進大觀園時，他的小廝茗烟偷渡進來給他看的，因此他學會了這一套儀式，這會兒挨打以後臥病在床，怕黛玉擔心，所以藉機模仿了一下，難怪他根本不怕黛玉會誤解。而果然黛玉也能夠心領神會，所以並沒有生氣，反倒又驚又喜，情緒激動得寫起了題帕詩呢。

這麼一來，唯一搞不清楚狀況的，就是晴雯這個中間人了。試看晴雯放下了手帕抽身回去以後，還「一路盤算，不解何意」，我猜想，她一定覺得很奇怪，明明寶玉送的是用過的舊手帕，怎麼向來多心愛惱人的黛玉卻居然沒生氣呢？還有，寶玉這是在做啥呀？突然送兩條舊手帕，又是什麼意思啊？晴雯從沒見過這麼奇怪的事，於是一路上盤算，卻想不出有什麼道理。這便清楚顯示了晴雯確實頭腦簡單，「素習是個使力不使心的」，所以這時候才會被派上用場，只要她來幫忙跑腿就好了，不用懂太多，這反倒更好。因此簡單地說，晴雯之所以擔起了傳遞手帕以示定情的任務，正是因為她根本不懂情，只是單純的跑腿而已，所以完全不是才子佳人那一套故事裡的紅娘，也和寶、黛之間的愛情發展沒有任何關係！

而晴雯所使的力，的確有一點為她大大的加分，那就是她的好手藝。第五十二回〈勇晴雯病補雀金裘〉是很有名的一段情節，也確實是彰顯晴雯形象的光輝之筆，多少人因此讚嘆晴雯的忠誠與付出，為了寶玉可以這樣拚死拚活，令人非常感動！那段故事說道：有一天早晨，天快要下雪了，於是賈母命鴛鴦去取了一件氅衣來，寶玉一看，整件斗篷金翠輝煌，碧彩閃灼，卻又不是先前送給寶琴的那一領鳧靨裘，只聽賈母笑道：

這叫作「雀金呢」，這是哦囉斯國拿孔雀毛拈了線織的。前兒把那一件野鴨子的給了你小妹妹，這件給你罷。

寶玉恭恭敬敬地接受了，然後穿著去舅舅王子騰家慶生賀壽，沒想到一不小心在後襟子上燒了一塊，因此又是懊惱、又是擔心，回到怡紅院以後忍不住哀聲嘆氣。麝月仔細一瞧，果見有指頂大的燒眼，於是推論說：

「這必定是手爐裏的火迸上了。這不值什麼，趕着叫人悄悄的拿出去，叫個能幹織補匠人織上就是了。」說着，便用包袱包了，交與一個媽媽送出去，說：「趕天亮就有才好，千萬別給老太太、太太知道。」婆子去了半日，仍舊拿回來，說：「不但能幹織補匠人，就連裁縫、綉匠並作女工的問了，都不認得這是什麼，都不敢攬。」麝月道：「這怎麼樣呢！明兒不穿也罷了。」寶玉道：「明兒是正日子，老太太、太太說了，還叫穿這個去呢。偏頭一日就燒了，豈不掃興。」晴雯聽了半日，忍不住翻身說道：「拿來我瞧瞧罷。沒個福氣穿就罷了。這會子又着急。」寶玉笑道：「這話倒說的是。」說着，便遞與晴雯，又移過燈來，細看了一會。晴雯道：「這是孔雀金線織的，如今咱們也拿孔雀金線就像界線似的界密了，只怕還可混得過去。」麝月笑道：「孔雀線現成的，但這裏除了你，還有誰會界線？」晴雯道：「說不得我掙命罷了。」

接下來便是晴雯賣命咬牙織補的過程了，她補兩針，又看看，再織補兩針，又端詳端詳，無奈頭暈眼黑，氣喘神虛，補不上三五針，便伏在枕上歇一會，就這樣斷斷續續地掙扎著去做。好不容易補完了，她說了一聲：「補雖補了，到底不像，我也再不能了！」然後噯喲了一聲，就身不由主地倒下，寶玉連忙命小丫頭來幫她捶著，一會兒天亮便即刻請大夫來看診。這一幕賣命付出到了油盡燈枯的情景，真是令人動容！

只不過，曹雪芹的用心並沒有這麼簡單，在這一段描述裡，他其實還要告訴我們三件事情：

第一，晴雯確實是手藝超群。想想看，在京城這個最進步的地方裡，連最專業的各種技術人員都束手無策，因為那一領雀金裘是他們根本連見都沒見過的精品，又怎麼會有相關的織補能力？萬一補壞了可賠不起啊，難怪都不敢攬下工作。可晴雯卻能夠勝任，這豈不表示晴雯是京城第一的能手了嗎？

第二，但最有能力的人不一定就會最盡心盡力。固然晴雯這時候確實拚命去織補，可是這並不是因為其他的人都對寶玉不用心，相反的，大家其實都比晴雯還認真！只是襲人剛好回娘家去了，其他人則是全都沒有這樣的一雙巧手，根本幫不上忙，只能乾著急，否則她們早就幫寶玉處理好了，哪裡會輪得到晴雯來表現？

因為晴雯平常是很懶得動的，試看事後到了第六十二回，已經回來的襲人便忍不住調侃晴雯說：「我煩你做個什麼，把你懶的橫針不拈，豎線不動。一般也不是我的私活煩你，橫豎都是他的，你就都不肯做。怎麼我去了幾天，你病的七死八活，一夜連命也不顧給他做了出來，這又是什麼原故？」晴雯聽了，只好笑著裝傻，這等於是默認自己平常很懶惰呀。

再例如第五十一回夜深了，應該要開始打理就寢事宜，但晴雯只在熏籠上坐著取暖，麝月便笑道：「你今兒別裝小姐了，我勸你也動一動兒。」晴雯居然說：「等你們都去盡了，我再動不遲。有你們一日，我且受用一日。」這時麝月也沒生氣，笑道：「好姐姐，我鋪床，你把那穿衣鏡的套子放下來，上頭的划子划上，你的身量比我高些。」說著，自己便去替寶玉鋪床。由此在在可見，晴雯確實很懶得動，而寶玉的丫鬟之間也確實是好姊妹的關係，可以彼此包容對方的缺點，也相輔相成。因此即使偶爾說個幾句怨言，也是閨密似的調侃取笑，無傷大雅。

最有趣的是，晴雯身為一個丫鬟，居然可以留著很長的指甲呢，第七十七回說是「長了二寸長」，第五十一回則說是三寸，當時大夫來看診，晴雯從暖閣上的大紅繡幔中單伸出手去，讓醫生把脈，「那大夫見這隻手上有兩根指甲，足有三寸長，尚有金鳳花染的通紅的痕跡」，難怪他會誤以為感冒的人是位千金小姐。但想想看，這麼長的指甲要怎麼做活呢？一不小心就會把指甲給碰斷了，根本做不了事啊！可見晴雯確實是很嬌慣的，根本不用動手做事。

何況要留這麼長的指甲，其實很不容易，得花上幾年的功夫，期間為了保持形狀不要彎曲，而且不要斷裂，平常更需花很多時間去保養，還必須戴上專門的指甲套，那就是在慈禧太后的老照片裡可以看到的模樣。根據貼身侍候過慈禧太后的宮女說：

慈禧太后

某王妃

養這樣長的指甲非常不容易，每天晚上臨睡前要洗、浸，有時要校正。冬天指甲脆，更要加意保護。

如此一來，怎麼還能做事呢？連端茶遞水的輕巧細活都嫌礙手礙腳，何況其他的各種雜務！可見晴雯確實平常是不做事的，而且花費很多時間去保養指甲，還不忘染上通紅的鮮豔色彩。這麼說來，晴雯果然是怡紅院的女皇了，關於這一點，下一章還會再做更多的說明。

回到「病補雀金裘」這一段來看，細心的讀者也應該注意到，既然現場只有晴雯能做得到，那麼補裘的工作當然非她莫屬了，而晴雯也勇敢地承攬下來，讓我們看到她在必要時也願意赴湯蹈火的一面。所以說，這一段確實給了晴雯一個很好的表現機會，正好可以彌補她的形象，又可以突顯出她的才華，所以取得了很好的藝術效果。否則，一個驕縱任性、唯我獨尊的丫鬟又哪裡會討人喜歡呢？這一段真是畫龍點睛，就像放大鏡一樣讓讀者留下了深刻又感動的印象。

## 火花四射的情緒爆炭

至於曹雪芹要藉由「病補雀金裘」所表達的第三個重點，那可是最重要的一點了，因為和晴雯的最終命運有關。

仔細想想，晴雯的性格確實剛烈火爆，她對寶玉說話時簡直是頤指氣使，已經到了出言不遜的地步了，要不是說他「沒個福氣穿就罷了。這會子又着急」，否則就是對寶玉的關心說道：「不用你蝎蝎螫螫的，我自知道。」這種帶著強烈攻擊性的說話風格確實是晴雯的一大特點，只因她是黛玉的重像，而且這時候又是她在犧牲奉獻，所以大家比較不會在意，甚至還覺得直率可愛呢。

其實，晴雯本來就是天天頂撞寶玉的，第六十三回〈壽怡紅羣芳開夜宴〉一段中提到，當時怡紅院的八個丫鬟要另外專門為寶玉慶生，而寶玉心疼芳官、小燕這些二等丫頭也出錢，於是說：「他們是那裏的錢，不該叫他們出才是。」晴雯立刻頂回去說：「他們沒錢，難道我們是有錢的？這原是各人的心。那怕他偷的呢，只管領他們的情就是。」寶玉聽了，含笑說道：「你說的是。」這時襲人便笑著對寶玉說：「你一天不挨他兩句硬話村你，你再過不去。」所謂的「硬話」，是指語氣強硬的言詞，而「村」字指向一種村野之氣，這裡是當動詞用，指頂撞，兩個字加起來即是以言語衝撞、羞辱人。第七十七回寶玉自己也說：「連我知道他的性格，還時常沖撞了他。」由此可見，晴雯用「硬話」觸犯寶玉，是每天都會發生的平常事，只因為寶玉十分容讓，總是順著她的脾氣說「你說的是」或「這話倒說的是」，所以成了司空見慣的常態。

並且何止是對寶玉，晴雯對任何人都是如此的一貫作風，因為她實在是一個脾氣暴躁的人，幾乎任何時候都會生氣，第五十一回寶玉便對她說：「你素習好生氣，如今肝火自然盛了。」確實，她往往一點小事便情緒失控、大動肝火，動輒暴跳如雷，加上直率的性格，於是對人很不客氣；偏偏又伶牙俐齒，說起話來就成為「硬話」，非常傷人，所以第二十回寶玉也偷偷對麝月說「滿屋裏就只是他磨牙」，以致晴雯常常和人家吵架。

但與其說是「吵架」，不如說是「罵人」，因為所謂的「吵架」，是指雙方面的爭執，你來我往，彼此都可以指責對方，然而晴雯因為擁有優越的身分，所以基本上都是她在罵人。正如第七十四回王善保家的對王夫人所說：寶玉屋裏的晴雯「又生了一張巧嘴，……在人跟前能說慣道，掐尖要強。一句話不投機，他就立起兩個騷眼睛來罵人。」這話一點也不假，所以，雖然王善保家的目的是要陷害晴雯，但她所說的那些材料確實都是晴雯給出來的事實，因為客觀，所以才會有效。而晴雯的脾氣太過暴躁，便成為平兒所比喻的一塊「爆炭」，也就是隨時都在爆炸的火藥庫。

單單以第五十二回來看吧。先前大家吃鹿肉時，平兒暫時褪下來放在一邊的金鐲子遺失了一只，現在找到小偷了，平兒對麝月說明道：

> 你們這裏的宋媽媽去了，拿着這隻鐲子，說是小丫頭子墜兒偷起來的，被他看見，來回二奶奶的。

這個墜兒，就是先前在賈芸、紅玉之間穿梭交換手帕的那一個小丫頭，當時願意傳奸，現在又果然偷盜，都是不光明的醜事。但平兒為什麼刻意要避開晴雯，單獨把麝月叫出去私下告知呢？她說，這是因為：

「晴雯那蹄子是塊爆炭，要告訴了他，他是忍不住的。一時氣了，或打或罵，依舊嚷出來不好，所以單告訴你留心就是了。」說着，便作辭而去。

所謂「一時氣了，或打或罵」，不正印證了王善保家所說的「一句話不投機，他就立起兩個騷眼睛來罵人」嗎？只是萬萬沒想到，寶玉偷聽了以後，居然卻洩密了，他一回至房中，便把平兒的話一長一短都告訴晴雯，「晴雯聽了，果然氣的蛾眉倒蹙，鳳眼圓睜，即時就叫墜兒」，完全印證了平兒的判斷。可見晴雯的個性是好生氣，而一氣又忍不住要發作，完全無法自我控制，雖然這時在寶玉的安撫之下暫且延緩下來，到了第二天還是大肆爆發，對墜兒又打又罵。

不只如此，在這一段延後爆發的短暫過程裡，晴雯又一再地發各種脾氣，先是出氣在醫生身上，書中說：

這裏晴雯吃了藥，仍不見病退，急的亂罵大夫，說：「只會騙人的錢，一劑好藥也不給人吃。」

想想看，到賈府來診療的醫生都是太醫，醫術高明更絕對不敢怠慢，但是連醫生用心治病都還被亂罵，說不給好藥，只會騙人的錢，那不是太冤枉了嗎？天下豈有包醫包好，還得立刻見效的仙丹妙藥呢？醫生最怕的應該就是這種病人吧！因此麝月笑勸她道：

你太性急了，俗語說：「病來如山倒，病去如抽絲。」又不是老君的仙丹，那有這樣靈藥！你只靜養幾天，自然好了。你越急越着手。

可見晴雯十分性急，一點耐性都沒有，任何事都要立刻順心如意，以致非常容易生氣，連生病都要怪罪醫生，顯示出一種完全自我中心的心態，這種遷怒的作風正是爆炭的表現。接著晴雯又罵小丫頭子們：

「那裏鑽沙去了！瞅我病了，都大膽子走了。明兒我好了，一個一個的才揭你們的皮呢！」唬的小丫頭子篆兒忙進來問：「姑娘作什麼。」晴雯道：「別人都死絕了，就剩了你不成？」

果然晴雯說話還真是夾槍帶棒的刻薄，不但罵大家都死光了，還威脅要一個個都剝皮呢，這可不是說說而已，接著她把墜兒叫進來以後，確實是又打又罵，還直接做主把人給攆出去，鬧得轟轟烈烈。

請看墜兒蹭了進來以後，晴雯對她說：

「你往前些，我不是老虎吃了你！」墜兒只得前湊。晴雯便冷不防欠身一把將他的手抓住，向枕邊取了一丈青，向他手上亂戳，口內罵道：「要這爪子作什麼？拈不得針，拿不動線，只會偷嘴吃。眼皮子又淺，爪子又輕，打嘴現世的，不如戳爛了！」墜兒疼的亂哭亂喊。

我想，看了這一段描寫以後，很多人可能會覺得心中大快吧？但我得鄭重提醒了，這種情緒性的反應會讓我們失去理性判斷的能力，所以我希望大家認真想一個問題：只要一個人犯了錯，其他人就可以任意施加酷刑嗎？是否應該先了解一下犯錯的原因呢？而且對於所犯的錯，也必須按照比例原則來處罰吧？所謂的衡情酌理，都應該力求勿枉勿縱，否則又要專業的法官做什麼！參考寶玉說墜兒是「小竊」，這個「小」字即表示她所犯的錯並不嚴重，因此平兒才會主張私下把她打發走就好了，以免天天得要防備，比較麻煩而已。這麼說來，對於小竊的人動用酷刑，要把她的手給戳爛，豈不是太過度了嗎？

再比對一段情節，更可以明白這個道理了。想想看，書中手段最嚴厲的人是誰呢？是鳳姐，她也有一次採用了類似的作風，那是第四十四回鳳姐過生日，因為酒喝得太猛了，心跳加速，於是想回房間歇一下。不料路上看到一個小丫頭鬼鬼祟祟，探頭探腦，好像在把風似的，於是厲聲把她叫住，盤問原因。但這個小丫頭非常刁鑽，之前被發現蹤跡時就一再閃躲，等到躲不掉了，又不肯一次吐實，被威逼到哪裡才說到哪裡，屬於難纏的刁奴，首先只說沒看到二奶奶，接著才說是賈璉派她來看二奶奶是不是回來了。鳳姐一聽便察覺其中有文章，於是再追問道：

「叫你瞧着我作什麼？難道怕我家去不成？必有別的原故，快告訴我，我從此以後疼你。你若不細說，立刻拿刀子來割你的肉。」說着，回頭向頭上拔下一根簪子來，向那丫頭嘴上亂戳，唬的那丫頭一行躲，一行哭求。

比較看看，晴雯對待小丫頭的手段，豈不是和鳳姐一模一樣嗎？如果說鳳姐手段狠毒，那麼以同一個標準，晴雯也應該得說是狠毒吧？並且事實上，恐怕晴雯更是毒辣，因為鳳姐畢竟是為了查案，面對狡猾的刁奴時，不得不採用霹靂的方法加以威嚇，但晴雯卻是秋後算帳，為的只是發洩自己的情緒，因此流於過度的酷刑，這其實已經屬於不正義的手段了。要知道，並不能因為自己是正義的一方，就可以殘忍地凌虐罪犯，否則不就是現在所謂的「正義魔人」嗎？正義反倒讓人變成了殘酷的魔鬼！

何況連小丫頭沒犯錯時，晴雯都會這麼嚴酷。試看第七十三回，出門辦公很久的賈政預備要回家了，寶玉立刻像戴上了金箍咒，連夜抱佛腳，趕緊準備各種缺空的功課，怡紅院也頓時忙了起來，簡直是人仰馬翻。那些大丫頭當然不必說，都盡心盡力地協助寶玉，只不過小丫頭因為年紀太小，熬夜時忍不住發睏，就被晴雯大罵威脅說：

「什麼蹄子們，一個個黑日白夜挺屍挺不夠，偶然一次睡遲了些，就裝出這腔調來了。再這樣，我拿針戳給你們兩下子！」話猶未了，只聽外間咕咚一聲，急忙看時，原來是一個小丫頭子坐着打盹，一頭撞到壁上了，從夢中驚醒，恰正是晴雯說這話之時，他怔怔的只當是晴雯打了他一下，遂哭央說：「好姐姐，我再不敢了。」眾人都發起笑來。

看起來好笑，其實隱藏著辛酸，如果從小丫頭本身或小丫頭親人的角度來看，那就一點也不好笑了。其實，七八歲的小丫頭熬不了夜，根本是情有可原，但只不過是忍不住打瞌睡而已，又沒有故意犯錯，晴雯卻說得那麼難聽，刻薄她們整天都不做事，像個死屍般躺著不動，偶爾晚睡一點便裝模作樣，還威脅要用針戳她們，顯示她實在是太凶狠了。再看小丫頭嚇成這樣，才一聽到話頭便立刻哭著央求，可見平常晴雯確實手下毫不留情，以致小丫頭成了驚弓之鳥，即使迷迷糊糊中也都信以為真。而這一點，在寬柔待下的賈家裡是很少見的，因此更突顯出晴雯的粗暴，她口頭、手上都常常是要拿針戳人呢。

由此可見，平兒這個「爆炭」的比喻非常生動傳神，晴雯平常總是不斷地發火爆裂，噴出火星，用今天的概念來說，這種愛生氣的火爆性格就是「點燃引信的炸彈」，隨時隨地用壞脾氣去掃射周圍的人，再加上伶牙俐齒所說出來的「硬話」，便成了所謂的「夾槍帶棒」，這樣的說話方式果然也接近黛玉前期的「說出一句話來，比刀子還尖」。所以說，王善保家所謂的：晴雯「在人跟前能說慣道，掐尖要強。一句話不投機，他就立起兩個騷眼睛來罵人」，這的確是客觀的事實。

總而言之，確實是寶玉提供了第二塊野地，讓來自曠野的晴雯繼續發展那荊棘般帶刺、爆炭般火爆的個性，再加上大丫鬟之間多方包容的姊妹情誼，於是晴雯更像是一匹脫韁的野馬了。

最後，總結一下這一章所講到的重點：

第一，環境確實是晴雯人格養成的決定性因素之一，身為一個必須靠自己謀生的孤兒，晴雯從小就十分強悍，以致形成「千伶百俐，嘴尖性大」的性格，後來又到了寶玉身邊，更強化了這樣的特質。

第二，晴雯具備了幾個優點，包括念舊、手藝傑出，雖然十分伶俐卻沒有心機，所以曹雪芹說她是個「使力不使心」的人。因此晴雯願意抱病為寶玉織補孔雀裘，當寶玉要送舊手帕給黛玉，作為定情物時，也選擇晴雯來達成任務，這麼一來便和紅娘的角色完全不一樣，算是曹雪芹要超越才子佳人故事的巧妙安排之一。

第三，但是晴雯的缺點也不少，她的性情過於嬌生慣養，其實平常是很懶得動的，這一點也可以從她留著兩三寸長的指甲看得出來，讓人聯想起慈禧太后呢。

第四，晴雯最大的問題是脾氣太過暴躁，隨時可以生氣，再加上她夾槍帶棒的說話方式，總是以硬話村人，因此平兒很公正地把她比喻為一塊「爆炭」。

第五，當晴雯不滿意小丫頭的時候，下手之重完全比得上鳳姐，而這一點在寬柔待下的賈家是很少見的。

只不過，天底下的關係都是互相的，片面傾斜的狀況不可能持久，雖然寶玉在晴雯每天用硬話村他時，都是一笑置之，不以為忤，可是即使如此，寶玉也終於被晴雯恣意頂撞的刁蠻大大激怒了，而引爆了空前絕後的一次大海嘯，堅持要把她攆出去。雖然事後雨過天晴，兩人和好如初，但這其實等於是晴雯最終命運的預演，請看下一章的說明。

# 39 褒姒的投影

這一章要繼續講晴雯這個人物。晴雯死後，寶玉對小丫頭的浪漫胡謅信以為真，所以為她寫出一大篇〈芙蓉女兒誄〉，證明了晴雯的代表花和黛玉一樣，都是芙蓉花。但是從上一章的說明，可見晴雯其實更像一株野地的荊棘，強悍而質樸，她那強大的情緒、跋扈的脾氣被比喻為爆炭，連寶玉都一度無法忍耐，那別人又怎麼會受得了呢？因此，寶玉那一次氣得堅持要攆她出去，便等於是晴雯最終命運的預演。

關於這一點，涉及晴雯十分重要的人格特色，必須仔細加以釐清，所以這一章的主題即曹雪芹在她身上所安排的「褒姒的投影」。

眾所周知，褒姒是歷史上紅顏禍水的代表之一，因為周幽王給予過分的寵愛，最後導致了西周亡國。姑且不去計較歷史上是不是真有此人此事，只就代表的意義來看，褒姒絕不是一個正面的人物，那她怎麼會和晴雯連結在一起呢？其實這完全是曹雪芹親自設定的指引，他很明確地運用了相關的典故，讓晴雯身上疊映了褒姒的蹤影。現在就來看看書中說了什麼。

以最直接的證據而言，曹雪芹用褒姒作為塑造晴雯的藍本，主要是在第三十一回，回目上的

〈撕扇子作千金一笑〉便清楚提供了答案，只是因為現代人缺乏傳統文化知識，所以一直沒有看出來。當時發生了跌折扇子的事件，寶玉氣得要攆出晴雯，幸虧襲人挺身相救，才化解了這個大危機。暴風雨過後天清氣爽，寶玉不但盡釋前嫌，還反過來縱容、鼓勵晴雯撕扇子痛快作樂呢。

請看寶玉先是笑著讓晴雯去洗洗手，拿果子來吃，晴雯便酸酸地說：「我慌張的很，連扇子還跌折了，那裏還配打發吃果子。倘或再打破了盤子，還更了不得呢。」沒想到寶玉居然笑道：

> 你愛打就打，這些東西原不過是借人所用，你愛這樣，我愛那樣，各自性情不同。比如那扇子原是扇的，你要撕着玩也可以使得，只是不可生氣時拿他出氣。就如杯盤，原是盛東西的，你喜聽那一聲響，就故意的碎了也可以使得，只是別在生氣時拿他出氣。這就是愛物了。

這一番「愛物」的理論實在非常奇特，和一般愛惜、珍惜物品的意思完全不同，他認為把東西用來出氣，這件物品便只是個替罪羊，等於是無辜被犧牲，所以不能算是愛物。但如果打碎這個物品可以讓人享受到一種快感，那就另當別論，可見寶玉所謂的「愛物」，是讓這個物品增加了一個功能，即通過破壞而帶來原本所沒有的快感，那麼這件物品就提高了存在價值，這便算是一種「愛」。

乍聽之下，這好像很有道理，可是只要仔細一想，就會發現那個道理十分狹隘，只能在很特殊的情況下才說得通，但即使勉強說得通，也還是禁不起檢驗。那是什麼狹隘的道理呢？有人認為，這種愛物的方式表現出物資盈溢的狀態，也就是一種充盈而滿溢出來的豐饒，那豈不正是樂園了嗎？樂園的構成條件便包括了物質享樂主義啊。確實，怡紅院正是一個無拘無束、為所欲為，而且富裕到源源不絕的樂園，所以寶玉不但放縱這一類揮霍的行為，甚至還用一套特殊的愛物理論來加以合理化呢！

## 撕扇裂帛的破壞性格

但其實，這根本是禁不起檢驗的歪理，只會鼓勵沒有意義的破壞行為。果然晴雯聽了笑道：

> 「既這麼說，你就拿了扇子來我撕。我最喜歡撕的。」寶玉聽了，便笑着遞與他。晴雯果然接過來，嗤的一聲，撕了兩半，接着嗤嗤又聽幾聲。寶玉在旁笑着說：「響的好，再撕響些！」正說着，只見麝月走過來，笑道：「少作些孽罷。」寶玉趕上來，一把將他手裏的扇子也奪了遞與晴雯。晴雯接了，也撕了幾半子，二人都大笑。

這真是一般人想像不到的娛樂方式啊，看起來很痛快，但連麝月都說他們是在造孽，可見這種愛物的思想和方式確實很奇怪。其中的問題在哪裡呢？問題就在於：

第一，這種娛樂是建立在破壞上，一點也沒有創造性，反倒讓一個有用的東西被摧毀了，從此只能變成沒用的垃圾，那根本是一種自私自利。因為當事人真正愛的是他自己，只是利用對方來得到自己的娛樂，所以完全不在乎犧牲對方，這種破壞式的愛實在很恐怖。對那個物品而言，以這種方式來愛它的人，豈不就是「恐怖情人」嗎？

第二，這種愛只是讓人獲得了瞬間的快感，卻一點也沒有心靈的提升，根本談不上有什麼審美品味，也完全無法增加文化涵養。而那種嗤嗤的聲音對大部分的人來說，恐怕還覺得很刺耳，又怎麼比得上音樂？何況撕破扇子、打碎盤子，根本不需要任何專業的訓練，連掃地、倒醬油所需要的技術都還更高一些，哪裡算得上是一種價值呢？

第三，這種娛樂沒有美感，而只有快感，更糟糕的是，那份快感只有那麼一瞬間，如果要繼續痛快下去，就只能一直搞破壞。而破壞過了，心理又能留下什麼呢？為了一時的痛快而破壞，那其實只能算是一種墮落了。

所以必須說，寶玉的愛物理論本質上是有問題的，根本似是而非，用這種偏頗歪曲的邏輯去鼓勵任性的婢女，豈不正像一個昏君溺愛寵妃一樣？而晴雯居然最喜歡撕扇子，這不也證明了她的性格裡隱藏著一種破壞性嗎？曹雪芹會為她套上褒姒的陰影，就是這樣來的。

其實，這一大段情節處處都回應了褒姒的元素，可以從三個地方來談。第一，褒姒被寵溺的典故除了著名的烽火戲諸侯之外，還有一件和撕扇子很雷同的喜好，亦即「裂繒」。明朝小說家馮夢龍寫了一部歷史小說《新列國志》，第二回說道：

褒妃雖篡位正宮，有專席之寵，從未開顏一笑。幽王欲取其歡，召樂工鳴鐘擊鼓，品竹彈絲，宮人歌舞進觴。褒妃全無悅色。幽王問曰：「愛卿惡聞音樂，所好何事？」褒妃曰：「妾無好也。曾記昔日手裂綵繒，其聲爽然可聽。」幽王曰：「既喜聞裂繒之聲，何不早言？」即命司庫日進綵繒百疋，使宮娥有力者裂之，以悅褒妃。

其中，作為取樂工具的綵繒是有著五色文彩的絲織品，布料細緻緊密，如果要撕裂的話，非得費勁用力不可，而褒姒就是喜歡這種用力撕裂的聲音，覺得「爽然可聽」，給她爽快舒暢的感受，比起「樂工鳴鐘擊鼓，品竹彈絲」的優美曲調還更感到動聽。於是寵愛她的周幽王便下令司庫每天送進綵繒百疋，「使宮娥有力者裂之」，以取悅褒姒。

那麼，褒姒所喜歡聽的「裂繒之聲」是怎樣的聲音呢？有一首膾炙人口的唐朝詩歌剛好可以作為說明，白居易在〈琵琶行〉裡，用來形容樂曲結束時最激昂高亢的尾聲，就是：「銀瓶乍破水漿迸，鐵騎突出刀槍鳴。曲終收撥當心畫，四絃一聲如裂帛。」可見「裂帛」帶有一種爆炸性的穿透力，強烈到尖銳刺耳的程度，那正是褒姒所喜歡的「裂繒之聲」。而晴雯這個奇特的愛好居然和褒姒一樣，並且也都受到當權者的鼓勵與縱容，試看周幽王每天送上綵繒百疋以便褒姒大肆揮霍，寶玉也贊成把扇子匣子搬出來，讓晴雯盡情地撕，兩個溺愛孌女的男性還真是如出一轍。這當然不是偶然的巧合。

第二，再看晴雯撕完了扇子以後，寶玉笑道：「古人云，『千金難買一笑』，幾把扇子能值幾何！」顯示出為了博得美人一笑不惜豪擲千金的大手筆，這當然是為了突顯出極為珍惜重視的心意。但「千金難買一笑」這個說法，也是用於周幽王對褒姒的寵愛上，同樣在馮夢龍的《新列國志》中，第三回明確地描寫烽火戲諸侯，說道：

> 褒妃在樓上憑欄，望見諸侯忙去忙回，並無一事，不覺撫掌大笑。幽王曰：「愛卿一笑，百媚俱生，此虢石父之力也！」遂以千金賞之。至今俗語相傳「千金買笑」，蓋本於此。

這一段除了烽火戲諸侯以外，還提到這是虢石父的獻策，才能讓褒姒一笑百媚生，周幽王為了獎賞他的巨大貢獻，於是慷慨地賞賜千金以為獎勵，而形成了「千金買笑」的俗語。既然馮夢龍已經寫進他的歷史小說裡，顯然這是到了晚明便已經很著名的傳說，人所共知，由此可見，曹雪芹塑造晴雯的形象確實是以褒姒為藍本。

第三，我要請大家特別注意的是，通過這個歷史典故的挪用，顯示出在曹雪芹以及寶玉的心目中，寶玉和晴雯的關係並不是一般意義下建立在平等地位上的愛情，而是男主人對寵妾的溺愛，就像周幽王對褒姒一樣。不只如此，幾乎沒有人發現到馮夢龍的說法並不完全正確，因為「千金買笑」這個說詞並不是來自褒姒，其實更早是源於南朝梁代王僧孺〈詠寵姬〉一詩，其中云：「再顧連城易，一笑千金買。」意思是說，為了讓這位寵姬再回頭看一眼，要拿整個城池去換都容易；只要能獲得她那麼一笑，付出千兩黃金都在所不惜。這才是把美人一笑的珍貴用「千金」加以比喻的源頭。

值得注意的是，詩人王僧孺出身於王謝大家族，而他願意傾囊買笑的對象則是寵姬，也就是受寵的姬妾，她們並非倫理體系裡正規的良家婦女，而是身分低下、沒名沒份的人，最有趣的是，正因為這樣的身分才能得到過度的溺愛，如果有人要對妻子「千金買笑」，那就會非常奇怪了，甚至會對妻子構成羞辱，因為把她給貶低了！所以說，「千金買笑」的概念和做法是用在非正規的女性身上，這更證明寶玉對晴雯用了「千金難買一笑」，完全符合男尊女卑的不平等關係。一般都說，寶玉對晴雯的縱容是把她視為平等自由的伴侶，這個看法其實是錯誤的，並且剛好顛倒，寶玉根本是用男主人寵愛姬妾的心態去對待晴雯，而晴雯的地位、形象也等同於褒姒！

總而言之，如果回到曹雪芹所在的文化脈絡裡去讀小說，就會發現很多看法剛好顛倒，這也再度證明《紅樓夢》確實是被嚴重誤讀，以致長期下來不免積非成是了。

## 嬌豔嫵媚的性感風情

這麼說來，晴雯是否也具備寵妃的特點呢？答案是肯定的。我們可以從三個方面來看。

首先，晴雯確實非常美麗，堪稱是豔光四射。但奇怪的是，整部書大部分的情節都是在突顯晴雯的性格與手藝，從第七十四回起才開始頻繁提到晴雯的美，包括王善保家的說：「那丫頭仗着他生的模樣兒比別人標緻些，又生了一張巧嘴，天天打扮的像個西施的樣子。」接著鳳姐也認證道：「若論這些丫頭們，共總比起來，都沒晴雯生得好。」後來則是第七十七回介紹晴雯的來歷，其中說：「賈母見他生得伶俐標緻，十分喜愛。」而連晴雯也知道自己長得比別人漂亮，所以臨終前對來探望她的寶玉說「我雖生的比別人略好些」。再到第七十八回，賈母又說：「我的意思這些丫頭的模樣爽利言談針線多不及他，將來只他還可以給寶玉使喚得。」這麼說來，晴雯等於是所有丫鬟裡的選美冠軍了。

但是，美人也有各式各樣，所謂環肥燕瘦，晴雯又是哪一種呢？第七十四回中，王夫人提到晴雯的相貌體態是「水蛇腰、削肩膀、眉眼又有些像你林妹妹」，於是一般都以為她和黛玉長得很像，也以此加強了顯性替身的關係。但其實，這又是一個「差之毫釐、失之千里」的誤解了，要知道，所謂的水蛇腰，是用來形容嫵媚性感的體態，帶有一種感官誘惑力，我考察過傳統文獻的用法，果然也都是用在妖精、妓女、戲子之類的女性身上，那一定完全不同於黛玉的纖細優雅。而事實也是如此，仔細看書中對晴雯的描寫，其實她和黛玉就只有「眉眼有些像」而已，其他則根本是天差地別，完全不能混為一談。

實際上，早在第三十一回的那一段情節裡，已經呈現出晴雯的美並非端莊清麗的類型，而是帶有嫵媚風情的那一種，正恰恰符合褒姒之類寵姬的形象。試看當時撕完了扇子以後：

晴雯笑着，倚在床上說道：「我也乏了，明兒再撕罷。」寶玉笑道：「古人云，『千金難買一笑』，幾把扇子能值幾何？」

仔細揣摩一下這一幕的圖景，晴雯笑着倚在床上喊累的姿態，確實是充滿嬌媚慵懶的氣息，這種風情萬種的美人圖，著名的李後主早已刻畫過了，在〈一斛珠〉中說，他的愛妃是「綉床斜憑嬌無那」，意指身軀斜靠在精美的綉床上，呈現出嬌媚無比的姿態，豈不正是此處晴雯的寫照？而對於這種風情，王善保家的用「妖妖趫趫」一詞加以形容，嚴格說來並不過分，也不算冤枉了晴雯。

再看王夫人聽了王善保家的讒言，命人立刻把晴雯叫來，當時映入眼簾的形象也確實非常吻合，書中說：

> 素日這些丫鬟皆知王夫人最嫌趫妝豔飾語薄言輕者，故晴雯不敢出頭。今因連日不自在，並沒十分妝飾，自為無礙。及到了鳳姐房中，王夫人一見他釵軃鬢鬆，衫垂帶褪，有春睡捧心之遺風，而且形容面貌恰是上月的那人（按：當時表現出罵小丫頭的狂樣子），不覺勾起方才的火來，……便冷笑道：「好個美人！真像個病西施了。你天天作這輕狂樣兒給誰看？」

其中所謂的「釵嚲鬢鬆，衫垂帶褪，有春睡捧心之遺風」，意指頭上的髮釵有一點偏斜，鬢邊的頭髮也鬆散了，身上的衣衫垂落下來，腰帶褪落於一邊，這幅畫面用今天的話來說，就是有一種慵懶性感的風情。何況這時晴雯還留著兩三寸長、染得通紅的指甲，王夫人不可能沒有注意到，難怪會看不入眼。

可能有人會說，晴雯因為生病了，所以才沒有打理好外表，這種性感的樣貌是特殊狀況。但仔細看，晴雯在被叫來之前是經過評估考量的，認為這樣沒有問題才放心過來，所以並不是匆匆忙忙之下的疏忽。再參照前面講過的，晴雯笑著倚在床上喊累的場景，同樣展現出嬌媚的女性風情，可見這並不是偶然一次的特殊狀況，而是晴雯常態化的日常樣貌，證明確實王夫人、王善保家的都沒有冤枉她。

最有趣的是，這一段描寫又透露出其他的重點，可惜大多數的讀者都忽略了，讓我們仔細地、認真地看一下。

原來「這些丫鬟皆知王夫人最嫌趫妝豔飾語薄言輕者」，可見大家都知道王夫人最不喜歡濃妝豔抹，晴雯當然也知道，所以不敢出頭；再加上晴雯因為最近身體不適，沒有多餘的心思打扮，因此被叫來時便「沒十分妝飾」，還認為這樣就不會有問題，而放心來到王夫人面前。那麼反推回去，晴雯平日確實是「十分妝飾」，百分之百地極力打扮自己！只是沒想到，即使在「沒十分妝飾」的情況下，對王夫人而言還是裝扮太過，稱之為「輕狂樣兒」，那就可想而知，晴雯的「十分妝飾」到了何等程度。

單從晴雯平日便留著兩三寸長的指甲，足證她確實熱中於打扮，而平日的穿著也都是精美的綾羅綢緞。例如第七十八寶玉奠祭晴雯的誄文裡說，他誠心準備了一幅「晴雯素日所喜之冰鮫縠」，上面用楷字寫成了〈芙蓉女兒誄〉，所謂的冰鮫縠，是用細絲織出來的一種帶著皺紋的薄紗，極其精緻潔白，傳說中是由南海裡的鮫人（類似於一種美人魚）所織成的，所以也稱作「鮫綃」。這種高級布料既然是晴雯素日所喜歡的，以此類推，其他各種用度的等級便可想而知。

不止如此，即使晴雯被攆出去以後，第七十七回還說：「寶玉拉着他的手，只覺瘦如枯柴，腕上猶戴着四個銀鐲。」又提到她脫下「貼身穿著的一件舊紅綾襖」，這既顯示了賈府和王夫人對下人的優厚，以致手腕上連環套著四個銀鐲子，身穿紅色的綾羅襖衣，也展現出晴雯的打扮確實十分華貴。再參照小丫頭四兒的情況，更可以顯出這一點，於第七十七回王夫人的第二波整頓過程中，曾經提到：

> 王夫人細看了一看，雖比不上晴雯一半，卻有幾分水秀。視其行止，聰明皆露在外面，且也打扮的不同。

這一段等於是以四兒為基準點，用來烘托晴雯的突出，第一，四兒的幾分水秀還比不上晴雯的一半，那麼晴雯的確十分美麗，果然是第一美人。第二，四兒的行為舉止在在透露出聰明機靈，而晴雯被稱為「千伶百俐」，當然是更有過之。第三，連四兒都已經「打扮的不同」，那麼晴雯的十分妝飾便不言可喻，難怪被稱為「天天打扮的像個西施的樣子」。

既然晴雯本來就非常漂亮，再加上喜歡十分裝扮，以致在大觀園裡極其醒目，如果再常有出格、脫軌的言行舉止，那一定會更引人注意，幾乎不可能避免別人的蜚短流長、批評中傷，最後便很容易造成災難。

## 逾越分際的嬌慣作風

這麼一來，就要談到第二個重點了。根據貼身侍候過慈禧太后的宮女回憶道：

清宮的宮女是嚴格要求樸素的，除去正月和萬壽節（十月）外，平常是不許穿紅和抹胭脂。誰要打扮得妖裡妖氣，說不定要挨竹板子。……所以我們的打扮都是淡妝淡抹。

這一點算是上層貴族的通性，只因賈家寬柔待下，大丫鬟們吃穿和主子一樣，因此第三回黛玉的車轎剛到賈府時，便看到寧國府「門前列坐着十來個華冠麗服之人」，顯然標準比較寬鬆一點，但其實還是不能太過，所以眾丫鬟都知道「王夫人最嫌趫妝豔飾語薄言輕者」。然而晴雯既然也知道，為什麼還要明知故犯，平常總是十分妝飾呢？是否因為受到大觀園怡紅院的庇蔭，以致養成了任性隨意的輕率習氣，服裝打扮只是其中之一？

在此要再提醒大家，既然關於晴雯的外貌和裝扮是集中於很後面的第七十幾回才提到，所以晴雯被攆出去的災難並不是因為大家對她的嫉妒所導致，而是晴雯自己的性格使然，也就是一種逾越分際、出格越界的嬌慣作風。試看第三十一回跌折扇子的事件剛剛落幕，連寶玉都對晴雯說：「你的性子越發慣嬌了。」後來第七十七回寶玉還說：晴雯「他自幼上來嬌生慣養，何嘗受過一日委屈。連我知道他的性格，還時常沖撞了他。」由此可見，晴雯這棵美麗的荊棘在寶玉的寵溺之下，愈來愈任性伸展，甚至比千金小姐還要嬌生慣養。

關於晴雯「越發慣嬌」的具體表現，上一章已經都提到過了，現在綜合來看，她的作風一是對人說話的方式夾槍帶棒，往往到了挑釁侵略的程度，因此觸犯王夫人治家的底線，所謂「王夫人最嫌趫妝豔飾語薄言輕者」，可見除了過度裝扮的「趫妝豔飾」之外，還包括「語薄言輕」，即說話言談過於輕率刻薄。而這一點鳳姐也是認可的，試看王夫人說上個月跟了老太太進園逛去，剛好目睹晴雯正在那裡罵小丫頭，她「心裏很看不上那狂樣子」，於是向鳳姐確認一下，鳳姐也認證道：「論舉止言語，他原有些輕薄。方才太太說的倒很像他。」

在這段話裡，顯然鳳姐認為晴雯的輕薄不只是言語，還包括了舉止，這也直接表現在罵小丫頭的「狂樣子」上，此即第二方面的問題了。上一章已經看到晴雯對小丫頭動輒又打又罵，這種凶狠的態度做法其實嚴重牴觸了賈家寬柔待下的門風，以女家長來看，第三十回說王夫人「是個寬仁慈厚的人，從來不曾打過丫頭們一下」，唯一的一次就是金釧兒在她身邊與寶玉調情，「今忽見金釧兒行此無恥之事，此乃平生最恨者，故氣忿不過，打了一下，罵了幾句」，而這樣的輕微做法已經是空前絕後，並且還是金釧兒觸犯到她的底線才引起，足證王夫人確實是寬仁慈厚。但晴雯卻比主子還凶，難怪會讓人覺得那是「狂樣子」。

有很多人說，這是因為王夫人對晴雯有成見，所以欲加之罪，自然也會聽信王善保家的讒言。但事實上，王夫人根本不認識晴雯，第七十四回說得很清楚，王夫人道：

> 上次我們跟了老太太進園逛去，有一個水蛇腰、削肩膀、眉眼又有些像你林妹妹的，正在那裏罵小丫頭。我的心裏很看不上那狂樣子，因同老太太走，我不曾說得。後來要問是誰，又偏忘了。今日對了坎兒，這丫頭想必就是他了。

由此可見，王夫人從沒看過晴雯，也不知道她的為人作風，甚至沒有想要追究，在一片空白的情況下目睹晴雯對小丫頭的凶狠，即留下惡劣的印象，因此所謂的「狂樣子」是很客觀的描述。既然連很少進園子的王夫人都撞見了，可見這種情況是家常便飯，也才會在晴雯現身後與印象一拍即合的情況下導致災難，因此必須說，晴雯自己實在難辭其咎。

第三，晴雯還往往擅自作主，以寶玉的名義假傳聖旨。例如第二十六回中，晴雯和碧痕拌了嘴，沒好氣，便把氣移在別人身上，不但大肆抱怨寶釵，又聽到有人叫門，晴雯越發動了氣，也不問是誰，便道：「都睡下了，明兒再來罷！」原來叫門的是黛玉，她被拒絕以後又高聲說道：

「是我，還不開麼？」晴雯偏生還沒聽出來，便使性子說道：「憑你是誰，二爺吩咐的，一概不許放人進來呢！」林黛玉聽了，不覺氣怔在門外。

晴雯這樣使性子，任意遷怒、亂發脾氣，還假傳聖旨，導致黛玉發生了誤會，讓寶玉揹上黑鍋，根本沒有盡到丫鬟的責任，實在一點也不可取。難怪第二十八回澄清了誤會以後，黛玉便對寶玉笑說：「你的丫頭們懶待動，喪聲歪氣的也是有的。……你的那些姑娘們也該教訓教訓。」顯然對她們那樣的驕縱作風很不以為然。由此可見，黛玉會和晴雯生疏不親，這應該是最大的原因。

又如第五十二回墜兒偷鐲子的事件東窗事發，晴雯即自作主張，直接把墜兒給攆出去，當別人質疑的時候，還強硬地說道：「你這話只等寶玉來問他，與我們無干。」這豈不是又把責任推給了寶玉嗎？而說話時直呼寶玉的名字，那不只是一種親暱，也是一種她自己所說的「撒野」。正因為恃寵而驕，晴雯對寶玉更是毫無顧忌了，不但每天講硬話，也直接動用寶玉的東西，例如第七十回時，寶玉還沒放過一遭的大魚風箏，居然在前一天就被晴雯私自放走了，事先連一聲也沒問過呢。

再看第三十一回，寶玉晚間回到怡紅院，看到一個人躺在院子裡的涼榻上，坐到旁邊以後才發現原來是晴雯，於是好言相勸，提醒她說：「你的性子越發慣嬌了。早起就是跌了扇子，我不過說了那兩句，你就說上那些話。說我也罷了，襲人好意來勸，你又括上他，你自己想想，該不該？」而晴雯根本不願意認錯，便轉移話題道：

「我這身子也不配坐在這裏。」寶玉笑道：「你既知道不配，為什麼睡着呢？」晴雯沒的話，嗤的又笑了，說：「你不來便使得，你來了就不配了。」

這一幕場景雖然甜蜜可愛，但晴雯實在是強詞奪理，難怪被說是「掐尖要強」。從這些案例來看，晴雯的作風已經是為所欲為，不只是怡紅院的皇后，更簡直是怡紅院的女王！

可是，只要逾越分際便一定會侵犯別人，凡事走過了頭更必然會引起大問題，所以連一直寵溺晴雯的寶玉，都曾經被激怒到堅持要把她攆出去，何況王夫人呢？晴雯明明知道「王夫人最嫌趫妝豔飾語薄言輕者」，卻又完全不自我節制，還變本加厲，這實在不能用「追求自由」來加以辯護。

平心而論，晴雯的品格雖然有不少瑕疵，但確實不算什麼大缺陷，也並沒有犯什麼大錯，卻從「寶玉的準姨娘」落得被攆出去的下場，又是為什麼？真正的原因只有一個，那就是晴雯的言行作風總是太過度，以致逾越了分際。

其實，晴雯這一類的大丫鬟本來即享有非常優越的地位，卻只有晴雯過度濫用這種特權，於是構成了大問題。怎麼說她的地位很優越呢？有三個原因：

第一個原因是她來自賈母的賞賜，就和襲人一樣，這便沾了賈母的光，像第六十三回管家林之孝家的所說：「這些時我聽見二爺嘴裏都換了字眼，趕着這幾位大姑娘們（按：襲人等）竟叫起名字來。雖然在這屋裏，到底是老太太、太太的人，還該嘴裏尊重些才是。若一時半刻偶然叫一聲使得，若只管叫起來，怕以後兄弟侄兒照樣，便惹人笑話，說這家子的人眼裏沒有長輩。」寶玉立刻笑道：「媽媽說的是。我原不過是一時半刻的。」襲人、晴雯都笑說：「這可別委屈了他。直到如今，他可『姐姐』沒離了口，不過頑的時候叫一聲半聲名字，若當着人卻是和先一樣。」由此可見，這些從賈母、王夫人那邊撥過來的人，背後都有家長的光環，因此也連帶獲得大家的尊重，即使寶玉是年輕主子，但在稱呼上也都得要加上「姐姐」，否則就是失禮，大家公子可擔待不起這樣的罪名。

第二個原因，是賈家非常寬柔待下，尤其對資深的、貼身照顧主子的下人都非常尊重，這便是第四十三回所說的：「賈府風俗，年高伏侍過父母的家人，比年輕的主子還有體面，所以尤氏鳳姐兒等只管地下站着，那賴大的母親等三四個老媽媽告個罪，都坐在小杌子上了。」至於那些貼侍候主子的年輕丫鬟，包括鴛鴦、襲人、彩霞、司棋、金釧，便被叫作「副小姐」（第七十七回）和「二層主子」（第六十一回），從這些名稱就很清楚，她們的地位幾乎比所有的下人們都要來得高，等於是「幾人之下，千人之上」了。

因此，就像王夫人曾經笑說：妙玉「他既是官宦小姐，自然驕傲些。」而第七十四回當王善保家的批評道：「這些女孩子們一個個倒像受了封誥似的，他們就成了千金小姐了。鬧下天來，誰敢哼一聲兒。」這時王夫人同樣指出：「這也有的常情，跟姑娘的丫頭原比別的嬌貴些。」可見王夫人很了解身分地位對一個人性格上的影響，也因此給予很大的包容。

還有第三個原因，那就是晴雯很幸運，她被撥到寶玉房中使喚，而寶玉是賈母最疼愛的寵兒，他卻又是出了名的疼愛女孩子，好比第三十五回甄家的婆子所說的：「連一點剛性也沒有，連那些毛丫頭的氣都受的。」甚至願意作小伏低，於是第三十六回說他「每每甘心為諸丫鬟充役」，居然心甘情願地替丫鬟們跑腿辦事呢。難怪丫鬟們在這個地方簡直都成了皇后，擁有很多的特權，好比第五十二回小丫頭墜兒的母親便冷笑道：「他那一件事不是聽姑娘們的調停？他縱依了，姑娘們不依，也未必中用。」

既然寶玉這一房本來就是炙手可熱的寵兒，貼身侍候寶玉的大丫鬟也跟著成了大家爭相巴結的對象，難怪第五十四回寫了一段故事，當時寶玉要洗手，可是冬天裡小丫頭準備好的熱水已經冷卻了，可巧見一個老婆子提著一壺滾水走來，小丫頭便說：「好奶奶，過來給我倒上些。」那婆子道：「哥哥兒，這是老太太泡茶的，勸你走了舀去罷，那裏就走大了腳。」秋紋便說：「憑你是誰的，你不給？我管把老太太茶吊子倒了洗手！」那婆子回頭見是秋紋，忙提起壺來就倒。秋紋道：「夠了。你這麼大年紀，也沒個見識，誰不知是老太太的水！要不着的人就敢要了？」婆子笑道：「我眼花了，沒認出這姑娘來。」於是寶玉洗了手，秋紋、麝月也趁熱水洗了一回。

想想看，連秋紋這個沒那麼重要，恐怕你都不怎麼認識的丫鬟，都敢直接大刺刺地取用要給賈母的熱水，而提水的婆子也連忙倒給了她，這就是因為寶玉的優越地位使然，連帶他身邊的丫鬟都跟著沾光，變成了高高在上的權貴。

而在貼身侍候姑娘的丫頭裡，晴雯便是最嬌貴的一個了。試看書中描述晴雯的形容詞包括了：磨牙、慣嬌、撒野、輕薄、輕狂、妖妖趫趫、嬌生慣養，再加上爆炭的性格總是橫衝直撞，以致到處侵犯別人，而他人一點一滴的不愉快累積久了，就變成很深的敵意。這麼一來，晴雯等於是自己編織了一張仇恨的網子，除了怡紅院。

但出了怡紅院，沒有誰是你的好姊妹，會為你下跪討情；更沒有第二個賈寶玉，肯這樣無限度的縱容你！所以說，晴雯的災難有一大半是自己要負責任的，不能全怪別人的毀謗。畢竟憑什麼大家都得順從你？而晴雯卻連自己犯錯都不許別人指責呢。

這麼說來，晴雯是因為備受寵愛而太過驕縱任性，在自我中心的情況下說話舉止都過於出格、越界，這其實才是導致她最後面臨悲劇的真正原因。而且其實到了最後一刻，她還是以「出格」方式劃下句點，並不是一般所以為的高潔！

## 坐實虛名的最後出格

第五回太虛幻境的「又副冊」裡，晴雯的判詞說道：

> 霽月難逢，彩雲易散。心比天高，身為下賤。

其中，所謂的「心比天高」，一般都解釋為高潔，甚至還有人把晴雯比擬為屈原。但晴雯真的是高潔嗎？還是其實是高傲？「高潔」和「高傲」是很不一樣的，「高潔」得要有人格的堅持，可「高傲」只要自視甚高就可以。那麼，晴雯判詞所說的「心比天高」，到底是哪一種呢？

我們可以從第七十七回晴雯臨終前和寶玉訣別的情況來看。那一幕淒楚萬分，確實是非常纏綿悱惻，令人看得蕩氣迴腸，晴雯死後寶玉又為她寫了一大篇〈芙蓉女兒誄〉，堪稱字字血淚，讓讀者跟著晴雯的冤屈、寶玉的不捨而一掬同情的眼淚，以致她的優點被無限放大了。但是，這一段情節的含義其實非常豐富，其中有兩個重點十分值得注意：第一，晴雯說了什麼？第二，晴雯做了什麼？古人的智慧早就指出，當我們要評斷一個人的時候，不但要看她說了什麼，更要看她做了什麼。

首先，晴雯說了什麼呢？請看當寶玉問她有何遺願時，晴雯嗚咽道：

有什麼可說的！不過挨一刻是一刻，挨一日是一日。我已知橫豎不過三五日的光景，就好回去了。只是一件，我死也不甘心的：我雖生的比別人略好些，並沒有私情密意勾引你怎樣，如何一口死咬定了我是個狐狸精！我太不服。今日既已擔了虛名，而且臨死，不是我說一句後悔的話，早知如此，我當日也另有個道理。不料痴心傻意，只說大家橫豎是在一處。不想平空裏生出這一節話來，有冤無處訴！

看到這裡，一般讀者只感到晴雯因為「擔了虛名」、背負莫須有的罪名而死，真是萬般的冤屈，以致給予百分之百的同情，這是人情之常。但曹雪芹告訴我們，事情並非那麼簡單，不要只看到一個人在哭，就以為她一定是無辜的，而且一個無辜的人也未必等於人品高潔！

現在，請大家認真思考一個問題：晴雯確實沒有勾引寶玉，所以她很不甘心地說了三次「擔了虛名」，可是關鍵在於：受冤屈是一回事，但是否真的高潔，又是另一回事。請仔細看，晴雯說她悔不當初，如果早知道會落到這個下場，那麼「當日也另有個道理」。而「另有個道理」的「道理」又是什麼呢？想想看，她現在是「沒有私情密意勾引你」卻受到冤屈，擔了虛名，那麼重新再來一次時會採用的「另有個道理」，應該就是把虛名坐實，當個狐狸精勾引你！因為至少這樣一來，便不會那麼不甘心了。

那為什麼晴雯當日並沒有這麼做呢？很多人說是因為她心性高潔，所以根本不屑做這種事，但事實恐怕並非如此，否則現在就不會覺得後悔了。試看她說「不料痴心傻意，只說大家橫豎是在一處。不想平空裏生出這一節話來，有冤無處訴」，這段話實在是大有玄機，透露出她之所以沒有勾引寶玉，真正的原因並不是高潔，而是沒有必要！請注意所謂的「只說大家橫豎是在一處」這一句，想想看，一個女僕怎麼可能和男主人「橫豎是在一處」？按照慣例，她們只要年紀一到，就得指配給家裡的小廝，連賈母最倚重的鴛鴦都沒有例外，到第七十回時，她和琥珀、彩雲一干大丫鬟一樣，都被清楚列入發配的名單裡！

這麼一來，晴雯能夠和寶玉「橫豎是在一處」，便只有一個可能了，即當寶玉的姨娘！而這確實是有跡可循，請看第七十八回賈母說「將來只他還可以給寶玉使喚得」，意思就是以後預備要給寶玉做妾，所以當初才會賞給寶玉。這和襲人的情況是一樣的，晴雯自己當然也知道，既然如此，晴雯之所以沒有做什麼勾引的事，根本是因為沒必要，反正以後「橫豎是在一處」呀，對於十拿九穩的事，又何必多此一舉？所以說，一個無辜的人未必等於人品高潔。

尤其再看晴雯一旦遇到冤屈，便立刻悔不當初，想要換個做法，這豈不證明了她並不是堅持原則的人嗎？認真想一想，那些真正風骨高潔的古人，好比屈原、杜甫，他們即使含冤受屈，吃苦受罪，仍然都會咬緊牙關，不肯放棄內在的節操，改變自己的做法，這就是《論語・衛靈公》裡孔子所說的：「君子固窮，小人窮斯濫矣。」意思是說，君子在不公不義、窮困潦倒的逆境裡，都會固守原則，亦即「造次必於是，顛沛必於是」，而品格不高的小人一遇到窮途末路就會改變原則，甚至泛濫失控，做出論理不該如此的越軌行為。這豈不正是晴雯的狀況嗎？

果然晴雯不只這樣說，還接著這樣做。書中說：

> 晴雯拭淚，就伸手取了剪刀，將左手上兩根葱管一般的指甲齊根鉸下，又伸手向被內將貼身穿着的一件舊紅綾襖脫下，並指甲都與寶玉道：「這個你收了，以後就如見我一般。快把你的襖兒脫下來我穿。我將來在棺材內獨自躺着，也就像還在怡紅院的一樣了。論理不該如此，只是擔了虛名，我可也是無可如何了。」寶玉聽說，忙寬衣換上，藏了指甲。晴雯又哭道：「回去他們看見了要問，不必撒謊，就說是我的。既擔了虛名，越性如此，也不過這樣了。」

晴雯這樣的做法代表什麼意義呢？那就是偷情！因為貼身之物本身即帶有情色的想像，而曹雪芹也是這樣使用的。例如第二十一回中，因為鳳姐唯一的女兒大姐兒生水痘，必須供奉痘疹娘娘，於是賈璉和鳳姐分房，自己一個人到外面書房去睡，藉機便和浪蕩的多姑娘偷情。事後搬回來時，平兒幫忙收拾行李鋪蓋，鳳姐最了解她的丈夫了，便問東西有沒有多出來？因為：「這半個月難保乾淨，或者有相厚的丟下的東西：戒指、汗巾、香袋兒，再至於頭髮、指甲，都是東西。」而賈璉確實就收藏了多姑娘送給他的一綹頭髮，做為偷情的信物呢。

由此可見，晴雯把身上的指甲、貼身的紅綾襖送給寶玉，又要寶玉脫下他的貼身襖兒，拿來穿在自己身上，這個做法便相當於偷情了，並不只是單純在情感上留下一個永恆的紀念而已。其實這一點晴雯自己也很清楚，所以她說「論理不該如此」，但既然是道理上不應該做的事，晴雯卻還是去做了，她的心態便包括：既然擔了勾引的虛名，那我就真的勾引吧！可見對她來說，行為本身的對錯並不重要，重要的是自己有沒有受到冤枉，只要不算冤枉，那麼做出不正當的行為也無所謂！所以她才會在明知「論理不該如此」的情況下，卻又做出論理不該做的事。這便清楚證明了晴雯並不是一個堅持原則的人，所以也談不上高潔。

只不過，由於晴雯的所作所為染上了生離死別的悲愴，所以讓人只一心同情她的淒苦，而忽略了其中悖德的因素，曹雪芹透過這一幕所要傳達的複雜性也就被簡化成為單純的感動了。其實只要客觀、仔細地去想，就會發現晴雯並不是真正高潔的人，把她和屈原相比，實在是太過譽了。當然，可能又有人會說，用屈原的標準來要求晴雯，對一個沒受過教育的丫鬟而言，那也太嚴格了吧？的確如此，但這麼一來，豈不是也等於同意：把晴雯比作屈原確實是太高攀了嗎？

所以說，晴雯的人品根本不能用屈原的高潔來比擬，判詞裡「心比天高」的「高」字，正確地說，其實並不是「高潔」，而是「高傲」。高潔絕對不等於高傲，因為真正的高潔是內在的精神高度，往往要在艱苦中才能展現出來，因此十分珍貴；而高傲只是一種自負，是一種自覺高人一等的驕傲，也是寵妃常有的心態，以致晴雯常常表現出有恃無恐的任性，而流於放肆甚至刁蠻，也缺乏對道德原則的堅持，根本談不上高潔。難怪曹雪芹會在晴雯的身上套上褒姒的影子，讓她處處展現了逾越分際的出格作風，實在是很巧妙的安排。

如此一來，縱容晴雯的寶玉不正相當於溺愛寵妃的昏君嗎？前面提到的周幽王、李後主，不也剛好都是亡國之君嗎？因此，寶玉的歷史重像也應該再加上這幾個末代皇帝，相當於第二回所提到的陳後主、唐明皇、宋徽宗之類。難怪曹雪芹要給他一個正邪兩賦的病態人格，以及無材補天、「於國於家無望」的失敗命運！由此可見，曹雪芹的設計是一以貫之的。

最後必須說，平心而論，晴雯只是一個普通的女孩子，愛漂亮、愛打扮，直率任性，口角鋒芒，甚至恃寵而驕，這些都不算是什麼真正嚴重的大缺點。然而她待人處事過於唯我獨尊，以致缺乏分寸，處處侵犯了界線，這一定會製造人際關係上的衝突，於是不為賈府所容，晴雯這棵美麗的荊棘也就只能離開桃花源了。

但荊棘一旦習慣了桃花源，便再也無法適應外面粗獷的野地，以致晴雯離開不久便香消玉殞，結束了十六歲的生命。

最後，總結一下這一章的重點：

第一，曹雪芹是以褒姒作為塑造晴雯的藍本，第三十一回〈撕扇子作千金一笑〉便完全運用了褒姒的相關典故。

第二，晴雯確實具備了寵妃的特點，不但長得十分美麗，又喜歡極力打扮，再加上水蛇腰的體態，展現出嫵媚嬌豔的性感風情。

第三，晴雯的性格缺點在於逾越分際，她的出格作風除了「十分妝飾」外，還包括說話夾槍帶棒、對小丫頭又打又罵，並且假傳聖旨、自作主張，成為王善保家所說的「大不成個體統」。以致寶玉先前那一次被襲人擋下來的攆逐，便由王夫人給落實了。

第四，晴雯被攆出去以後，最終和寶玉訣別的一刻，她還是以「越軌」畫下句點，通過交換貼身之物來完成偷情，以坐實「勾引」的罪名。

第五，晴雯的臨終真言透露出她以前之所以沒有勾引寶玉，是因為被賈母內定為寶玉的準姨娘，因此沒有必要，在在證明了判詞裡「心比天高」的「高」字，其實是指「高傲」，而不是「高潔」。

總而言之，曹雪芹藉由晴雯的悲劇提供了一面鏡子，再次告訴我們「性格導致命運」的真理。但一個人的性格又往往受到環境的影響，寶玉對晴雯的寵溺助長了她出格、越軌的性情，印證了「愛之適足以害之」的道理。

下一章，要看最後的一位金釵，賈巧姐。她之所以放在最後，不單單是因為年紀最小，故事最少，最重要的是，她是賈家嫡系女兒的最後一代，而且承擔了家族徹底敗落以後的悲慘遭遇，可以說是薄命之至。但是地獄裡仍然散發出一線光輝，劉姥姥為苦命的巧姐帶來了救贖，顯示出曹雪芹認為，在苦難的人間世裡，人與人之間最珍貴的就是善良互助的品德，那確實是讓世界可以進步、提升的真正力量。請看下一章的說明。

# 賈巧姐與劉姥姥

# 40 天道好還的善善相報

這一章，要講正十二金釵的最後一個人物，賈巧姐。從晴雯到巧姐兒，看似跳躍，其實另有用意，那恰好可以顯示出一個問題：其實世間的道理都不是那麼簡單、那麼絕對。很多人以為晴雯很可憐，可是居然有一些貴族小姐比她還可憐得多！例如前面看到的賈迎春，她一輩子忍氣吞聲，才結婚一年就被活活折磨至死，現在則要看賈巧姐更大的悲劇了。

而講到巧姐，一定得帶上劉姥姥，這是必要的安排，因為從她的名字到整個命運都和劉姥姥密切相關，彼此之間擁有生死牽連的特殊緣分，所以這一章便把巧姐和劉姥姥放在一起來談。

巧姐是王熙鳳和丈夫賈璉唯一的孩子，她原來是沒有名字的，只叫做「大姐兒」。這個「巧」字是後來劉姥姥給她取的名字，而將來她的命運會出現轉機，也是因為「巧」字，因此，巧姐就等於是劉姥姥的再生女兒！以下便一一說明其中的奧妙。

# 命名：人生的改造者

首先，很奇怪的一個現象是：巧姐是鳳姐的心肝骨肉，是賈家的千金寶貝，怎麼會給一個目不識丁的鄉下老太婆取名字？取名可是一個重大的儀式，因為名字就代表了一個人，甚至隱含了人生的運勢，所以必須非常慎重，通常也是由家族裡最有地位的長輩來取名，例如爺爺、奶奶，甚至還會請教算命先生給意見呢。但巧姐的情況卻非常特別，她從出生以後便一直沒有取名字，大家都是「大姐兒、大姐兒」的叫她，直到劉姥姥幫她取了「巧」字以後才稱做巧姐。但這又是為什麼？曹雪芹在第四十二回裡給了完整的交代，原來一切都是來自於愛和恐懼！

當時劉姥姥逛完了大觀園，也完成了取悅賈母的任務，便準備要回家了，大家都非常感謝姥姥幫她們盡了孝道，於是回贈了堆積如山的禮物。姥姥臨走前特別來向鳳姐告辭，於是兩人之間有了一番對話，鳳姐對劉姥姥說：

> 「他還沒個名字，你就給他起個名字。一則借借你的壽；二則你們是莊家人，不怕你惱，到底貧苦些，你貧苦人起個名字，只怕壓的住他。」劉姥姥聽說，便想了一想，笑道：「不知他幾時生的？」鳳姐兒道：「正是生日的日子不好呢，可巧是七月初七日。」

這段話清楚說明了巧姐之所以一直沒取名字，是因為她出生在七月七日，古人認為這一天是個很不好的日子，就像五月五日得喝雄黃酒、配掛菖蒲和艾草來避邪一樣。這麼一來，巧姐似乎與生俱來便帶著厄運。而大家太愛這個女孩子了，唯恐她的命不好，那該怎樣才能改運呢？取名字當然是一種方法，難怪現在有不少人跑去改名字，一點也不怕麻煩，原因就是想要改運啊！如果日子過得很順利，誰會想要找這個麻煩？

但巧姐的生日所夾帶的這個厄運實在太巨大了，不知怎樣才能抵禦或抵銷，從鳳姐的話來看，顯然賈家感到很為難，所以一直不敢給巧姐取名字，只能用大姐兒來稱呼她。這雖然是一種逃避的做法，但至少可以達到消極的作用，也就是拖延、蒙混過去，以免萬一那個名字取得不夠好，這寶貝女兒可就翻不了身了，她的一生豈不徹底完了嗎？那會多麼捨不得啊！

可見對於家長來說，該是多麼心疼又為難，所以對巧姐的厄運只好採取逃避的態度，就這樣一直逃避到現在，鳳姐終於委託劉姥姥來取名字了，顯然這代表了多大的信賴！一定是鳳姐在那幾天看到劉姥姥的表現，發現這個老人家充滿了機智、體貼、溫暖和智慧，所以相信她可以改變巧姐的命運，才願意大膽地把巧姐的人生交給了劉姥姥。

果然，劉姥姥並沒有讓鳳姐失望，她連忙笑說：

「這個正好，就叫他是巧哥兒。這叫作『以毒攻毒，以火攻火』的法子。姑奶奶定要依我這名字，他必長命百歲。日後大了，各人成家立業，或一時有不遂心的事，必然是遇難成祥，逢凶化吉，卻從這『巧』字上來。」鳳姐兒聽了，自是歡喜，忙道謝，又笑道：「只保佑他應了你的話就好了。」

這便是「巧」這個名字的由來。從劉姥姥的思考裡，可以知道這個取名的用心有兩層，一層是正面迎戰，不要害怕退縮，所以你生在哪一天，我就挑明了那一天，堂堂正正、大無畏地面對它，這麼一來，才有可能克服它、打敗它！另一層的意思，則是要用「巧」創造一個機會，在這個注定厄運的人生裡，會有一個錦囊法寶，在你遇到災難凶險的時候解救了你！

先講第一層的用心。既然巧姐的生日是七月七日，於是劉姥姥就故意直接找一個七月七日的典故來取名，這一天是傳統的七夕，牛郎織女相會的日子，唐朝時宮廷和民間都很流行「乞巧」的節日活動，《開元天寶遺事》便記載道：

> 帝與貴妃，每至七月七日夜在華清宮遊宴。時宮女輩陳瓜花酒饌列於庭中，求恩於牽牛、織女星也。又各捉蜘蛛閉於小合中，至曉開視蛛網稀密，以為得巧之候；密者言巧多，稀者言巧少。民間亦效之。

也就是把蜘蛛抓來關進一個空盒子裡，放在祭拜織女的供桌上一整夜，等第二天打開盒子檢查一下，如果裡面結出了漂亮緊密的蜘蛛網，那就表示織女應許你有一雙巧手，可以用好手藝織出精美的布料，那可是傳統女性所渴望的價值啊，晴雯不正是因為這樣才能補好孔雀裘，而對寶玉很有貢獻的嗎？但是，如果第二天發現盒子裡空空如也，或者只有殘缺破碎的蜘蛛絲，那就表示織女不想眷顧你啦，所以這個活動叫做「乞巧」。

最重要的是，唐玄宗和楊貴妃也在這一天發誓要生生世世為夫婦，根據中唐文人陳鴻〈長恨歌傳〉的記載，貴妃回憶道：

昔天寶十載，侍輦避暑驪山宮。秋七月，牽牛織女相見之夕。秦人風俗，是夜張錦繡，陳飲食，樹瓜果。焚香於庭，號為乞巧，宮掖間尤尚之。夜殆半，休侍衛於東西廂，獨侍上。上憑肩而立，因仰天感牛女事，密相誓心，願世世為夫婦。

所以戲曲裡還有一部《長生殿》，專門描寫這一對帝王夫妻的恩愛故事，其中一齣便叫做《乞巧》，那也正是元妃回家省親時所點的一齣戲。所以說，劉姥姥給大姐兒取名為「巧」，確實是一種「以毒攻毒，以火攻火」的法子。

這是多麼大無畏的態度啊！劉姥姥對於可怕的威脅毫不畏懼，反倒面對面地加以對抗，一副「我不怕你」的姿態，那真是多麼勇敢、多麼威風凜凜！想想看，劉姥姥如果不是擁有這樣堅強的意志，當初在女婿一家快要餓死時，又哪裡能替他們想出辦法而找到出路？那就是第六回劉姥姥來到賈家打秋風的故事，大家應該都耳熟能詳。這種勇敢的心態便是劉姥姥替巧姐取名為

「巧」的第一個原因。

## 巧合：命運的轉機

但不只如此，劉姥姥說，她之所以替大姐兒取名為「巧」，還有另外一個用意，即讓她將來「一時有不遂心的事，必然是遇難成祥，逢凶化吉，却從這『巧』字上來」，這就和命運有關了。很顯然，巧姐以後會發生一段逢凶化吉之類的故事。那麼她究竟會遇到怎樣的災難凶險？到底巧姐後來的命運如何？又為什麼和「巧」這個字有關？

關於這一點，如今高鶚所補寫的後四十回其實違背了曹雪芹的原意，對於小說家真正的安排，還是必須從前八十回的線索以及脂硯齋的批語來推敲。情況應該是第一回甄士隱頓悟出家時，為道士〈好了歌〉所作的注解裡提到的暗示，其中有幾句說：「擇膏粱，誰承望流落在烟花巷！」意思是，本來千金小姐的婚姻講究門當戶對，所以一定會「擇膏粱」，選擇富貴人家的膏粱子弟來匹配，誰能想到這個金枝玉葉結果卻是流落到了煙花巷，成為一個飽受蹂躪的娼妓！這指的恐怕就是巧姐了。

想想看，當賈家不幸被抄家以後，眾子孫紛紛流散，誰還顧得了誰？何況賈母、王夫人、鳳姐這些疼愛她的家長們都接連過世了，巧姐簡直完全失去了保護，災難便降臨到她身上，即使是至親也會落井下石啊，巧姐應該就是被「狠舅奸兄」給出賣了，淪落到妓院。再回頭看第五回太虛幻境的人物判詞，裡面也是這樣暗示的，當時寶玉看到一幅圖讖說：

> 一座荒村野店，有一美人在那裏紡績。其判云：
> 勢敗休云貴，家亡莫論親。偶因濟劉氏，巧得遇恩人。

圖畫上那位在荒村野店裡親自紡織維生的美人，便是巧姐，整個判詞大略歸納了她的命運發展，所謂的「勢敗休云貴，家亡莫論親」是說：家勢敗落以後就不用再說以前是多麼尊貴了，而家破人亡以後也不要再談什麼血濃於水的親情了，可見巧姐是被至親的母舅和堂兄給出賣，被迫淪落到了烟花巷。

想想看，那是多麼悲慘的生活啊，參考小說第二十八回裡出現過一個錦香院的妓女，叫做雲兒，她所唱的歌詞即清楚反映出現實的悲慘，所謂：「女兒悲，將來終身指靠誰？」又道：「女兒愁，媽媽打罵何時休！」這樣的日子等於是暗無天日吧，何況巧姐這時的年紀還那麼小！

大家有沒有注意到，在前八十回裡，巧姐的年紀比惜春還小，在她出現的那少數幾回裡，都是給奶娘抱著的，從來沒有開口講過一句話。例如第七回，周瑞家的送宮花到了王熙鳳這裡時，「往東邊房裏來，只見奶子正拍着大姐兒睡覺呢」，再看第二十九回，全家到清虛觀打醮，其中也是「奶子抱着大姐兒另在一車」，甚至到了第六十二回寶玉過生日，一大群來怡紅院拜壽的人裡面就包括了「奶子抱巧姐兒」，可見自始至終，這巧姐都是被奶娘給抱在懷裡，一直都算是個嬰幼兒。那麼到了八十回以後，應該也大不了多少，恐怕連十歲都不到吧？那她豈不是一個最悲慘的雛妓嗎？那樣的遭遇真是生不如死的折磨，一想到便令人萬分不忍，倘若她的娘親地下有知，對這個苦命的孤兒又該是何等地悲慟不捨！所以我才會不斷提醒大家，當你一直在同情黛玉、晴雯的時候，是不是忽略了其他更苦命的女孩子？

但，無依無靠的巧姐又能怎麼辦呢？為了活下去，也只好忍辱偷生，拚命忍耐吧！幸好救星出現了，第五回的判詞裡說「偶因濟劉氏，巧得遇恩人」，意思是偶然因為以前救濟過劉姥姥，於是後來很巧合地遇到了恩人，這恩人就是指劉姥姥。而劉姥姥當初取名字時不也說：「一時有不遂心的事，必然是遇難成祥，逢凶化吉，卻從這『巧』字上來。」等於都給出了同一種預告，即「巧」字發揮了關鍵性的大作用，劉姥姥是在很巧合的情況下救出了巧姐！從這兩條線索，大概可以推測當時的情況應該是這樣的：

劉姥姥偶然地路過妓院，認出了剛好到外面提水打雜之類的巧姐，於是她的心裡大大震撼了，也湧起了慈悲不忍的念頭，然後努力化為救援的行動，包括籌錢啦，交涉啦，費了很大的力氣，終於把巧姐給贖身救出來了，算是回報賈家過去給她們的恩惠。想想看，當初如果沒有王夫人、鳳姐的慷慨付出，她們家又哪裡能有今天？早就都餓死了呀！所以劉姥姥也知恩報恩，努力把巧姐救出了火坑，讓她死去的娘親終於可以含笑瞑目。這便是「巧姐」的「巧」字的第二個涵義，即遇難成祥，逢凶化吉。

## 佛手：慈悲的牽引

但故事發展到這裡，後面又會發生怎樣的情節呢？再認真想一想：巧姐雖然脫離了火坑，但她的未來又該怎麼辦？雖然我們可以合理推測，劉姥姥救了巧姐以後，當然是接到王家一起生活了，巧姐總算可以脫離苦海，過正常的日子。

但問題又不只是這麼簡單，畢竟姥姥上了年紀，不可能照顧她一輩子，所以這並不是長久之計，並且女大當嫁，總得要有一個歸宿，然而這樣的巧姐，又哪裡會有好人家肯接納她作媳婦？一個被抄家的罪犯女兒，誰敢去碰呢？大家都怕會受到牽連啊，何況巧姐又是淪落過的女孩子，失去了清白，又有誰願意接受？這麼一來，當劉姥姥死了以後，巧姐又該何去何從？難道又要再一次隨風飄零嗎？這哪裡能讓人放心！

這麼一來，天下之大，也只有姥姥一家可以收容她了，於是大智慧的劉姥姥採取了一個徹底解決的辦法，那就是讓板兒娶巧姐！板兒是劉姥姥的外孫，和巧姐年齡相當，外婆兩次上賈府時他都跟在身邊一起開眼界，如果巧姐嫁給了板兒，便可以名正言順地永遠留在王家，有了終身的歸宿，也獲得一輩子的依靠。

這麼說，你一定會很驚訝吧？其實，這個線索是曹雪芹早就安排好的，也正因為要安排這個結局，所以曹雪芹提前設計了一段很有趣的情節，預先做了暗示，那是在劉姥姥二進榮國府的時候。在第四十回中，板兒跟著劉姥姥逛大觀園，這時來到了探春所住的秋爽齋，那板兒略熟了些，看到大觀窰的大盤內盛著數十個嬌黃玲瓏大佛手，便想要佛手吃，於是探春揀了一個與他說：「頑罷，吃不得的。」

這佛手是一種帶有香氣、沒什麼水分的水果，所以基本上是作為擺飾用，或者用來薰香，現在也有一種提煉出來的佛手柑香精油，所以探春叮嚀板兒說只能玩、不能吃。不過後面便寫到別的故事去了，而讀者也早就忘了這一段瑣事，直到第四十一回才又出現這件事的後續發展，原來這時奶娘抱了大姐兒來，大家哄她頑了一會：

> 那大姐兒因抱着一個大柚子玩的，忽見板兒抱着一個佛手，便也要佛手。丫鬟哄他取去，大姐兒等不得，便哭了。眾人忙把柚子與了板兒，將板兒的佛手哄過來與他才罷。那板兒因頑了半日佛手，此刻又兩手抓着些果子吃，又忽見這柚子又香又圓，更覺好頑，且當球踢着玩去，也就不要佛手了。

這一段簡直把小孩子的心性、作風描寫得入木三分，非常有趣，試想：豈只是小孩子，人性不都是覺得別人的東西比較好嗎？所以巧姐便想要板兒的佛手。而板兒現在之所以願意放手，那是因為這個東西他已經玩了一陣子了，從第四十回玩到第四十一回，確實是玩了很久啦，小孩子的注意力本來就不持久，何況人家還給他柚子這個新玩具，所以也就不在乎原來的佛手，自己把柚子當球踢著玩去了，那個佛手也就來到了巧姐手裡。

但這只是曹雪芹隨手寫寫小孩子之間有趣的瑣碎情節嗎？當然不是的，由小觀大，草蛇灰線，這才是偉大小說家的用心，原來他要用這兩樣東西在這兩個小孩之間建立起一種聯繫，也就是暗示了兩人未來的婚姻關係！關於這一點，脂硯齋已經告訴我們了，他的批語說：

> 小兒常情，遂成千里伏線。……抽（柚）子即今香團之屬也，應與緣通。佛手者，正指迷津者也。以小兒之戲，暗透前後通部脈絡，隱隱約約，毫無一絲漏洩，豈獨為劉姥姥之俚言博笑而有此一大回文字哉。

其中，所謂的「小兒常情，遂成千里伏線」，意指曹雪芹用小孩子常見的情景來埋下線索，暗示千里之外的結局，於是構成了整部小說前後的脈絡，那構思是十分嚴密的，哪裡是單單為了呈現劉姥姥的俚俗搞笑，才有這一大回的文字！所以說，如果我們只看到劉姥姥逛大觀園時出盡洋相的滑稽，笑一笑就算了，那實在太粗淺了。而為什麼要用佛手和柚子來牽線呢？對於採取柚子的用意，脂硯齋說：「抽（柚）子即今香團之屬也，應與緣通。」很顯然的，曹雪芹是要利用諧音告訴我們，「這柚子又香又圓」的「圓」是要暗示緣分的「緣」，板兒和巧姐是有緣分的！

而佛手呢？想想看，要用來彰顯富貴的擺設品很多，可以薰香的水果也不少，像秦可卿房裡的木瓜，還有香櫞這一類的南果子，都是慈禧太后很喜歡用來薰香的種類，那麼何以探春房裡放的是佛手，而不是其他也有類似功能的香果子呢？其中必有深刻的用意。脂硯齋說這是要用來指點迷津，但我認為不只是如此，而且這才是最感人的安排，那就是要用這個名字的象徵意義：「佛」代表偉大的慈悲，而「手」則是援手、牽手的手，所以「佛手」便代表了慈悲的牽引，伸出那一雙手把苦海中的人拯救出來。因此曹雪芹要暗示：將來劉姥姥正是伸出佛手救贖了巧姐的大母神！

## 善善相報

看到這裡，表面上似乎是劉姥姥給了巧姐大恩大德，但追蹤躡跡、探本溯源，最初不也是賈家對劉姥姥伸出了援手，才締造了這一場善緣的嗎？想當初，第六回時劉姥姥和女婿一家快要餓死了，所以劉姥姥想出一條到賈府找王夫人救濟的計策，依靠的就是王夫人的念舊和慈悲！果然王夫人囑咐王熙鳳說：

> 這幾年來也不大走動。當時他們來一遭，却也沒空了他們。今兒既來了瞧瞧我們，是他的好意思，也不可簡慢了他。

所以鳳姐才給了劉姥姥二十兩銀子，解決了姥姥的燃眉之急，讓王家一家五口起死回生，然後才又有了劉姥姥二進榮國府來送瓜果，因此可以逛大觀園的機緣，也才有了最後拯救巧姐的故事，這都是為了報答賈家給她的天大恩情！讓我們重看第五回判詞裡所說的「偶因濟劉氏，巧得遇恩人」，以及《紅樓夢組曲》裡，關於巧姐的〈留餘慶〉一支云：

留餘慶，留餘慶，忽遇恩人；幸娘親，幸娘親，積得陰功。勸人生，濟困扶窮，休似俺那愛銀錢、忘骨肉的狠舅奸兄！正是乘除加減，上有蒼穹。

正因為王夫人、鳳姐兩次大大幫助了劉姥姥，於是種下了善因，娘親所積的德最後便回報到巧姐身上，而結出了善果。所以說，賈家和劉姥姥的故事正印證了天道好還的道理，告訴我們人與人之間可以良性循環，善善相報而不是冤冤相報的美好！

最後，總結一下這一章的重點，包括：

第一，巧姐的生日是七月七日，這個日子很毒，十分凶險，暗示了巧姐必須面臨人生的大災難。

第二，也因此賈家不敢給她取名字，唯恐無法翻轉巧姐的厄運，於是只是叫她大姐兒。

第三，這樣的逃避心理，一直到劉姥姥二進榮國府時才解決了，姥姥以直面對決的勇敢挑戰了命運之神，從七夕的典故裡找了乞巧的「巧」字給了大姐做為名字，展現出以毒攻毒的魄力！

第四，這個「巧」字又暗示了將來劉姥姥會湊巧救出了陷入火坑的巧姐，並且把她嫁給板兒，釜底抽薪地保障巧姐的一生，也回報了賈家所給過他們的恩情。

# 尾聲

最後，我們可以回想一下，本書一開始講《紅樓夢》的故事時，不正是從溫厚的人性展開的嗎？賈寶玉的前身神瑛侍者慈悲慷慨，以甘露水灌溉了奄奄一息的絳珠仙草，仙草也感恩戴德，化身為林黛玉以還淚來報恩，所以跟著一起入世，而形成了大家津津樂道的傳奇；同樣的，王夫人、鳳姐以貴族的優良風範，慈悲慷慨地幫助了劉姥姥一家，姥姥也知恩圖報，努力拯救了巧姐，這個善行義舉等於做了類似的收尾。

這麼說來，整部《紅樓夢》確實如第一回所言，是為了有益於世道人心才創作的，也因此才值得流傳下來。歸根究柢，如果不是正派、良善、認真的人們，哪裡能演繹出如此讓人感動的故事？倘若他們不是努力地在困境中艱苦奮鬥，散發出人格的光輝，又哪裡能這般觸動人心？

但願大家一起努力，繼續挖掘《紅樓夢》裡的美善價值，讓我們自己和整個世界都變得愈來愈好！

# 紅樓十五釵

2023年3月初版
定價：新臺幣580元



著者 歐麗娟
叢書編輯 杜芳琪
校對 吳美滿
內文排版 菩薩蠻
封面設計 兒日

出版者 聯經出版事業股份有限公司
地址 新北市汐止區大同路一段369號1樓
叢書編輯電話 (02)86925588轉5394
台北聯經書房 台北市新生南路三段94號
電話 (02)23620308
郵政劃撥帳戶第0100559-3號
郵撥電話 (02)23620308
印刷者 世和印製企業有限公司
總經銷 聯合發行股份有限公司
發行所 新北市新店區寶橋路235巷6弄6號2樓
電話 (02)29178022

副總編輯 陳逸華
總編輯 涂豐恩
總經理 陳芝宇
社長 羅國俊
發行人 林載爵

行政院新聞局出版事業登記證局版臺業字第0130號

本書如有缺頁，破損，倒裝請寄回台北聯經書房更換。 ISBN 978-957-08-6744-2 (平裝)
聯經網址：www.linkingbooks.com.tw
電子信箱：linking@udngroup.com

國家圖書館出版品預行編目資料

紅樓十五釵/歐麗娟著．初版．新北市．聯經．2023年3月．
688面．14.8×21公分
ISBN　978-957-08-6744-2（平裝）

1.CST：紅學　2.CST：研究考訂

857.49　　111022455